内容简介

本书由百题构成，属学科史专题记述性质。百题大凡有四种类型：百年学科重要事件，重要思潮，代表性学者，代表性著作。本书宗旨是对20世纪中国古典文学学科的史实做初步清理、认定和记述。写法力求翔实，“不虚美，不隐恶”，用证据说话，让读者在对原始材料的了解与比较中自行判断并得出结论。

国家社科基金
重点项目（04AZW003）

20世纪中国古典文学学科通志

第3卷

顾问　傅璇琮　徐公持
特聘编写指导　徐公持
主编　刘敬圻
副主编　张安祖

目录

抗日战争中的古典文学研究

一

1937年，卢沟桥事变，抗战全面爆发，中国社会空前震荡，经济遭到严重破坏，民生维艰，文化教育事业受到摧残。日本侵略军大肆破坏、摧残中国教育文化机构，高校惨遭轰炸、劫掠。此前，1932年“一·二八”事变时期，日军已轰炸、破坏暨南大学、同济大学、复旦大学等，造成损失763159元。① 全面抗战之前，中国高等院校主要集中在中心城市及沿江沿海一带，其中上海、北平，加上河北（包括天津）、广东，占总数的一半。这些地区都是罹战地区，其高校、研究机构遭到极大的破坏。卢沟桥事变后，日军飞机将南开大学夷为废墟，学校的图书馆、学生宿舍、教学楼完全被炸毁。南京、上海等地的高校成为轰炸重点，复旦大学、暨南大学、中央大学，以及广东的中山大学等23所学校遭受破坏。日军占据的城市，大学往往成为其驻军行营、伤兵医院等。据统计，全面抗战开始后，全国108所高校有91所遭到破坏，10所完全遭破坏，25所陷于停顿。②

---

① 强重华:《抗日战争时期重要资料统计集》，第342页，北京:北京出版社，1997年。

② 苏智良、毛剑锋等:《去后方——中国抗战内迁实录》，第198页，上海:上海人民出版社，2005年。

为了避免更大的破坏，主要高校或合并，或迁徙，或撤设，颠沛流离，动荡不安。从 1937 年到 1944 年，中国高等院校进行了有史以来的大迁徙。内迁主要迁往战争波及较少的西南、西北等地区，总计迁移高校 106 所，搬迁次数多达 300 余次。① 当时设有中文系，古典文学研究比较集中的高等学校，大多经受了迁徙、合并或联办。

北京大学、清华大学、南开大学，联合组成临时大学，南迁长沙，1938 年再迁昆明。北平大学、北平师范大学 1937 年 9 月与北洋工学院等迁到西安，组为国立西安临时大学，1938 年又翻越秦岭，迁达汉中，改称国立西北联合大学，校本部设在城固。1940 年，从中独立出来的西北师院迁往兰州，整个搬迁过程长达四年。浙江大学先后五次迁徙，最后定址贵州。中山大学先定迁广西龙州，又奉命再迁云南，定址澄江。一部分师生经广州、澳门、汕头等地，走香港经海防及河内入滇；另一部分师生经由其他道路，约于 1939 年 3 月下旬到澄江。还有少数学生，辗转沿连江西行，步行赴滇。东北大学自 1931 年“九·一八”事变被迫走上流亡之路，先后辗转北平、开封、西安，最后落脚四川三台。② 其他如中央大学、武汉大学、金陵大学、复旦大学等迁往四川，国立师范学院收容沦陷区疏散至内地的名流学者定址于湖南蓝田李园，北平民国大学迁溆浦大潭。

高校西迁，知识分子随之。据当时学者孙本文《现代中国社会问题》统计，抗战期间，中国知识分子大部分迁入西部。③ 从

---

① 苏智良、毛剑锋等:《去后方——中国抗战内迁实录》，第 198 页，上海:上海人民出版社，2005 年。

②《抗战时期的文化教育》，第 148～161 页，北京:北京出版社，1995 年。

③ 孙文本:《现代中国社会问题》(二)，第 261 页，重庆:商务印书馆，中华民国三十二年(1943 年)。原话为:“大概高级知识分子，十分之九以上西迁；中级知识分子，十分之五以上西迁；低级知识分子，十分之三以上西迁。”

事古典文学研究之学者也不例外。胡小石、罗根泽、朱东润、卢前、冒辟疆、吴梅、汪东、陈匪石、乔大壮、李长之、刘永济、罗常培、罗庸、杨振声、朱自清、闻一多、浦江清、刘文典、吴晓铃、王力、马一浮、吴宓、游国恩、陈寅恪、陈梦家、余冠英、陆侃如、冯沅君、潘重规、沈兼士、姜亮夫、高亨、吴世昌、吴其昌、缪钺、王起、夏承焘、詹安泰、唐圭璋、饶宗颐、骆鸿凯、杨树达、马宗霍、钱基博、钱锺书、蒯伯赞、顾颉刚、张舜徽、曾运乾、李肖聃、陈鼎中等，皆随之颠沛流离。

迁徙之路遥远、偏僻，过程非常艰苦，南下、西迁的研究人员大多身有亲历。其中，闻一多步行入滇最为特例。他参加西南联大组织的"湘黔滇旅行团"，由湖南跨越湘、黔、滇三省，翻过雪峰山、武陵山、苗岭、乌蒙山等崇山峻岭，路遇沅陵的暴风雨雪，经过湘西土匪地段，步行 3600 里，费时 68 天，才达云南。① 另一学者朱东润，任教武汉大学，抗战开始，武大教学逐步停止，回泰兴家居。1938 年 11 月接武大电报，告知学校已迁至四川乐山复课，希望次年 1 月 15 日前报到，于是抛妻别子，取道上海过香港，绕越南，经昆明、贵阳，到达重庆，13 日乘民航飞机抵乐山，前后行程万里，备尝艰辛。② 时局动荡，社会不安，路途辗转非常危险。据卢前《上吉山典乐记》，1942 年冬天，卢前（冀野）前往福建永安就任国立音乐专科学校校长，途经金鸡岭，当地土匪误以为是国民党大员陈肇英，被劫持到寨子里，幸而最终机智脱险。

高校及学者西迁，促使古典文学研究地域分布格局稍显均衡。战前，古典文学研究机构、人才主要集中在北平、上海、天津、武汉、杭州、广州等城市，这些城市研究群落占去当时全国古

---

① 萧超然等编：《北京大学校史》，第 329 页，北京：北京大学出版社，1988 年。

② 朱东润：《朱东润传记作品全集》(四)，第 222～233 页，上海：东方出版中心，1999 年。

典文学研究力量之大半还多。西部、中部不发达地区包括云南、四川、贵州、江西、陕西、甘肃等省大学既少，研究力量非常之薄弱。战争期间，大批高校内迁，上述研究者从战前的研究中心地区涌入研究力量相对薄弱的西部，以及中部僻远地区如湖南蓝田等。以云南为例，抗战前，全省几乎没有什么高水准学校，古典文学研究力量相当薄弱，西南联大、中山大学等学校的迁入，以及闻一多、朱自清、陈寅恪、詹安泰、余冠英、游国恩等学者的到来，使其变成一个新的学术中心区。这样的变化，客观上大大促进了上述古典文学研究力量相对薄弱地区的研究发展，使研究格局趋于平衡。抗战胜利后，一些学者选择留在当地，如姜亮夫，1948 年任云南大学文学院主任，后转到昆明师院，直到 1953 年才调离；罗庸，留任昆明师院国文系，后转到重庆；刘文典，一直任教于云南大学；徐中舒随中央研究院史语所到四川，后一直留任四川大学。联大培养的学生任教西南者有冯辉珍（云南师范大学）、常竑恩（云南民族学院）、郑临川（四川师范学院）、刘又辛（西南师范大学）、王彦铭（云南师范大学）、彭允中（云南师范大学）等，使当地的研究力量得到很大的提升，对古典文学研究具有积极意义。

二

“九·一八”事变之后，民族矛盾日益激化，民生艰难，无论是现实的生存危机还是出于对中国前途命运的关怀，都远远优先于古典文学研究和学科建设方面的思考。整个中国知识文化界积极号召全民抗日，救亡护国。鲁迅在 1935 年就明确地提出：“我以为文艺家在抗日问题上的联合是无条件的。”①1937

① 鲁迅：《答徐懋庸并就关于抗日统一战线问题》，上海：《作家》，第 1 卷第 5 号，1936 年 8 月。

年，郑振铎要求文艺界“发动抗战的意志，整齐抗战的步骤，激起抗战的情绪，在前后方发挥着有益于抗战的宣传作用”①。1938年，郭沫若更提出：“一切文化活动都集中在抗战这一点上，集中在于抗战有益这一点。”②抗日救亡思想是全国富有统治力的绝对主流思想，即使是与现实社会关系稍远的古典文学研究，也受到深刻的影响。

一、古典文学学科规模有所萎缩

20世纪初期的思想文化活动中，古典文学研究具有相当重要的地位，发挥着十分重要的作用。五四新文化运动中，胡适等人即将新的“科学方法”引入古典文学研究中来，嗣后之“整理国故”运动，也在古典文学领域掀起不小波澜。此后，以近代观念和方法研究中国古典文学蔚然成风，而传统的“义理、文章、考据”之学，也还在部分老一辈学者之坚持不懈中得以继续。抗战爆发后，事关民族存亡的严酷的现实斗争，吸引了全国民众包括文化人士的全部注意力和精神投入，远离现实的古典文学研究的吸引力及社会文化地位当然都要退居在后。战前，中国文化的重心主要在上海、北平两地，战争初期，北平、上海相继沦陷，文化中心发生大转移，中国西部的成都、重庆、桂林、昆明等地成为当时重要文化集中城市，此外也有部分文化人士暂时留居于未被日寇占领的上海（被称为“孤岛”的英、法租界），还有一小部分人因各种原因滞留于沦陷区。发起于上海的“国防文学”与以桂林为中心的“桂林文化城”等成为当时的文化焦点，聚集了大量知识精英。上述文化中心城市进行的文化运动，古典文学研

---

① 郑振铎：《抗战时的文艺政策》，上海：《战时联合旬刊》，第3期，1937年9月27日。

② 郭沫若：《抗战与文化》，武汉：《自由中国》，第3期，1938年6月20日。

究力量非常薄弱,现代白话文学的创作与研究远远超过古典文学研究所引起的关注,新闻报道、报告文学、杂文、新编戏剧、通俗小说等成为文化界更多采用的形式、手段或体裁。这些体裁的创作呈现火热、繁荣的态势,其目的是宣传抗战,鼓舞抗战。对此,抗战之初即致力于抗战通俗文艺创作的老舍在《三年来的文艺运动》一文中谈到:抗战文艺是民族的心声。除了抗战国策,抗战文艺不受别人的指挥,除了百姓士兵,它概不伺候。因此,它得把军歌送到军队中,把唱本递给老百姓,把戏剧放在城中与乡下的戏台上。它绝不是抒情自娱,以博同道们欣赏谀读,而是要立竿见影,有利于抗战。

此期的新编戏剧在内容上多选择古代题材,如郭沫若的《屈原》、《棠棣之花》、《虎符》、《孔雀胆》、《南冠草》,阳翰笙的《李秀成之死》、《天国春秋》,以及田汉、欧阳予倩等人的作品,目的是古为今用,服务抗战救亡。田汉在《关于抗战戏剧改进的报告》(1942 年)中指出,抗战以前,戏剧尽了推动抗战的作用;抗战开始以后,戏剧尽了支持抗战鼓动抗战的作用。

大批知识分子放下从事的学业与研究项目,投身抗日,尤以青年学生为盛。据王学珍主编的《北京高等学校英烈》(北京大学出版社,2005 年),抗战期间,北京市各高校牺牲于抗战期间的毕业生 90 人左右。学术研究之风十分浓厚的西南联大,抗战期间参军抗日者多达 830 多人,其间,中文系则一共只毕业了 9 名研究生。

一些研究者暂时中断古典文学研究,投笔从戎。如阿英,抗战前著有《晚清小说史》,抗战爆发,全力投入抗战,主持多种报纸、杂志,宣传抗日精神,创作历史剧《碧血花》(1939)、《海国英雄》(1940)、《杨娥传》(1941)、《洪宣娇》(1941),至 1941 年,携全家投身苏北抗日根据地。再如孙作云,"九·一八"事变后,参加罢课示威,甚至抬棺游行,到街头宣传、募捐,向南京国民政府请愿。"一·二八"抗战期间,复旦大学学生组织义勇军,孙作云中断学业,加入19路军,为政府军138旅组织民众,为前线作战将士运送弹药给养,直到战局恶化,"学生军"解散为止。又如文学史家、词学家胡云翼,抗战前积极从事古典文学研究,著作丰硕,计有《中国文学概论》(1925)、《词人辛弃疾》(1925)、《宋词研究》(1926)、《李清照评传》(1926)、《唐代的战争文学》(1927)、《宋诗研究》(1930)、《中国文学史》(1931)、《新著中国文学史》(1932)、《中国词史大纲》(1933)、《中国词史略》(1933)、《词学概论》(1934)、《词学ABC》(1934)、《中国文史大纲》(1934)、《唐诗研究》(1934)等。抗战爆发,他以第一名的成绩考入浙西战地政工总队任副总队长,深入敌后开展抗日救亡工作。他创办《浙西时报》和《浙西导报》,宣传抗日,培训骨干,扩大抗日队伍。后任敌后绍兴县长,率领抗日武装袭击日军据点,武装反扫荡战,其间曾身负重伤。直到抗战结束,胡云翼才重新回到古典文学研究的阵营。还有将主要精力用之于抗战宣传、组织工作者,如郭沫若等。

要之,受抗日救亡运动的影响,古典文学研究的规模,明显缩小,无论在人员和产生成果数量上,都呈下降之势。

二、古典文学研究的外在条件艰难

战争对古典文学研究的外在条件带来很大负面影响。

其一,日军殖民统治严厉钳制,专业人员遭受政治骚扰、迫害。日军在所占地区实施残酷的文化控制与高压干涉政策,加大文化产品的"检查"力度,逮捕、殴打、引诱、骚扰知名学者,制造出极其恶劣的政治环境。辅仁大学校长陈垣后来回忆日军统治下的情形道:"敌人统治着北京,人民在极端黑暗中过活,汉奸更依阿苟容,助纣为虐。同人同学屡次遭受迫害,我自己更是时时受到威胁,精神异常痛苦。"①卢沟桥事变后,清华大学的刘文

① 陈垣:《〈通鉴胡注表微〉重印后记》,见《陈垣史学论著选》,第542页,上海:上海人民出版社,1981年。

典未能及时撤离北平，日人劝请其出来做事，遭其断然拒绝。他会讲日语，从不在日本人面前讲，所谓“以发夷声为耻”。日人多次搜查其住宅，不断骚扰，刘文典忍无可忍，于 1938 年 3 月逃离北平，奔向西南联大。同样，吴承仕拒绝了日人让其任职北平师范大学校长的要求，遭到迫害，从中国大学辗转到天津，避住英国租界，日军派中国警察入内搜查。其中一次，吴承仕正在撰写文章，警察搜查，来不及藏匿，只好将文稿塞到小女儿的洋娃娃玩具腹内。留在北平的沈兼士，受到日伪主持文教的周养庵劝诱，要其主持故宫博物院文献馆的工作，被其拒之门外。他与辅仁大学同人秘密组织“炎社”(后改为“华北文教协会”)，以顾炎武“天下兴亡，匹夫有责”为口号，号召沦陷区文教界人士参加抗战活动，深为敌伪所忌。日军除派特务跟踪外，还在辅仁国文系安插几名日本特务，以学生身份监视其言行。任教燕京大学的郭绍虞于太平洋战争爆发后曾被日伪方面关押，目的是强迫他到伪北大任职，他断然拒绝后举家南迁。

上海沦陷后，文化人士经常遭到日军的逮捕、骚扰、诱招、迫害。日军曾派汉奸拿出巨额支票作为诱饵，收买郑振铎，邀请他主持日伪文化工作。郑振铎严词拒绝，当场将支票撕碎。避乱香港的陈寅恪也未逃脱这种骚扰与迫害。他在 1942 年 6 月 19 日写给傅斯年、朱家骅的信中叙述当时经历道：“弟当时实已食粥不饱，卧床难起，此仅病贫而已；更有可危者，即广州伪组织之诱迫。陈璧君之凶妄，尚不足甚为害，不意北平之伪‘北京大学’亦来诱招；香港倭督及汉奸复欲以军票二十万(港币四十万)交弟办东亚文化协会及审定中小学教科书之事。弟虽拒绝，但无旅费离港，其苦闷之情不言可知。”

一些学者遭到骚扰，忧心国难，甚至以身殉职。据汪东《寄庵随笔》记载，“同光”诗人陈三立因病留居北平，日军进驻后，派人游说招纳，遭到陈三立的拒斥。陈氏最后发愤不食五日去世。

其二，专业研究人员经济拮据，生活困难。随着战火的蔓延，国民政府大大缩减教育经费开支，1937 年 9 月，将已核定各国立院校的经费按七成支付。西南联大三校一年经常费用仅为7 万元多一点儿。其中，教职员的薪金总额约为七成，合计不足5 万元，分配到个人手中，更是微不足道。全面抗战前半年，教授的平均月薪约为 350 元法币（当时一元法币即一元银圆），至1943 年下半年，西南联大教授每月平均收入为 3697 元法币，而物价比 1937 年上半年上涨了 405 倍，此时的 3697 元收入只等于 1937 年的 8.3 元！如此收入，维持一家生存，苦不堪言。陈寅恪曾赋诗形容当时昆明及后方通货膨胀、货币贬值的严重程度："淮南米价惊心问，中统钱钞入手空。""日食万钱难下箸，月支双俸尚忧贫。"陈寅恪是少数教育部专聘教授之一，又兼职中央研究院，生活待遇远比一般学者优越，他的境况如此，一般教授的生活就更加苦难。一家十几口的朱自清冬天买不起棉衣，买了一袭云南赶马人穿的披毡披在身上，坚持到校上课。据中央大学周刊社《中大周刊·大学杂景》1941 年 6 月 2 日报道，为了生存，教授们超负荷外出兼课，"师范学院某教授在北碚复旦大学、磁器口教育学院、柏溪分校以及校本部四处上课，实感疲于奔命"。闻一多每月薪金只够十天半月的开支，每月需要向学校透支借贷。为了糊口，家中物件除必不可少的衣被，几乎全被分批寄卖。他每天上午在西南联大授课，下午在中学兼课，晚上批改学生作业后，半夜开始刻图章卖钱！对此状况，1944 年，闻一多在给友人的信中写道：

> 弟之经济状况，更不堪问。两年前，时在断炊之威胁中度日。乃开始在中学兼课，犹复不敷。经友人怂恿，乃挂牌刻图章以资弥补。最近三分之二收入端赖此道。

兼职也并不能解决生存的问题，联大师范学院的萧涤非曾先后到中法大学、昆华中学、天祥中学任课，仍然入不敷出，只得将刚出生的第三个孩子送给他人。①

沦陷区的情况同样艰难。北平的孙楷第因为日本人占据北平图书馆，愤然辞职，转往辅仁大学任教。北平物价高涨，孙家每常衣食不周。吴承仕转住天津，在给女儿的信中透露了艰辛的生活状况："读书数十册，今已断粮，一时又难他适，闲至茶叶行中，与诸同乡手谈耳。"又云："少公在此，饮食起居不过一丈之地。百物上涨一倍有余，白菜毛余一斤，十分困难，挪借度日，颇难维持。少公颇思汝。"②

研究者整天忙于生计，留给研究的时间自然就少。此外，出于战时原因，一些研究者还将精力用之于非文学研究之其他事务上，如闻一多兼做语言训练教师，为国民政府在昆明设立的译员培训班培养军事翻译人员。早在长沙临时大学时，朱自清就因物质条件简陋、事务纷繁而慨叹"南迁以来，皆未能集注精力于研究工作"。又道，"日日如此，如何是好！"其所担虑，正是普遍存在的问题。

其三，地处偏僻，研究资料奇缺。战争期间，学者们跟随学校、研究机构内迁西部，所处皆是偏僻、远离文化中心之地区，原来学校的图书、资料不能随迁。各高校因地置书，往往数量有限，国立师范学院刚开始时，只有图书千余册，其中，中文书仅七百余册。③ 因此，缺乏必备的研究资料与图书，成为研究工作遇到的一大难题。很多研究者因为资料的缺乏，延搁或中断了计

---

①《国立西南联合大学校史》，第73～74页，北京：北京大学出版社，1996年。

② 马嘶：《1937年中国知识界》，第103、305页，北京：北京图书馆出版社，2005年。

③ 见《国立师范学院三十年度一般概况》，《国立师范学院旬刊》第51期，第3～17页。转引自杜元载编《革命文献（第60辑）：抗战时期之高等教育》，第357页，台北："中央文物供应社"，1972年。

划中的研究项目与进程。罗根泽本拟先写作各个分册的文学批评史，然后再缩编一部简明文学批评通史。1934 年 8 月，其《中国文学批评史》之"周秦汉魏南北朝"部分已由北平人文书店印行。之后，他完成"隋唐五代"部分。1943 年，商务印书馆将此两部分分成四册出版。此书最后只写到"两宋部分"(1957 年出版)，罗根泽书写一部完整的中国文学批评通史的计划并没有完成。究其原因，有学者分析指出为资料的缺乏：

> 他(罗根泽)的计划也过于庞大，以一人之力也难以完成，然而妨碍他完成计划的主要原因，却是混乱的时局。1937 年之前，他在北京教书时，相对地说，情况还比较稳定一些，因此这一阶段的成果最为丰硕。抗日战争开始后，他从民族大义出发，感到兴奋，离开了心爱的北京，撤退到了后方，先后转徙到重庆等地，都因材料不全，研究工作受到很大的影响。抗战胜利，他随中央大学复员到南京，读书条件有好转，也就完成了《中国文学批评史》"两宋部分"的初稿。①

游国恩战前曾经制订过一个宏伟的计划，设想网罗众说，加以考核参校，作《楚辞笺证》十七卷，《考证》、《正均》、《考异》、《论文》各若干卷，《楚辞学考》、《楚辞笺注书目提要》各一卷，凡三十九卷。其中，《楚辞注疏长编》中《离骚》、《天问》的初稿完成于 30 年代之初。抗战八年中，由于资料缺乏，研究工作几乎无法深入。当时他全家居住在大理县喜洲镇，镇上的居民以白族为主，有关单位保存着一部分西南地区的文献资料。他只好利用现有条件，将研究的重点转到西南的地理、历史和民俗上，撰写《火把节考》、《说洱海》、《南诏用汉文字考》、《文献中所见西南民

① 周勋初：《罗根泽在三大学术领域中的开拓》，见陈平原编《中国文学现代化进程二编》，第 170 页，北京：北京大学出版社，2002 年。

族语言资料》等有关西南地理、民俗的论文。其所专长的楚辞研究则被搁置一边，研究计划也没有得到贯彻落实。

因为战乱的关系，学者们的藏书也未能携带随身，对学术研究造成一定影响。闻一多离家搬迁极为匆忙，只带了《三代古今文存》和《殷商书契前编》两部书，其他的书籍全都留在家中。酷爱书、藏书甚富的钱穆也只带了《通史随笔》、戴震未刊稿《孟子私淑录》和章学诚的一些未刊稿，其余藏书只好束之高阁。

其四，研究成果相对减少，不及30年代前半期。30年代前期，文学研究既全面又深入，文学史的编写异常发达。抗战爆发，这种势头戛然而止，文学史的研究与编写进入低潮。根据《上海出版志》，20年代末及整个30年代，上海出版文学史著60余种，而战争期间，仅有陈柱《中国散文史》、卢前《八股文小史》、阿英《晚清小说史》、褚民谊《中国戏剧史》、赵景深《民族文学小史》、吴烈《中国韵文演变史》和刘大杰《中国文学发展史》（上）等寥寥几本，其中，陈著、卢著、阿著出现于全面抗战爆发之前。就全国范围审视，此期文学通史只有刘永济《十四朝文学要略》（1945年）、钱基博《中国文学史》、林庚《中国文学史》，以及朱星元的《中国文学史通论》（1939年）。① 战前一片繁盛的分体文学史、断代文学史、专题文学史研究也呈现衰敝之态。小说史唯有郭箴一《中国小说史》（1939年），该书抄袭明显，成就不大。诗类文学史仅有萧涤非《汉魏六朝乐府文学史》（1944年），该书实为萧氏就读清华研究院之毕业论文，写成于1933年。批评史似乎承袭前期余烈，有罗根泽《中国文学批评史》（1943年）、朱东润《中国文学批评史大纲》（1944年），以及朱维之《中国文艺

① 笔者按，钱著出版于1993年，1939年在国立蓝田师范学院油印发行；林著出版于1944年，1941年由厦门大学油印发行，故皆列为抗战期间作品。

思潮史略》(1939年)。罗著系对1934年版《中国文学批评史》的补充与再版,朱著则完成于战前。其他只有徐慕云《中国戏剧史》(1938年)、陶秋英《汉赋之史的研究》(1939年)。专题文学史更少,八年间,只有李崇元《清代古文述传》(1940年)、梁昆《宋诗派别论》(1938年)、梁乙真《中国民族文学史》(1943年)、郑振铎《中国俗文学史》(1938年)等。

八年抗战期间,除了词学、楚辞学、通俗文学等几个研究领域的研究基本保持或延续着战前的兴旺态势之外,其他领域如诗歌、小说、散文、文艺批评等,基本上都表现出停滞、下滑或断档的征象。从研究者来看,很多重要学者的研究呈现中间断档情形,即战前战后成果卓著,战争期间成果相对不足。前述胡云翼,战前著述甚多,八年战争期间,投身前线,在古典文学研究领域几乎一无所成。通俗文学研究专家钱南扬著述宏富,计有《谜史》(1928年)、《宋元南戏百一录》(1934年)、《元明清曲选》(1937年)、《梁祝戏剧辑存》(1956年)、《宋元戏文辑佚》(1956年)、《汤显祖戏曲集》(1968年)、《永乐大典戏文三种校注》(1979年)、《汉上宧文存》(1980年)、《元本琵琶记校注》(1980年)、《戏文概论》(1981年)、《南柯梦记校注》(1981年)等,几乎没有一部出自八年之内。同样情形尚见赵景深,其主要著作有《宋元戏文本事》(1934)、《元人杂剧辑逸》(1935)、《读曲随笔》(1936)、《小说戏曲新考》(1939)、《元人杂剧钩沉》(1956)、《明清曲谈》(1957)、《元明南戏考略》(1958)、《读曲小记》(1959)、《戏曲笔谈》(1962)、《曲论初探》(1980)等10种,唯有一种出于抗战期间。

与其一生成就相比,一些年富力强、正值研究盛期的学者,此期成果显少,如顾颉刚、罗根泽等。同时,流寓西部的学者,因为条件的限制,研究著述总体上以通俗介绍居多,研究开掘的深度较为有限。

三

抗日战争对古典文学研究立场及研究方向的改变影响尤其明显。战争首先影响古典文学研究的思想立场。一些学者面对时局，开始反思古典文学研究的学科地位与功能。“九·一八”事变时，夏承焘就很想放弃古典文学研究，放弃词学，改习政法经济拯世之书。他说:“内忧外患如此，而予犹坐读无益于世之词书，问心甚疚。颇欲一切弃去，读顾孙颜黄诸书，以俚言著一书，期于世道人心得裨补万一。”但是，因为“结习已深，又不忍决然舍去”。一方面“回顾世局”，感觉古典文学研究的“无益”，“屡欲辍笔”，另一方面又想，“非如此身心无安顿处”，以致“欲罢不能”，“踌躇甚苦”。①

受战争的影响，学者们不再局限于故纸堆中，而是从思想上认识到学术研究必须与国家、民族命脉联系起来。他们的研究思路与研究主题也因此发生改变。30年代前期，游国恩曾在青岛大学任教，正值日本军国主义嚣张一时，扶植伪满，步步进逼。游国恩非常愤激，他在《楚辞注疏长编》1933年所写的序言中说:“嗟夫！国难深矣！世之人傥亦有读屈子之文而兴起者乎？则庶乎三闾之孤愤为不虚，而区区之志，亦可与忠义之士相见于天下矣。”为此，他选择讲授和研究楚辞，以激发同胞的爱国热情。抗战开始，他执教西南联大，在陋室煤油灯下撰写《屈原》一书。该书力求通俗，在论点和材料上并没有多少超越《楚辞概论》和《读骚论微初集》之处，其目的在于振起国人，为抗日而呐喊。

---

① 高增德、丁东编:《世纪学人自述》(卷一)，第332、323页，北京:十月文艺出版社，2000年。

抗战改变了朱东润的研究思想和研究方向，他开始关注传记文学。他在开《史记》课程的基础上，撰成《史记考索》、《八代传记文学叙论》，以及《中国传记文学之发展》。后者专述中国古代传记文学之源流。抗战期间，朱东润撰成《王守仁大传》、《张居正大传》。前者旨在弘扬王守仁“知行合一”、“即知即行”的精神，因为在朱氏看来，只有这种精神才能从危亡中把中国解放出来。此书抗战前夕完成，因开明书店无力出版，手稿后于十年动乱中散失。朱东润写道：“那时中国的一半土地正受着敌人的蹂躏，千千万万的人民正在睁大充满血泪的眼睛，盼望着收复失地的大军呢！……我只是埋头书斋，有时竟是足不出户，从早到晚，一直钻进故纸堆。故纸堆有什么可钻的？我想从历史陈迹里，看出是不是可以从国家衰亡的边境找到一张重新振作的道路。我反复思考，终于想到明代的张居正，这是我写作《张居正大传》的动机。”①

抗战爆发，学者随之四处迁徙，直接地面对社会最底层，亲眼目睹战争带给国家、民族、社会、百姓的种种苦难，促使他们更加注意实践，注意边疆文化、草根文化的结合与研究。如阿英，1942年7月14日率全家由沪抵阜宁县停翅港新四军军部，因为深入接触到下层群众，所以，在做文艺指导工作之余，常到苏北解放区的一些农村老百姓中去搜集歌谣和故事。钟敬文则自觉地加强社会实践的观念，他在《钟敬文民间文学论集》(1982年)自序中写道：“抗日战争对于我的学术思想(包括民间文学思想)，是一个颇为重大的冲击。它加强了我的社会实践的观念。在30年代前期，我已经自觉地把对民间文艺和民间文化的搜集、研究，跟教育民众、提高民众文化等问题联结起来(自然，它

① 朱东润：《我是怎样写作〈张居正大传〉的》，长春：《社会科学战线》，1983年第3期。

还不是马克思主义的观点)。到了抗战时期,因为动员和教育民众的普遍和迫切的需要,一般需要,包括民间文艺,为这种需要服务的问题就被提到我们眼前了。”

闻一多是这方面的典型例子。抗战爆发后,他参加了横跨湘黔滇三省的步行团。他之参加这次步行团,用他自己的语言,是出于国难当头,像他们这样的“掉书袋的人”,“应该重新认识中国”。步行过程中,闻一多非常注意考察基层社会风俗、文化,在他的指导下,中文系学生根据路上所见所闻,写成《西南采风录》一书。这次步行,加上后来迁居西南,深入接触社会生活基层,以及民族国家危难处境的反思,加深了闻一多对社会下层生活的了解,为其思想变化埋下伏笔。在传统考证研究的基础上,他更加注意综合考古学、文化人类学、神话学、语言学、历史学乃至民俗学的研究方法与成果。他亲自深入云南少数民族地区,了解当地音乐、舞蹈,将之结合到《楚辞》、《诗经》、《周易》、神话等研究之中。实际上,直到 1943 年秋参加“民主运动”之前,闻一多一直过着避世的学者生活。抗战初期,他一直苦读不辍,除上课外平日很少下楼,以至友人皆劝其“何妨一下楼呢”,结果得到“何妨一下楼斋主人”的雅号。这之后,基于当时政府的腐败与专制,以及由之带来的种种社会问题,闻一多的思想发生巨大改变。他在书信《给臧克家先生》中反思自己的“钻故纸堆”。他说:“近年来我在联大的圈子里声音喊得很大,慢慢我要向圈子外喊去,因为经过十余年故纸堆中的生活,我有了把握,看清了我们这民族,这文化的病症,我敢于开方了。”并指出:“你想不到我比任何人还恨那故纸堆,正因为恨它,更不能不弄个明白。你诬枉了我,当我是一个蠹鱼,不晓得我是杀蠹的芸香。虽然二者都藏在书里,他们的作用并不一样。”1944 年 7 月,在西南联大抗战七周年纪念日演讲会上,他又指出:“谈到学术研究,深奥的数学理论,我们许多人虽然不懂,这又哪里值得炫耀?又哪里值得吓唬别人？今天在座的先生，谁不是曾经埋头做过十年、二十年的研究的？我若是能好好的读几年书，那真是莫大的幸福！但是，可能吗？我这一二十年的生命，都埋葬在古书古字中，究竟有什么用？究竟是为了什么人？现在，不用说什么研究条件了，连起码的人的生活都没有保障。请问，怎么能够再做那自命清高、脱离实际的研究？”至此，闻一多走出书斋，投身于“民主运动”，开始他作为民主斗士的生活。与之相应，闻一多研究的一个特点是对传统的批判，这种批判当然植根于他对中国历史文化的赤子之爱。对于中国的传统文化，他在《复古的空气》中指出，“文化是有惰性的，而愈老的文化，惰性也愈大”，批判的态度非常鲜明。在学术研究上，闻一多更加强调经世致用，根据《朱自清日记》，1943 年 6 月 9 日，他甚至指出，“陶渊明脱离现实”。可见，现实性与功用观已经深入到闻一多研究思想的内里。

在如此研究思想影响下，很多学者的研究方向也指向抗战爱国、民族主义题材，从而掀起一股研究抗战文学、民族文学的高潮。当时同名为民族文学史的作品就有两部，即赵景深《民族文学小史》、梁乙真《中国民族文学史》。缪钺则写出《中国史上之民族词人》(1943 年)，宣扬民族精神。金陵大学文学院国文系朱锦江搜集《诗经》以来“有关发扬民族之诗篇，研究其创造趋向，考证其时代精神，以见我民族生活史上之文艺表现”，编成《边塞诗史》。①

关于抗战文学、民族文学研究的论文很多，有的题目中直接标以反战、民族等词语，如史铎民《反抗性的唐诗及其时代背景》(《国民杂志》，1941 年第 1 期)、朱偰《唐代之民族诗歌》(《中国青年》，1939 年第 8 期)、一鸣《杜甫反战诗歌的研讨》(《更生周

① 杜元载：《革命文献(第 60 辑)：抗战时期之高等教育》，第 199 页，台北：“中央文物供应社”，1972 年。

刊》，1940 年第 3 期)、许惕生《杜甫的反战文学》(《中日文化》，1941 年第 1 期)、味之《百年来的国难诗和诗国难》(《新认识》，1942 年第 12 期)、树森《黄遵宪的民族诗》(《军事与政治》，1944 年第 3 期)、朱濬《乐府诗中所见之民族精神》(《斯文》，1942 年第 4 期)、汪容《汉魏六朝诗歌中之民族精神》(《中日文化》，1942 年第 9 期)、汪容《汉魏六朝故事诗中之民族精神》(《中日文化》，1942 年 11 期)、梁岵庐《“平倭图说”杂钞》(《旅行杂志》，1943 年第 6 期)等。

受此影响，宋代文学的研究有相当的发展，成果比较突出。此期出现专门的宋代文学专史，即陈安仁的《宋代的抗战文学》。该书 1939 年 3 月由长沙商务印书馆出版，是一本纲要性的小册子，其目的是通过宣扬两宋抗战御侮文学，激发国人的爱国热情，提高他们的民族意识，以文学史的形式服务于轰轰烈烈的抗日救亡运动。亦有深入研究者，代表人物即邓广铭。国家民族的危难状况激起邓氏慷慨报国之志，其对宋代的研究即从陈子龙、辛弃疾开始，1937 年刊出《〈辛稼轩年谱〉及〈稼轩词疏证〉总辨正》，次年撰成《辛稼轩年谱编例》。1939 年编写完成《稼轩年谱》、《稼轩词编年笺注》初稿及《辛稼轩诗文抄存》。1943 年，出版毕业论文《陈龙川传》。次年，出版《韩世忠年谱》，《陈龙川传》再版，发表《辛稼轩交游考》，并搜集有关岳飞的资料，开始撰写《岳飞》一书，当年冬天完成《岳飞》的写作。1945 年出版《岳飞》。邓氏是宋史研究大家，其研究方法及成果深得学界称许。夏承焘在《稼轩词编年笺注》一书序中称其《稼轩年谱》及《稼轩词编年笺注》“钩稽之广，用思之密，洪兴祖、顾嗣立之于昌黎，殆无以过”。另一代表即余嘉锡。北平沦陷后，他与友人信中自署“钟仪”，以春秋时楚囚自比。他将传统经史考据的方法用于通俗小说的研究，开辟出以小说、故事证史的研究方法，1939 年发表《宋江三十六人考实》，1945 年发表《杨家将故事考信录》。

《杨家将故事考信录》以《杨家将演义》为研究所本，博稽史料，条列史实，分《故事起源》、《流传因果》、《杨业传索隐》、《杨延昭文广传索隐》四篇，从传说故事中勾出事实，并进一步推论杨家将故事在民间广泛流传的文化背景，揭示其因弘扬民族正气而得广传民间的原因，目的在于彰显杨家将故事的意蕴，突出作品的"《春秋》攘夷之义"。余嘉锡在《杨家将故事考信录》中强调爱国主义精神："充此志也，山可移，海可填，日可复中，曾不百年而朱氏兴，遂驱胡元，复禹域，此岂一手一足之烈哉，正赖国亡而人心不死，有以致之耳。"并指出："杨家将事虽杂剧小说，先民之至节、立国之精神存焉。"此时关于杨家将研究的还有：卫聚贤《"杨家将"考证》(《说文月刊》，1944 第 6 期)、蓢伯赞《"杨家将"故事与杨业父子》(《中原月刊》，1945 年第 3 期)等。《宋江三十六人考实》则通过对《水浒传》前身《宣和遗事》所述宋江等三十六人横行河朔的故事，进行考研，弄清了《水浒》主要人物的历史原形，并从文本、制度、地理、民俗等多方面，还宋江起义以历史真实。

缪钺在宋代文学研究方面成果突出，著有《中国史上之民族词人》，论文有《论词》、《论宋诗》、《论李易安词》、《论辛稼轩词》、《姜白石之文学批评及其作品》、《欧阳永叔治学之精神》等。缪钺著述等身，词学并不是其专精研究之项，其论述李清照、辛弃疾，充满熟读深思的体会，也充满灵心锐感的兴发，对李清照锐感之心灵及辛词豪放与闲适兼具境界的把握，独到而准确。1962 年，他曾发表《关于李清照词》一文，对时人评论中全面否认李清照词中之"爱国的情感"的观点进行辩驳，指出完全否认其中爱国情感实为不公。可见，缪氏选择宋代作为研究课题，以民族词人，以及李辛为研究对象，与其感慨国难的心境分不开。抗战期间词学研究的很大一部分也属于宋代文学研究。

宋代重要的民族英雄，以及相关民族题材也受到重视与研究。如文天祥，有论文陈志宪《文天祥〈指南录后序〉笺注》（《斯文》，1942 年第 9 期）、李芳春《文信国公〈正气歌〉注释》（《现代西北》，1943 年第 7 期）等。又如陆游，有邹珍璞《陆放翁诗中所表现的民族思想》（《新认识》，1943 年第 3 期）。

抗战期间另一个研究热点是屈原与楚辞。此期屈原与楚辞的研究达到一个新高潮。将楚辞教学、研究与政治斗争结合起来，是此期楚辞研究的重要特征。这与当时御侮救亡的形势有关。当时，许多学者转而研究楚辞，成为楚辞研究专家，如汤炳正，从事文字、声韵、训诂研究，有论文行世，也有《语言之起源》专著出版。“抗战事起，转徙流浪，自受民族危亡之苦，遂与屈原思想感情产生共鸣。在贵阳，曾以《楚辞》教诸生于上庠。由此研习屈赋至今未尝辍。”这些学者以研究屈原、楚辞这一特殊方式，表现爱国抗日、反对异族侵略的性格特点。

闻一多为代表人物。闻一多被认为“从面部到心灵深处都是屈原”。他反对否认屈原的存在。据闻黎明、侯菊坤《闻一多年谱长编》，1942 年 2 月，西南联大中文系学生郑临川打算写一篇否定屈原存在的读书报告。闻一多听了他的论点和论据后，指出：“屈原存在的历史事实，你能否定得了么？你想，屈原的诗篇为我们树立了多么崇高的爱国文学的传统，鼓舞了几千年来民族的自豪感情和献身精神，使我们今天还能生活在祖国的大地上，做自己文化的主人，成为世界文明古国的奇迹，我们今天的浴血奋战，也正是屈原精神继续存在的活见证。否认屈原的存在，对于抗战会有什么好处呢？要记住，做学问绝不是为了自我表现，是要为国家民族的生存和进步作出有益的贡献啊！”闻一多赞扬“屈原是人民的诗人，为人民写诗，为反抗昏乱的政权、效忠人民而死的”。他还指出：“《离骚》的成功不仅是艺术的，而且是政治的，不，它的政治的成功，甚至超过了艺术的成功。”同时，他并不孤立地看待屈原，而是将屈原放在整个时代、社会里研究。他承认屈原是伟大的天才，但天才是活人，不是偶像，也只有这么看，屈原的真面目也许才能再现在人们心中。在具体研究上，闻一多采用传统朴学与现代人文科学精神相结合的方法，广征博引，考证精严，其《楚辞校补》，及九章、九歌解诂等论文，新见迭出，具有很高的学术价值。在《楚辞校补》“引言”中，闻一多指出其研究楚辞所注重的三个方面，即说明背景、诠释词义、校正文字。郭沫若在为《闻一多全集》作序时，盛赞闻一多强调研究要“说明背景”“是属于文化史的范围，应该是最高的阶段”。

闻一多的研究领域并不局限于屈原与楚辞。抗战期间，他的研究对象从唐诗扩展到《诗经》、《楚辞》、《周易》、《庄子》等。他的思考甚至扩宽到整个中国文学史，完成了经典作品《神话与诗》、《唐诗杂论》，以及《庄子内篇校释》、《尔雅新义》、《周易义证类纂》等。闻一多贡献最大的当是其研究思想与方法。他将中国传统的考据校勘之学与西方现代弗洛伊德精神分析法及文化人类学的方法熔为一炉，做了开创性的工作，其成就享誉学界。

对此，朱自清在《朱自清日记》中有详细评述。朱氏写道：“后来他在《诗经》、《楚辞》上多用力量。我们知道要了解古代文学，必须从语言下手，就是从文字声韵下手。但必须能够活用文字声韵的种种条例，才能有所创获。闻先生最佩服王念孙父子，常将《读书杂志》、《经义述闻》当作消闲的书读着。他在古书通读上有许多惊人而确切的发明。对于甲骨文和金文，也往往有独到之见。他研究《诗经》，注重那时代的风俗和信仰等等；这几年更利用弗洛依德以及人类学的理论得到一些深入的解释。他对《楚辞》的兴趣似乎更大，而尤集中于其中的神话。他的研究神话，实在给我们学术界开辟了一条新的大路。关于伏羲的故事，他曾将许多神话综合起来，头头是道，创见最多，关系极大。曾听他谈过大概，可惜写出来的还只是一小部分。他研究《周易》，是爱其中的片段的故事，注重的是社会生活经济生活的表现。近三四年他又专力研究《庄子》，探求原始道教的面目，并发现庄子一派政治上不合作的态度。以上种种都跟传统的研究不同：眼光扩大了，深入了，技术也更进步了，更周密了。所以贡献特别多，特别大。近年他又注意整个的中国文学史，打算根据经济史观去研究一番，可惜还没有动手就殉了道。"①

郭沫若的楚辞与屈原研究时代性与主观色彩更为鲜明。他自称"我就是屈原"。他批评屈原"弄臣说"，指斥该说是要摧毁人民意识与人民文艺的形象。郭沫若楚辞研究成果体现在《屈原研究》。该书在坚持考据训诂方法的同时，运用唯物史观从宏观角度探讨屈原生活的时代及其思想与作品，认为屈原在时代的影响下，自觉接受进步思想，创立新"骚体"，是"最伟大的一位白话诗人"。郭沫若对屈原的研究与挖掘还体现在其历史剧《屈原》的创作上。当时还掀起一场关于屈原是否为"弄臣"的大讨论，闻一多、郭沫若、朱自清、刘开扬、孙次舟等参与了这次讨论。对楚辞作者的研讨还有沤盦《〈离骚〉作者的商榷》、沈筱瑜《〈离骚〉作者新考》、郑迁《关于〈楚辞〉作者兼论〈远游〉时代》等文章。侯外庐重在探索屈原的思想，写有《屈原思想的秘密》、《屈原思想渊源底先决问题》、《申论屈原思想(衡量屈原的尺度)》等论文。苏雪林则从远古神话的角度探究楚辞，发表论文《山鬼与酒神》、《〈天问〉里的后羿射日神话》、《〈天问〉里的印度诸天搅海故事》、《〈天问〉九重天考》，扩开楚辞研究另一片天地。此外尚有姜亮夫《〈离骚〉笺正》、徐中舒《〈九歌〉〈九辨〉考》及《〈九歌九辨考〉补遗》等考证文章。

一些研究者致力于与战争有关的军事题材的研究，目的是

① 朱自清：《中国学术界的大损失——悼念闻一多》，《朱自清散文全编》，第 342 页，杭州：浙江文艺出版社，1995 年。

直接实用于抗战。钱基博钻研《孙子兵法》，于 1939 年推出《孙子章句训义》，并结合现实增加新战实例，希望为全国抗日做出贡献。1939 年，他甚至应国民政府李默庵将军之邀，赴南岳抗日干部训练班讲说《孙子兵法》，倡言中国必胜，日本必败。他还将《孙子章句训义》作为学校教材，亲自传授学生，激发学生的爱国热忱。

民族主义大旗下的经世致用思想及研究，一定程度上助益了当时的抗战现实，也给古典文学学科注入新的研究立场，产生了一些带有浓厚时代特色的成果。对一些学者而言，虽然环境的艰难可能影响了他们取得更多的学术成果，但也给他们的人生增添了一段难忘的体验，增强了他们的民族认同和社会责任感。不少本学科的学者，通过本时期的磨炼，根本上改变了自己的人生和学术态度。此期经历深刻影响了他们今后的人生和学术道路的选择。

同时，也有一些学者在艰苦的条件下排除干扰，矢志钻研，研究方法、思路在继承中创新，为古典文学研究拓开新的天地，如陈寅恪、钱锺书。

抗战明显影响了陈寅恪的日常生活和研究工作。他的选题带有鲜明的忧患色彩，如《庾信哀江南赋与杜甫咏怀古迹诗》(1937 年)、《读哀江南赋》(1938 年)、《秦妇吟校笺》(1940 年)等。但在研究方法上，陈寅恪一直坚持自己的立场。他在《陈垣〈明季滇黔佛教考〉序》(1940 年)中说道："昔晋永嘉之乱，支愍度始欲过江，与一伧道人为侣，谋曰'用旧义往江东恐不办得食'，便共立心无义。既而此道人不成渡，愍度果讲义积年。后此道人寄语愍度云：'心无义那可立？治此计权救饥耳，无为遂负如来也。'忆丁丑之秋，寅恪别先生于燕京，及抵长沙而金陵瓦解，乃南驰苍梧瘴海，转徙于滇池洱海之区，亦将三岁矣。此三岁中，天下之变无穷，先生讲学著书于东北风尘之际，寅恪入城乞食于西南天地之间，南北相望，幸惧未树新义，以负如来。”

陈寅恪强调治学不应为外在条件的变化而任意立说。表现在古典文学的研究上，此期的陈寅恪形成并运用其“以诗证史”的研究方法，完成了《秦妇吟校笺》、《读莺莺传》(1941 年)、《元白诗笺证稿》(1944 年)、《陶渊明之思想与清谈之关系》(1945 年)等作品。他把史学和文学打成一片，从传统的经学观点亦即从政治的角度而不是从艺术的角度看待诗歌，目的不是为了说诗，而是以诗证史，以史证诗，融会贯通，在史学和文学研究中开创了一条新道路。如《元白诗笺证稿》高度评价白居易新乐府诗，称之为“一部唐代诗经”，赞其“有总序，即摹毛诗之大序；每篇有一序，即仿毛诗之小序。又每篇首句为其题目，即效‘关雎’为篇名之例。全体结构无异古经”，秉承“采诗匡主之志”。陈氏从传统经学的角度出发，政治标准置于艺术标准之上，因而极为称许白居易“为君为臣为民为物为事而作，不为文而作”的精神，并称其“作诗之意，直上拟三百篇，陈义甚高，其非以古诗十九首为楷则，而自同于陈子昂李太白之所为，固甚明也”，但对作家的艺术技巧、作品的艺术性明显关注不够。

抗战影响了钱锺书的生活。他先是应邀到西南联大执教，不到一年，又因为照顾其父，迁徙到湖南蓝田国立师范学院。1941 年，他到上海疗养，为战火阻隔，无法离开，只得留居上海。他曾在《谈艺录》引郑子尹《自沾益出宣威入东川》诗时感叹自己颠簸于战乱的情景：“军兴而后，余往返浙、赣、湘、桂、滇、黔间，子尹所历之境，迄今未改。形羸乃供蚤饥，肠饥不避蝇余。”

又有《故国》诗一首感叹家国：

故国同谁话劫灰，偷生坯户待惊雷。
壮图空说黄龙捣，恶识真看白雁来。
骨尽踏街随地痛，泪倾涨海接天哀。
伤时浑托伤春惯，怀抱明年倘好开。

在这种国破家困的情况下，钱锺书完成了《谈艺录》。以此，他在序中称《谈艺录》“虽赏析之作，而实忧患之书也”。此书于1948年出版，1984年，钱锺书再写《补订稿》，分量跟《谈艺录》相同，由中华书局出版。此书以文言写成，系钱氏对中国文艺的思考与总结之集，也是钱氏抗战中古典文学研究之代表作。全书对历来诗家作品多有评点，其重点则在唐以后，尤以明清为多。《谈艺录》征引丰富，所引中文书一千九百七十余种，西方论著五百余种。又据陆文虎《谈艺录索引》统计，该书涉及的古代诗话，宋代有三十六种，金元十种，明代十五种，清代近七十种。中国诗话史上的重要著作几乎都被涉及。全书涉及诗人八百多人，并由众多诗例的琐细比较中归纳出从古代到近代125位诗人的296首诗作。诗人作者的心思才力、作品的沿革因创、批评的优弊传承等，尽皆论及。每节或综论，或条贯，或点评，长短自如，论述具体入微，多有创见。以方法而言，钱氏并未炫高耀奇，基本上沿袭传统学术笔记（如《日知录》）和诗话（如《瓯北诗话》）之套路，只是将取材范围扩大到西方书籍。《谈艺录》与零碎的传统诗话又不尽相同，在传统的诗话形式中包含新的思维方式，它运用中外系统的理论进行分析、批评，克服传统诗话感兴式、漫随式、欣赏式的缺点，由经验上升到理论。全书构成钱锺书一套独特而复杂的理论体系，即其对中国文学一贯不变的理论认识，可谓传统诗话的发展与创新。西人胡志德在其《传统的革新：钱锺书与中国现代文学》（1977年）一书中指出，《谈艺录》看似缺乏总体结构或指导理论，实则“触及了传统诗论中的相当数量的主要问题，所探究的，正是‘中国古典诗论的主体’”。

《谈艺录》还是第一部广采西方人文、社科新学来诠评中国古典诗学诗艺的书。其内容涉及精神分析学、结构主义、文化人类学、新批评，以及新起流派如超现实主义、接受美学、解构主义等等。它不仅是中国最早的丰富而详赡的中西比较诗论，而且提出许多前人不曾提出过的问题,如佛学对中国诗文论的广泛影响,克罗齐直觉说的评价等。钱氏还第一次将俄国形式主义文学理论家许克洛夫斯基、丹麦哲学家克尔凯郭尔、法国诗人瓦勒利等的理论运用于中国古文论研究。《谈艺录》系钱锺书于战乱中条片式撰成。出版后,钱每颇感有“言之成理而未彻,持之有故而未周”(《谈艺录》引言)之处。夏承焘在 1948 年 9 月 17 日的《天风阁学词日记》中说:“阅钱锺书《谈艺录》,博闻强记,殊堪爱佩。但疑其书乃积卡片而成,取证稠叠,无优游不迫之致。近人著书每多此病。”夏说是对此状况的恰当佐证。曹聚仁在《我与我的世界》(1972 年)一书中说:“胜利以后,回到上海,读了钱锺书先生的《谈艺录》,才算懂得一点旧诗词。”西人夏志清则评价《谈艺录》为中国诗话的里程碑。

此外,陆侃如将学术研究与学术史充分结合起来,潜心完成了 80 万字的《中古文学史系年》。冯沅君致力于戏剧研究,著述尤丰,论文、著作有《南戏拾遗补》(1940 年)、《元剧中二郎斩蛟的故事》(1943 年)、《汉赋与古优》(1943 年)、《诸宫调的引辞与分章》(1944 年)、《金院本补说》(1944 年)、《古优解》(1944 年)、《古优解补正》(1944 年)、《元剧题目正名的唱念者》(1944 年)。缪钺勤力研究,论文有《论宋诗》(1941 年)、《周代之“雅言”》(1941 年)、《王粲行年考》(1942 年)、《何晏王弼事辑》(1942 年)、《六朝五言诗之流变》(1942 年)、《〈诗〉三百篇纂辑考》(1943 年)、《论辛稼轩词》(1943 年)、《论李义山诗》(1943 年)、《王静安与叔本华》(1943 年)、《李冶李治释疑》(1943 年)、《论李易安词》(1944 年)、《姜白石之文学批评及其作品》(1944 年)、《论荀学》(1944 年)、《颜之推年谱》(1944 年)等,涉及范围之宽广,运用方法之多,令人叹服。另有朱自清的诗学研究,罗根泽、朱东润、刘永济、郭绍虞、萧涤非等的文学史研究,姜亮夫、向达的敦煌学研究,王昆仑、吴宓的《红楼梦》研究等,都达到了很高的标准。王起的《西厢记》研究，詹锳的李白研究，则分别为其后来学术展开及丰收奠下坚实基础。在资料缺乏、条件艰苦的情况下，古典文学研究仍能取得如此成绩，实属难得。

四

沦陷区的研究力量主要集中在北平及上海、南京。北平由留守的辅仁大学校长陈垣为领军人物，聚集孙楷第、孙作云、顾随、傅芸子、傅惜华、周祖谟、于省吾、陆宗达、刘盼遂、俞平伯等研究人员。其中，陈垣偏重史学，顾随长于词学，后者著述不多，且多由后人整理结集出版，有《东坡词论》、《稼轩词论》。于古典文学研究勤恳且成就卓然者，有孙楷第、孙作云、傅芸子、傅惜华。孙作云曾参与续修《四库全书总目提要》的工作，编成《经部·诗经类目录》、《史部·金石类目录》，助编《子部·艺术类目录》，补写《史部·地理类·方志之属》东北县数篇及《子部·艺术类·食谱之属及游戏之属》提要十余篇。孙楷第、傅芸子都曾在北平图书馆工作过，傅惜华则承担中法汉学的俗文学研究部分，因此，接触资料多，利用资料相对便宜，研究工作取得较大的成就。孙作云是闻一多的学生，完全吸收并充分发挥了闻一多"新训诂学"及原型批评的方法，用心于远古神化传说与楚辞研究，撰写《九歌东君考》(1941 年)以及"八考":《蚩尤考——中国古代蛇氏族研究》(1941 年)、《夸父槃瓠犬戎考》(1942 年)、《飞廉考——中国古代鸟族之研究》(1943 年)、《鸟官考——由图腾崇拜到求子礼俗》(1943 年)、《饕餮考——中国铜器花纹之图腾遗痕之研究》(1944 年)、《后羿传说丛考——夏初蛇、鸟、猪、鳖四族之斗争》(1944 年)、《中国古代鸟氏族诸酋长考》(1945 年)、《释姬——周先祖以熊为图腾考》(1945 年)。孙氏"八考"借鉴西人图腾崇拜理论探索中国古代神话传说的底蕴，多发前人所未发，对中国氏族社会的图腾制度研究，具有开拓意义。孙楷第、傅惜华、傅芸子则集中于通俗文学的研究。1936 年至 1942 年留住北京的杨明照，主要研究对象为诸子和史书，曾对《吕氏春秋》、《刘子》、《抱朴子》、《庄子》、《史记》、《史通》等书疏证、考辨。

上海、南京的研究人员分为两部分。一部分属于进步的左翼派，这部分人员很多随着上海的沦陷撤离出来，留守者不多，主要有郑振铎、刘大杰、赵景深等。他们很大一部分精力用在宣传抗战上，研究工作颇受干扰，但仍写出《中国俗文学史》、《中国文学发展史》等经典著作。另有冒广生，任教太炎文学院，钻研经史文学，专心著述，著有《京氏易三种》、《大戴礼记义证》、《纳甲说》、《纳音说》、《管子集释长编》(未完稿)、《四声钩沉》、《倾杯考》、《宋曲章句》、《新云谣集杂曲子》、《疚斋词论》、《后山诗任渊注补笺》，并对《淮南子》、《晏子春秋》、《文子》、《列子》、《春秋繁露》等进行校释，颇见功力，成绩斐然。

另一部分文人则地位、收入都比较稳定，包括柳存仁、纪果庵、周劭(周黎庵)、沈启无、瞿兑之、周越然、谢兴尧、金性尧等。他们的研究主要集中在通俗文学领域，如《红楼梦》的研究(如周越然《〈红楼梦〉的板本和传说》、周黎庵《谈清代织造世家曹氏(关于红楼梦考据的一些新资料)》等)、《老残游记》的研究(如柳存仁《介绍研究〈老残游记〉的新文献》等)。尤其集中的是关于《孽海花》的研究，或考证，或比较，全面讨论《孽海花》及《续孽海花》。纪果庵、周黎庵、瞿兑之等都参与这场讨论。冒广生也参与其中，发表了四五篇研究文章，后收集在魏绍昌所编的《〈孽海花〉资料》中，名为《〈孽海花〉闲话》。

战争对词学研究造成一定冲击，如《词学季刊》停办，重要研究学者夏承焘、唐圭璋迁移辗转，但几个主要领军人物依然保持着旺盛的研究精力，研究队伍依然稳定，研究成绩突出。重要词家龙榆生此期寓居东南，生活较前稳定，倾全力于词学事业，模仿《词学季刊》编辑体例，创办《同声月刊》，内容则不限于词。《同声》不仅有词学名家如冒广生、俞陛云、夏敬观、张孟劬等为之撰稿，且注意组织同仁，开展学术讨论，如组织张孟劬、吴眉孙、夏承焘、施则敬等讨论四声问题。龙氏本人仍然注意词之校勘学、目录学，完成了《重校集评云起轩词》，并校刻《沧海遗音续集》之一部分，以及《词林要籍解题——水云楼词》、《词林逸响述要》等，但更注意将词的创作与理论总结紧密结合一起，跳出一般推介、鉴赏、普及的圈子，从学派、词风发展变化等理论高度批评、研究词学。其论词多转向清代，撰有《晚近词风之转变》(1941 年)、《论常州词派》(1941 年)、《陈海先生之词学》(1942 年)等重要论文。唐圭璋、夏承焘则处于后方。唐氏仍然主力于词学文献学整理，在战前充分准备的基础上，于 1939 年出版二十册线装《全宋词》，计辑两宋词人约一千多家，词二万余首。同时，他对《全金元词》的纂辑也在进行之中。唐氏还用心词学考证，完成了《宋词纪事》、《宋词版本考》、《两宋词人占籍考》等重要论作。其中，《宋词版本考》是 20 世纪词学史上第一部词籍版本史著作。唐圭璋还写出《温韦词之比较》、《李后主评传》、《云谣集校释》、《敦煌词校释》、《词的作法》、《论梦窗词》、《姜白石评传》、《纳兰容若传》、《评人间词话》等论文和著作，涉及词学理论、词人、词之校勘、词之写作、词之批评理论等各个方面，范围之广，成果之多，无人可及。夏承焘虽不如 30 年代前期活跃，但因之前期唐宋词人年谱之积累，致力词乐之学、声调之学以及考证之学等方面的研究，作《宋词系》、《填词四说》、《词四声平亭》，成果甚富。其《宋词系》仿取诗大序之意，意在发扬民族正气，以抗敌御侮，具有较强的时代性。《填词四说》、《词四声平亭》则充分显示夏氏将词的创作与理论研究结合起来的特征。此外，陈匪石、汪东、缪钺、詹安泰等此期亦有词学研究。

通俗文学的研究较为繁荣。五四时期的白话运动，加以30年代左翼作家提倡之文学大众化、普罗文艺等路线，促成20世纪初期通俗文学研究的迅速发展与壮大。日军侵略迫使许多学者迁徙流转各地，却也给他们接触了解以及研究通俗文学提供了便利的条件。此期通俗文学研究代表人物当为郑振铎。其重头作品《中国俗文学史》1938年8月由商务印书馆印行。他在该书中给俗文学下了一个明确的定义："'俗文学'就是通俗的文学，就是民间的文学，也就是大众的文学。换一句话，所谓俗文学就是不登大雅之堂，不为学士大夫所重视，而流行于民间，成为大众所嗜好、所喜悦的东西。"他认为俗文学比正统文学范围广大，许多正统文学的文体最初都是由俗文学"升格"演化而来，因此，中国文学的主体应是俗文学，"俗文学不仅成了中国文学史主要的成分，且也成了中国文学史的中心"。他还总结出俗文学的六个特质，即大众化，集体创作，口传耳闻，新鲜、淳朴而不免粗糙，想象丰富而绝少模拟气，勇于吸收引进新因素。他的俗文学可分为五类：诗歌、小说、戏曲、讲唱文学、游戏文字。俗文学的演变消长构成了中国俗文学的发展情势。

在郑振铎的影响下，从20世纪30年代中期起，赵景深的研究领域扩大了，触角伸展到我们称之为俗文学的一些文体中。1936年北新书局出版了他的《读曲随笔》，1937年商务印书馆出版了他的《大鼓研究》，1938年商务印书馆出版了他的《弹词考证》等。商务印书馆还于1938年出版了他选注的"中学语文补充读本"《弹词选》(第1集)。他认为："弹词亦为南方的叙事诗……北方的叙事诗则为鼓词。"这时，他结识很多读曲、研究俗文学的朋友，如吴梅、贺昌群、钱南扬、卢前、顾随等。

在北平，孙楷第、傅惜华、傅芸子俗文学研究成就突出。孙氏此前已经纂辑出中国第一本小说目录，此期又根据自己在上海、南京、北京等地所阅近千种明、清戏曲所作的解题，以及在北平图书馆从诸家传记、图书志、地方志等书中抄出的明清曲家事迹数百条研究戏曲，写出《述也是园古今杂剧》(1940 年)，论元曲版本极为详尽，并且有不少新见。又有《吴昌龄与杂剧西游记》(1939 年)、《近代戏曲原出宋傀儡戏影戏考(附表)》(1942 年)、《傀儡戏考原》(1944 年)、《北曲剧末有楔子说》(1943 年)、《元曲引俗语"赵藁送曾哀"说》(1943 年)、《梁鼓角横吹曲用北歌解》(1945 年)，以及《〈水浒传〉旧本考》(1941 年)等论文。其中，《近代戏曲原出傀儡戏影戏考》及《傀儡戏考原》系第一次对傀儡戏影戏做现代化研究，所据多为第一手材料，说明详细，引起中外学者注意。

傅氏兄弟此期或整理，或研究，关注之体裁有小说、笑话、杂剧、戏曲、传奇、五更调、时调小曲、子弟书、山歌等，论文 20 多篇，颇多发明。傅惜华作有《六朝志怪小说之存逸》、《京本通俗小说》、《中国古代笑话集》、《三国故事与元明清三代之杂剧》、《也是园所藏珍本元明杂剧之发见》、《北大图书馆善本藏曲志》、《日本现存中国善本之戏曲》、《近五年来所获之戏曲珍籍》、《明曲选集四种所见之新资料》、《平妖堂所藏明代善本戏曲》、《戏曲家张大复作品考》、《清代传奇提要》、《关于"偷桃""青衫""霞笺"三种传奇》、《乾隆时代之时调小曲》、《子弟书总目》、《梅花墅传奇考》、《子弟书考》、《太真故事之子弟书》。傅芸子主要关注音乐文，作有《日本戏曲与中国戏曲》、《内阁文库读曲记》及《续记》、《五更调的演变(从敦煌的叹五更到明代的闹五更)》、《"挂枝儿"与"劈破玉"》等。傅芸子还是敦煌学研究的功臣，其《敦煌俗文学之发见及其展开》(1942 年)为敦煌研究开始之标志。

这一时期还产生了一部杰出的文学史，即刘大杰《中国文学发展史》。此书 1938 年下半年动笔，上卷成于 1939 年，下卷成于 1943 年，实是对此前文学史研究的总结与超越。刘大杰广泛地吸取中国近代学者王国维、鲁迅、胡适等的一些学术成果，并借鉴丹纳、弗里契、厨川白村、朗宋、马克思等外国学者的思想与方法，指出“文学发展史便是人类情感与思想发展的历史”，编撰文学史就是要叙述这种发展的过程与实质，因此，他将一部中国文学发展史当作一部中华民族心灵的展示过程来写。刘大杰并非一味强调“情感”与“思想”，他从社会学的角度关注文学的发展演进，认为社会历史条件最终决定着人的思想感情变化，并最终对文学的发展演变具有决定性意义。因此，在叙述和说明复杂的文学现象及其所表现之丰富思想感情时，刘氏总是联系到社会政治状况、经济发展水平、人文地理环境等所产生的关联与影响。刘大杰既借鉴西方文学史之长，又不囿于其理论之偏见，避免走入“纯文学史”的死胡同；既继承了传统文学中正确的文学理论，又不拘于传统文学观念及研究方法的限制，广采众长，融会贯通，写出了这部超前启后的文学史研究新著。

综上所述，抗战对中国古典文学研究造成的破坏极大。战争直接导致学者们流离失所，他们或直接投身抗战，或因生计艰难，或因资料短缺，难以继续完成自己拟定的研究计划。同时，一些学者屈身求全，也间接地损伤了学术力量。一些学者的研究手稿甚至还被战火摧毁，再难恢复。日军的轰炸与劫掠，还导致中国六成左右的图书惨遭损失。① 其中有大量珍贵的善本、孤本。抗战破坏了中国正在形成的学术环境与气质，破坏了中国学术界业已酝酿出的“一种客观标准”②。钱穆在《八十忆双亲·师友杂忆》中，曾深情地回忆过战前，他在北京大学和陈垣、马叔平、吴承仕、杨树达、闻一多、余嘉锡、容肇祖、向达、赵万里、

① 农伟雄、关健文：《日本侵华战争对中国图书馆事业的破坏》，北京：《抗日战争研究》，2002 年第 1 期。

② 余英时：《钱穆与中国文化》，第 15 页，上海：上海远东出版社，1994 年。笔者按，余英时原话为：“他（钱穆）承认 30 年代的中国学术界已酝酿出一种客观的标准，可惜为战争所毁，至今未能恢复。”

贺昌群等学者共论学术的情景，钱穆说："（他们）皆学有专长，意有专情。世局虽艰，而安和黾勉，各自埋首，著述有成，趣味无倦。果使战祸不起，积之岁月，中国学术界终必有一新貌出现。"①另一方面，一批学者经过八年的蛰伏与积累，战后全面放开，表现出深厚的底力与强劲的创造性，推动了新一轮研究的前进，如顾颉刚、夏承焘、唐圭璋、缪钺、朱东润、钱南扬、赵景深等。一些学者，经过磨炼与锻造，成为日后古典文学研究队伍的中坚与支柱，如姜亮夫、孙作云、高亨、詹锳、程千帆、王瑶、季镇淮等，继承并传延了古典文学研究的一脉香火。同时，在开发西部、开发边疆的口号声中，远徙偏地的学者也将目光投向该地，采集、整理、校订、注释一些地方文集或作品，促进了偏远地区文学研究的发展与进步。

（中国社会科学院方志办　程方勇）

① 钱穆：《八十忆双亲·师友杂忆》，第 159 页，台北：台湾传记文学出版社，1983 年。

《国文月刊》与古典文学研究

《国文月刊》创办始末

1937年抗日战争全面爆发后，为保存文化力量，北京大学、清华大学和南开大学三校合迁湖南，组成“国立长沙临时大学”。1937年11月1日，长沙临时大学开始上课。不到两个月，南京又陷敌手。长沙临时大学被迫再迁昆明，成立“国立西南联合大学”。西南联大由北大、清华、南开三校校长蒋梦麟、梅贻琦、张伯苓为常务委员，共主校务。杨振声为秘书主任。梅贻琦兼常委会主席。1938年5月4日，西南联大正式上课，分理、工、文、法、师范五学院，共26个系，2个专修科，1个先修班，学生总数3000人，规模之大，在抗战时期堪称全国第一。其中文学院中国文学系汇集了朱自清、闻一多、罗常培、罗庸、魏建功、杨振声、陈寅恪、刘文典、王力、浦江清等一批优秀的学者，他们代表了20世纪40年代学术的最高水平。作为大学教师，他们首先想到的是在战时如何促进国文教学以及促进青年人国文程度的进步。本着这个宗旨，在朱自清等人的积极筹措奔走之下，由联大师范学院主办、开明书店出版、丰子恺题写刊名（七十五期以后由沈君墨题写刊名）的《国文月刊》于1940年6月16日诞生了。

在《国文月刊》创办过程中起到重要作用的是朱自清和时任开明书店编辑的叶圣陶。从朱自清日记和书信存稿我们可以了解到，《国文月刊》的出版合同是由朱自清在1939年11月30日下午起草的。12 月 20 日，他携《国文月刊》合同书访开明书店代表章锡珊，请他签字。第二天，他又携《国文月刊》合同书访联大师范学院院长黄钰生，请他签字。① 而在开明书店一方奔走的则主要是朱自清的好友叶圣陶。

1940 年 6 月 16 日，《国文月刊》第一卷第一期如期出版。刊物是西南联大师范学院国文系和文学院国文系联合筹办的，由昆明开明书店发行。如第一期“卷首语”所言：“这一个刊物是由西南联合大学师范学院国文系中同人所主编，同时邀西南联合大学文学院国文系中同人及校外热心于国文教学的同志合力举办的。”实际上虽名为联合筹办，但当时师范学院中国文学系的主要教师都是文学院中国文学系教师兼任。第一期的编辑委员是浦江清（主编）、朱自清、罗庸、魏建功、余冠英、郑婴。然而浦江清只担任了前两期的主编，休假回了上海。从第三期开始，主编由时任联大师范学院讲师的余冠英担任，直至联大复员的第四十期。其间，其他编委也略有更迭。第十二期至第二十期的编委是余冠英（主编）、罗常培、朱自清、罗庸、王力、彭仲铎、萧涤非、张清常。第二十一期至二十六期休假回来的浦江清又担任一段时间编委。从第二十八、二十九、三十期合刊至三十七期李广田加入。另外短期加入编委行列的有闻一多，只担任了第二十七期的编委，第三十八期时沈从文也加入到编委行列。

关于办刊宗旨和目标，在第一期的“卷首语”中是这样阐述的：

> 本刊的宗旨是促进国文教学以及补充青年学子自修国文的材料。

① 此段史料参见姜建、吴为公编：《朱自清年谱》，合肥：安徽教育出版社，1996 年。另见朱乔森编：《朱自清全集》第十卷《日记（下）》，南京：江苏教育出版社，1997 年。

据社会上一般人的意见，认为现在青年学子的国文程度的低落实为国家的隐忧。同人中看过这两届全国各大学统一招生国文试卷的也感觉到莫大的怅惘。我们办这刊物，抱有提高青年学子的国文程度的宏愿。

这样的办刊宗旨决定了《国文月刊》所刊载的内容：

根据这一个宗旨，我们的刊物，完全在语文教育的立场上，性质与专门的国学杂志及普通的文艺刊物有别。所以本刊不想登载高深的学术研究论文，却欢迎国学专家为本刊写些深入浅出的文章，介绍中国语言文字及文学上的基本知识给青年读者。本刊虽然不能登载文艺创作，却可选登学生的作文成绩及教师的范作，同时也欢迎作家为本刊写些指示写作各体文学的方法的文章。照我们现在拟订的计划，本刊要刊载的文章可分数类。一是通论，凡探讨国文教学的各种问题的文章以及根据教学经验发表改进中学语文及大学基本国文的方案的文字皆可入此栏，作为教学同人交换意见的园地，同时可备办教育者的参考。二是专著，凡关于文学史、文学批评、语言学、文字学、音韵学、修辞学、文法学等等的不太专门的短篇论文或札记，本刊想多多登载。三是诗文选读，包括古文学作品及现代文学作品两项，均附以详细的注释或解说，备学子自修研究。四是写作谬误示例，专指摘学生作文内的误字谬句，略同以前别的杂志上有过的"文章病院"一栏。以上四类定为本刊主要的文字，此外还可以加上学生习作选录、书报评介、答问、通讯等等。但为篇幅的关系，每期不一定能具备各栏的文字。

这个刊物一出版就受到联大师生和社会的欢迎。据时任师范学院院长的黄钰生回忆："1940 年国文系教师编辑出版了《国文月刊》。此刊物一开始就受到了欢迎，在国文教学方面起了积极的作用。”①因此，一直出版到抗战胜利后的第四十期。

1945 年 8 月 15 日，日本宣布无条件投降。历时八年的全民抗战结束了。历时七年的西南联大也将结束它的历史使命。而依附联大存在的《国文月刊》何去何从的问题此时也摆在了朱自清等人的面前。早在 1945 年 2 月全民抗战胜利初露端倪的时候，朱自清和叶圣陶二人就有书信往来，谈及《国文月刊》以后的出路问题。据叶圣陶日记，当时曾“致佩弦一书，谈《国文月刊》事。佩弦与其同事拟以此刊改为私人所办，余店赞成之，仍愿为之出版”。然而其事未果。1945 年 9 月 9 日，朱自清写信给叶圣陶，谈西南联大复员之后《国文月刊》的出路问题：

> 本该早写信，因为《国文月刊》事耽搁到如今……
>
> 联大师院国文系并入文学院……余冠英君打算将《国文月刊》编到四十期为止，以后或停，或由私人接办。罗膺中君问弟意见，弟与余君和师院当局商量，仍继续编下去。但还未通知罗君。这儿复员大约总得等滇越路通，或者要到明年夏天。到那时再谈私人接办问题。弟意《国文月刊》停了很可惜。私人办或者可勉强浦江清兄编，就怕稿子困难。兄有何高见，望告。

9 月 11 日，朱自清再次给叶圣陶写信，谈拟由开明书店接办《国文月刊》：

> 今早发信后，即访罗膺中君，谈《国文月刊》事，殊不得要领。照弟解释，罗君似不赞成店方用《国文月刊》名义，即不赞成续办。其理由似均不真切。原因何在，弟亦莫测。惟上周兄主店方续办信到后，弟因恐余君（余冠英）四十期稿即发出，“暂时停刊”声明已拟定，故将尊信先寄余君。此

---

① 黄钰生：《回忆联大师范学院及其附校》，见《嘉吹弦诵情弥切——国立西南联合大学五十周年纪念文集》，北京：中国文史出版社，1988 年。

种办法在手续上殆略有不合，而余君前日晤罗君，并未将兄信及弟信示罗君。因此或引起罗君不快，亦未可知。为今之计，似可由店方具一正式函致联大师院《国文月刊》社由罗君转（须用当日订合同之称呼，不知是如此否？乞查）。声明愿用"月刊"名义续办，并声明如同意，四十期中之声明似应重拟。此信径寄联大罗膺中君。书明日由罗君转（挂号或快信），兄或可另致一私函于罗君，说明店方之意愿。一方面弟即函余君将兄前信交罗君阅看，并由弟函知罗君，此事已请店方与《国文月刊》社接洽。罗君当可迅速复信，同意与否则全无把握。如渠不同意，或作游移之语，则此事即只有一途：由店办"国文月报"，另起炉灶……江清、了一二君俱不反对用"月刊"名义，但事情仍须由罗君决定……弟近年不问行政，手续不免疏忽。此事办得拖泥带水，对开明尤其对月刊甚觉遗憾也。以上经过情形，外人请不必提及，免落痕迹。

9月15日，朱自清又给叶圣陶写信，讨论《国文月刊》私办后的稿费一事。10月11日，又致叶圣陶信，仍谈开明书店如何承办《国文月刊》的一些细节，觉得"周折更多"。10月24日，再次给叶圣陶写信，说："《国文月刊》事，经此间同人详商，觉立即改组颇为不易。根本一点，在此环境内，拉稿总是笺注考证多，恐永难如弟等所望，多得通俗之稿。因此决定出到四十期即暂告结束……月刊承开明合作，维持至今，深为感谢。不能续出，甚觉歉然。"看来经过一段时间的努力未果，朱自清已经打算放弃。

开明书店一方的叶圣陶也一直关注此事，他觉得《国文月刊》停刊至为可惜。他在开明书店一方积极奔走，商议承办《国文月刊》。10月30日，叶圣陶写信给朱自清，"谈《国文月刊》由我店接办事，佩弦昨来信，言拟停办此月刊。我店似不宜任其停止，拟请郭绍虞主持，继续刊行。又作详信致调孚，请上海诸君怂恿绍虞任之”。至11月初，此事终于谈妥。11月4日，朱自清再次致信叶圣陶，对《国文月刊》由开明书店续办并由郭绍虞编辑，表示“欣慰之至”。11月11日，朱自清走访了当时联大师范学院院长罗庸，谈了《国文月刊》由开明书店承办一事。朱自清12月12日在给叶圣陶的信中，又提及《国文月刊》由开明书店续办的一些细节。①

从这些私人信件中可以看出朱自清和叶圣陶对《国文月刊》付出了巨大的心血，他们事无巨细地考虑到办刊的各个方面，从稿件来源、稿酬水准到办刊诸人的人际关系。在朱自清和叶圣陶的奔走努力下，终于确定了续办的事宜。

1946年，北大、清华、南开三校回迁，西南联合大学结束历史使命，于1946年5月4日正式宣告结束，联大师范学院留在昆明，即今天的云南师范大学的前身。而由联大师范学院国文系主编的《国文月刊》自1946年3月第四十一期起转由开明书店编印并出版，第四十一期至四十四期的出版地是四川重庆，四十五期以后的出版地为上海。出版者署开明书店国文月刊社，编辑者是夏丏尊、叶圣陶、郭绍虞、朱自清。1948年8月朱自清逝世。从1948年9月第七十一期起编辑者是吕叔湘、叶圣陶、郭绍虞、周予同。实际上后期《国文月刊》的主要编辑是叶圣陶和郭绍虞。叶圣陶为《国文月刊》投入了相当大的精力。在确定《国文月刊》由开明书店续办后，作为编辑的叶圣陶马上投入其中。据他的日记记载，1945年11月18日，他写信八通，“皆为接洽接办《国文月刊》及为月刊拉稿之事”。第二天，他又“作书

① 此段史料参见朱乔森编：《朱自清全集》第十一卷《书信补遗编》，南京：江苏教育出版社，1997年。另见叶圣陶：《叶圣陶集》第十九卷、第二十卷、第二十四卷，南京：江苏教育出版社，1992年。

两通。为《国文月刊》校改原稿竟日。余冠英寄来之原稿未加校读之功，排版时常发生困难，故为校之。此是第四十期，盖余君所编之末一期矣，此后将由我店编辑，当较修整”。1946 年 3 月 4 日，他又“写信多封，索《国文月刊》之文稿。绍虞编此志，觉文稿来源甚少，殊难为继，故为之向友人催询”。1948 年 8 月 24 日，“绍虞为《国文月刊》作悼念佩弦一文，其文全系文言调子，余为改之”。1949 年叶圣陶转经香港进入解放区，《国文月刊》第八十期的编辑代表署名郭绍虞，直至 1949 年 8 月八十二期休刊。

在日寇侵略、全民抗战的大背景下，支撑一份学术性的刊物，其难度是可想而知的。

首先，是经费问题。在第一期“卷首语”中我们可以得知办刊经费是如何酬得的：“这一次蒙黄子坚先生的赞助在师范学院内筹划出一部分经费，又蒙开明书店的赞助，补贴了另外一半的出版费，替我们印刷发行，我们非常感谢。”然而这一点经费也仅仅是支付了出版费用，至于撰稿者的稿酬则“在本刊经费尚未筹足前暂以呈赠本刊为谢”①，而且不仅“是对撰文者不能送报酬，编辑者还须自贴邮票纸张等费”②。可见在办刊的初期，多亏编辑者(实际上其中很多也是撰稿者)的奉献精神，刊物才顺利发行。后来由于校外学者的稿件越来越多，不能不送稿酬，在多方努力之下，稿酬渐渐多了起来。在第六期“国文月刊社启事”中刊物开始向各界征稿并酬谢稿费：“本刊欢迎投稿，长短不拘，文白均可。登载后敬酬稿费每千字二元至五元。”在第二十一期“编后语”中说明了这笔稿酬的来源并总结了一段时间以来的情况：“后来从本校得到一点补助，再后又从开明书店得到一些补

---

①《国文月刊》第一期“编辑后记”，昆明：《国文月刊》，1940 年第 1 期。

②《国文月刊》第二十一期“编后语”，昆明：《国文月刊》，1943 年第 21 期。

助，于是对撰稿人可以赠送少数纸墨费了。起初是每千字三元，后来加到五元，又加到八元。最近蒙开明书店慨增补助费，今后我们可以对撰者赠送每千字十六元至廿五元的稿费了。”

其次，是印刷方面的困难。因为战争的关系，开明书店的印刷机构设在桂林，而编辑部设在昆明，所以编辑者把稿件交出后至出版前根本没有校对机会，所以初期的印刷错误也较多。印刷厂设备简陋，常出故障，也是一个问题。在第十六期的“启事”中我们就可以看到因为这个问题而导致的脱期：

> 本刊第十六期、十七期，以承印之印刷厂修理电机关系，致延误多日，深为抱愧。第十八期因系别家印刷厂承印，提前出版，以先发奉，谅以收到。兹第十六期亦已出版，第十七期尚须稍待数日，方可出版，敬希台洽为荷。

第二十一期“编后语”中编辑者说：“印刷的困难从第十二期起开始，至今尚未完全解决。开明书店现在正竭力解决这问题，以后或不致再常常脱期。”事实上因为战争的原因，在直至 1946 年以前，印刷的困难始终存在。其中有一段时间开明书店的印刷机构曾搬至重庆，条件更为简陋，没有能力印刷图表。

还有一个困难是稿件的来源。主要是初期稿子缺乏，在第二卷开始的时候就已经不明显了。但是编辑本着促进国文教学的办刊宗旨，希望有更多教学方面的文章。如第八期“编辑后记”所言：“关于中学国文教学方法及教材问题的讨论是本刊最欢迎而近来时感缺乏的文字。”十四期“编辑后记”再次重申“本刊关于国文教学问题的讨论尚嫌不够热闹，希望诸位国文教师多多赐教”。

面对种种困难，编辑者也坦言“我们创办这个刊物时本不敢期望继续到这么久，因为预料可能遇到的困难是很多的”①。但

①《国文月刊》第二十一期“编后语”，昆明：《国文月刊》，1943 年第 21 期。

是，他们克服了各种困难，艰难地生存下来了，而且生存得越来越好。《国文月刊》自 1940 年 6 月创刊至 1949 年 8 月停刊，历时 10 个年头，共出版了 82 期，是抗日战争至解放战争这一历史时期出版史上的奇迹。

《国文月刊》的主要内容

《国文月刊》第一期“卷首语”开宗明义：“本刊不想登载高深的学术研究论文，却欢迎国学专家为本刊写些深入浅出的文章，介绍中国语言文字及文学上的基本知识给青年读者。”为《国文月刊》撰稿的作者绝大多数确实称得上国学专家。

朱自清：国立西南联合大学文学院中国文学系主任（1937 年 10 月 4 日至 1939 年 11 月 4 日）兼师范学院中国文学系主任（1938 年 8 月至 1939 年 11 月），教授，著名古典文学研究学者。

闻一多：文学院中国文学系教授，著名古典文学研究学者。

罗常培（字莘田）：国立西南联合大学文学院中国文学系主任兼师范学院中国文学系主任（1939 年 11 月 14 日至 1941 年 11 月 10 日），语言学家。1940 年至 1942 年任联大讲师，1942 年至 1945 年任副教授，1945 年至 1946 年任教授。

罗庸：国立西南联合大学文学院中国文学系主任兼师范学院中国文学系主任（1944 年 9 月 13 日至 1946 年），教授，语言学家。

浦江清：文学院中国文学系教授。

王力（字了一）：文学院中国文学系教授。

张清常：师范学院中国文学系副教授。

魏建功：文学院中国文学系教授。

余冠英：1939 年被聘为文学院教员，1940 年被聘为师范学院讲师，后升为副教授。

许维遹:文学院中国文学系副教授。

萧涤非:师范学院中国文学系副教授。

李广田:师范学院中国文学系讲师。

李嘉言:文学院中国文学系助教。

吴晓铃:文学院中国文学系助教。

傅懋勉:文学院中国文学系助教。

为《国文月刊》撰文的作者涵盖了文学院中国文学系和师范学院中国文学系的几乎所有优秀的学者。其中,朱自清、闻一多、浦江清都是享誉学术界的古典文学学者,余冠英、李嘉言、萧涤非等是这一领域的后起之秀,罗常培、王力、张清常、罗庸等是语言学家。虽然办刊者并不想把《国文月刊》办成高深的学术刊物,但这一大批学者那些深入浅出的文章仍然具有相当的学术价值,从而也保证了刊物较高的学术质量。

作为指导青年学子学习国文的普及刊物,刊物偶尔也会有这两系的学生的优秀作品。如第二期有郑临川等三名学生的习作。二十七期一篇《王炎午生祭文丞相文笺》是中文系四年级的一位女学生百先容写的。三十九期有中文系学生王彦铭写的《读桃花扇后》。三十一、三十二合刊有中文系学生马忠的《"打"字的过去和现在》。

如果撰文者仅仅是西南联大中文系或师范学院中国文学系的师生,那么它的学术视野可能受到限制。它决不仅仅是这两个系的系刊。即使是由联大师范学院主编的前四十期中,也约到来自全国各高校、中学以及社会各界的各类稿子。如云南大学的徐嘉瑞《云南民谣研究》(二十一期)和《云南农村戏曲研究》(二十二、二十三期),东北大学的傅肖岩《中国文学欣赏举隅序词》(二十一期),来自厦门大学的林庚的系列赏析《风雨如晦鸡鸣不已》(二十一期)、《君子于役》(二十二期)、《谈曹操短歌行》(二十七期)、《劝君更进一杯酒　西出阳关无故人》(三十一、三十二合刊)、《山有木兮木有枝》(三十六期),来自中山大学的颜虚心的《文心雕龙集注》(二十一期、二十六期、二十七期、三十一期三十二期合刊、三十三期、三十四期,从原道第一至乐府第七)等一大批有分量的文章。另外国立云南大学文法学院院长姜亮夫、金陵大学中国文化研究所研究员吕叔湘、国立浙江大学文法学院院长詹锳、清华大学文科研究所的叶克耕、清华大学的王瑶、浙江大学龙泉分校的王起、金陵女子大学中国文学系主任陈觉玄,还有来自厦门大学的李笠、桂林师范学院的吴奔星,国立中央大学教授张世禄等一批学者也都有文章在《国文月刊》发表。

海纳百川,只要是学说有见地,成一家之言,刊物都予以采用。一些作者并非高校研究人员,也在这本刊物中占有一席之地。他们有来自福建省银行的刘永潜、两广地质调查所的刘酒隆等,还有来自国立第六中学的孙秋方、重庆市立女中的项因杰、国立第十二中学的陈德言、湖南蓝田大麓中学的吴忠匡、浙江淳安县立中学的唐景崧、西南联大附中的质灵等一批工作在教学一线的中学教师。

在《国文月刊》第一期"卷首语"中编辑者把所要刊登的稿件主要分为四类,一是探讨国文教学问题的以及根据教学经验发表改进中学语文及大学基本国文的方案的文章,二是关于文学史、文学批评、语言学、文字学、音韵学、修辞学、文法学等等的不太专门的短篇论文或札记,三是诗文选读,包括古典文学作品及现代文学作品两项,四是写作谬误示例。

而从第四十一期开明书店接办以后,办刊宗旨没有改变,关于稿件内容的划分则小有不同。在 1946 年、1947 年、1948 年每年的年度总目索引中,把稿件分为"语言文字及声韵训诂学"、"文法学"、"修辞学"、"经学及文学史"、"文学批评"、"国文教学"、"文辞疏解"、"纪念逝世之国文教授"、"当代文选评"、"杂类”等若干项目。

实际上“卷首语”中所需要的这四类文字并没有全部占据平等的地位。其中第四类仅仅在初期刊登了几篇文章如佩弦的《文病类例》(一期至四期)和几篇学生习作就偃旗息鼓了。真正在刊物上占据重要位置的首先是国文教学方面的文章。许多学识渊博的大学者首先是教师,而这份刊物又是师范学院所主办,所以国文教学类的文字在前期是占有相当大的比重的。许多大学者也纷纷发表文章阐述自己在国文教学方面的心得或见解。如朱自清在《中学生的国文程度》(一期)中就“近年来中学生的国文程度低落”的责难,进行具体分析,指出低落的只是文言写作,而白话文的应用能力还有着长足的进步。尽管白话文应用中学生也有一定问题,但只要加强训练,会取得更大进步。朱自清在《再论中学生的国文程度》(二期)中着重分析了中学生在诵读问题上的弱点,指出诵读关系着文化,是为了培养学生了解和欣赏的能力,不该偏废。他又在1941年5月16日写成语文杂论《论教本与写作》,发表于《国文月刊》第十期。这篇文章分别从文言与白话两方面细致论述了选择适当教材对中学生进行写作训练的重要性以及途径和方法。余冠英也曾发表多篇此类文章,如《关于本年度统考国文试题中的文言译语体》(三期)、《比较的读文法示例》(四期)、《坊间中学国文教科书中白话文教材之批评》(十七期)等。罗庸发表了《文学史与中学国文教学》(一期)、《感与思》(三期)(针对中学生作文问题)、《我与汉语》(十四期)等。其次是语言学方面的文章,包括语言文字、声韵训诂学、文法学、修辞学等方面。再次是中国古代文学方面的文章,这是我们这篇文章介绍的重点。在刊物的早期这类文章所占的比例并不大,如一、二、三期每期只有一篇此类文字。但从总体看,这类文章所占位置越来越重要,而且质量也相当高。为了使读者有一个直观的印象,这里以1947年《国文月刊》为例,罗列出全年发表的文章：

语言文字及声韵训诂学：12 篇，具体篇目略。

文法学：13 篇，具体篇目略。

修辞学：2 篇，具体篇目略。

经学及文学史：21 篇，具体篇目如下。

司马迁的散文风格之来源　李长之

杜甫的创作态度　李广田

史记书中的形式律则　李长之

论琵琶记故事　张长弓

唐学　任铭善

史记的建筑结构与韵律　李长之

诗歌的起源及其流变　王了一

史记句调之分析　李长之

韩愈与唐代小说　陈寅恪撰，程会昌译

温庭筠《感旧陈情五十韵献淮南李仆射诗》旧注辨误　顾学颉

九歌之来源及其篇数　李嘉言

史记文余论　李长之

“才人考”辨　吴晓铃

辞赋起源——从语言时代到文字时代的桥　万曼

韦应物传　万曼

乐府歌辞的拼凑与分割　余冠英

挽歌的故事　邢庆兰

韦应物传（续）　万曼

散文之发展与变易　张须

词曲识小录　叶华

新旧唐书温庭筠传补订　顾学颉

文学批评：13 篇，具体篇目如下。

温词蠡测　徐沁君

先秦两汉文论　张须

论文学的复古与革新　傅庚生

魏晋隋唐文论　张须

司马相如赋论　万曼

宋元明清文论　张须

司马相如赋论(续)　万曼

近代文论　张须

评朱光潜《诗论》　张世禄

论《陌上桑》　萧望卿

再论曹操的短歌行　王福民

王摩诘《送綦毋潜落第还乡》诗跋　程会昌

释象外　叶兢耕

国文教学:13 篇,具体篇目略。

文辞疏解:6 篇,具体篇目如下。

史学语体文教学举隅　刘泮溪

清真词浅释　俞平伯

“妃呼豨”解　徐德庵

周美成词浅释　俞平伯

离骚“淫”字辨　陈思苓

白石词“暗香”“疏影”说　沈祖棻

纪念逝世之国文教授:4 篇,具体篇目略。

当代文选评:4 篇,具体篇目略。

附录:1 篇,具体篇目略。

我们可以看到有关古典文学的稿件已经占了半壁江山。而且这些文章从先秦到明清,从诗文辞赋到小说,比较全面地覆盖了古典文学的研究领域。

如果进一步进行分类的话,大致可以把发表在《国文月刊》

上的有关古典文学的文章分为以下几类：

古文选读、赏析类：如浦江清古文选读系列《李清照和金石录后序》（二期）和《谢绛游嵩山寄梅殿丞书》（五期）、浦江清辑录《古文丛话》（四期）。闻一多《怎样读九歌》（五期）。罗庸《读杜举隅》（九期）。吴组缃《介绍短篇小说四篇》（十一期）、张清常《阅读古文的一种方法》（十五期）。浦江清"词的讲解"系列《李白菩萨蛮》（二十八、二十九、三十期合刊）、《李白忆秦娥》（三十三期）、《温庭筠菩萨蛮》（三十四期）。

札记、考辨类：如李嘉言《读唐诗文札记五则》（四期）、《唐诗文札记》（十期）、《全唐诗校读法绪余》（九期）。王运熙《乐府"前溪歌"杂考》（七十五期）、《离合诗考》（七十九期）。程会昌《郭景纯曹尧宾游仙诗辨异》（八十期）。

集释笺注类：如闻一多《乐府诗笺》（三、四、十一、十三、十六期）。许维遹《国语选注》（四期）。朱自清《古诗十九首释》（六、七、八、九、十五期）。陶光《左传邲之战补注》（九期）。赵西陆《三国志诸葛亮传集证》（十二、十三、十四期）。浦江清《温庭筠菩萨蛮笺释》（三十五、三十六、三十八期）。姜亮夫《离骚笺正》（三十九期）。

学术论文类：如余冠英《谈新乐府》（一期）、《七言诗起源新论》（十八、十九期）、《乐府歌辞的拼凑与分割》（六十一期）。罗庸《思无邪》（六期）。孔祥瑛《乐府和五言诗》（六期）。吴晓铃《说旦》（八期）。陶光《文心雕龙论》（十期）。萧涤非《乐府填词与韦昭》（十四期）、《论词之起源》（二十六期）。朱东润《诗三百篇成书中的时代精神》（四十五期）、《元杂剧及其时代》（七十七、七十八期）。王起《倡妓和调笑文学和旧戏》（五十期）、《刘知远故事的演化》（七十九期）。郭绍虞《肌理说》（四十三、四十四期）。王力《诗歌的起源及其流变》（五十五期）。李嘉言《九歌之来源及其篇数》（五十八期）。张须《散文之发展与变易》（六十二期)、《欧阳修与散文中兴》(七十六期)。张长弓《论“吴歌”“西曲”产生时的社会基础》(七十五期)。王运熙《论六朝清商曲中之和送声》(八十一期)。傅庚生《〈诗品〉探索》(八十二期)等。

《国文月刊》发表的古典文学方面的重要文章

朱自清《古诗十九首释》。最初刊于《国文月刊》第一卷六、七、八、九、十五期(1941—1942 年),后收入上海古籍出版社出版的《古诗歌笺三种》,其批评、分析、鉴赏,最为细致和精彩。《古诗十九首》最早著录于梁昭明太子萧统的《文选》。这仅仅是十九篇的抒情短诗,一直受到诗论家崇高的评价,《十九首》和《三百篇》往往相提并论,流传之广,影响之深,在中国古典诗歌领域中是一件特殊事例。朱自清《古诗十九首释》先抄录原诗,依次录李善注,然后是自己的注,注后是研究性的说明,兼采各家,并出以己意。他继承了古典释典、释事的传统,主要体现在“注释”部分,同时又十分重视诗歌意义的阐释,重视对诗内在旨意的搜寻,主要体现在“说明”部分。两者结合的研究方法对 40 年代以后的研究产生了较大影响。关于选择《古诗十九首》作为研究对象的原因,在前言部分朱自清作了说明,有两个原因:

> 本文选了古诗十九首作对象,有两个缘由。一来《十九首》可以说是我们最古的五言诗,是我们诗的古典之一。所谓“温柔敦厚”、“怨而不怒”的作风,《三百篇》之外,《十九首》是最重要的代表。直到六朝,五言诗都以这一类古诗为标准;而从六朝以来的诗论,还都以这一类诗为正宗。《十九首》影响之大,从此可知。
>
> 二来《十九首》既是诗的古典,说解的人也就很多。古诗原来很不少,梁代昭明太子(萧统)的《文选》却只选了这十九首。《文选》成了古典,《十九首》也就成了古典;《十九

首》以外，古诗流传到后世的，也就有限了。唐代李善和“五臣”给《文选》作注，当然也注了《十九首》。嗣后历代都有说解《十九首》的，但除了《文选》注家和元代刘履的《选诗补注》，整套作解的似乎没有。清代笺注之学很盛，独立说解《十九首》的很多。近人隋树森先生编有《古诗十九首集释》一书（中华版），搜罗历来《十九首》的整套的解释，大致完备，很可参看。

但是说解的人虽多，整套说解的并不多，而且又有忽略典故、断章取义、曲解诗意等问题，作者希望通过自己的分析，“帮助青年诸君的了解，引起他们的兴趣，更注意的是要养成他们分析的态度。”可惜作者只完成了《行行重行行》、《青青河畔草》、《青青陵上柏》、《今日良宴会》、《西北有高楼》、《涉江采芙蓉》、《明月皎夜光》、《冉冉孤生竹》、《庭院有奇树》等九首。在文中，他摒弃了“臣不得与君，士不遇知己”的陈词滥调，认为《古诗十九首》的主题是对生命、生死、时间流逝的焦灼和感叹，同时肯定了《古诗十九首》中的男女之情和浓烈的相思。

闻一多《乐府诗笺》。连载于《国文月刊》第三、四、十一、十三、十六期，后编入 1948 年开明书店出版的《闻一多全集》第四集，1956 年北京古籍出版社《闻一多全集选刊》之四《诗选与校笺》中再版。共笺注《日出入行》、《朱鹭》、《思悲翁》等乐府诗歌三十九首，闻一多关于乐府诗研究的主要成就体现于此。他追溯西汉、东汉及魏晋民歌的成就，研究东汉及魏晋乐府的发展，探索唐代黄金时代的形成，企图在扬弃之间为中国诗歌创造新路。他在这组诗笺中多有创见，为后来学者提供了较为独特的学术视角。例如对于《饮马长城窟行》中“客从远方来，遗我双鲤鱼”的“双鲤鱼”一解：

双鲤鱼，藏书之函也。其物以两木板为之，一底一盖，刻线三道，凿方孔一，线所以受封泥。此或刻为鱼形，一孔以当鱼目。一孔一盖分之则为二鱼，故曰双鲤鱼也。函一名椟，说文曰：“椟，检柙也。”王国维谓一书用两检夹之，是也。说文又曰：“枷，栅也，淮南谓之椟。”今梨园饰系囚所用枷或作鱼形，盖犹古制。其物之用在挟持而禁制之以为固，与藏书之函略同。用同者体亦常同，故二者皆或作鱼形，用同体同者名亦常同，故又并得称椟也。又古门钥以二木中贯牡以为固，其用于函亦近，而古称鱼钥疑亦因其刑制而得名。此亦古函刻为鱼形之旁证。

认为“双鲤鱼”就是古代的信封。“呼儿烹鲤鱼”即解绳开函，“中有尺素书”即开函看到用素帛写的书信。再如闻一多对“下里”考之甚详，指出“下里当即《蒿里》之曲”，也就是丧歌。

闻一多《怎样读九歌》。发表于《国文月刊》第五期，主要讲解《九歌》中“兮”字如何用其他虚词进行代释。在此文前序中强调“兮”字的作用说：

《九歌》需要解释的地方太多了，现在只谈一个“兮”字，为初步的欣赏《九歌》，这样谈谈不但尽可够用，说不定还是最有效的办法……这里的“兮”竟可说是一切虚字的总替身……《九歌》的文艺价值所以超越《离骚》，意象之美，固是主要原因，但那“兮”字也在暗中出过大力，也是不能否认的。

本文的主体是“九歌兮字代释略说”，把《九歌》中二百五十多个“兮”字作了详细的分析，分别释作“之”、“夫”、“而”、“与”、“以”、“然”、“于”、“也”、“其”等情况，来帮助对文意的理解。

余冠英《七言诗起源新论》。发表于《国文月刊》第十八、十九期。这篇长文分为“引言”、“七言诗由楚辞系蜕变说之疑问”、“‘七言’与七言诗”、“谣谚与七言诗”、“结论”几部分。文中首先否定了七言出自楚辞系说，认为七言诗的源头是由民间歌谣演变而来，而时间可溯源至先秦以前，而他所谓的民间歌谣是指“成相辞”。“成相”，是一种颂唱的文体，最早因战国末年的荀子写过《成相篇》五十六章而被注意，而《汉书·艺文志·杂赋类》也记有《成相杂辞》十一篇，表示这一文体战国、秦汉间曾流行。荀子《成相篇》全文共五十六韵，它的句式是固定的"三、三、七、四、七"。"七言是早在西汉已经产生的新诗体，不过当时只有少数好奇趋新的人，将它拿来运用，一般人对这种新诗体却颇为歧视，不肯认为诗的一类。"因为那个时代只承认四言、骚体和五言是诗歌正体，而六言、七言诗都要别著说明。七言诗在魏晋南北朝也受到歧视，直到隋唐才确立其地位。至于原因，文章说：

> 原来七言和五言一样在起初都是"委巷中歌谣"之体，五言诗体初被文人应用是在东汉时，并不比七言早些，但因为乐府中所收的歌谣多五言，五言普遍得很快，到魏晋已经升格为诗歌的正体了。七言虽早已有人用之于诗，但并未能流行起来。未能流行起来的原因，我想一是两汉的那些"七言"中佳制太少，除张衡的"四愁诗"外很少流传人口，因而不曾引起多数人仿作；二是七言歌谣在汉时不曾有一首被采入乐府，没有音乐的力量来帮助它传播，自然难于普遍。后者应是最主要的原因。

另外，余冠英和李嘉言在《国文月刊》二十八、二十九、三十期合刊中还发表了《关于七言诗起源问题的讨论》。这篇文章是由二人所写的两封信构成，李嘉言认为七言诗源于楚辞并对余文中若干结论置疑，余冠英回信予以答复，探讨更加深入。在此之前，关于七言诗起源与发展的研究也取得了一定的成果。如王耘庄的《七言诗起源考》、罗根泽的《七言诗起源及其成熟》、王盈川的《七言诗发生时期考》等。

李长之关于《史记》与司马迁研究的系列论文。主要发表在1946年和1947年的《国文月刊》上。它们是《司马迁及其时代精神》(四十七期)、《司马迁生年为建元六年辨》(四十七期)、《司马迁的散文风格之来源》(五十一期)、《史记书中的形式律则》

（五十二期）、《史记的建筑结构与韵律》（五十四期）、《史记句调之分析》（五十六期）《史记文余论》（五十八期）。在《司马迁及其时代精神》中，李长之较为全面地研究了司马迁的生平及其所处时代，认为司马迁出生在一个伟大的时代，他撰写的《史记》正是伟大时代精神的体现。李长之用充满诗意和激情的语言高度赞美了司马迁和他的时代：

我们当然可以从各方面去看司马迁，但即单以文章论，他也已是可以不朽了！试想在中国的诗人（广义的诗人，但也是真正意义的诗人）中，有谁能像司马迁那样有着广博的学识、深刻的眼光、丰富的体验、雄伟的气魄的呢？试问又有谁像司马迁那样具有大量的同情，却又有那样有力的讽刺，以压抑的情感的洪流，而使用着最造型底史诗性底笔锋，出之以唱叹的抒情诗底旋律底呢？在中国的文学史上，再没有第二人！

司马迁使中国散文永远不朽了！司马迁使以没有史诗为遗憾的中国古代文坛依然令人觉得灿烂而可以自傲了！司马迁使到了他的笔下的人类的活动永远常新，使到了他的笔下的人类的情感，特别是寂寞和不平，永远带有生命，司马迁使可以和亚历山大相比的雄才大略的汉武帝也显得平凡而黯然无光了！

这样一个伟大的诗人（真的，我们只可能称司马迁是诗人，而且是抒情诗人！）让我们首先想到的，乃是他那伟大的时代。

我们说司马迁的时代伟大，我们的意思是说他那一个时代处处是新鲜丰富而且强有力！奇花异草的种子固然重要，而培养的土壤也太重要了！产生或培养司马迁的土壤也毕竟不是寻常的。

李长之还从美学风格上分析了《史记》。他认为《史记》的散文风格源于秦汉的通俗文字而更为精炼、纯粹、矫健、柔化、冲淡，在艺术形式方面则遵循统一律、内外协和律、对照律、对称律、上升律、奇兵律、减轻律等七种形式律则。他还从句子的长短、音节、应对骈偶、对话、造句等几个方面分析了《史记》语言的语调之美。总之，李长之在细致深入研究的基础上给予《史记》以极高的评价。后来他的这些论文以及其他一些研究司马迁及《史记》的论文结集为《司马迁之人格与风格》于1948年由开明书店出版，代表了20世纪40年代《史记》研究的成就。

傅懋勉《从绝句的起源说到杜工部的绝句》。1941年5月10日，傅懋勉在联大中文系讲论会上作《从绝句的起源说到杜工部的绝句》的发言，刊于《国文月刊》十七期。是日作者附记云："本文系懋勉在国立西南联合大学中国文学系同仁第五次讲论会上讲稿，原稿承罗膺中、罗莘田(常培)、闻一多、朱自清诸师费神看过一遍。会后本系同仁李嘉言先生又特搜集关于联句之材料数则，另为短文，以助成其说。今特向罗、闻、朱诸师及李先生敬致谢意，并志不忘云尔。"这篇文章先是列举了各家对绝句起源的说法，在比列史料后认为"绝句起于萧梁之际，大致似无问题"。绝句之所以起源于萧梁，"这里面有一个很重要的原因，盖南朝文人多喜欢在诗题上或内容上出些新花样"，而其中尤其以联句诗与绝句的关系最为密切。作者认为杜甫的绝句虽不多，但是很优秀。同期发表的李嘉言的短文名为《绝句与联句》。

萧涤非《论词之起源》。发表于《国文月刊》第二十六期，文章首先提出，要想搞清楚词的起源，必须先搞清楚词的特色，"则虽不中不远矣"。文章认为：

> 词之为词，其特色大致有二：一曰内容之香艳缠绵，一曰形式之长短参差。故词之渊源亦有二：一为南朝之艳情乐府，此词之内容所由脱胎也。一为唐代之流行曲调——其方法则为"倚声填词"，此词之形式所由形成也。前者为

历史的，文学的，而后者则为环境的，音乐与方法的。前者其远因，而后者则其近缘也。

文章因此分为“源于南朝之艳情乐府”和“源于唐代之流行曲调”两部分，重点论述了第二部分。作者认为：“‘词’既由倚声而来，自必有其所倚之声调，今当更一究此种声调之来源，以求其由倚声变而为长短句之痕迹。”他据唐五代诸初期作品，考见词的声调来源自三个方面：一、出于外来之夷乐；二、出于里巷之俗调；三、出于固有之律绝。并认为律绝尤为重要。

郭绍虞《肌理说》。发表于1946年6月《国文月刊》第四十三、四十四期合刊。郭绍虞是古代文论研究的大家，他对清代诗论中最为流行的神韵、格调、性灵、肌理四说都有深入的研究。关于神韵、格调、性灵三说的论文已经陆续发表在《燕京学报》上。这一篇《肌理说》是他清代诗论研究的重要组成部分。文章分为“总论”、“翁方纲之肌理说”、“肌理说之余波”三大部分。其中第二部分为主体，又分为“对神韵与格调的看法”、“肌理说之意义”两部分。文章认为，与神韵、格调、性灵三说有所渊源不同，肌理说始创于翁方纲。翁方纲是在批判地吸收神韵、格调二说的基础上创立自己的诗论的。其肌理说与他的论诗法可以相互映发。“他论法，有正本探源之法与穷形尽变之法之分，故论其肌理，亦有义理之理与文理条理之理二义。由义理之理言，所以药神韵之虚，因为这是正本探源之法。由文理条理之理言，又所以药格调之袭，因为这又是穷形尽变之法。”而且因为肌理说不必上溯其渊源，故而重在影响。在第三部分，着重论述了肌理说对方东树、何绍基和常州派之词论的影响。

詹锳《李白家世考异》。发表于《国文月刊》第二十四期。这篇文章以及当时发表在《东方杂志》上的另外几篇李白研究的论文，构成了詹锳李白研究的基本学术框架，也可以说是他出版的《李白诗系年》的副产品。在本期的“编辑后记”中对此文有所介绍:“詹先生近年撰著《李白诗系年》一书,顷已脱稿,将由重庆独立出版社印行,本期所载为其中‘通论’之一部分。”文中对李白的家世进行了考证,通过排索大量史料和李白诗文,得出结论:

> 意者白之家世,或本商胡,入蜀之后,以多赀渐成豪族,而白幼年所受教育,则唐蕃语文兼而有之。如此于其胡性之中,又加以诗书及道家言,乃造成白诗豪放飘逸之风格。及游长安,为欲攀附宋枝,诡称凉后,遂令人眛其所从来,于是异论纷出矣。

这篇论文后来收在1957年8月作家出版社出版的詹锳专著《李白诗论丛》中。

以上只是刊物所发表的优秀论文中之荦荦大端,也足以显示出《国文月刊》在当时古典文学研究中所占的重要地位。纵观八十二期发表的全部文章,可以发现除了学术水平高之外,还有几个特点。

一是时代精神。虽然论文研究的时代都已离现代人很遥远,但是在祖国被侵略、人民饱受欺凌的时代背景下,即使是坐在书斋中研究学术的先生们也满怀爱国的激情,并把这一腔激情倾注到自己的研究对象中去。例如余冠英在《谈新乐府》一文中说,想到“目前的‘抗战诗歌’与新乐府有相同之点,新乐府的提倡和目前的‘旧瓶装新酒’运动尤有可比较的地方,所以拈起这个题目来”。朱东润在四十五期发表的《诗三百篇成书中的时代精神》中说《诗经》成书的时代“是民族主义高潮的时代。时代底使命是追求诸夏民族的团结,一致抵抗异民族的侵略”。在引证《左传》、《尚书》后,不忘激励人们:

> 这是中华文学底渊源,了解诗三百篇以后,我们才能知道为什么中国诗人多充满了苦难然而也坚强的精神,才能知道为什么中国人虽是不断地遭着外来的患难,然而最后还是一个不能克服的民族。

二是合作与研讨精神。如傅懋勉《从绝句的起源说到杜工部的绝句》原稿，罗膺中、罗莘田、闻一多、朱自清都看过一遍，予以指导，李嘉言又搜集关于联句之材料数则，助成其说。闻一多、朱自清等经常在学术上给年轻的学者以悉心的指导，推荐他们的文章在刊物发表。闻一多在《怎样读九歌》一文“附记”中说到撰写原因：

> 前年我在楚辞班上讲《九歌》，曾谈到“兮”字代释的意思，陈君士林便本了那意思作了一篇《九歌兮字代释证例》作为成绩报告。陈君于此用力颇勤，但所用以代释的虚字，与我的意见不全相合。最近余冠英先生看到陈君的文稿，甚感兴趣，请付《月刊》发表。我初意只想在陈文中附注些自己的意见，结果话说得太多，觉得不如自己重写一篇，并改题今名。但陈君究竟替我作了初步的工作，给我省力不少，这是当向他致谢的。

至于发表于二十二期的《七十二》更是一次典型的师生合作的集体创作。该文写作过程，何善周《千古英烈万世师表》①一文介绍到：

> 一九四三年的初春，一天，闻先生自城里上课回来，刚走上楼，还没坐下来，就打开他的布书包拿出一篇稿子递给我，说：“镇淮写了一篇文章，谈‘七十二’的，很好！很有见解！”我翻着镇淮的稿子，虽只看了一个头儿，觉得问题提的不错。我看完之后，提出我的几条补充意见，闻先生说：“我还有一点意见，好！我来给他补充补充。”他当即终止了他正在写的《庄子内篇校释》，忙了起来。他随时把要补充的意见讲给我听，比平日写他自己的文章时精神更兴奋、更紧

① 王子光、王康：《闻一多纪念文集》，第256～257页，北京：三联书店，1980年。

张，晚上睡得更晚，足足忙了五个昼夜才改写完毕，最后自己又亲手把稿子誊清，我要抄写他也不让。文章誊清之后，却写上了我们三人的名字。当时我再三推辞，说："文章的主要架子和意见是镇淮的，补充和修改都是先生亲手作的，应该由先生和镇淮共同署名。我只是随便说了几条意见，算不得什么，不应该把我的名字也写上去。"闻先生坚决要由三个人署名。我虽然内心惭愧，但也不好过分背拂老师的心意。

三是时有独具慧眼的文章发表。如第二十期李觐高的《王若虚的文学主张》、三十六期傅懋勉《白乐天的格诗》、六十一期邢庆兰《挽歌的故事》等都注意到当时为研究界所忽视的问题。再举第十九期刊登的西南联大已经毕业的学生刘兆吉的《关于孤儿行》一文为例。这篇文章本来是刘兆吉写信向闻一多请教一个问题，闻一多觉得内容很有价值，就推荐给了《国文月刊》。原来，刘兆吉在重庆南开中学教学中发现《孤儿行》中"面目多尘"句与全诗语气、押韵、结构都不太协调，因此推测是漏掉了一个"土"字，应该是"面目多尘土"。自这篇文章刊登后，各家多从刘兆吉说。

抗战时期的西南联大偏居一隅，战争时期的学术条件相当简陋，《国文月刊》却铸造出辉煌的学术成就。

（北京燕山出版社　陈金霞）

解放区文艺政策与古典文学研究

解放区文艺政策

1936年，红军经过长征，到达陕北，开创了革命的新局面。中国共产党在领导军事斗争的同时，没有忽略文化战线的建设。1936年11月22日，中共中央在陕北革命根据地保安成立“中国文艺协会”，随后“陕甘宁边区文化界救亡协会”于1937年11月14日在延安成立，简称“边区文协”。1939年5月14日，为了进一步加强全国文艺界统一战线组织，陕甘宁边区文艺界抗战联合会在延安召开大会，决定正式改名为中华全国文艺界抗敌协会延安分会，领导解放区的文艺运动。

中共六届六中全会后，毛泽东成为党的实际领导人。毛泽东1939年12月为党中央起草《大量吸收知识分子》，明确指出：“共产党必须善于吸收知识分子，才能组织伟大的抗战力量，组织千百万农民群众，发展革命的文化运动和发展革命的统一战线。没有知识分子的参加，革命的胜利是不可能的。”“全党同志必须认识，对于知识分子的正确的政策，是革命的胜利的重要条件之一。”对于来到延安的知识分子，在生活方面特别优待。与此同时，中央的其他党政领导、高级军政干部，均极为重视文化建设。

1940年1月4日，陕甘宁边区文化界救亡协会在延安召开第一次代表大会，正式改名为陕甘宁边区文化协会，仍称“边区文协”。大会第一天，王明作了文化统一战线问题的报告；第三、四天，洛甫作了文化政策报告《抗战以来中华民族的新文化运动与今后任务》；第六天，毛泽东作了题为《新民主主义的政治和新民主主义的文化》的讲演。

其中，洛甫以中央书记处书记、中宣部部长的身份作的文化政策报告——《抗战以来中华民族的新文化运动与今后任务》，是 1942 年以前我党解决文化问题的最系统的一个文献。该报告的提纲于 1940 年 4 月 10 日发表于《解放》周刊第 103 期。报告分为 15 节，指出面对日寇灭亡中国的奴化活动和奴化政策，中华民族新文化运动的中心任务，“是怎样更能使新文化为抗战建国服务，怎样在抗战建国中建立中华民族的新文化”。报告系统地阐述了中华民族新文化的内容、性质以及它与旧文化、外国文化、三民主义、社会主义的关系，并特别论述了新文化与大众化和新文化的形式问题。报告提出要全力扩大与巩固抗日文化统一战线，还要争取最广大的青年知识分子参加到新文化运动中来，只有这样，中华民族的解放斗争和新文化运动才能取得胜利。

大会第六天，毛泽东作的题为《新民主主义的政治和新民主主义的文化》的讲演，也是我党早期关于文化建设的重要文献。从发表的文本我们可以看到，这篇讲演共分为 15 个部分，其中 11 至 15 部分论述了新民主主义的文化，指出新民主主义的文化就是人民大众反帝反封建的文化，是民族的科学的大众的文化。这篇讲演高屋建瓴，从中国社会阶段划分和现阶段革命的任务出发，分别论述了新民主主义的政治、经济和文化，具有全局性指导作用，但是对于解放区具体的文化建设却不如洛甫的报告那样周密和详细。

两篇文章发表后，引起很大反响。茅盾高度评价了这两篇报告，说像这两篇报告那样“运用马列主义的理论，对过去作了精密的分析，对今后提供了精辟的透视与指针的，实在还不曾有过。所以，这两篇文章的适当其时的出现，可说是中国文化史上一件大事”①。

这两篇文化政策的报告为这一时期共产党文化统一战线工作、延安及各抗日根据地文艺政策确定了原则基调。根据这一基调，1940 年 9 月 10 日中共中央发出《关于发展文化运动的指示》，强调文化建设的重要性，并提出在国统区和解放区开展文化运动的一些具体方法。1940 年 10 月 10 日，中央宣传部、中央文化工作委员会联合发出《关于各抗日根据地文化人与文化人团体的指示》。这个指示是根据张闻天报告中对文化和文化人的分析而做出的具体化工作方案，指出“应该重视文化人，纠正党内一部分同志轻视、厌恶、猜疑文化人的落后心理”②。

在此前后，延安和各根据地及有关部门相继做出宽松、自由的文化工作政策。作为中央党报的《解放日报》连续发表社论。如 1941 年 6 月 7 日发表《奖励自由研究》，6 月 10 日发表《欢迎科学艺术人才》，6 月 12 日发表《提倡自然科学》，8 月 3 日发表《努力开展文艺运动》，均传达出解放区政府对于知识人才的渴望和对自由民主文艺氛围的向往。

解放区文艺政策以 1942 年毛泽东《在延安文艺座谈会上的讲话》为界，大致可以分为前后两个阶段。前一阶段正如上文提到的，对知识分子和文艺的政策比较宽松、自由，吸引了国内大批知名学者和青年知识分子奔赴延安以及其他根据地，形成解放区繁荣的文艺局面。而后一阶段随着整风运动进入文艺界，文艺工作者自觉以无产阶级思想改造自己，在思想上严格要求

---

① 茅盾：《论如何学习文学的民族形式——在延安各文艺小组会上的演说》，延安：《中国文化》，1940 年第 1 卷第 5 期。

② 中央宣传部、中央文化工作委员会：《关于各抗日根据地文化人与文化人团体的指示》，延安：《共产党人》，1940 年第 12 期。

自己，从而开创了解放区文艺新局面。

1941 年，延安整风运动进入准备阶段。1942 年 2 月 1 日，毛泽东在中共中央党校开学典礼上作了《整顿党的作风》的报告；2 月 8 日，在延安干部会上作《反对党八股》的报告，标志着整风运动正式开始。不久，整风运动进入文艺界，毛泽东决定召开一次延安文艺界的座谈会。1942 年 5 月 2 日，延安文艺座谈会在杨家岭中共中央办公厅楼下会议室召开。毛泽东首先做了关于会议目的的发言。5 月 16 日，举行第二次会议。5 月 23 日，第三次会议也是最后一次会议召开，最后毛泽东进行了总结讲话。毛泽东在 5 月 2 日和 5 月 23 日的两次讲话，后经整理发表，就是著名的《在延安文艺座谈会上的讲话》。

在《讲话》中，毛泽东指出“我们问题的中心”，是文艺“为群众”以及“如何为群众”的问题。那么，哪些人是“人民大众”呢？他说：

> 我们的文艺，第一是为工人的，这是领导革命的阶级。第二是为农民的，他们是革命中最广大最坚决的同盟军。第三是为武装起来了的工人农民即八路军、新四军和其他人民武装队伍的，这是革命战争的主力。第四是为城市小资产阶级劳动群众和知识分子的，他们也是革命的同盟者，他们是能够长期地和我们合作的。这四种人，就是中华民族的最大部分，就是最广大的人民大众。

毛泽东要求文艺工作者“站在无产阶级的立场上”，“为这四种人服务”，其中着重强调“首先是为工农兵”服务，认为这正是无产阶级文艺区别于资产阶级的或小资产阶级的文艺的重要标志。

关于如何服务的问题，毛泽东主要论述了普及与提高的关系。毛泽东指出：“只有从工农兵出发，我们对于普及和提高才能有正确的了解，也才能找到普及和提高的正确关系。”在当时历史条件下，广大工农兵特别是农民群众，首要的还不是“锦上添花”，而是“雪中送炭”，“普及工作的任务更为迫切”。但是，普及又需要指导，普及以后随之而来的就要求提高，还有“干部所需要的提高”，所以，在重视普及的同时，也不能忽视提高。毛泽东又指出：“我们的文艺，既然基本上是为工农兵，那末所谓普及，也就是向工农兵普及，所谓提高，也就是从工农兵提高。”从“为群众”和“如何为群众”这个根本问题出发，总结五四以来我国文艺运动的历史经验，明确地指出文艺为人民大众首先为工农兵服务的方向，这是《讲话》的一个重要思想。

《讲话》还紧密结合文艺的规律和特点，进一步从作家思想感情和社会生活源泉两个方面科学地解决了发展无产阶级文艺的关键问题。毛泽东指出：“一切种类的文学艺术的源泉究竟是从何而来的呢？作为观念形态的文艺作品，都是一定的社会生活在人类头脑中的反映的产物。”“革命的文艺，则是人民生活在革命作家头脑中的反映的产物。”他还强调文艺工作者应该改造思想，从资产阶级和小资产阶级思想中走出来，“深入工农兵群众，深入实际斗争”，这样才能创作出群众满意的作品。毛泽东十分重视小资产阶级出身的文艺工作者思想感情转变问题。他给文艺大众化下了新的定义：“什么叫做大众化呢？就是我们的文艺工作者的思想感情和工农兵大众的思想感情打成一片。”

《讲话》的再一个重要思想，是全面地阐述了文艺与政治的关系，党的文艺工作与党的整个工作的关系。毛泽东指出：“在现在世界上，一切文化或文学艺术都是属于一定的阶级，属于一定的政治路线的。为艺术的艺术，超阶级的艺术，和政治并行或互相独立的艺术，实际上是不存在的。无产阶级的文学艺术是无产阶级整个革命事业的一部分，如同列宁所说，是整个革命机器中的‘齿轮和螺丝钉’。”揭示了文艺与政治的关系是“文艺是从属于政治的，但又反转来给予伟大的影响于政治”。因此，革命的文艺工作者应该把文艺为无产阶级政治服务作为一种自觉的要求。同时为了防止把文艺与政治的关系庸俗化，毛泽东又特意指出："我们所说的文艺服从于政治，这政治是指阶级的政治、群众的政治，不是所谓少数政治家的政治。"他指出"无产阶级政治家同腐朽了的资产阶级政治家"的原则区别，指明无产阶级的政治性与文艺的真实性的完全一致。

《讲话》还阐释了文艺批评的基本原则，着重论述了政治标准和文艺标准。毛泽东认为文艺批评是"文艺界的主要斗争方法之一"，"文艺批评应该发展"。他指出："文艺批评有两个标准，一个是政治标准，一个是艺术标准。"在抗日战争时期，"按照政治标准来说，一切利于抗日和团结的，鼓励群众同心同德的，反对倒退、促成进步的东西，便都是好的；而一切不利于抗日和团结的，鼓动群众离心离德的，反对进步、拉着人们倒退的东西，便都是坏的。"两者的关系是："任何阶级社会中的任何阶级，总是以政治标准放在第一位，以艺术标准放在第二位的。"所以，"无产阶级对于过去时代的文学艺术作品，也必须首先检查它们对待人民的态度如何，在历史上有无进步意义，而分别采取不同态度"。坚持政治标准第一，绝不意味着可以轻视艺术标准。因为"政治并不等于艺术，一般的宇宙观也并不等于艺术创作和艺术批评的方法"，"马克思主义只能包括而不能代替文艺创作中的现实主义"。而且，"缺乏艺术性的艺术品，无论政治上怎样进步，也是没有力量的。因此，我们既反对政治观点错误的艺术品，也反对只有正确的政治观点而没有艺术力量的所谓'标语口号式'的倾向"。可见，毛泽东在政治标准第一的前提下，是相当重视艺术标准的。毛泽东说："我们的要求则是政治和艺术的统一，内容和形式的统一，革命的政治内容和尽可能完美的艺术形式的统一。"

从政治标准第一出发，毛泽东批评了当时解放区文艺界出现的一些问题，比如有些人提倡抽象的“人性论”、超越阶级的“爱”等。毛泽东尤其论述了在解放区应该写光明还是写黑暗，文艺的任务应当暴露还是歌颂的问题，指出：“一切危害人民群众的黑暗势力必须暴露之，一切人民群众的革命斗争必须歌颂之。”“暴露的对象，只能是侵略者、剥削者、压迫者及其在人民中所遗留的恶劣影响，而不能是人民大众。”无产阶级文学家必然要歌颂无产阶级和人民大众。

另外，《讲话》还总结了革命文艺运动的实践经验，阐明了文艺界的统一战线政策。在其他许多方面，例如在文艺遗产的继承和革新方面，在革命文艺的基本任务方面，也都有透辟精到的论述。

毛泽东《在延安文艺座谈会上的讲话》指明了解放区文艺的前进方向，产生了很大反响。1942 年 6 月，边区政府文委临时工作委员会召集延安剧作者座谈，同时发动各艺术部门的创作运动，征求剧本、歌曲、图画、街头诗、小故事等，以响应毛泽东的号召。1942 年 7 月，陕甘宁边区政府文化工作委员会又举行会议，决定文艺工作者要有组织地到部队去，各协会刊物要以工农兵为主要对象，要抓紧创作以边区现实为题材的剧本。1943 年 3 月，中央组织部和中央文委联合召开党的文艺工作者会议，集中解决文艺与革命实际相结合、文艺与工农兵相结合问题。这次会议是整风运动和文艺座谈会后一次重要的会议。会后，“到农村，到工厂，到部队去，成为群众的一分子”，成了延安文艺工作者的行动口号。

经过一年多对文艺为工农兵服务方针的贯彻，1943 年 10 月 19 日《解放日报》正式全文发表了《在延安文艺座谈会上的讲话》，号召广大干部重新学习这一文件。第二天，中央总学委向各根据地发出学习《讲话》的通知，强调《讲话》的巨大意义。

《解放日报》十月十九日发表的毛泽东同志在一九四二

年五月延安文艺座谈会上的讲话，是中国共产党在思想建设理论建设的事业上最重要的文献之一，是毛泽东同志用通俗语言所写成的马列主义中国化的教科书。此文件决不是单纯的文艺理论问题，而是马列主义普遍真理的具体化，是每个共产党员对待任何事物应具有的阶级立场，与解决任何问题应具有的辩证唯物主义历史唯物主义思想的典型示范。

1943年11月7日，中共中央宣传部又做出《关于执行党的文艺政策的决定》，指出《讲话》"规定了党对现阶段中国文艺运动的基本方针"，强调全党、全党的文艺工作者"都应该研究和实行这个文件的指示，克服过去思想中工作中作品中存在的各种偏向"。这两个政策的出台，标志着毛泽东《讲话》正式作为中共的基本文艺政策在全党范围内的肯定。直到现在，《讲话》依然是中共关于文艺建设的根本指导。

解放区文艺政策对中国古典文学的态度

解放区文艺政策主要关注在当时历史情境下如何建设新文艺，很少涉及中国古典文学遗产。但是，建设的前提是学习、借鉴，建设新民主主义文化时该如何学习和借鉴中国古代文化是不可回避的问题。

1938年，毛泽东在中共六届六中全会上做了《中国共产党在民族战争中的地位》的报告，提出要把马列主义中国化，反对教条主义。报告中最早出现了"把国际主义的内容和民族形式结合"起来，"创造新鲜活泼的为中国老百姓所喜闻乐见的中国作风和中国气派"等提法。1940年，毛泽东又在《新民主主义论》中提出"民族的形式，新民主主义的内容，——这就是我们今天的新文化"的口号。洛甫在边区文协第一次代表大会上的文化政策报告《抗战以来中华民族的新文化运动与今后任务》，也提出对于旧文化和外来文化要批判地吸收。报告认为旧文化主要是买办性的封建主义的文化，是反科学、反大众的文化。“但中国旧文化中也有反抗统治者、压迫者、剥削者，拥护被统治者、被压迫者、被剥削者，拥护真理与进步的民族的、民主的、科学的、大众的文化因素。这种文化因素，即是我们的祖先留给我们的宝贵的遗产。”“对于这些文化因素，我们有从旧文化的仓库中发掘出来，加以接受、改造与发展的责任。这就叫‘批判地接受旧文化’。所以新文化不是旧文化的全盘否定，而是旧文化的真正‘发扬光大’。”“为了使新文化与大众结合，必须大胆利用大众所熟悉的与爱好的一切民间的与地方性质的形式。”同时对于旧形式也要“批判地利用”。与此同时，关于“民族形式”的讨论在解放区和国统区展开。民族形式问题包括的范围较为广泛，而且主要关注当前如何建立适应新文学的和适合向民众传播的文艺形式。但是，民族形式的重要方面是中国旧有的形式，旧形式却是属于古典文学的一部分，所以民族形式问题是与古典文学相关的一个问题。例如艾思奇《旧形式运用的基本原则》一文中就说，旧形式利用问题不妨“把它归结为中国民族旧文艺传统的继承和发扬的问题”，“怎样运用旧形式”就是“怎样继承旧的一切文艺遗产”。①

在解放区，在中共组织下，文艺工作者学习、讨论了“民族形式”问题，周扬、艾思奇、萧三、何其芳等人在边区报刊发表文章，正面阐述如何建立“民族形式”问题。在国统区则产生了较为广泛的争论。以向林冰（赵纪彬）为代表的一派认为“民间形式是民族形式的源泉”②，以葛一虹为代表的反对派认为旧形式全都

---

① 艾思奇：《旧形式运用的基本原则》，延安：《文艺战线》，1939 年第 1 卷第 3 号。

② 向林冰：《论“民族形式”的中心源泉》，重庆：《大公报》副刊《战线》，1940 年 3 月 24 日。

是封建没落文化，走上另一个极端。随后许多作家发表文章，不但纠正了向林冰和葛一虹的偏颇，还涉及文学形式和内容以及如何对待中外文学遗产等更为实质性的问题。郭沫若在《“民族形式”商兑》一文中认为，民族形式的真正源泉是现实生活，“从民间形式取其通俗性，从士大夫形式取其艺术性，而易之以外来的因素”①，凡是对创造新文学有益的旧形式都可以拿来使用。胡风、茅盾等无产阶级文学理论家也撰文指出要从人民群众的现实生活出发去创造民族形式。洛甫在《抗战以来中华民族的新文化运动与今后任务》报告中的总结集中代表了共产党在这个问题上的观点。毛泽东《在延安文艺座谈会上的讲话》吸取了这次论争中的许多观点。

关于如何对待中国古典文学遗产，中共最高领导人毛泽东一直较为关注，在几次重大会议和重要文献中反复提到，并且有十分明确的表述。1938 年，他在《中国共产党在民族战争中的地位》一文中阐述继承文化遗产的重要性。

> 学习我们的历史遗产，用马克思主义的方法给以批判的总结，是我们学习的另一任务。我们这个民族有数千年的历史，有它的特点，有它的许多珍贵品，对于这些，我们还是小学生。今天的中国是历史的中国的一个发展；我们是马克思主义的历史主义者，我们不应当割断历史。从孔夫子到孙中山，我们应当给以总结，承继这一份珍贵的遗产。这对于指导当前的伟大的运动，是有重要的帮助的。②

1940 年，他在《新民主主义论》中指出，批判继承古代文化遗产的原则是剔除封建性糟粕和吸收民主性精华。

---

① 郭沫若：《“民族形式”商兑》，重庆：《新蜀报》副刊《蜀道》，1940 年 4 月 10 日。

② 毛泽东：《毛泽东选集》第二卷，第 533～534 页，北京：人民出版社，1966 年。

中国的长期封建社会中，创造了灿烂的古代文化。清理古代文化的发展过程，剔除其封建性的糟粕，吸收其民主性的精华，是发展民族新文化提高民族自信心的必要条件；但是决不能无批判地兼收并蓄。必须将古代封建统治阶级的一切腐朽的东西和古代优秀的人民文化即多少带有民主性和革命性的东西区别开来。中国现时的新政治新经济是从古代的旧政治旧经济发展而来的，中国现时的新文化也是从古代的旧文化发展而来，因此，我们必须尊重自己的历史，决不能割断历史。但是这种尊重，是给历史以一定的科学的地位，是尊重历史的辩证法的发展，而不是颂古非今，不是赞扬任何封建的毒素。①

1942年，他在《在延安文艺座谈会上的讲话》中又一次强调继承文化遗产是有原则的。

对于中国和外国过去时代所遗留下来的丰富的文学艺术遗产和优良的文学艺术传统，我们是要继承的，但是目的仍然是为了人民大众。对于过去时代的艺术形式，我们也并不拒绝利用，但这些旧形式到了我们手里，给了改造，加进了新内容，也就变成革命的为人民服务的东西了。

所以，他提出了对于过去时代的文艺要“首先检查它们对待人民的态度如何，在历史上有无进步意义，而分别采取不同态度”。并且再次重申继承的原则——批判地继承。

我们必须继承一切优秀的文学艺术遗产，批判地吸收其中一切有益的东西，作为我们从此时此地的人民生活中的文学艺术原料创造作品时候的借鉴。有这个借鉴和没有这个借鉴是不同的，这里有文野之分，粗细之分，高低之分，

① 毛泽东：《毛泽东选集》第二卷，第667～668页，北京：人民出版社，1966年。

快慢之分。所以我们决不可拒绝继承和借鉴古人和外国人,哪怕是封建阶级和资产阶级的东西。但是继承和借鉴决不可以变成替代自己的创造,这是决不能替代的。文学艺术中对于古人和外国人的毫无批判的硬搬和模仿,乃是最没有出息的最害人的文学教条主义和艺术教条主义。

1945年4月24日,毛泽东在中共七大《论联合政府》报告中又一次提到:"对于中国古代文化","既不能一概排斥,也不是盲目搬用,而是批判地接收它,以利于推进中国的新文化"。

由此可见,毛泽东等中国共产党领导人在建设新民主主义文化的同时始终没有忽视古代文化遗产的继承问题。由民族形式大讨论肇始,毛泽东等领导人逐渐明确了这方面的政策。毛泽东实际已经提出了研究古典文学的一系列指导原则。首先,毛泽东在这几段话中明确地指出对古代文化遗产必须依据马克思主义文艺观,采取批判继承的态度。其次,明确批判继承的目的,不是颂古非今,而是为了发展民族新文化,增强民族自信心。这实际是要求古典文学研究者必须具有清醒的当代意识,必须把自己的研究工作和当代文化建设联系起来。再次,明确地提出研究古典文学的基本方法和评价标准问题,对于古代文化的研究,要进行清理和评价,必须将古代封建统治阶级一切腐朽的东西和古代优秀的人民文化即多少带有民主性和革命性的东西区别开来,剔除其封建性糟粕,吸收其民主性精华。这些论述虽然不是全然针对古典文学的,但确实为古典文学研究指明了方向,对此后尤其是新中国成立后的古典文学研究具有重要意义。

解放区文艺政策指导下的古典文学研究

由于处于战争年代,解放区文化及各方面条件相对落后,而且,共产党在文艺方面的政策侧重于建设与当时革命形势相适应的马列主义新文艺，所以对于中国古典文学的研究并没有马上提到日程上来。解放区的文艺政策对古典文学研究的影响主要体现在新中国成立以后。

任何文化建设都有源和流的问题，都需要学习和借鉴。建设新文艺的同时，不可避免地涉及古典文学的一些问题。早在1938年开始的关于“民族形式”的大讨论中，就有一些文章涉及古典文学的某些方面。在解放区的学者中，萧三《论诗歌的民族形式》提到：“发展诗歌的民族形式应根据两个泉源：一是中国几千年来文化里许多珍贵的遗产，楚辞、诗、词、歌、赋、唐诗、元曲……二是广大民间所流行的民歌、山歌、歌谣、小调、弹词、大鼓词、戏曲……”①认为《离骚》等是中国古代优秀文学遗产。艾思奇《旧形式运用的基本原则》认为必须大胆放弃的旧形式有“旧戏的不自然的脸谱，不合时代习惯的台步，旧小说的大团圆制度，以及佳人才子的作风等”②，从反面指出不应继承的文学形式。另外，如何其芳《论文学上的民族形式》、周扬《对旧形式利用在文学上的一个看法》，都从文学角度提到建设民族形式问题。

延安的新文艺呈现一片繁荣景象，领导机构有文协、文抗等，高等学校有鲁艺、女大、抗大等，各种文学团体、文学刊物层出不穷。但是，真正的学术刊物差不多只有1940年2月25日创刊的《中国文化》，专门研究古典文学的刊物和学术团体则根本没有。检索延安时期留存下来的资料，在刊物上发表的有关古典文学的文章寥寥无几。仅能查到的几篇，有雪苇在1940年6月2日《解放日报》上发表的《略论文学的“雅”》，在1940年6

① 萧三：《论诗歌的民族形式》，延安：《文艺战线》，1939年第1卷第5期。

② 艾思奇：《旧形式运用的基本原则》，延安：《文艺战线》，1939年第1卷第3号。

月 25 日《中国文化》第一卷第四期何干之的《团圆主义文学》,茅盾在 1940 年 9 月 25 日《大众文艺》第一卷第六期发表的《谈水浒》,《中国青年》1940 年第三卷第二期上佚名《唐诗所表现的封建社会》,郭沫若 1946 年 7 月 15 日在《解放日报》上发表的《诗与音乐》等。值得一提的是关于屈原问题的文章较多。有萧三 1941 年 6 月 5 日《解放日报》发表的《纪念屈原》、郭沫若 1942 年 6 月 3 日《解放日报》发表的《屈原思想》,还有 1946 年 7 月 20 日《解放日报》发表的闻一多先生的遗作《屈原问题》。

在这些文章中,茅盾的《论如何学习文学的民族形式——在延安各文艺小组会上的演说》是比较有学术价值的一篇。这是一篇演说词,经整理后发表于 1940 年 7 月 25 日《中国文化》第一卷第五期。该文着重阐述了民族文学遗产问题。文章说,在我们所有的"汗牛充栋"的文学遗产中间,"几乎有百分之九十九是奉召应制的歌功颂德,或者是'代圣立言'的麻醉剂,或者是'身在山林,心萦魏阙'的自欺欺人之谈,或者是攒眉拧眼的无病呻吟。"它们是"极少数人所作,为了极少数人的利益",剩下的有价值的百分之一是市民文学。接着从史的源流讲中国的市民阶层以及市民文学。先秦两汉的市民文学没有文艺留下来,魏晋南北朝的民歌如《木兰词》和《孔雀东南飞》是民间文学的杰出代表。唐代传奇、宋代评话、元代戏曲都是真正的"不朽的、古典的"市民文学。并以《水浒》、《西游记》、《红楼梦》为例阐述市民文学的价值所在,指出:《水浒》是市民阶级的集体创作,"在宋江等人物身上,是寄托了市民阶级(还有广大农民)的喜怒爱憎,以及他们的经济的和政治的要求的"。《西游记》既反封建思想,又不宣扬佛教,而是写人情的。孙行者和猪八戒"性格正是民众的可爱的典型"。《红楼梦》中的贾宝玉是名教的叛徒,《红楼梦》"不失为从思想上对于儒家提出抗议的一部杰作"。这是一篇具有相当学术分量的报告,茅盾的许多立论都很有见地。

文艺为现实服务，解放区的古典文学研究鲜明地体现了这一特点。田家英《从侯方域说起》①一文就是一篇典型的借古讽今之作。文章开篇总述侯方域文章的特点：

两年前读过侯方域文集，留下的印象是：太悲凉了。至今未忘的句子"烟雨南陵独回首，愁绝烽火搔二毛"，就是清晰地刻画出书生遭变，恣睢辛苦，那种愤懑抑郁，对故国哀思的心情。

接着，重点论述了侯晚年《与李其书》的内容：

不过侯方域究竟是一个生长在离乱年间的书生，晚年写作虽处处在避免触着新主的隐痛，言文早已含蓄婉转，但也还有一二精辟的意见。比如在《与李其书》，论到统制言论的问题：

"当天下分裂之际，倘朝野清议尤存，则其乱也暂；若夫骨鲠在喉不能吐，直言苦日不得陈，则国尚何可为！"

这意见是大致不错的。古今中外的史实都在证明，临到国破世乱，民族在生死中挣扎时，我们常见到的倒不是清议不存，且正是混淆黑白的言论充斥不堪。

然后，笔锋一转："明末如此，三百多年后的今天也何尝不如此。近一二年来，国内言论的道路不正是愈来愈为险窄，也愈来愈为魑魅吗……"接着引用侯文"夫门户日深，水火日急也"和"青笈之悬，士论诋之"等文字讽刺国民党钳制言论，删削坚持抗战的文字，"以宣传对宣传"等专制行径，使得青年学生只能偷偷阅读宣传进步思想和积极抗战的禁书。解放区的古典文学研究为文大抵如此。

高等学府不仅是人才培养机构，也应该成为学术研究机构。鲁迅艺术学院是解放区重要的高等院校，下设四个系：戏剧系、

① 田家英：《从侯方域说起》，延安：《解放日报》，1942年1月8日。

音乐系、美术系和文学系。在鲁艺的学术建设中，虽然以新文艺、实用性为主，但还是为古典文学保留了一席之地。何其芳在《论文学教育》一文中提及鲁艺的课程分类："所有课程可以分为三类，即接受遗产，研究现状，技术训练。"这里的遗产自然包括中国古代文学遗产，要求"在接受遗产的过程中，文学史应该配合着或者包含着具体作品的选读"。但这里又"着重的是中国新文艺运动史"，着重的是中国的"白话的作品，五四运动以来的作品和民间文学"①。在这些课程中涉及中国古典文学的有戏剧系张庚开设的"中国戏剧运动史"和"各时期戏剧代表作研究"，文学系开设的"名著选读"、"中国文学"、"文艺批评"、"作家研究"等。鲁艺的教材和讲课提纲今天较为完整留存下来的只有周立波的"名著选读"。这门课目主要讲俄苏和法德的经典作家作品，据有关人士回忆，也有曹雪芹和《红楼梦》，而且颇受欢迎。穆青回忆说："我记得名著选读课最受欢迎，每次讲课，别的系的不少同学都来旁听。周老师深刻地剖析《安娜·卡列尼娜》和《红楼梦》两部名著，分析人物形象和故事结构，娓娓道来，其味无穷。"②林蓝回忆说："立波同志当年讲授的我国的著名作家与作品，有鲁迅的《阿Q正传》，曹雪芹的《红楼梦》等。"③另外，何其芳讲授过古典文学与诗歌。

值得一提的是，1940年5月26日，中华全国文艺界抗敌协会理事茅盾从国统区来到延安，到10月间根据共产党的指示离开延安到重庆。在延安期间，茅盾积极参与延安及陕甘宁边区的文艺活动。1940年6月1日至9月24日，茅盾在鲁艺讲授"中国市民文学概论"专题课，对《水浒传》、《西游记》等市民文学

① 何其芳：《论文学教育》，延安：《解放日报》，1942年10月16、17日。

② 穆青：《鲁艺情深》，北京：《人民日报》，1988年5月26日。

③ 林蓝：《〈周立波鲁艺讲稿〉校注附记》，《周立波鲁艺讲稿》，上海：上海文艺出版社，1984年。

代表作进行深刻剖析，受到师生热烈欢迎。从上文引述的《论如何学习文学的民族形式——在延安各文艺小组会上的演说》可见他的见解。

除了正规院校，延安的文化部门也配合群众文化运动举行一些讲座和报告。比如文艺小组原来是群众自发开展文艺运动的组织，1939 年以后由文抗延安分会文艺小组工作委员会领导。该组织每两周在文化俱乐部举行一次报告，这些报告内容除马克思文艺理论和新文学外，雪苇的《文学的发源及其发展》、茅盾的《中国文学运动史》都涉及中国古典文学。另外一个很有影响的文艺组织——星期文艺学园很注重加强学员的文学修养，除了写作方面的学习和练习，还"要有系统地讲授文学史，创作方法，名著研究等"①。他们请了不少作家、文艺理论家定期以讲演方式讲授文学理论、文学史等。现在可查知的 1941 年 6 月至 9 月安排的十多场演讲中有萧军《中国文学史话》、周扬《王国维美学思想》是古典文学方面的内容。

总之，在解放区开展的古典文学方面的普及和研究都较为有限，难以和同时期国统区的成就相比。解放区的古典文学研究基本上是在共产党文艺政策指导下展开的，都自觉以马列主义文艺理论和毛泽东文艺思想为指导，这是与国统区最大的不同。解放区文艺政策在批判继承古典文学方面的要求奠定了新中国成立后古典文学研究的基本走向。

（北京燕山出版社　陈金霞）

① 《文艺月报》编辑：《第四次文艺月会例会》，延安：《文艺月报》，1941 年第 6 期。

三四十年代古典小说研究的进展

——以孙楷第与中国古典小说文献学之创立为中心

经过胡适、鲁迅等人大力倡导和开掘，中国古典小说研究在20世纪三四十年代取得长足进展。具体可以概括为以下几个方面：一、考证研究进一步推进和扩展；二、小说史著作大大丰富；三、文本研究进一步深入；四、研究范围进一步扩大；五、中国古典小说文献学初步建立。其中诸如阿英的晚清小说研究，赵景深的考证研究，胡怀琛、谭正璧、郭箴一、蒋祖怡等人的小说史研究，李辰冬、王昆仑的《红楼梦》研究，在20世纪中国古典小说研究史上都具有重要地位。而其中成绩卓著、自成体系者，当属孙楷第先生。孙氏对中国古典小说研究最为突出的贡献，在于他从史学层面对中国古典小说展开研究，开创了中国古典小说研究的新境界，使文献研究成为了中国古典小说研究的重要内容。他以切实的研究实践，为中国古典小说文献学奠定了坚实的基础。

孙楷第的学术理路

孙楷第，字子书，河北沧县王寺镇人。生于1898年1月，卒于1986年6月23日。早年就读于王寺镇小学。民国初年，在沧县中学读书。1922 年，考入北平高等师范（即今北京师范大学）国文系。1928 年大学毕业，留校任助教。1929 年，任《中国大辞典》编纂处编辑。1930 年秋，到北平图书馆（今北京图书馆）工作，其后又兼任北京师范大学等几所高等院校中文系讲师。1931 年 9 月，受北平图书馆委派，前往日本访书，同年 11 月回国，途经大连，又往大连满铁图书馆访书，先后写成《日本东京所见小说书目提要》六卷和《大连图书馆所见小说书目提要》一卷。翌年，写成《中国通俗小说书目》十二卷。1941 年，由于北平图书馆被日军接管，孙楷第去职家居，生活窘迫。1942 年，经陈垣介绍，前往私立辅仁大学任讲师。抗战胜利，北京大学由云南迁回北平，孙楷第任北京大学国文系教授。1948 年，转任燕京大学国文系教授。1952 年，燕京大学并入北京大学。1953 年，北京大学成立文学研究所（中国社会科学院文学研究所前身），孙楷第进入研究所，专门从事古典文学研究，直至去世。①

在孙楷第的学术生涯中，曾有两位师长对他的学术成长产生过重要影响：一位是他就读北平高等师范期间的老师杨树达（1885—1956），一位是与他亦师亦友的陈垣（1880—1971）。杨树达是著名的语言文字学家，尤以汉语语法学和文字训诂学见长。据孙楷第《高等国文法序》，孙氏喜欢阅读古书的嗜好，就是受了杨树达的影响。② 陈垣则是近现代著名的史学大师，一生治学严谨，著述丰赡，尤其在宗教史、元史、考据学、校勘学方面，成绩卓著。孙楷第在北京师范大学任讲师期间，常去听陈垣讲

① 孙楷第先生生平，参考了杨镰《孙楷第传略》（北京：《文献》，1988 年第 2 期，第 160～170 页）和孙楷第《中国通俗小说书目序》等。

② 孙楷第：《高等国文法序》，《沧州后集》第 5 卷，第 351～352 页，北京：中华书局，1985 年。

课，结下深厚情谊。① 此外，如袁同礼（1895—1965，字守和）、黎锦熙（1890—1978，字劭西）等人，对孙楷第的学术成长都有过一定的影响。20 世纪 20 年代后期，孙楷第接受了文献学、校勘学等多方面的系统训练，在学术志趣上私淑清代乾嘉学者段玉裁、赵翼、钱大昕及王念孙、王引之父子，偏长考据之学，养成了良好的学术素养，为以后从事小说文献研究打下了坚实的基础。

以文献学方面的学术积累为背景，孙氏在进入学术领域之初，选择以古籍训诂、校勘作为自己的研究方向。较早撰写的《刘子〈新论〉校释》（发表于 1929 年《国立北平图书馆月刊》第 3 卷第 5 号）、《王先慎〈韩非子集解〉补正》（前半部分发表于 1929 年 12 月《北平图书馆月刊》第 3 卷第 6 期，后半部分发表于 1935 年 4 月《北平图书馆馆刊》第 9 卷第 2 期）等文，曾受到杨树达等人的肯定，体现了孙氏在文献研究方面深厚的学术功力。② 又如写于 1939 年的《吴昌龄与杂剧西游记》一文，驳证了日本学者盐谷温等人认为杨东来评本《西游记》杂剧是吴昌龄所作的看法，旁征博引，通过大量的文献资料说明日本宫内省图书寮所藏《传奇四十种》本杨东来评本《西游记》杂剧的作者是杨景贤而不

① 据刘乃和《我所认识的孙楷第先生》云："孙先生是在二十年代后期和援庵老师认识的。这时援庵师在北平师大历史系任教，兼系主任工作，孙先生刚在师大中文系毕业不久，留系做助教。他景仰援庵师道德学问，经常去历史系听课，得识援师，以后常到励耘书屋请教。当时援师住地安门米粮库，孙先生每周必到，谈诗说史，有时遇到其他同学在座，更是谈笑风生，论学竟日。"（北京：《文学遗产》，1991 年第 3 期）

② 据杨镰《孙楷第传略》云："孙楷第在校学习期间，受到老师杨树达的赏识。杨树达先生在讲授《韩非子》时，曾数次引述孙楷第所写的札记《王先慎〈韩非子集解〉补正》里的话，并亲笔在孙楷第另一篇文章上加批道：'作得好。可喜也！'"（北京：《文献》1988 年第 2 期）据王重民《敦煌古籍校录》，王重民 1935 年在法国巴黎研究整理敦煌文献，曾以敦煌藏本《刘子》与孙楷第《刘子〈新论〉校释》互相比勘，发现"符合者十之八九"。

是吴昌龄。他的这一看法，在学术界已成定论。此外，发表在1947年《辅仁学志》(第15卷第1、2期合刊本)上的《唐章怀太子贤所生母稽疑》一文，经常被论者引用作为标举孙氏考据功力的例证。文中，孙氏通过博考唐代文献，订正了新、旧《唐书》关于李贤享年的讹误，前者记其卒年34岁，后者记其卒年32岁。而根据孙氏考证，李贤自杀身亡时31岁。25年后，1972年2月，陕西省乾县乾陵公社发现章怀太子李贤墓碑，两方墓志铭上都清楚地记载李贤享年"三十有一"、"春秋三十有一"，印证了孙氏在此问题上所作的考证。①

孙氏的学术研究范围颇为广泛，从先秦诸子到《楚辞》、乐府、变文，都曾深入钻研，但他最突出的成就还是在小说史和戏曲史研究方面：在中国古典小说方面，他的《中国通俗小说书目》、《日本东京所见中国小说书目提要》和《大连图书馆所见中国小说书目提要》是古典小说研究必备参考书目。在戏曲方面，他的《元曲家考略》和《也是园古今杂剧考》是研究的必读之作。《戏曲小说书录解题》尽管直到1990年才整理出版，却早已在学界广为流传；专著之外，他还写了大量关于中国小说和戏曲的研究论文。小说和戏曲方面的研究成果，确立了孙氏在中国古典文学研究领域的地位。

孙氏转入小说文献研究，一方面，与幼年以来形成的阅读兴趣有关；另一方面，受当时学术风气影响，为了更全面深入地探求中国古典通俗小说的"真面目"，补《四库全书总目》等书不录通俗小说之不足。在1933年1月所作《中国通俗小说书目序》中，孙楷第叙述进行小说文献研究的心路历程。

楷第幼耽异闻，长嗜说部。及入北平师范大学，学目录

① 孙楷第：《唐章怀太子贤所生母稽疑》，《沧州后集》第4卷，第304～312页，北京：中华书局，1985年。

学于守和先生，习而悦之，遂有志于撰作。于时劭西先生亦在师大讲贯，间以谈谳，语及斯旨。先生因谓：清修《四库提要》，去取未公。其存目之中，即多佳著；正书所录，亦有具臣。又不能收南北曲，仅以《顾曲杂言》、《钦定曲谱》、《中原音韵》三书附诸集部。小说则贵古而贱今，唐以后俗文概不甄录。虚争阀阅，祇示褊窄。今欲补其缺略，宜增通俗小说及戏曲二部。戏曲如静安《曲录》，搜采略备，唯通俗小说仍无人过问。此可为也。当时悦怿，深味斯言。惜不久离平，未及着手。民国十八年，服务中国大辞典编纂处，遂奉命纂辑……十九年秋，入北平图书馆服务，遂得专心从事于此，因旧目而扩充之。①

在同时所作《辑雍熙乐府本西厢记曲文序》一文中，孙氏又一次强调创立小说"板本之学"的学术追求。

自从王实甫《西厢记》出世以来，元以后所刻的本子真是不知有多少。可是二十年前看《西厢记》的，翻来覆去只是拿金圣叹改定本作为唯一的读物。在随便看看的人们，固无心追求元曲的真面目，就是外行如金圣叹所改的本子，已经满意了。至于穷经稽古之流，则根本不屑用其心思于淫词猥曲。校勘训诂之学，可施之于经，施之于史，施之于杂史说部，而不可施之于俗文戏曲，过去几十年前的人是这样想的，丝毫不足惊异。可是这样见解，居然在近十年间解放了。有名的学者王静安，以纯然史家的态度作了一部不朽的《宋元戏曲史》，又作了一部有价值的六卷的《曲录》，并且意思说"要补三朝之志"，已经把事情看得太郑重了。而

① 孙楷第：《中国通俗小说书目・序》，第6～7页，北京：中国大辞典编纂处，1933年。

且，更有好事之人，专门收藏珍玩小说戏曲，而小说戏曲，也居然有了所谓板本之学。①

19世纪末20世纪初，过去“不入流”的小说和戏曲成为古典文学研究的显学，一些著名学者如王国维、梁启超、胡适、鲁迅等，发表了一系列有影响的专著和论文。王国维瞩目俗文学作品，撰有《宋元戏曲史》和《红楼梦评论》；梁启超提倡“小说界革命”，投身小说创作实践，努力提高小说在文学和社会生活领域的地位；胡适和鲁迅开创了现代中国古典通俗小说研究的先河，随着小说研究的进一步深入和拓展，《中国章回小说考证》（由胡适为诸多名著所作序汇编而成）和《中国小说史略》成为中国古典小说研究的经典之作。既有王国维、胡适、鲁迅等著名学者发戏曲、小说研究之先端，孙氏由治校勘训诂之学转入小说版本目录研究也就是顺应潮流的事。

在孙楷第的学术成长过程中，胡适是一个不可忽略的人物。作为五四以来最著名的学者之一，胡适提倡以考据方法研究中国古典小说对后世的小说研究产生了很大影响。1930年9月，孙楷第与胡适就清代小说《醒世姻缘传》通信讨论。在《与胡适之论醒世姻缘书》中，孙楷第以小说为本证，钩稽线索，比勘文献，对《醒世姻缘传》的作者、时代做了深入细致的考析，初步显露中国小说研究的基本学术理路。其考证围绕四个方面展开：一、小说中涉及的地名和风俗与山东章丘吻合；二、小说中的事实与人物，乃捏合明成化至康熙中叶间事迹；三、书中所叙情节，均发生在章丘、淄川等地；四、小说作者，极有可能为蒲松龄，否则，亦当为明清间章丘或淄川人。具体论述，均以事实考证和比对为主。胡适之后，孙楷第是最重要的以考据方法研究

---

① 孙楷第：《辑雍熙乐府本西厢记曲文序》，《沧州集》第4卷，第406页，北京：中华书局，1965年。

中国古典通俗小说的学者之一。

孙楷第20世纪30年代的小说研究，侧重于小说版本、作者和故事来源的考订，文本分析也大多建立在文献排比的基础之上。这一研究理路，一直贯穿孙氏学术生涯始终，并以此奠定在中国小说研究史上的地位。论及于此，程毅中认为："孙楷第博览群书，精通训诂，保持了朴学家文献研究的传统风格，因此对小说作者、版本以至文字训诂的考证极为精审。他还有一些考证变文和戏曲的论文，也是俗文学研究的佳作。以朴学家的方法来研究文学，孙楷第是最有代表性的学者。"①具体例证，如发表在1930年《国立北平图书馆馆刊》第4卷第6号上的《关于儿女英雄传》，1931年3月9日《大公报文学副刊》第165期上的《夏二铭与野叟曝言》，1935年12月《图书馆学季刊》第3、4合期上的《李笠翁与〈十二楼〉》等文，都是极为精彩的小说考证文章。郑振铎《俗讲、说话与白话小说·序》中的一段话，颇能概括孙氏中国古典小说研究的学术个性。

> 孙先生又由目录之学而更深入的研究小说的流变与发展。他从古代的许多文献材料里，细心而正确的找出有关小说的资料来，而加以整理、研究。像沙里淘金似的，那工作是辛苦的、勤劳的，但对于后来的人说来，他的工作是有益的，有用的。②

孙氏对中国古典小说的探讨和研究，是以文献学的研究方法为指导的。以考据为主，将考据、辞章、义理三者结合，是孙氏中国古典小说文献学研究的基本理路。以此为基础，孙氏在中国古典小说研究的理论与实践两方面都取得重要成绩。

---

① 程毅中：《简述"五四"以来中国通俗小说的研究》，南京：《南京师范大学文学院学报》，2003年第1期。

② 孙楷第：《俗讲、说话与白话小说》，卷首，第2页，北京：作家出版社，1956年。

《三言二拍源流考》及其他

1931 年，孙氏在《国立北平图书馆馆刊》第 5 卷第 2 号发表《三言二拍源流考》，这是孙氏关于中国古典小说文献学的第一篇重要论文。文前缘起详细记述了撰文始末，可以看作孙氏从事中国古典小说文献研究的宣言。

> 昔余读鲁迅先生《小说史略》，始知有所谓《三言》及《拍案惊奇》者。闻高阆仙(即高步瀛)师有《醒世恒言》，因即假观，以一周读完，甚善之。嗣又为师范大学购得《拍案惊奇》一部，于是冯、凌著书，粗得浏览，而《通言》终未得寓目。一九二九年，因奉中国大辞典编纂处之命编辑小说书目，识马隅卿(即马廉)先生，尽读平妖堂藏书，则中有所谓《通言》者焉。马先生为斯学专家，收藏极富，于《三言》、《二拍》之学尤为研究有素。余工作之暇，辄就款谈，聆其议论，有所启发，默而识之，因得细心校理，识其途径。三〇年夏，调查既竟，爰即旧稿加以排比，读书有得，兼附鄙见，撰为解题。成《宋元小说部》一卷，《明清小说部》上二卷……其中板刻及诸本同异，皆夙昔闻之马先生相与讲求讨论者，此所谓《三言》、《二拍》学仍当属之先生，余不得掠美也。①

鲁迅在撰写《中国小说史略》之前，曾经广泛搜辑与中国古典小说相关的史料文献，编辑有《小说旧闻钞》、《古小说钩沉》和《唐宋传奇集》等。在此基础上写成的《中国小说史略》，第一次全面系统地梳理了中国小说发展的历史脉络，尽管存在“阙略”、“不备”之处，却为读者提供了不少新发现的小说作品。孙楷第

① 孙楷第：《三言二拍源流考》，《沧州集》第 2 卷，第 149 页，北京：中华书局，1985 年。

受其影响，在20年代末期逐渐开始关注传统学者不甚关注的《三言》、《二拍》等通俗小说，加上工作上的安排，着手对通俗小说及其相关文献展开广泛地调查。《三言二拍源流考》即是对《三言》、《二拍》版本、故事源流等内容进行调查后取得的初期成果。

《三言二拍源流考》在孙楷第学术生涯中的重要地位，体现在该文确立了此后孙氏研究中国古典小说的基本思路：小说研究首先是文献研究，通过考述作品版本及其源流，考证小说故事的本事来源，厘析小说形成、演进中出现的问题，进而完成对小说发展史的诠释和建构。如对冯梦龙所编《古今小说》与《喻世明言》间关系的辨析，就典型地反映了孙氏治小说史的学术个性：对于小说史发展具体问题和整体进程的理解，须建立在对小说文献进行考辨的基础之上。文章对相关问题所作的考析，其意义已不只是文献学范围内的版本校勘、文词比对，所要解决的是更深层次的理论问题及小说史演进历程的重新建构。版本目录的记载，虽只是事实的陈列排比，但对于那些对小说有专门研究的学者来说，却可借以窥测小说史演进的历程。胡适在《日本东京所见中国小说书目提要序》中，曾以《隋唐演义》为例，说明孙氏的小说目录学对于理解小说史的重要意义。

《三言二拍源流考》包含孙楷第古典小说文献研究两方面的重要内容：一是对于小说版本源流的考辨，包括各种版本之间的异同、源流以及相互之间的演化关系；二是对小说本事的探索，搜辑小说故事在历史演进中的不同形态。能比较典型反映后一种研究路数的，有《包公案与包公案故事》等文。这种研究理路，后来被孙楷第称之为小说“旁证”。其基本形态，在1930年9月写成的《重印〈今古奇观〉序》中已初现端倪。

《重印〈今古奇观〉序》是孙楷第为亚东图书馆刊印的《今古奇观》所作的介绍文章。序的前半部分，对于《三言》、《二拍》的基本情况和《今古奇观》与《三言》、《二拍》之间的关系等问题作了简要而系统地考证，对于《今古奇观》收录篇则的出处也作了细致地考索；序的后半部分，附录了作者对《今古奇观》四十则故事所作的解题，简单介绍故事所演之事、在《三言》或《二拍》中的出处，故事的本事来源，亦时作简短评论。这些内容，已初具后来孙氏撰写小说提要的基本格局。姑略举三则：

三孝廉让产立高名（卷一） 演东汉许武故事。武举孝廉后，欲令二弟晏、普成名，乃析产，以薄产予二弟。弟等皆无怨言，乡里称善，悉得举孝廉。出《恒言》卷二。事见《后汉书》卷一六《许荆传》。

杜十娘怒沉百宝箱（卷五） 演明万历间绍兴李生与杜十娘事。出《通言》卷三十二。杜十娘事，明人盛传，宋幼清为作《负情侬传》，见《九籥别集》卷四。明潘之恒《亘史内纪》卷十一、朝鲜刊本《文苑楂橘》卷一、《情史》卷十四皆转载之。以李生之愚，而十娘误事之，江涛沦没，同屈子之冤，较之李益薄情，尤增愤慨。小说据实敷演，差足动人；后人本小说为《百宝箱》传奇，为团圆之说，甚觉无谓耳。

看财奴刁买冤家主（卷十） 演宋时曹州周荣祖，家贫，以子与人。而其人即因拾周氏藏镪致富者；死后，子归宗，物归故主。出《初拍》卷三十五，原题："诉穷汉暂掌别人钱，看财奴刁买冤家主"。此篇正传及入话张善友事，全取元郑庭玉《冤家债主》、《看钱奴》两剧，第略其词曲，取科白联缀之。文字情节，尽出抄袭，不得目以创作。学者试勘之，可知小说戏曲体裁之异。

由以上三则可以看出，在为《三言》、《二拍》中话本作品撰写解题时，孙氏要传达的信息大体包括以下几个方面：1. 话本所述故事基本内容；2. 话本涉及故事（包括入话和正话）的本事来源；3. 话本所述故事在后世文学中的流衍。这三方面内容，加上之前所述的《三言》、《二拍》的版本源流，构成《日本东京所见中国小说书目提要》、《大连图书馆所见中国小说书目提要》和《中国通俗小说书目》等书具体小说条目的基本内容。这种以文献研究带动文学研究的理路，对于研究中国古典小说史有着重要的启示意义，在一定程度上改变了中国小说史研究的进程和面貌。“必须先知道了《古今小说》、《三言》、《二拍》的内容，然后可以知道《今古奇观》所收的各篇都是从这几部短篇小说丛书里选出来的。必须先知道褚人获以前的隋唐故事旧本，然后可以了解褚本《隋唐演义》的真正历史地位。《水浒》、《西游》、《封神》、《说岳》、《英烈传》、《平妖传》等书的历史的考证，必须重新建筑在孙先生现在开始建立的小说目录学的新基础之上。”①胡适的这一看法，在今后数十年小说史研究实践中得到进一步印证。

由考析小说本事来源进而探讨小说史相关问题的研究路数，是孙楷第中国古典小说研究的显著特征。如写于 1934 年的《三国志平话与三国志传通俗演义》，考证元至治刊本《三国志平话》与嘉靖刊本《三国志传通俗演义》之间的关系，就是以文献的梳理和排比作为论述主体。

> 其实演说三国故事的书，早已有之。元时有至治刊《三国志平话》三卷，虽文章作得不好，传录又多讹误，但其中事迹大半都从史书中来，三国大事也大致具备，根柢不浅，未可厚非。罗氏的《志传》，长至二百四十节，文字较《平话》多了数倍，可是仔细一考查，《志传》的间架结构，仍和《平话》一样。近来有人说：《平话》采俗说；《志传》采史实，是真的讲史。我以为说这类话的人，至少对于这两部书没有深刻

---

① 孙楷第：《日本东京所见中国小说书目提要》，卷首胡适序，第 8 页，《日本东京及大连图书馆所见中国小说书目提要》，北京：国立北平图书馆中国大辞典编纂处，1932 年。

的研究过。①

孙氏这一看法的形成，是在对元明杂剧所演三国故事、《三国志平话》和《三国志传通俗演义》进行比较的基础上获得的。《三国志传通俗演义》和《三国志平话》在文字、篇幅上的区别，并不能掩盖二者情节结构上的联系：《三国志传通俗演义》所演故事大半取资于《三国志平话》，《三国志传通俗演义》中所有重要的情节关目，在《三国志平话》中已经初具规模。《三国志平话与三国志传通俗演义》一文就三国故事的流衍及《三国演义》在前人基础上所作的加细、删订、增补等工作所作的考证，虽然尚显简略，却是《三国演义》成书研究的重要成果。后人沿此方法，对三国故事的流变和《三国演义》的成书进行了更加深入地探讨。

1935年，孙氏在《国立北平图书馆馆刊》第9卷第1号刊出《小说旁证序》和关于8篇话本小说的本事渊源材料，正式提出以"旁证"方式研究中国古典小说。这8篇话本分别是《灯花婆婆》、《紫罗盖头》、《碾玉观音》、《西山一窟鬼》、《冯玉梅团圆》、《简帖和尚》、《阴骘积善》和《孔淑芳双鱼扇坠传》。孙楷第关于话本小说所作的旁证研究，在20世纪30年代已具有相当规模，此后仍读书不辍，屡有补入。② 其中少数篇则，分别在《文献》、《文学评论》等刊物发表，而《小说旁证》作为整体直到2000年才由人民文学出版社出版。在《小说旁证序》中，孙楷第概括"旁证"式小说研究的必要性。

宋人说话有小说一门，敷衍古今杂事，如烟粉、灵怪、公

① 孙楷第：《三国志平话与三国志传通俗演义》，《沧州集》第2卷，第110～111页，北京：中华书局，1965年。

② 如《警世通言》中的《拗相公饮恨半山堂》话本，孙氏引明宣德间赵弼《效颦集》中的《钟离叟妪传》作为故事本源，后附按语云："此文犀利，章法谨严。然刻露已甚，必元祐党家所作也。"并注明写于"一九七二年六月十七日"。可见在此后数十年中，孙氏每于读书中有所闻见，即予以记录。

> 案等色目不同，当时谓之舌辨……及文人代兴，效其体而为书，浸开以俚言著述小说之风。如明冯梦龙《三言》、凌濛初《拍案惊奇》二集、清李渔《无声戏》、《十二楼》等不下数百卷，为世人传诵。于是通俗小说骎骎乎为文艺之别枝，与丙部小说抗衡。盖其纪事不涉政理，头绪清晰无讲史书之繁；用事而以意裁制，词由己出，故无讲史之拘；以俚言道恒情，易览而可亲，则无文言小说隔断世语之弊……然则征其故实，考其原委，以见文章变化斟酌损益之所在，虽雕虫篆刻几于无用，顾非文人之末事欤？……因就暇日流览所及，上起六朝，下逮清初杂书小记传奇记异之编，凡所载事为通俗小说所本或可以互证者，辄行抄录。积久成帙，厘为七卷。姑以付之手民，排印问世。非云博识，聊为讲求谈论之资云尔。①

《三言二拍源流考》、《重印〈今古奇观〉序》等文及《小说旁证》，或讨论版刻源流，或探析名物制度，或征其故实，或考其原委，或辑录与小说可以相互参证的故事，形成了具有孙氏特色的中国古典小说研究路数。

孙楷第开创的"旁证"式古典小说文献研究路数，直接启发了后来的许多小说研究者。数十年后，谭正璧在孙氏研究的基础上，积数十年之功，通过广泛查阅文献，编纂了 60 余万字的《三言两拍资料》，将"旁证"式的小说研究路数作了进一步发挥。小说本事研究，成为 20 世纪中国古典小说研究的重要内容。

"中国小说三目"：中国古典小说文献学的奠基之作

孙楷第在中国古典小说研究领域最令人瞩目的成就，是完

① 孙楷第：《小说旁证序》，《国立北平图书馆馆刊》第 9 卷第 1 号，第 11 页，北京：书目文献出版社，1992 年。

成于20世纪30年代初的“中国小说三目”——《中国通俗小说书目》、《日本东京所见中国小说书目提要》和《大连图书馆所见中国小说书目提要》(后二书人民文学出版社1958年出版时合题为《日本东京所见小说书目》),成为奠定孙氏在中国古典小说文献学研究领域重要地位的扛鼎之作。

在孙楷第的“中国小说三目”中,最先完成的是《日本东京所见中国小说书目提要》。在任《中国大辞典》编纂处编辑期间,孙氏获接编辑小说书目的工作。1930年前后,孙楷第开始着手编纂小说书目。1931年9月,在征得北平图书馆及中国大辞典编纂处同意后,孙氏东渡日本访书。对于此次日本访书的原委及大致经过,孙氏在《重印日本东京所见中国小说书目提要序》中作了明确交代。

> 余以民国十九年(1930)间,辑录中国小说书目,所据者为国立北平图书馆藏书,孔德学校图书馆藏书,马隅卿先生藏书,以及故家之所收藏,厂肆流连,随时注意,一二年间,搜集略备。嗣见日友长泽规矩也先生所记日本小说板刻,益以古今人之所征引著录,都八百余种。于去岁三月写成初稿,粗可观览。而东邻所存中国小说若干种,仅据长泽先生所记,未得目睹。或名称歧异,或内容不详,非读原书,无从定其异同……乃商之中国大辞典编纂处及国立北平图书馆当局,以去岁九月,扬舲东渡。十九日,抵东京驿,遽闻辽东之变,悲愤填膺,欲归复止……居东京月余,公家藏书,如宫内省图书寮、内阁文库、帝国图书馆,私家如尊经阁、静嘉堂、成篑堂以及盐谷温博士、神山闰次先生、长泽规矩也先生、文求堂主人田中、村口书店主人某君,所藏小说部分,皆次第阅过。以归心甚急,乃罢京都之行,迂道大连返平。抵塘沽之夕,为十一月十五日,时则津变犹未已也。越冬至春,公余多暇,乃发旅箧所携,重加整理,排比次第,厘为六

卷。亦复评校得失，详其异同。①

《日本东京所见中国小说书目提要》是对日本东京各主要图书馆及私人所藏中国通俗小说书目的一次总调查，其中著录的许多孤本、秘本，成为后来研究中国小说的重要依据。在书前《缘起》中，孙氏以文献学家的眼光，对日本东京公私所藏中国小说版本予以简评：

日本官府藏书，以宫内省图书寮为最精……所藏四部书外，小说戏曲间有旧本，然为数无多。故欲搜求此等书籍，自不得不以内阁文库为渊海。内阁所度小说，如元至治刊本平话，明崇祯本《二刻拍案惊奇》，已为唯一无二之孤本。《封神演义》有万历原本，《古今小说》有昌启间原本，初二刻《新平妖传》有泰昌崇祯原本。《唐书演义》、《大宋中兴通俗演义》有嘉靖本，又有万历本。《西游》、《水浒》，万历以来刊本俱有数种之多。其他明清旧本尚数十种……

私家静嘉堂岩崎氏既得吾国归安陆氏藏书，鉴其精华，年来搜集亦颇注意旧本，藏书之富，在榑桑顿占重要地位。小说除万历本《唐书演义》外，无重要明本。尊经阁前田氏夙以藏书著名，小说有罗贯中《隋唐两朝志传》，某氏《征播奏捷传》，并万历本；李笠翁《无声戏》为清初刊本：俱是孤本。亦藏《古今小说》一部，与内阁文库本争霸京国，同为天壤间秘笈。德富苏峰氏成篑堂有宋板《唐三藏取经记》，世所习知，宏（弘）治本《钟情丽集》亦不多得之书。盐谷温博士，神山闰次先生，长泽规矩也先生，俱研究中国小说，架上所度，时足补簿录之所未备。文求堂田中氏博闻多识，亦有板本之好，所藏嘉靖本《三国志〈通俗演义〉》最为秘笈，即上

① 孙楷第：《日本东京所见中国小说书目提要》，卷首，第1～2页，北京：国立北平图书馆中国大辞典编纂处，1932年。

海商务印书馆所据以影印者。设北平不出此书而登于国立北平图书馆，则此本者不将睥睨一世乎？村口书店有万历本朱鼎臣编《西游记》，及某氏《续三国志》（即《三国志后传》）：并是孤本。

孙氏此次东行，前后仅有两月，所阅藏书，集中在日本东京一地。虽然并不是对日本所藏中国通俗小说的全面调查（后来大塚秀高等人对日本藏中国通俗小说做了进一步的调查，在孙楷第的基础上有所补益），但作为第一次对日本所藏中国通俗小说所做的调查，在建立中国古典小说目录学的过程中却是十分重要的，为他后来完善并最终编定《中国通俗小说书目》做了必要的准备。

《日本东京所见中国小说书目提要》按类分为六卷，著录小说 66 种。

卷一为宋元部，著录小说 5 种：《新雕大唐三藏法师取经记》，《新刊全相平话武王伐纣书》，《新刊全相平话乐毅图齐七国春秋后集》，《新刊全相秦并六国平话》，《新刊全相平话前汉书续集》，其中后 4 种与《三国志平话》合称《元至治刊平话五种》，因为《三国志平话》此前曾由上海商务印书馆据日本东京帝大所藏影印本缩印，故不再著录。

卷二为明清部一，著录明清时期的短篇小说，凡 12 种：熊龙峰刊小说四种（《冯伯玉风月相思小说》、《孔淑芳双鱼扇坠传》、《苏长公章台柳传》、《张生彩鸾灯传》），《古今小说》，《二刻拍案惊奇》附《宋公明闹元宵杂剧》，《鼓掌绝尘》，《无声戏》，《八洞天》，《警世奇观》，《人中画》，《再团圆》。

卷三为明清部二，著录明清时期长篇讲史小说，凡 19 种：《三国演义》，《唐书演义》，《隋唐两朝志传》，《宋传》，《新刻续编三国志后传》，《英烈传》，《承运传》，《新刻全像音注征播奏捷传通俗演义》，《东西汉》，《春秋列国志传》，《新镌全像孙庞斗志演义》,《盘古至唐虞传》,《有夏志传》,《皇明中兴圣烈传》,《辽海丹忠录》,《平虏传》,《新编剿闯通俗小说》,《精绣通俗全像梁武帝西来演义》,《大明正德皇帝游江南传》。

卷四为明清部三,著录明清时期以烟粉、灵怪为题材的长篇小说。其中烟粉类7种:《飞花咏》,《金云翘传》,《引凤箫》,《幻中真》,《鸳鸯配》,《绣榻野史》,《浪史》;灵怪类11种:《钱塘渔隐济颠禅师语录》,《济公传》,《西游记》,《新刊八仙出处东游记》,《吕仙飞剑记》,《萨真人咒枣记》,《新刻全相二十四尊得道罗汉传》,《新刻全像牛郎织女传》,《封神演义》,《平妖传》,《飞跎全传》。

卷五为明清部四,著录明清时期以公案和劝戒为题材的长篇小说,并附录神山闰次所藏清道光十四年坊间所刻的一部通俗小说丛书《怡园五种》。其中公案类著录6种不同版本《水浒传》,劝戒类著录《醋葫芦》、《疗妒缘》等2种。《怡园五种》则收录了5部小说:《玉支矶传》,《双奇梦》(即《金云翘传》),《情梦柝》,《蝴蝶媒》,《麟儿报》。

卷六为附录部分,收录传奇、通俗类书及子部小说。其中传奇6种:《效颦集》,《广艳异编》,《删补文苑楂橘》,《痴婆子传》,《新刻钟情丽集》,《风流十传》;通俗类书4种:《国色天香》,《万锦情林》,《重刻增补燕居笔记》,《增补批点图像燕居笔记》;子部小说5种:《新刻皇明诸司公案传》,《皇明诸司廉明奇判公案传》,《新刻名公神断明镜公案》,《新镌国朝名公神断□□详情公案》,《东坡居士佛印禅师语录问答》。

古代书坊刻书,同一小说经常出现异名现象,随意窜改书名尤其是名著书名现象颇为普遍,甚至卷次、情节都存在不小的差异,给小说目录编纂带来诸多不便。针对这一情况,孙楷第的做法是:

今于此等悉存原名,而立总名于上。庶观一书而知其诸本，并知诸本之异名。①

以《水浒传》为例。《日本东京所见小说书目提要》著录《水浒传》版本6种：内阁文库藏明余氏双峰堂刊《京本增补校正全像忠义水浒志传评林》二十五卷残存十八卷；内阁文库藏明容与堂刊《李卓吾先生批评忠义水浒传》一百卷一百回；神山闰次藏明刊本《钟伯敬先生评忠义水浒传》一百卷一百回；东京帝大研究所藏金阊映雪草堂刊《水浒全传》三十卷；内阁文库藏明雄飞馆刊《精镌合刻三国水浒全传》；长泽规矩也藏明崇祯刊《第五才子书施耐庵水浒传》七十五卷。类似情况，在《中国通俗小说书目》编纂中更为普遍。

《日本东京所见中国小说书目提要》在著录小说版本信息的同时，还从目录学角度对相关问题进行细致地比勘考证。在孙氏看来，"板本之学"与"目录之学"二者相辅相成，殊途同归。

> 自向、歆校书，总群书而为《七略》，班固因之作《艺文志》，爰有簿录之学。自此而降，荀、王之俦递有造作。《隋志》以下以至《四库提要》益臻繁密；要以辨彰学术，考镜得失：此目录之学也。雕板之业，自赵宋而始盛，其时士夫雅嗜校书，如尤氏《遂初堂目》所记，已颇注重板本。明清以来藏书大家，竞以宋元本相尚，诸所为藏书目及题跋记等，记一书之行款形式，期于详尽靡遗，意在鉴古：此为板本之学。此二者意趣不同，似非一途。然目录之于板本，关系至为密切。昔陆元朗作《释文》，于每字之下，即详列某本作某，盖所以明授受之源流，证诸本之同异，不得不如是也。《四库提要》于考证为详，虽不记板刻，而根据板本立论者实不一而足。以是言之，则学者离开板本而言簿录，未见其可也。②

①② 孙楷第：《日本东京所见中国小说书目提要·缘起》，第6页，第3～4页，北京：国立北平图书馆中国大辞典编纂处，1932年。

目录学立足于书籍分类，由《七略》简单分类，发展到《四库全书总目》在分类基础上的书目提要，其根本意义，正如清代著名学者章学诚在《校雠通义》中所说，在于“辨章学术，考镜源流”。而版本学以书籍版本为主要研究对象，辨别版本优劣，考较版本源流。二者意趣明显不同。然而正如孙氏所说，考辨学术发展的源流，离不开对版本的辨别；而版本辨别只有为考辨学术服务，才能进一步凸显版本之学的意义。《四库全书总目提要》将“板本之学”与“目录之学”二者紧密结合，成为版本目录学经典之作。

出于这一认识，孙楷第在编撰《日本东京所见小说书目提要》时，将小说版本学与小说目录学合二为一。

> 今兹书中所记，于板本内容为详。兴之所至，亦颇搜采旧闻，畅论得失。其意使鉴古者得据其书，谈艺者有取其言。博雅之士，谅不以糅杂为嫌也。

版本、目录，二者既不偏废，又有所侧重，是孙氏编撰小说书目的基本原则。而其中某些“兴之所至”写成的考辨文字，因为有对版本的细致比勘为基础，往往能透见问题的根本。如对余氏双峰堂刊本《京本增补校正全像忠义水浒志传评林》(即通常所谓的“简本”系统)与容与堂刊本《李卓吾先生批评忠义水浒传》(即通常所谓的“繁本”系统)二者间差异的论述，集中在四个方面：1. 诗词之删略；2. 正文之删略；3. 节目之省并；4. 增加部分。虽然篇幅不长，难称研究《水浒传》繁本、简本异同的专论，却因建立在丰富的版本信息基础之上，成为经典论述。①

在由日本回国途中，孙楷第途经大连，又以五天时间，尽阅大连图书馆所藏中国通俗小说，撰成《大连图书馆所见中国小说

---

① 孙楷第：《日本东京所见中国小说书目提要》第5卷，第179～200页，北京：国立北平图书馆中国大辞典编纂处，1932年。

书目提要》一卷。他在《题记》中对于此次访书原委做了简要交代。

> 余既于民国十九年(1930)十月阅日本东京公私所藏小说讫，闻大连满铁图书馆藏日本大谷氏捐赠小说多种，中颇有旧本为内地所不易见者。乃决意往访。先由人友长泽先生函馆中松崎鹤雄氏，为余先容，托其照拂。十一月八日抵大连后，复识馆长柿沼氏，知余来意，引余入专门研究室，与以方便，供待甚厚。该馆阅览时间，自上午九时起，至下午九时以后，犹许留止。如此办法，乃大惠于余。每日晨九时入馆，晚十时步行回寓。凡五日阅讫。在此一日工作，几等于在东京之二日也。时民国二十一年五月二十八日孙楷第记。①

《大连图书馆所见中国小说书目提要》在编撰体例上与《日本东京所见中国小说书目提要》一致，因为小说数量有限，仅分“短篇总集”和“长篇”两目。

“短篇总集”下录短篇小说总集 12 种：《二刻增补警世通言》,《醒世恒言》,《鸳鸯针》,《一枕奇》,《双剑雪》,《连城璧全集》、《外编》,《珍珠舶》,《幻缘奇遇小说》,《海内奇谈》,《西湖文言》,《人中画》,《古今小说》。

“长篇”下根据所存小说内容、题材分“讲史类”、“烟粉类”、“灵怪类”三类，共录小说 14 种。其中“讲史类”4 种：《新刊京本春秋五霸七雄全像列国志传》,《新镌绣像批评隋史遗文》,《警世阴阳梦》,《钟伯敬先生评定东西汉传》;“烟粉类”9 种：《合浦

---

① 孙楷第：《大连图书馆所见中国小说书目提要》，卷首，第 1 页，《日本东京大连图书馆所见中国小说书目提要》，北京：国立北平图书馆中国大辞典编纂处，1932 年。孙氏作于 1932 年之《日本东京所见中国小说书目提要》序言称，“以去岁九月，扬舲东渡”，据此，“民国十九年”当作“民国二十年”。

珠》,《赛花铃》,《女开科传》,《新编飞花艳想》,《醒风流》,《墨憨斋新编绣像醒名花》,《新编清平话史炎凉岸》,《世无匹》,《梧桐影》;“灵怪类”1 种:《济公全传》。

最后附子部小说 1 种:《鼎锲国朝名公神断详刑公案》。

孙楷第的第三部也是分量最重的一部小说书目作品是 12 卷本《中国通俗小说书目》。该书初步完成于 1932 年上半年,经过半年多的修订,1933 年 3 月出版,是孙氏在综合《日本东京所见中国小说书目提要》、《大连图书馆所见中国小说书目提要》及自 1930 年以后在国内收集到的中国小说目录基础上的一次系统性总结。据郑振铎《中国通俗小说书目序》所说,孙氏着手编录的是《中国通俗小说提要》,先行出版的《中国通俗小说书目》是简编本。① 因此,《中国通俗小说书目》与《日本东京所见中国小说书目提要》、《大连图书馆所见中国小说书目提要》在编撰旨趣上各有侧重:《东京》、《大连》二书目录与版本并重,著录版本资料之外,对各书具体内容予详细介绍,做了大量的考证工作;《中国通俗小说书目》则偏重版本之学,以记录版刻资料为主,而较少就具体问题“辨章学术,考镜源流”。二者互相补益,并行不悖。他在《重印日本东京所见小说书目提要序》中说:

> 《中国通俗小说书目》是包括现存和已佚未见书的专门书目,在这部书目里,可以知道宋、元、明、清四朝有多少作家,有多少不同色类的作品。作家有小传,作品间有评价介绍。而为体裁所限,苦不能详。《东京》、《大连》两书目则不然。这两部书,对于读过的每一种小说,皆撰有提要,详细的记录了板本的形式,故事的原委;必要时照抄原书的题跋

① 郑振铎序作于“民国二十一年(1932)十二月十七日”,其中说《中国通俗小说书目》为九卷本,而 1933 年出版时已增订为十二卷本。据小说卷次编排,增加部分,当为附录部分第 10、11、12 卷“日本训译中国小说书目”、“西译中国小说简目”和“满文译本小说简目”。

目录；并且，考校异同，批评文字。为读者提出了若干问题，也相当解决了若干问题。以此《东京》、《大连》两书目与《通俗小说书目》相辅而行，对于初研究小说的人是有益的。①

《中国通俗小说书目》的材料来源，除《日本东京所见中国小说书目提要》和《大连图书馆所见中国小说书目提要》外，国内的小说材料主要是由当时的北平图书馆、孔德学校图书馆、燕京图书馆等处和马廉等私人所藏中国通俗小说。此外，还有一些见诸友人所藏中国通俗小说，如书中注明来自郑西谛（即郑振铎）的小说。

编录小说书目，自然要涉及小说分类问题。从文献学的角度对中国通俗小说进行分类，孙楷第有开拓之功。在《日本东京所见中国小说书目提要·缘起》中，孙氏通过对鲁迅《中国小说史略》中关于小说分类的批判性理解，建立了比较明确的小说分类和辨体意识。

> 簿书分类，自《七略》以来，诸家咸出己见以意离析合并，至于今日，去取从违，殆非易事。若小说戏曲，源出于唐宋之伎乐，素为士夫所不齿，自来史书亦无登此等书于目而为之论列者。鲁迅先生作《小说史略》，于宋明通俗小说记述为详，分门别类，秩序井然，学者于此，始稍稍有门径可寻。以今论之，目《五代史》、《京本通俗小说》为话本，而话本固与流别无关；即以话本言，亦不限此二书。目冯梦龙《三言》为拟宋市人小说，然其中原不少宋元话本。入《水浒》于讲史，入《七侠五义》于侠义，然《水浒》自明时已有忠义书之目。其分类名称，未为允惬矣。然天下事草创实难，批评最易，今之为此学者宜就已成之书分别加细，发挥而光

① 孙楷第：《日本东京所见中国小说书目》，卷首，第1页，北京：国立北平图书馆中国大辞典编纂处，1932年。

大之，固不得挟一二私见以拟议前辈也。窃谓吾国小说书，直接源于宋之说话人，分门别类，取当时说话之色目为称，于小说之源流系统，已足表示明了。观《梦粱录》诸书所记，则讲史与小说实为对峙之局：一缘讲史事而较长，一记琐闻而稍短。小说之中又有烟粉、灵怪、公案、传奇诸子目。其后文人造作稍变其例，乃有演小说而与讲史书抗衡者。是则中国小说只有讲史小说二派，即短篇、长篇之名亦只足以示篇幅，不足以明性质，不必强用。余作小说书目首宋元部，以书少不分类。次明清讲史部。次明清小说部甲，以单行旧本及诸总集所收小说体例不背于古者隶之。次明清小说部乙，以文人变古诸小说隶之。今此书所记，略以时代次第之，分类稍与书目不同。①

在此，孙楷第确立了关于中国通俗小说分类的基本思路：将通俗小说分为讲史和小说两类，然后在此基础上再按时代、题材分类。宋元部作为讲史和小说的正体；明清部分作三类，一类为模仿宋元小说正体而作的短篇小说，一类为宋元小说的变体，其分类与宋元说话色目近似，一类为宋元讲史的变体长篇历史演义。

在《中国通俗小说书目》中，孙楷第沿袭《日本东京所见中国小说书目提要》中以四分法划分通俗小说的做法。为了进一步明确在通俗小说分类方面的认识，在后来修订出版的《中国通俗小说书目》中，孙氏单列《分类说明》一目，对小说分类进行理论上的总结和提升。在《分类说明》中，孙楷第又一次以评述鲁迅《中国小说史略》关于通俗小说的五分法立论，概括《中国通俗小说书目》的小说分类原则。

---

① 孙楷第：《日本东京所见中国小说书目提要·缘起》，第5～6页，北京：国立北平图书馆中国大辞典编纂处，1932年。

此五目皆属于清人书，品题殆无不当。唯此乃文学史之分类，若以图书学分类言之，则仍有不必尽从者。《史略》"讲史"二字，用宋人说话名目。考宋人说话，小说有"灵怪"，实即"神魔"；有"烟粉"，实即人情及狭邪小说；有"公案"，实即"侠义"。①

基于这一认识，孙氏在对通俗小说分类时，遵循以下思路："故余此书小说分类，其子目虽依《小说史略》，而大目则沿宋人之旧。此非以旧称为雅，实因意义本无差别，称谓即不妨照旧耳。"接下来，孙氏从图书分类学的角度出发，在辨析宋人"说话"分类的基础上，立足于小说史发展历程，对通俗小说分类做了详尽深入的厘析。

簿录分类，宜以性质区画，不得以形式为判，故余此书不用长篇短篇之名，略因时代先后立四部以统之：曰宋元部，以宋元讲史小说书隶之。曰明清讲史部，以讲史书隶之。曰明清小说部甲，以小说短篇合于最初体制者隶之。曰明清小说部乙，因古今之宜立四目：曰烟粉，灵怪，公案，讽谕，以长篇小说之变古者隶之。其因书未见致书之性质文体不明者，另为存疑目一卷附于后。

孙氏对于中国通俗小说的分类包含三条线索：其一，以时间顺序作为划分依据，将中国古典通俗小说分为宋元和明清两个段落；其二，以内容题材为划分依据，将数量占优的讲史小说从其他题材小说中独立出来，其他小说又以题材不同做进一步的划分；其三，尽管孙氏声明小说分类应该"以性质区分，不得以形式为判，故余此书不用长篇短篇之名"，但事实上他仍然沿袭在《日本东京所见中国小说书目提要》中的做法，以篇幅长短作为分类的依

① 孙楷第：《中国通俗小说书目·分类说明》，第1页，北京：人民文学出版社，1982年。

据。对于这一划分的科学性和局限性，孙氏有清楚的认识："若通俗小说，其界限初虽明显，自明以降，则杂糅实甚。本书所分，不过略示限断，而其间往往有相似不同，骤难爬梳，仅以意断之。虽史家有互见之例，事涉反复，今不沿用。"中国古典通俗小说分类，涉及中国小说研究各个方面，诸如具体作品创作时间的判定，小说文体的独特个性，小说题材的涵摄多样，等等，都会影响对小说类别归属的划分。其中反复多致的情形，出现"仁者见仁，智者见智"的认识实属必然。

孙氏对于宋元小说和明清小说的划分，看似线索丛错，实则有着内在一致的标准，他所遵循的依据，仍是宋人将说话分为讲史和小说的基本分类。鲁迅《中国小说史略》袭宋人分类而易以近代新名，孙氏《中国通俗小说书目》则因袭宋人小说分类的旧名。只是考虑到明清小说错落多致的情况，"后来文人撰作，乃有言家庭社会杂事，而鸿文潇洒，篇章与讲史书抗衡者。是故语其朔则讲史为长篇，而小说为短篇；语其变则小说有短篇亦有长篇，其长者且与讲数百年之史事者等"，才在"明清讲史部"之外另立"明清小说甲部"、"明清小说乙部"以统之。甲部主要著录明清两代的短篇白话小说，乙部则主要著录明清两代讲史小说之外的长篇章回小说。

> 小说甲类乙类之分，有时颇费斟酌。如上所说，宋说话人之讲史，其词意较繁，后之讲史书是其苗裔。小说者其词寡，后之宋明短篇即出于此，本书目以小说甲类。又后而小说亦出巨制，同于讲史，斯为变体，本书目以小说乙类。

这一分类的基本思想，在《日本东京所见中国小说书目提要》中已经确立。

明清两代的小说作品，从大类上说，可以分为"讲史"和"小说"两类。其中，"小说"又因篇幅的长短，可分为短篇小说（即甲类）和长篇小说（即乙类）。而在确定具体小说的部类归属时，孙氏又对其中的两类特殊情况作了详细说明。

其一，分回与否不能作为区分短篇小说和长篇小说的主要依据。

> 而小说甲类中有每篇分为若干回者，如《鼓掌绝尘》、《鸳鸯针》、《载花船》、《十二楼》、《弁而钗》、《宜春香质》、《珍珠舶》等是，其多者每篇分十回，少亦三四回五六回不等。有演一故事自始至终为一篇，中不分节段者，如宋元旧本及《三言》、《二拍》等是。前者因后来小说多分章回习而用之，后者乃最初话本形式也。然书标回数，固是后来刻书人所为，而自昔说唱，中间即有休歇（间歇处伎艺人谓之务头）。讲史固非多次莫办，小说亦不能限于一场，如宋明旧本虽只是一篇，施之说唱，则非一时所能尽也。（宋人《西山一窟鬼》小说云：因来临安取选，变做十数回小说。元无名氏《货郎旦》剧其第四折为说唱《货郎儿》，演李姓琐事，而云：编了二十四回小说。即小说说唱时分回之证。）故分回与否，绝不能引为小说甲类乙类之别。

其二，短篇小说、长篇小说的划分依据，在篇幅长短之外，小说的流派归属同样应作为判定的标准。孙氏将明末清初兴起的才子佳人小说和清代兴起的猥亵类、劝诫类小说划归乙部，即出于类似考虑。

> 唯坊肆间书，往往有短拙之本，尤以烟粉类为多。凡此等书，其大剂不过二三十回，其少者仅十余回乃至八回。论其文固诚是短篇，而其说佳人才子，性质与《鼓掌绝尘》、《五色石》、《珍珠舶》等正同。《鼓掌绝尘》等既属甲部总集，则即目此为甲部单行本，似亦合于事理。唯余此编，仍以此类书入乙部。其意以为此类书，明清之际，始见繁多，稍著者如《玉娇梨》、《平山冷燕》、《情梦柝》，虽皆只二十回，而语其局度分量，固犹是小说乙部之书，特其波澜气魄较为狭小

耳。然作者稍具小才，文能通顺，即非佳著，亦差可观览。而其矫揉关目，却为世俗人所喜。书既风行，效之者多，虽琐琐不足道，仅成短书，要其意固自附于《玉娇梨》、《平山冷燕》者流，非真有意于耳犹、初成之作也。若《珍珠舶》等，特以才子佳人作风施于总集，其有意效甲部小说之体，与其书之应隶甲部小说，则至显然。故于此断入甲部。其短拙之才子佳人书，则附乙部《玉娇梨》等书之后，以见其末流有若是而已。（乙部猥亵类劝诫类亦多短书，其不入甲部之故与此同。）

《中国通俗小说书目》正文 7 卷，所收小说，体裁“以语体旧小说为主”，时间从宋朝至辛亥革命之前，不仅著录存留下来的通俗小说，对于古代各类书目载记在册而到孙氏辑录小说书目时已散佚不存的小说一并著录，总录小说 800 余种。① 正文七卷按四部分类：宋元部、明清讲史部、明清小说甲部（即明清短篇小说）、明清小说乙部（即明清长篇小说）；明清小说乙部中又分四类：烟粉、灵怪、说公案、讽谕。既兼顾作品的时代先后，又充分考虑篇幅、题材和内容，力求清晰通明。附录 5 卷分别为存疑目、丛书目和日本训译中国小说目录、西译中国小说简目、满文译本小说简目。

第一卷为宋元部。宋元小说多已遗佚，此卷著录，主要是孙氏从各类书目文献中辑录而成。作者按照《梦华录》、《都城纪胜》、《梦粱录》及《武林旧事》等书对宋元“说话”的分类，目下分宋元小说为两类：讲史和小说；其中小说又分灵怪、烟粉、传奇、公案、朴刀局段、捍棒、神仙、妖术等类。其中，讲史类录小说 8 种，小说类录小说 134 种，均标示小说的存佚情况。卷末附小说

---

① 参见孙楷第《中国通俗小说书目 · 凡例》，北京：人民文学出版社，1982 年。

总集 2 种:《京本通俗小说》、《烟粉小说》。

第二卷为明清讲史部。孙氏在明清小说中单立讲史一目,一方面是受鲁迅《中国小说史略》的影响,另一方面也出于以下几方面的考虑:一、与其他题材相比,明清两代以演绎历史故事为题材的小说数量庞大,"通俗小说中讲史一派,流品至杂。自宋元以至于清,作者如林";二、明清两代历史演义小说体式繁复,作者层次各异,将其作为一类处理,可以对有关问题做比较详细的厘析,"以体例言之,有演一代史事而近于断代为史者;有以一人一家事为主而近于外传别传及家人传者;有以一事为主而近于纪事本末者;亦有通演古今事与通史同者……大抵虚实各半,不以记诵见长。亦有过实而直同史抄,凭虚而全无根据者,而亦自托于讲史"。鉴于上述情形,孙氏在排列历史演义小说时,采取两条线索:一、不以作者时代先后为序,而以故事所演朝代先后为序;二、以故事演化为纲领,每一朝代讲史目中,则以作者时代先后为序,故事属于同一系统的小说作品,均系于最初演绎该故事的小说之后。"其同演某一代史事者,虽巧拙不同,虚实异趣,体例攸分,苟其上系下属在此系统之内,悉目以讲史。而在此一系统之中,更以书成先后依次排比之。"在讲史部中,除了收录《三国演义》这样的讲史小说"正体",还收入了如《隋唐演义》这类受英雄传奇小说影响较深的作品。

第三卷为明清小说甲部。明清两代,短篇小说作品数量丰富,单篇作品之外,还出现了不少短篇小说集,其中既有像《六十家小说》、《清平山堂话本》、《三言》汇集他人作品编选而成的总集,也有像《石点头》、《鼓掌绝尘》、《十二楼》这样的自著短篇小说集。本卷共著录小说 172 部,其中单篇作品 95 部,总集 14 种,自著总集 63 种。

第四、五、六、七卷为明清小说乙部。此部小说除了以类相从之外,"皆以作者时代先后为次"。而一旦遇到共同演绎同一故事或者故事属同一系统的小说作品，则又采取如同《四库全书总目》“笺释旧文则从所注之书”的编纂体例，依类系书，“不论著者之人，悉附于最初演此故事书之后”。

在这四卷中，孙氏将明清两代讲史之外的长篇小说分为四类。第四卷为烟粉类。这类小说，在明清两代作品数量最多，孙氏按照题材差异，又分其为人情小说、狭邪小说、才子佳人小说、英雄儿女小说和猥亵小说等五个子类。第五卷收录灵怪小说。第六卷为明清两代“说公案”小说，分为侠义和精察两类。第七卷著录明清两代讽谕主题的小说，一类为讽刺，一类为劝诫。

第八卷以下至第十二卷为附录部分，其中：第八卷为“存疑目”，“以书之已佚未见不能知其文体内容者入之”；第九卷为“丛书目”，“以汇刻书为限，其总集与一人自著总集，不入丛书目”；第十卷附录“日本训译中国小说书目”，抄录日本仓石武四郎所编《训译支那小说目录》；第十一卷附录“西译中国小说简目”；第十二卷附录“满文译本小说简目”。

孙楷第在编纂《中国通俗小说书目》时，尽可能广泛地汲取了版本目录学史上具有重要影响的目录学著作，如朱彝尊《经义考》、谢启昆《小学考》、《四库全书总目》和王国维《曲录》等书的优点，确立了小说目录学的基本体式。

> 四　静安先生《曲录》于剧本后，时附注关于此剧之轶闻掌故，既便参考，亦博趣味。本编于书名后亦摘录有关斯书之笔记琐闻，但取切要与他书所未曾载者，若繁文考证之语，一概不录。
>
> 五　朱竹垞《经义考》、谢蕴山《小学考》，每书后皆有题记。题记于此书序跋外，兼录前人考证论列之语，搜辑甚备，虽便参考，颇为凌杂。本编见存各书，其题记力求简要，不多征引。偶有说明本书之处，亦随意及之，不为定例。至各书序跋有时可供参考，则存序作者姓名及作序年月于记

中，但亦不涉及文字。至已佚及未见之本，则视本人力之所及，于其掌故内容，详加考校，不以繁琐为嫌。盖前人苦心著书，不幸散佚，若并其崖略而不存，则负前人；且使留心小说文献者无所考稽，或旧闻因此日就湮没，则又负来者，故于此则加详也。

六　朱氏《经义考》、谢氏《小学考》，并注存佚，用意至善。但存者不记板本，作者盖以史家著录，无注板本之例，事近琐碎，故不为此。缪荃荪氏《书目答问》记板本特详，虽自谓便初学之书，而今虽鸿儒硕学亦莫能废焉，则其体之善也。本书除已佚及未见外，并注明某某本，其旧本善本且及于行款图相，以云琐碎，此实难免。①

孙氏在确立《日本东京所见中国小说书目提要》、《中国通俗小说书目》等书的编纂体例时，以“供俭学者一瓻之求”为宗旨，充分吸取了前代在目录编纂方面所做的探索，博取众长，自成一家，为小说目录学的发展奠定了可资借鉴的典范。1932 年，胡适在评价孙楷第的治学特点和学术成就时说：“沧县孙子书先生是今日研究中国小说史最用功又最有成绩的学者。他的成绩之大，都由于他的方法之细密。他的方法，无他巧妙，只是用目录之学做基础而已。他在这几年之中，编纂中国小说书目，著录的小说有八百余种之多。他每记载一种书，总要设法访求借观，依据亲身的考察，详细记载板刻的形式与内容的异同。这种记载便是为中国小说史立下目录学的根基。这是最稳固可靠的根基，因为七八百年中的小说发达史都可以在这些板本变迁沿革的痕迹上看出来。所以孙先生本意不过是要编一部小说书目，

① 此段文字，出自人民文学出版社 1982 年版《中国通俗小说书目·凡例》，1933 年所刊《中国通俗小说》无凡例。此处加以引用，实可视作孙氏对于《中国通俗小说》具体小说分类实践的理论总结。其中所论小说分类思想，在《中国通俗小说书目》中均可找到实例予以印证。

而结果却是建立了科学的中国小说史学，而他自己也因此成为中国研究小说史的专门学者……我们看这一部小说的历史，就可以知道孙先生的小说目录学在小说史学上的绝大重要了。”①22年后，郑振铎为孙楷第《俗讲、说话与白话小说》一书作序，也认为：“孙先生的《中国通俗小说书目》是最好的一部小说文献，给我们开启了一个招书的门径。二十多年的小说研究者们，对于这部书是重视的，对于孙先生的这个工作是感激的。”②胡、郑的评价背后，透视的正是孙楷第在中国小说文献学领域的杰出贡献和重要地位。孙氏《日本东京所见中国小说书目提要》、《大连图书馆所见中国小说书目提要》和《中国通俗小说书目》等著述，堪称中国古典小说文献学和目录学的奠基之作。

孙氏治小说史虽是出于偶然的机缘，取得重大成就却属必然。他在《评明季滇黔佛教考》一文中曾援引陈寅恪先生的话评述陈垣的治学成就说：“中国乙部中几无完善之宗教史。其有之实自近岁陈援庵（即陈垣）先生之著述始……是书征引资料，余所未见者殆十之七八。其搜罗之勤，闻见之博若是。至识断之精，体制之善，亦同先生前此考释宗教诸文。”③孙氏之于中国古典小说文献学、目录学研究的贡献，实足与陈垣氏之于中国宗教史的贡献相埒。

20世纪三四十年代中国古典小说研究，是在继承五四学者研究理路基础上的进一步深入、细化。除了孙楷第的小说文献学研究蔚为大观之外，其他学者在小说研究方面也取得了多样

① 孙楷第：《日本东京所见中国小说书目提要》，卷首，第1页，北京：国立北平图书馆中国大辞典编纂处，1932年。

② 孙楷第：《俗讲、说话与白话小说》，卷首，第2页，北京：作家出版社，1956年。

③ 孙楷第：《评明季滇黔佛教考》，《沧州后集》第5卷，第361页，北京：中华书局，1985年。

成就。小说考证研究方面，如赵景深《〈西游记〉作者吴承恩年谱》(1935 年)在新发现材料基础上对《西游记》及其作者所做的考证，在一定程度上订正了胡适《西游记》考证的某些臆断。此外，赵景深还相继发表了《八仙传说》(1933 年)、《三宝太监西洋记》(1935 年)、《〈品花宝鉴〉的考证》(1936 年)、《〈野叟曝言〉作者夏二铭年谱》(1937 年)、《〈英烈传〉本事考证》(1943 年)、《〈七国春秋后集〉与〈前七国志〉》(1945 年)等文，将考证范围推及名著之外的其他中国古典通俗小说。小说史研究方面，如胡怀琛的《中国小说的起源及其演变》(1934 年)、《中国小说概论》(1934 年)，将中国古典小说的演变概括为从文言到白话、从短篇到长篇、从说到写，线索清楚，不失为有见之论。又如谭正璧的《中国小说发达史》(1935 年)、郭箴一的《中国小说史》(1939 年)、蒋祖怡的《小说纂要》(1948 年)等，都能在鲁迅《中国小说史略》之外自著特色。通史之外，断代小说史、分体小说史也开始兴盛。这一时期较为重要的断代小说史有阿英的《晚清小说史》(1937 年)，分体小说史有陈汝衡的《说书小史》(1936 年)、刘开荣的《唐代小说研究》(1947 年)，标志着小说史研究开始朝着专、深的方向发展。文本研究方面，名著的研究仍为多数研究者所关注，如李辰冬的《红楼梦研究》(1942 年)、王昆仑的《红楼梦人物论》(1948 年)等，开始摆脱小说文献研究的束缚，而专以文本鉴赏分析作为研究内容。

(武汉大学　余来明)

三四十年代古代戏曲研究的进展

有学者论道:“我们应该注意到三四十年代在整个中国现代学术史上承前启后的特殊地位,即它一方面延续了五四新文化确立的现代学术规范和样式,另一方面,三四十年代的研究者在各个研究的具体领域又体现出自己的研究风格和个性。特别是当20世纪中叶中国学术遭遇到前所未有的破坏后,八九十年代所谓学术的复苏,便是直接以三四十年代的学术作为传承和衔接的对象。”①三四十年代的古代戏曲研究也正显现出如此特征。

20世纪三四十年代是中国戏曲研究发展、深化时期。自王国维发端于《宋元戏曲史》的系统戏曲研究之后,学者们沿着王氏的路子继续开拓,形成了戏曲研究的专业化、规模化。

从人员结构看,学者除胡适是自五四以来直至二三十年代皆堪称为学术研究的领军人物外,大多是由五四时期成长起来的学人组成,他们大多在五四时期得到熏染,到20年代中后期展露头角,有从欧美留学归来,有由北京大学、清华大学、中央大学及西南联大等高等学府培养出来的一批高材生,当时身居高校等主要的学术机构。可以说他们一生重要的学术成果皆产生于这一阶段。如吴梅虽然在世纪初就卓有成绩,但他的重要学术著作《曲学通论》亦在此阶段问世。这一阶段戏曲研究史上出

---

① 杨扬:《论二十世纪三四十年代的中国文学研究》,天津:《天津师范大学学报》,2003年第2期。

现了钱南扬、王起、董每戡、赵景深、冯沅君、孙楷第、隋树森、邵曾祺、卢前、傅惜华、谭正璧、凌景埏、郑骞、吴晓铃、李啸仓、严敦易、徐调孚、叶德钧、王玉章、徐嘉瑞等一大批令人敬仰的名字。他们构成了三四十年代中国戏曲研究的最主要的学术阵容。

从学术机构看,三四十年代出现了正规化、高层次的戏曲研究机构,这一时期也是中国现代学术机构真正运作起来的时期。在这一方面胡适功不可没。他 1930 年回到北京大学,担任文学院院长兼中文系主任,不仅身体力行于学术,而且延揽人才,筹措文化基金,既树立起北大学术声誉,又对三四十年代中国现代学术建设起到了稳定和推动作用。经胡适聘请的学者有孟森、钱穆、马叙伦、汤用彤、魏建功、俞平伯、梁实秋、闻一多、温源宁、叶公超、朱光潜等。[①] 在此带动下,中国现代学术史上影响巨大的学术机构,如北京大学、清华大学、燕京大学、中央大学、中山大学和中央研究院历史语言研究所等,都是在 30 年代开始全面、系统地实施研究计划。从学科形态看,这一时期小说史、戏曲史、词学、文学批评史、晚清小说史、新文学史等研究专题已确立。戏曲作为中国各大学的国文系或中文系的专业课程,由专职人员系统讲授。戏曲作为中国文学研究的专业方向被正式确立,其学术地位也相应提高。

从研究论著看,代表 20 世纪中国戏曲研究高水平的学术论著较集中地产生于三四十年代。比如吴梅的《曲学通论》、郑振铎的《中国俗文学史》、刘大杰的《中国文学发展史》、姚华的《曲论》[②]等,还有许之衡、王季烈、齐如山、胡适等的论著。这些论著分别在评价作品、考证源流、挖掘资料、整理文献、撰著剧史、

---

① 耿云志:《胡适评传》,第 226～230 页,上海:上海古籍出版社,1999 年。

② 姚华本与王国维、吴梅同时,但其戏曲研究用较艰深的文言文写作,影响不及二位。1940 年任二北刊行《新曲苑》,收录姚华的《曲论》,姚华的曲学研究日渐为人们重视。

开拓南戏研究等领域,做出了开创性的贡献。

就其总体戏曲观念而言,可以说世纪初王国维《宋元戏曲史》的研究路数还具相当大的影响,研究者们基本是沿着传统的文史学家治学轨迹和王国维指引的道路继续前进的。其中唯郑振铎先生强调"俗文学"的价值,从此角度研究戏曲,较有自己的特色。① 此外能由史著方面越出此藩篱而别树一帜的,有周贻白 1938 年出版的《中国戏剧史略》、《中国剧场史》和徐慕云 1938 年出版的《中国戏剧史》。三四十年代的研究者基本上是以纯粹的学者为主,而且,从观念上也脱离了文化革命的氛围,进入到一个文化重建的思想阶段。学者们普遍愿意坐下来系统研究问题,较之以往的学者更加理性,"他们基本上跳出了'信古'和'疑古'、'文言'和'白话'、'死文学'和'活文学'这种非此即彼的简单思维格局,而采取'释古'的办法,努力将一个个具体的学术问题讲清楚,然后再来评价"②。下面就三四十年代戏曲研究中陆续出现的热点问题加以介绍。

戏曲史研究不断深入

自王国维《宋元戏曲史》发表以来,戏曲史研究的现代理念形成并渐渐强化,形成戏曲研究的重要范式。三四十年代,各种戏曲史论著纷纷问世。

文学史著中包含戏曲史部分的有:谭正璧《中国文学史大纲》③。该书于 1935 年由上海光明书局修订出版,易名为《新编

---

① 陈多:《古代戏曲研究的检讨与展望》,昆明:《云南艺术学院学报》,2001 年第 3 期。

② 杨扬:《论二十世纪三四十年代的中国文学研究》,天津:《天津师范大学学报》,2003 年第 2 期。

③ 谭正璧:《中国文学史大纲》,上海:光明书局,1931 年。

中国文学史》。书中第九章辽金元文学、第十章明清文学涉及很多戏曲内容。第九章目录为：一、辽金：戏曲的前夜；二、元代：曲词代谢、关郑马白、北曲作家代表、《西厢记》与《西游记》、荆刘拜杀与《琵琶》；第十章目录为：一、明代：《诚斋乐府》与《四声猿》、《临川四梦》；二、清代：《长生殿》和《桃花扇》与《九种曲》和《十种曲》、昆腔与京剧。谭先生还有《中国女性的文学生活》①一书，第六章明清曲家中谈及曲的来源以及介绍叶小纨、梁夷素、吴藻等女作家。还有胡云翼《新著中国文学史》（北新书局，1931 年），郑振铎《中国文学史》（插图本）（北平朴社，1932 年），陆侃如、冯沅君《中国文学史简编》②，陈子展《中国文学史讲话》（上海北新书局，1933 年 9 月），梁乙真《中国文学史话》（上海元新书局，1934 年），张长弓《中国文学史新编》（开明书店，1935 年 9 月），容肇祖《中国文学史大纲》（北平朴社，1935 年 9 月），赵景深《中国文学史新编》（北新书局，1936 年 1 月），赵景深《民族文学小史》（世界书局，1940 年 1 月），梁乙真《中国民族文学史》（三友书店，1943 年 5 月），林庚《中国文学史序》（国立厦门大学，1947 年），刘大杰《中国文学发展史》（中华书局，1949 年）等。

专门戏曲史及断代史著有：王易《词曲史》（上海神州国光社，1932 年），卢前《明清戏曲史》（国学小丛书）（商务印书馆，1935 年 6 月）及《散曲史》（出版情况未祥），周贻白《中国戏剧史略》（戏剧小丛书）及《中国剧场史》（商务印书馆，1936 年），青木正儿《中国近世戏曲史》（王古鲁译，商务印书馆，1936 年），青木正儿《中国文学概说》（隋树森译，上海开明书店，1938 年 11 月），徐慕云《中国戏剧史》（上海世界书局，1938 年 12 月），周贻白《中国戏剧小史》（青年知识文库）（永祥印书馆，1945 年 5

① 谭正璧：《中国女性的文学生活》，上海：光明书局，1930 年。

② 陆侃如、冯沅君：《中国文学史简编》，上海：开明书店，1932 年。

月),董每戡《中国戏剧简史》(商务印书馆,1949 年 7 月),徐嘉瑞《云南农村戏曲史》(国立云南大学西南文化研究室,1943 年),苏雪林《辽金元文学》(商务印书馆,1934 年 1 月),吴梅《辽金元文学史》(商务印书馆,1934 年 3 月),柯敦伯《宋文学史》(商务印书馆,1934 年 4 月),洪亮《中国民俗文学史略》(上海群益图书公司,1934 年 6 月),朱谦之《中国音乐文学史》(商务印书馆,1935 年 10 月)(第八章论剧曲,附录凌廷堪《燕乐考原·跋》),郑振铎《中国俗文学史》(长沙商务印书馆,1938 年),杨荫深《中国文学家列传》(中华书局,1939 年 3 月)等。

其中具有特殊意义的有:

1. 青木正儿的戏曲史著。30 年代,青木正儿被中国学术界誉为“日本新起的汉学家中有数的人物”,后更被誉为“日本研究中国曲学的泰斗”。他的成名作即是《中国近世戏曲史》(1930 年),他还著有《中国文学概说》(1935 年)、《元人杂剧序说》(1937 年)、《元人杂剧》(译注,1957 年)。《中国近世戏曲史》的价值是首次详细描述了明清戏曲的历史。根据大量的文献史料,他把明清戏曲发展历史分为南戏复兴期、昆曲昌盛期、花部勃兴期三个阶段,比较全面地评价了明清两代的戏曲作家作品,对 80 多个作家及无名氏的 120 多部传奇 70 多种杂剧和不少地方剧目进行了评价。对南曲脚色与古代剧场的构造情况、剧本与演出体制进行了考证与总结。《中国近世戏曲史》的问世弥补了王国维《宋元戏曲史》“止于元代”的缺陷,填补了明清戏曲研究的学术空白,不仅奠定了青木正儿在日本汉学界的地位,而且获得中国学术界的好评,形成了一股强烈的冲击波,震动着中国同行,刺激他们写出自己的戏曲史著作来。① 鲁迅先生对青木

① 汪超宏:《一个日本人的中国戏曲史观》,上海:《上海戏剧学院学报》,2001 年第 3 期。

正儿的《中国近世戏曲史》也有好评，他在给李秉中的信中说："青木正儿《明清戏曲史》，我曾一看，确是好的。"①胡云翼《新著中国文学史》对此前的20种文学史作出力求公允的评价，认为"最初期的几个文学史家，他们不幸都缺乏明确的文学观念"，"他们都缺乏现代文学批评的态度，只知摭拾古人的陈言以为定论"，对于"最近几年"的文学史作者，"其对于文学观念之明了，自较前大有进步；编著文学史的方法亦较能现代化。只可惜这些著者对于中国文学多未深刻研究"②，其中包含了对青木正儿戏曲史著的肯定和些许遗憾。

2. 郑振铎《插图本中国文学史》。该著具有崭新的史学观念，能借鉴西方的史学与文学理论反观中国文学史。如丹纳的史学观念，用时代、环境、民族的三个要素以研究文学史的进展；又如勃兰兑斯关于"文学主潮"、文学运动的生与灭的文学史观念。而郑振铎认为，文学史不仅是研究每个作家及作品，更重要的是应记载整个文学的史的进程。正因为有这样的史学观，郑著文学史就能够冲出传统的欣赏约束，聚焦点不仅仅投注于传统诗文这两大文体上，而是对于戏剧、小说甚至"变文"都给予同等的关注。论及戏曲时，也是着眼于史之演进，重在描述。对于一些热点作家与作品，他关注他们在戏曲史上的意义，而对以前较少问津的作家作品，又能给予特别的关注，因为他们也是戏曲史上不可缺的部分。比如郑著对于明初的戏曲作家们给予了特别的关注，认为及丘浚、邵璨、徐霖、沈采诸人出，南戏更大行于世，渐取得杂剧的地位而代之。对于丘和邵，郑著一方面指出他们的剧作的迂腐之处，同时又指出他们在中国戏曲发展史上具有

① 鲁迅：《鲁迅全集》第12卷（书信，1930年9月3日），第21页，北京：人民文学出版社，1981年。

② 胡云翼：《新著中国文学史》，第3页，北京：北新书局，1932年。

开风气的作用。关于邵，他指出："自梁辰鱼以下，到万历间沈、汤的出现为止，传奇的作风，殆皆受邵氏的影响而不可自拔。"①

3. 周贻白的《中国剧场史》。这是一部开创性的杰作，全书共三章十四节。第一章论"剧场的形式"，包括"剧场"、"舞台"、"上下场门"和"后台"四节；第二章论"剧团的组织"，内含"剧团"、"脚色"、"装扮"、"砌末"和"音乐"五节；第三章论"戏剧的出演"，分论"唱词"、"说白"、"表情"、"武技"、"开场与散场"。书中插图 32 幅，其中剧场平面图 9 幅、立体图 7 幅、脸谱图 16 幅。作为中国第一部剧场史著作，它的体例和规模已相当可观，首创之功不可磨灭，从而结束了中国早有剧场却无史著的状况。②

4. 董每戡的《中国戏剧简史》。该著提出了不同于王国维的戏剧观和戏曲史观。他在《中国戏剧简史》前言中指出："过去一班谈中国戏剧史的人，几乎把戏剧史和词曲史缠在一起了，他们所重视的是曲词，即贤明如王氏，也间或不免，所以他独看重元剧。我以为谈剧史的人，似不应该这样偏，元代剧史在文学上说，确是空前绝后，无可讳言；但在演剧上说，未必为元人所独擅，总不能抹煞前乎元或后乎元各期的成就。"他又说，研究戏剧史，就应注意戏剧的特点，因为我们所谈的是戏剧，"戏剧本来就具备着两重性，它既具有文学性，更具有演剧性，不能独夸这一面而抹煞那一面的，评价戏剧应两面兼重，万一不可能，不得不舍弃一方时，在剧史家，与其重视其文学性，不如重视其演剧性，这是戏剧家的本分，也就是剧史家与词曲家不相同的一点"③。

---

① 郑振铎：《插图本中国文学史》，第 782 页，北京：人民文学出版社，1982 年。

② 冯俊杰：《读周贻白先生的〈中国剧场史〉》，临汾：《山西师大学报》，2000 年第 3 期。

③ 董每戡：《中国戏剧简史·前言》，上海：商务印书馆，1949 年。转引自《董每戡文集》上卷，第 156～157 页，广州：广东高等教育出版社，1999 年。

他强调治戏曲史需要注意演剧性，在研究中自觉地贯串这一意识，这标志着戏曲研究思路出现新的变革。他又从民俗学、语源学等方面审视中国戏剧形态的发生、演变诸问题。《中国戏剧简史》自成格局，贯通古今。全书分七章，即：考源（史前时期），巫舞（先秦时期），百戏（汉魏六朝时期），杂剧（唐宋时期），剧曲（元明时期），花部（清时期），话剧（民国时期）。综合考察了中国戏剧从巫舞到戏曲、再到话剧的演变历程。可见，早在40年代，董先生根据戏剧的本质，第一次把戏曲与话剧两个领域打通，体现出十分可贵的探索精神。同时，他注重研究戏剧在不同时期各自的形态，注意观察唱、做、念、打诸因素不断演化的轨迹。

周贻白与董每戡的基本点是都把"戏剧史"和"词曲史"视为二途。陈多曾分析道，像董每戡、周贻白这些较特殊的学术经历与知识蕴涵过程意义何在呢？学通中外，吸收话剧、电影理论影响，当然是一方面。但更重要之处还不是这些，而在于他们都曾经是职业的"戏子"，有着丰富的戏剧演出经验，深知"优人搬弄之三昧"，从而形成了职业"戏子"的艺术情结——包括由此出发而铸塑的对戏曲的理解、趣味、追求（此前如吴梅、王季烈等，也是精于昆曲度曲的，但他们只是以文士曲友的身份在进行自娱活动，与职业"戏子"的艺术情结出入甚大，不可同日而语）。这一特点和他们的深厚学识结合在一起，便要在古代戏曲研究中"开生面"了。关键在于他们对戏剧的认识：他们的戏剧观和王国维以来的一派学者明确地有着差异。①

5. 徐慕云《中国戏剧史》。徐慕云用了近10年时间调查、走访、查阅资料，纂写出《中国戏剧史》，被我国文化艺术界誉为"中国的第一部戏剧通史"。《中国戏剧史》全书共五卷，书中对

① 陈多：《古代戏曲研究检讨与展望》，选自《剧史思辨》，北京：中国戏剧出版社，2006年。

中国戏剧的发展史作了纵向的全面发掘和横向的深入探索、研究与分析，可称之为戏剧艺术的“百科全书”。他在纵向发掘与评述中，收集整理了“自周秦时代的优伶，迄于民国以来的‘花部’和话剧”；在横向的深入探索和研究中，徐慕云除对京剧的演变和发展作了系统纂写外，还认真“撰述了秦腔、昆曲、高弋、汉剧、粤剧、川剧、越剧、山西梆子、河南梆子、皮黄剧、话剧共十一种各地、各类的戏剧史”①。这两大部分不仅占据了全书的前两卷，而且是全书的精华所在，特别是对中国话剧发展史的论述尤为详尽。第三卷重点撰写的是“戏剧的组合”，详尽地叙述了中国戏剧的管理史，其中包括各种角色的特色和分派、剧场的组织、后台的管理等等。第四卷为“脸谱、服装在戏剧中的特殊功用”，主要评述戏剧脸谱、化妆、服饰的演变发展历史。第五卷是“戏剧之评价与艺术之研究”。此卷涉及的是戏剧理论与戏剧评论，涉及国家对于各地戏剧剧种的剧目调查、剧目审定，涉及各地戏院、剧场、戏剧陈列馆(博物馆)、“优秀剧作家”、“优秀演员”等各项奖励制度，涉及戏剧教育机构的设立。除此之外，徐慕云还单列了两章“补记”。一章为《六十年来故都名伶概述》，另一章为《对于戏剧之唱念音韵行腔等艺术之研究》。在第一章中徐慕云系统介绍了京都50余位名伶的简历、师承、唱做特点、社会影响等内容；在第二章中他重点介绍了以京剧为主的各种唱腔、说白、伴奏等各种特点及其演变。这两章“补记”，对中国戏剧史发展与研究同样起到了十分重要的作用。他还在书中配有各种人物的彩色脸谱53种，“极具史料和实用价值”。除此以外，该书还附有多幅地方剧种的演出剧照及演出海报，这些珍贵史料对于研究中国戏剧服饰史很有价值。当代史学家倪墨炎评述

① 徐慕云著，躲斋导读:《中国戏剧史》，第6页，上海:上海古籍出版社，2001年。

说:“徐著《中国戏剧史》的涵盖内容与规模是其他戏剧类史书所无法比拟的。这是中国第一部戏剧通史,应该是毫无疑义的。”①

6. 郑振铎的《中国俗文学史》。该书论述俗文学的范围、性质、内容、发展、分类,这为中国俗文学史研究体系奠定了基础。他采用了胡适《白话文学史》的基本叙述构架,从文体角度把俗文学分为五类:诗歌、小说、戏曲、讲唱文学和游戏文章。戏曲分成三类:戏文、杂剧和地方戏。关于三者的流变关系,他的描述是:从印度戏曲到戏文再到杂剧再到地方戏。他认为中国古代的文学除诗歌和散文外,几乎没有第三种文体,小说、戏曲和讲唱文学尚未产生。到了唐代,佛教的势力更大了,从印度输入的东西更多了,讲唱文学出现了。“在宋代……差不多没有一种新文体不是从‘变文’受到若干的影响的。瓦子里讲唱的东西,几乎多多少少都和‘变文’有关系。以‘讲’为主体而以‘唱’为辅的,则有‘小说’,有‘讲史’;讲唱并重(或更注重在唱的)则有‘诸宫调’。”“印度的戏曲,在这时也被民间所吸引进来了。最初流行于浙江的永嘉,故亦谓之‘永嘉杂剧’或戏文。”“金、元之际,‘杂剧’的一种体裁的戏曲也产生于世。”②该书的出版开创了俗文学专门史的研究,使得具广泛影响的一门新的学科“中国俗文学”被学术界广泛认同。此后在香港、上海、北京等地几家主要报刊的大力支持下,先后出现了阿英主编的《大晚报·火炬通俗文学》周刊③,戴望舒主编的“港字号”《俗文学》周刊,赵景深主

① 倪墨炎:《徐慕云著〈中国戏剧史〉的特色》,上海:《文汇报》,2003年7月8日。

② 郑振铎:《中国俗文学史》,第15～16页,北京:商务印书馆,1998年。

③ 关家铮:《阿英与20世纪30年代的俗文学研究》,济南:《民俗研究》,2005年第1期。

编的"沪字号"《俗文学》周刊以及傅芸子、傅惜华主编的"平字号"《俗文学》周刊①，形成了俗文学研究方兴未艾的情形。以"平字号"所刊载的戏曲研究方面的文章为例即可看出当时盛况：俞平伯的《"新编彝陵梦"序》（第 43 期），赵景深的《来凤馆精选古今传奇》（第 23 期），孙楷第的《释录鬼簿所谓"次本"》（第 1、2 期）、《宋朝的傀儡戏和影戏》（第 12、13 期），吴晓铃的《〈今乐考证〉与〈今乐府选〉撰集的年代初考》（第 21、22 期）、《青楼集作者姓氏考辨——元剧杂考之一》（第 35 期）、《〈六十种曲纂刻人质疑〉质疑》（第 41、42、43 期）、《王和卿及其幽默作品》（第 56 期）、《说"三十六髻"——古剧杂考一》（第 29、30 期）、《跋胡适之先生所藏抄本救母记曲本》（第 64 期）、《现存六十种曲初印本小记》（第 70、71 期）、《跋说竹林寺杂剧》（第 15 期）等，郑骞的《辩今本东墙记非白朴作》（第 14、15 期），杜颖陶的《关于"旧剧中的几个音韵问题"——敬答罗莘田先生》（第 67、68 期）、《二黄的起源及其和"宜黄""四平"的关系》（第 57 期）、《说"看官"》（第 73 期）、《别具风格的药性巧合记戏文》（第 28 期）、《北宋元宵景事与戏曲调名之关系》（第 34 期）等，李啸仓的《"裴度还带"杂剧的作者》（第 21、22 期）、五石（蔡五石）《刘凤叔批钦定曲谱录要》（第 38、39、54、56、57、58、59、62 期），闫万章的《说"竹林寺杂剧"》（第 14 期）、《释"诸宫调"》（第 66 期）、《说"诸宫调"与"俗讲"的关系》（第 68 期）、《"诸宫调"的说唱》上中（缺下）（第 72、73 期），傅芸子的《几种罕见的明人戏曲》（第 43、44 期）、《王伯良别毛允遂诗》一文刊载于第 39 期。关于散曲研究，有隋树森的《校读小山散曲杂记》（第 52 期），傅惜华《明清两代北方之俗

① 吴晓铃：《朱自清先生和俗文学》，《华北日报·俗文学》周刊第 60 期，1948 年 8 月 20 日，为最早区分不同地区出版的《俗文学》周刊，而提出"港字号"、"沪字号"、"平字号"《俗文学》周刊称谓。

曲总集》(第 6～17、19～21、23～26 期)。关于宝卷研究，有杜颖陶的《玲珑塔与百山图》(第 53 期)、《脱空宝卷考》(第 31、32 期)等。这些“平字号”《俗文学》周刊所刊载的文章，不仅具有很高的学术品位，就看其作者名单，也不能不惊叹其强大的阵容。

7. 卢前的《散曲史》。在吴梅的《中国戏曲概论》和任讷的《散曲之研究》中，虽然已经产生了散曲史的意识萌芽，但第一个明确提出“散曲史”概念的是卢前，他写出了元明清三代散曲的第一本通史——《散曲史》一书。此书未见有人介绍，卢氏 1937 年《广中原音韵小令定格》所附《本书作者校定编著曲学书目》亦未列，而卢氏 1934 年《词曲研究》第七章末所列参考书目有“卢前《散曲史》(稿本)”，同书第八章参考书目又作“卢前《散曲史》(成都大学讲义)”，又同书附录《一个最低度研究词曲底书目》亦列此书，未注版本。今山东大学中文系资料室藏有此书，标“国立成都大学印”，有作者跋，署“民国十九年十二月二日”，当即《词曲研究》参考书目所列。《中国散曲概论》，海内外不少论著都提到此书，但似乎谁也没有看见实物。如朱禧《卢冀野评传》提及《中国散曲概论》应该是一本重要的著作，从记载看，它有大东书局和世界书局两种。卢氏不仅是一位蜚声中外的曲学理论家，还著有《中国戏剧概论》，校刻有《元人杂剧全集》等。单篇论文有《剧曲和散曲有怎样的区别》(1935 年)、《评盐谷温〈元曲概说〉》(1941 年)、《元人杂剧序说》(1943 年)、《论北曲中豪语》(1946 年)等。

8. 王易的《词曲史》。原为王易于心远大学任教时所撰教材，由神州国光社发行，1932 年 5 月出版，约 22 万字，朱孝臧、叶恭绰分别为之题书签，1944 年 12 月由上海中国联合出版公司重印发行，1948 年 11 月由中国文化服务社印出沪版发行，1989 年由上海书店重印。王易承胡应麟之说而更具体，根据乐与词曲之渊源，力驳向来曲乃词之变的说法，认为词与曲均发源于汉魏以来的乐府，特别是南北朝乐府。他在此篇中说："词之源，固出自古乐府。乐府之流实不仅为词。有法曲，有大曲，有蕃曲，有队舞，皆自北宋时有之，悉词之昆弟行，而金元戏曲之所由生也。"①换言之，王国维等人是将词与曲视为父子关系，而王易将词曲作为兄弟关系，这有助于寻觅曲的远源。

1947 年，朱自清对于此前 20 多年里的文学史著述的得失进行总结，今天也有助于我们对此段戏曲史著的认识。他认为早期的中国文学史都直接或间接地以日本人的著述为样本，后来自行编写的文学史还是脱不了早期的影响。这种影响表现在三个方面：一是文学概念的芜杂，文学史著中"包罗经、史、子集到小说、戏曲、八股文，像具体而微的百科全书"；二是多罗列文学现象，"缺少的是'见'，是'识'，是史观"；三是在叙述的体例上，这些文学史著以时序、文体、作者为纲领，"缺少的是'一以贯之'"。所谓"一以贯之"，也即文学表象背后的更加内在的价值联系。相比之下，朱自清认为胡适的《白话文学史》、郑振铎的《插图本中国文学史》和刘大杰的《中国文学发展史》较有"独见"。认为林庚的《中国文学史》基本属于刘大杰的文学史述模式，对文学发展史的"主潮"更加关注。它所描述的"黑暗时代"正是戏曲、小说思潮的发展。"他将文学的发展看做是有机物生命体，由童年而少年而中年而老年；然而文学不止一生，中国文学是可以再生的，他所以用'文艺曙光'这一章结束了全书。"朱自清认为，文学史述的未来发展将是上述两方面的相辅相成、合而为一。②

① 王易：《词曲史》，第 253 页，北京：东方出版社，1996 年。

② 朱自清：《〈中国文学史〉序》，林庚《中国文学史》，厦门：国立厦门大学出版社，1947 年。

戏曲理论的进一步探讨

从1913年王国维把乾嘉之学与西方学术范式相结合，研究中国戏曲的发展历史，发表了《宋元戏曲史》，之后戏曲批评理论与研究方法的总结一直未断。1927年第一本文学批评史诞生，即陈中凡的《中国文学批评史》（中华书局）。后又有张世禄《中国文艺变迁论》（商务印书馆，1930年4月），其中于第二章“中国文艺变迁之痕迹与公例”、第二十八章“宋词与元曲之关系及其区别”、第二十九章“元曲发达之由来”、第三十章“南北曲之异同”、第三十一章“元曲之派别”、第三十二章“元曲与小说之关系”、第三十四章“近代戏曲小说与古文八股之关系”等章节谈及戏曲理论的诸多问题。还有丘琼荪《诗赋词曲概论》（中华书局，1934年）、吴梅《曲学通论》（商务印书馆，1935年11月）、卢前《中国戏剧概论》（世界书局，1936年）、徐嘉瑞《近古文学概论》（北新书局，1936年）、何铭《元人曲论》（上海新文化书社，1933年4月）、盐谷温著隋树森译《元曲概论》（商务印书馆，1947年11月）、傅庚生《中国文学批评通论》（商务印书馆，1947年）等。还有一些论文集，如欧阳予倩《予倩论剧》（广东戏剧研究所，1931年5月）、熊佛西《佛西论剧》（上海新月书店，1931年9月）。《佛西论剧》中包括“写意与写实”、“国剧与旧剧”、“中国旧剧的舞台装饰”、“封建思想与中国戏剧”、“中国戏园的管理”、“梅兰芳——戏剧界的希望”等很有意思的题目。朱肇洛编《戏剧论集》（北平文化学社，1931年10月），其中收入洪深的《中国戏剧略说》、熊佛西《国剧与旧剧》、朴园《我所见的中国戏》、恒诗峰《明清以来戏剧的变迁》、顾颉刚《九十年前的北京戏剧》、洪深《从中国的新戏说到话剧》、余上沅《中国戏剧的途径》、怡墅《悲剧泛论》、《喜剧泛说》、《元曲泛论》等。还有范祥善《现代艺术评论集》(世界书局,1930 年 1 月)、宋春舫《宋春舫论剧二集》(上海生活书店,1936 年 3 月)、赵景深《读曲随笔》(北新书局,1936 年 11 月)、郑振铎《短剑集》(文化生活出版社,1936 年 1 月版,收有《元明之际的文坛的概观》、《元代公案剧发生的原因及其特质》、《净与丑》)等。还有从俗文学、平民文学的角度探讨戏曲本质的,如陈光尧《中国民众文艺论》(商务印书馆,1935 年),曹聚仁、陶乐勤《中国平民文学概论》(1935 年 5 月),杨荫深《中国俗文学概论》(世界书局,1946 年 2 月),朱东润《中国文学批评史大纲》(开明书店,1944 年),傅庚生《中国文学批评通论》(商务印书馆,1947 年)等。

经历了世纪初王国维与吴梅等学者的戏曲理论的尝试,人们渐渐总结出二人在戏曲理论方面是各有侧重的。吴梅主要从事的领域是体制、技艺方面的知识研究,而王国维从事的领域则主要是戏曲史述。"这个戏曲史述不仅仅是史实的排列。王国维在其戏曲研究中不管是涉及戏曲的体制、技艺还是作家作品,他都力图揭示事实之间的逻辑关系,强烈的历史哲学意识、审美价值意识和人文价值意识关怀成了王国维戏曲知识论的灵魂。"①他们的影响是巨大的,故而在三四十年代戏曲理论研究方面有相当一部分理论著述是沿袭他们的。如姜亮夫于《文学概论讲述》(北新书局 1930 年 1 月)中第二篇"中国文学各论之部"的第七章单列"曲",分九节:第一节曲总说;第二节曲史:唐宋古剧、金之杂剧、元之北曲、明之传奇;第三节曲体:套数、北曲、南曲;第四节曲律:套数、北曲、南曲;第五节概论;第六节作家;第七节《西厢》与《元曲选》;第八节荆刘拜杀与《琵琶记》《临川四梦》;第九节昆曲梆子二黄。结构已具相当规模,但内容基

① 黄霖主编,陈维昭著:《20 世纪中国古代文学研究史 · 戏曲卷》,第 33 页,上海:东方出版中心,2006 年。

本上是总结前人之见。卢前于 1934 年出版的《中国戏剧概论》应属编著，很多重要观点都来自此前的刘师培、王国维、吴梅等。当然也涌现出一批饶有特色的戏曲理论家与著作，值得注意的有：

1. 朱东润。朱东润与郭绍虞、罗根泽一起，成为开创当今中国古代文学理论批评史研究的“三大高峰”。他的《中国文学批评史大纲》自成体系，独具一格，“是我国最早提供严格意义上的中国文学批评史较完整架构”，用新的文学观念将小说与戏曲纳入其中。可以说“将中国的诗、文、词批评以及小说、戏曲批评全部列入中国文学批评史的范围，对其代表作的论点加以历史的叙述的，只有朱先生的这一部”。①

2. 熊佛西。熊佛西的理论著作主要有《佛西论剧》、《写剧原理》、《戏剧大众化之实验》。《佛西论剧》是论文结集，最初于 1928 年由北平朴社印行，计 15 篇。熊佛西于 1931 年将其中的 13 篇作删改，又加入 15 篇，计 28 篇，由上海新月书店出版，1935 年再版。这些论文有些是演讲或书序，均在报章杂志发表过，是新型戏剧入门导引，初级戏剧教科书。内容涉及艺术是什么、戏剧是什么、戏剧与社会、戏剧与文学、何谓戏剧诗人、编剧、导演、舞台、剧评、戏剧运动、剧院、职业剧团、平民教育以及写实与写意、哑剧等方面。《写剧原理》是熊佛西在北平大学艺术学院戏剧系编剧班的讲稿，对此书熊佛西颇为自豪，认为“是我国四千余年来第一部关于戏剧原理的比较有系统的书”②。该书于 1933 年由上海中华书局出版，内容涉及创作、剧作家修养、各种戏剧样式的特点、观众等方面，而关于“趣味中心论”和“单纯

---

① 章培恒：《〈中国文学批评史大纲〉导读》，朱东润《中国文学批评史大纲》，第 2 页，第 4 页，上海：上海古籍出版社，2001 年。

② 熊佛西：《熊佛西戏剧文集》，第 614 页，上海：上海文艺出版社，2000 年。

主义”的戏剧美学观点尤为独树一帜。《戏剧大众化之实验》是熊佛西应晏阳初之邀于1932年到1937年在河北定县进行长达五年半时间的农民戏剧实验的记录和理论总结，是熊佛西理论著作中体系最为完备、论述最为充分的一部。该书内容涉及实验的动机、剧本问题、剧团问题、剧场问题、演出问题、农民戏剧与农民教育、推行或制度问题，能较全面地反映熊佛西的戏剧思想，代表熊佛西理论上的最高成就，对中国戏剧的现代化、民族化、大众化具有重要意义。熊佛西首先反对把戏剧当作文学。固然，谁都承认戏剧的一部分是文学，但是整个的戏剧绝不是文学，而是一种独立的艺术。当时有人将戏剧分为“可读”、“可演”的两种，甚至认为戏剧用不着演，万一演了，于其价值亦无加补。其实这是根本否认戏剧在文学以外的价值，否认它是一种独立的艺术。熊佛西指出这是对戏剧的起源缺少了解，文学必须要文字来表现，但是戏剧不一定要用文字作工具。戏剧是以动作为核心呈现于舞台并有观众参与其中的独立的综合艺术，这是熊佛西对戏剧本体的认识。对其意义，丁罗男曾作出过深刻的揭示：“当中国现代话剧初创伊始，理论实践都嫌缺乏，社会上对戏剧的看法又相当混乱的时候，要谈清楚这个问题确实不是一件容易的事。熊佛西通过对大量西方戏剧理论的消化咀嚼，并结合自身的经验，力图首先解决这个根本问题，让萌芽时期的现代话剧在创作和演出中少走一些弯路。这是一件正本清源的重要工作，也是基础理论的建设。事实证明，熊佛西关于戏剧本体论的观点基本上抓住了要害，道破了真谛，比同时代不少人的著述胜过一筹。许多论述至今读起来都觉得十分精辟，是研究戏剧特征的一份宝贵遗产。”①

① 丁罗男等：《现代戏剧家熊佛西》，第78页，北京：中国戏剧出版社，1985年。

3. 宋春舫。他提出旧剧改良的主张，其最具有远见的观点是“旧剧是歌剧”而“歌剧与白话剧，是并行不悖的”，认为“中国戏剧数百年来从未与音乐脱离关系，音乐为中国戏剧之主脑可无疑也”。① 他能深刻地认识到新旧剧在这方面的差异，这在当时是难得的。他的预见与 20 世纪中国戏剧发展的整体路径不谋而合。事隔 80 年，在我们眼前的戏剧舞台上，戏曲与话剧尽管经过了长期的渗透磨合，仍然各擅其长，拥有着不同的观众群，并且可以预见在今后很长一段时间内，这样的局面仍会继续下去。就此而言，宋春舫无疑是具有高远的理论视野的。②

在戏曲理论的讨论中，学者们对金圣叹与李渔的研究形成了一定规模。

一、金圣叹研究

历史上的金圣叹主要是作为一个文学批评家而存在的，其最主要的贡献是评点了《水浒传》与《西厢记》等文艺作品。然而，19 世纪末金圣叹开始进入近代学者的视野时，却与反清排满这一政治话题联系起来。关于金圣叹，人们最初讨论的热点主要是“哭庙案”。从中华人民共和国成立到 20 世纪 80 年代以前的这段时间里，金圣叹之所以会不断地成为学术界的话题，也主要是由于文学之外的政治原因。20 世纪最早关注金圣叹的是狄葆贤，他在梁启超主办的《新小说》杂志“小说丛话”专栏(1903—1904 年)中称赞金圣叹的小说评点，说“圣叹满腹不平之气，于《水浒》、《西厢》二书之批语中，可略见一斑”。而胡适在《水浒传考证》、《水浒新考》中则持否定说，此后形成一股汹涌的批金潮流。这股潮流的一个共同观点是，金圣叹以封建主义思

① 宋春舫：《宋春舫论剧第一集》，第 280 页，上海：商务印书馆，1922 年。

② 刘庆：《再论宋春舫》，上海：《戏剧艺术》，2001 年第 4 期。

想道德为准则，对英雄形象横加褒贬，阉割他们的革命精神，丑化他们的思想性格，歪曲整个作品的主题，企图使广大读者也走上维护封建统治，反对农民革命的道路。① 因此也影响到对金圣叹在文学理论包括戏曲理论方面有价值成分的认识。

三四十年代有关金圣叹的研究论著不少，见诸报刊的约20多篇，如周作人《谈金圣叹》和《谈冯梦龙与金圣叹》(《人间世》1934年第1卷第1期)、徐懋庸《金圣叹的极微论》(《人间世》1934年第1卷第1期)、隋树森《金圣叹及其文学评论》(《国闻周报》1932年第9卷第24期)、陆树楠《金圣叹的生涯及文艺批评》(《江苏研究》第1卷第7期，1935年11月15日)及韩庭棕《金圣叹在中国文学批评史上的地位》、《金圣叹底几个主要的文艺观》、《金圣叹底文艺创作论》(《西北论衡》第4卷第9期、第5卷第1期、第5卷第3至6期)等。1933年，鲁迅看到周作人的《中国新文学的源流》与隋树森的《金圣叹及其文学评论》对金圣叹的肯定之后，写了《谈金圣叹》一文，说金圣叹“抬起小说传奇来，和《左传》、《杜诗》并列，实不过拾了袁宏道辈的唾余；而且经他一批，原作的诚实之处，结果化为笑谈，布局行文，也都被硬拖到八股的作法上”②；同时还从政治上来论金圣叹“腰斩”的问题。这些话成为后半世纪人们批判金圣叹为“反动文人”的重要依据。

当时陈子展在《我也谈金圣叹》一文中持不同意见，认为金圣叹的“好处一面却也有不可埋灭的地方。就拿他对于小说的见解来说罢，他生在八股文、传统古文方盛的时代，他抬高白话小说在文学上的地位，不以为‘那是文学中的旁支’，岂是仅仅拾

---

① 魏中林、王晓顺：《20世纪金圣叹小说戏曲理论研究》，广州：《学术研究》，2001年第2期。

② 鲁迅：《鲁迅全集·南腔北调集》，第527页，北京：人民文学出版社，1981年。

了袁宏道的唾余?”还对胡适以来批评金圣叹“用八股来量度别人的文学”也作了辩解,认为这是“从明朝中叶以来一般文人的共同习惯,这罪过不能通记在金圣叹的账上”①。

1934年,中华书局影印了刘复新觅得的《贯华堂原本水浒传第五才子书》,刘复在序言中实事求是地评价了金圣叹的功过。

这一时期批评史著作中有两部涉及金圣叹。一为方孝岳《中国文学批评》,将金圣叹与李笠翁并列,称他们“都有辟草莱的成绩”,“他们都是上承辞赋家的心法,而脱离了历来文人所守的孔门诗教”。所谓“辞赋家的心法”就是指作者“能够冥想入微,舍去自己的面目,与外物相融化”,同时能“工为形似之言”,运用“戏曲小说家的描写技术”。一为朱东润《中国文学批评史大纲》,其中列有“金圣叹”之专章,朱著推许金圣叹的戏曲小说批评为一代之高峰,莫能与之为伍。他认为,“圣叹批评《西厢》、《水浒》,其长处在于认识主角之人格,了解全书之结构”。朱东润的史著,写于30年代,出版于40年代,代表了20世纪上半叶的主流意见。对于金圣叹本人的研究,以陈登原1934年出版的《金圣叹传》最为重要。该书篇幅虽短,但于材料之搜罗考辨甚见功力。但总的来看,这一阶段还是主要着眼于社会政治批评,即对金圣叹的思想和金圣叹批点《水浒传》及《西厢记》的功过进行探讨,而对金圣叹的艺术理论却较少触及。②

这一时期对金圣叹小说戏曲理论的阐释也达到了一定深细的程度。如隋树森《金圣叹及其文学评论》③。隋树森的文章写

---

① 陈子展:《我也谈金圣叹》,上海:《申报》,1933年1月27日。

② 黄霖:《近百年来的金圣叹研究》,南京:《明清小说研究》,2003年第2期;陈洪:《金圣叹文论研究百年》,锦州:《锦州师范学院学报》,2000年第4期。

③ 隋树森:《金圣叹及其文学评论》,上海:《国闻周报》,第9卷第24期,1932年6月。

得十分细密,全文分"引言"、"圣叹小传"、"圣叹之文学评论"、"圣叹评释之研究"四大部分。其重点是论"圣叹之文学评论",在这一章中又分"圣叹之重视俗文学"、"圣叹之论淫书"、"圣叹论诗文之弊"、"圣叹之创作论"、"圣叹对于《水浒传》、《三国演义》及《西游记》的品评"五节;在其中"圣叹之创作论"中,又分八点加以细述:"作者需有格物的工夫"、"描写须合事理"、"注意人物性格之表现"、"一样人应还他一样说话"等。再如韩庭棕的《金圣叹底几个主要文艺观》对"极其错综复杂"的金圣叹的文艺观也作了很好的概括,即"抒情的文艺"、"真实的文艺"、"创造的文艺"、"通俗的文艺"。之所以能如此,可能因为金圣叹理论本身就含有细密的因子,正如范烟桥《金圣叹的治学精神》①一文中所说:"把《西厢》、《水浒》看得非常精细透彻,不像从来批评家,只是作笼统语。"认为他的分析方法很科学,"他看书是不仅在字句上用功夫的,触类旁通,随处可以融会,所以小问题有大议论","是极合现代读书方法的"。

二、李渔研究

在这一时期,李渔开始引起学界的注意,出现了几种相互冲突的评价。

重才气的周作人、朱湘等因感兴趣于李渔特立独行和在生活与艺术方面的精辟见解,对之作了感悟性介绍。如周作人评曰:"李笠翁虽然是一个山人清客,其地位品格在那时也很低落在陈眉公等之下了,但是他有他特别的知识思想,大抵都在《闲情偶寄》中,非一般文人所能及。总之他的特点是放,虽然毛病也就会从这里出来的。"②周作人同意前人特别是刘廷玑《在园杂志》卷一中"一代词客"、"造意遣词皆极尖新"、"别具手眼"等

① 范烟桥:《金圣叹的治学精神》,上海:《新闻报》,1935年8月20日。
② 知堂:《笠翁与随园》,上海:《大公报》,1935年9月6日。

对李渔的评价，认为是“褒贬大抵都得中，殆康熙时人见识亦较高明耶”。周作人又将李渔与金圣叹加以比较，说：“李氏与金氏一样是看不起不自然的传统思想的。”①这一点他在《笠翁与随园》中也提到过，他不喜随园的“趣”，因为不自然，趣得俗，而认为笠翁则华实兼具。

重品格的鲁迅在《从帮忙到扯淡》一文中提到笠翁：“例如李渔的《一家言》，袁枚的《随园诗话》就不是每个帮闲都做得出来的。必须有帮闲之志，又有帮闲之才，这才是真正的帮闲。”“帮闲的盛世是帮忙，到末代就只剩了这扯淡。”②可见他虽承认其“才”，但并不喜欢他，认为他不过是个“帮闲”，而且在《中国小说史略》中几乎没提及他，只是在谈到唐传奇《柳毅传书》时提到李渔曾作《蜃中楼》以折衷《柳毅传书》与《张生煮海》。

重学问的学院派将“笠翁与戏剧理论”这一主要研究范畴确立下来。胡梦华、李满桂、曹百川、朱东润、张天畴、陈子展、邓绥宁都就此撰文。其中胡梦华③与朱东润④已将笠翁的戏剧理论阐述得甚为详细和准确了，直至后来的很长一段时间，人们一直在重复这些观点。主要观点及所涉及的问题大致如下：

1. 充分肯定李渔的戏曲理论有系统具卓识。认为“不啻当年英法人士新译了亚里士多德的《诗学》”⑤。认为《闲情偶寄》是与王骥德《曲律》各有所长的戏曲理论著作。其“特胜”之处在于“不拘泥于元曲一种，必取历来曲家之著作详观而并读之，取

① 朱湘：《批评家李笠翁》，上海：《语丝》第19期，1925年2月22日。

② 鲁迅：《从帮忙到扯淡》，《鲁迅全集》第6卷，第345页，北京：人民文学出版社，1986年。

③ 胡梦华：《文学批评家李笠翁》，上海：《小说月报》，第17卷号外，1926年。

④ 朱东润：《李渔戏剧论综述》，武汉：《文哲季刊》，1934年第4号。

⑤ 胡梦华：《文学批评家李笠翁》，转引自《李渔全集》第20卷，第66页，原载上海：《小说月报》，第17卷号外，1926年6月。

其优长，去其偏颇，发为曲评”，“未曾迷信古人，贻误来者”。①

2. 具体阐释其戏曲理论。在学理方面主要围绕戏曲的结构、题材、个性描写、文词、说白、音律、谐语进行介绍；在演习方面涉及剧本问题、导演问题；在文学批评方法方面，认为李渔是以归纳法，搜集了元朝以来有名的曲家如高则诚、王实甫、汤若士、关汉卿一般人的著作，采为客观标准，以供缜密的研究，然后抽出它们的共同特质、特性，以建设一般的原理原则。朱东润还注意到当时戏剧界常犯之“病”，如案头戏居多、晚场戏多、零出戏多等，而笠翁据此则制定了疗病之方。②

3. 认为笠翁最特异的贡献是，自笠翁发表了他的曲评以后，千百年来，无论是作曲的或是论曲的当然也不能出了以上这个范围；再有注重结构、词采于音律之前，发前人所未发。与亚里士多德之侧重悲剧结构过于音律，真可谓“英雄所见略同”。至于先词采而后音律，以“才”、“艺”为准，尤见笠翁之重视天才与自由创造。③

当时研究界除对笠翁戏剧学方面有了创建性研究外，还依次对以下方面进行了初步的奠定：

1. “笠翁与词学”。顾敦鍒开辟了此一选题，曾在《燕大月刊》第1卷第2～4期(1927年11月至1928年1月)发表《李笠翁词学》。

2. 李笠翁年谱。许翰章、顾敦鍒先后作李氏年谱及朋辈考。④

---

①③ 胡梦华：《文学批评家李笠翁》，转引自《李渔全集》第20卷，第67页，第67页，原载上海：《小说月报》，第17卷号外，1926年6月。

② 朱东润：《李渔戏剧论综述》，转引自《李渔全集》第20卷，第114～134页，原载武汉：《文哲季刊》，第3卷第4号，1934年12月。

④ 顾敦鍒：《李笠翁朋辈考传》，杭州：《之江学报》第1卷第4期，1935年8月。顾敦鍒：《李笠翁年谱》，《哈佛燕京学社论文集》，时间未详，该社1934年成立，第二年始出书。许翰章：《李笠翁年谱》，上海：《南风》，第10卷第1期，1934年6月。

顾敦鍒将李渔自述生平事迹中年代明确者稍加罗列。而许氏的《朋辈考传》考索李渔交游近 200 人，但也仅占李渔交游的四分之一不到。

3.“笠翁与小说”。代表作为孙楷第的两篇《李著〈无声戏〉即〈连城璧〉解题》①、《李渔与〈十二楼〉》②力作。可以说，真正意义上的堪称为李渔学术研究开山之作的是孙楷第《李渔与〈十二楼〉》。之所以这么说，在于孙氏不仅限于小说，而且详细介绍了李渔生平及著作，洋洋近五万言。

总结这一阶段的李渔研究，在李渔生平考索方面已初具规模，若想将其生平研究引向深入，非多方钩稽精心考证不可。在李渔戏剧理论研究方面已备下基本范畴，后世亦很难根本上超越于它，只是论析还有待进一步完善、细致。因为这属于李渔研究的现代起步阶段，多介绍性文字，常常有重复之处，少有观点交叉及争论，所以还未进入真正的学术探讨阶段。③

三四十年代涌现出的一大批戏曲理论论著中也蕴涵了很丰富的新鲜的观念和研究方法。

唯物史观的引入。有的学者采取苏联普列汉诺夫的历史唯物主义模式试图以“科学的唯物辩证的方法，来整理一部使人满意的中国文学史”。文章有高滔《唯物史观的戏剧论》④。他所理解的唯物史观的要义有两大内容：社会的构成和社会的演变。由此，引入了戏剧的重要特性——阶级性与时代性。这两个重

① 孙楷第：《李著〈无声戏〉即〈连城璧〉解题》，北京：《北平图书馆馆刊》第 6 卷第 1 期，1932 年 2 月。

② 孙楷第：《李渔与〈十二楼〉》，上海：亚东图书馆重印《十二楼》序，1935 年 12 月。

③ 胡元翎：《李渔小说戏曲研究》之引论部分，北京：中华书局，2004 年。

④ 高滔：《唯物史观的戏剧论》，北京：《剧学月刊》，1933 年第 2 卷第 7、8 期。

要性(实际上是把它们设定为戏剧本质)后来在50、60、70年代成为戏曲史研究唯一的价值尺度。“他在这里所介绍的戏剧理论,可以说是四十年代中国共产党在延安时期,五六七十年代中国大陆的戏剧理论的基本构架,也是1949年以后中国大陆的戏曲史述的哲学基础与理论构架。”①也有学者从中发现了一些问题,如陈君宪《中国古代文学史论》(1933年并未正式出版)针对把历史唯物主义应用于文学史研究时所出现的简单化处理的现象而提出商榷,认为没有顾及到文学发展的相对独立性。他列出了他的新文学史的纲目,这是一种以文体演进为纲目的做法。这种史述模式在1980年以后得到深入的运用。②

东西方戏剧的比较意识。当时学人注意到西方写实、东方写意的戏剧的根本差别。这种意识的萌生起因于梅兰芳与程砚秋二位先生的成功出访。1919年梅兰芳访日演出,1930年访美演出,1935年访苏演出等等。1933年,程砚秋出访欧洲,回国后,就把中国戏曲的演剧术概括为“写意的演剧术”③。当时世界一流的戏剧艺术家、理论家对中国戏曲的演剧形态叹为观止。西方人的赞美远远超出我们的自我估价。此后中国戏曲理论界开始重新思考,北大亦设戏曲课。1932年,涌现出一批戏剧研究团体:中华戏曲音乐学院(李石曾、齐如山)、北平国剧学会(梅兰芳、齐如山)、南京戏曲音乐学院北平研究所(李石曾、金仲荪、程砚秋)、中国剧学会(溥西园)、北平戏曲专科学校(焦菊隐)、昆曲研究会(傅惜华、刘澹云)。马肇延《在欧化的狂热中——谈我国旧剧之价值》④一文提出“写意精神”。黄佐临《漫谈戏剧观》、

---

①② 黄霖主编,陈维昭著:《20世纪中国古代文学研究史·戏曲卷》,第41页,第40页,上海:东方出版中心,2006年。

③ 程砚秋:《赴欧考察戏曲音乐报告书》,《程砚秋文集》,第208页,北京:中国戏剧出版社,1981年。

④ 北京:《剧学月刊》,1934年第3卷第2期。

《梅兰芳斯坦尼斯拉夫斯基布莱希特比较》等,正面提出中国戏曲观是写意的。五四新文化运动全面否定戏曲大力提倡话剧,但话剧运动并未见效,以西方戏剧观念改造戏曲也未见成效。至30年代,已渐渐可见到不少评论家谈到"近来"的戏剧运动的失败,佟晶心的《中国舞台装饰与绘画》一文即属此类。评论家多从正面客观地总结东西方戏剧的优长与局限。苏少卿《中国剧之特色》①提出中国戏剧的特色即"虚拟法",西洋剧是物质写实。"故以物质写实象真,则其有时而穷,以精神虚写模拟,则其用无有边际。此虚实死活之较也。"刘澹云《国剧之印象作用》②指出:"印象作用"约略等于"表现性"、"写意性"。说"今日印象主义大兴,举世奉为圭臬,觉逼真方法有时而穷,繁缛之粉饰徒劳耳目,于艺术真义反有伤而无大补。国剧之印象作用——亦可谓为表现方法——固依然未减,于是不独不必为之辩护,抑且有前驱之佐证矣。"强调中国戏曲的演剧形态且有世界艺术之前驱的价值。马肇延《在欧化的狂热中——谈我国旧剧之价值》③认为,进化论的引入,又使中国的戏曲理论界以之为武器,辩证地对待中国戏曲与西方戏剧西方文化的关系。该文首先在文化上以国情有别、各具优点的理由表达了对中国传统文化的自信。佟静因《"独角戏"的初步研究》④将"表现主义的表演方法"等同于"写意派",认为"表现主义的表演方法(或者说是写意派)是作出一种记号而为现象所能明白的记号"。徐慕云《中国戏剧史》对"写意"与"写实"作了更为深入的探讨,认为"西洋戏剧"的"观点"注重"写实",所以它的精神,完全集中于"实验人生"而求其处处逼真,以期使人易于领悟。若就"质"的方面说,它的娱乐成

① 上海:《戏剧月刊》,1930年第2卷第5期。
② 北京:《戏剧丛刊》,1932年第3期。
③ 北京:《剧学月刊》,1934年第3卷第2期。
④ 北京:《剧学月刊》,1934年第3卷第6期。

分绝少，而“辅助社会教育”的用途甚大。认为“写意”是“中国戏剧”的主要“观点”，它的唯一意义与真正精神，乃是“征象人生”，不重实质之衬托烘染，而自有其深切之感应力，故属于“抽象”者也。是以，“中国戏剧”必须以审美为前提，方能补救环境感应力之不足，而易于动人美感，或能对于抽象的写意戏剧，生出兴味。① 潘家洵《十六世纪英国戏剧与中国旧戏》②也深入讨论了这一问题。

剧场意识的浓化。傅芸子于《戏剧丛刊》发刊词（1932 年第 1 期）中说：“今人治戏剧者，虽已较前有显著之进步；然其目光仍注意于腔调之变化，场子之改良，所研究论列者，不过述的方面而已。即有收获，亦于根本上无甚关系。至于戏剧组织之研究，角色名称之考证，旧籍曲谱之勘校，戏曲图谱之搜集，国内学者之能致力此种工作者，实至罕觏。”又在《中国戏曲研究之新趋势》③一文总结发现了当时不少戏曲研究者致力于戏曲文物的搜集收藏。戏曲文物的大量发现，深化了戏曲研究，并使戏曲研究出现了新的趋势：一是致力于剧场体制的研究，一是致力于戏曲文献的校勘、整理。

傅芸子的感觉是敏锐的，可以说随着他的此言道出，戏曲研究界的剧场意识开始浓化。卫聚贤《元代演戏的舞台》④是 20 世纪较早一篇正面研究戏曲舞台文物的文章。该文主要考察山西省万泉县境内的古戏台遗存。徐凌霄《戏台与戏剧》⑤把中国旧戏台分为四类：宫廷式的大戏楼，贵族家庭式的小歌台，庙宇中之广场的戏台，城市营业的戏园及戏台。还探讨“城市营业的

---

① 徐慕云：《中国戏剧史》，第 299～301 页，上海：世界书局，1938 年。
② 《新中华》，1943 年复刊号。
③ 北京：《戏剧丛刊》，1932 年 3 期。
④ 北京：《文学月刊》，1931 年第 2 卷第 1 期。
⑤ 北京：《剧学月刊》，1932 年第 1 卷第 2 期。

戏园及戏台"发达之原因:社会经济的进步、庙宇的兴起、民众的娱乐、观瞻的重视等。戏曲剧场体制研究的代表人物是齐如山,他的研究大多具有开拓性。1930年他随梅兰芳访美归来后,即开始从理论上整理戏曲遗产、研究京剧体制。他著有《国剧身段谱》、《戏剧脚色名词考》,又将中国戏曲中的行头、冠巾、脸谱、须髯、切末、乐器、元代以来剧场之变迁等,都绘成图谱。而真正从理论上阐释"剧场"意义的是周贻白《中国剧场史》(商务印书馆,1936年)。这是中国第一部剧场史专著。发凡中说:本书意在说明中国剧场各方面的演进,每一事物,俱详究其源流,不作空泛的叙述。他强调要在"剧场"的意义上理解戏剧,这是20世纪对于戏剧的新理解。西方戏剧观念中的剧场,内容包括戏剧、剧团、舞台、客座及其他关于戏剧的各方面,实际上它包括整个戏剧现象。在此视野上考察戏剧,其视野比起中国传统的戏剧观念显然大大地拓展了。它的文化维度的展开,正符合20世纪的学术视野。周贻白就是在这个现代剧场概念上理解、描述中国戏曲的。由于关于中国戏曲文学的研究已达到一定的深度,因而该书主要是论述剧场的形式、剧团的组织等。在周贻白此书之前,一些研究者如齐如山等已经在现代剧场意义上集中研究京剧艺术体制,但关于中国的"剧场史",周书却是第一部。①

郑振择《元代"公案"剧发生的原因及其特质》②一文,认为元代开始有了固定的演剧场所,因为社会已经有能力长期供养着演剧团体。元代的演剧团体,因为元代经济情况的变动,已由被动地被雇佣于某一个团体或个人的地位,而变为主动地自由地在吸引着社会上一般的民众了。这是很近代式的一种演剧方

① 黄霖主编,陈维昭著:《20世纪中国古代文学研究史·戏曲卷》,第436页,上海:东方出版中心,2006年。

② 郑振铎:《短剑集》,上海:上海文化生活出版社,1936年。

式。冯沅君《古剧说汇》(商务印书馆,1947 年)一书包括《古剧四考》、《说赚词》、《金瓶梅词话中的文学史料》、《南戏拾遗补》、《天宝遗事辑本题记》、《金院本补说》等。"古剧"指南宋、金、元三百年间的各种戏剧。她欲对王国维的研究以补充。

1935 年,在文艺界出现了"国防文学"运动,在戏剧界出现了"国防戏剧"运动。在这里,不能不提及抗战时期国统区的救亡组织及延安地区革命家文人的戏剧理论主张,现仅列出约十年间的主要大事件以观其概况。

1937 年 9 月 10 日,《抗战戏剧》月刊在广州创刊,主办者为广东文艺作家协会、广东戏剧协会、前锋剧社。主编:罗海河、黎觉奔、胡春冰、赵如琳、舒湮。

1937 年 9 月 29 日,上海《救亡日报》刊载金人《关于通俗文学的几个疑问》。

1937 年 10 月 3 日,上海《救亡日报》刊登林那《展开通俗运动》。作者说:"过去对于通俗化问题的讨论,我觉得有一个很普遍的缺点,大部分都只注意到一般理论的检讨,而忽视了实际去干。"还说:"我是主张尽量利用旧形式来装新内容的。"

同日,郭沫若、田汉、欧阳予倩、于伶等与周信芳、高百岁、余素琴等座谈,商讨旧剧如何适应抗战形势问题。郭、欧阳等主张采用历史上民族御敌的故事编成新评剧来鼓舞人民的抗日斗志,周信芳畅谈了多年来所企望的改良旧剧的愿望。

1937 年 12 月 31 日,中华全国戏剧界抗敌协会在武汉大光明戏院召开成立大会。

1940 年 11 月,《戏剧春秋》创刊于桂林,编辑:田汉、欧阳予倩、洪深等五人,共出十期。

11 月 2 日,《戏剧春秋》召开戏剧的民族形式问题座谈会,杜宣主持,出席的有:欧阳予倩、夏衍、许之乔、黄药眠、姚平等人。

12月1日，“文协”举行戏剧晚会，田汉、洪深、葛一虹等五十余人参加，胡风任主席，论题为“怎样发扬戏剧的现实主义”。

1941年4月4日，中华全国戏剧界抗敌协会桂林分会召开第一次理事会，到会二十余人。

1941年12月7日，周恩来为《新华日报》所辟《棠棣之花剧评》专页题写刊头，并亲自修改《从棠棣之花谈到历史剧》和《正义的赞诗、壮丽的图画》两文。

1942年2月1日，《戏剧岗位》邀重庆戏剧界开座谈会，讨论戏剧问题，史东山、贺孟斧、陈鲤庭、陈白尘等三十余人参加。

1943年1月，大型戏剧刊物《戏剧月刊》创刊，夏衍、陈鲤庭、刘念渠、吴祖光等执笔。

1943年11月11日，《戏剧时代》月刊在重庆创刊，洪深、吴祖光编辑，文风书局印行。

1943年12月30日，洪深《戏的念词与诗的朗诵》，由重庆美学出版社出版，郭沫若作序。

1944年1月1日，《新华日报》以“毛泽东同志对文艺问题的意见”为题，用提要形式介绍了《在延安文艺座谈会上的讲话》的基本内容。

1944年1月9日，毛泽东看了京剧《逼上梁山》后，给延安平剧院写信，称赞他们为旧剧开了新生面。

1944年2月15日，“西南第一届戏剧展览会”在桂林开幕，有23个戏剧团体参加，历时九十余天。同日，《新华日报》亦发表社论《抗战戏剧到人民中去——祝三十三年戏剧节》。

1944年3月1日，戏剧工作者大会在广西艺术馆新厦举行，3月8日，田汉在大会上作《当前的客观形式与戏剧工作者的新任务》的专题演讲。①

---

① 洪深:《抗战十年来中国的喜剧运动与教育》,北京:中华书局,1948年。

戏曲文本的进一步品鉴

20 世纪初，由于“曲本位”的观念，戏曲理论的研究侧重于对戏曲表演理论、音乐理论等戏曲艺术体制理论的研究；30 年代前后，由于“文学批评史”模式的使用，强调了对戏曲文本理论的研究，并且越来越强调对历代戏曲理论家的戏曲理论进行尽量全面的评述。① 同时具有左翼思想倾向的学者着重从典型、从文学与社会生活的关系、从文学的认识功能着眼，强调文学的现实主义美学价值。这可以视为 40 年代毛泽东《在延安文艺座谈会上的讲话》基本精神在三四十年代文学批评中的自发体现。

其间《西厢记》研究成为了一个热点。围绕着这个文本，展开了很丰富的讨论。

1. 关于《西厢记》的作者问题。马玉铭《〈西厢记〉第五本关续说辩妄》②认为第五本《西厢记》不是王实甫作，也不是关汉卿作，而是“不知出何人之手”。之后，《逸经》杂志在 1936 年和 1937 年的第 19、24、34、36 期对《西厢记》作者问题又展开了讨论。魏复乾《〈西厢记〉著作人氏考正》提出《西厢记》“实乃关汉卿作，而续之者其门生董君章也”。贾天慈不同意魏氏的关作说，仍主张《西厢记》为王实甫作。针对此，赵景深发表《西厢记作者问题弁正》一文，根据《录鬼簿》和《太和正音谱》的记载，指出“《西厢》五本皆为王实甫作”，他认为“他如王世贞《曲藻》、徐复祚《三家村老委谈》、清初《西厢》都说是王作关续；以其为明嘉

① 黄霖主编，陈维昭著：《20 世纪中国古代文学研究史 · 戏曲卷》，第 2～3 页，上海：东方出版中心，2006 年 1 月。

② 马玉铭：《〈西厢记〉第五本关续说辩妄》，上海：《文学》杂志，第 2 卷第 6 号，1934 年。

靖以后人的话，也都不足置信”，“在没有找到比公元1330年《录鬼簿》更早的记载以前，王实甫作《西厢》全二十一折这主张是永远成立的”。① 1944年《国文月刊》第28、29、30期合刊登载了王季思《〈西厢记〉作者考》一文。从时代、作品风格、剧作结构等角度分析，进一步澄清了《西厢记》第五本为续书的误解，虽然在全剧高潮之后难免不有元剧草草终场的通病，但仍是王实甫作品整体不可分割的一部分。王实甫对《西厢记》全剧的著作权得到重新确认，从而基本结束了王作关续说的历史。②

2. 关于《西厢记》人物形象研究。这一时期人物形象分析已很细密到位。1932年，郑振铎《插图本中国文学史》对张生和莺莺恋爱心理有准确的描述和概括：“写张生一个少年书生的狂恋，时喜时忧，时而失望，时而得意。那末曲折细腻的恋爱描写，在同时剧本中固然没有，即后来的传奇中，也少有如此细波粼粼，绮丽而深入的描状的。于少女莺莺的心理与态度，作者似乎写得尤为着力……《佳期》之前，是写得那末沉默含蓄。《拷红》之后，是写得那末奔放多情。久困于礼教之下的少女的整个形象，已完全为实甫所写出了。”③刘修业《读〈西厢记〉后》④概括人物提纲挈领，如“莺莺前半是强抑沉蓄的娇小姐，后半是热情的少妇”；“张生是个风流而狂恋的书生”，“自首至末都写张生是狂热的痴情，虽经许多挫折，仍然不变”；“红娘写她是个极灵巧而且解事的婢女”；“老夫人是个治家极严的”，“欲守礼而反使她

---

① 赵景深：《西厢记作者问题弁正》，上海：《逸经》半月刊第36期，1937年8月20日。

② 张人和：《近百年〈西厢记〉研究》，长春：《社会科学战线》，1996年第3期。

③ 郑振铎：《插图本中国文学史》，第650、651页，北京：人民文学出版社，1982年。

④ 刘修业：《读〈西厢记〉后》，北平：《读书月刊》，1933年第2卷第6、7期。

女儿反叛礼教了”;惠明“是粗豪有侠肠的和尚”;“杜君实写他是个文雅之士”;“郑恒写他是个花花公子,好放刁……使全剧生出许多波澜”。

这一时期开始运用比较文学的研究方法研究《西厢记》。尧子《读西厢记与罗米欧与朱丽叶之一——中西戏剧基本观念之不同》①、《读西厢记与罗米欧与朱丽叶之二——元曲作者描写方法与莎士比亚写法之根本不同》②两篇文章颇引人注目。作者将两部作品中的人物,如崔莺莺与朱丽叶、张生与罗密欧、崔老夫人与凯普莱特、红娘与劳伦斯神甫,以及剧中人物的描写方法作了对比。从比较分析中寻找相似人物的性格差异,以及中西描写人物方法之不同。80 年代有许多文章从不同角度将《西厢记》与《罗密欧与朱丽叶》作比较研究,进而探索文学作品的民族特色,就是由此发端的。③ 由《西厢记》扩而大之,在对古典戏曲的整体思考中也融入了比较意识,如佟赋敏《新旧戏曲之研究》(商务印书馆,1926 年),将当时流行的话剧、文明戏作为“新戏”,将杂剧、昆曲、皮黄作为“旧戏”,两相参照比较进行研究。朱志泰的《元曲研究》(永祥印书馆,1947 年)在介绍元杂剧产生的背景与发展过程之后,汇通中西文学作比较研究,都是新的尝试。

这一时期也涉及对其他戏曲文本和作家的研究,伴随此类研究的思考方式和研究方法值得关注。

---

① 尧子:《读西厢记与罗米欧与朱丽叶之一——中西戏剧基本观念之不同》,上海:《光华大学半月刊》,1935 年第 4 卷第 1 期。

② 尧子:《读西厢记与罗米欧与朱丽叶之二——元曲作者描写方法与莎士比亚写法之根本不同》,上海:《光华大学半月刊》,1935 年第 4 卷第 3 期。

③ 张人和:《近百年〈西厢记〉研究》,长春:《社会科学战线》,1996 年第 3 期。

1. 写实主义式的研究。在关汉卿的研究和评价中,开始以写实主义为尺度。任维焜《十四世纪中国写实派的戏曲家关汉卿》①,从内容和风格的角度,将关、马、郑、白分为三派,关汉卿代表一派,他认为"至于汉卿则与东篱恰恰相反,他不逃避现实,目光紧紧盯着社会的丑恶处,而加以描写,同时他的文字又能够'曲尽人情,句句本色',所以才产生了像《窦娥冤》那样惊心动魄的剧曲。吾今谥之谓'写实派的作家',当非故为附会也"。郑振铎《插图本中国文学史》对关汉卿也甚是推崇。胡云翼《新著中国文学史》既考虑到写实性又没忽略戏剧艺术,所以又很推崇李渔。陆侃如、冯沅君《中国文学史简编》(开明书店,1932 年),刘大杰《中国文学发展史》论及关汉卿时,认为他"确是一个人生社会的写实者,是一个民众通俗的剧作家了"②。刘大杰则更加强调文学批评的政治意识形态立场,比如对高明的重教化的文艺观念给予极高的评价,而对《牡丹亭》则有异议,对马致远则觉其太消极。

2. "历史的方法"的运用。所谓历史的方法,旨在对历史过程进行描述。当研究者持不同性质的历史观念去描述文学故事的演变过程时,他们所描绘的历史故事就会呈现出不同的形态来。张寿林《王昭君故事演变之点点滴滴》③认为一个质朴的昭君故事之所以在民间广泛流传,从历史的角度加以检阅,便可以找到原因:自从商周以来,北方的匈奴遂成了北方一种特殊的势力与中国抗衡。"在中国北方,差不多没有一个人不受着胡骑的侵凌,他们的财产在这样的混乱中丧失了,他们的家庭在这样的

---

① 任维焜:《十四世纪中国写实派的戏曲家关汉卿》,北京:《师大月刊》,1936 年第 26 期。

② 刘大杰:《中国文学发展史》,第 276 页,北京:中华书局,1949 年。

③ 张寿林:《王昭君故事演变之点点滴滴》,北京:《文学年报》,1932 年第 1 期。

混乱中分散了。这样都足以使他们对于与他们处境相类似的昭君表示同情,因此这个故事的流传实在是当然的。”傅永孝《西厢记底演变》①,考察了文本形态的流变史。该文指出,由小说形式的《会真记》转变成剧曲式的《西厢记》,这是一个从散文转成韵文的过程,这两者中间的过渡则是赵德麟的《西厢鼓子词》。孙昌熙《元曲中的水浒故事》②也立足于用历史方法,考察元曲中水浒故事的历史演进。孙文指出水浒故事的轮廓由史书、民间传说、文人三方面画成,认为水浒故事初经民间的口传,再经文人士大夫的传写,一天比一天地扩大起来,这时正值平话流行,当然这些生动的脍炙人口的水浒故事,马上就为“说话人”所采用了。③

3. 社会批判式研究。刘修业《读〈西厢记〉后》认为“《西厢记》比别的旧小说更深刻的就是说到人类理不胜欲”④。陈竺同《元曲本关汉卿之反抗时代的代表作》⑤以五四新文化运动的语境诠释关汉卿。他说:“我写这一篇论文,主要的目的就是引一个六百年前的创作,向着中国最近文坛上的那些怒吹垂歇的风儿,努力着,‘向不醒的世界作喇叭吧!’”泊生《〈牡丹亭〉剧意》⑥认为《牡丹亭》的“主旨是在反对戕害自然的礼教”。他认为“闹学”一折:“明明告诉给人们一个人在某一时期有某一时期的需

① 傅永孝:《西厢记底演变》,安徽:《学风》,1932年第2卷第10期。

② 孙昌熙:《元曲中的水浒故事》,昆明:《国文月刊》,1945年第37期。

③ 黄霖主编,陈维昭著:《20世纪中国古代文学研究史·戏曲卷》,第174～175页,上海:东方出版中心,2006年1月。

④ 刘修业:《读〈西厢记〉后》,北平:《读书月刊》,1933年第2卷第6、7期。

⑤ 陈竺同:《元曲本关汉卿之反抗时代的代表作》,上海:《妇女杂志》,1930年第16卷第2期。

⑥ 泊生:《〈牡丹亭〉剧意》,北京:《剧学月刊》,1933年第2卷第1期。

要，那是生之意志，绝不是一介违反自然的礼教所能禁梏得住的。”何如《汤显祖及其还魂记》①指出：“《牡丹亭》一剧之所以广为流传，是因为向来为礼教所压抑的男女之欲，谁都正苦无法宣泄。一旦有人以为深情所至，梦而可以满足愿望，死而可以还魂复生，用戏曲的形式具体地客观地表现出来，足使一般痴情的读者看客，尤其是怨女，平日受着压抑作用，郁积纠结在自己内心生活的深处，那精神的伤害，悲痛苦闷的感情，到了这绝对自由的创造生活的瞬间，即艺术欣赏的瞬间，便被解放而宣泄于意识的表面，而生出悲剧的快感来。”俞平伯《〈牡丹亭〉赞》②说：“吾固以《牡丹亭》所写为得情之正者，将以合于礼法为正耶？则杜女之遇柳生，一梦，二鬼，三人，皆私遘也，固深不合于礼法者也。将藉近世之说，以常态之恋情为正耶？则‘梦里逢夫，画边遇鬼’，又皆爱之变形也。正之一邪何由而定哉？夫正也者，诚敬、深厚之至也，诚意敬事、深情、厚德之总会也。以今语言之，则认真、老实、直落、坦白，皆稍稍近似矣，而未尽也……夫《牡丹亭》者，是能瞪目直视吾人之情性。”隋树森《关汉卿及其杂剧》③从曲文、结构和题材三个方面评判关汉卿杂剧的特色。在题材方面，认为关写“孝义廉节”的最多，应予以高度评价。有的学者已充分注意到元杂剧的社会意义，如 1948 年 4 月文通书局出版的杨季生《元剧的社会价值》，对元杂剧在中国文艺史中的地位作了论证，并阐述它对后代戏曲文学的影响。再如马玉铭《西厢记之社会意义》④等。

4. 悲、喜剧的美学批评。王岑《笠翁戏曲对于文人之揶

① 何如：《汤显祖及其还魂记》，上海：《申报》，1933 年 11 月 30 日。

② 俞平伯：《〈牡丹亭〉赞》，上海：《大公报》，1934 年第 31 卷第 7 期。

③ 隋树森：《关汉卿及其杂剧》，上海：《东方杂志》，1946 年第 42 卷第 3 期。

④ 上海：《国闻周报》，1934 年第 11 卷第 25 期。

揄》①重点探询李渔戏曲喜剧美学风格。梁乙真《中国文学史话》(元新书局,1933 年),从喜剧范式的角度肯定李渔剧作,而不是从社会学的角度批评李渔剧作的脱离现实。陈中凡序朱谦之《中国音乐文学史》(商务印书馆,1935 年)时,根据西方的"悲、喜剧"观念,立足于中国古典戏曲的创作实际,把中国古典戏曲就戏剧普遍性而言分为"悲壮曲"、"和解曲"、"滑稽曲"和"有情滑稽"四种。江寄苹《元曲中的李逵》②从人物性格刻画的角度分析元曲中的李逵形象。江寄苹《读牡丹亭》③欣赏的是《牡丹亭》的病态。俞平伯《牡丹亭赞》④从审美的角度探讨《牡丹亭》的真与幻,虚与实。林庚《中国文学史》(国立厦门大学,1947 年)探讨了中国古代悲剧与喜剧的起源,并运用悲剧喜剧等范畴对元杂剧作家进行评析。

5. 民族意识与救亡主题。这是那一特定历史时期的产物。1931 年日本侵略东北三省,在全国激发起民族救亡的高潮。1935 年,在文艺界出现了"国防文学"运动,在戏剧界出现了"国防戏剧"运动,在古典戏曲研究界,批评者开始注意中国古代戏曲中的民族意识以及与之相关的国家兴亡的情绪,并在价值上给予正面的肯定。萨孟武《由桃花扇观察明季的政治现象(一)》⑤紧扣住明季的民族矛盾来阐释《桃花扇》的政治意义。江寄苹《论马致远的汉宫秋》⑥认为马致远杂剧一方面具有浓重

① 王岑:《笠翁戏曲对于文人之揶揄》,北京:《艺文杂志》,1933 年第 2 卷第 3 期。

② 江寄苹:《元曲中的李逵》,上海:《国闻周报》,1933 第 39 期。

③ 江寄苹:《读牡丹亭》,上海:《论语》,1934 年第 39 期。

④ 俞平伯:《〈牡丹亭〉赞》,上海:《大公报》,1934 年第 31 卷第 7 期。

⑤ 萨孟武:《由桃花扇观察明季的政治现象(一)》,南京:《中央时事周报》,1933 年第 2 卷第 25 期。

⑥ 江寄苹:《论马致远的汉宫秋》,上海:《国闻周报》,1933 年第 10 卷第 45 期。

的道教倾向，一方面他的《汉宫秋》表达了亡国之屈辱感。何谦《元代"公案"剧发生的原因及其特质》①、谷远《净与丑》②亦从民族矛盾入手，用"净"比附军阀，用"丑"比附政客。郑振铎《元明之际文坛的概观》③强调那个黑暗的时代才产生很多颓废的散曲与消极的思想。40 年代王彦铭《读桃花扇后》④、隋树森《元曲作家马致远》⑤等皆是此类文章。由于这种当代意识之强烈，一些论著在不知不觉之中走向了借古讽今之功利主义，它们或者夸大元代社会之黑暗，或者对古今进行简单的比附。

戏曲文献的进一步挖掘

三四十年代陆续整理刊印了以下重要的戏曲史料：1931 年明代范氏天一阁藏蓝格本《录鬼簿》被发现，于 1938 年由北京大学出版部影印。周明泰的《都门纪略中之戏曲史料》、《道咸以来梨园系年小录》、《清升平署存档事例漫抄》相继于 1932 年至 1933 年出版。张次溪《清代燕都梨园史料》于 1934 年邃雅斋书店排印。1937 年《清代燕都梨园史料续编》由松筠阁书店排印。1940 年任讷所辑《新曲苑》出版，该书收录了《曲苑》所未收的元明以来戏曲史料、论著 34 种。叶德均在《东方杂志》1947 年第 43 卷第 7 号发表《十年来中国戏曲小说的发现》，傅惜华于《艺文杂志》1942 年 1 卷第 1 期、1943 年 1 卷第 2 期发表《近五年来

① 何谦：《元代"公案"剧发生的原因及其特质》，上海：《文学》，1934 年第 2 卷第 6 期。

② 谷远：《净与丑》，上海：《文学》，1934 年第 2 卷第 6 期。

③ 郑振铎：《元明之际文坛的概观》，见《短剑集》，上海：上海文化生活出版社，1936 年。

④ 上海：《国文月刊》，1945 年第 39 期。

⑤ 上海：《东方杂志》，1946 年第 42 卷第 4 期。

所获之戏曲珍籍》。有关戏曲文本的收集选编与刊印有：1938年，明赵琦美脉望馆钞校本《元明杂剧》在上海被发现，郑振铎为国立北平图书馆购下此书。此书共收杂剧241种，64册。商务印书馆于1941年选印144种，题为《孤本元明杂剧》出版。赵景深校辑的《元人杂剧辑逸》于1935年出版。1935年傅惜华编《国剧学会陈列馆目录》出版。他的《近五年来所获之戏曲珍籍》及其下篇，介绍了他自1938年至1942年期间所获的清代传奇10种和散曲集、剧曲集若干，还有有关南曲谱的新资料，如明代沈自晋订、清代胡介祉补的《南九宫谱大全》，此为康熙间精抄本（该书购于1942年）。王芷章编《北平图书馆藏升平署曲本目录》于1936年出版。1940年任二北所辑《新曲苑》出版，附编者自编的《曲海扬波》1种。

对杂剧语言方面的研究有：1948年5月出版的徐嘉瑞《金元戏曲方言考》，是近世第一部解释元杂剧方言俗语的工具书，共收金曲方言600条，以曲解曲，例证达数千条之多，是研究元杂剧语言的一本重要参考书。此外，还有顾随的《元曲中方言考》（1936年）、蔡正华的《元曲方言考》（1937年）、纪伯庸的《元曲助字杂考》（1948年）等等。

在元杂剧作家身世的考证方面有苏明仁的《白仁甫年谱》（1933年燕京大学《文学年报》），是近世第一部元剧家年谱，比较清晰地显示了"元曲四大家"之一的白朴的生平活动轨迹与创作情况，在元杂剧作家身世的考证方面具有开拓意义。

在戏曲音乐体制和相关文献的整理和研究上，代表人物是溥西园、刘澹云、刘天华、齐如山等。①

在以上戏曲文献整理中较为突出的是：

---

① 黄霖主编，陈维昭著：《20世纪中国古代文学研究史·戏曲卷》，第四编第二章戏曲文献研究。上海：东方出版中心，2006年。

1. 周明泰在戏曲文献方面的贡献。30 年代初，周明泰出版了研究京剧史不可或缺的资料专集《几礼居戏曲丛书》4 种。它们是：《五十年来北平戏剧史料》，商务印书馆 1932 年 8 月出版。该书前编记载清光绪八年至清宣统三年四十余家戏班演出的几百出戏目，并编有戏名检索表；后编是作者把民国以来 20 年间的戏目按前编体例编排，并注明演出时间、地点、演员。凡某演员的首演剧目，均标有“首次”二字，极其详实可信。《都门纪略中之戏曲史料》，1932 年 1 月几礼居刻本。该书简要介绍了清杨静亭所编《都门纪略》一书的缘起和版本，并就书中“词场”一门，以图表的形式，列举了从清道光二十五年初刻本，至清光绪三十三年间后人增补、重刻的 6 种版本中记载的北京地区戏班、角色、剧目、戏园资料。周明泰汇集不同时期不同版本的《都门纪略》，既给研究者提供了查询的方便，又利于比较、鉴别。《道咸以来梨园系年小录》，1932 年几礼居刻本。该书辑录了清嘉庆十八年(1813)至 1932 年间的戏曲资料，按年排列、记述了这一时期京剧、昆曲、秦腔等剧种近 450 个各行当的演员及乐师、票友的生卒年、事略、艺事活动、流派师承、亲朋关系等，还叙述了一些重要的戏工班社、茶园和上演剧目。此书在香港再版时改名为《京戏近百年琐记》，资料增补至 1944 年，并将《五十年来北平戏剧史料》赓续 10 年，增加篇幅附于书后。该书“信而可证”，是一部史料丰富的资料集。《清升平署存档事例漫钞》，1933 年 3 月几礼居刻本。周明泰于 1932 年查阅到北平图书馆所得海盐朱希祖旧藏清升平署档案 500 余册，将其分门别类编成 6 卷，从中可窥见清宫廷演剧及婚丧庆典等方面的情况，附录乐器折、安设乐器次序单、清升平署存档释名及存档详目，为了解清宫廷演戏对昆曲、京剧的影响，提供了丰富可信的资料。①

① 陈文敏：《周明泰编书、藏书、捐书》，北京：《中国京剧》，1998 年第 3 期。

2. 傅惜华在中国古典戏曲、曲艺和小说的研究与收藏方面的贡献很大。30年代以后，他陆续撰写了《高腔剧本提要》、《明清传奇提要》、《明代传奇善本七种题记》、《观碧蕖馆所藏抄本戏曲小记》、《碧蕖馆藏曲志》、《清代传奇提要》、《近五年来所获之戏曲珍籍》、《子弟书总目》、《明清两代北方之俗曲总集》等文章，向学术界和社会公众介绍自己的戏曲、曲艺研究和收藏情况，也为他以后出版的一系列文献目录学著作奠定了坚实的基础。在北平国剧学会工作时，他编纂了《北平国剧学会图书馆书目》一书，这是他首部戏曲目录学著作。针对前代对戏曲剧目的分类不是很科学这一问题，傅提出了自己的看法："中国戏曲之学，年来始渐昌明。研考之道，端赖目录。然分类之法，时至今日，尚未见有研讨者。良以中国戏曲因地域与时代关系，组织流别，繁复庞杂，诚难为一精审翔实之分类目录。兹援李斗《扬州画舫录》，暨吴太初《燕兰小谱》之例，姑分雅、花二部。雅部者：南北曲及弋腔之类属之；花部者：则皮簧、秦腔、粤剧、滇调诸类是也。"①

走传统的戏曲考证之路的学者亦不在少数，他们是：

1. 郑振铎。郑振铎在《插图本中国文学史》自序中特别提到对唐、五代"变文"，金、元"诸宫调"，宋、明短篇平话和明、清宝卷、弹词的搜集、整理工作。他本人对中国传统典籍的搜购更是不遗余力，抢救购买《脉望馆抄校古今杂剧》，便是20世纪中国文学研究中的一段感人故事。② 他对戏曲史中的元杂剧、南戏、

---

① 傅惜华：《北平国剧学会图书馆书目》，"例言"，北京：北平国剧学会，1934年。

② 有关郑振铎搜购《脉望馆抄校古今杂剧》的事迹，可参见吴文祺：《回忆"孤岛"时期的郑振铎同志》、郑尔康：《一座文化宝库的抢救经过》，收入陈福康编：《回忆郑振铎——纪念郑振铎诞生90周年和逝世30周年》，上海：学林出版社，1988年。

北戏篇目内容的考订也非常有成绩。1931 年,郑振铎借到明蓝格抄本《录鬼簿》,与马廉、赵万里 3 人用 3 天时间抄录下来,使这部元明间文学史最重要之未发现史料得以刊刻出版。1933 年,郑振铎购得明孟称舜编《古今名剧合选》。1937 年,他发表《〈词林摘艳〉引剧目录及作者姓氏索引》和《〈盛世新声〉及〈词林摘艳〉所载套数首句对照表》。1938 年,《脉望馆古今杂剧》在上海发现,它保存了元明杂剧 242 种,郑极其艰辛地将它购得,要把这保全民族文献的一部分担子挑在自己的肩上。后来为此写了一篇研究长文《跋脉望馆钞校本古今杂剧》,考证这套书的接受源流及剧目的存佚情况。他还相继自费影印明万历蒋氏三径草堂本《新纳南九宫词》,编印《清人杂剧初集》、《二集》,主编《古本戏曲丛刊》初、二、三、四集等。20 世纪的元杂剧研究之所以能够取得辉煌成绩,与剧本史料的发现是密不可分的。郑振铎在这方面居功至伟,所以,他堪称为"文化界最值得尊敬的人"。

郑振铎还特别重视资料索引和参考书目的编制。他在编撰《文学大纲》和《插图本中国文学史》时,两书每章后都列有详细的参考书目。

2. 卢前。卢前不仅是一位蜚声中外的曲学理论家,同时还是一位业绩卓著的散曲文献学家。他与任讷合作辑印过《散曲丛集》(商务印书馆)、《曲话丛编》(世界书局)等书,自己编纂校印的散曲典籍就多达百种以上。择其要者罗列如下:《饮虹簃所刻曲》,自刻本,1980 年扬州广陵古籍刻印社重刻本,正集 30 种,续集 30 种;《清人散曲十七家》,会文堂本,据《词曲研究》所附参考书目;《校印清人散曲二十种》,国立成都大学本,据《广中原音韵小令定格》所附作者书目;《明代妇人散曲集》,中华书局本,附《妇人曲话》;《元曲别裁集》,1928 年上海开明书店本;《曲雅》,1930 年成都存古书屋本,1931 年开明书店本;《续曲雅》,1933 年开明书店本;《元明散曲选》,1937 年商务印书馆本;《乐府习诵》,1945 年重庆文风书店本;《全元曲》,1947 年出版,藏南京大学图书馆,仅出卷一,收元好问等金末元初散曲十九人。卢氏另有《元人杂剧全集》。与此书相对,又有《元曲别裁集》,于例言七曰:“他日有暇,拟更广之,成《全元曲》若干卷,此先声耳。”据知此书乃是一部全元散曲的总集。《金陵二名家乐府》,1948 年南京通志馆本;《金陵曲抄》,1950 年自刻本;《散曲选》,出版者不详,藏南京大学图书馆;《曲选》,1944 年商务印书馆本,此为“(教育)部定大学用书”,选元明散曲八万余首;《南北曲小令谱》,1931 年河南大学油印本;《广中原音韵小令定格》,1937 年中华书局本;《曲韵举要》,1937 年中华书局本。①

3. 王起。王起于 40 年代完成他的成名力作《西厢五剧注》,对元杂剧习惯用语与疑难语词作深入考释,成为权威性的注本,是新中国成立以来流传最广影响最大的《西厢记》读本。这个时期他还撰有《元剧中谐音双关语》、《〈西厢〉五剧语法举例》、《评徐嘉瑞著〈金元戏曲文言考〉》、《评陈志宪〈西厢记〉笺证》等论文,在元剧语汇研究上显示出深厚功力。

4. 钱南扬。钱南扬 1936 年 12 月在《燕京学报》第 20 期发表《宋金元戏剧搬演考》,从戏班、伶人、书会、票房诸方面对宋金元戏剧之搬演作深入研究。他从日本文化二年(即清嘉庆十年)刻本中见到明朝戏楼查楼图,认为“犹和宋元勾栏情形有些仿佛”,故摹画于文中并加以具体讲解,在当时论文中可谓别开生面。

5. 邵曾祺。邵曾祺于 1947 年推出多篇学术论文,如《杂剧题材与宋金戏曲》、《关于元人杂剧的短处》、《前期元杂剧略评》、《杂剧的分期》、《杂剧的衰亡》等,成为一年之中发表元剧研究文

① 杨栋:《卢前对近代散曲学的贡献》,南京:《东南大学学报》,2000 年第 2 期。

章最多的一位学者。后来他花多年功夫编著《元明北杂剧总目考略》(中州古籍出版社,1985 年 6 月),对元杂剧剧目存佚与真伪考之极详,对前人种种偏颇说法多有辨析,成为研究元杂剧剧目的重要工具书。

6. 严敦易。严敦易也热衷考据之学,出《元剧斟疑》(后由中华书局于 1960 年 5 月出版),该书对 86 种元杂剧的作者作品、内容本事进行系统地考辨证析,提供了不少新的资料与见解。

7. 冯沅君。她的《古剧说汇》一书收录了 1935 年以后 10 年撰写的戏曲考证论文 15 篇,1947 年由商务印书馆出版。其中《古剧四考》、《古剧四考跋》包括《勾栏考》、《路歧考》、《才人考》、《做场考》,对包括元剧在内的古剧的舞台、演出、作者、演员等有深入考证。《孤本元明杂剧钞本题记》结合当时新发现的《脉望馆钞校本古今杂剧》,对元杂剧的题目正名、穿关、联套程式等进行考证,其中有不少精湛的学术见解,表现了一位女学者细腻周详的治学本色。

8. 孙楷第。孙楷第 1940 年 12 月发表《述也是园旧藏古今杂剧》(后更名《也是园古今杂剧考》),将清初钱曾也是园所藏元明杂剧 230 种加以考订,涉及版本、收藏、校勘诸问题,是一本学术功底深厚的著作。他还是研究古代傀儡戏最为知名的专家。

9. 赵景深。赵景深以知识渊博、考证缜密、见解精辟受到戏曲界的一致推崇。有 1935 年《元人杂剧辑逸》、1936 年《读曲随笔》、1939 年《小说戏曲新考》等书。在元杂剧剧本史料辑逸方面下了很大的功夫,辑逸文 41 本,使《元人杂剧辑逸》成了元杂剧研究者必读的书目。《读曲随笔》共收 44 篇文章,涉及《元曲选》及马致远、白朴等。1936 年 9 月发表于《现代》第 5 卷第 4 期的《元曲时代先后考》论文,根据“元曲每喜欢引用以前的戏剧为典故”的特点,从《元曲选》、《古今杂剧》、《元明杂剧》等本子中找出不少线索，勾勒出元杂剧作品之间的各种关系及撰作时代之先后，并用图表显示，为后来的研究者提供很大的方便。

10. 郑骞。郑骞台湾地区著名戏曲学者。1932 年即着手校订元刊杂剧，用了几十年的时间，至 1962 年才出版《校订元刊杂剧三十种》。40 年代写有不少元杂剧论文，如《论元人杂剧散场》(1944 年)、《读〈孤本元明杂剧〉》(1944 年)、《介绍元刻古今杂剧三十种》(1945 年)、《元人杂剧的逸文及异文》(1946 年)、《辨今本〈东墙记〉非白朴原作》(1947 年)等。

11. 王玉章。王玉章于 1936 年 7 月由商务印书馆出版《元词斠律》，依《太和正音谱》编次，对臧晋叔编《元曲选》所录曲之脱讹处加以钩稽补正，历时 8 年而成，是近世研究元杂剧曲律的重要论著。他还写有不少学术论文，如《曲文之研究》(1934 年)、《南北曲之种类》(1935 年)、《〈宋元戏曲史〉商榷》(1945 年)、《古西厢》(1947 年)、《论〈博望烧屯〉两种》(1947 年)、《〈元曲选〉中的南词》(1947 年)等。

（黑龙江大学　胡元翎）

三四十年代古代文论研究的进展

20世纪20年代开始，对文学本身的研究越来越自觉。1914年至1919年，黄侃在北京大学开设《文心雕龙》课，后出版其讲稿《文心雕龙札记》，由此开始了20世纪古代文论研究的发端。到了三四十年代，古代文论研究进一步发展，出现了繁荣景象。

文学理论专题研究

本时期的研究主要集中在《文心雕龙》、《诗品》、《随园诗话》、《二十四诗品》等几部理论色彩较浓、影响深远的文论专著上。

一、《文心雕龙》研究

《文心雕龙》研究是这一时期的热点。据《民国时期总书目》，计有如下专著问世：

叶长青《文心雕龙杂记》，著者刊，1933年；

庄适《文心雕龙选注》(26篇)，上海商务印书馆，1933年；

徐复《黄补文心雕龙隐秀篇笺注》，《金陵学报》油印本，1936年；

杨明照《范文澜文心雕龙注举正》，北平燕京大学，1937年；

朱恕之《文心雕龙研究》，南郑县立民生工厂，1945年；

杜天縻《广注文心雕龙》，上海世界书局，1947年；

刘永济《文心雕龙校释》，上海正中书局，1948年。

在以上著作以外，还出版有各种新式标点本《文心雕龙》8种。

在单篇论文方面，据张少康等统计①，三四十年代发表的研究《文心雕龙》及与《文心雕龙》有关的文章共计71篇，而据中国人民大学古代文论资料编选组统计②，三四十年代发表的研究刘勰与《文心雕龙》的文章是44篇。两种统计有严宽之分，但都显现当时的繁荣局面。

在专著中，刘永济的《文心雕龙校释》影响最大，代表了这一时期的学术水平。这本书本来是大学讲义稿。此书由“校”和“释”两部分组成，但在文字校勘方面很是简略，释义方面则颇多见解。据著者1962年版前言讲，《文心雕龙校释》原先的编排顺序是先《序志》，然后“文之枢纽”五篇，再次是下编（论文理），最后是上编（论文体），其目的是使“学者先明其理论，然后以其理论与上编所举个体文印证，则全部了然矣”。由此可见，著者所倾力处在于阐明刘勰文论的精要。对于“文之枢纽”及《神思》篇，首段释义总是概括一篇要旨，分析段落大义，文体论部分则直接“悉别条具”，“随文训释”。③

刘永济对《文心雕龙》论文之根本有自己的理解。《原道》篇释义云：“舍人论文，首重自然。”指出刘勰文论的根本是自然。对“自然”的理解有广义和狭义之分。著者认为广义的“自然”

---

① 张少康等：《二十世纪〈文心雕龙〉研究论著目录》，《文心雕龙研究史》，北京：北京大学出版社，2001年。

②《中国古代文论研究论文索引（解放前部分）》，《中国古代文论研究论文集》，上海：上海古籍出版社，1989年。

③ 刘永济：《文心雕龙校释》，“前言”，第1页，上海：正中书局，1948年。

是：

> 二字含义，贵能剖析，与近人所谓“自然主义”，未可混同。此所谓自然者，即道之异名。道无不被，大而天地山川，小而禽鱼草木，精而人纪物序，粗而花落鸟啼，各有节文，不相凌杂，皆自然之文也。

狭义的“自然”则指文学作品。

> 文家或写人情，或模物态，或析义理，或记古今，凡具伦次，或加藻饰，阅之动情，诵之益智，亦皆自然之文也。文学封域，此为最大。故舍人上篇举一切文体而并论之。

著者立论承刘勰而来，但与近代西方传入的自然主义做了区别。当时一些论者注意到了刘勰自然论与西方自然主义的异曲同工之处，但过多关注其相同点，忽略因文化差异带来的不同。如杨鸿烈 1922 年发表的《文心雕龙的研究》一文认为“刘勰对于当代文学革新积极的建设方面的言论”首要之处在于“标出一个文学的自然主义出来”。胡侯楚 1925 年发表的《刘彦和底文学通论·文学底起源》一文说，“他说：‘原道心以覆章。’原道者，即模仿自然之谓也。道心者，自然界之精神也。文艺的创作，不仅是模仿自然之表面，且模仿其精神也……按此种见解，颇类似亚里士多德的学说。”刘永济则立足于中国哲学与文学传统，用道之自然区别西方自然主义。本着这样的自然观分析《征圣》，著者认为“圣人之心，合乎自然，圣人之文，明夫大道”，用“圣心精微，故其文曲当神理”释“自然”的内涵，“自然之道”也就成为统领为文之术的根本原则。刘永济以“圣心深体自然之道”为圣人经书立言有则的根源，与他人以伦理教义解释刘勰圣人之道的内涵颇有不同。

刘永济还对《文心雕龙》中一些具体文学理论做了阐发。如关于“心物交融”问题，主要体现在《神思》、《物色》两篇的释义中。《神思》篇释义分析，人心“与物接而生感应；志气者，感应之符也”，这是心由物感而产生志气。接着是物“与神会而后成兴象；辞令者，兴象之府也”，这是情与物相交融而产生兴象，也就是《神思》所说的“意象”，意象需要辞令来传达。因此，“志气清明，则感应灵速；辞令巧妙，则兴象昭晰”。一般论者多从想象问题着手分析《神思》篇的旨意，而刘永济从文学作品兴象的产生、传达角度论述。《物色》释义说“本篇申论《神思》篇第二段论心境交融之理。《神思》举其大纲，本篇乃其条目”。他认为心物交融有两种形态，一是“物来动情”，一是“情往感物”。因此，文学作品之境也分为两类，前者即“无我之境，或曰写境”，后者即“有我之境，或曰造境”。无论写境还是造境，都离不开物我两端，“善为文者，必在情景交融，物我双会之际矣”。著者从“物我双会”角度论述美文之形成，实际上是将刘勰的观点纳入意境论的发展进程中。此外，刘永济《文心雕龙校释》阐发的精义还有很多，如关于《隐秀》、《总术》等篇。此书的长处在于析理简明扼要，善于提纲挈领。

另外，杨明照《范文澜文心雕龙注举正》对范文澜注本的纰漏处有所举正，也是力作。文前小序对范文澜注本有所评价：

> 《文心雕龙》，向以黄叔琳辑注为善。然疏漏纰缪，所在多有，宜其晚年悔之也。逮范文澜氏之注出，益臻详赡，固后来居上者矣。余雅好舍人书，参稽所至，辄自雌黄，补苴理董，间有用心。书眉行间，久而弥缝如无间然，逡录成编，已三易其稿，前人所已具者，不与焉。至范注未当处，亦尝为之举正。所见所闻，容或各异。今姑汇而刊之，聊申愚管云尔。

在具体条目中，对范注不妥处一一指出。例如《时序篇》“六经泥蟠”一句，范注是“《文选》班固《答宾戏》‘泥蟠而天飞者，应龙之神也’”。而杨明照认为：

> 答宾戏文，与此似不惬，且其语亦非早出。《法言·问

神篇》"龙蟠于泥，蚖其肆矣。"李注云"龙蟠未升，蚖其肆矣。"与此文意方合。

当然，也有一些歧异是由于文字理解上的不同。如《体性篇》"才有天资"一句，范注："有当作由"，杨明照认为"有字自通，毋庸他改，《玉海》二百一引亦作有"。

徐复《黄补文心雕龙隐秀篇笺注》，刊于《金陵学报》第八卷第一、二期（合刊）。此笺注据北京文化学社本。黄侃认为今本《文心雕龙·隐秀篇》中多伪文赝迹，故而"仰窥刘旨，旁辑旧闻"而作《隐秀篇》，徐复对此文十分欣赏，故作笺注。黄侃是骈文大家，为文驰骋文采，广引博征，而徐复笺注皆一一注明其出处来历。凡笺注 108 条，并引有《隐秀篇》原文和伪文。

二、钟嵘《诗品》研究

关于钟嵘《诗品》的研究也是这一时期的一大热点。1926 年 12 月，张陈卿《钟嵘诗品之研究》出版，引发了当时的研究风气。随后，1927 年开明书店出版陈延杰《诗品注》，1928 年上海聚珍仿宋印书局出版古直《钟记室诗品笺》，1929 年许文雨《诗品释》刊行（后改名《钟嵘诗品讲疏》），形成《诗品》研究的第一个高潮。这几种《诗品》的笺注本代表了当时《诗品》研究的成就，也为三四十年代的进一步研究奠定了基础。

在笺释、集注方面，30 年代出现了两部集大成之作，就是 1933 年叶长青的《诗品集释》和 1935 年杜天縻的《广注诗品》。叶长青 1930 年 8 月应无锡国专之聘，为学生讲授《诗品》。他有感于旧有《诗品》的注、笺、释诸书，"或失舛误，或病缺略"，遂"博采诸说，并申愚管，凡有演益，悉皆钞内。删其游词，取其要实，或义在可疑，则数家兼列。未详则阙，弗敢臆说"①。

全书体例如下：卷首是自序，作于 1931 年。然后是导言，论

① 叶长青：《诗品集释》，"自序"，第 1 页，上海：华通书局，1933 年。

及“《诗品》与《文心雕龙》”、“钟氏作《诗品》之动机及著书年代”、“《诗品》凡例”、“诗人之品第及其流派”、“诗之变迁”、“论诗大旨”、“《诗品》次序之错乱”、“《诗品》中之故实”、“《诗品》之版本”、“《诗品》之取材”，又作“钟嵘补传”，共十一个问题。导言后为集释正文，广引陈延杰《诗品注》、古直《钟记室诗品笺》、许文雨《诗品释》及未见刊刻的陈直《诗品约注》和陈柱《诗品参平》。其中于后两种未刊稿，保留了比较少见的资料，具有史料价值。

1935 年，杜天縻《广注诗品》由世界书局刊行。其书顺序为：卷首引言，论《诗品》源流及钟嵘作意；引言后依次为“《南史·钟嵘传》”、“人物总揽”；其后为注释正文；末附上中下三品诗人诗例、“人名索引”、“异名录”。其中“异名录”中含“钦定《四库全书》司空图《诗品》提要”和“司空图《诗品二十四则》”目录及全文，意在辨明两种《诗品》之不同。

在《诗品》研究方面，还有大量的单篇论文发表。据有关资料统计，三四十年代共出版关于钟嵘和《诗品》的论文共 18 篇，而 20 年代仅有 5 篇。这 18 篇论文是：

《评〈诗品注〉后语》，陈延杰，《中外评论》（南京），第 16 期，1930 年 1 月；

《钟嵘〈诗品〉校读记》，钱基博，《小雅》，1931 年第 4 期，1931 年 3 月；

《钟嵘〈诗品序〉书后》，王兰会，《德音》，1932 年第 1 期，1932 年 6 月；

《〈诗品〉例略》，许文雨，《文史丛刊》（上海），第 1 期，1933 年 6 月；

《钟嵘之汉魏以来诗派观》，沙少海，《珞珈月刊》，第 1 卷第 4 期，1934 年 2 月；

《钟嵘文学论》，毅，《珞师学报》，第 1 期，1935 年 4 月；

《钟嵘生年考》，路山文，《河南大学校刊》，第 180 期，1936

年12月31日；

《钟、刘诗论参稽》(上篇)(下篇)，齐畸，《晨报》，1941年5月20日、27日、6月3日；

《〈文心雕龙〉与〈诗品〉》，徐中玉，《时代中国》，第9卷第2～3期，1944年2月；

《读〈诗品〉》，佘雪曼，《志林》，1944年第6期，1944年5月；

《钟嵘〈诗品〉丛考》，逯钦立，《现代学报》，第1卷第9～10期，1947年9月；

《钟嵘〈诗品序〉疏证》，王叔岷，《中央日报》(南京)，1947年12月15日；

《关于〈诗品〉的几个问题》，向长清，《申报》，1948年2月21日；

《论钟嵘评陶渊明诗》，王叔岷，《学原》，第2卷第4期，1948年；

《钟嵘诗品疏证》，王叔岷，《学原》，第3卷第3～4期，1948年；

《钟嵘品诗的标准尺度》，王忠，《国文月刊》，第66期，1948年6月；

《钟嵘诗歌批评论述》，顾伟议，《读书通讯》，第164期，1948年9月10日；

《〈诗品〉探索》，傅庚生，《国文月刊》，第82期，1949年8月。

当时，在《诗品》研究方面出现了一些质量很高、影响较大的论文。如逯钦立《钟嵘〈诗品〉丛考》一文，刊于1947年《现代学报》第1卷9～10期合刊，后来收入《汉魏六朝文学论集》。该文分"版本叙录"、"序文指误"、"成书年代考"、"论《诗品》体例"、"论《诗品》标准"五部分。对《诗品》的版本、序文、成书年代作了详尽的考证。并且指出《诗品》评诗"分品别流"的体例是袭取当时棋书绘画的体例而成，即《诗品序》中“昔《九品》论人，《七略》截士”云云。逯文的论述重点是第五部分“论《诗品》标准”。该文指出前人妄评钟嵘品诗不当是错误的，认为“时代悬异，论文标准，每以殊别”，况且“遗篇旧制，什九不存，未可掇拾残文，定当日全集之优劣”，并举出当时的评语证明钟嵘品第之允当。最后又钩辑佚文，以陶潜源出于应瑒为例证明“钟氏别流，乃视某人之确似某家以为准”。

再如王叔岷《读钟嵘诗品札记》，刊于《说文月刊》第5卷1～2期合刊。1947年补正旧稿，改为《钟嵘诗品疏证》，刊于1948年《学原》第3卷3～4期。《疏证》有前弁：

> 是书之传，盖千四百载矣……近世治《诗品》者颇多，灿然大观，各有发明。岷往岁亦有《疏证》旧稿，近复稍加董理，略述管窥，条举其要，同好见之，倘亦有所取乎？

全文采用札记形式，“条举其要”，对《诗品》正文，有注则注，无注则舍。

三、其他

袁枚及《随园诗话》也是当时关注较多的一个问题。三四十年代出版了多种版本的《随园诗话》，其中较为重要的有：

《随园诗话》，许啸天点注，上海群学社，1933年；

《删定随园诗话》，寒梅居士删定，上海大中书局，1933年再版，初版年月不详；

《正续随园诗话》，朱太忙标点，上海大达图书供应社，1935年。

研究类著作有顾长芗《随园诗说的研究》，商务印书馆，1936年。

单篇研究论文也有相当数量的发表。计有：

《袁枚的文学批评》，李辰冬，《天津益世报》，1930年4月9日、10日；

《随园的诗学观》，师隐，《天津益世报》，1931 年 7 月 21 日～22 日；

《袁枚文学批评论评述》，朱东润，《文哲季刊》（武昌），第 2 卷第 3 期，1933 年；

《关于袁枚》，竹君，《大公报》1935 年 3 月 6 日～9 日；

《〈随园诗话〉》，丰子恺，《文学》，第 4 卷第 6 期，1935 年 6 月；

《袁子才的文学观》，方珍，《复旦学报》，第 3 期，1936 年 4 月；

《袁子才之文学与思想》，白衣香，《民治月刊》，第 13 期，1937 年 10 月；

《性灵说》，郭绍虞，《燕京学报》，第 23 期，1938 年；

《王渔津与袁随园性灵和神韵的比较》，锦文，《庸报》1938 年 3 月 22～24 日；

《袁子才与〈随园诗话〉》（上），杨玉，《庸报》，1938 年 8 月 11 日；

《清诗神韵、格律、性灵之总检讨》，游叔有，《协大艺文》，第 9 期，1938 年 12 月；

《袁简斋与章实斋思想与其文论》，郭绍虞，《学林》，第 8 期，1941 年 6 月；

《袁简斋〈小仓山房尺牍〉中所表现之学术思想》，马念祖，《中日文化月刊》，第 1 卷第 6 期，1941 年 11 月；

《评〈袁枚评传〉》，谦，《金声》（上海），第 3 卷第 1 期，1941 年 8 月；

《关于随园诗法丛话》，唐景嵩，《国文月刊》，第 31～32 期，1944 年 10 月。

其中，郭绍虞的《性灵说》是一篇力作。该文分为“绪言”、“杨万里”、“袁宏道”、“袁枚”四部分。首先指出“性灵说”的特点是"发现有我"和对于正统派或格调派的反抗。其次分别论述了杨万里、袁宏道、袁枚各自的性灵说,其中又以袁枚为重点。作者对《随园诗话》的评论很公允,"随园诗论由好的方面说,是面面顾到,成为一种比较完善的纯粹诗人的诗论。由坏的方面说,则正因如此关系,所以《随园诗话》中又多攘窃昔人诗论的地方"。这篇文章认为袁枚的"性灵说"并不反对神韵派,"讲神韵却不能离性情",而不是像顾长芗《随园诗说的研究》等著作那样认为随园诗论是格调派神韵派和考证派的反动。该文认为袁枚是一个思想解放的人,"竟似古人,何处着我"(《续诗品》)是袁枚"性灵说"的中心思想。性灵说是实感与想象的综合,是情与才的综合,是韵与趣的综合,表现为重真、活、新。最后,针对其他一些评论的误解,该文指出袁枚并未主张浮华纤佻之言,相反倒是力戒之的。另外如白衣香《袁子才之文学与思想》一文从"文学独立论"、"爱情为诗之生命"、"论诗原则"、"论诗之功用"几方面阐述了袁枚的文学思想。总之,绝大多数文章都肯定了袁枚敢于反抗传统、能自成一家的思想和气魄,高度评价了"性灵说"。三四十年代发表袁枚相关论文 15 篇,是 20 年代的近 4 倍。

文笔之辨是一个持续近三十年的研究专题。刘师培 1916 年发表的《文笔辞笔诗笔考》①,论述中国古代文学批评从文体开始,在文学观念上酝酿重大变化。1919 年王肇祥发表《文笔考》②,1926 年章庸熙、胡怀琛相继发表题目均为《文笔辨》的文章③,1928 年钟应梅发表同题文章④,30 年代郭绍虞等又就此

---

① 刘师培:《文笔辞笔诗笔考》,北京:《中国学报》,1916 年第 1 期。

② 王肇祥:《文笔考》,北京:《国故》,1919 年第 1 期。

③ 章庸熙:《文笔辨》,上海:《国大周刊》,1926 年第 18～20 期。胡怀琛:《文笔辨》,上海:《小说世界》,1926 年第 14 卷第 7 期。

④ 钟应梅:《文笔辨》,厦门:《厦门大学文科半月刊》,1928 年第 1 期。

问题做过辨析。到1947年逯钦立发表《说文笔》①，论述更为详尽和透彻，为这一专题作了总结。这篇长文近四万字，分为“引论”、“文笔说的起来”、“文笔说的演变”、“附论诗笔”四个部分，其中第二、三部分是重点所在。在第二部分，文章通过大量列举《论衡》、《后汉书》、《三国志》、《晋书》等典籍中文笔并举和单举笔字的例子，对初期文笔说得出三条结论：

(一) 文笔说的起来，在东晋初年。

(二) 文指有韵的诗、赋、颂、诔等一类的制作，笔指无韵的书、论、表、奏等一类的制作。

(三) 经、子、史等专门著述，不入单篇的文笔范围。

提出“文笔两字，所以能成为两类制作的代名，是应乎文章新分类的需要”，因为两汉以来，文章的体裁渐渐多了。旧分类的类名，已经不能赅括。魏晋开始，用两个字著录制作的标目逐渐流行，最后固定在“文笔”上。第三部分，提出“文笔说的研究，当以文笔说的演变为其核心”。在批评了刘师培《文笔辞笔诗笔考》、阮元“文韵说”、黄侃《文心雕龙札记》之后，提出文笔说的内涵有演变的过程。初期的文笔义界以有韵无韵来作区分，这是晋代文笔的本来说法；后期的文笔说分为两大派：传统派和革新派。“所谓传统派，他们大体仍沿用晋人的文笔说，不过在文笔范围上，却有时有点差异。这一派可以颜延之、刘勰和梁昭明太子来代表。”革新派，以梁元帝为代表，“把文的范围缩小了，把笔渐渐推到了‘文’囿之外”，“放弃以体裁分文笔的旧说，开始以制作的技巧，重为文笔定标准”。

关于《毛诗序》的问题是以争鸣的形式展开的。1913年廖平写了《论〈诗序〉》②，拉开《诗序》问题讨论的序幕。1930年顾

---

① 逯钦立：《说文笔》，上海：《国立中央研究院历史语言研究所集刊》，1947年第16期。

② 廖平：《论〈诗序〉》，北京：《中国学报》，1913年第4期。

颉刚作《〈毛诗序〉之背景与旨趣》[①]，认为《诗序》为卫宏所作。1931年黄节发表《〈诗序〉非卫宏所作说》[②]否定了顾颉刚的结论。1934年吕思勉作《诗序》，认为"《序》有郑注而无郑笺，实为出于《毛传》以后之确证。其文平近谐婉，且不类西汉人作，更无论先秦矣……实古学家采缀古书所为，不惟非子夏，亦必不出毛公也"[③]。代表了当时许多学者的看法。除了关于作者问题，另如龚书辉《朱子攻击〈毛诗序〉的检讨》、靳极苍《〈诗序〉六义四始及四诗之总检讨》等文章涉及《诗序》的一些其他问题。据《中国古代文论研究论文索引(解放前部分)》的统计，三四十年代发表的关于《诗序》的论文有16篇。

在这几个研究热点以外，据《中国古代文论研究论文索引(解放前部分)》的统计，关于金圣叹(27篇)、李渔(11篇)、公安派竟陵派袁中郎(19篇)、孔子(13篇)、韩愈(12篇)、魏晋南北朝(16篇)、王士祯(10篇)的论文数量也较多，在大量的文论研究类的论文中显得突出。

中国文学批评史的撰写

三四十年代是文学批评成为独立学科的时期，其标志是多部文学批评史的出版。

一、学科背景与研究现状

20世纪早期的国内文学研究者借鉴西方文学批评理论和

① 顾颉刚:《〈毛诗序〉之背景与旨趣》，广州:《国立中山大学语言历史学研究所周刊》，1930年第10卷第120期。

② 黄节:《〈诗序〉非卫宏所作说》，北京:《清华中国文学会月刊》，1931年第1卷第2期。

③ 吕思勉:《〈诗序〉》，上海:《光华大学半月刊》，1934年第2卷第10期。

方法的同时，认识到总结中国传统文学批评的理论经验的重要性，倡导建设中国的文学批评史，如郑振铎《研究中国文学的新途径》、朱光潜《中国文学上未开辟的领土》等文章均提到这个问题。国人自著的第一部文学批评史是陈中凡的《中国文学批评史》，1927年由上海中华书局出版。该书凡十二章，第一、二章对文学和文学批评进行了界说。第三章是"中国文学批评史总述"，以下九章采取纵贯方式，按时代先后顺序将各代重要批评家作简要叙述，已经初具批评史构架。作为中国第一部文学批评史，陈著"自有其披荆斩棘，开山辟路的功劳"①，但还有材料较少、选择不当等缺点，如朱自清认为"那似乎随手掇拾而成，并非精心结撰。取材只是人所熟知的一些东西，说解也只是顺文敷衍，毫无新意，所以不为人所重"②。

到了三四十年代，文学批评史的写作还存在一些困难。朱自清《评郭绍虞〈中国文学批评史〉上卷》："现在写中国文学批评史有两大困难。第一，这完全是件新工作，差不多要白手成家，得自己向那浩如烟海的书籍里披沙拣金去。第二，得让大家相信文学批评是一门独立的学问，并非无根的游谈。换句话说，得建立起一个新的系统来。"沈达材《陈中凡著中国文学批评史》也说："以中国历史的久远，文学情形的复杂，要想写出一本有系统有断制的文学史出来，已属难事；而况这关于文学批评的史。"郭绍虞《中国文学批评史》，罗根泽《周秦两汉文学批评史》、《魏晋六朝文学批评史》、《隋唐文学批评史》、《晚唐五代文学批评史》，方孝岳《中国文学批评》，朱东润《中国文学批评史大纲》，傅庚生《中国文学批评通论》等几部批评史著作的问世基本上解决了以

① 沈达材：《陈中凡著中国文学批评史》，南京：《图书评论》，1933年第1卷第5期。

② 朱自清：《评郭绍虞〈中国文学批评史〉上卷》，北京：《清华学报》，1934年第9卷第4期。

上的问题。

二、郭绍虞《中国文学批评史》

1934年,郭绍虞著《中国文学批评史》上卷由商务印书馆出版,因为抗日战争的影响,该书下卷1948年出版。郭绍虞在1934年2月22日为上卷所写的《自序》中提到自己撰写批评史的缘由:

> 我屡次想尝试编著一部中国文学史,也曾努力搜集材料,也曾努力着手整理,而且有时也还自觉有些见解,差能满意;然而终于知难而退,终没有更大的勇气以从事于这巨大的工作……所以缩小范围,权且写这一部《中国文学批评史》。我只想从文学批评史以印证文学史,以解决文学史上的许多问题。因为这——文学批评,是与文学之演变最有密切的关系的。

该书的第一个特点是"取材的范围广大:不限于诗文评,也不限于人所熟知的'论文集要'一类书,而采用到史书文苑传或文学传序,笔记,论诗等;也不限于文学方面……随时引证思想方面的事件"①。后来朱自清又在《诗文评的发展》中重申:"第一个大规模搜集材料来写中国文学批评史的,得推郭绍虞先生。他搜集的诗话,我曾见过目录,那丰富恐怕还很少有人赶得上的。"②

郭绍虞在1934年出版的上卷《自序》中也谈到自己"费了好几年的时间,从事于材料的搜集和整理","我所希望的,如能在这些材料中间,使人窥出一些文学的流变,那么,至少可以说是

---

① 朱自清:《评郭绍虞〈中国文学批评史〉上卷》,北京:《清华学报》,1934年第9卷第4期。

② 朱自清:《诗文评的发展》,上海:《文艺复兴》,1946年第1卷第6期。

完成了一部分的文学史的工作”。“在此书中，固然重在材料的论述，然亦时多加以论断的地方……我总想极力避免主观的成分，减少武断的论调。所以对于古人的文学理论，重在说明而不重在批评。”由此可以看出著者的批评史观是尽量保持真实和客观。“总之，我想在古人的理论中间，保存古人的面目。”

这部书论著构架和体例与著者对中国文学批评的看法相关：“我以为自古代以至北宋，恰恰成为文学批评之分途发展期。在此分途发展期中的前一时期——自周、秦至南北朝，是文学观念由混而析的时期；而其后一时期——自隋、唐以至北宋，却又成为文学观念由析而返于混的时期……所以这两个时期，恰形成了分途发展的现象。”“南宋以后，不复看到以前分途发展的情形……姑名之为文学批评的完成期。”①郭绍虞认为批评史的发展是“正—反—正”的波浪式的进化，从文学观念演进期到文学观念复古期，再到文学批评完成期。这三个时期又各自再划分为更具体的时期。以文学观念演进期为例，它包括三个时期，周秦为第一期，两汉为第二期，魏晋南北朝为第三期。这种文学分期是基于他对文学发展进步的基本看法的。他在第一篇《总论》中说：

> 简言之，则文学观念之演进与复古二时期，恰恰成为文学批评分途发展的现象。前一时期的批评风气偏于文，而后一时期则偏于质。前一时期重在形式，而后一时期则重在内容。所以这正是文学批评之分途发展期。至于以后，进为文学批评之完成期，则一方面完成一种极端偏向的理论，一方面又能善于调剂融合种种不同的理论而汇于一以集其大成。由质言，较以前为精确、为完备；由量言，亦较以

① 郭绍虞：《中国文学批评史》，“自序”，第1页，上海：商务印书馆，1948年。

前为丰富、为普遍。

郭绍虞的文学批评观是辩证进化论批评观，他认为整个古代文学批评历史是一个由初级到高级逐渐发展的过程，后人的理论批评在前人的基础上更加完备和丰富。

但是胡适并不赞同郭绍虞的这种分期，在他为郭著所写的而郭绍虞并未全文采用的序中，他说：

> 他把中国文学批评史分作三个大时期：隋以前为文学观念演变期，隋唐至北宋为文学观念复古期，南宋以后至现代为文学批评完成期。这三个阶段的名称，我个人感觉不很满意，因为从历史家的眼光看来，从古至今，都只是一个不断的文学观念的演变时期，所谓的"复古"期，不过是演变的一种，至于"完成"，更无此日。①

另外，在更具体的编例中，郭绍虞也说：

> 此书编例，各时期中不相一致，有的以家分，有的以人分，有的以时代分，有的以文体分，更有的以问题分；这种凌乱的现象，并不是自乱其例，亦不过为论述的方便，取其比较地可以看出当时各种派别、各种主张之异同而已。②

该书上卷以问题为纲，而以批评家的理论归入问题中，下卷以批评家为纲，以当时的问题纳入批评家的理论中。这种体例安排是由于全书以思想背景的不同为依据进行分析所造成的。

郭著对很多具体问题阐幽发微，发表见解。如周秦部分述及孔孟墨庄荀诸子，注重从各派思想学术的特色入手；论述清人袁枚的性灵说，揭示其与颜、李学派之因缘，等等。郭著还注意对中国文学批评范畴的诠释，如"神"、"气"、"文"、"笔"等内涵模

---

① 胡适：《胡适精品集》第 12 册，第 170 页，北京：光明日报出版社，1998 年。

② 郭绍虞：《中国文学批评史》，"自序"，第 3 页，上海：商务印书馆，1948 年。

糊的术语，都详加辨析。郭绍虞对这些重要术语的分析，胡适也认为有许多不足：

> 本书第三篇论古代文学观念，即使我们感到不少的失望。最不能使人满意的是把“神”、“气”等等后起的观念牵入古代文学见解里去。如《孟子》说“浩然之气”一章，与文学有何关系？如《庄子》说庖丁解牛，“以神遇而不以目视”，这与文学又有何关系？千百年后尽管有人滥用“神”“气”等字来论文章，那都是后话，不可以用来曲说历史，正如后世妄人也用阴阳齐正来论文，然而《老子》论齐正，古书论阴阳，岂是为论文而发的吗？①

郭著出版以后，在文学研究界反响很大，很多学者撰文评价了郭著。如林庚《介绍两部〈中国文学批评史〉》②指出郭著的特点是以自己一元的史观来解释中国文学批评演变的趋势。振珮《评罗著〈中国文学批评史〉》一文认为：“这本书虽是以自己的材料说自己的话。但全书只不过是著者一元论的史观的说明。从体系上讲，虽具有相当的特色，而削足适履的弊病，在全书中却也很多。”③指出了郭著的不足。多数的学者都能公允客观，做出中肯的评价。如阎简弼《中国文学批评史下册》认为此书的优点是：“不仅见其长，也能摘其短；不仅窥一斑，兼能顾全豹。不拘执，不固著，尽量去主见，极力求客观，将每派每家的理论所以发生长成的思想渊源、时代背景，都能了如指掌地说出，使读者有个整个的概念。”④该文认为郭著也有一些不足，随后从瑕疵、

---

① 胡适：《胡适精品集》第 12 册，第 172 页，北京：光明日报出版社，1998 年。

② 林庚：《介绍两部〈中国文学批评史〉》，天津：《大公报》副刊《图书》，1935 年 1 月 13 日。

③ 振珮：《评罗著〈中国文学批评史〉》，安庆：《学风》，1935 年第 5 卷第 4 期。

④ 阎简弼：《中国文学批评史下册》，北京：《燕山学报》，1947 年 12 月。

可商量之点、可疑之点三方面加以举例。又如胡伦清《我所见到的几种中国文学批评史》在比较了当时出版的多种文学批评史后认为“郭著组织最为严密，取材亦谨严，如对文笔的辨别，八病的诠释，文和道的关系，和神韵和格调的沟通等，都能作绵密精细的阐述，最胜”①。

三、罗根泽《中国文学批评史》

1934 年，罗根泽《周秦两汉文学批评史》、《魏晋六朝文学批评史》由北京人文书店出版。罗根泽 1932 年春经郭绍虞推荐，到清华大学代讲“中国文学批评史”课程，写成这两部分。这两部分后经改写，1943 年由商务印书馆重排，增入《隋唐文学批评史》、《晚唐五代文学批评史》。抗战胜利后，商务印书馆在上海又重印了一次。新中国成立后，古典文学出版社于 1957 年重印此书，把商务印书馆的一、二部分合为《中国文学批评史》第一分册，第三、四部分合为第二分册。1961 年，中华书局上海编辑所印出第三分册，即两宋部分，这是依据罗根泽遗稿印出的，原稿是罗根泽在抗战胜利后在南京写成的，但一直没有定稿。元明清部分则没有留下任何稿子。这里我们主要介绍前四部分。

该书同样具有资料丰富的突出特点。罗根泽在作于 1943 年的《自序》中谈到自己对于各种材料“搜览务全，铨叙务公”，并具体谈及自己搜求材料的过程：

> 北京多公私藏书，余亦量力购求，止诗话一类，已积得四五百种，手稿秘笈，络绎缥缃，闲窗籀读，以为快乐……其有公私珍藏，不能割让，或割让而索价太昂，则佣人缮写，亦积得数十册……又以诗话盛于宋，而宋人诗话，泰半亡佚，与内子曼漪，从《苕溪渔隐丛话》、《诗话总龟》、《诗林广记》

① 胡伦清：《我所见到的几种中国文学批评史》，杭州：《浙江学报》，1948 年第 2 卷第 1 期。

及诸家笔记中，辑出数十种，颜曰《两宋诗话辑校》。因为"文集笔记者，儒先绩业之总萃，而文学批评亦寓藏其中。此外则群经子史，总集诗集，品藻之言，亦往往间出"，所以广为搜求钩辑。

对此，郭绍虞在给罗根泽遗著《两宋文学批评史》写的序言中评论道：

> 雨亭（罗根泽字）之书，以材料丰富著称。他不是先有了公式然后去搜集材料的，他更不是摭拾一些人人习知的材料，稍加组织就算成书的。他必须先掌握了全部材料，然后加以整理分析，所以他的结论也是持之有故，而言之成理的。他搜罗材料之勤，真是出人意外，诗词中的片言只语，笔记中的零楮碎札，无不仔细搜罗，甚至佛道二氏之书也加浏览……当文学批评史这门学问正在草创的时候，这部分工作是万万不能少的。而雨亭能用力这样勤，在筚路蓝缕之中，作披沙拣金之举，这功绩是不能抹煞的。

罗根泽这部著作在编写体例上，创立了一种"综合体"，即"先依编年体的方法，分全部中国文学批评史为若干时期"，"再依纪事本末体的方法，就各期中之文学批评，照事实的随文体而异及随文学的各种问题而异，分为若干章"。"然后再依纪传体的方法，将各期中之随人而异的伟大批评家的批评，各设专章叙述。"①这是著者的独创。

罗根泽还注意与别国的学说互相析辨，认为"西洋的文学批评偏于文学裁判及批评理论，中国的文学批评偏于文学理论"，"中国的批评，大都是作家的反串，并没有多少批评专家"。"中国的批评不是创作的裁判，而是创作的领导。"②因此他的批评

---

①② 罗根泽：《中国文学批评史》，"绪言"，第34页，第13页，上海：商务印书馆，1943年。

史对于文学理论中的创作论和形式论特别注意，设有专章讨论一些具体的创作问题，这也是其他批评史经常忽略的。所以朱自清说："罗先生这部书的确能够借了'文学批评'的意念的光将我们的诗文评的本来面目看得更清楚了。"①罗著在章节设置上很有独创性，如《先秦两汉文学批评史》设"古经传中的辞令论"专节，《魏晋六朝文学批评史》设"文体类"专章，《隋唐文学批评史》前两章专论"诗的对偶及作法"，叙述史学家的文论特立"文学史观"一节，"都是用心分析的结果"②。

关于这部足以和郭著相颉颃的批评史著作的评论也很多。林庚《介绍两部〈中国文学批评史〉》指出罗著是"不以固定的史观，来说明整个文学史的演变，正是站在更客观的立场"③。胡伦清《我所见到的几种中国文学批评史》认为"罗著对文学理论的见解，最为明澈，材料方面，关于唐五代间的搜采独多，并顾到佛经的翻译，亦为独特"④。周木斋《中国文学批评史（一）》认为罗著侧重批评不侧重批评家。周文针对罗著文学是分化发展的观点，"唐代在文一方面是由骈趋散的"，"但在诗一方面却是由散趋骈"，认为"文一方面是由骈趋散是对的，说诗一方面是由散趋骈却错了"，认为诗文不是分化而是混合发展，诗也是由骈趋散的，"不过诗的解放，成就不如文罢了"。⑤ 振珮《评罗著〈中国文学批评史〉》一文在同意周文以上观点的同时，认为诗"由散趋

---

①② 朱自清：《诗文评的发展》，上海：《文艺复兴》，1946 年第 1 卷第 6 期。

③ 林庚：《介绍两部〈中国文学批评史〉》，天津：《大公报》副刊《图书》，1935 年 1 月 13 日。

④ 胡伦清：《我所见到的几种中国文学批评史》，杭州：《浙江学报》，1948 年第 2 卷第 1 期。

⑤ 周木斋：《中国文学批评史（一）》，上海：《文学》，1935 年第 4 卷第 1 期。

骈的发展，在唐初并未达到极度，所以诗的由骈趋散的解放运动，较文为迟”。另外指出：

> 这本书取材的精审，和搜集的宏富，是很合于博观约取的条件的。可说是中国文学史著作中的创获。在这里面作者不独告诉我们中国文学批评史的演变和趋向，尤其重要的，是著者处处显示出治史者严肃的态度，客观的立场，和科学的精神。①

四、方孝岳《中国文学批评》

1934年5月，上海世界书局出版了方孝岳的《中国文学批评》，为刘麟生主编的《中国文学丛书》八种之一。此书虽然没有标明是“批评史”，但“以史的线索为经，以横推各家的义蕴为纬”②，史论并重，择取各个时代重要的文学批评事件，以人为纲，依次分篇叙述，依然具有文学史的体制特点。但是方孝岳自己更感兴趣的是对各家批评原理的探讨。他在“金圣叹论‘才子’，李笠翁说明小说戏曲家的‘赋家之心’”一章中说：“我这书不是讨论专门的戏曲学或小说学，也不是讨论专门的诗学或散文、骈文学，本书的目的，是要从批评学方面，讨论各家的批评原理。”1986年三联书店重印此书，舒芜撰写《重印缘起》中也说：“‘史的线索’仅仅是一个线索，理论上的探讨才是此书的目的，而这个目的是达到了的。”方孝岳在《中国文学批评》的序中，还谈到写这本书的目的“不过是借他们的帮助，来引起自己的思想罢了”。

全书分为上、中、下三卷，分别讨论先秦文学批评、汉魏六朝

---

① 振珮：《评罗著〈中国文学批评史〉》，安庆：《学风》，1935年第5卷第4期。

② 方孝岳：《中国文学批评》，“导言”，第7页，上海：世界书局，1934年。

文学批评和唐以后至清代的文学批评，这个划分表明作者对中国古代文学批评发展阶段的看法。但是具体篇目是以人为专题的，这样就兼顾了时代和各家。胡伦清在《我所见到的几种中国文学批评史》中介绍说："方著分篇说明某作家的问题或作品时，却时能分别从纵的时间横的空间有关的材料连类引申发挥，使读者得到一清晰完整的印象。"

方孝岳十分重视文学总集的批评功能，在"导言"中他说：

> 我国的文学批评学，可以说向来已经成了一个系统。我们看《四库全书总目》，不是有"诗文评"的专类吗？但是我们如果对于"诗文评"这一门学问，稍稍上溯它的流别，就可以知道除了评论诗文的专书以外，还有许多可以说的。自从《隋书·经籍志》立"总集"一类，把挚虞《文章流别》、昭明《文选》、刘勰《文心雕龙》、钟嵘《诗品》这些书，都归纳到里头，我们于是知道凡是辑录诗文的总集，都应该归到批评学之内。选录诗文的人，都各人显出一种鉴别去取的眼光，这正是具体的批评之表现。再者，总集之为批评学，还在诗文评专书发生之先……我们如果再从势力影响上来讲，总集的势力，又远在诗文评专书之上。像《文心雕龙》、《诗品》这种囊括大典的论断，虽然是人人所推戴，但是事实上实在不曾推动一时的作风。像《文选》，像《瀛奎律髓》，像《唐宋八家文钞》，这些书就不同了；他们都曾经各演出一番长远的势力，都曾经拿各人自己特殊的眼光，推动一时代的诗文风气……研究文学批评学的人，往往只理会那些诗话文话，而忽略了那些重要的总集了。其实有许多诗话文话，都是前人随便当作闲谈而写的，至于严立各人批评的规模，往往都在选录诗文的时候，才锱铢称量出来。

因此在具体的批评中他甚为重视挚虞的《文章流别论》、萧统《文选》、方回《瀛奎律髓》等总集，如称赞《瀛奎律髓》："除了《瀛奎律髓》而外，我国文学批评界，恐怕还找不出传授师法有如此之真切如此之详密的第二部书。”

此书侧重于具体问题的论述，在体系构架方面则显薄弱，在当时影响不及郭绍虞、罗根泽等人著作。罗宗强、邓国光《近百年中国古代文论之研究》评价说：“方著与傅著（按：指傅庚生《中国文学批评通论》）在体例上略有不同，然对于后来的文学批评史之撰写启迪不大。”①韩经太《中国文学批评史研究》评价说：

> 纵观方著，可以说基本上是在探讨传统的诗文批评理论。也因此，便有一条强调性情真实而含蓄高雅的阐释逻辑贯穿始终。他的批评学的阐释，显然体现了文学在本质上是人学这一基本的原理，并且使这一基本原理的理论阐释又体现出中国传统文化之合道德性情与文学修养于一体的民族特征。尽管其论说之际，或有失于笼统处，或有失于疏漏处，从而时有周密不足的遗憾，但像他这样以明确的文学批评学的角度立论，而又自成一家系统者，在20世纪中国文学批评研究之学术史上，不能少了他的重要位置。②

五、朱东润《中国文学批评史大纲》

朱东润30年代初应闻一多之邀在武汉大学讲授中国文学批评史，同时开始了《中国文学批评史大纲》的写作。1932年完成初稿，经1933年、1936年两次修订，1937年由开明书店排印，1944年正式出版。作者撰写此书的初衷是写一部供课堂教学用的讲义。他在《自序》中说：

> 讲义便有讲义的特点。因为授课的时间受到限制，所

---

① 罗宗强、邓国光：《近百年中国古代文论之研究》，北京：《文学评论》，1997年第2期。

② 韩经太：《中国文学批评史研究》，第175页，福州：福建人民出版社，2006年。

以每次的讲授不能太长，也不能太短，因为讲授的当中不能照本宣读，所以讲授的材料不能完全搁入讲义。因为在言论中要引起必要的注意，同时因为引证的语句，不能在口头完全传达；所以讲义中间势必填塞了许多的引证，而重要的结论有时不尽写出。因为书名人名的目录，无论如何的重要，都容易引起听众的厌倦；所以除了最关紧要的批评家和著作以外，一概不轻阑入。这些都是讲义的特点，姑不必问其是优点或是劣点。

由于写作宗旨的限定，这部书在体例安排和材料取舍方面与其他文学批评史著作有所不同。

第一个不同的地方，是这本书的章目里只见到无数的个人，没有指出这是怎样的一个时代，或者这是怎样的一个宗派。写文学史或是文学批评史的人，忘去了作者的时代或宗派，是一种不能辩护的疏忽。

这种在条目上的"疏忽"是作者自知地造成的，因此他在书中反而更加重视特定的历史背景和时代沿革以及文学思潮对批评家批评理念的影响。

"这本书的章目里只见到无数的个人"，在章节安排上体现为主要以批评家个人为目进行编排。除了个别如"西汉"、"建安""隋代"等因史料凌乱等原因而以时代为目外，其余大体如此。这种安排与作者对文学家的认识有关。他在《自序》中说："我认为伟大的批评家不一定属于任何的时代和宗派。他们受时代的支配，同时他们也超越时代。"因此，当别的著作将同一个作家对不同种类文学样式的评论归入不同门类加以论述时，朱著"决意放弃分门别类的叙述；除了仅有的例外，在这本书里所看到的，常常是整个的批评家，而不是每个批评家的多方面的组合"。

朱著的另一个特点是"远略近详"。他在《自序》中以较为激烈的语气说：

> 中国是一个富于古代历史的国家，整个知识界弥漫了“信而好古”的气氛……因此即是讨论到中国文学批评，一般人只能想起刘勰文心雕龙和钟嵘诗品，最多只到司空图二十四诗品。十一世纪以后的著作，几乎逸出文学界的视野，这不能不算是骇人听闻！

因此，《大纲》对唐宋以来的批评家给予充分的注意。全书共76章，其中唐以前部分是15章，不到全书的四分之一。相反特别注意唐宋以来的批评家。尤其对小说戏曲这些通俗文学样式给予重视，列专章介绍了“贯云石周德清乔吉”、“徐渭臧懋循沈德符”、“吕天成王骥德”、“金人瑞”、“李渔”等小说戏曲批评家。对此，朱自清在《诗文评的发展》一文中评论道：

> 著者的长处在能够根据客观的态度选出了一些前人未曾注意的代表批评家……此外如金人瑞和李渔各自占了一章的地位（六十三、六十四章），而袁宏道一章（五十章）中也特别指出他推重小说戏曲的话，这些都表现着现代的客观态度。这种客观的态度，虽然是一般的，但如何应用这种态度，还得靠著者的学力和识力而定，并不是现代的套子，随意就可以套在史实上。

因此，朱自清认为《大纲》不仅在具体论述中采取“慎思明辨的分析态度”，有许多“独到之见”，还能够做到“以文学批评还给文学批评，中国还给中国，一时代还给一时代”。

六、傅庚生《中国文学批评通论》

1946年，傅庚生的《中国文学批评通论》由商务印书馆出版。著者在《〈中国文学批评通论〉自序》中谈到对当时文学批评的看法和著书宗旨：

> 今时我国从事研究文学批评者，多搜集历代文评资料，编纂为史……独惜对于文学批评之原理与问题，短于发抒；

> 间有旁及之者，又不免格于体例，或则简阔其言辞，或则枘凿其篇目，不能予人以明确之概念与因依之准则……
>
> 因以董理文思，别标体制，将纳殊途于同轨，冶今古于一炉。斟酌众说，商榷利病，缕析而贯持之。①

以求“诠证古今，沟通中外”。此书偏重于探讨文学批评的原理，因此在体例上与一般文学史略有不同。上篇四章，分别为“文学之义界”、“文学批评之义界”、“创作与批评”、“中国文学批评史略”。中篇是“中国文学批评之感情论”、“中国文学批评之想象论”、“中国文学批评之思想论”、“中国文学批评之形式论”。下篇分为“个性时地与文学创作”、“文学之表里与真善美”、“中国文学之文质观”。以阐发中国文学批评的基本理论为主体，同时借鉴近现代西方文学理论，在理论立场上，较为独特。

中国古代文学批评史在20世纪才成为一门独立学科，三四十年代是其全面发展的时期，其显著标志就是各家文学批评史的出版。在现代文学理论和学术观念的指导下，中国文学批评史研究已经开辟出独特的学术领域，形成科学的研究方法，为建国后的更深入研究奠定了良好基础。

古代文论诗话的整理、辑录、笺注

对中国传统的文论诗话词话等进行整理和出版，是文学理论研究的基础性工作，也是文学理论研究不可缺少的一项内容。一些专家学者往往通过对前人文论辑录和笺注的形式提出新的观点，展现自己的学识，因此，这也应该属于文论研究的一项内容。

① 傅庚生：《〈中国文学批评通论〉自序》，昆明：《国文月刊》，1945年第38期。

三四十年代在传统文论诗话词话的整理出版上呈现较为繁荣的景象。根据书目文献出版社 1994 年版《民国时期总书目》，这一时期出版的诗话有唐孟棨《本事诗》(上海文艺小丛书社，1930 年)，清袁枚《随园诗话》(许啸天点注，上海群学社，1933 年)，《删定随园诗话》(寒梅居士删定，上海大中书局，1933 年再版，初版年月不详)，《正续随园诗话》(朱太忙标点，上海大达图书供应社，1934 年)，清宋长白《柳亭诗话》(胡协寅校勘，上海大达图书供应社，1935 年)，清宋长白《柳亭诗话》(辛味白校点，上海杂志公司，1935 年)，朱彝尊《竹垞诗话》(王心湛校勘，上海广益书局，1936 年)，王士祯《五代诗话》(王心湛校勘，上海广益书局，1936 年)，明胡应麟《诗薮》(上海开明书店，1936 年)、《沧浪诗话笺注》(胡才甫笺注，上海中华书局，1937 年)，宋胡仔《苕溪渔隐丛话》(上海商务印书馆，1937 年)，宋尤袤《全唐诗话》(上海商务印书馆，1937 年)，宋洪迈《容斋诗话》(长沙商务印书馆，1941 年)，宋葛立方《韵语阳秋》(长沙商务印书馆，1941 年)，清洪亮吉《北江诗话》(长沙商务印书馆，1941 年)等。词话有清徐釚《词苑丛谈》(上海开明书店，1935 年)，清张宗橚《词林纪事》(张静庐校点，上海杂志公司，1936 年)，清毛奇龄《西河诗词话》(上海开明书店，1936 年)，清徐釚《词苑丛谈》(上海商务印书馆，1937 年)，清陈廷焯《白雨斋词话》(上海开明书店，出版年月不明)。曲话有清梁廷楠《曲话》(上海商务印书馆，1937 年)，另外元周德清《元人曲论》和清李渔《李笠翁曲话》也分别出版了新式标点本二三种。清孙梅辑的《四六丛话》也受到青睐，被出版多次。继《精选四六丛话》(刘铁冷选辑，上海藜青阁，1917 年，前后凡三版)、《四六丛话叙论》(系《四六丛话》叙论部分的选辑本，北平朴社，1928 年)之后，上海商务印书馆在 1937 年出版了全本的《四六丛话》。该书是骈体文的一部评论资料大全，共三十三卷。前二十八卷专论元代以前的骈体四六，按文体分为十九目，最后有总论一目，凡二十目；每目均汇辑前人旧说，并各为叙论，述其原委、体制。后五卷为作家小传。

纪事体诗话词话集，源自宋计有功《唐诗纪事》，多以人为纲，将其生平、行实、名篇丽句、各家评述等资料汇编成集。它采撷菁英，别裁真伪，广参博考，因其资料的丰富性有裨于人物志、文学史和文学批评史。三四十年代关于各代诗歌的纪事体诗话整理出版也较多。计有陈衍辑《元诗纪事》（上海商务印书馆，1935 年 9 月），陈田辑《明诗纪事》（上海商务印书馆，1936 年 9 月），陈衍辑《辽诗纪事》（上海商务印书馆，1936 年），宋计有功《唐诗纪事》（上海商务印书馆，1937 年），清厉鹗《宋诗纪事》（商务印书馆，1937 年），屈强《宋诗纪事拾遗》（上海世界书局，1947 年）。配合纪事体诗话的使用和研究，哈佛燕京学社引得编撰处编撰出版了《唐诗纪事著者引得》（1934 年 7 月），《宋诗纪事著者引得》（1934 年 7 月），《元诗纪事著者引得》（1935 年 9 月）。另外，仿诗话体例编辑的《词林纪事》（清张思岩辑）也于 1936 年由上海杂志公司出版。

另外，为配合文学批评的教学和研究，还出版了一些配套的文论选著作。比较早的有李华卿编选的《中国历代文学理论》，1934 年由神州国光社出版。该书约十万字，收录自先秦《论语》（节录）至近代林纾《致蔡孑民书》共 75 篇。再如陈子展编讲的《复旦大学中国文学批评讲义》（油印本，1935 年春），摘录先秦至隋末的十数篇文论作品，略加按语。叶楚伧、王焕镳编著的《中国文学批评论文集》（南京正中书局，1936 年）收录自《毛诗序》至曾国藩《家训》共 55 篇，并增加了作者小传、解题和简单的注释。许文雨《文论讲疏》（南京正中书局，1937 年）也是早期较有影响的选本。该书二十余万字，选取汉代王充《论衡·艺增》至王国维《宋元戏剧考》共 14 篇，该书选文少，但优长在于注释的独到和全面。另外李华卿《中国历代文学理论》（上海言行出版社，1938 年）、程会昌《文论要诠》（上海开明书店，1948 年）等文论选也相继出版，为古代文论的普及起到了一定作用。

综观三四十年代的古代文论整理出版情况，可以发现以下几个特点。一是主要集中在历史上影响较大、理论价值较高的文论诗话词话方面，如《随园诗话》、《四六丛话》、《元人曲论》等，甚至有大量的重复出版，而对其他一些影响较小的诗话却有所忽略。二是出版了较多集大成式的诗话集。比如晚清人陈田从 1883 年到 1899 年历时 17 年编成的《明诗纪事》，录诗四千余家，共一百八十七卷，以天干数分为十签，但壬、癸两签没有付印。每签前各有小序一编，撮要评骘入选大家与一代诗风。本书虽名为纪事，但无事可纪者亦广为甄录。其中辛签中收明遗民诗颇多，可补《明诗综》缺漏。同光体的代表陈衍辑有《元诗纪事》四十五卷，《金诗纪事》十六卷，《辽诗纪事》十二卷。这三部书广泛搜集散见于各种诗话、笔记等书中的元、金、辽代诗歌及其本事和评论，填补了这些领域的空白。在诗话辑佚方面作出巨大贡献的是郭绍虞。1937 年 8 月，《宋诗话辑佚》由哈佛燕京学社出版。全书上下两卷，分为补集、全集两例，再加上附集，全书共辑得宋诗话 35 部。与此书相关，在宋诗话辑佚校勘方面，郭绍虞还有《宋代残佚的诗话》、《北宋诗话考》、《四库著录南宋诗话提要述评》、《南宋诗话残佚本考》等重要论文问世。

总体而言，20 世纪三四十年代是中国古代文论研究全面发展的重要时期，也是 20 世纪文论研究的第一个繁荣时期。这个时期的繁荣是与时代息息相关的。朱自清在评论文学批评史的写作时说："我们正在开始一个新的批评时代，一个重新估定一切价值的时代，要重新估定一切价值，就得认识传统里的种种价值，以及种种评价的标准。"①在这一时期，涌现出一大批大师级

① 朱自清：《诗文评的发展》，上海：《文艺复兴》，1946 年第 1 卷第 6 期。

的优秀学者，他们的著作中渗透了时代精神，以现代意识为参照对传统诗文评的价值进行重新评估。他们不仅熟悉传统治学方法，而且学习借鉴西方近代以来的科学观念和方法，以科学的逻辑的分析方法来解读传统文学批评的术语、范畴，对其理论内涵和结构体系作出新的解释，不仅留下了重要的研究成果，还在思维方法、研究思路上起到开风气之先的作用。

（北京燕山出版社　陈金霞）

三四十年代的文学古籍整理

由于一批古典文学研究者热心搜求、整理文学古籍，一批出版机构热衷出版古籍，从 20 年代开始，文学古籍的整理出版开始繁荣，到 30 年代中期达到高峰。由于抗日战争的爆发，古籍整理受到一定影响，但总体仍然处于较好的态势。

大量古籍丛书的影印、排印

王国维曾说："近世学术之盛，不得不归诸刊书者之功。"①20 世纪以前，古籍图书大多藏于政府机构和私人藏书楼，还有一些流落海外，学者和普通读者难以接触到大量的珍本和善本，更难以运用不同版本进行校勘、考释。三四十年代，中华书局、商务印书馆等出版机构和许多学者在海内外访求珍本、精心校勘，整理出版了大量古籍丛书，其中包括大量文学类古籍。以下介绍其中最具影响力和最有价值的丛书数种。

《续古逸丛书》，商务印书馆于 1919 年到 1957 年陆续影印出版，共 47 种。该丛书非常看重版本价值，全书除了一种采用蒙古刊本，一种采用《永乐大典》本以外，其余 45 种均以宋本为底本。它的大多数底本都是借自傅增湘、刘承干、朱翼盦等国内

① 王国维：《雪堂校印群书叙录》，《罗雪堂先生全集初编》第一册，第 87 页，台北：文华出版公司，1968 年。

著名藏书家和常熟瞿氏铁琴铜剑楼这样著名的藏书楼,还有五种底本是张元济东渡日本访寻存于日本的中国典籍时向日本公私藏家借印的版本。其中属于集部的有《宋本曹子建文集》、《宋本陶渊明集》、《宋本杜工部集》、《宋本张文昌文集》等 15 种。为保存古籍原貌,丛书依原书大小版式影印。这套丛书用现代技术把濒于失传的宋元古本丝毫不差地复制下来,使这些古籍有了更多流传和保存的机会。

《四部丛刊》是一部新编大型古籍丛书,凡 3 编,张元济编辑,商务印书馆就涵芬楼及各地著名藏书楼藏书中,精选宋元刻本、明清精刻本、手稿、校本、抄本等编印。张元济记叙:"采用底本,涵芬楼所藏外,尤承海内外同志之助,得宋本三十九,金本二,元本十八,影宋写本十六,影元写本五,校本十八,明活字本八,高丽旧刻本四,释、道藏本二,余亦皆出明、清精刻。"①该丛刊初编共 368 种,1919 年起影印;续编 81 种,1934 年影印出版;三编共 74 种,1935 年出版。这部书包罗宏富,各编按经史子集四部法。与《续古逸丛书》不同,该丛书将善本编印成规格整齐的本子流传。对于这部丛书,社会上好评如潮。文献学家郑鹤声、郑鹤春称之为"现代编纂国学书中惟一之伟业焉。较之《永乐大典》、《图书集成》等俱为迅速,主旨一贯,无前后易手错出之弊"②。

《古今图书集成》,中华书局 1934 年开始影印。这是一部珍贵的古代类书,海内罕见流传。关于印书缘起,陆费逵说:"儿时闻《图书集成》之名,某处有一部,某老人曾阅过几遍,心向往之,未见其书也。弱冠以后,编书撰文,时时利用是书,获益匪尠。

① 张元济著,顾廷龙编:《涉园序跋集录》,第 178 页,上海:古典文学出版社,1957 年。

② 郑鹤声、郑鹤春:《中国文献学概要》,第 197 页,上海:商务印书馆,1933 年。

盖我国图籍浩如烟海，研究一问题，检查多种图书，不惟费时费力，抑且无从下手……此书则每一事项，将关系之书分条列入，一检即得。古人云，事半功倍，此真可谓事一功万也。”①中华书局以原康有为所藏清雍正年间的铜活字精装本为底本影印，以原书九页截去边框中缝拼成一页，版式仍为三开本线装。该丛书计五万余页，分订800册，后附考证24卷8册，1940年2月出齐，共印1500部。

《四库全书珍本初集》，商务印书馆1934年至1935年据文渊阁本影印出版，南京中央图书馆筹备处汇辑，辑印《四库全书》中的238种珍本而成，4313卷，仍按经史子集分类。分装2千册。《四库全书》是清代编纂而成的大型丛书，至20世纪初，只有三部完整的抄本留存。早在20年代，张元济等就多次向北洋政府建议，由商务印书馆影印全书，并已商定合同，拟出了影印的具体方案，准备工作也已就绪，但因为种种原因，最终功败垂成。“九·一八”事变后，又有编印《四库全书珍本》丛书的建议。终于在30年代这套宝贵的珍本丛书得以出版面世。

《丛书集成初编》，商务印书馆1935年至1937年编辑出版排印本，王云五主编。这部丛书以实用与罕见为标准，选录从宋到清的著名丛书100部，子目中去其重复，共收图书4000余种，约20000卷，有经史名著，也有笔记杂抄。该丛书突破四部法分类，依新的图书分类法分类，将古籍分为总类、哲学类、宗教类、社会科学类、语文学类、自然科学类、应用科学类、艺术类、文学类、史地类等十大类，类下又细分若干小类。这套书把古籍中最重要、最实用的品种，已基本包罗在内，有助于一些珍贵的孤本流传。后来因为抗日战争爆发，尚有二三百种图书未能出版。

---

① 陆费逵：《古今图书集成分典发售目录》，第3页，上海：中华书局，1939年。

上海书店出版社于1995年又有《丛书集成续编》出版，选辑明清、民国时期丛书100部，删去重复后存3160种。

《四部备要》，中华书局1936年出版。这是继《四部丛刊》之后又一部辑录主要经史子集的新编大型古籍丛书，收四部要籍351种，其中包括《二十四史》、《十三经注疏》等常用大型典籍。在编选中既重视宋本元椠，也注意清代注本，力求吸纳百家之长。分类上沿用四部法，并进一步分若干小类，具有简要实用的特色。其中集部收书140种，按作者生活年代分别列入唐别集、宋别集等。该丛书用杭州丁氏聚珍仿宋体铅字排印，精整古雅。

《选印宛委别藏》，商务印书馆1935年影印出版。该丛书选印故宫博物院《宛委别藏》40种417卷，故宫博物院辑。《宛委别藏》为清阮元所辑的一部丛书，系原稿本。此为从原稿本中所选印的品种，以罕见珍贵著称。

《影印元明善本全书十种》，320册，商务印书馆辑，1937年至1940年商务印书馆影印。此丛书是在排印本《丛书集成初编》基础上，选取元明佳椠孤本十种，依原貌影印。

《玄览堂丛书》，是郑振铎在40年代编撰的大型丛书，从1941年至1948年先后出版三集，初集收书33种，续集21种，三集12种，共66种，由前国立中央图书馆影印出版。该丛书除三部宋元作品外，主要是明代的野史、笔记、杂著等，多为罕见珍本，多有《四库全书》未收之书，对研究明史有较高价值。

以上介绍的丛书多是珍贵古籍的影印本或据善本精排的排印本。下面再介绍一些较为新式的排印本，它们出版的目的多数是为古籍普及服务。

20世纪20年代初，当新学制课程纲要颁布前后，教育界就中学国文的教学目标、教法、教材等问题展开了热烈的讨论。新文化运动领袖胡适提倡增加学生古文阅读量和减低阅读难度。为此，他提出了7点具体的与出版有关的古籍普及意见：1. 加标点符号。2. 分段。3. 删除繁重迂谬和不必要的旧注。4. 酌加新注。5. 校勘。6. 考订伪书讹文。7. 增加介绍和批评性的序。这个意见很快在出版界得到响应,时任商务印书馆编译所所长的王云五写信给胡适,极表赞成。商务印书馆的古籍普及工作,随即在王云五的主持下相继进行,编选了三套区别不同读者对象的、选目和版本各有特点的古籍普及丛书:《学生国学丛书》、《国学小丛书》和《国学基本丛书》。

《学生国学丛书》,王云五、朱经农主编,1926 年 1 月开始出版,至 1948 年全部完成,共 95 种,分为总类、哲学、社会科学、文学、史地几类。所选皆为国学要籍。每一书选择精要内容,分段标点,详加注释,并在书前撰写作者生平,略叙内容提要,指导研究门径。文学方面,有《诗经》、《楚辞》及周秦两汉金石文、汉魏六朝文及唐宋以来的名家诗文选注;史地方面,有历代史书选注和著名游记选注;哲学和综合类方面,是先秦诸子以及一些重要的经学和综合类著作的选本。整套丛书共有选注者 44 人,有陈彬和、周予同、叶圣陶、庄适、陈柱、沈德鸿、傅东华、胡怀琛、吕思勉等名家。

《国学小丛书》,王云五主编,1923 年至 1948 年商务印书馆陆续出版发行。这是一套当代人阐述中国古代各学科、介绍国学的古籍入门书。大体包括总论、哲学、宗教、社会科学、语文学、自然科学、艺术、文学、史地等门类。撰稿人大多为学者名流,如梁启超、钱基博、钱穆、陈柱等。丛书以研究国学为目的,注重对原书的选择和注释,与《学生国学丛书》相辅相成,向当代人介绍国学。

《国学基本丛书》,共 400 种,分两集嵌入大型丛书《万有文库》之中。1932 年 9 月出版初集 100 种,1934 年开始出版二集,至 1947 年二集共出版 300 种 1200 册。这套丛书影响甚大,陆续出版至 1959 年。《国学基本丛书》包括 22 类:目录学、读书指南、哲学、政法、礼制、字书、文法、数学、农学、工学、医学、书画、金石、音乐、诗文、词曲、小说、文学批评、历史、传记、地理、游记。丛书包括中等以上学生必须参看或阅读的国学基本书籍，所据版本，以注释精当，讹字绝少者为准。该丛书将古籍分段，并加句读，校正讹字。1939 年，商务印书馆从《万有文库》已经出版的第一、二集 1700 种书中选出 500 种，编成《国学基本丛书简编》。

《世界文库》，也是 30 年代出版的大型丛书。郑振铎主编，生活书店 1936 年出版。一半选载中国古典文学中的精品和不易见的古本、孤本，一半译载外国名著。先以期刊的形式发行，出版了一年后，因种种原因改印单行本发行。在出版了 37 册之后，因抗战爆发而停刊。其中在以期刊形式发行的 12 册中，中国古典名著共有 66 种。这些文学名著基本都是郑振铎一人负责编选校点，渗透编者的汗水，成就也很突出。比如《金瓶梅》、《醒世恒言》、《警世通言》等都是首次整理，首次以排印形式出版。丛书的最后一本《晚清文钞》由郑振铎精心编选，费时尤多。

《国学名著丛刊》，43 种，1935 年至 1936 年间由世界书局以仿古字版排印。按经史子集分类，其中集部文集类为《文选》、《古文辞类纂》、《经史百家杂钞》、《骈体文钞》；诗词类为《楚辞》、《古诗源》、《十八家诗钞》、《词综》、《元曲选》；文学类为《水浒》、《三国演义》、《红楼梦》、《儒林外史》、《老残游记》、《文心雕龙》、《诗品》等。

开明书店于 1931 年至 1934 年间出版《开明活叶文选》也值得一提。“活页文选”是古籍选注的新形式。所收篇目涉及古今中外，尤以中国古代文史类中的名篇占大多数。体例除原文外，每篇有题解、作者述略、注释。选注者有张同光、宋云彬、蒋伯潜、王伯祥、韩楚原、周振甫等，在读者中有较广泛的影响。

文学丛书和古代诗文集的重新整理出版

以上介绍的均为包含文学古籍的大型综合性丛书，除此以外，当时单独出版的文学类古籍丛书也很丰富。

《中国文学珍本丛书》，重印文学古籍50种，施蛰存主编，1935年至1948年扫叶山房排印。收明袁中道《袁小修日记》、毛晋《宋六十名家词》、凌濛初《拍案惊奇》、兰陵笑笑生《金瓶梅词话》、谭元春《谭友夏合集》、张岱《瑯嬛文集》、卢前《元人杂剧全集》、陈继儒《白石樵真稿》、钟伯敬《钟伯敬合集》、天然痴叟《石点头》，清宋长白《柳亭诗话》、金人瑞《唱经堂才子书汇稿》、李渔《闲情偶寄》、清溪道人《禅真逸史》、周清源《西湖二集》、张宗楠《词林纪事》、计有功《唐诗纪事》等。

《中国文学精华丛书》，1936年至1941年中华书局出版。新式标点，共80册。丛书共55种：先秦诸子和史传著作13种，有《老子列子精华》、《庄子精华》、《荀子精华》、《孟子精华》、《檀弓精华》、《公羊谷梁精华》、《国语精华》、《战国策精华》、《史记精华》、《汉书精华》等；历代诗文的评注读本11种，有《古诗评注读本》、《唐诗评注读本》、《宋元明诗评注读本》、《清诗评注读本》、《秦汉三国文评注读本》、《南北朝文评注读本》、《唐文评注读本》、《宋元明文评注读本》等；唐宋元明清五朝著名作家的诗文选本31种，有《李太白诗》、《韩昌黎文》、《白乐天柳柳州韦苏州诗》等。丛书中一半是中华书局编辑部自编自选，一半是约人选注。

《详注国学读本》，1935年由中央书店出版。编注者吴瑞书。共出版9种，即《韩昌黎文选》、《柳子厚文选》、《欧阳修文选》、《苏东坡文选》、《王临川文选》、《归震川文选》、《方望溪文选》、《龚定盦文选》、《曾涤生文选》。

《国文精选丛书》,1936年至1948年正中书局出版,叶楚伧主编。此丛书共15种,除唐卢锋编注《革命诗文选》为辛亥革命诗文,查猛济编注的两种系同书异名者外,其余13种涉及中国古代文学的各种体裁:有蒋伯潜编注《先秦文学选》,吴契宁编注《两汉散文选》,朱建新编注《乐府诗选》,陆维钊编注《三国晋南北朝文选》,查猛济编注《唐宋散文作家集》、《唐宋散文选》,徐声越编注《唐诗宋词选》,胡伦清编注《传奇小说选》,钱南扬编注《元明清曲选》,刘延陵编注《明清散文选》,曹鹄雏编注《历代名人短笺》,金公亮编注《历代名家笔记类选》,王焕镳编注《中国文学批评论文集》,穆济波编注《学术思想论文集》。有些书初版在南京或重庆,后来均在上海重印。

《青年国学丛书》,1936年上海中国文化服务社出版。此丛书共5种,由罗芳洲选注者4种,即《韩愈文精选》、《柳宗元文精选》、《三苏文精选》、《归有光文精选》;薛时进选注1种为《三袁文精选》。

《国学珍本文库》,上海中央书店出版,1935年至1948年出版22种,以晚明小品、明清小说和笔记、游记为主,如明李日华的《紫桃轩杂缀》、《六砚斋笔记》等,均分段标点,已初步具备古籍整理的基本要求。

中央书店于1937年出版了排印本《汉魏小说采珍》和《晋唐小说畅观》两套小说丛书。《汉魏小说采珍》,19种,19卷,清马俊良辑,收《西京杂记》等笔记小说,另收录钟嵘《诗品》、陶弘景《古今刀剑录》等。《晋唐小说畅观》,59种,59卷,清马俊良辑,上续汉魏,主要以唐代单篇汇编而成。

对诗文集标点注释,重新整理出版也是不可缺少的。在传统诗文研究中,辑录、编选一向受到重视,文学总集的数目很多。三四十年代,对过去已有的诗文集的重新整理出版,效果也很突出。上文介绍的大型丛书中,实际上就包含有大量的别集。例如商务印书馆的《国学基本丛书》，已经囊括了古代文学的几乎所有重要的总集和别集。当时还有一些出版社就是以古籍整理和出版为主，比如上海的国学整理社、国学研究社，还有大东书局、中央书店等都出版了数量众多的文学古籍。如上海中央书店于1935年至1936年出版了一套《国学基本文库》，内容包括《陶渊明全集》、《白香山全集》、《杜少陵全集》、《韩昌黎全集》、《欧阳修全集》、《陈眉公全集》、《徐文长全集》、《袁伯修全集》、《姚姬传全集》等。上海国学整理社也于1935年到1936年出版了一套仿古字版的别集，有《韩昌黎全集》、《柳河东全集》、《王摩诘全集笺注》、《陆放翁全集》、《欧阳修全集》、《文文山全集》、《归震川全集》、《袁中郎全集》、《惜抱轩全集》、《曾文正公全集》等。从这些列举中可以看出，当时的文集出版主要集中于文学成就高、作品影响深远的文学大家。据查阅《民国时期总书目》，当时出版的别集除去《国学基本丛书》所含，主要集中在陶渊明（出版4种版次）、韩昌黎（3种）、欧阳修（3种）、王安石（10种）、曾巩（3种）、岳飞（4种）、徐渭（4种）、袁宏道（5种）、龚自珍（6种）、张岱（4种）、曾国藩（11种）等人。所以虽然总体上呈现较好的局面，但整理出版的面太窄，大量的二三流作家的集子没有被整理出版，一些散佚的集子也没有人作辑佚工作。从总集的整理出版看，也是相对集中。如《昭明文选》至少被重版了6个版次；《古诗源》有傅东华选注本、朱太忙注释本等7个版次；《玉台新咏》有黄公渚选注本和吴兆宜注本；《唐诗三百首》有14个版次；《十八家诗钞》有6个版次。词总集《花间集》和《宋六十名家词》等也多次出版。

文学新材料的发现、整理与研究

近代以来，战火频繁，一些著名藏书家的珍贵古籍大量流落于书肆街头。很多学者痛心国宝外流，遂极力搜罗。同时，一些从未现世的新材料也不断被发现、整理，促使古籍整理和研究出现新气象。

20世纪初，敦煌文献的重现震惊世界，其中包括大量变文、俗讲、白话诗等文学资料。郑振铎对其意义作了恰当的概括："他将中古文学的一个绝大的秘密对我们公开了。他告诉我们以小说、弹词、宝卷以及好些民间小曲的来源。他使我们知道直到中近代的许多未为人所注意的杰作，其产生的情形与来历究竟是怎样的。这是中国文学史的一个绝大的消息。可以用这个发现而推翻古来无数的传统见解。"①但由于斯坦因等人的窃取，文献大量流落海外。30年代以前，罗振玉、刘半农等学者的抄录整理为保存研究敦煌文献奠定了基础。1934年，王重民在法国国家图书馆抄录整理了伯希和劫走的敦煌千佛洞卷子，编为《伯希和劫经录》，并把许多重要的卷子拍照，制成胶片。后来，又选出《巴黎敦煌残卷叙录》一、二辑，分别于1936年和1941年发表。他后来在这些成果基础上，完成《敦煌曲子词》(1950年)、《敦煌变文集》(1957年)等编纂著作，完成《敦煌古籍叙录》(1958年)、《敦煌遗书论文集》(1984年)等学术著作。

在现代文学观念越来越深入地影响到古典文学研究的过程中，以小说、戏曲为代表的通俗文学被抬高、推崇，形成和传统诗文并驾齐驱的态势。学者们也以空前的热情投入到对通俗文学作品的搜集、整理上，这其中的代表就是著名藏书家和学者郑振铎。他对戏曲、小说等俗文学情有独钟，广为搜求，并及时把搜集到的古籍校勘整理，编出书目，经常自费出版。如著名的《清人杂剧》初集、二集都是他自费出版的。

---

① 郑振铎:《敦煌的俗文学》，上海:《小说月报》，1929年第20卷第3号。

30年代，郑振铎、冯沅君和陆侃如等人陆续发现具有极高文献价值的两部南戏集钮少雅《九宫正始》与张大复《寒山堂曲谱》，为宋元南曲的研究打开了新局面。1936年，陆侃如、冯沅君发现《九宫正始》全本后，撰写了《南戏拾遗》一书。该书补辑了赵景深、钱南扬未收的72种戏文与几种"失名"戏文佚曲，增补了赵、钱已辑但不齐全的43种戏文佚曲，从而大大扩大了辑佚的成果。"拿这些与赵、钱两先生的书合看，现存的早期的南戏大约搜罗得差不多了"①。1941年与1942年，冯沅君又分别撰写了两篇《南戏拾遗补》。

郑振铎还抢救了国宝级的古籍《脉望馆钞校本古今杂剧》。1938年5月，湮没三百多年的《脉望馆钞校本古今杂剧》在上海露面，引起不小的轰动。这批元明杂剧共64册，242种，其中已确定元人著作92种，28种是孤本，明人著作35种。原为明代常熟藏书家赵琦美脉望馆藏本，后经钱谦益绛云楼、钱曾也是园，以及张远、季沧苇、何煌、赵宗建、丁祖荫等藏书家递藏。由于藏书家们秘而不宣，险些失传。郑振铎经过种种曲折，以九千元价代教育部购入。郑认为，这是近五十年来仅次于敦煌石室与西陲汉简的重要发现，他为此撰写了内容翔实、感情深挚的长跋，不仅列举了它先后阙失的101种剧目，将242种今存杂剧的总目记录下来，还把它们同《元刊杂剧三十种》、《元曲选》、《古名家杂剧》、《元人杂剧选》等目录加以比勘对照，使其独有的剧作更加一目了然。这批杂剧被发现后，由著名曲学家王季烈等校订，最后确定了144种未见流传的孤本，书名定为《孤本元明杂剧》。1941年秋，上海"孤岛"局面形将结束，商务印书馆推出《孤本元明杂剧》，学人闻之，趋之若鹜，初版350部，一销而空。

① 陆侃如、冯沅君：《南戏拾遗》"导言"，第1页，北京：北平哈佛燕京学社，1936年。

戏曲方面，还陆续面世了像息机子《古今杂剧选》、《顾曲斋所刊元曲》、汤舜民《笔花集》、屠隆《修文记》等资料。1933 年初，北平出现孟称舜所编《古今名剧合选》。全书凡 56 种，完好无缺，是臧懋循《元人百种曲》之外最宏富的曲选。这个选本刊于崇祯癸酉，晚于臧懋循《元人百种曲》的刊刻 16 年。孟称舜序称："元曲自吴兴本外所见百余十种，共选得十之七；明曲数百种，共选得十之三。"其中许多剧目可以和臧懋循选本比勘。

小说新材料、新版本也不断被发现。1932 年，书商张修德发现一部明万历丁巳刻本《新刻金瓶梅词话》，后经胡适等人中介，被北平图书馆收购。随后很快以古佚小说刊行会的名义影印了 104 部。1947 年原书与北平图书馆珍本书部其他珍本书一起被寄存于美国国会图书馆，1975 年归还，现藏于台北故宫博物院。《金瓶梅词话》的发现，不仅使人们得见一个重要的《金瓶梅》版本，而且使《金瓶梅》研究出现了重大的转机。词话本独有的欣欣子序明确交代："兰陵笑笑生作《金瓶梅传》，寄意于时俗。"透露了小说作者的有关信息。卷首的 4 首《四季词》和 4 首《四贪词》，也使张竹坡的"苦孝说"发生动摇。《金瓶梅词话》发现后，吴晗在其《〈清明上河图〉与〈金瓶梅〉的故事及其衍变》和补记的基础上，于 1934 年撰写《金瓶梅的著作时代及其社会背景》①一文，考证出《金瓶梅》的作者不是王世贞，其创作年代当在明万历中期。其后关于《金瓶梅》作者、成书、刊印等问题的探讨，越来越为学者关注，成为研究热门。

《红楼梦》新版本也多有发现。20 世纪 20 年代末 30 年代初，藏书家董康得到《红楼梦》已卯本，后归其友陶洙所有。该本存第一至第二十回，第三十一至第四十回，第六十一回至第七十

① 吴晗：《金瓶梅的著作时代及其社会背景》，上海：《文学季刊》，1934 年第 1 卷第 1 期。

回。其中第六十四、六十七两回是清人武裕庵根据程本补抄。原本每十回分装一册。根据书中的避讳情况，该本为清代乾隆时怡亲王府的抄本。曹雪芹与怡亲王府素有往来，因此该本有可能直接抄自曹氏己卯定本原本。该本现藏国家图书馆，1981年上海古籍出版社影印出版。

《红楼梦》庚辰本也是此时出现的。该本原出北城旗人家中，徐星署1933年初购于北京东城隆福寺地摊，40年代归燕京大学所藏，现藏北京大学图书馆。庚辰本原本八十回，中缺六十四、六十七两回，实存七十八回，每十回分装一册，共八册，前十回无脂批，自第十一回始有朱墨两色批语，共2213条，是目前所见存脂批最多的版本。这个本子的底本是曹雪芹于庚辰年即乾隆二十五年(1760)秋天改定的本子，距离曹雪芹去世只有二三年的时间，所以这个本子很可能是作者生前最后一次改定的本子，也最接近作者手稿。

话本集《清平山堂话本》的发现有重要意义。先是日本学者在内阁文库发现残存的《清平山堂话本》15篇，1929年，北京古今小品书籍印行会将这15篇影印出版。1934年，马廉购得原天一阁所藏的《清平山堂话本》残本，有12篇作品，将其影印出版。其后，阿英先生又在上海发现了其中两篇作品的残页。至此，久已佚失的《清平山堂话本》共有29篇作品被发现，研究者因此得以了解早期话本的风貌。

同一时期还发现了清代笔记小说《聊斋志异》的稿本。长期以来人们所见的《聊斋志异》都是抄本、刻本，稿本则一直为作者的后人所珍藏，不为外人所知。到20世纪30年代，稿本逐渐现世。1933年袁金铠曾从稿本中选印24篇出版，1934年《北平晨报》也披露了苏联科学院远东分院图书馆藏有《聊斋志异》原稿46卷的消息。1948年东北西丰解放后，从一户农民家里发现了蒲松龄手稿本的另半部。这个稿本十分珍贵，它“是研究《聊斋志异》的第一手材料，从原稿可见作者的构思和修改的思想发展过程，同时也可校正各种刊印本的讹夺，具有重要的文学艺术价值”。①

南宋罗烨所编的《新编醉翁谈录》，国内久已不传，于日本发现后1941年影印出版，始为研究者所知。其中所记载的宋代说书情况及100多种小说名目，为研究话本小说提供了十分珍贵的第一手资料。

存世文学古籍的校勘、辑佚和整理

20世纪上半叶，在外来研究方法逐渐渗透到古典文学领域的同时，也有一大批学者致力于用传统的目录、版本、校勘、辑佚、考证等方法整理古籍，他们主要利用传统治学方法，编辑了大量具有高度文献参考价值的诗文辞赋总集，为后来学者进一步研究打下良好基础。

1912年，丁福保辑成《全汉三国晋南北朝诗》54卷，由此拉开了20世纪大规模辑录、编选古人诗词曲赋集的序幕。

在诗歌方面贡献较大的是陈衍。他辑有《近代诗钞》24册，1932年出版，收录自清咸丰年间至民初诗人369人，每人名下附作者小传和评论。另有《宋诗精华录》，1937年由商务印书馆出版。该书分宋诗为初、盛、中、晚四卷，129家，近700首，穿插有评语圈点，立论精审。陈衍还编有《元诗纪事》45卷，《金诗纪事》16卷，《辽诗纪事》12卷，收录三代有事之诗。还有闻一多编选的《唐诗大系》，选诗260余家，1390多首，收入开明书店1948年出版的《闻一多全集》辛集《诗选与校笺》中，也是解放前不可

① 骆伟：《聊斋志异版本略述》，《蒲松龄研究集刊》第3辑，济南：齐鲁书社，1982年。

多得的唐诗选本。

在文章方面，汪倜然编辑有《清代文粹》和《明代文粹》，由上海世界书局分别于1931年和1932年出版。郑振铎编选《晚清文钞》3卷，上海生活书店于1937年出版。《晚清文钞》收文129家，480篇，偏重收录林则徐、龚自珍、郑观应、谭嗣同等爱国者的作品。高步瀛编选《唐宋文举要》是这一阶段古籍整理的重要成果。书分甲乙两编，甲编于1934年由北平直隶书局出版，乙编次年出版。甲编为散文八卷，选唐文26家、100篇，宋文14家、78篇。乙编为骈文四卷，选唐文29家、46篇，宋文20家、24篇。该书考证旧注，广采诸家论评，注释严谨详尽。

在诗文普及方面，有《列代名人诗文选注》，1936年至1937年上海北新书局出版，共8种，有李笠的《韩愈文选》，郭绍虞的《元好问文选》，陶玄龄的《龚自珍文选》，胡云翼的《侯方域文选》、《魏禧文选》，洪为法的《李渔文选》，谢善继的《吴南屏文选》，成绍宗的《袁枚文选》。除注释外，书前有选注者所写的序，有的还附年谱或传略。中华书局于1936年出版隋树森《古诗十九首集释》，为单本古籍整理品种。

在近人辑录编选的词集中，唐圭璋的《全宋词》是一部规模宏伟的巨著。唐圭璋于1931年开始编纂《全宋词》，1937年完成初稿，同年由商务印书馆排印，1940年在长沙出版线装本。凡辑两宋词人一千多家，词约近二万首，并为大部分词人作了小传，对疑似两存的词作了附注，订正了前人的讹误多处，创立互见表的形式。他不仅采用善本、足本，详细考订，还广求笔记小说、金石方志、《永乐大典》等书，钩沉索隐。1964年，唐圭璋对《全宋词》进行了全面改编、补充和整理，又增补词人二百四十多家，词作一千四百多首，于1965年由中华书局重印出版。

赵万里撰著的《校辑宋金元人词》，5册73卷，中央研究院于1931年出版。校辑宋金元词人70家，得词1500余首。从现存《永乐大典》等书中辑录宋、金、元人词，除了一小部分外，都是现存诸家词总集选集如毛晋、王鹏运、江标、朱孝臧、吴昌绶所未收的。他辑佚的态度严谨，方法可靠，对所辑佚的每首词都详细注出引用的原书及卷数，校注各本之异文并附录考校可疑的词。对于赵万里、唐圭璋的贡献，郑振铎评价说："元以前词的结集，在最近的将来，殆将终于斯而不能更有什么大规模的增益的了。"①

1940年，王重民编成《敦煌曲子词集》3卷。清光绪二十六年(1900年)在敦煌藏经洞里发现数以万计的抄卷，其中有一部分是唐代的曲子词抄本。它们的问世对研究唐代词的体制和词的起源具有重要意义。但由于大量抄卷流失国外，辑录整理十分困难。先后经董康、罗振玉、刘复、龙榆生等学者致力搜求，最后王重民结成《敦煌曲子词集》。共著录包括《云谣集》及《敦煌词缀》等著名集子在内的曲子词161首(其中7首残缺)。该集子1950年由商务印书馆排印出版。

在清词的整理方面，有叶恭绰主编的《全清词钞》。该书共40卷，收词人3193人，得词8260首。虽然还没有收录齐全清词，但称得上是收录清词最多的选本。该书整理工作于1929年开始，1952年完成，分纂和襄助者53人。另有陈乃乾辑成《清名家词》，由上海开明书店在1936年出版，共收词人100家，词集134种，计134卷。在此书之前，对于清词的整理出版极其有限。如《四库全书》收当代词仅曹贞吉一家，存目七家。此书以李雯的《蓼斋词》、吴伟业的《梅村诗余》始，有王闿运《湘绮楼词》、冯煦《蒿庵词》、郑文焯《樵风乐府》、朱祖谋《彊村语业》、况周颐《蕙风词》等，至王国维《观堂长短句》终，末附卢前《饮虹簃

① 郑振铎：《三十年来中国文学新资料发现记》，《中国文学研究》，北京：人民文学出版社，2000年。

论清词百家》,遍选清代词人名家,填补了这项空白。上海书店于1983年影印。

以戏曲、小说为代表的俗文学是三四十年代文学研究的一大热点。学者们将辑佚、校勘与研究相结合,取得了很好的成果。

郑振铎1931年3月影印出版《清人杂剧初集》,选刊清人杂剧九家四十种,收《临春阁》、《通天台》、《续离骚》杂剧四种、《西堂杂剧五种》、《后四声猿》、《续四声猿》等。1932年9月自费影印《清人杂剧二集》,共选刊杂剧十三家四十种。都是照录原刊本的序跋题词和评释文字,保存了原本面貌。所选每一作家后面有编者跋语,考索作家生平事迹,评论作品内容。后来又编出了第三集,但终未印成。这三集"是对传存260余种清代杂剧的一个检阅,虽未及全选,但清代杂剧存目却昭然若揭,为王国维《曲录》所载之三倍,继臧懋循、沈泰、邹式金后首次关注清代杂剧,使差近半数的清代杂剧结集影印付梓,不仅是编辑清代杂剧集的创举,而且是清代杂剧目录的难得拓展"①。40年代,郑振铎自费编印了《长乐郑氏汇印传奇》第一集,共两函12册,收明代传奇六种。

30年代致力于戏曲整理研究的还有钱南扬、赵景深等人。钱南扬著有《宋元南戏百一录》,从沈璟《南九宫十三调曲谱》、蒋孝《旧编南九宫谱》、周祥钰等《九宫大成南北词宫谱》等中辑录45种宋元南戏曲文,由北平哈佛燕京学社于1934年出版。赵景深编有《宋元戏文本事》,辑录《王焕和王魁》、《陈巡检梅岭失妻记》等宋元戏文本事,上海北新书局1934年出版。他还辑有《元人杂剧辑逸》,辑录了41种杂剧佚文,上海北新书局1935年

---

① 李占鹏:《论郑振铎戏曲典籍整理的学术成就与文献价值》,哈尔滨:《求是学刊》,2007年第2期。

出版。卢前编有《元人杂剧全集》，辑录元代杂剧130余种，编者于每一作家后面附有跋语及杂剧存目，上海杂志公司于1935年、1936年出版。另外陈乃乾编有《元人小令集》，开明书店1935年出版，是他在自己1927年辑的《元人小令》的基础上，据新发现的《词林摘艳》录出南北小令，并辑录其他新得到的材料而成。

两种著名的戏曲选本《元曲选》和《六十种曲》也有出版。《元曲选》100种，明臧懋循辑，1918年商务印书馆据明博古堂本影印。此书为臧氏依其家藏及御戏监所抄杂剧200种校订编成，共分10集。1936年世界书局出过排印本。《六十种曲》60种，明毛晋辑，1935年开明书店依据明末毛晋汲古阁《六十种曲》排印，并考证版本，介绍每一种曲的作者和内容特色及前人的评价，对曲艺、文学艺术研究很有价值。该书又名《绣刻演剧十本》，收明代传奇59种，附元杂剧《西厢记》。

《西厢记》的评注本有王毓骏《西厢记注》，北平文化学社1938年出版。王起《西厢五剧注》，浙江龙泉龙吟书屋1944年出版。陈志宪《西厢记笺证》，中华书局1948年出版。王季思《集评校注西厢记》，开明书店1949年出版。

在小说方面，从1926年至1933年，郑振铎先后编刊《中国短篇小说集》三辑，辑录唐人传奇38篇，宋至明的短篇小说60篇，清至民国初年的短篇小说25篇。编者把小说分为传奇类和平话类两类，以文艺价值为主要标准，大致按时间顺序选录。

《笔记小说大观》，上海进步书局1931年辑印。该丛书收录晋、唐、宋、元、明、清各种笔记小说二百二十余种，二千五百余卷，数量之多，为前代同类丛书所不及。丛书内容广泛，涉及诸子百家、历史地理、天文历法、典章制度、文学艺术、人物传记等方面。其中明清笔记所占比重很大，有些是前代丛书所未收，因而具有多方面价值。所收各书之前均有提要，间或加以考证。

中华书局1936年7月出版的孔另境《中国小说史料》是根据鲁迅《小说旧闻钞》加以扩充而成。这本书辑录历代典籍中对于古代六十余部小说的考证和评述文字，涉及许多重要小说的史料、版本、作者等问题，有考源也有遗事，有野史也有杂记。

谭正璧在话本整理方面有重要贡献。他著有《宋元话本存佚综考》(1941)和《宝文堂藏宋元明人话本考》(1942年)，两文收入1956年上海古典文学出版社版《话本与古剧》。这是较早对文献所载宋元明话本进行综合考察的论文。《宋元话本存佚综考》依据《醉翁谈录》、《宝文堂书目》等目录文献辑考著录单篇宋元话本186种，"虽其中不乏明人拟作而为我们所误认，或已经过明人多次的改订而已非原文，但宋元话本的真面目、真精神所在，有了这些，已经足够给我们以清楚的认识。"①《宝文堂藏宋元明人话本考》全文分为"现在尚存的"、"现已不知存佚而见于他书或内容可考的"、"存佚和内容都不可考的"三部分，凡著录宝文堂单篇话本110种，话本集子2部。文章出版后，一年内连印三次，不但国内学者"广为征引"，国外汉学家也"多所引用，且有撰专文介绍者"②，影响很大。谭正璧还著有《永乐大典所收宋元戏文三十三种考》，发表于1943年的《中华月报》。

亚东图书馆于1920年开始出版的新式标点中国古典小说是对古籍运用现代方法进行整理的最早尝试。先后出版《水浒》、《儒林外史》、《红楼梦》、《西游记》、《三国演义》等著名古典小说数种，除校勘、标点、分段外，每书均由胡适等著名学者撰写一篇长序，并附校点者所写的《校读后记》和《句读符号说明》。其中1933年出版《醒世姻缘传》，汪原放标点，有徐志摩序，胡适

① 谭正璧:《宋元话本存佚综考》,《话本与古剧》,上海:古典文学出版社,1956年。

② 谭正璧:《话本与古剧》,"后记",第326页,上海:上海古籍出版社,1985年。

《醒世姻缘传考证》、《考证后记》。鲁迅在亚东版《水浒》、《儒林外史》、《红楼梦》、《西游记》、《三国演义》出版后，曾写过一篇题为《望勿"纠正"》的文章，称汪原放"标点和校正小说，虽然不免小谬误，但大体是有功于作者和读者的"。①

30 年代也是小说目录学开始建立的时期。在 20 年代董康《日本内阁所藏戏曲小说书目》、郑振铎《巴黎图书馆中之中国小说与戏曲》、马廉《大连满铁图书馆所藏中国小说戏曲目录》等戏曲小说目录著作的基础上，30 年代以孙楷第为代表的学者建立了古典小说目录学。孙楷第从 1929 年就开始搜罗公私图书。1931 年，他赴日本东京查检公立图书馆和私人所藏中国古代小说，回国后在大连满铁图书馆翻阅日人大谷氏捐赠的中国小说，撰成《日本东京所见中国小说书目提要》和《大连图书馆所见中国小说书目提要》两目，由国立北平图书馆中国大辞典编纂处合为一书出版。这是中国第一本小说版本目录学专著，胡适的序言评价其"为中国小说史立下目录学的根基"，"建立了科学的中国小说史学。"前者六卷，后者一卷，于每种小说下，详注作者、版本格式、存佚情况、相关掌故以及前人评语等。刊印后，研究界评价甚高。如容媛书评："孙君远渡东洋，且游大连，求中土之佚籍，依据所见，记其版刻之样式，与内容之异同；有时将原书序言录出，并将其本事撮要，使未读原书者亦可知其梗概，厥功甚伟。"②1933 年，孙楷第结集中国所见小说材料，加上在日本东京所见的小说材料，撰成《中国通俗小说书目》，由国立北平图书馆中国大辞典编纂处出版。著录自宋至清末存佚小说 800 余

① 鲁迅：《望勿"纠正"》，《鲁迅全集》第二卷，第 132 页，北京：人民文学出版社，1973 年。

② 容媛：《二十一年（五月至十二月）国内学术界消息》之出版界消息之《日本东京及大连图书馆所见中国小说书目提要》，北京：《燕京学报》，1932 年第 12 期。

种，对今存的小说介绍版本、藏所和有关笔记史料。书前有郑振铎序言，高度评价了孙目的意义："子书先生的此书，便是记载这若干年来的发见的最完备的一部书。所著录的著者姓名，以及各种刊本皆有甚多新颖的发见。有了此书，学者们的摸索寻途之苦，当可减少到最低度了。"此外，目录学著作还有马廉《不登大雅文库书目》(手稿)、阿英《余姚卢氏藏小说目》、墨者《稀见清末小说目》、周越然《稀见小说五十种》、齐如山《白舍斋所藏通俗小说书目》等。值得一提的是严懋垣《魏晋南北朝志怪小说书录附考证》，载于《文学年报》1940 年第 6 辑，是第一部六朝志怪小说专题目录。书录按照作品内容和思想色彩，分为三部分：佛教思想产物、道教思想产物、阴阳五行思想产物，共著录志怪小说 35 种，并对每部小说的作者、版本、内容等进行了考证。书后附"佚书举目"。

总体而言，三四十年代是文学古籍整理的一个黄金时期。整理的规模大，范围广，成果突出，尤其表现在大型丛书和总集的整理出版方面。中间曾经因为抗日战争对国计民生带来巨大影响，一度影响了学者的工作和出版业的活跃。但是抗日战争也最大程度地激起了中国人民的民族自尊心，爱国的知识分子们把挖掘祖国传统文化作为抗日事业的一部分，反而在这一阶段取得了更突出的成绩。同时，这一阶段积累下来的经验也为解放后的古籍整理提供了借鉴。例如整理与研究相结合的方法。传统治学的校勘、考证方法，既是整理，也是研究，校注、笺注类著作兼有整理和研究之长。即使使用新方法的现代学者，也往往能从整理中获得重要的信息，为研究奠定基础。如郑振铎在整理元明戏曲的同时，写出了《元明之际文坛概观》、《元代"公案剧"产生的原因及其特质》、《净与丑》等一批优秀的论文，另外还撰写了大量介绍古籍的文章。闻一多的《唐诗大系》既是一个唐诗选本，又是他研究唐诗的成果。但是这一时期古籍整理的缺点也很突出，就是在整体宏富的同时存在若干空白。受五四以来白话文运动等影响，人们普遍看重通俗文学和民间文学，相比之下，传统诗文赋的整理比较薄弱。尤其是赋这种重要文体，几乎受到所有研究者的冷落，与赋相似的骈文也是如此，只有清孙梅编辑的《四六丛话》被出版多次。再如上文提及的总集、别集出版，集中在重要诗人的集子上，而其他一些在文学史上贡献较大的作家诗人却没有得到应有的重视。

（北京燕山出版社　陈金霞）

1949年前敦煌文学研究的新开拓

1900年9月26日，敦煌藏经洞发现约5万卷古逸经卷文书；1909年9月4日，伯希和携带部分敦煌文书在北京六国饭店举办展览会，正式向中国学界披露他在敦煌获宝的经过。若干年后，陈寅恪撰文指出："一时代之学术，必有其新材料与新问题，取用此材料以研究问题，则为此时代学术之新潮流。"陈先生第一次用"敦煌学"来指称这一"学术之新潮流"。[①] 敦煌学是一个涵盖面极广的学问，敦煌文学研究无疑是其中的一大重镇。本文拟从如下三个方面梳理1949年前的敦煌文学研究。

敦煌文学的搜集、著录和整理

敦煌文书发现后，一直没有引起清朝地方当局的重视（敦煌县令汪宗翰、甘肃学政叶昌炽曾接触过敦煌文献），结果被英国的斯坦因，法国的伯希和，日本大谷探险队的橘瑞超、吉川小一郎，俄国的奥登堡等人劫掠而去，仅存的部分经卷一部分散在民间，大部分由清政府运归学部，藏京师图书馆。因此，20世纪的敦煌学、敦煌文学研究是从搜集、著录、整理敦煌文献开始的。

① 陈寅恪：《陈垣〈敦煌劫余录〉序》，见《金明馆丛稿二编》，第266页，北京：三联书店，2001年。

一、敦煌文学的搜集

1909 年 6 月，伯希和拜访当时执考古收藏之牛耳的两江总督端方，向他透露了敦煌文书。“端制军（端方）闻之扼腕，拟购回一部分，不允。则嘱他日以精印本寄与，且曰：此中国考据学上一生死问题也。”①8 月，伯希和到达北京，端方通过董康将消息告诉北京学界，罗振玉、王仁俊、蒋黻、董康、曹元忠、叶恭绰等前往八宝胡同参观，并拍照、抄录经卷，开始了敦煌经卷的研究：“至北京，行箧尚存秘籍数种，索观者络绎不绝。诸君有端制军之风，以德报怨，公设盛筵邀余上座。一客举觞致词，略云：如许遗文，失而复得，凡在学界，欣慰同深。已而要求余归后，择精要之本照出，大小一如原式，寄还中国。闻已组织一会，筹集巨资，以供照印之费云。此事余辈必当实心为之，以餍彼邦人士之意。”②在北京六国饭店展览会上正式提出影印所携精要之本和已运回法国的卷子的便是翰林院侍读学士恽毓鼎。

罗振玉、王国维、董康等人为敦煌文献的收集作了不少努力。

在敦煌遗书的收集方面，罗振玉可谓厥功至伟。正是在罗振玉的奔走呼吁下，清政府才将敦煌残余经卷运至北京，归京师图书馆收藏。罗振玉虽未参加六国饭店的展览会，但正是他请端方敦请伯希和出售随身携带的和已运回的卷子照片，又多次写信向伯希和索要敦煌写卷照片。辛亥革命爆发，罗振玉携王国维前往日本，一呆就是八年，埋首整理研究包括敦煌遗书在内的出土文献。除了从日本公私收藏者那里获得不少敦煌文献外，他还从曾前往欧洲调查敦煌写本的日本学者那里获得不少敦煌文献。1910 年，罗振玉计划刊行伯希和所得敦煌遗书，委

①② 伯希和巴黎演说词《流沙访古记》，载罗振玉、蒋黻编《敦煌石室遗书》，见黄永武主编《敦煌丛刊初集》，台北：新文丰出版公司，1985 年。

托商务印书馆张元济西行巴黎，张元济又到伦敦和斯坦因商谈影印敦煌遗书，但最终没有结果。1913年，罗与伯希和、沙畹、斯坦因联系，欲亲往欧洲调查敦煌遗书。在沙畹等学者的努力下，罗、王一切就绪，但因战争原因未能成行。王国维在日本充分利用日本学者收集的敦煌文献，校勘了不少文学作品，写了许多研究文章(详后)。

1922年，董康辞财政总长职，率实业考察团到达巴黎，埋首图书馆抄写敦煌卷子，后又往伦敦，抄得《云谣集》等珍贵文学史料。1926年后，董避难日本，尔后又三次前往日本，著《书舶庸谭》，著录、抄录了日本公私收藏的写卷，日本学者从伦敦、巴黎摄回的写卷和国内流失到日本的写卷(如刘廷琛藏敦煌经卷目录)。从《书舶庸谭》可知，他从湖南、狩野、羽田亨等人那里抄录了《刘子新编》、《王绩集》、唐写本《文选》、《明妃曲》、《王梵志诗集》、韦庄《秦妇吟》、《舜子至孝变文》、《珠英集》、《唐人选唐诗》、《二十四孝押座文》等文学作品。

此外，傅芸子1932年赴日任京都帝国大学东方文化研究所讲师，对于日本公私藏书有精到研究，40年代初回北京大学任教，著有《俗文学讲稿》以及一系列论文，对敦煌文学用力甚勤。在日本期间，他抄录了日本学者狩野直喜、小岛祐马、冈崎文夫、那波利贞、矢吹庆辉等人从欧洲收集到的敦煌俗文学文献，澄清了不少问题。

20年代，具备新的知识结构的学者前往欧洲，把收集的目光对准了敦煌俗文学。

1920年，刘半农留学伦敦，第二年转赴巴黎，攻读语言学博士学位。他把目光对准了巴黎所藏的敦煌文献，利用余暇时间手抄了104种敦煌文学、社会、语言材料。刘氏一抄就是五年。郑振铎曾对他大加称赞："我们应该感谢刘半农先生，他为我们钞回了并传布了不少罕见的通俗作品。”①

1926年，胡适参加在英国召开的中英庚款委员会会议来到伦敦，尔后又前往巴黎。“我在巴黎读了五十卷子，在伦敦读了近一百卷子。”②胡适此行的目的是为了写《中国禅宗史》而查阅敦煌卷子，意外地获得了不少文学史料。

1927年，郑振铎避难巴黎，“因了各处图书馆的搜集阅读中国书，可以在中国文学的研究上有些发现”。他在巴黎国家图书馆借到的第一份中国古迹便是敦煌文书。他在6月30日的日记里这么写道：“我借的是《太子五更转》，没有别的书。”③9月到伦敦查阅变文，感慨万千：“关于伦敦的一部分（通俗文学材料），简直还没有什么人去触动它们，利用它们。著者曾经自己去抄录过一部分，所得究竟寥寥有数。伦敦藏的敦煌写本目录至今还不曾编好，我们简直没有法子知道其中究竟藏有多少珍宝。”④1928年回国，1929年发表《敦煌的俗文学》和《词的起源》，后来又将所得俗文学整理出版。

30年代，国家公派的学者终于启程前往欧洲调查敦煌文献；此外，还有一批学者自费到图书馆去抄写敦煌卷子。

1933年底，北平图书馆托清华大学浦江清与大英博物馆商谈拍摄敦煌文献佛经以外的写本，遭到拒绝，甚至义务为之编目也遭到拒绝。

---

① 郑振铎：《中国俗文学史》，第128页，北京：商务印书馆，1998年。

② 胡适：《海外读书杂记》，《胡适文存》，第3集卷4，第533页，上海：亚东图书馆，1930年。

③ 郑振铎：《欧行日记》，见郑振铎《西谛三记》，第17页，上海：上海文艺出版社，2001年。

④ 郑振铎：《敦煌的俗文学》，北京：《小说月报》，第20卷第3号，1929年；《中国文学史·中世卷》第3篇第3章，上海：商务印书馆，1930年5月。

1934年秋，北平图书馆负责人袁同礼派编撰部索引组组长王重民前往巴黎查阅、编辑拍摄敦煌遗书，直至1939年德国军队占领巴黎而前往美国。1935年底，王重民又利用圣诞节假期前往伦敦观看敦煌卷子。他们夫妇拍摄了3万多张敦煌遗书及其他古籍的缩微片，并对之摘录题跋，加以叙录。同时在《大公报·图书副刊》、《北平图书馆馆刊》、《图书季刊》、《东方杂志》、《金陵学报》发表见闻和研究心得。他在致胡适信中表露了自己的心迹，说自己在欧洲流落了几年，受了不少洋气，也算看了一点洋玩意儿（在东方学方面），所以图强之心非常迫切。后来，他在1958年6月出版的《敦煌古籍叙录》中回忆道："我在巴黎和伦敦为北京图书馆选择并且摄制敦煌古籍影片的时候，曾顺手写过一些题记，略记卷轴的起讫和内容，并且把巴黎部分辑印为《巴黎敦煌残卷叙录》第一、第二辑。关于伦敦部分，虽说没有印成专辑，也在报刊上发表过一些，还有一些没有发表过。"①1947年，王重民夫妇在滞留国外十多年后回国。

1935年，袁同礼因写经组组长向达在"本馆服务五年成绩卓著，并对于经典夙有研究"派他往英国"影印及研究英伦博物馆所藏敦煌写经"。1936年秋，来到伦敦的向达备受刁难，大有进退两难之势，但仍竭力尽心，誓不空手而返。他为敦煌文献编目作卡片写提要，抄录卷子，历尽艰辛，完成了《伦敦所藏敦煌卷子经眼目录》。1955年补记当年情形说明了他的工作成绩："1936年9月至1937年8月，我在不列颠博物馆阅读敦煌卷子。因为小翟理斯博士的留难，一年之间，看到的汉文和回鹘文卷子，一共才五百卷左右……我所看到的，其中重要的部分都替北京图书馆照了相（当时并替清华大学也照了一分），后来王有三先生（王重民）到伦敦，又替北京图书馆补照了一些。现在这

① 王重民：《敦煌古籍叙录》，第2页，北京：中华书局，1929年。

些照片仍然保存在北京图书馆。”①1937 年向达又到法国巴黎研究敦煌遗书。1938 年，向达带着手抄、拍照、晒图所得的几百万字的资料回国。

1934 年，姜亮夫留学法国，1935 年开始抄录拍摄文物古籍，光照片就拍了 3000 多张。“我在一九三九年，曾去翻阅过近千卷，也摄制了些儒家经典、韵书、字书、老子卷子，并抄录了些有关文学、史地的卷子，校录了所有的儒家、道家经典。真是美不胜收的祖国文化的宝库呵！连在伦敦所抄得的，辑为《瀛涯敦煌韵辑》、《敦煌经籍校录》与《杂录》诸书。”②

1948 年，王庆菽自费前往英国陪读。1949 年初来到伦敦从头到尾阅读斯氏经卷，除了将敦煌俗文学资料抄录外，还影印了一些诗词药方等资料，共计 262 卷、1182 张显微照片。1950 年又到巴黎抄录敦煌俗文学资料，并影印了 45 卷 533 张显微照片。“我在国外目睹如此丰富、宝贵的祖国文化瑰宝，心里很激动和焦虑，恨不能都把它们抄录、影印回来。可是由于我往伦敦、巴黎阅读、搜集敦煌卷子和影印显微照片，都是从我的爱人的薪金里节衣缩食自费进行的……所以只能侧重那些俗讲、变文和有关通俗文学的资料，除抄录一部分和影印外，就无法再对其他材料予以注意和搜集了。”③

在中国的敦煌，政府在一批学者的呼吁下，有关的考察和研究也开展起来了。在这一过程中，又一批文献被发现。

1942 年 2 月至 1943 年 7 月，向达加入西北史地考察团到

① 向达：《伦敦所藏敦煌卷子经眼目录》1955 年补记，向达《唐代长安与西域文明》，第 201 页，石家庄：河北教育出版社，2001 年。

② 姜亮夫：《敦煌——伟大的文化宝藏》，第 24 页，昆明：云南人民出版社，1999 年。

③ 王庆菽：《我研究、搜集敦煌文学变文的概况》，王庆菽《敦煌文学论文集》，第 57～58 页，长春：吉林大学出版社，1987 年。

敦煌作实地调查，在当地文人那里访查到不少敦煌写卷，编成《敦煌余录》，其中就有《毛诗·郑氏笺注》、《文选》等文学资料。

1944 年元旦，国立敦煌艺术研究所成立。当年 7 月初，在拆土地庙建职工宿舍的时候，常书鸿等艺术家发现了 68 件经卷，其中就有珍贵的《诗经》残卷。后来，研究者发现，这批经卷来自藏经洞。

日本学界获悉敦煌文献被法国人运走的消息后，京都大学曾组织"五教授团"访华。当发现北京的敦煌遗书大都是与宋代以后刊本《大藏经》相同内容的佛教经籍后，他们把目光转向西方。狩野直喜(1911)、矢吹庆辉(1916、1922)、羽田亨(1920)、内藤湖南、石滨纯太郎(1924)、神田喜一郎(1935)、那波利贞(1931)、小岛祐马、冈崎文夫等人先后前往欧洲调查研究敦煌遗书。其中对中国敦煌俗文学研究起推进作用的是狩野直喜和羽田亨。羽田亨和伯希和编有《敦煌遗书》(活字本和影印本各一本，13 件)，由上海东亚研究会印行。狩野直喜发表《中国俗文学史研究底材料》，指出："治中国俗文学而仅言元明清戏剧、小说者甚多，然而从敦煌文书的这些残本察看，可以断言，中国俗文学之萌芽，已显现于唐末五代，至宋而渐推广，至元更获一大发展。"①他从伦敦抄录的"秋胡故事"，"孝子董永故事"，从巴黎抄录的"伍子胥故事"这些"敦煌故事"等材料为王国维所利用，完成了中国第一篇敦煌文学专题论文。傅芸子对狩野直喜作了很高的评价："盖于敦煌石室遗书所寓目者，可谓至夥，世界学者恐无几人。关于经籍方面卷子，如《古本尚书释文》、《毛诗》残卷等，已有考证介绍；而敦煌发见之俗文学乃亦特为注意，其卓识洵可钦敬。时敦煌书发见不久，存于伦敦、巴黎者，国人尚未寓

① 狩野直喜著、汪馥泉译：《中国俗文学史研究底材料》，北京：《语丝》，第 4 卷第 52 期，1928 年第 12 期。

目。以我东亚人之最初阅览者，恐以狩野博士为最早；而博士以一经学家而能注意此种俗文学资料，且抄归不自珍秘，以示国人，尤为难得之至。吾人今日所见之《云谣集杂曲子》、《季布歌》、《孝子董永传》、《唐太宗入冥记》、《秋胡小说》等，皆狩野博士介绍于吾国者也。自经此种资料发见，吾人既见《云谣集杂曲子》，始知唐人词用韵之宽及词之本来面目。既见《季布歌》、《孝子董永传》，始知吾国古代有此种传变文。既见《唐太宗入冥记》、《秋胡小说》等，始知宋人话本之前，吾国已有以白话文写作小说者。其所予吾国文学史上之影响，至大且巨。至于韦庄《浣花集》所未载，久不传世之《秦妇吟》，及从未有人道及王敖之滑稽文章《茶酒论》，亦经狩野博士抄归或介绍，吾人始知唐代有此种作品也。总之，吾国近十年来，俗文学之兴起，一方固由于敦煌俗文学之力，而提高文学上之位置；然首先认识敦煌俗文学之价值者，恐推狩野博士为第一人，厥功诚不可没，故特表而出之，以谂国人。"①

二、敦煌文学的著录

敦煌文书除少数系刊本外，大都是写本，而且大部分分散在国外；因此，建立一个完整的编目便成了敦煌学研究者尤其是敦煌文学研究者的迫切期望。陈寅恪在为陈垣《敦煌劫余录》作序时指出：敦煌文献"自发见以来，二十余年间，东起日本，西迄法英，诸国学人，各就其治学范围，先后咸有所贡献。吾国学者，其撰述得列于世界敦煌学著作之林者，仅三数人而已。夫敦煌在吾国境内，所出经典，又以中文为多，吾国敦煌学著作，较之他国转过独少者，固因国人治学，罕具通识，然亦未始非以敦煌所出经典，涵括至广，散佚至众，迄无详备之目录，不易检校其内容，

① 傅芸子：《正仓院考古记·白川集》，第193～194页，沈阳：辽宁教育出版社，2000年。

学者纵欲有所致力，而凭藉无由也……敦煌者，吾国学术之伤心史也。其发见之佳品，不流于异国，即秘藏于私家……佛本行集经演义，维摩诘经菩萨品演义，八相成道变，地狱变等，有关小说文学史者也。佛说孝顺子修行成佛经，首罗比丘见月光童子经等，有关佛教故事者也。维摩诘经颂，唐睿宗玄宗赞文等，有关唐代诗歌之佚文者也……今后斯录既出，国人获兹凭藉，宜益能取用材料以研求问题，勉作敦煌学之预流。庶几内可以不负此历劫仅存之国宝，外有以襄进世界学术于将来"①。这实际上道出了所有编目者的学术追求。

这一时期的敦煌文献著录实际上分为五大块，即国内、巴黎、伦敦敦煌文献目录和有关文献散录及敦煌文学专科目录。

巴黎、敦煌文献目录在伯希和进京后即已开始。1909 年，罗振玉发表《敦煌石室书目及发见之原始》(《东方杂志》六卷十期)，后来补写成《莫高窟石室秘录》(《东方杂志》六卷十一、十二期)，最后改定为《鸣沙山石室秘录》，于年底或翌年初由国粹学报社印行，共记石室书目 67 种，其中便有文学作品《秦人吟》(实即《秦妇吟》)。罗氏后来将有关敦煌遗书的叙录汇编为《雪堂校刊群书叙录二卷》出版。1910 年，端方将伯希和寄来的照片交刘师培，刘写成《敦煌新出唐写本提要》。其中便著录有《毛诗故训传国风残卷》(p. 2529)、《毛诗故训传邶风残卷》(p. 2538)、《文选李注卷第二残卷》(p. 2528)、《文选李注残卷》(p. 2527)、《文选白文卷残卷》等。

1924 年，叶恭绰发起成立"敦煌经籍辑存会"，登报征求目录，欲汇编成一个总目。在此背景下，历史博物馆编成《海外所存敦煌经籍分类目录》(1926—1927 年《国立博物馆丛刊》第 1

① 陈寅恪：《陈垣〈敦煌劫余录〉序》，陈寅恪《金明馆丛稿二编》，第 266～267 页，北京：三联书店，2001 年。

卷1、2、3期)。不过,这个总目并没有完成。1923年,罗福苌根据伯希和目录翻译《巴黎图书馆敦煌书目(2000—3511号)》(《国学季刊》一卷四期)。1933年,陆翔再次翻译了伯希和《巴黎图书馆敦煌写本目录》(《国立北平图书馆馆刊》7卷6期、8卷1期)。1925年10月,刘复发表《敦煌掇琐叙目》(《北大国学月刊》第3期)。王重民编成《伯希和劫经录》初稿,并以《巴黎敦煌残卷叙录》为题在《大公报·图书副刊》连载(1935年5月23日—1937年8月22日),最后结集为《敦煌残卷叙录》第一辑第二辑出版。其中叙录的文学卷子包括《毛诗音》、《东皋子集》、《楚辞音》、《故陈子昂遗集》、《文选音》、《唐人选唐诗》、《云谣集杂曲子》、《李峤杂咏》、《高适诗集》、《白香山诗集》、《甘棠集》、《文选》等,这些卷子中也有作者往伦敦翻阅斯坦因所劫卷子而做的叙录。1940年,姜亮夫发表《瀛外访古劫余录·敦煌卷子目次叙录》(《志林》第1期、《说文月刊》第二卷第四期)。

大英博物馆的有关人员对前往调查敦煌写卷的学者设置了种种障碍,而翟里斯的《大英博物馆藏敦煌汉文写本注记目录》直到1957年才出版,因此伦敦所藏敦煌文献的编目工作更是曲折。罗福苌根据沙畹从大英博物馆抄本转录和展览厅展出卷子记录写成《伦敦博物馆所藏敦煌书目》,1923发表于《国学季刊》一卷一期。1939年向达的《伦敦所藏敦煌卷子经眼目录》发表于《图书季刊》新1卷4期,其中著录了作者寓目的大量文学作品。国内完整的目录为刘铭恕编成的《斯坦因劫经录》(1957年)。

我国学者拍摄回的照片也由袁同礼写成《国立北平图书馆现藏海外敦煌遗籍照片总目》,发表于《图书季刊》第2卷第4期。

京师图书馆所藏敦煌文献目录的编成有一段漫长的、不断改进的历程。敦煌文献入藏后,佛学家李翊灼在1911—1912年间编成《敦煌石室经卷总目》和《敦煌石室经卷中未入藏经论著述目录》(疑伪外道目录附)。1922年陈垣在《敦煌石室经卷总目》的基础上进行全面考订,1929年傅斯年和陈寅恪敦请陈垣修订付印,1931年由中央研究院历史语言研究所以《敦煌劫余录》为书名刊印,其第十四帙为周叔迦的《续考诸经》。1935年北平图书馆胡鸣盛、许国霖又在此基础上编成《敦煌石室写经详目》。另外,不太完整的经卷也陆续清理出来了,并在这一年的年初编成了《敦煌石室写经详目续编》。1936年,北平图书馆敦煌遗书秘密转移到上海英国租界,后又转移至法租界。写经组解散,编目也束之高阁,直到1987年北图搬家时才发现。此外,1936年许国霖《敦煌石室写经题记与敦煌杂录》(上海商务印书馆)出版,敦煌杂录分8类,为非佛典史料文书。其中变文类8种12卷,偈诵类29种32卷,传记类4种4卷。许国霖还有《敦煌石室写经题记汇编》一书,由北平菩提学会出版。1943年《说文月刊》第3卷10期发表董作宾《敦煌纪年——敦煌石室写经纪年表》,部分篇幅对变文之代兴作了论述。

需要强调的是,1928年中央研究院历史语言研究所成立对敦煌文献整理的促进作用。当时的所长傅斯年在《历史语言研究所工作之旨趣》中指出:"着实不服气就是物质的原料以外,即便学问的原料也被欧洲人搬了去乃至偷了去。""我们要科学的东方学之正统在中国!"①第二年6月,史语所改为三组,陈寅恪的历史组计划对内阁大库明清档案、汉晋简牍和敦煌遗书进行整理和研究。《敦煌劫余录》便是作为史语所专刊第四种出版的,陈寅恪在序言中正式提出了敦煌学这一学术概念。

此外,还有学者对流散在国内和东洋的敦煌文献作了著录。

① 傅斯年:《历史语言研究所工作之旨趣》,刘梦溪《中国现代学术经典·傅斯年卷》,第346、350页,石家庄:河北教育出版社,1996年。

这些敦煌文献散录包括如下数种：1914 年，罗振玉东渡日本，从橘瑞超处目睹大谷探险队所获敦煌文书目录，抄编成《日本橘氏敦煌将来藏经目录》（见《雪堂丛刊》第十种）。罗氏《贞松堂藏西陲秘籍丛残》收录《罗振玉藏敦煌卷子目录》。1926 年，叶恭绰发表《关东厅旅顺博物馆所存敦煌出土之佛教经典》（《图书馆学季刊》一卷四期）。1933 年 12 月 15 日～21 日《中央时事周报·学觚》发表《德化李氏出售敦煌写本目录》。1939 年，董康出版《书舶庸谭》（诵芬室刻本），卷九收有《刘幼云（廷琛）藏敦煌卷子目录》。

敦煌文学专题目录的编制也在上述努力的基础上有了起色。向达著有《记伦敦所藏的敦煌俗文学》（1937 年《新中华杂志》第五卷第十三号）、《敦煌丛抄叙录》（《国立北平图书馆馆刊》第五卷第六号）和《敦煌所出俗讲文学作品目录》（附《唐代俗讲考》后）。傅芸子的《敦煌俗文学之发见及其展开》（《中央亚细亚》第一卷第二期，1941 年 10 月；又载傅芸子《正仓院考古记·白川集》，辽宁教育出版社，2000 年）和关德栋的《变文目》（1948 年《俗文学》第 64 期），列出他们考出的变文作品，带有总结性质。1943—1946 年，南京国立编译馆的王庆菽着手编唐代小说总目提要，除利用《敦煌掇琐》、《敦煌零拾》、《敦煌劫余录》、《敦煌杂录》中提供的信息外，还利用了王重民抄寄的英法所藏俗文学作品 14 篇。向达《记伦敦所藏的敦煌俗文学》是最早的文科类专科目录，将“看到的关于敦煌俗文学的卷子，大约四十卷左右”作了排列：

s. 4398 纸背降魔变一卷，s. 4654 舜子变一卷，s. 5437 汉将王陵变，s. 4571 维摩诘经唱文，s. 1156 纸背大汉三年楚将季布骂阵词文一卷，s. 2056 纸背大汉三年楚将季布骂阵汉王羞耻群臣骂收军词文一卷，s. 5439 季布歌，s. 5440 季布骂阵词文，s. 5441 捉季布传文一卷大汉三年楚将季布骂阵汉王羞耻群臣骂收军词文，s.133 纸背秋胡小说，s.328伍子胥小说，s.778 王梵志诗集，s.2710 王梵志诗一卷，s.3393 王梵志诗一卷，s.5441 王梵志诗集卷中，s.2947 百岁篇，s.5549 百岁篇一卷，s.1588 叹百岁诗，s.3877 纸背下女夫词一本，s.5515 下女夫词，s.5949 下女夫词一卷，s.4129 书十二时曲崔夫人训女文，s.4329，s.3835 百鸟名，s.1339 纸背少年问老，s.2204 孝子董永太子赞父母恩重赞十劝禅关，s.2679 禅门五更曲禅门十二时曲，s.2922 韩朋赋一卷，s.3904 韩朋赋，s.3227 韩朋赋一卷，s.4901 韩朋赋，s.214 燕子赋一卷，s.6297 燕子赋，s.1163 太公家教一卷，s.1291 太公家教，s.3835 太公家教一卷，s.6173 太公家教，s.4307 新集严父教一本。

三、敦煌文学的整理

敦煌文献的整理工作与敦煌文献的收集和著录是同步的。胡适在《白话文学史》自序中谈到有关情况："敦煌石室的唐五代写本的俗文学，经罗振玉先生、王国维先生、伯希和先生、羽田亨博士、董康先生的整理，已经有许多篇可以供我们的采用了。我前年(1926)在巴黎伦敦也收集了一点俗文学的史料。这是一批很重要的新材料。"①

伯希和向学界公布敦煌密宝之时，便是我国学者整理敦煌文献之时。1909 年 9 月，王仁俊由国粹堂刊行《敦煌石室真迹录》30 篇。他在"前言"中指出"俊则赍油素握铅椠怀饼就钞者 4 日。复读其归国报告书一册，乃择要甄录凡关系历史、地理、宗教、文学者，详加考订……录入以下五卷焉。"②但其中的《张淮

① 胡适：《白话文学史》(上卷)，"自序"，第 6 页，合肥：安徽教育出版社，1999 年。该书原由上海新月书店 1928 年出版。

② 又载上海：《孔教会杂志》，1913 年第 1 卷第 1 期。

深传》、《惠超往五天竺国传》等文学材料有按语无录文。1909年11月，罗振玉、蒋黻出版《敦煌石室遗书》(诵芬室铅印本)，除蒋黻《沙州文录》外，尚收敦煌卷子11种，并附录有关报告。其中有《惠超往五天竺国传残卷》这样带有文学色彩的卷子。另外，存古学会出版《石室密宝》(图五幅，文十种)，为民国初年上海有正书局影印本。①

后来，伯希和次第邮来敦煌文献的照片，罗振玉次第加以整理出版。

1913年，罗振玉《鸣沙石室佚书》18种(上虞罗氏宸翰楼影印本)出版。他在序言中云："海内再见古佚宝有二，一是殷墟甲骨文字，二是西陲之简轴。""宣统改元，伯希和君始为予具言之，既就观目录，复示以行籍所携，一时惊喜欲狂，如在梦寐，亟求写影。遽承许诺，后先三载次第邮至，则斯篇所载是也。"②其中有文学文献《唐人选唐诗》和《太公家教》。

1917年，罗振玉《鸣沙石室佚书续编》(上虞罗氏宸翰楼影印本)出版，为4种宗教典籍。

1917年，罗振玉出版《鸣沙石室古籍丛残》(30种，伯希和寄品，从此中断。罗氏日本影印本)，分"群经丛残"和"群书丛残"。前者录有《唐写本毛诗传笺》和《六朝写本毛诗传笺》(共六个写本)，后者录有《唐永隆写本文选卷二》、《唐写本文选》、《唐永隆写本文选卷第二十五》、《隋写本文选》和《唐写本玉台新咏》。

罗氏后来又将这些文献汇编为《敦煌石室遗书百廿种》，刊刻出版，以广流传。不过，在编排上作了调整，具体目次为：《敦煌石室遗书》、《鸣沙石室佚书》、《敦煌石室碎金》(内有《毛诗豳

① 又见常钧、王重民纂，存古学会编：《敦煌杂抄·敦煌随笔·巴黎残卷叙录·石室密宝》，黄永武主编《敦煌丛刊初集》第9册，台北：新文丰出版公司，1985年。

② 罗振玉：《〈鸣沙石室佚书〉序》，1913年上虞罗氏宸翰楼影印本。

风残卷》、《流沙访古记》、《贞松堂藏西陲秘籍丛残》(内有《鱼歌子词残页》、《文殊问疾佛曲》,也包括《鸣沙石室古籍丛残》)、《敦煌零拾》、《敦煌零拾附录》、《敦煌古写本诸经校勘记周易王注二卷》、《敦煌古写本毛诗校记》、《散颁刑部格一卷》。①

罗氏家族成员也为敦煌文献的整理作出了贡献。

1924 年,罗继祖出版《敦煌石室遗书三种》(上虞罗氏影印本)。

1924 年,罗福葆出版《沙州文录补》(上虞罗氏编印)。他在序中指出:"宣统初年,蒋伯丈黻就伯希和博士行箧中所携敦煌古卷轴,录其残丛文字为《沙州文录》,既已印行矣。及辛亥国变,家大人避地海东,值日本大谷伯爵展览其所得西陲古卷轴、古器物于往吉之二乐庄别墅。先叔兄每怀椠侍家大人往观,辄录其残丛文字以归。嗣京都大学教授狩野博士,游历欧洲,复就英法两馆,手录西陲残籍。先兄复手录之,将以续蒋丈之书,而尚待增续。及辛酉岁,先兄不禄,家大人因蒋丈文录文完,命予重校印。因从王丈借录先兄旧稿并就。家大人返国后,所得与在欧洲有影本流传者,合辑为一卷,以竟先兄未竟之志,其出自他处,不自敦煌者,别为卷附。""卷中凡英伦博物馆所藏,皆从狩野博士移录。"②其中有文学文献《回文诗》、《孝子董永传》、《唐太宗入冥残小说》、《秋胡小说残卷》、《僧道猷残诗》、《刘廷坚诗》、《十二娘祭叔父文》等。

关于罗氏的贡献,王国维在多处作了评价。他指出:"古来新学问起,大都由于新发现","中国纸上之学问赖于地下之学问者,固不自今日始","自汉以来,中国学问上之最大发现有三:一

① 黄永武主编:《敦煌丛刊初集》第 6～8 册,台北:新文丰出版公司,1985 年。

② 罗福葆:《〈沙州文录补〉序》,1924 年上虞罗氏编印本。

为孔子壁中书，二为汲冢书，三则今之殷墟甲骨文字、敦煌塞上及西域各处之汉晋木简、敦煌千佛洞六朝及唐人写本书卷、内阁大库之元明以来书籍档册。”“其中佛典居百分之九五，其四部书为我国宋以后久佚者：……集部有唐人词曲及通俗诗小说各若干种。己酉冬日，上虞罗氏就伯氏所寄影本，写为《敦煌石室遗书》，排印行世。越一年，复印其景本，为《石室密宝》十五种。又五年癸丑，复刊行《鸣沙石室逸书》十八种。又五年戊午，刊行《鸣沙石室古籍丛残》三十种。皆巴黎国民图书馆之物。而英伦所藏，则武进董授经（康）、日本狩野博士（直喜）、羽田博士（亨）、内藤博士（虎次郎），虽各抄录景照若干种，然未有出版之日。”① 因此，“其有功学术最大者，曰《殷墟书契前后编》，曰《流沙坠简》，曰《鸣沙石室古佚书》（按：18 种）及《鸣沙石室古籍丛残》（按：30 种）。此四者之一，已足敌孔壁、汲冢之所出。”②

此外，我国学者对日本敦煌文献也作了整理，如 1940 年金祖同出版《流沙遗珍》，收录的就是中村不折收藏品。③

敦煌文学专题文献的出版也肇始于罗振玉，后来有刘半农、许国麟、郑振铎踵其步武。

1923 年罗振玉出版《敦煌零拾》，这是第一部专科类文学文集，收有《秦妇吟》、《云谣集杂曲子三十首》（后缺 12 首）、《季布歌》、《佛曲三种》（《降魔变文》、《维摩诘经讲经文》、《欢喜国王缘》）、《俚曲三种》、《小曲三种》（《鱼歌子》、《长相思》、《鹊踏

---

① 王国维：《最近二三十年中中国新发现之学问》，王国维《静庵文集》，第 203～204 页，沈阳：辽宁教育出版社，1997 年。

② 王国维：《〈雪堂校刊群书叙录〉序》，王国维《观堂集林》，第 714 页，石家庄：河北教育出版社，2001 年。

③ 见史岩纂金祖同辑李证刚纂：《敦煌石室画像题识·流沙遗珍·敦煌石室中未入藏经论著述目录》，《敦煌丛刊初集》第 5 册，台北：新文丰出版公司，1985 年。

枝》)、《搜神记》一卷。罗振玉、王国维跋文对它们的来源进行了研究,并作了分类和校勘。①

1925 年刘复《敦煌掇琐》②出版,共计 17 类 104 件。其文学类目如下:小说类(14 件):2653《韩朋赋》(原、全);2654《晏子赋》(原、全);2653《燕子赋》;2653《燕子赋》;2648《季布歌》(拟、残);2747《季布歌》(拟、残);3386《季布骂阵词文》;3248《丑女缘起》;3213《伍子胥》;2794《伍子胥》;2721《舜子变至孝文》;2962《西征记》;2553《昭君出塞》;2718《茶酒论》。杂文类(7 件):2564《研黚新妇文》;3086《那梨国神话》;2955《佛国种种奇妙鸟》;2129《海中有神龟》;2129《老少问答寓言》;2633《崔夫人要女文》;3168《女人百岁篇》。小唱(8 件):3137《翠柳眉间绿》;3125《闻阿耶名字何何》;3123《一只银瓶□两手全》;2838《云谣集杂曲子共三十首》;1809《孟姜女等小唱七道》;2647《五更调小唱》;3137《悔嫁风流婿》;3360《十四十五上战场》。诗(5 件):3418《五言白话诗》;3211《五言白话诗》;2718《王梵志诗》;2129《禅师四首》;2748《王昭君怨》。经典演绎(11 件):2734《太子十二时》;2483《太子五更转》;3065《太子入山修道赞》;2963《南宗赞》;2721《新集孝经十八章》;2721《开元皇帝赞金刚经》;2809《劝戒杀生文》;2713《辞娘赞说言》;3117《救诸众生苦难经》;2650《劝善经》;3117《新劝善经》。

郑振铎主编的《世界文库》由上海生活书店于 1936 年出版,收有不少敦煌文学资料。此外,他还编有《敦煌俗文学参考资料》、《变文及宝卷选》等资料。《世界文库》所收敦煌文学资料均有郑氏写的注释或跋语,交代了材料的来源。此外,郑氏还对一

---

① 黄永武主编:《敦煌丛刊初集》第 8 册,台北:新文丰出版公司,1985 年。

② 黄永武主编:《敦煌丛刊初集》第 15 册,台北:新文丰出版公司,1985 年。

些材料作了校订。总计有如下一些材料:第五册收《王梵志诗一卷》,第六册收《云谣集杂曲子共三十首》,第九册收《八相变文》,第十册收《大目犍连冥间救母变文并序》、(附录一)《目连变文第二种》、(附录三)《目连变文第三种》,第十一册收《维摩诘变文第二十卷》、《维摩诘变文持世菩萨第二》、《维摩诘经变文"文殊问疾第一卷"》,第十二册收《王昭君变文》、《舜子至孝变文》。这些材料一部分为郑氏从伦敦和巴黎抄回的材料,一部分为国内所藏或国内已出版的材料。

1936 年,许国霖《敦煌石室写经题记与敦煌杂录》由上海商务印书馆出版。《敦煌杂录》分 8 类,为非佛典史料文书。其中变文类有《维摩诘所说经变文光字 94 号》、《佛本行集经变文潜字 80 号》、《八相成道变文云字 24 号》、《譬喻经变文衣字 33 号》、《目连救母变文丽字 85 号》、《目连救母变文霜字 89 号》、《目连救母变文盈字 76 号》、《目连救母变文成字 96 号》、《父母恩重变文河字 12 号》、《太子变文推字 79 号》、《阿弥陀经变文殷字 62 号》,偈诵类有《悉昙颂》、《维摩经颂》、《第八尊者代(门者)罗弗多罗大阿罗汉及第十一尊者罗护大阿罗汉颂》、《金刚经赞文》、《佛母赞一本》、《涅磐赞》、《大乘净土赞一本》、《净土乐赞》、《念佛赞》、《西方念佛赞》、《西方赞偈文》、《归西方赞》、《八十四愿赞》、《僧功德赞》、《悉达太子赞一本》、《出家赞》、《辞娘赞文》、《尸毗王舍身赞》、《五台山赞文》、《太上皇帝赞》、《开元皇帝赞》、《散花乐制字 5 号》、《散花乐周字 90 号》、《散花乐果字 11 号》、《归去来文字 89 号》、《辞道场文》、《劝善文皇字 76 号》、《劝善文结字 93 号》、《利涉法师劝善文》、《十恩德》、《了性勾》、《饮酒十过及念佛十功德文》、《五更调周字 70 号》、《五更调露字 6 号》、《南宗定邪五更转》,传记类有《义净三藏法师碑文》、《唐末禅宗杂记付法事》、《佛说诸经杂缘喻因由记》、《姓氏录》。此外,杂类当中还有《太公家教》、《杂诗》等作品,文疏类中的大部分作品都可列入文学的范畴。

此外，几部重要的敦煌文学作品（作品集）也在资料增加的基础上得到进一步的整理。

《云谣集杂曲子三十首》：伦敦藏本（斯 1441）《云谣集杂曲子三十首》存 18 首，董康在伦敦摄回照片，朱孝臧参校巴黎本，于 1924 年刻入《蕙风丛书》（又《彊村丛书》）。罗振玉据伯希和摄影本（1909 年收到部分照片，1928 年收到 18 首胶片残卷伯 2833，按：实际上是伦敦本）于 1924 年刻入《敦煌零拾》。刘复从巴黎抄回，1931 年刻入《敦煌掇琐》。1932 年，龙榆生据两本，定为 30 首，刻入《彊村遗书》。此外，还有郑振铎《世界文库》本（根据上述本子参校）、冒广生《新校云谣集杂曲子》本（《同声月刊》1941 年第 1 卷第 9 期）。唐圭璋撰有《云谣集杂曲子校释》（《文史哲季刊》1943 年第 1 卷第 1 期），王重民撰有《敦煌曲子词集》（商务印书馆 1950 年）。

《秦妇吟》：罗振玉《莫高窟石室秘录》著录为《秦人吟》。1912 年，狩野直喜游学欧洲，从斯坦因宅录敦煌写本《秦妇吟》残卷，王国维根据这一残卷及其他材料写出《敦煌发见唐朝之通俗诗及通俗小说》。1923 年，伯希和寄巴黎天复五年张龟写本和伦敦梁贞明五年安友盛写本给王罗二人。1924 年，罗、王为这两个本子写跋，罗氏刊入《敦煌零拾》；1924 年，王国维根据以上三个本子发表《韦庄的秦妇吟》（《国学季刊》一卷四号）。《通报》1926 年 24 卷 4～5 期发表英国人小翟里斯论文，1929 年张荫麟译成中文，载《燕京学报》1 卷 1 期。1931 年郝立权发表《韦庄秦妇吟笺》（《齐大学报》2 卷 2 期），1933 年黄仲琴发表《秦妇吟补注》（《中山大学文史学研究所月刊》1 卷 5 期），周云青发表《秦妇吟笺注》（商务印书馆），陈寅恪发表《读秦妇吟》（《清华学报》11 卷 4 期）和《秦妇吟校笺》，1947 年刘修业发表《秦妇吟校勘续记》。刘还交代了写作缘起："有三（王重民）于 1934 年赴法国巴黎图书馆工作，于整理敦煌写本时，复发现两种写本，为前人所未及，来书为余道及，并谓若综合前人研究之成果，不难重作一篇校勘记。”①

王梵志诗歌：1925年《敦煌掇琐》抄录巴黎三个写本，题《王梵志诗一卷》；1927年胡适《白话文学史》根据4个卷子对王梵志作了研究。1935年郑振铎校录《王梵志诗一卷》（伯2718、伯3266）、编辑《王梵志诗拾遗》（胡适引伯2914写卷及佚诗），收入《世界文库》第五册。王重民《伯希和劫经录》列出10个写本和伯3418、伯3724两个白话诗残卷。1932年《大正新修大正藏》第85卷收有“斯〇七七八王梵志诗并序”。矢吹庆辉《鸣沙余韵解说》（日本岩波文库1939年）对这一写本作了解说。1936年向达《记伦敦所藏的敦煌俗文学》记录了4个写本（斯0778、2710、3393、5441），1938年《伦敦所藏敦煌卷子经眼目录》又记录了2个写本（斯5474、5796）。

此外，关于赋等文体也不断被收集进有关的集子里。

如唐代文：1948年，正中书局出版卢前的《敦煌文抄》。

如唐代赋：1935年9月王重民写出《东皋子集跋》，考订抄本年代，并对《游北山赋》、《元正赋》进行了校勘、移录。（《巴黎敦煌残卷叙录》第1辑，北平图书馆1936年印行。《敦煌古籍叙录》卷五，中华书局，1979年。）同时还移录了高适《双六头赋》。1914年，叶德辉《双梅影阇丛书》收入白行简《天地阴阳交欢大乐赋》。

如唐诗：《鸣沙石室佚书》第4册（日本宸翰楼1913年9月影印本）和《雪堂校勘群书叙录》卷下将伯2567号写卷起名《唐人选唐诗》，并指出此残卷有六份。赵万里《芸庵群书题记》研究伯2552号《诗选》残卷，又发现两卷及同一本《诗选》残卷。1939

---

① 刘修业：《〈秦妇吟〉校勘续记》，南京：《学原》，1947年第1卷第7期。

年,向达著有《皇帝癸未年膺运灭梁再兴诗》,载《北平图书馆》季刊新1卷4期。

如敦煌曲子辞:1913年王国维《唐写本春秋后语背记跋》介绍了《望江南》2首、《菩萨蛮》1首。① 周泳先1935年编《敦煌词掇》,收敦煌曲子辞35首,后收入《唐宋金元词钩沉》(1936年排印本)。唐圭璋也有《敦煌唐词校释》(《中国文学》1944年1卷1期)行世。

另外,不少敦煌文学文献是以论文的形式发表在有关的刊物上。如向达的《敦煌丛抄(变文)》②和《弹门十二时曲(敦煌丛抄)》③。还有不少敦煌文学作品是附录在论文后,作为新发现或新校勘的成果发表。

日本学者对敦煌文献的整理也促进了中国文学的研究,因此,有必要作一介绍。日人羽田亨和伯希和于大正5年9月由上海东亚研究会发行《敦煌遗书》影印本第一集,后来又出版活字本《敦煌遗书》第一集,前者收有《惠超往五天竺国传残卷》,后者收有《小说明妃传残卷》。1931年,日人小岛祐马在巴黎发现《季布骂阵词文》残卷,共三百九十六句,载在他的《敦煌遗书所见录》里。矢吹庆辉博士有《鸣沙余韵外编》和《鸣沙余韵解说》(日本岩波文库1939年)。傅芸子研究《敦煌本温室经讲唱押座文》时曾指出该文"与《维摩经》《三身》《八相》诸押座文,合为一卷,日本矢吹庆辉博士自英伦摄影归,影印原卷于《鸣沙余韵外编》(昭和五年岩波书店),复收于《大正新修大藏经》卷85《古逸部》"。④ 神田喜一郎于昭和丁丑九月刊刻《敦煌秘籍留真》,影

① 见《观堂集林》卷21,北京:中华书局,1959年。

②《北平图书馆馆刊》1931年第5卷6期,1932年第6卷2、6期。

③《北平图书馆馆刊》1932年6卷6期。

④ 傅芸子:《敦煌本温室经讲唱押座文跋》,北京:《北大文学》,第1辑,1944年。

印有《毛诗音》、《冥报记》、《法琳别传》、《梁武帝发愿文》、《楚辞音》、《敦煌廿咏》、《文选》伯 3345、《文选》伯 2658、《文选音》等文，并指出："世有真赏，当不以为敝帚自珍耳。"①后来又编成《敦煌秘籍留真新编》，未出版而台湾光复，改由台湾大学印行。若干年后，王重民对此感慨万千："可是日本人神田喜一郎辑成了《敦煌秘籍留真新编》共三十四种，内有《楚辞音》、《毛诗音》、《文选音》等，1947 年由台湾大学印行。"②《敦煌秘籍留真新编》除了王氏提到的作品外，还包括《文选》伯 2656、《文选》伯 3345、《还冤记》。1924—1928 年，日本人还把巴黎、伦敦、日本的敦煌遗书编入《大正新修大藏经》第 85 卷，收入不少变文作品。

抗战爆发，北平图书馆敦煌遗书的整理和研究被打断，王重民和向达的海外调查工作被打乱，学者西迁，研究资料不易获得，敦煌文学的研究中断。他们新得的伦敦、巴黎两方面的四部书照片，由于抗日战争而没有印行。但是，他们对于敦煌文学文献的整理却一直在进行，他们搜集的材料为后来的敦煌文学的整理工作作出了贡献。

1951 年，王庆菽回国，将国外所得整理出了敦煌文学作品 196 篇，写出《敦煌俗讲文学及通俗小说总目提要》、《英法所藏敦煌卷子经目记》，为《敦煌变文集》的出版作了突出贡献。③ 姜亮夫根据自己抄录的敦煌卷子写了一部《敦煌学志》，分总论、经籍校录、杂录、文录、韵集、敦煌学论文集等六类。1949 年后，先后出版《莫高窟资料编年》、《敦煌学论文集》、《瀛涯敦煌经籍校

① 神田喜一郎：《〈敦煌秘籍留真〉序》，台湾大学，1947 年；参见黄永武编：《敦煌丛刊初集》，台北：新文丰出版公司，1985 年。

② 王重民：《敦煌四部书六十年(1900—1959)提纲》，《敦煌遗书论文集》，第 17 页，北京：中华书局，1984 年。

③ 王庆菽：《我研究、搜集敦煌文学变文的概况》，《敦煌文学论文集》，第 58 页，长春：吉林大学出版社，1987 年。

录》、《敦煌经籍杂录》、《敦煌文录》、《敦煌随笔》等专著。其中的杂录和文录所收全为文学类卷子。

王重民的贡献就更大。从 30 年代开始，他先后完成一系列著作，但直到 1949 年后才陆续发表出版。1950 年，《敦煌曲子词集》(30 年代开始整理，1940 年成书)由商务印书馆印行；1957 年，和向达、王庆菽等人主编的《敦煌变文集》，由人民文学出版社出版；1958 年 6 月，汇编《敦煌古籍叙录》，由商务印书馆印行；1962 年，王重民主持的《敦煌遗书总目索引》出版；1963 年，发表《补全唐诗》(《中华文史论丛》1963 年第 3 期)；1982 年，《敦煌诗集残卷》收入《全唐诗外编》，由中华书局出版；1981 年，《补全唐诗拾遗》发表于《中华文史论丛》第 4 辑；王重民最先发现并整理了 72 首敦煌诗歌，后由王尧整理，题名舒学《敦煌唐人诗集残卷》，发表于《文物资料丛刊》1977 年第 1 期。王重民去世后，刘修业整理出版了《敦煌遗书论文集》、《中国目录学史论丛》、《冷庐文薮》等专著。王重民发表《补全唐诗》时，曾在序言中交代自己的科研进程："敦煌遗书给我们保存了极其丰富的古典文学作品，最重要的有诗词、变文和俗曲。我在阅读和整理遗书的过程里，拟把这些古典文学作品分别辑为专集，词与变文已出书，诗与俗曲尚待校理。……自从一九三五年我开始这一工作……曾于 1942 年略加排比，编成草稿……直到 1954 年我才编成了这样形式的初稿。……1962 年《中华文史论丛》创办，我请求刊载出来。"①

敦煌文学的研究进程

"1909—1912，在中国，'敦煌学'的研究是一日千里，'敦煌

① 王重民：《补全唐诗》，上海：《中华文史论丛》，1963 年第 3 期。

学’的成就也是一日千里，‘敦煌学’的灿烂之花已经怒放了。”①“国人愈认识敦煌古籍的重要价值，而盗窃敦煌古籍的帝国主义侵略者和国内官僚资产阶级的‘学者’，便愈‘秘而不宣’。一九二〇年以后，敦煌古籍的发见已有二十年了，可是敦煌学的研究者，反因资料缺乏，大有停顿不前之势。一九二五年，刘半农先生从巴黎抄回一些语言文学资料；北京图书馆所藏的佛经中，也有不少的文学资料。因此，自从一九二五年以后，我国的敦煌学者，对于唐代俗文学和唐代韵书的研究，有了较多的进步。一九三四年以后，我和向觉民先生分别到了巴黎和伦敦，摄取了更多的四部书和文学资料照片。但由于抗日战争不久开始了，往日作科学研究的工作者，多数避居到西南，得不到资料，没有把敦煌学的研究深入下去。”②王重民的这些回忆是对敦煌学乃至敦煌文学研究历程的准确概括。纵观这一时期的敦煌文学研究，我们可以发现，它是由文献考订、总体研究、作品研究三部分构成。

一、文献考订

敦煌文学的研究首先是以提要、序跋的形式出现，以文献考订为主。罗振玉、王国维、刘师培、陈寅恪等人的成果都是如此。

1910 年，刘师培写出《敦煌新出唐写本提要》(《国粹学报》第七卷第 75～82 期)，侧重介绍写本，考订年代，并与传世他本校勘。其中《毛诗故训传国风残卷》(p. 2529)、《毛诗故训传邶风残卷》(p. 2538)、《文选李注卷第二残卷》(p. 2528)、《文选李注残卷》(p. 2527)、《文选白文卷残卷》(p. 2525)的提要与文学有关。“尽管以简明的提要形式写出，却抵得上一篇篇精粹的论文。时

① 王重民：《敦煌文物被盗记》，《敦煌遗书论文集》，第 14 页，北京：中华书局，1984 年。

② 王重民汇编：《敦煌古籍叙录》，第 4 页，北京：中华书局，1979 年。

至今日，他对写本四部书的校勘仍是不刊之论。”①

罗振玉的《雪堂校刊群书叙录》收集《敦煌石室遗书》、《鸣沙石室佚书》、《敦煌零拾》、《松翁近稿》等书中的跋文。在60余篇敦煌文献跋文中，涉及文学的有如下篇章：《唐写本毛诗传笺跋》、《毛诗·豳风残卷跋》(p. 2529，p. 1538，p. 2514，p. 2570，p. 2506)、《文选跋》(p. 2528，p. 2527，p. 2542，p. 2525)、《唐人选唐诗跋》(p. 2567)、《唐写本玉台新咏跋》(p. 2503)、《秦妇吟跋》、《云谣集杂曲子跋》、《季布歌跋》、《俚曲三种跋》、《佛曲三种跋》、《小曲三种跋》。罗氏的跋文主要对写本的状况、写本的年代及其与传世他本的差异进行了研究。

王国维为敦煌文献写的序跋约30余篇。涉及文学的有《唐写本韦庄秦妇吟跋》、《唐写本云谣集杂曲子跋》、《唐写本春秋后语背跋记》(三首词)、《唐写本太公家教跋》(《王国维遗书》第三册)、《唐写本季子歌》、《唐写本季子歌跋》(《王国维遗书》第四册)、《唐写本季布歌孝子董永传跋》(《观堂别集补遗》，《海宁王忠悫遗书初集》，上虞罗氏1927年铅印本)、《唐写本残小说跋》(《观堂集林》卷21)等。

陈寅恪利用敦煌文献写了不少精彩的论文，有关敦煌文学的研究却仍以跋文的形式出现：《有相夫人生天因缘曲跋》、《须达起精舍因缘曲跋》(《国学论丛》第1卷4号)、《敦煌本维摩诘经文殊师利问疾品演义跋》(《中央研究院历史语言研究所集刊》第2本1分，1930年版。又见《海潮音》第12卷第9期)(以上原刊《敦煌零拾》之《佛曲三种》)、《敦煌本维摩诘经文殊师利问疾品演义书后》(《清华周刊》1932年第37卷9、10期合刊)、《忏悔灭罪金光明经冥报传跋》、《敦煌本唐梵对字音般若波罗蜜多心

① 林家平、宁强、罗华庆：《中国敦煌学史》，第26页，北京：北京语言学院出版社，1992年。

经跋》、《三国曹冲华佗传与佛教故事》、《莲花色尼出家因缘跋》(《清华学报》1932年7卷1期文哲专号)、《读秦妇吟》(《清华学报》1936年11卷4期)等。

以上四人的研究都以文献的考订为主,但由于知识结构的变化而呈现不同特色。王国维尽管也和刘、罗一样对写本的状况、写本的年代及其与传世他本的差异进行了研究,但他关于敦煌俗文学的跋文明显增多。傅芸子曾经指出:"吾国从事此项之研究者,以罗振玉、王国维二氏为最早。罗氏有《雪堂校勘群书叙录》,王氏有《观堂集林》,所载关于敦煌遗书之序跋甚多,皆有创获之作;而罗氏影印敦煌佚书至夥,厥功尤伟。至于敦煌俗文学,亦以罗王二氏绍介于国人者为最早,然其启之者,则以日本狩野博士之力为多。"①

陈寅恪除了考订写本的有关情况外,还以其深湛的宗教学素养从文化史的高度对相关文本的故事来源作了考索,具有融会贯通的特色。比如,他在《莲花色尼出家因缘跋》中认为出家的记载有"七报"之说而少一报之叙事(即缺少佛典记载之母女共事一夫为莲花色出家之关键一报),"传写之伪误,或无心之脱漏,二种假定俱已不能成立",是由于不合国人心态而故意删削的。② 这就从文化史的角度解释了敦煌俗文学的传播心态。又如,陈寅恪写《敦煌本维摩诘经文殊师利问疾品演义跋》,"今取此篇与鸠摩罗什译《维摩诘所说经》原文互勘之,益可推见演义小说文体原始之形式,及嬗变之流别,故为中国文学史之绝佳材料"。在结论中,作者还作了理论上的把握:"盖《维摩诘经》本一

① 傅芸子:《敦煌俗文学之发见及其展开》,《中央亚细亚》,第1卷第2期,1941年10月;又载傅芸子:《正仓院考古记·白川集》,第193页,沈阳:辽宁教育出版社,2000年。

② 陈寅恪:《莲花色尼出家因缘跋》,北京:《清华学报》,1932年第7卷第1期文哲专号。

绝佳故事，自译为中文后，遂盛行于震旦，其演变滋乳之途径，与其在天竺本土者不期而暗合：即原无眷属之维摩诘，为之造作其祖父母妻子女之名字，各系以事迹，实等于一姓之家传，而与今日通行小说如《杨家将》之于杨氏，《征东》《征西》之于薛氏，所纪内容，虽有武事哲理之不同，而其原始流别及变迁滋乳之程序，颇复相似……当六朝之世，由维摩诘故事而演变滋乳之文学，有印度输入品与支那自制品二者，相对并行；外国输入者如《顶王经》等，至今流传不绝，本土自制者如《佛譬喻经》等久已湮没无闻，以同类之书，千岁而后，其所遭际殊异至此，诚可谓有幸有不幸者矣。尝谓吾国小说，大抵为佛教化，六朝维摩诘故事之佛典，实皆哲理小说之变相，假使后来作者，复递相仿效，其艺术得以随时代而改进，当更胜于昔人，而此类改进之作品，自必有以异于《感应传》、《冥报记》等滥俗文学。惜乎近世小说虽多，与此经有关系者，殊为罕见。岂以支那民族素乏幽渺之思，净名故事纵盛行于一时，而陈义过高，终不适于民族普通心理所致耶？”①这就从文化史的高度和比较文学的高度探讨了中印文学的影响及其差异，有高屋建瓴之感。

随着文献的不断发现，对于相关作品的考订和笺校仍是此后敦煌文学研究的重要内容。除了前面已经叙述到的关于王梵志诗、《云谣集杂曲子辞》、《秦妇吟》的整理研究外，主要文章将在“作品研究”中介绍。

二、总体研究

敦煌文学的总体研究主要表现为两个方面。一是对敦煌文学作品的总体把握，一是对敦煌文学相关体制特点的研究。

王国维的《敦煌发见唐朝之通俗诗及通俗小说》(《东方文

① 陈寅恪：《敦煌本维摩诘经文殊师利问疾品演义跋》，北京：《历史语言研究所集刊》，1930 年第二本第一分。

库》第 71 种《考古学零简》)是对敦煌文学做总体研究的第一篇论文,被认为是敦煌文学研究的首篇力作。他根据日本学者从欧洲获得的资料对《秦妇吟》(斯本)、《季布歌》(斯本)、《孝子董永传》、唐人小说《唐太宗入冥》(斯本)、俗体诗文《太公家教》(罗本斯本伯本)、唐人词《西江月》《菩萨蛮》、《云谣集杂曲子》(《凤归云》二首、《天仙子》,斯本)作了研究,"将敦煌文学的全貌简明的描述出来","堪称敦煌文学研究史上里程碑式的作品"。①

1928 年初,胡适《白话文学史》由上海新月书店出版。该书《自序》、《引子》、《佛教的翻译文学》(第九章第十章)、《唐朝的白话诗》(第十一章)认为敦煌文学给白话文学史增添了新史料、译经文学对中国文学产生了巨大影响,并进而认为敦煌文学是俗文学之源,首先在文学史著作中从文学史的高度充分肯定敦煌文学的价值。尽管后者是胡适计划中的下编的内容,但是他在上篇中的预告却深深地影响了此后的敦煌文学研究。

郑振铎《敦煌的俗文学》(《小说月报》1929 年 20 卷 3 号)在"敦煌文献及敦煌文学的估价"、"敦煌文学作品的研讨"、"中国小说的起源"、"关于俗文内部关系的探讨"、"对俗文学作者的大致揣测"、"《目连变文》的纵横比较"、"俗文与变文的影响"等方面做了探讨。他的这篇文章中的观点在后来的《插图本中国文学史》和《中国俗文学史》中不断得到修正、深化和拓展。

此外,对敦煌文学作总体研究的还有如下一些文章:郑振铎《词的起源》,《小说月报》第 20 卷第 4 号,《中国文学史》中世卷第 3 篇第 1 章;郑振铎《佛曲叙录》,《小说月报》1927 年 17 卷号外;徐家瑞《对于敦煌发现佛曲的疑点》,《国学月报汇刊》1926 年 1 集;郑振铎《三十年中国文学新资料发现史略》,《文学》1934

---

① 林家平、宁强、罗华庆:《中国敦煌学史》,第 43 页,北京:北京语言学院出版社,1992 年。

年2卷6号;姜亮夫《敦煌经卷在中国学术文化上之价值》,《说文月刊》1942年3卷10期;王庆菽《小说至唐始达成立时期之原因》,《中央日报》1947年10月6日《文史周刊》第92期;傅芸子《三十年来中国之敦煌学》,《中央亚细亚》1943年2卷4期;向达《敦煌学导论》,《图书季刊》新3卷第1～2期、1941年第6期。

关于敦煌文学体制的探讨是在向达、孙楷第等学者的推动下展开的。

向达的《论唐代佛曲》在佛曲钩沉和佛曲考原的基础上,"申论佛曲与俗文变文是两种不同的东西,以证罗氏之失"①。向达的《唐代俗讲考》论述了"唐代寺院中之俗讲"(考出"俗讲之与唱导,论其本旨,实殊而同归,异名而共实")、"俗讲之仪式"(伯3489号卷子纸背之"俗讲仪式")、"俗讲之话本问题"("私意以为俗讲话本名称,第一类之为押座文或缘起,第二类可以变文统摄一切大概可无问题……则俗讲话本第三类之名称,疑应作讲经文,或者为得其实也")、"俗讲文学起源试探"("私意以为俗讲文学之来源,当不外乎两途:转读唱导,一也;清商旧乐,二也")、"俗讲文学之演变"等问题。② 周一良认为:"向觉民先生《唐代俗讲考》贯串旧文,辅以新知,源源本本,对于唐代俗讲问题,可谓阐发无遗。第四节'俗讲之话本问题',以为俗讲文学作品大体可分为三类:押座文、变文、讲经文。辩近人一律称变文之误,尤具卓识。"③

---

① 向达:《论唐代佛曲》,《唐代长安与西域文明》,第270页,石家庄:河北教育出版社,2001年。

② 向达:《唐代俗讲考》,北京:《燕京学报》,第16期,1934年12月;重庆:《文史杂志》,第3卷第9～10期,1944年。

③ 周一良:《读唐代俗讲考》,上海:《大公报·图书副刊》,第6期,1947年2月8日。

论述变文和俗讲的文章还有如下一些:阎万章《说诸宫调与俗讲的关系》,北平《华北日报》1948 年 10 月 15 日《俗文学》第 68 期;孙楷第《读变文二则》,1936 年写,1951 年《现代佛学》第 1 卷 10 期;孙楷第《唐代俗讲轨范与其本之体裁》,《国学季刊》6 卷 2 号;关德栋《谈"变文"》,《觉群周报》1946 年 1 卷 1 期至 12 期;关德栋《略说"变"字的来源》,1947 年 4 月 14 日《大晚报·通俗文学》;傅芸子《俗讲新考》,《新思潮月刊》1946 年第 1 卷 2 期;傅芸子《敦煌俗文学之发见及展开》,《中央亚细亚》1941 年第 1 卷第 2 期;刁奴钧《变文研究》,《文艺先锋》1946 年 8 卷 1 期;觉先《从变文的产生说到佛教文学在社会上的地位》,《人海灯》1937 年 11 月 4 卷 1 期。

其中最重要的是孙楷第、傅芸子和关德栋的文章。孙楷第《唐代俗讲轨范与其本之体裁》是对向达观点的补充:"唐时僧侣讲论有所谓'俗讲'者……余友向君觉明有《唐代俗讲考》一文曾历引之,以为今敦煌写本所录诸说唱体俗文即唐时'俗讲'之本,其立义善矣。顾向君文限于体裁,其论说旨趣在证明唐代有'俗讲'之事,其'俗讲'之轨范、门类,以及其本之形式影响于后世之散乐杂伎者,则为篇章所限犹未得畅言之。""今释此诸本,语其流变,判为四科:一讲唱经文、二变文、三唱导文、四俗讲与后世伎乐之关系。"①但该文只就"唱经、吟词、吟唱与说解之人、押座文与开题、表白"等方面对讲唱经文的体制作了翔实的分析。傅芸子在《俗讲新考》开篇便指出"本篇小文乃继两君(向达、孙楷第)之后,对于当时俗讲地方的情状以及变文讲唱的方式,略作补益"②。关德栋《略说"变"字的来源》一文总结各种说法,提出

① 孙楷第:《唐代俗讲轨范与其本之体裁》,北京:《国学季刊》,第 6 卷第 2 号(1937 年模印,1938 年装于长沙)。

② 傅芸子:《俗讲新考》,上海:《新思潮月刊》,1946 年第 1 卷第 2 期。

自己的意见。《谈"变文"》是一篇长文,分变文的渊源(佛教翻译文学的影响、六朝时代佛教的唱导文学、唐代的俗讲与变文、唐代的变相与变文)、变文的体制(变文的组成、变文的分类)等几部分对变文作了阐释。

向达关于俗讲的论文还引起了一场大讨论。相关的论文如下:周一良《读唐代俗讲考》,1947 年 2 月 8 日《大公报·图书副刊》第 6 期;关德栋《读唐代俗讲考的商榷》,1947 年 4 月 12 日《大公报·图书副刊》第 15 期;向达《补说唐代俗讲二三事——兼答周一良、关德栋先生》,1947 年 5 月 9 日《大公报·图书副刊》第 18 期;周一良《关于俗讲考再说几句话》、向达《附记》,1947 年 7 月 20 日《大公报·图书副刊》第 31 期;吴晓铃《关于俗讲考也说几句话》,《华北日报》1947 年 7 月 4 日、9 月 12 日《俗文学》1、11 期。

三、作品研究

随着文献的不断面世,学者们对具体的作品展开了研究,现将敦煌讲唱文学宗教类作品的研究和非宗教类作品的研究以及诗词曲赋等方面的研究介绍如下。

宗教类作品的研究有如下一些文章:

胡适《维摩诘经唱文的作者与时代》,《胡适文存》三集,1930 年。

关德栋《丑女缘起故事的根据》,《中央日报·俗文学》第 9 期,1947 年 12 月 19 日。

青木正儿著,汪馥泉译《关于敦煌遗书目连缘起、大目乾连冥间救母变文及降魔变押座文》,《中国文学研究译丛》,上海北新书局,1930 年。

董康《圆鉴大师二十四孝押座文跋》,上海大东书局 1920 年石印本。

傅芸子《丑女缘起与贤愚经·金刚品》,《艺文》,1943 年第 3

卷第3期。

傅芸子《关于破魔变文——敦煌足本之发现》,《艺文》,1943年第3卷第3期。

傅芸子《敦煌本温室经讲唱押座文跋》,《北大文学》第1辑,1944年。

关德栋《降魔变押座文与目连缘起》,《文艺复兴·中国文学研究专号》,1948年12月号。附录原文。

陈志良《唐太宗入冥故事的演变》,《新垒月刊》1935年5卷1期。

徐调孚《讲唱文学的远祖——八相变文及其他》,《中学生》第189期,1947年。

仓石武四郎著,汪馥泉译《写在目连变文介绍之后》,《中国文学研究译丛》,上海北新书局,1930年。

郑振铎《大目犍连冥间救母变文并序》,《世界文库》第10册,上海生活书店,1936年。

赵景深《目连故事的演变》,《银子集》,上海永祥印书馆,1946年。

吴晓铃《说"诸佛世尊如来菩萨尊者名称歌曲"》,《海潮音》,1943年24卷5期。

关德栋《敦煌本的还怨记》,上海《中央日报》1948年7月3日《俗文学》77期。

这一类研究文章或作文献的校订,或揭示故事的宗教来源,或梳理故事的流变,各具特色。

非宗教类敦煌讲唱文学作品的研究论文有如下一些文章:

容肇祖《敦煌本韩朋赋考》,《庆祝蔡元培先生六十岁论文集》下册,《中央研究院历史语言研究所集刊》外编第一种,1935年。

董康《昭君变文跋》、《舜子至孝变文跋》,《书舶庸谭》,上海大东书局1920年石印本。

董康《茶酒论跋》,《书舶庸谭》,上海大东书局,1920年石印本。

容肇祖《唐写本明妃传残卷跋》,《民俗周刊》1928年第27、28期。

张寿林《王昭君故事演变之点点滴滴》,《文学年报》1932年1期。

王庆菽《季布歌考证》,《中央日报·文史周刊》1947年1月20日。

吴世昌《〈敦煌卷季布骂阵词文〉考释》,《史学集刊》1937年3期。附录校文。

王重民《敦煌本捉季布传文》,《北平图书馆馆刊》1936年10卷1号。附录校文。

王重民《敦煌本王陵变文》,《北平图书馆馆刊》1936年10卷6号。

王重民《敦煌本王陵变文跋》,《华北日报·俗文学》1937年8月29日。以史论文。附录原文。

王重民《敦煌本捉季布传文校录》,《北平图书馆馆刊》10卷1期,1936年2期。

刘修业《敦煌本伍子胥变文之研究》,1937年6月3日《大公报·图书副刊》184期。故事流变。附录变文。

王重民《金山国坠事零拾》,《北平图书馆馆刊》1935年9卷6期。

孙楷第《敦煌写本张义潮变文跋》,《图书季刊》3卷3期。附录原文。

孙楷第《敦煌写本张淮深变文跋》,《历史语言研究所集刊》1937年第7本第3分。

王重民《敦煌本董永变文跋》,《图书季刊》1940年新2卷3期。

王重民《敦煌本董永变文跋》,《大公报》(上海)《文史周刊》11期,1946年12月25日。

向达《敦煌本董永变文跋》,《图书季刊》1940年新2卷3期。

赵景深《董永故事的演变》,《小说论丛》。

邢庆兰《敦煌石室所见〈董永董仲歌〉与红河上游摆夷所传借钱葬父故事》,《边疆人文》1946年第3卷第5~6期。

这些文章可分为文献考订和故事研究两类。从事文献考订的是有缘见到写卷的学者,如王重民和吴世昌对季布写卷的考订。王氏说:"民国元年,狩野直喜博士游欧,从斯坦因抄回残卷一……十三四年前,刘半农先生留学巴黎,又抄回残卷三……余来巴黎,又发现3697号卷子全本。"①吴氏也说:"现在我把狩野抄的一卷《季布歌》、刘氏抄的二卷《季布歌》和一卷《季布骂阵词文》合起来仔细校,知道这四卷实在是一整卷的《季布骂阵词文》。"②从事故事研究的学者大都是民俗学民间文学研究者,多以故事史事的考证和故事流变的梳理见长。如容肇祖的《敦煌本韩朋赋考》这一长篇巨制,从韩朋故事最早的记载及韩朋夫妇名氏职位的歧异,《史记》里所说的韩冯,古书上所说的宋王,韩朋故事产生的地域及自北移南的关系,化鸳鸯的故事在古书及唐诗上的引用,化蝶故事的产生以及其他的幻化,韩朋的古迹,《青陵台歌》、《乌鹊歌》的著录及故事盛行于文人间的原因,《韩朋赋》的内容、用韵及其时代的推测《韩朋赋》的体制,余说——纳兰性德诗词中的韩冯等方面对这一故事作了竭泽而渔的研究。

① 王重民:《敦煌本捉季布传文》,北京:《北平图书馆馆刊》,1936年第10卷第1号。

② 吴世昌:《〈敦煌卷季布骂阵词文〉考释》,北京:《史学集刊》,1937年第3期。附录校文。

关于诗词歌赋方面的研究有如下一些文章。

王国维《韦庄的秦妇吟》,《国学季刊》1923 年 1 卷 4 号。

胡适《白话诗人王梵志》,《现代评论》1927 年 12 月第 6 卷 156 期。

郑振铎《王梵志诗跋》,《世界文库》第 5 册,生活书店,1936 年。

菊隐《初唐的民间诗人王梵志》,《西北公论》,1942 年第 2 卷 6 期。

刘复《敦煌写本中之孟姜女小唱》,《歌谣周刊》,1925 年 83 号。

赵万里《唐写本文心雕龙残卷校记》,《清华学报》,1926 年 3 卷 1 期。

周千蕊《评秦妇吟》,《中日文化》,1941 年第 1 卷 5 期。

冯友兰《评秦妇吟校笺》,《国文月刊》,1941 年第 8 期。

刘修业《秦妇吟校勘续记》,《学原》1947 年 1 卷 7 期。

张尔田《与龙榆生论云谣集书》,《同声月刊》1941 年 1 卷 10 期。

冒广生《新校云谣集杂曲子》,《同声月刊》1941 年 1 卷 9 期。

魏建功《十二辰歌》,天津《大公报》1947 年 4 月 2 日《文史周刊》23 期。

傅芸子《五更调的演变——从敦煌的叹五更到明代的闹五更》,《中国留日同学会季刊》,1943 年 9 月第 1 号。

王重民《说五更转》,《申报》1947 年 12 月 13 日《文史》2 期。

王重民《说十二月》,《申报》1948 年 1 月 24 日《文史》7 期。

王重民《说五更转》,《申报》1948 年 5 月 8 日《文史》22 期。

唐圭璋《敦煌唐词校释》,《中国文学》1944 年 1 卷 1 期。

敦煌诗词歌赋不是此期研究的重点,但是有些文章还是开启了学术研究的方向。如胡适《白话诗人王梵志》:“去年我在巴黎检读伯希和先生从甘肃敦煌莫高窟带回去的六朝唐五代的写本,检得三个残卷,都是王梵志的诗。”“曾借抄董康先生钞日本羽田亨博士摄影本”,并辑佚10首,对王梵志生平、诗歌作了考证和分析。① 这无疑是王梵志研究的一个重要的起点。

敦煌文学研究的若干特点

由于受材料、观念和知识结构等因素的影响,这一时期的敦煌文学研究带有很强的探索性。尽管不少观点带有局限性,但整个研究是不断向前推进的。概而言之,这一时期的研究具有如下一些特点。

一、随材料的发现而进展

敦煌藏经洞里的俗文学材料保留的是一千多年前的文学文本,在我国的文献上早已失载,而且面世的过程又非常曲折,东鳞西爪一点一点地被挖掘出来。因此,学术界对这些材料的认识和研究也经历了一个曲折的过程。在这方面,向达颇有感触:“本文初稿曾刊《燕京学报》第16期。其后获见英法所藏若干新材料,用将旧稿整理重写一过。一九四零年向达谨记于昆明。”“唯以作者之志在于化俗,是以文辞鄙俚意旨浅显。敦煌学者之于此种作品,非意存鄙弃,即不免误解;研究通俗文学者又多逞臆之辞,两者俱未为得也。”②傅芸子对此体会也很深:“关于敦煌俗文学,前虽有人为文绍介,然因近年新材料之继续的发见,

① 胡适:《白话诗人王梵志》,北京:《现代评论》,1927年12月第6卷156期。

② 向达:《唐代俗讲考》,北京:《燕京学报》,第16期,1934年12月;重庆:《文史杂志》,第3卷第9~10期,1944年。

因之亦获得与前不同之新的解释。”①

由于写本的残缺不全和写本的不易获得，常常导致学者对有关文本产生错觉，只有等到文献充分挖掘出来后，才能有正确的认识。这在当时是一个普遍的现象。如傅芸子在研究《破魔变文》时就提到这一现象：“此种敦煌古写本变文，残阙的居多，完整的很少，像伦敦巴黎所藏的《大目犍连冥间救母变文》那样首尾完备的实不多见，可惜都流传到海外去了！非我国人所有。幸而有一卷结构宏伟、篇幅完整的《降魔变文》，前些年出现于世，为歙县胡氏所购藏，保存于国内。此卷在罗叔言氏《敦煌零拾》里，也收藏过残卷，自从那足本发现后，才知道这卷子的题目，也是《降魔变文》。又法人伯希和氏，自敦煌携走的卷子里，尚有《降魔变押座文》、《破魔变文》共一卷(伯 2187)。此卷最早曾经冈崎文夫氏自巴黎抄回，由青木正儿氏简单介绍于《支那学》中，当时也没引用原文，洎至后来《降魔变文》出现，所以世间对于这两个变文是一是二，多莫名其妙，连亲到巴黎去的郑西谛氏也没有看到此卷，所以他说：巴黎国家图书馆藏有《降魔变押座文》(伯 2187)一卷，又《破魔变押座文》(同上号)(按今检之原卷抄本，仅有《破魔变文》而无《押座文》，郑氏有误)一卷，不知与这部《降魔变文》有什么不同处。或是另一个抄本吧？而《破魔变文》不知和《降魔变文》有什么不同。惜今日未读到原文，尚不能定论。——《中国俗文学史》上册第六章“变文”。前年为预备编《俗文学研究》讲义，曾收集变文资料，在日本承青木正儿介绍，蒙冈崎文夫氏好意，将他巴黎手抄变文三种的旧笔记借来，抄得《降魔变押座文》《破魔变文》，如获至宝，可惜误字脱句甚

① 傅芸子：《敦煌俗文学之发见及其展开》，北京：《中央亚细亚》，第 1 卷第 2 期，1941 年 10 月；又载傅芸子：《正仓院考古记·白川集》，第 191 页，沈阳：辽宁教育出版社，2000 年。

多,很是费解。后来又蒙那波利贞氏盛意,据他旅法时的抄本,为我校补一下,于是始成完璧。从看了这个抄本以后,才知道《降魔变文》与《破魔变文》并非一个东西。……至于《降魔变押座文》,实应作'破魔'而非'降魔',因此一点,所以使人易于误会了。"①

关于这些讲唱文学的称呼问题,也经历了一个复杂的认识过程。傅芸子从文献搜集的角度谈到这一问题:"最初介绍此种文体者为罗振玉氏之《敦煌零拾》,内有《佛曲》三种,时尚未知有变文之目,罗氏名为'佛曲'也。变文之名最早介绍于世者,恐即胡适博士所记之《维摩诘经变文》,而狩野博士抄归之《孝子董永》,今知实亦变文,不过仅存唱词而已。厥后日本冈崎文夫博士又在巴黎抄得《目连缘起》、《大目犍连变文》、《破魔变文》三种,由青木正儿、仓石武四郎两博士为文绍介于《支那学》中,自是变文之名益著。继之者为刘复、小岛祐马、郑振铎、王重民、那波利贞诸君,先后续有钞录,而国立北京图书馆所藏变文,嗣亦整理完毕。"②郑振铎则从文献研究的角度谈到这一问题:"在前几年,对于变文一类的东西,是往往由编目者或叙述者任意给他以一个名目的。或称之为'俗文',或称之为'唱文',或称之为'佛曲',或称之为'演义',其实都不是原名。又或加'明妃变文'以'明妃传'之名,'伍子胥变文'为'伍子胥'或'列国传',也皆是出于臆度,无当原义。"③

这些称呼中影响最大的是"佛曲",为学界所沿用。徐嘉瑞

① 傅芸子:《关于破魔变文——敦煌足本之发现》,北京:《艺文》,1943年第3期。

② 傅芸子:《敦煌俗文学之发见及其展开》,北京:《中央亚细亚》,第1卷第2期,1941年10月;又载傅芸子:《正仓院考古记·白川集》,第195页,沈阳:辽宁教育出版社,2000年。

③ 郑振铎:《插图本中国文学史》,第455页,北京:北京出版社,1999年。该书初由北京朴社1932年出版。

撰文指出："所以我断定敦煌所遗俗文，即是天竺乐中的佛曲。原抄虽无佛曲之名，而罗振玉先生已在《敦煌零拾》上标目为佛曲，这是很妥当的。并断定天竺乐佛曲的体裁也是弹词体，因为印度经文的体裁，即是弹词体。"①容肇祖也指出："这类的作品，就敦煌石窟发现计之，除了佛曲——如京师图书馆所藏《佛本行集经俗文》、《八相成道俗文》、《维摩诘所说经俗文》，以及罗振玉先生编印的《敦煌零拾》中所有的佛曲——不易发现了。"②佛曲这一称呼流传之广，以上两文可以窥一斑而见全豹矣。

但这一称呼一开始就受到质疑。陈寅恪《敦煌本维摩诘经文殊师利问疾品演义跋》是为罗氏《敦煌零拾》而作，他在文章中反对罗氏的界定，建议改称"演义"。

向达一开始也相信这一说法，后来接触到更多的材料，于是撰文加以修正，在学术界产生了很大的影响。在论文集《唐代西安与西域文明》的"作者致辞"中，向达作了说明："开始接触到佛曲这样一个名词，于是追溯到音乐方面，提出了龟兹苏祇婆琵琶七调渊源于印度北宗音乐的假设。后来逐渐明白佛曲与敦煌所出通俗文学中的变文是两回事，佛曲与龟兹乐有关，而变文一类的通俗文学乃是唐代通行的一种讲唱文学即俗讲文学的话本。1937 年在巴黎看到记载俗讲仪式的一个卷子，这一问题算是比较满意地解决了。"③在论文《论唐代佛曲》中，作者说得更详细："那时不知是哪一位朋友远远地从云南寄了几期《澎湃》给我，在十三、十四两期中得读徐嘉瑞先生所著《敦煌发见佛曲俗文时代

---

① 徐嘉瑞：《敦煌发见佛曲俗文时代之推定》，昆明：《澎湃》，1925 年第 13、14 期；上海：《文学周报》，第 199 期，1935 年 11 月。

② 容肇祖：《唐写本明妃传残卷跋》，广州：《民俗周刊》，第 27、28 期，1928 年。

③ 向达：《唐代西安与西域文明》，"作者致辞"，石家庄：河北教育出版社，2001 年。

之推定》一文，因此我于南卓《羯鼓录》所纪诸佛曲调而外，知道还有许多有宫调的佛曲。不过徐先生文内未说那些有宫调的佛曲，出于何书。罗叔言先生的《敦煌零拾》中收有俗文三篇，罗先生也漫然定名为佛曲。我那时没有过细研究，又没有将徐先生所举有宫调的佛曲寻得出处，便也循罗、徐两先生之误，以唐代佛曲与敦煌发见的俗文变文之类，混为一谈。所以在《龟兹苏祇婆琵琶七调考原》一文中附带论及苏祇婆琵琶七调与佛曲的关系时候，以为这些佛曲俗文，都是苏祇婆传来七调之支与流裔。后来我把《敦煌零拾》中所收的三篇俗文反复阅看，毫不见有宫调之迹。我疑心所见敦煌发见的俗文只是一斑，不足以概全体，遂又托人从北京京师图书馆抄得敦煌卷子俗文三篇，此外又在《支那学》第四卷第三号得见青木正儿介绍敦煌发见《目连缘起》、《大目犍连冥间救母变文》及《降魔变押座文》的一篇文章。知道敦煌发见的俗文变文体制大致相同，可是徐先生文中所举诸宫调却一律没有踪影。其后看梁廷枏《曲话》其中也曾约略提到徐先生所举诸宫调佛曲，始知所谓诸宫调佛曲原是唐时乐署供奉之物。因此疑心敦煌发见的俗文之类而为罗先生所称为佛曲者，与唐代的佛曲，完全是两种东西；佛曲大约与苏祇婆传来的七调一系音乐有关系，而为一种乐曲；而敦煌发见的俗文变文，则又是一种东西，大约导源于《佛本行经》一类的文学，而别为一种俗文学。近来找得徐先生所举诸宫调佛曲的出处，又将以前所假设诸点，从头理董一过，自觉所立佛曲是佛曲，俗文变文是俗文变文，二者截然不同的说法，大致可以成立。遂不揣冒昧，写成这一篇东西，一方面钩稽唐代佛曲，考其源流；一方面申论佛曲与俗文变文是两种东西，以正罗氏之失，并自己忏悔以前轻信之过。”①

① 向达：《论唐代佛曲》，向达：《唐代长安与西域文明》，第 269～270 页，石家庄：河北教育出版社，2001 年。

郑振铎对敦煌讲唱文学的界定则随着材料的不断挖掘而经历了一个自我否定的过程。他放弃佛曲说和变文俗文说，最后将敦煌讲唱文学界定为变文，在相当长的时期内成了敦煌讲唱文学的通称。

一开始，他也依据罗氏的提法写了一篇《佛曲叙录》，后来觉得不妥，于是又写了一篇《佛曲、俗文与变文》加以订正："我在前几年写《佛曲叙录》一文时，曾将敦煌石室文库中所发见的《维摩诘所说经变文》、《佛本行集经变文》、《八相成道经变文》诸种，以及后代的《目连救母宝卷》、《香山宝卷》、《刘香女宝卷》等等，皆作为'佛曲'。佛曲这个名词原是罗振玉氏刊行《敦煌零拾》时所给予他所藏的三种变文的总名，我也沿其误而未及发觉——许多研究佛曲的人，如徐嘉瑞君、向觉民君，也都沿其误。去年，我着手写《中国文学史》中世卷，其中有一章是"俗文与变文"。因为对于俗文与变文有了一番很浅薄的讨究，便察觉出俗文与佛曲乃是完全不同性质的两种东西，不能相提并论的。后来的宝卷，乃是俗文或变文的支裔，所以与佛曲亦相差同样的远。"①

在《敦煌的俗文学》中，作者对敦煌俗文学进行分类时指出："敦煌钞本的最大珍宝，乃是两种诗歌与散文连缀成文的体制，可谓变文与俗文者也。""此二者大别有二：第一，'俗文'是解释经典的，先引原来经文，后再加以演释，换言之，即将艰深不为'俗人'所懂得的经文，再加以通俗的演释，使人人都能明白知晓，所以可以称之曰：'俗文'。'变文'二字的意义没有那末明了，但就其性质而言，我们亦可知其为：采取古相传的一则故事，拿时人所乐闻的新式文体——诗与散文合组而成的文体——而加以敷演，使之变为通俗易解，故谓之曰：'变文'。第二，在文字

① 郑振铎：《佛曲、俗文与变文》，《中国文学研究》，第 211 页，北京：人民文学出版社，2000 年。

上,‘变文’与‘俗文’便有了很大的差异,‘俗文’是以‘经文’提纲,先列原来经文,然后再将经文敷演为散文与诗句的,所以经文便是纲领,其他的全部散文与诗句便是‘笺释’,便是‘演文’,换言之,即系复述经文之意的。至于‘变文’则其全部的散文与诗句皆相生相切,映合成篇,既无一提纲的文字,又不是屡屡复述前文的。换言之,则他们是整片的记载、纯全的篇章,其所取的故事,并不是仅仅加以敷演,而是随意的用他们为题材的。总之,‘俗文’不能离了经典而独立,他们是演经的,是释经的;‘变文’则与所叙述的故事的原来来源并不发生如何的关系,他们不过活用相传的故事,以抒写作者自己的情致而已。”①

在《插图本中国文学史》中,作者又指出:“变文的名称,到了最近,因了几种重要的首尾完备‘变文’写本的发现,方才确定……我在商务版的《中国文学史》中世卷第三编第三章“敦煌的俗文学”里,也以为这种韵散结合体的叙事文字,可分为俗文和变文。现在才觉察出其错误来。原来在变文外,这种新文体,实在并无其他名称,正如变相之没有第二种名称一样。”②

后来,郑振铎在《中国俗文学史》中再一次指出:“我在《中国文学史》中世卷上册里,曾比较详细的讨论到‘变文’的问题。但那个时候,所见材料甚少,《敦煌掇琐》也还不曾出版。将零零落落的资料作为研究的资料,实在有些嫌不够。我在那里把‘变文’分为‘俗文’和‘变文’两种,以演述佛经者为俗文,以演述‘非佛教’的故事者为变文,这也是错误的。总缘所见太少,便不能没有臆测之处。(那时北平图书馆目录上,是有‘俗文’的这个名称的,故我便沿其误了。)”在这种认识的基础上,郑振铎广泛阅

---

① 郑振铎:《敦煌的俗文学》,《小说月报》,第 20 卷 3 号;《中国文学史》中世卷第 3 篇第 3 章,上海:商务印书馆,1930 年 5 月。

② 郑振铎:《插图本中国文学史》,第 455～456 页,北京:北京出版社,1999 年。该书初由北京朴社 1932 年出版。

读所能找到的材料，对学术界关于这个“文体”的种种的臆测的称谓如佛曲、俗文、唱文、讲唱文、押座文、缘起等作了辨析，最后指出：“但就今日所发现的文卷来看，以变文为名的，实在是最多。……像变相一样，所谓变文之变，当是指变更了佛经的本文而成为俗讲之意(变相是变佛经为图相之意)。后来变文成了一个专称，便不限定是敷演佛经之故事了(或简称为‘变’)。”①

关于敦煌文学的分类，由于受到材料的限制，更是经历了一个五花八门而又逐渐走向正确的历程。

罗振玉编《敦煌零拾》时，除《秦妇吟》、《云谣集杂曲子》、《季布歌》外，尚有《佛曲三种》、《俚曲三种》、《小曲三种》三类，显示了一定的分类意识。王国维的《敦煌发见唐朝之通俗诗及通俗小说》介绍敦煌文学时曾使用“似后世七字唱本”、唐人小说、俗体诗文、唐人词、“当时歌唱脚本”等类别概念。

胡适将敦煌遗书分成七类，丁类“俗文学(平民文学)：我们向来不知道中古时代的民间文学。在敦煌的书洞里，有许多唐、五代、北宋的俗文学作品。从那些僧寺的《五更转》《十二时》，我们可以知道填词的来源。从那些‘季布’、‘秋胡’的故事，我们可以知道小说的来源。从那些‘《维摩诘》唱文’，我们可以知道弹词的来源”。已类“佚书：如《字宝碎金》、《贾耽劝善经》、《太公家教》、韦庄《秦妇吟》、王梵志《诗集》等等，皆是”②。

向达《记伦敦所藏的敦煌俗文学》列出目录后，指出“以上简目，略就性质归类，不依号码次序”，并分变文、唱文或唱经文、白话词文、故事、白话诗、俗赋、通俗书(《太公家教》、《新集严父

---

① 郑振铎：《中国俗文学史》，第183、190页，北京：商务印书馆，1998年。

② 胡适：《海外读书杂记》，《胡适文存》，第3集卷4第537页，上海：亚东图书馆，1930年。

教》)作了简单介绍。这一分类对后来的几篇专科目录都有影响。①

郑振铎在《敦煌的俗文学》中把敦煌俗文学分为三类:1. 诗歌,包括民间杂曲(《叹五更》、《孟姜女》、《十二时》)、叙事诗(《孝子董永》、《季布歌》、《太子赞》)、杂曲子(《凤归云》、《长相思》、《雀踏枝》)。2. "散文的俗文学"("《唐太宗入冥记》、《秋胡》,行文亦笨拙无伦,时有不成语处,当是俗文学的本来面目,然结构很好,状述亦多曲折,描写亦多精切入微")。3. "敦煌钞本的最大珍宝,乃是两种诗歌与散文连缀成文的体制,可谓变文与俗文者也。"②

他在《中国俗文学史》中又作了调整。在第一章中,他把俗文学分为五大类,即诗歌、小说、戏剧、讲唱文学和游戏文章。他把敦煌变文和宝卷、诸宫调、弹词、鼓词列为讲唱文学的子目,又把《燕子赋》、《茶酒论》当作游戏文章的典范。在第五章中,他把"唐代的民间歌赋"即敦煌歌赋分为王梵志等的通俗诗、民间词(《云谣集杂曲子》)、民间小曲(《叹五更》、《太子五更转》)、长篇叙事歌(《太子赞》、《董永行孝》)和小品赋。在第六章中,又将变文分为关于佛经的故事和非佛经的故事两大类,前者包括严格的说经的和离开经文而自由叙状的两类,后者包括历史传说、当代"今闻"两类。严格的说经的又包含仅演述经文而不叙写故事和叙写佛经的故事两类,叙写佛经的故事又包括佛及菩萨故事和佛经里的故事两类。

后来,傅芸子《敦煌俗文学之发见及展开》在综述敦煌学学

---

① 向达:《记伦敦所藏的敦煌俗文学》,上海:《新中华杂志》,1937 年 7 月第 5 卷第 13 号。

② 郑振铎:《敦煌的俗文学》,北京:《小说月报》,第 20 卷第 3 号,1929 年;《中国文学史·中世卷》第 3 篇第 3 章,上海:商务印书馆,1930 年 5 月。

术史的同时,"旨在将敦煌俗文学之分类目录作一总记录,以为研究俗文学者之一参考",分变文(关于唱经及佛教故事的、关于非佛教故事的)、诗歌(佛曲及民间杂曲)、通俗诗、杂曲子、民间之赋、杂文、小说等类别,对敦煌文学作了著录。

以上分类,无论是根据内容的分类还是根据体制的分类,其类目和作品的类别归属在今天看来都有不当乃至错误之处,但总的趋势还是随着材料的不断掌握而接近科学的敦煌文学类别。

二、随观念的转变而进展

早期的敦煌学研究是以对四部书的整理和研究为中心的,敦煌文学的研究是这种研究的附带品,只是在白话文学、俗文学观念兴起之后,敦煌文学才被研究者从文学史的高度加以肯定,加以研究。

罗振玉、王国维、董康都曾东渡日本,对狩野直喜关于敦煌俗文学的认识都有所了解,但他们囿于传统四部书的理念,虽对俗文学作过收集整理乃至研究,却无法对这些文献的重要性作出科学的解说。

罗振玉的注意力在四部书,所以尽管编辑了俗文学的资料却名之曰《敦煌零拾》,所以尽管在《〈佛曲三种〉跋》中指出"佛曲三种……《武林旧事》载,技艺亦有说经。今观此残卷,是此风肇始于唐而盛于宋,两京、元明以后,始不复见矣"①,却未能对之作出科学的评价。

王国维写了第一篇敦煌文学论文,但他还是把敦煌文学文献归入集部:"敦煌千佛洞六朝及唐人写本书卷……其中佛典居百分之九五,其四部书为我国宋以后久佚者:……集部有唐人词

① 罗振玉:《雪堂类稿·乙图籍序跋》,第 349 页,沈阳:辽宁教育出版社,2003 年。

曲及通俗诗小说各若干种”。①

董康抄录了不少俗文学资料，也认识到：“弹唱演义亦名说书……近今敦煌发见唐写本《舜子大孝》、《明妃曲》若干种，则此风唐代已然。”②但是，他也没有对这些作品进行研究。

胡适为倡导白话文而写《白话文学史》。他在“引子”中声称：“我为什么要写白话文学史呢？第一，我要大家知道白话文学不是这三四年来几个人凭空捏造出来的；我要大家知道白话文学是有历史的，是有很长又很光荣的历史的。”“第二，我要大家知道白话文学在中国文学史上占一个什么地位。老实说罢，我要大家知道白话文学史就是中国文学史的中心部分。”“其实革命不过是人力在那自然演进的缓步徐行的历程上，有意的加上了一鞭。白话文学的历史也是如此。”③

在这种理论视野下，《白话文学史》不仅仅是一种学术著作，而且反映了五四新文化运动的社会变革要求，是白话文运动的学术体现。因此，《白话文学史》能够从文学史的高度对敦煌的俗文学作出极高的评价。他在《佛教的翻译文学》第九章、第十章中指出：“印度文学（佛经）……的体裁，都是中国没有的；它们的输入，与后代的弹词、平话、小说、戏剧的发达有直接或间接的关系。”佛教的宣传除了译经之外，还有转读和梵呗，“转读之法使经文可读，使经文可向大众宣读。这是一大进步。宣读不能叫人懂得，于是有‘俗文’、‘变文’之作，把经文敷演成通俗的唱本，使多数人容易了解。这便是更进一步了。后来唐五代的《维

---

① 王国维：《最近二三十年中中国新发现之学问》，王国维：《静庵文集》，第206页，沈阳：辽宁教育出版社，1997年。

② 董康：《〈书舶庸谭〉自序》，《书舶庸谭》，沈阳：辽宁教育出版社，1998年。

③ 胡适：《白话文学史》，第1、2、4页，合肥：安徽教育出版社，1999年。该书原由上海新月书店1928年出版。

摩变文》等,便是这样起来的。梵呗之法用声音感人,先传的是梵音,后变为中国各地的呗赞,遂开佛教俗歌的风气。后来唐五代所传的《净土赞》、《太子赞》、《五更转》、《十二时》等,都属于这一类。佛教中白话诗人的起来(梵志、寒山、拾得等)也许与此有关系罢。唱导之法借设斋拜忏做说法布道的事。唱导分化出来,一方面是规矩的忏文与导文,大概脱不了文人骈偶的风气,况且有名家导文作范本,陈套相传,没有什么文学上的大影响。一方面是由那临机应变的唱导产生'莲花落'式的导文,和那通俗唱经的同走上鼓词弹词的路子了。另一方面是原来说法布道的本意,六朝以下,律师宣律,禅师谈禅,都倾向白话的讲说;到禅宗的大师的白话语录出来,散文的文学上遂开一面了。"①敦煌王梵志的白话诗和小说则改写了白话文学史:"六年前的许多假设,有些现在已得着新证据了,有些现在须作大大的改动了。如六年前我说寒山的诗应该是晚唐的产品,但敦煌出现的新材料使我不得不怀疑了。怀疑便引我去寻新证据,寒山的时代竟因此得着重新考定了。又如我在《国语文学史》初稿里断定唐朝一代的诗史,由初唐到晚唐,乃是一段逐渐白话化的历史。敦煌的新史料给了我无数佐证,同时却又使我知道白话化的趋势比我六年前所悬想的还要更早几百年!我在六年前不敢把寒山放在初唐,却不料隋唐之际已有了白话诗人王梵志了。我在六年前刚见着南宋的《京本通俗小说》,还很诧异,却不料唐朝已有不少通俗小说了!六年前的自以为大胆惊人的假设,现在看来,竟是过于胆小,过于持重的见解了。"②

向达也在多篇文章中强调敦煌文学的价值。他认为"谈中

① 胡适:《白话文学史》,第167～168页,合肥:安徽教育出版社,1999年。

② 胡适:《白话文学史》,"自序",第7～8页,合肥:安徽教育出版社,1999年。

国文化史的，凭空添了将近两万卷的材料，不仅许多古籍可籍以校订……尤其重要的便是佛教美术同俗文学上的新发现。”敦煌文学对俗文学的贡献：“一是题材方面，第二是活的辞汇的收集。”“今从敦煌所出诸俗讲文学作品观之，宋代说话人宜可溯源于此。如纪伍子胥故事、《汉将王陵变》、《季布骂阵词文》、《昭君变》以及《张淮深变文》之类，即宋代说话人中讲史书一科之先声，而说经说参请，又为唐代诸讲经文之支与流裔。弹词宝卷，则俗文学之直系子孙也。”鼓子词、诸宫调乃至合生都与之有渊源。①

这种文学观念的改变大大地促进了敦煌俗文学资料的搜集和整理。刘半农出版《敦煌掇琐》，及时为敦煌俗文学研究提供了关键材料。他抄写、出版这部作品跟白话文运动密切相关。1917 年，刘半农被聘为北京大学教员，一变鸳鸯蝴蝶派才子而为新文学革命的闯将，受到胡适挖苦后而出国留学。他把新文学理念带到了国外，除了创作白话诗和编辑民歌之外，他把目光对准了巴黎所藏的敦煌文献。他在“前言”里表白了自己的心迹：“书名叫掇琐，因为书中所收，都是零零碎碎的小东西，但这个小字，只是依着向来沿袭的说法说，并不是用了科学方法估定的。”“直到最近数年这种谬误的大小观念才渐渐的改变了。我们只须看一看北京大学研究所国学门中所做的工作，就可以断定此后的中国国学界必定能另辟一新天地，即使一时不能希望得到多大的成绩，至少总能开出许许多多古人所梦想不到的好法门。……总而言之，我们新国学的目的乃是要依据了事实，就中国全民族各方面加以精详的观察与推断，而找出个五千年来

---

① 分见向达：《论唐代佛曲》，北京：《小说月报》，第 20 卷 10 号，1929 年 10 月；《记伦敦所藏的敦煌俗文学》，上海：《新中华杂志》，第 5 卷第 13 号，1937 年；《唐代俗讲考》，重庆：《文史杂志》，第 3 卷第 9～10 期，1944 年。

文明进化的总端与分绪来。”他还举吴立模研究五更调、顾颉刚研究孟姜女倚重他抄录的文献来说明《敦煌掇琐》的价值：“记得前年，上海有位吴立模先生研究五更调，我将五更调小唱及太子五更转，抄寄给他，承他称为合用。去年顾颉刚先生研究孟姜女，我将孟姜女小唱寄去，承他称为所得材料中最重要的一种。因有此两次的经验，我颇希望全书出版之后，能替学者们当得一点小差，同时我又希望几种兴趣较浓的文件，能博得一般读者的赏玩和惊奇，这就是我发表此书的小意思了。”①

《敦煌杂录》的编者也在自序中指出《敦煌杂录》“略就文之性质分为八类(变文、偈赞、音韵、文疏、契约、传记、目录、杂类)，以唐代民间通俗之作为多，可以考谣谚之源流，窥俗尚之迁易，欲知千年来社会之演进，及经济之转变者，此是重要之史料也。”②

当时学术界的顶尖人物分别为这两部敦煌俗文学文集作序，对文献的价值和作者的辛勤劳动作了充分肯定。北大校长蔡元培认为：“刘半农先生留法四年，研究语言学的余暇，把巴黎国家图书馆中敦煌写本的杂文，都抄出来，分类排比，勒成此集……至于唐代文词……读是编所录一部分的白话文和白话五言诗，我们才见到当时通俗文词的真相。就中如五更转、孟姜女等小唱，尤可以看出今通行的小唱，来源尤古。”③胡适认为：“《敦煌杂录》是继蒋黻、罗振玉、罗福保、刘复、羽田亨诸先生的工作，专钞敦煌所藏非佛教经典的文件……北平所藏的经典以外的文

① 刘半农：《〈敦煌掇琐〉序》，黄永武主编《敦煌丛刊初集》，台北：新文丰出版公司，1985 年。

② 许国霖：《〈敦煌石室写经题记与敦煌杂录〉自序》，黄永武主编《敦煌丛刊初集》，台北：新文丰出版公司，1985 年。

③ 蔡元培：《〈敦煌掇琐〉序》，黄永武《敦煌丛刊初集》第 15 册，台北：新文丰出版公司，1985 年。

件，除了向达先生钞出的几件长卷之外，差不多没有发表，所以外间的学者只知道北平所藏尽是佛经，而不知道这里面还有许多绝可宝贵的非教典的史料……第一类的佛教通俗文学，近年来已得着学者的注意，许君所辑之中，最重要的是几残卷变文，虽不如巴黎所藏《维摩变文》和我所藏《降魔变文》的完整，但我们因此可知道当时变文种类之多，数量之大，所以是很可贵的。这里面的佛曲，如《辞娘赞》……如《归去来》都属于同一体制，使我们明白当时的佛曲是用一种极简单的流行曲调，来编佛教的俗曲。"①

胡适关于敦煌俗文学的观点对郑振铎和傅芸子影响甚大。我们从他们的论述中可以看出文学观念的变化对敦煌文学研究的推动。

胡适关于敦煌文学的思考由于《白话文学史》有头无尾而没能够展开，郑振铎除了表示惋惜外，还以撰写文学史的方式对胡适的观点作了发挥和拓展。他的这种发挥和拓展是通过三部文学史的撰写而一步步走向深入的。郑振铎在《敦煌的俗文学》中对敦煌文学作了总的估价："第一，他使我们知道许多已佚的杰作，如韦庄的《秦妇吟》，王梵志的诗集之类。第二，他将中古文学的一个绝大的秘密对我们公开了。他告诉我们以小说、弹词、宝卷以及好些民间小曲的来源。他使我们知道中近代的许多未为人所注意的杰作，其产生的情形和来历究竟是怎样的。这是中国文学史的一个绝大的消息。可以用这个发现而推翻古来无数的传统见解。"②在《插图本中国文学史》中，他不仅设《变文的产生》一章论述敦煌文学，而且在《话本的产生》、《鼓子词与诸宫

① 胡适：《〈敦煌石室写经题记与敦煌杂录〉序》，黄永武主编《敦煌丛刊初集》，台北：新文丰出版公司，1985年。

② 郑振铎：《敦煌的俗文学》，北京：《小说月报》，第20卷3号；《中国文学史·中世卷》第3篇第3章，上海：商务印书馆，1930年5月。

调》等专章里谈到了变文对这些文体的影响。他关于敦煌俗文学的想法在《中国俗文学史》中得到了最充分的体现。他在第一章中强调:“俗文学就是通俗的文学,就是民间的文学,也就是大众的文学。换一句话,所谓俗文学就是不登大雅之堂,不为学士大夫所重视,而流行于民间,成为大众所嗜好所喜悦的东西。”“俗文学不仅成了中国文学史主要的成分,且也成了中国文学史的中心。”①第8、11、12、13章分别论述鼓子词与诸宫调、宝卷、弹词、鼓子词与子弟书时都把源头追溯到变文,并进行了论证;第5、6两章分论“唐代的民间歌赋”和“变文”。他在文学史中设专章介绍敦煌文学尤其是变文的原因在于:“在敦煌所发现的许多重要的中国文书里,最重要的要算是变文了。在变文没有发现以前,我们简直不知道:‘平话’怎么会突然在宋代产生出来?‘诸宫调’的来历是怎样的?盛行于明清二代的宝卷、弹词及鼓词,到底是近代的产物呢?还是‘古已有之’的?许多文学史上的重要问题,都成为疑案而难于有确定的回答。但自从三十年前史坦因把敦煌宝库打开了而发现了变文的一种文体之后,一切的疑问,我们才渐渐的可以得到解决了。”“敦煌石室的发现,使我们对于唐代的通俗文学研究有了极重要的收获。‘变文’的发现,固然是最重要的消息,使我们对于宋元的通俗文学的发展的讨论上,有了肯定的结论。而同时,许多民间歌曲的被掘出,也使我们得到不少的好作品,同时并明白了后来的许多通俗作品的产生的线索和原因。”②

40年代,北京大学专事俗文学研究和教学的傅芸子已经在他的学术史论文中阐述敦煌文学的历史价值了:“敦煌俗文学自发见以后,吾人及今试一思索,其影响于后世俗文学最力者厥为

①② 郑振铎:《中国俗文学史》,第1、2页,第180页、128页,北京:商务印书馆,1998年。

变文。此种变文，至宋初虽被禁止，其名称渐趋消灭，佚存卷子秘藏敦煌石室八百余年，在宋时由寺院中之俗讲，一变而为瓦子中之说话；说经，说参请，均为讲唱经变之余波。然其特有体制反而自然发展，一方直接演变成为宗教性讲唱的宝卷，此种宝卷亦系用散文韵语组成，与变文体制，完全相同；一方间接演变成为非宗教性讲唱的弹词。而弹词至近世又复继续发展，南北各有繁衍，在北则为鼓词，在南则为南词，其开展之广，乃驾乎各种文体之上。至于宋人说话中之小说、讲史，亦与讲唱经变有密切关系……至于近世宝卷弹词鼓词南词，作品极多，而流行区域亦广，在近世俗文学上占有重要位置，至今几成为文学史之中心，然观其结构形式，句法组织，又皆变文之流裔。吾人探本寻源，是皆敦煌俗文学之力使之然也。其重要性如此。”①

通过学者们的不懈努力，敦煌文学乃至俗文学的地位已经牢固地确立起来，俗文学地位的确立甚至在很大程度上仰仗于敦煌俗文学的力量。这可以从傅芸子对敦煌俗文学研究的回顾中看出来：“夫俗文学者，向为吾国士大夫所不耻，谥为鄙陋卑俗，毫无研究价值；乃自敦煌俗文学发见以来，始引起世人之注意。直至五四后，国语文学运动勃兴，俗文学之研究，亦随之兴起。至今俗文学已成为中国文学史上主要的成分，并且成为中国文学史的中心。吾人夷考其故，实皆由于敦煌俗文学之力有以造成之。此种敦煌俗语文学可谓‘敦煌学’之一部分，其新材料与新问题，固亦可谓今日世界学术新潮流之一支流也。”②

三、随着争鸣的展开而走向深入

在敦煌文学的研究进程中，有关的学术观点还在学术争鸣

①② 傅芸子：《敦煌俗文学之发见及其展开》，北京：《中央亚细亚》，第1卷第2期，民国30年(1941年)10月；又载傅芸子：《正仓院考古记 白川集》，第202页，第191页，沈阳：辽宁教育出版社，2000年。

中向前推进。关于变文之“变”的意义、变文的来源和俗讲话本构成的争论就是当时比较激烈的三大论争。

关于变文之“变”的意义的争论是其中最大的一次争论。

如前所述，用变文来指称敦煌的讲唱文学是郑振铎确立的。但他关于变文的定义却经历了一个自我否定的过程。他最初将敦煌的讲唱文学分为“俗文”和“变文”，认为“‘俗文’不能离了经典而独立，他们是演经的，是释经的；‘变文’则与所叙述的故事的原来来源并不发生如何的关系，他们不过活用相传的故事，以抒写作者自己的情致而已”①。1932 年又指出：“原来‘变文’的意思，和‘演义’是差不多的。就是说，把古典的故事，重新再说一番，变化一番，使人容易明白……其初，变文只是专门讲唱佛经里的故事。但很快的便为文人们所采取，用来讲唱民间传说的故事。”②1938 年再一次指出：“所谓‘变文’之‘变’，当是指变更了佛经的本文而成为俗讲之意（变相是变佛经为图相之意）。后来变文成了一个专称，便不限定是敷演佛经之故事了（或简称为变）。”③

后来，向达发表《唐代俗讲考》，引发了学术界关于“变文”之“变”的大讨论。现加以综合介绍。周一良认为，郑振铎的观点“近乎假设。长泽规矩也（《东洋文化大系·隋唐之盛世》卷）说：变文据说原来是指曼荼罗的铭文，也无根据。向文第五节《俗讲文学起源试探》求变文之渊源于南朝清商旧乐，其说至为新颖。但除去乐府里有变歌以及若干以变为名的曲子以外，似乎中国

① 郑振铎：《敦煌的俗文学》，北京：《小说月报》，第 20 卷 3 号；郑振铎：《中国文学史·中世卷》第 3 篇第 3 章，上海：商务印书馆，1930 年 5 月。

② 郑振铎：《插图本中国文学史》第 33 章《变文的出现》，第 454 页，北京：北京出版社，1999 年。该书初由北京朴社 1932 年出版。

③ 郑振铎：《中国俗文学史》，第 190 页，北京：商务印书馆，1998 年。

找不出什么连锁来。”“我觉得变文之‘变’，与变歌之‘变’没有关系。变文者‘变相之文’也……我觉得这个变字似非中华固有，当是翻译梵语”，“我疑心变字原语，也就是‘citra’（此字有彩绘之意）。”①关德栋认为“变文一词的来源就是与变相图相同，也就是如郑振铎所谓像变相一样，所谓变文之变当指变更了佛经的本文而成为俗讲之义”；看到周一良的文章后却认为“我以为与其说‘变’字的原语是‘citra’，不如说‘变’字的原语是‘mandala’”；后来又在另外一篇文章中列举四种说法后指出：“变文的‘变’字就是变相的‘变’字，变相的渊源是‘曼荼罗’；变相的‘变’字就是翻译梵语‘mandala’一字的略语。”②向达对这些争鸣作了回应：“变或变相一辞的来源，周、关两先生的解释，都不能令人满意，尚待续考。”③

此外，傅芸子提出了又一种观点：“所谓变者乃佛的说法神变（佛有三种神变，见《大宝积经》八十六）之义。”“唐五代间，佛教宣传小乘，有二种方式，即变相图与变文，均剌取经典中的神变作题材，一为绘画的，一为文辞的，即以绘画为空间的表现者为变相图，以口语或文辞为时间的展开者为变文是也。”④他在《俗讲新考》中，也表达了类似的观点。

关于变文来源的争论。

最先发表意见的是胡适。他认为“但五世纪以下，佛教徒倡

---

① 周一良：《读唐代俗讲考》，上海：《大公报·图书周刊》，第6期，1947年2月8日。

② 关德栋：《谈“变文”》，上海：《觉群周报》，1946年1卷1～12期；《读唐代俗讲考的商榷》，上海：《大公报·图书副刊》，第15期，1947年4月12日；《略说“变”字的来源》，上海：《大晚报·通俗文学》，1947年4月14日。

③ 向达：《补说唐代俗讲二三事——兼答周一良、关德栋先生》，上海：《大公报·图书副刊》，第18期，1947年5月9日。

④ 傅芸子：《关于破魔变文——敦煌足本之发现》，北京：《艺文》，1943年第3卷第3期。

行了三种宣传教旨的方法:(1)是经文的转读,(2)是梵呗的歌唱,(3)是唱导的制度。据我的意思,这三种宣传法门便是把佛教文学传到民间去的路子,也便是民间佛教文学的来源。""转读之法使经文可读,使经文可向大众宣读。这是一大进步。宣读不能叫人懂得,于是有'俗文'、'变文'之作,把经文敷演成通俗的唱本,使多数人容易了解。这便是更进一步了。后来唐五代的《维摩变文》等,便是这样起来的。"①

郑振铎和胡适的观点是一致的。他谈到"变文的韵式"时指出:"变文的来源绝对不能在本土的文籍里来找到。我们知道,印度的文籍,很早的便已使用到韵文散文合组的文体……讲唱变文的僧侣们,在传播这种新的文体结构上,是最有功绩的。"②

关德栋也承袭了胡郑二人的观点。他在分析变文的渊源时谈到"佛教翻译文学的影响"和"六朝时代佛教的唱导文学",并认为:"我们知道因为支昙龠输入转读之法,使佛教深入民间。其逐渐演进,遂有中晚唐五代变文之作。"③

与胡适稍有不同的是向达。他关于俗讲文学来源的认识经历了一个复杂的过程,最后试图从中国的文艺传统中寻找渊源。1929年,向达认为"敦煌发见的有韵的俗文学大致可分成纯粹的韵文和韵散相兼的两种……这两种俗文学大概都受有佛教文学的影响……至于敦煌俗文学发达的程序,大约先有《维摩诘经唱文》等等带宗教性的东西,然后有《孝子董永》、《季布歌》之类的世俗文学。"1937年,向达认为:"关于敦煌俗文学的真价……说到思想方面,自然受佛教的影响最大,表现得最浓厚……更进

---

① 胡适:《白话文学史》,第160、167页,合肥:安徽教育出版社,1999年。

② 郑振铎:《中国俗文学史》,第191页,北京:商务印书馆,1998年。

③ 关德栋:《谈"变文"》,上海:《觉群周报》,1946年第1卷第1~12期。

一步地去考察，这种俗文学的策源地原来就在寺院。”1944年，向达有了新的看法：“私意以为俗讲文学之来源，当不外乎两途：转读唱导，一也；清商旧乐，二也。”变文、讲经文各有其渊源，讲经文源于转读唱导，变文原为“民间流行说唱体”，其来源“当于南朝清商旧乐中求之”，即“变歌一类”，“唐代俗讲话本，似以讲经文为正宗，而变文之属，则其支裔。换言之，俗讲始兴，只有讲经文一类之话本，浸假而采取民间流行之说唱体如变文之类，以增强其化俗之作用。故变文一类作品，盖自有其渊源，与讲经文不同，其体制亦各异也。”①

周一良反对向达的看法，认为“向文第五节《俗讲文学起源试探》求变文之渊源于南朝清商旧乐，其说至为新颖。但除去乐府里有变歌以及若干以变为名的曲子以外，似乎中国找不出什么连锁来。”②

和郑振铎把敦煌讲唱文学统称为变文不同，向达和孙楷第等学者倾向于从体制特点的角度对俗讲话本进行分类，于是引发了关于俗讲话本构成的争论。

向达根据伯3849号一卷纸背论俗讲仪式的记载指出：“私意以为俗讲话本名称，第一类之为押座文或缘起，第二类可以变文统摄一切大概可无问题……则俗讲话本第三类之名称，疑应作讲经文，或者为得其实也。”③

---

① 分见向达：《论唐代佛曲》，北京：《小说月报》，第20卷第10号，1929年10月；《记伦敦所藏的敦煌俗文学》，北京：《新中华杂志》，1937年第5卷第13号；《唐代俗讲考》第五节，重庆：《文史杂志》，1944年第3卷第9～10期。

② 周一良：《读唐代俗讲考》，上海：《大公报·图书周刊》，第6期，1947年2月8日。

③ 向达：《唐代俗讲考》第4节“俗讲之话本问题”，北京：《燕京学报》，第16期，1934年12月；重庆：《文史杂志》，1944年第3卷第9～10期。

孙楷第的观点也和向达接近:“凡敦煌写本所录说唱诸本,其篇目虽繁,约而言之,不过二体。其一为引用经文者:其本先录经文数句或一小节,标曰‘经云’。继以说解,又继之以歌赞。如是回还往复,讫于经文毕为止,此经疏之体,乃讲经存文句之本也。此等本余初目之为‘唱经文’,向君文亦不弃余说,而又据伦敦藏敦煌本《温室经讲唱押座文》一题,疑本名‘讲唱文’……故余今取向君之说而变通之,目曰‘讲唱经文’。此一体也。其二以说解与歌赞相间,虽说经中之事而不唱经文,当时谓之‘转变’。谓其本曰‘变文’,亦省称曰‘变’,乃讲经而不存文句之本。此又一体也。其转变而非说经者,则又变文之别枝。然所说之事不同而文体实一。以文而论,自当附于经变,不得判为二也。”①

向、孙二人在写作期间曾互相讨论,对第三类话本是称“讲经文”还是“唱经文”有过不同看法。在《记伦敦所藏的敦煌俗文学》中对敦煌文学分类时,向达还对有关概念举棋不定:“敦煌文学中有一种敷衍《维摩诘经》故事的……这一种不仅体裁与变文不同,其气概之雄伟,也不是变文所可仿佛……这真是中国俗文学史上的一个奇迹……至于这一件的名称,究应是‘唱文’还是‘唱经文’,国内时贤,议者纷纷,尚无定论,姑从‘盖阙’。”后来向达在《唐代俗讲考》的修改稿中指出:“曩时与孙楷第先生讨论俗讲话本名目,孙先生据上引诸篇,谓应称为唱经文。当时颇以为然。反复此说,不无未安之处”,所以称为讲经文。②

另外,关德栋对向达的观点作了补充:“所以我以为在‘押座文’与变文之间应当有这一类——缘起。”他在另外一篇文章中

① 孙楷第:《唐代俗讲轨范与其本之体裁》,北京:《国学季刊》,第6卷第2号(1937年模印,1938年装订于长沙)。

② 参见向达:《唐代俗讲考》(修改稿),重庆:《文史杂志》,1944年第3卷第9~10期。

也谈到："由缘起与经文的对读，可知缘起是以《贤愚经》为根据而演述的故事。"①

这些争论尽管无法达成一致的见解，有的争论甚至一直持续到20世纪八九十年代。但有一点是肯定的，即这些争论是逐渐接近事实的真相的，并对此后的敦煌文学研究起到了重要的奠基作用。

（黑龙江大学　吴光正）

① 分见关德栋：《读〈唐代俗讲考〉的商榷》，上海：《大公报·图书周刊》，第15期，1947年4月12日；《丑女缘起故事的根据》，南京：《中央日报·俗文学》，1947年12月19日第9期。

新中国文艺政策与古典文学学科

徐公持在《二十世纪中国古典文学研究近代化进程论略》①一文(以下简称"徐文")中将20世纪古典文学研究分为四个阶段,其中从1949年到1978年为第三阶段,即"学科统一的时期,也是近代化的曲折时期"。这一阶段中,从1966年到1976年,是所谓"文革"十年,整个古典文学学科的研究工作处于停滞状态,直到1978年十一届三中全会召开、全面拨乱反正以后,这种状况才得以基本扭转。如此,这一阶段可以细分为两个时期,即1949年后至"文革"前和"文革"时期。本题所讨论限于前一时期中国共产党的文艺政策对古典文学学科的影响。

新中国文艺政策的基本内容及其确立

1961年6月,中宣部组织召开全国文艺工作座谈会,讨论文化部党组和全国文联党组提交的《关于当前文学艺术工作若干问题的意见(草案)》(1962年4月30日中共中央以"文艺八条"为目批发此文),其中总结了新中国成立以来文艺工作的发展历程:

① 徐公持:《二十世纪中国古典文学研究近代化进程论略》,收入《文学遗产》编辑部、黑龙江大学中文系编《百年学科沉思录——二十世纪古代文学研究回顾与前瞻》,第2页,北京:人民文学出版社,1998年。

十二年来，我国文学艺术工作，经历了这样一个过程。

建国初期，全国革命的、爱国的文学艺术工作者，在反对帝国主义、封建主义和官僚资本主义的政治基础上广泛团结起来。文艺为工农兵服务成为新中国文学艺术的共同方向。广大文学艺术工作者参加土地改革和抗美援朝运动，在群众斗争中受到了锻炼。随着社会主义革命的进行和深入，文艺界进行了一系列批判反动的资产阶级思想的斗争。这些斗争，密切地配合和有力地促进了我国生产资料所有制的社会主义改造。

一九五六年，在经济战线上的社会主义革命基本完成的基础上，党提出了百花齐放、百家争鸣的方针，进一步调动了文学艺术工作者的积极性。接着，文艺界又坚决粉碎了资产阶级右派分子的猖狂进攻，为我国社会主义文学艺术的发展扫清了道路，并且同其他领域的斗争相配合，在我国政治战线、思想战线上取得了社会主义革命的决定性的胜利。

一九五八年以来，在党的总路线、大跃进、人民公社三面红旗的照耀下，实行了文学艺术工作者深入工农群众参加生产劳动的制度，提倡了革命现实主义和革命浪漫主义相结合的创作方法，同时，对国内外现代修正主义文艺思潮进行了斗争。一九六〇年全国文学艺术工作者第三次代表大会进一步确认：在为工农兵服务、为社会主义服务的方向下，实行百花齐放、百家争鸣、推陈出新的政策，是发展我国社会主义文学艺术的最正确、最宽广的道路。

这里，坚持"为工农兵服务"、"为社会主义服务"（或"为政治服务"）的方向，实行"百花齐放、百家争鸣、推陈出新"的政策，构成新中国文艺政策的主要内容。

新中国成立之初，党的文艺政策的主要内容主要被概括为

“为人民服务、为工农兵服务”，这是从 1942 年发表的《在延安文艺座谈会上的讲话》中提取的核心内容。《讲话》是中国共产党领导对文艺创作与批评最早提出的纲领性意见，并很快成为中国共产党意识形态政策的重要部分。1943 年 11 月 8 日的《解放日报》刊发《中共中央宣传部关于执行党的文艺政策的决定》指出：“毛泽东同志《讲话》的全部精神，同样适用于一切文化部门，也同样适用于党的一切工作部门。全党应该认识这个文件不但是解决文艺观文化观的教育材料，并且也是一般人的解决人生观与方法论问题的教育材料。”

1949 年 7 月 2 日，中华全国第一次“文代会”在北平正式召开，毛泽东、周恩来等出席大会并作讲话。在这次大会上，《讲话》被确立为新中国文艺工作的共同纲领，即如周扬所说：

> 一九四九年七月，即中华人民共和国中央人民政府成立之前三个月，在北京举行的全国文学艺术工作者代表大会对一九四二年以来的文艺创作上的成果作了一个初步的总结。毛泽东的文艺思想，取得了各个不同部门、不同倾向的文艺工作者的一致拥护。《在延安文艺座谈会上的讲话》成了新中国文艺运动的战斗的共同纲领。①

1951 年 5 月 12 日，周扬在中央文学研究所（成立于该年 1 月 8 日）作题为《坚决贯彻毛泽东文艺路线》的演讲，对“文艺界战斗的共同纲领”即“毛泽东文艺思想路线”进行总结：“毛泽东文艺路线，就是文艺上的阶级路线，群众路线，文艺要为人民服务，首先为工农兵服务，文艺工作者就必须与工农兵群众相结合。”

---

① 周扬：《坚决贯彻毛泽东文艺路线》，为 1951 年 5 月 12 日周扬在中央文学研究所的演讲，北京：《光明日报》，1951 年 5 月 17 日，1951 年 6 月 27 日的《人民日报》全文转载。

新中国成立初期，“双百”方针和“文艺为社会主义服务”等尚未构成党的文艺政策。不过在50年代开展的历次针对文艺界、学术界的思想改造和批判运动，为上述政策的形成准备了条件。

“文艺为政治服务”的理念在《讲话》中已经成型。首先，坚持《讲话》提出的“文艺为工农兵服务”本身就有排他性和斗争性。如周扬在第一次“文代会”上作《新的人民的文艺》报告即说：“毛主席的《在延安文艺座谈会上的讲话》规定了新中国的文艺的方向，解放区文艺工作者自觉地坚决地实践了这个方向，并以自己的全部经验证明了这个方向的完全正确，深信除此之外再没有第二个方向了，如果有，那就是错误的方向。”①其次，文艺工作自身也被中国共产党作为政治斗争的武器之一。如毛泽东在《讲话》中指出：“在现在世界上，一切文化或文学艺术都是属于一定的阶级，属于一定的政治路线的。”“要使文艺很好地成为整个革命机器的一个组成部分，作为团结人民、教育人民、打击敌人、消灭敌人的有力武器，帮助人民同心同德地和敌人作斗争。”《讲话》提出“文艺从属于政治”、“文艺为工农兵服务”，具有为政治服务的内涵，还没有明确提出“文艺为政治服务”。

到了50年代末期，“文艺为政治服务”的口号被明确提出。山东大学萧涤非教授在1958年为纪念《在延安文艺座谈会上的讲话》发表16周年撰写《坚持文艺为政治，为工农兵服务的方向》一文②，已经把坚持“文艺为政治服务”提到“为工农兵服务”之前。文论家文菲1960年也出版了《谈文艺为政治服务》专著。③ “文艺为政治服务”有多种表述，或更明确地称为“文艺为

① 周扬：《新的人民的文艺》，《中国当代文学史史料选》(上册)，第150页，武汉：长江文艺出版社，2002年。

② 萧涤非：《解放集》，济南：山东人民出版社，1959年。

③ 文菲：《谈文艺为政治服务》，沈阳：春风文艺出版社，1960年。

无产阶级政治服务”，或者说“文艺为社会主义服务”。如在1960年7月召开的第三次文代会上，周扬作题为《我国社会主义文学艺术的道路》报告用“为社会主义服务”作为一个软化的政策口号，但实际在报告正文中，仍明确指出“文艺必须为政治服务”。①

“双百”方针的形成与提出与新中国摸索如何清理和改造古代文化遗产的过程有密切关系。毛泽东在《讲话》中就提出“文艺批评有两个标准，一个是政治标准，一个是艺术标准”。但同时强调，对文艺作品的评价“总是以政治标准放在第一位，以艺术标准放在第二位的”。“因为人民在政治上和文化上迅速地成长了，他们对艺术的要求和趣味迅速地提高了，他们就不但要求新的文学艺术创作有足够供应他们需要的数量，而且还要求这些作品有适合于他们要求的水平。”②

1950年，社会上讨论起如何继承京剧的问题，有的主张全部继承，有的则全盘否定，要求取消。有的人提出应该“百花齐放”，当时主管文艺的中宣部副部长周扬认为这个提法很好，汇报给毛泽东，毛泽东在1951年4月给中国戏剧研究院成立题词时就采用了这个提法。1953年，中国历史问题研究会向毛泽东请示研究工作方针时，毛说要“百家争鸣”，但没有公开使用这个

---

① 1980年7月26日《人民日报》发表了题为《文艺为人民服务，为社会主义服务》的社论，该社论肯定了“文艺为政治服务”在历史上曾起过的积极作用，也分析了它在理论上和实践上造成的种种混乱和弊端，认为在新的形势下不宜继续提这一口号，应该代之以“文艺为人民服务，为社会主义服务的口号”，这后一个口号“概括了文艺工作的总任务和根本目的，它包括了为政治服务，但比孤立地提为政治服务更全面、更科学”。

② 周扬：《为创造更多的优秀的文学艺术作品而奋斗——1953年9月24日在中国文学艺术工作者第二次代表大会上的报告》，北京：《文艺报》，1953年19期。

说法。①

1956年9月27日,《中国共产党第八次全国代表大会关于政治报告的决议》出台,其中提出:

为了保证科学和艺术的繁荣,必须坚持"百花齐放、百家争鸣"的方针。用行政的方法对于科学和艺术实行强制和专断,是错误的。②

毛泽东在《关于正确处理人民内部矛盾的问题》中谈到"双百"方针说:

艺术上不同的形式和风格可以自由发展,科学上不同的学派可以自由争论……

利用行政力量,强制推行一种风格、一种学派,禁止另一种风格,另一种学派,我们认为会有害于艺术和科学的发展。艺术和科学中的是非问题,应当通过艺术界科学界的自由讨论去解决,通过艺术和科学的实践去解决,而不应当采取简单的方法去解决。③

此时,"经济战线上的社会主义革命基本完成",如"文艺八条"所说,正是在这样的基础上,"双百"方针才作为文艺政策被确定下来。

"推陈出新",最早见于1942年10月10日延安平剧院成立时该院出版的《平剧研究特刊》中毛泽东所写的题词。此后,1949年7月27日中华全国戏曲改进会筹委会成立,《人民日

① 龚育之:《陆定一:对百花齐放百家争鸣的执着追求》,北京:《炎黄春秋》,2006年第7期。

②《中国共产党第八次全国代表大会文献》,第815页,北京:人民出版社,1957年。转引自《文艺方针政策学习资料》,第51页,长春:吉林人民出版社,1961年。

③ 毛泽东:《关于正确处理人民内部矛盾的问题》(1957年2月),《毛泽东论文艺》,第102页,北京:人民文学出版社,1992年。

报》发表毛泽东为该会成立的题词“推陈出新”；1951 年 4 月 3 日中国戏曲研究院成立时，毛泽东又为该院题词“百花齐放，推陈出新”；1952 年 10 月 6 日至 11 月 14 日文化部主办第一届全国戏曲观摩演出大会，明确以“百花齐放，推陈出新”作为大会的宗旨，其间周恩来特别强调与阐述了“推陈出新”问题。兼之以政府部门颁布的一系列法规文件和专门机构及官方的新闻媒体发表的大量文章，“推陈出新”遂成为50 年代以来中国戏剧界在整个传统戏剧作品的批评，以至戏曲创作与表演领域的指导方针，至少是官方所认定的一种具有政策性的方针，最终在第三次“文代会”上被确立为党的文艺政策的一个重要组成部分。

邵荃麟曾解读“推陈出新”，说：

> 这推陈出新，就是要在批判地接受传统的过程中创造出具有社会主义新内容、民族形式的文艺。譬如最近党指出中国新诗歌应该在民歌和古典诗词的基础上去发展，应该采取民族形式，在方法上应该是革命浪漫主义与革命现实主义的结合，这就是科学总结了几千年来诗歌创作的历史经验，而加以发展和革新。这是古为今用的一个很好的例子……任何新的理论总是根据于过去的经验，结合于当前的实际，在科学的唯物主义观点指导下创造出来的。我们学文学史，学古典文学，都应该掌握这个精神，这个方法，其目的就是为了“出新”。①

但在对待“陈”的态度上，毛泽东时常表达出表面相矛盾的观点。1942 年在《讲话》中他说：“我们必须继承一切优秀的文学艺术遗产，批判地吸收其中一切有益的东西。”但 1947 年 12 月谈论平剧时，他指出“旧的艺术是有缺点的，尤其是它的内容，

---

① 邵荃麟：《谈厚今薄古》，人民文学出版社编辑部编《厚今薄古批判集》第四辑，第 20 页，北京：人民文学出版社，1958 年。

我看是颠倒是非、混淆黑白。”①似乎又从整体上否定了古典艺术作品。他本人十分热衷于旧体诗词创作，而到1957年《诗刊》创刊时，毛泽东给主编臧克家写信说：“诗当然应以新诗为主体，旧诗可以写一些，但是不宜在青年中提倡，因为这种体裁束缚思想，又不易学。”戏曲学家张庚曾说：“在我们党的各种文艺政策里面，毛主席为戏曲艺术制定的‘百花齐放，推陈出新’的方针是比较正确的。但在贯彻过程中，问题往往出在对‘新’与‘陈’理解上。理解的错误、片面，不仅出在底下的文化部门，也出在我们的这些人的身上……总认为社会主义文化应该是全新的，也就是说唯有今人创造的作品，才有资格进入社会主义文化领地。而从前的东西，包括《西厢记》、《红楼梦》在内，不管怎么优秀，都属于封建文化性质，或者说是封建文化中的精华部分。抱着这样的观点去理解‘推陈出新’的‘推’字，势必是推掉，推倒，推光。而且，永远也推不完了。因为昨日之新，乃今日之陈，而今日之新，又为明日之陈了。”②

“推陈出新”提供了一种继承发展传统文化的思路，在政策的紧张与创作、学术的自由之间保持了相对弹性，但由于“推陈出新”口号的模糊性，对古典文学遗产的各种继承方式都可以解释成“推陈出新”，因此这一政策虽然对古典文学学科产生了许多影响，但都不具体。

关于新中国文艺工作与党和国家的文艺政策之间的关系，周扬在1953年9月召开的中国文学艺术工作者第二次代表大会上指出：

> 文艺创作离开了党和国家的政策，就是离开了党和国

① 毛泽东：《改造旧艺术创造新艺术》，收入中共中央文献研究室编《毛泽东文集》第四卷，第324～326页，北京：人民出版社，1996年。

② 章诒和：《人生不朽是文章——怀想张庚兼论张庚之底色》，石家庄：《社会科学论坛》，2004年第5期。

家的领导。

政策是根据社会发展的客观规律制定的，是集中地反映和代表人民的根本利益的。作家在观察和描写生活的时候，必须以党和国家的政策作为指南。他对社会生活中的任何现象都必须从政策的观点来加以估量。作家必须表现政策在群众生活中所产生的伟大力量。我们的政策总是依靠群众和干部来推行的。政策一经被千百万群众掌握之后就以无可拒抗的力量改变着和指导着人民的生活，决定着整个国家和人民的命运。因此，在艺术作品中表现政策，最根本地就是表现党和人民的血肉相连的关系以及党对群众的领导，表现人民中先进和落后力量的斗争，表现共产党员作为先锋队的模范作用，表现人民民主制度的优越性。①

这使得文艺政策具有了"无可抗拒的力量"，对这种力量的强大性，曾为全国作协副主席的冯雪峰有切身的感受：

有这样一些错觉：好像党的政策和领导路线，只是我们党的意志或意愿所产生，这样产生的路线却也行得通，那是因为我党为人民服务的意志很坚决，我党的力量如此强大，即使行不通也是非要它行通不可的。②

因此，新中国文艺政策往往能对古典文学学科产生直接影响甚至是干预作用。

"文艺为工农兵服务"与古典文学学科

1942年，毛泽东在《讲话》中提到的首要问题是："文艺为什

① 周扬：《为创造更多的优秀的文学艺术作品而奋斗》，北京：《人民日报》，1953年10月9日。

② 巴人：《是现实主义还是反现实主义——对冯雪峰的"现实主义"理论的初步批判》，北京：《文学评论》，1959年第1期。

么人?”答案是为人民大众。关于“人民大众”的定义,《讲话》提出:

> 最广大的人民,占全人口百分之九十以上的人民,是工人、农民、兵士和城市小资产阶级……我们的文艺,应该为着上面说的四种人。我们要为这四种人服务,就必须站在无产阶级的立场上,而不能站在小资产阶级的立场上。

实际上,中国共产党在不同时期对“人民”内涵的理解是不同的,《讲话》对人民的定义代表了延安时期的理解,而到了内战和建国初期,人民的范畴则发生了变化,“人民是什么?在中国,在现阶段,是工人阶级,农民阶级,城市小资产阶级和民族资产阶级”①。当社会主义改造基本完成后,其内涵又变为:“在现阶段,在建设社会主义的时期,一切赞成、拥护和参加社会主义建设事业的阶级、阶层和社会集团,都属于人民的范畴;一切反抗社会主义革命和敌视、破坏社会主义建设的社会势力和社会集团,都是人民的敌人。”②在这个时期,小资产阶级也被列入批判和改造对象,工农兵才是“人民大众”的真正代表。

让古典文学遗产为工农兵大众服务,首先是要使工农兵大众共同拥有优秀文学遗产这笔财富。《人民文艺》第 87 期一篇论白居易的文章前加的“编者按”指出:“新民主主义革命的胜利,中华人民共和国的建立,已使中国古代的优秀文化开始成为广大人民的共同的财富。”

让大众了解并拥有优秀古典文学遗产,需要向大众进行普及。关于普及与提高的辩证关系,毛泽东在《讲话》中就定下基调:文艺要为工农兵服务,“对于他们,第一步需要还不是‘锦上

① 《毛泽东选集》第 4 卷,第 1475 页,北京:人民出版社,1991 年。

② 毛泽东:《关于正确处理人民内部矛盾的问题》,见《毛泽东文集》第 7 卷,第 205 页,北京:人民出版社,1999 年。

添花’，而是‘雪中送炭’。所以在目前条件下，普及工作的任务更为迫切”，即先普及再提高，普及是重点。1953 年第二次文代会上，周扬重申：“毛泽东同志所指示的文艺为工农兵服务的方向以及他关于提高和普及的正确关系的规定：‘在普及基础上的提高’和‘在提高指导下的普及’，是我们文学艺术事业上所必须严格遵从的原则。”①不久，郑振铎在《人民日报》上发表题为《为做好古典文学的普及工作而努力》的文章，号召古典文学研究者到人民大众中去，将优秀的古代文学遗产向广大工农兵普及。②

在具体的普及方法上，冯至在 1951 年提出：

> 我们要使这些作品成为人民共同的财富，那么过去一些所谓“权威”的注本恐怕都要重新改编。一个注者对于一个伟大诗人的作品最重要的在于具有分辨的能力，他能深深地领会这个诗人的语言，分辨出哪些是因袭的，哪些是创造的。关于因袭的部分，尤其是从前任何诗人都不能避免的典故的运用，当然要注出它的出处；至于独创的，也就是诗人亲自从民间提炼的，注者则须给以阐明。这样，许多作品才会活泼泼地呈现在我们面前，使我们通过语言来理解它们，接受它们。③

这实际是要求在新时期下对古典文学普及读物摒弃传统注疏方式，同时能够用浅显的语言发掘其艺术特色，这一要求是很高的。在当时，一批有影响的学者响应号召从事这项工作，推出了一批具有深厚学养并能深入浅出的优秀普及性著作。有关唐

---

① 周扬：《中国文学艺术工作者第二次代表大会上的报告》(1953 年 9 月 24 日)，北京：《人民日报》，1953 年 10 月 9 日。

② 郑振铎：《为做好古典文学的普及工作而努力》，北京：《人民日报》，1953 年 10 月 21 日。

③ 冯至：《关于处理中国文学遗产》，北京：《人民日报》，1951 年 3 月 11 日。

代文学的普及性作品，就包括中华书局上海编辑所《唐诗一百首》(1959)、马茂元《唐诗选》(人民文学出版社 1960)、王士菁《唐代诗歌》(人民文学出版社 1959)、陈贻焮《王维诗选》(人民文学出版社 1959)、王瑶《李白》(华东人民出版社 1954)、林庚《诗人李白》(上海文艺联合出版社 1954)、舒芜《李白诗选》(人民文学出版社 1954)、复旦大学中文系古典文学教研组《李白诗选》(人民文学出版社 1961)、刘开扬《杜甫》(中华书局上海编辑所 1961)、缪钺《杜甫》(四川人民出版社 1962)、冯至《杜甫传》(人民文学出版社 1952)和《杜甫诗选》(作家出版社 1956)、万曼《白居易传》(湖北人民出版社 1956)、傅庚生《杜诗散译》(东风文艺出版社 1958)、陈迩冬《韩愈诗选》(1962 年完成，"文革"后出版)、童第德《韩愈文选》(1962 年完成，"文革"后出版)、顾易生《柳宗元》(中华书局上海编辑所 1962)、范宁《白居易》(新知识出版社 1955)、王拾遗《白居易》(上海人民出版社 1957)、陈友琴《白居易》(中华书局上海编辑所 1961)、缪钺《杜牧诗选》(人民文学出版社 1957)等。今天看来，这些普及读物确实基本达到了冯至提出的要求，即使在今天，仍有较高的欣赏和学习价值。如陈友冰指出：

> 这批学者自己动手选目作注，甚至亲自去检阅摘抄文献资料，而不是像当今习惯的那样由名人挂名，弟子或别人代劳。他们以自己几十年的丰厚积累和精深的专业眼光厚积薄发，使这批深入浅出之作不仅成为唐代文学研究普及型的丰碑，而且他们那种以亲身实践所树立起来的严谨、求实、平易的学风对今人更有示导作用。①

---

① 陈友冰：《中国大陆五十年来古典文学研究观念的演进及思考——以唐代文学研究为主》，台北：《逢甲人文社会学报》(逢甲大学人文社会学院)，2002 年第 4 期。

同时，为工农兵大众服务坚持："无产阶级对于过去时代的文学艺术作品，也必须首先检查它们对待人民的态度如何，在历史上有无进步意义，而分别采取不同态度。"①"学术的批评和讨论，一般地应当服从于向广大知识分子和人民宣传唯物主义和马克思主义思想的基本方针。"②因此，在思想性上，向工农兵大众推介古典文学就自然要求重点挖掘古典文学遗产中"人民性"、反映阶级斗争、反映"现实主义精神"等内容。

如余冠英《诗经选·前言》说：

以上重点地介绍了风、雅、颂各类的诗歌，大致可以看出《诗经》的精华部分是《国风》和《小雅》，特别是其中的民歌民谣。这些民歌民谣是人民以自己的声音歌唱生活，以自己的眼光观察现实，"饥者歌其食，劳者歌其事"，直接道出人民的劳苦和幸福，所爱与所憎，他们所受的损害和侮辱，他们的反抗和斗争，直接表现了他们的品德、智慧和天才。这些作品被统治阶级所占有、利用之后不免被改窜和曲解，但它们的光辉终不可掩。

余冠英在《乐府诗选·前言》指出：

汉魏六朝乐府诗所以是珍贵的文学遗产，一则因为它本身是反映广大人民生活，从民间产生的或直接受民间文学影响而产生的艺术果实；二则这些诗对于中国诗歌里现实主义传统的形成起了极大的作用……附录歌谣，取其反映人民对于统治阶级的反抗，或歌颂民族英雄，描写人民生活，歌咏大自然，而艺术可观的。

古典文学研究"为工农兵服务"不仅表现在向工农兵大众普

① 毛泽东：《在延安文艺座谈会上的讲话》，《毛泽东选集》第3卷，第871页，北京：人民出版社，1991年。

②《人民日报》社论：《展开对资产阶级唯心主义思想的批判》，北京：《人民日报》，1955年4月11日。

及古典文学方面，同时表现在研究中坚持“人民性”，站在“人民”的立场解读文学史。1950年4月出版的蒋祖怡的《中国人民文学史》严格区分了“正统文学”和“人民文学”，认为“正统文学的内容是《诗经》、《楚辞》、乐府诗、汉赋、魏晋六朝的骈文、唐代的律绝和传奇、宋词、元曲、明南剧、清古文”，而把人民文学的特点理解为“人民文学的特质是口语创作、集体创作，是新鲜的、活泼的、粗俗的但却是浑朴的”。同时提出“正统文学是少数人的文学，是统治阶级的文学”，“一切正统文学都是人民文学的旁支，而且是这一种文学发展到最后阶段将要僵化的阶段”。① 北京大学中文系文学专门化1955级集体编写的《中国文学史》(1959年第二版)也提出中国文学发展史是由“人民的文学”和“反人民的文学”相互斗争这一线索贯穿起来(第一版提出了现实主义—反现实主义的线索)。又例如在作家作品的评价尺度上，五六十年代围绕具体作家作品的讨论总把是否具有“人民性”作为一个重要的议题。

机械地把“人民性”作为批判继承古典文学的标准可能导致用简单的二元对立立场去审视古典文学传统。如陆侃如曾说：

> 马克思列宁主义告诉我们：在任何民族的文化中都有两种文化。一种是为统治阶级服务的文化，一种是为被压迫劳苦大众服务的文化。文学也是如此。用法捷耶夫的话来说，就是一部分是被人民盖章批准的，一部分是没有被盖章批准的。被批准的就是毛主席所说的遗产中的“民主性的精华”，没有被批准的就是遗产中的“封建性的糟粕”。②

这种误读可能会遮蔽我们对原本古典文学中优秀内容的认

---

① 蒋祖怡：《中国人民文学史》，第7页、第12～17页、第19页，上海：北新书局，1950年。

② 陆侃如：《把毛泽东文艺思想贯彻到古典文学的教学中去》，北京：《人民日报》，1953年3月25日。

识。余冠英就曾批评蒋祖怡的《中国人民文学史》:"这部书把中国人民引为民族光荣的许多文学家摒于中国人民文学的传统之外,对于杜甫也只是偶然提到他的名字而已。这书共分五章,即神话与传说,谣谚与诗歌,巫舞与杂剧,传说与说话,讲唱与表演。从目录就可以见出这个'大胆'的作者在他的书中排斥掉中国文学史中多少优美丰富的内容。"①

不仅古典普及和学术研究要为工农兵服务,同时古籍文献的整理也要服从这一方向。对此,当时的中华书局总编辑金灿然曾说:

> 我们整理古典文献的目的,不是为了死人,而是为了活人,为了调动历史文化遗产的积极因素为今天服务,为当前社会主义建设服务。这是我们的出发点,这也是我们的目的地。凡是从事古典文献的整理和出版工作的人,都应该清楚地认识这一点,牢牢地记住这一点。没有了这一点,我们的工作便是无的放矢,便会一无所成。
>
> 一般来说,古籍的读者对象大体有两类人:一类是专家,一类是干部……一般说来,供给前一类人需要的古籍,整理加工的工作暂时可以作得少一些,但是在出版的先后缓急上必须妥当安排,版本的选择上必须力求慎重,校勘工作必须认真,某些书的断句和索引工作必须进行。给后一类人看的古籍,品种的选择就要严一些,整理加工的程度也要大一些。校勘和标点都需要,有些书还要进行编选和新的注释。这儿所说的干部,一般指具有中等文化水平以上的各级干部,也包括一部分大学学生。这些干部为了工作

① 余冠英:《胡适对中国文学史中"公例的歪曲捏造及其影响"》,北京:《文艺报》,1955 年第 17 期;后收入社科院文学所专刊:《古典文学研究中的错误倾向》,第 66 页,北京:人民文学出版社,1958 年。

和学习上的需要,要求阅读一部分古籍。对于我国古代文化知识的了解和掌握,会越来越为他们所必需。不管从丰富历史知识,或从提高文艺欣赏来说,这种要求都是合理的,应该给予满足。满足这些人的需要,是古籍整理出版工作者的光荣的严重的任务……古籍整理出版工作者有义务进行古籍的普及工作,主要是向干部的普及工作。①

此外,在五六十年代,曾掀起学习毛泽东诗词的热潮。1957年首次出现了毛泽东诗词注释本,即臧克家、周振甫合著的《毛泽东诗词十九首讲解》,次年再版。这本书1957年由中国青年出版社出版,1958年增订时,改名为《毛主席诗词讲解》。据1967年12月26日《人民日报》报道,1958年至1966年期间各种版本《毛泽东诗词》的印数超过500万册。② 用毛泽东的话来说,是"注家蜂起"。③ 学习毛泽东诗词在当时被认为是文艺为工农兵服务、为革命建设服务的一个重要方面。如萧涤非等学者指出,学习毛主席诗词,不只是一个文学艺术作品欣赏、理解、学习的问题,而是一个进行共产主义革命教育,改造思想、树立无产阶级人生观世界观,从而为工农兵服务,为社会主义革命建设服务的问题。

"为政治(为社会主义)服务"与古典文学学科

毛泽东曾在中国共产党的八届十中全会上指出:"凡是要推

---

① 金灿然:《谈谈古典文献整理与出版的问题》,北京:《人民日报》,1959年8月5日。

② 另据该文指出,仅1967年一年出版的《毛主席诗词》就高达5700多万册。

③ 毛泽东原话为:"我的几首歪词,发表以后,注家蜂起。"见中共中央文献研究室编:《毛泽东文集》第4卷,第459页,北京:人民出版社,1999年。

翻一个政权，总要先造舆论，总要先做意识形态方面的工作。革命的阶级是这样，反革命的阶级也是这样。”①正如“文艺八条”所指出的，为了“密切地配合和有力地促进了我国生产资料所有制的社会主义改造”，“文艺界进行了一系列批判反动的资产阶级思想的斗争”。

首先，为了配合社会主义改造，文艺界、学术界广泛开展了思想改造运动。1951 年 10 月 23 日，毛泽东在全国政协第一届三次会议上提出：“思想改造，首先是各种知识分子的思想改造，是我国在各方面实现民主改革和逐步实现工业化的重要条件之一。”同年 11 月 24 日，北京文艺界举行学习动员大会，胡乔木作题为《文艺工作者为什么要改造思想》的报告，提出：“目前，文艺工作中的首要问题，从根本上说，就是确立工人阶级的思想领导和帮助广大的非工人阶级文艺工作者进行思想改造的问题。”②此后，几乎所有知识界知名人士或迫于大势或自觉自愿地接受了思想改造，纷纷发表检讨和批判文章。③ 茅盾、郭沫若、冯雪峰、唐弢、王瑶、高亨、刘大杰等学者都有检讨性的文字公开发表。即使这些检讨尚不能令官方满意，1954 年何其芳在一次题为《没有批评，就不能前进》的发言中说：“五年以来，许多研究古典文学的人也曾经参加过一些社会改革运动和思想改造运动，在政治上和思想上获得了不同程度的进步。但说到把思想改造深入到自己的业务里面，这就还作得很差了。”④

---

① 中央文献研究室编：《建国以来毛泽东文稿》（第十册），第 194 页，北京：中央文献出版社，1991 年。

② 胡乔木：《文艺工作者为什么要改造思想》，北京：《人民日报》，1951 年 12 月 5 日。

③ 张岱年、敏泽主编：《回读百年——20 世纪中国社会人文论争》，第三卷第一章“前言”，第 6 页，郑州：大象出版社，1999 年。

④ 何其芳：《没有批评，就不能前进》（在作协召开的对俞平伯《红楼梦研究》以及胡适唯心主义学术思想批判会上做的发言），北京：《人民日报》1954 年 11 月 20 日。

思想改造运动的高峰是对俞平伯、胡适学术思想的批判。1954年10月10日,《光明日报》副刊《文学遗产》发表李希凡、蓝翎的《评〈红楼梦研究〉》,10月16日,毛泽东致信中央政治局成员及中央有关领导人,即著名的《关于〈红楼梦研究〉问题的信》,信中称"这是三十多年以来向所谓红楼梦研究权威作家的错误观点的第一次认真的开火……看样子,这个反对在古典文学领域毒害青年三十余年的胡适派资产阶级唯心论的斗争,也许可以开展起来了"。10月24日《人民日报》发表了李希凡、蓝翎的《走什么样的路?》,邓拓在文字见报前亲自审阅,加了很有火药味的一句话"这并不是偶然的,而是过渡时期复杂的阶级斗争在文学研究中的反映"。同年底,周扬在中国文学艺术界联合会主席团、中国作家协会主席团扩大联席会议上作题为《我们必须战斗》的发言,总结这次批判运动说:

> 我们正在进行的对俞平伯在《红楼梦研究》及其他著作中所表现的胡适派资产阶级唯心论观点的批判,是又一次反对资产阶级思想的严重斗争,同时也是反对资产阶级思想的可耻的投降主义的斗争。①

1955年1月26日,中共中央发出《关于在干部和知识分子中组织宣传唯物主义思想批判资产阶级唯心主义思想的演讲工作的通知》。通知指出:

> 对俞平伯《红楼梦研究》的错误思想的批判已告一段落,对胡适思想的批判已经初步展开,对胡风及其一派的文艺思想的批判亦将展开。这些思想斗争有极其重要的意义,这是通过对我国知识分子所熟悉的资产阶级唯心主义思想的批判来具体地宣传马克思主义唯物主义思想。②

① 周扬:《我们必须战斗》,北京:《人民日报》,1954年12月10日。

② 转引自林志坚:《新中国要事述评》,第82页,北京:中共党史出版社,1994年。

在这场批判运动中，学者们对俞平伯、胡适的批判以及俞平伯本人的自我批判都声称：胡适学术思想的危害在于脱离“文艺为政治”的方向，向社会传播了反动思想。山东大学陆侃如指出：

> 胡适遗留给古典文学研究的毒害，主要有两方面。第一是为研究而研究，为考据而考据的提倡。他在《水浒传后考》末段，重复他已经说过好几遍的话：做学问的人当看自己性之所近，拣选所要做的学问；拣定之后，当存一个“为真理而求真理”的态度……学问是平等的。发明一个字的古义，与发现一颗恒星，都是一大功绩。这就是说，科学研究是为了满足自己的兴趣，而不是为了祖国的人民的需要。他要我们像歌德那样，在拿破仑兵临城下的时候，关门研究远东古代文物。俞平伯先生在北洋军阀指使军警打伤请愿的教职员的日子里，还埋头写《红楼梦辨》，就是实行这种主张。我那时和几个同学合办《国学月报》，对政治不闻不问，也是为此……必须指出，胡适所谓“为真理而求真理”，只是一个骗局，不过妄想使青年脱离实际，脱离政治而已。①

俞平伯则反省自己的错误说：

> 我研究《红楼梦》，最严重的错误，自其基本性质来说，便是不能掌握历史唯物主义的观点方法全面地分析作品，相反地以资产阶级唯心论的观点方法来追求作者的企图……我不仅不曾彻底批判胡适，不仅继续走了胡适研究《红楼梦》的道路，而且扩展了它，在社会上替胡适的反动思想散布毒素。这个错误是十分严重的。②

---

① 陆侃如：《胡适反动思想给予古典文学研究的毒害》，济南：《文史哲》，1955 年第 1 期。

②《红楼梦问题讨论集》第 2 集，第 310～329 页，北京：作家出版社，1955 年。

1957年,文艺界为配合反右运动展开了对文艺界"右派"分子丁玲、冯雪峰等人的批判。在这场运动结束后,中国作家协会党组扩大会议在1957年9月举行总结大会(实际上这也是文艺界反右派斗争的总结大会),周扬在会上作报告,后来经修改,以《文艺战线上的一场大辩论》为题发表,其中说到:

> 在我国,一九五七年才在全国范围内举行一次最彻底的思想战线上和政治战线上的社会主义大革命,给资产阶级反动思想以致命的打击,解放文学艺术界及其后备军的生产力,解除旧社会给他们带上的脚镣手铐,免除反动空气的威胁,替无产阶级文学艺术开辟了一条广泛发展的道路。在这以前,这个历史任务是没有完成的。这个开辟道路的工作今后还要做,旧基地的清除不是一年工夫可以全部完成的。但是基本的道路算是开辟了,几十路、几百路纵队的无产阶级文学艺术战士可以在这条路上纵横驰骋了。①

1958年,为了配合当时的"大跃进",古典文学界广泛开展了"插红旗、拔白旗"、进一步批判资产阶级学术思想、批判"厚古薄今"思想和"红色文学史"编纂等活动。

1958年春夏之交,毛泽东提出:

> 我们要学习列宁,要敢于插红旗,越红越好,要敢于标新立异。标新立异有两种,一种是应该的,一种是不应该的……旗帜横直是要插的,你不插红旗,资产阶级就要插白旗。资产阶级插的旗帜,我们要拔掉它。②

---

① 周扬:《文艺战线上的一场大辩论》,北京:《人民日报》,1958年2月28日。

② 毛泽东:《在中国共产党八大二次会议上的讲话》,见中央文献研究室编:《建国以来毛泽东文稿》(第七册),第208~209页注释,北京:中央文献出版社,1992年。

1958年10月出版的第十六期《读书月报》上，姚文元发表了《向“广大群众”推荐什么东西？——简评(欧阳修词选译)》，其中提到：古典文学“是资产阶级思想在文学研究中最后一个阵地”。“现在正是跃进高潮接着高潮的伟大时代，思想战线也要大跃进，其内容之一，就是对资产阶级思想展开更广泛更深入的斗争，把毛泽东的红旗插遍文艺领域。”

胡念贻指出：

> 一九五八年以后，社会主义革命向前发展，思想意识领域内产生了一些错综复杂现象。“左”的干扰比较严重，“宁‘左’勿‘右’”的心理有普遍影响。社会上对于古典文学的疑虑心理强烈起来。一些人认为古代许多作品中所描写的生活，和大跃进中热火朝天的气氛不相协调，鼓不了什么干劲。高等学校中文系的学生写大字报批判教师的资产阶级学术思想，在社会上掀起一个运动。这次运动本身有它一定的意义；但是它也带来了简单粗暴地否定遗产的后果。①

1958年，时任中宣部副部长(同时是毛泽东秘书)的陈伯达应国务院科学规划委员会副主任郭沫若的邀请，在国务院科学规划委员会第五次会议上作题为《厚今薄古，边干边学》②的讲话。此讲话发表后，“厚今薄古”遂成为口号流传。对“厚古薄今”的批判同样立足于其“政治反动”的本质：“厚古薄今所起的反动作用，是以资产阶级思想在学术问题上对工人阶级的排斥和对抗，它麻醉青年人的革命斗志，破坏社会主义思想的统一。所以开展对厚古薄今的斗争，是整个思想战线上社会主义革命

① 胡念贻：《研究古典文学与批判继承遗产——三十年来古典文学研究的回顾》，原载香港：《文艺百家》，1979年第1期；后收入胡念贻：《关于文学遗产的批判继承问题》，第107～108页，长沙：岳麓书社，1984年。

② 陈伯达：《厚今薄古，边干边学》，北京：《人民日报》，1958年3月11日。

的一个重要组成部分，是两条路线的斗争。”①

“厚今薄古”口号提出后，“高等学校的青年学生在这个口号的鼓舞下大胆地起来对资产阶级专家中流行的厚古薄今思想提出了批判，并且进一步开展了对资产阶级学术思想的批判”②。人民文学出版社从各地高校和科研单位张贴的大字报中选辑了百余篇，以《中国古典文学厚古薄今批判集》为名于1958年出版，共分四辑，内容均与“插红旗、拔白旗”或批判“厚古薄今”思想、资产阶级学术思想相关。③

关于“红色文学史”的编纂，据北大中文系1955级学生丹晨后来回忆：“北大中文系55级在五八年大跃进时，集体写了一部‘红色文学史’。由此，在全国高校引发了一股学生集体写教科书的风。这个55级就是始作俑者。这部‘红色文学史’就是在拔白旗、插红旗运动中应运而生的，恰中政治运动领导者的下怀，被利用为批判打击所谓‘资产阶级知识分子’即高校中的老教授们的一块砖头，一个工具，因而被大事宣传渲染，树为先进标兵，名闻全国……成为全国文教战线‘大跃进’的标志性产物。”④“红色文学史”产生过程完全体现了当时“大跃进”的狂热，据55级另一名学生费振刚说：“在同学们思想认识一致的基础上，经过一个多月的日夜苦战，经过留校五十多个同学集体写作、讨论和修改，一部七十万字的中国文学史初稿终于完成了。

---

① 梁学礼：《厚古薄今的思想实质及其根源》，人民文学出版社编《中国古典文学厚古薄今批判集》第三辑，第30页，北京：人民文学出版社，1958年。

② 吴晓铃、胡念贻、曹道衡、邓绍基：《十年来的古典文学研究和整理工作》，北京：《文学评论》，1959年第3期。

③ 北京大学中国语文学系：《文学研究与批判专刊》（共四辑），北京：人民文学出版社，1958年。

④ 丹晨：《回首老北大的“红色文学史”》，北京：《中华读书报》，2002年3月6日。

通过算细账，大家一致认为：我们有五十多人工作，每人工作四十天，这就相当于一个人七八年的工作量。不仅如此，我们还是一个集体，我们有正确的观点和方法，我们有着党的直接领导，我们一定能写出来。"①

古典文学为政治服务的例子不仅表现在以各种批判运动形式配合社会主义思想改造，有时也直接面向政治，为政治服务。亲历过五六十年代的学者胡念贻即指出："解放初期，为了配合宣传婚姻法，反对封建婚姻制度，我们的剧场上演了《西厢记》和《梁山伯与祝英台》等戏曲；六十年代初，为了配合反对苏联修正主义，战胜自然灾害，我们出版了《不怕鬼的故事》，这都收到了很好的效果。"②但他同时指出："我们一些同志常常是这样：一个运动来了，就要把古人请出来为今天服务，认为这才是'古为今用'……而且一些人的所谓配合运动往往是牵强附会，生拉硬扯，把古人思想现代化，让古人穿上现代服装，说现代人的话。"③

有时古典文学被政治家利用成为政治斗争的隐性工具。例如，1959 年 8 月 16 日，毛泽东在庐山会议期间写作《关于枚乘〈七发〉》一文，并分发给与会同志传阅，略引其中一段：

> 枚乘直攻楚太子："今太子肤色靡曼，四支委随，筋骨挺解，血脉淫濯，手足堕窳；越女侍前，齐姬奉后；往来游讌，纵恣乎曲房隐间之中。此甘餐毒药，戏猛兽之爪牙也。所从来者，至深远、淹滞、永久而不废，虽令扁鹊治内，巫咸治外，尚何及哉？"枚乘所说，有些像我们的办法，对犯错误的同

① 费振刚：《在战斗中学习和成长》，北京：《人民日报》，1958 年 10 月 28 日。

② 胡念贻：《关于文学遗产的批判继承问题》，第 119 页，长沙：岳麓书社，1980 年。

③ 胡念贻：《关于文学遗产的批判继承问题》，第 120 页，长沙：岳麓书社，1980 年。

> 志，大喝一声：你病重极了，不治将死。然后，病人几天或者几个星期，或者几个月睡不着觉，心烦意乱，坐卧不宁。这样一来就有希望了。因为右倾或左倾机会主义这类毛病，是有历史根源和社会根源的，"所从来者，至深远、淹滞、永久而不废"。这个法子，我们叫做"批判从严"。①

后世史家已指出，毛泽东"认真地对待枚乘这篇一般干部很难读懂的大赋，使它发挥切实的'古为今用'的效应，其用意自与庐山会议后期的主题有关"②。

此外，某些具有重要影响的文艺批评原则如"两结合"（即"革命的现实主义"和"革命的浪漫主义"相结合），其提出背后有着很深的政治诉求。关于这一原则的提出背景和确立过程，有学者指出：

> 把现实主义和浪漫主义"结合"起来，并不是一个新的话题，但冠以"革命的"定词，并将之上升为文艺创作和批评的"原则"，乃是始于1958年前后。"两结合"的提出有两个重要的"背景"：一是中国的"大跃进"，全社会被一种脱离实际的"热情"所鼓动。各条战线都沉浸在创造"奇迹"的幻想中，并向文艺提出与之相"配合"的要求。二是中苏关系发生变化，中国领导者意欲结束向苏联"一边倒"的局面，于是要求文艺上要建立自己的马克思主义的理论和批评。③

可以说，新中国古典文学学科的每个角落都渗透着文艺为政治服务的影响。其后果，首先是种种思想改造批判对那一代学者

① 中央文献研究室编：《建国以来毛泽东文稿》（第八册），第456～457页，北京：中央文献出版社，1993年。

② 见陈晋主编：《毛泽东读书笔记解析》文学篇"骚体有民主色彩"条，第1191页，广州：广东人民出版社，1999年。

③ 张岱年、敏泽主编：《回读百年——20世纪中国社会人文论争》第四卷，第5页，郑州：大象出版社，1999年。

的治学理念和人格理想都造成重要的影响，有学者总结指出：

在这样的大背景下，古典文学研究者所能够做的，就是努力改造思想，批判唯心论，树立唯物史观，来适应新的社会要求。即使如此做了，有时也难免受批判，因为批判实际上并不限于观念上的唯心论，还有其他诸多非观念性因素可以使古典文学工作者成为被批判对象。①

这种批判和自我批判对学术事业所造成的危害是极其严重的：因为它在形式上似乎在肯定人民在历史上的主体地位，实际上却否定了中国古典文学真正的创作主体——历代文人，也否定了由他们所创作的，包括咏歌山水，友谊，爱情，忠诚，气节，风骨等表现中华民族优美情操的一切有价值的文学作品，在民族传统文化上张扬了一种虚无主义观。另外，这种"大批判"对人际关系也造成了极其深重的伤害。更何况，这种用批判和自我批判方式来达到"推陈出新"之目的，会使学者丧失人格的自尊和学术上的自信，这是更深重也是更久远的一种伤害。一开始，有的研究者清除自我，接受这种新的观念和批评标准还可能是迫于形势，是被动的接受，但年复一年，长此以往，也就变成了一种习惯，一种思维定势，一切都从此角度来思考和接受，从而丧失了自我。至于五十年代后成长起来的新一代学人，由于当时国门的封闭，"不知有汉，遑论魏晋"，更是把此当成天地之间唯一正确的标准和价值观。②

---

① 徐公持：《二十世纪中国古典文学研究近代化进程论略》，收入《文学遗产》编辑部、黑龙江大学中文系编《百年学科沉思录——二十世纪古代文学研究回顾与前瞻》，第 18～19 页，北京：人民文学出版社，1998 年。

② 陈友冰：《中国大陆五十年来古典文学研究观念的演进及思考——以唐代文学研究为主》，台北：《逢甲人文社会学报》（逢甲大学人文社会学院），2002 年第 4 期。

其次，是导致当时的古典文学研究成果，多带有政治斗争色彩，而与学术自身逻辑疏离。徐公持指出：

过于政治化的结果就是古典文学研究成了主要给古代作家作品作政治定性的工作，人们努力从字里行间去分析考索有关作家作品的阶级属性，"必须首先检查它们对待人民的态度如何"，阶级性、人民性的标签到处乱贴，但凡"关心人民疾苦"、"揭露统治阶级黑暗腐败"的作品，必大受推重，如杜甫"三吏"、"三别"，白居易《新乐府》、《秦中吟》等，而偶有"剥削阶级意识流露"或对"人民"有不敬及藐视之词，便必定揭出作为一个污点予以批判。尤其是如有对农民起义的攻击诬蔑如"贼"等字样，更会从根本上影响对该作家作品的评价。韦庄就是一例，他因一篇《秦妇吟》，在五、六十年代的有关论点中受到严厉挞伐，"从贵族地主阶级的立场出发，对伟大的黄巢起义军表示了刻骨的仇恨"，被根本否定。因"剥削阶级思想情绪"而被批判否定者更多，陈毅元帅在一次讲话中提到，"我很喜欢看《光明日报》的《文学遗产》和《哲学》专栏。我看到其中有些文章把古人骂得一塌糊涂，把李清照完全否定了"，"在《文学遗产》专栏中有篇文章讲陶渊明，为什么当时不去和九江、鄱阳湖的起义军结合，却坐在那里喝酒？因此认为陶渊明的诗一无是处。"(《在戏曲编导工作座谈会上的讲话》，1961 年 3 月 22 日）这样的事例不是个别的。过份的政治化，加上极左思潮盛行，使古典文学研究中充满了简单粗暴做法，历史唯物论变成了机械唯物论，严重地妨碍了人们去正确认识丰富多彩的文学遗产。"政治标准第一"结出了文化虚无主义之果。①

① 徐公持：《论文学遗产的四重价值》，《〈文学遗产〉纪念文集》，第 91 页，北京：文化艺术出版社，1998 年。

对古典文学遗产采取简单粗暴态度的例子在当时很多。如关于"现实主义"标准,有学者曾指出:"在中国大陆这块特殊的土壤里,它(即现实主义)在生长的同时也在不断改变其原来的'特性'。特别是在新中国成立之后,在接二连三的风风雨雨(尤其是政治风雨)的吹打之下,它的性质、涵义、功用乃至表述,都在发生迅速而带实质性的变化,并终于衍化为具有很浓意识形态色彩、很强政治性判断意味的文艺'原则'。"①其结果,就是五六十年代的文学史和古典文学研究常常机械地套用"现实主义—反现实主义"的简单公式。曾经编写《宋元文学史讲义》的中山大学教授王起说:

同学们学习时更从中(按:指阶级社会中两种文化斗争在文学史上所表现的错综复杂关系)抽出了"现实主义—反现实主义"这个公式,作为我国文学历史发展的唯一斗争线索。因此他们在检查我的文学史讲义时首先要求找出这样一根线索,把我国文学史上的一切作家不是划在这根线索的左边,就是划在它的右边,让他们一个个捉对儿相打。

如果运用这个公式来概括文学史上的矛盾斗争,我们将看不到我国特定历史时期的一些积极浪漫主义作家的战斗作用。其次……运用"现实主义—反现实主义"这个公式作为两种民族文化在文学史上所表现的形式,就必然要夸大文学史上反现实主义作家作品的作用,甚至把许多历史上有成就的诗人如王维、孟浩然、李贺、杜牧都划入反现实主义的行列去,来加强反现实主义的阵营。第三……我们根据各个不同流派不同作家的思想倾向与艺术风格,具体分析,试图各自给他们一个适当的称号是可以的,暂时没有

---

① 张岱年、敏泽主编:《回读百年——20世纪中国社会人文论争》第四卷,第3页,郑州:大象出版社,1999年。

适当称号也不必勉强给。如果运用"现实主义—反现实主义"这个公式,势必要拿一顶七寸三分的帽子给许多不同类型的作家来戴,这是不可能适合各人的尺寸的。第四,文学史上不同流派的作家在他们的创作互相斗争时,往往也相互影响……运用"现实主义—反现实主义"这个公式来划分文学史上的一切作家,就容易把文学史上错综复杂、丰富多彩的现象简单化、绝对化,好像这些不同作家之间只有相互斗争,没有相互影响;只有矛盾,没有统一,这显然不符合于我国文学历史发展的实际情况。①

因此,有的国外学者指出:"1949年以后大多数人文和社会科学研究以及文学创作更适合于从政治斗争的角度来分析,而不是从学术和文学的角度来分析。"②

"双百"方针与古典文学学科

"双百"方针的提出对于文艺界解放束缚、活跃思想起到了一些积极作用。"双百"方针提出后,古典文学研究领域出现了许多全国性范围的学术论争,或者对以往的争论问题进行更加深入的讨论,这些问题包括理论性的探讨和具体体裁、作家作品的分析、评价。《光明日报》的《文学遗产》副刊是新中国成立后在古典文学研究领域发表文章最多的一个刊物,由该刊发起或以该刊为主要阵地的学术讨论有:文学遗产是不是上层建筑(1955),新文学史编写问题(1956—1962),"中间作品"和古代作

---

① 王起:《有没有这样的线索和标准——关于我的〈宋元文学史讲义〉的批判的答辩》,北京:《文学评论》,1959年第3期。

② 瓦格纳:《中华人民共和国的知识分子》,转引自王景伦《美国学者论中国》,第262～263页,北京:时事出版社,1996年。

品的社会意义(1959—1960),《红楼梦》研究(1954—1957),王维、孟浩然的山水诗,李贺、李商隐、杜牧的诗歌,李煜词(1955—1957),李清照词(1959),姜夔词,陶渊明(1954—1960),《长恨歌》(1955),《琵琶记》(1955—1963),李清照(1957),《胡笳十八拍》(1959)等。可见当时学术讨论风气十分盛行。这一时期的学术讨论的组织方除了《文学遗产》这样的学术刊物,有时中国作家协会、中国科学院文学研究所,甚至中宣部也出面组织相关讨论会,显示出官方的推动力量。这种提倡"百家争鸣"的风气从客观上起到了促进学术交流、推动学术发展的作用。尤其是其中一些关于基本文献考证的课题,诸如蔡琰《胡笳十八拍》的真伪问题、曹雪芹身世问题、岳飞《满江红》真伪问题等等,因为较少牵扯意识形态内容,得到了比较充分的讨论,推动了该领域研究的深入。此期古典文学界展开的各种讨论还包括:文学遗产批判继承问题、现实主义和浪漫主义问题、古典文学中的爱国主义问题、关于"中间作品"问题、古代文学阶级性问题、古代文学史主流问题、古代文学史分期问题、《红楼梦》、《水浒传》等多种体裁和作家作品。卢兴基主编《建国以来古代文学问题讨论举要》对这些讨论分别作了总结,可以参考。

"双百"方针也相对弱化了文学批评中唯政治、唯阶级性的不良倾向,保持了对文学作品艺术性的尊重。毛泽东在《讲话》中就曾提出:"缺乏艺术性的艺术品,无论政治上怎样进步,也是没有力量的。"这一辩证认识本身就是在政治性和艺术性之间保持了一定弹性空间,"双百"方针的实质也在于此。这就给许多古典文学的所谓"中间作品"(即那些并无太多政治倾向而具有艺术特色的作品)和以艺术特色见长的古代作家在当时留下了生存空间。

比如"宫体诗"的评价问题,除了它在思想上的糟粕以外,学者们也指出它在形式上对诗歌发展的意义:

萧纲和当时一些文人写的诗，号为"宫体诗"。现在一些人一提到宫体诗，就斥为色情。当然，他们的诗中有许多无聊的东西，但也间有一些清新之作，其中有的和唐代的五言近体诗已没有多大差别，可以看到作者在诗歌形式探索上的努力。①

又如李煜词的讨论，虽然经受了各种批判，但在总体评价上，当时多数文章认为：他的作品抒写了他真实的思想感情，谈不上什么人民性和爱国主义，但也没有什么反人民的内容，但在艺术上具有相当特点，特别是在词的发展上具有重要的地位和贡献。②

"双百"方针的提出对当时知识界、文艺界解放思想起到了积极作用。1957年春，九三学社两次组织如何贯彻"双百"方针的座谈会，"到会的许多位著名的学者专家认为，毛主席在最高国务会议上再一次提出'百花齐放，百家争鸣'、'长期共存、互相监督'的方针以后，已经引起了党内外知识分子、干部和群众的普遍重视，许多人已经敢于起来大胆地争鸣"。并且将贯彻"双百"方针的最大障碍归结为"来自党内和领导机关的教条主义、宗派主义和官僚主义"。③ 在座谈会上，北京大学中文系游国恩等教授结合古典文学学科的情况揭露了大学课程改革和教学工作中的教条主义。游国恩教授说："在苏联的大学文学系里，先讲'人民口头创作'，再讲文学史是对的，符合苏联的情况。但是在我国就不应当这样，因为我国古代的人民口头创作已经有了文字的东西；可是教育领导部门却不愿意考虑专家的意见，硬要

---

① 胡念贻：《谈谈我国古代文学遗产的批判继承问题》，北京：《新建设》，1962年第7期。

② 参看卢兴基：《五十年代讨论李煜词的评价问题》，收入卢兴基主编《建国以来古代文学问题讨论举要》，济南：齐鲁书社，1987年。

③ 见《人民日报》消息：《冲破'齐放'和'争鸣'的障碍——记九三学社的两次座谈会》，北京：《人民日报》，1957年5月1日。

机械搬用苏联的经验，结果使得我们的工作很忙乱。在对待古典文学遗产方面，教条主义的习气也很严重。只要教师讲课的内容有一点不符合教条主义者的胃口，他们就发出无理的批评以至指责。例如，我认为汉赋受荀卿的影响很大，在讲文学史时，就把荀卿和汉赋一起讲，有人就批评这是形式主义，并且到处了解情况，弄得很紧张。直到有人写了一篇文章，说是苏联的文学史也是这样讲的，教条主义者才闭口无言。"①

但是，"双百"方针仅贯彻执行了一年，到了1957年，政治形势发生了重大变化，"百家争鸣"一下子变成了资产阶级与无产阶级"两家"的政治斗争。毛泽东在这一年春天提出："我们提倡百家争鸣，在各个学术部门可以有许多派、许多家，可是就世界观来说，在现代，基本上只有两家，就是无产阶级一家，资产阶级一家。"②随之而来的是一场"反右"运动，很快结束了文艺界刚刚形成的繁荣局面。

在"反右"运动达到高潮时，周扬曾这样说：

> 本来，我们提倡学术上不同意见的自由争论和艺术上不同风格的自由竞赛，是为了发展社会主义文化。我们将长期地坚定不移地实行这个方针。我们认为，垄断、独占，没有竞赛，没有比较，就不可能引导科学艺术走向繁荣，而只会使它们走向衰退。我们相信工人阶级有力量能够通过自由竞赛、自由辩论的方式在文化艺术上战胜资产阶级。资产阶级右派却把"百花齐放、百家争鸣"解释成对马克思主义思想运动的否定；他们十分讨厌思想改造运动。他们说"严冬"就要"解冻"，"春天"即将来临。他们的目的并不

---

① 见《人民日报》消息：《冲破'齐放'和'争鸣'的障碍——记九三学社的两次座谈会》，北京：《人民日报》，1957年5月1日。

② 毛泽东：《在中国共产党全国宣传工作会议上的讲话》，《毛泽东选集》第5卷，第409页，北京：人民出版社，1991年。

在开展甚么学术辩论和艺术竞赛，而只是企图利用这个口号来卷起一场反社会主义的政治浪潮。因此，当我党开始进入整风并广泛发动群众提意见的时候，他们就认为按照自己的面貌改造共产党的时机来到了。他们的矛头首先指向思想文化领域。他们急于要夺取思想阵地。他们认为这道防线是比较薄弱，容易突破的。接着，他们就向整个社会主义事业展开了全面的攻击。这在某种意义上说，对于我们也不是坏事，而是好事。右派暴露了自己的真面目，并从反面教育了人民。①

周扬在第三次"文代会"上又再次重申：

我们从来主张百花齐放是在社会主义范围内的百花齐放，是放社会主义的花，是通过自由竞赛的方法发展社会主义的文艺，反对反社会主义的文艺；百家争鸣是在马克思列宁主义思想指导下的百家争鸣，是通过自由辩论的方法宣扬和发展马克思主义的辩证唯物主义，反对资产阶级的唯心主义和形而上学。②

因此"双百"方针在五六十年代虽然对学界的自由讨论创造了一定空间，但从总体上仍是在坚持"为政治服务"、"为工农兵服务"的框架内运作。故有学者指出："在具体的文艺方针政策的制定上，毛泽东始终是坚持斗争为主、歌颂为主、政治标准为主、普及为主的。恰恰是利用了行政力量，强制推行一种风格、学派，禁止另一种风格、学派。"③

---

① 周扬：《文艺战线上的一场大辩论》，北京：《人民日报》，1958 年 2 月 28 日。

② 吉林师范大学、吉林大学文艺学编写组编：《文艺方针政策学习资料》，第 321 页，长春：吉林人民出版社，1961 年。

③ 孟繁华：《中国 20 世纪文艺学学术史》第三部，第 63 页，上海：上海文艺出版社，2001 年。

真正意义上的"双百"方针，不是简单从世界观上区分唯物史观、唯心史观，或者从阶级立场上区分无产阶级、资产阶级，而应是"百花齐放、百家争鸣"的方针，是促进艺术发展和科学进步的方针，是促进我国的社会主义文化繁荣的方针。① 事实说明，"双百"方针被正确阐释、贯彻对社会主义文化的健康发展起着重要的作用，在古典文学研究领域也是如此。胡念贻在《研究古典文学与批判继承遗产——三十年来古典文学研究的回顾》一文中就指出："解放以后古典文学研究取得的成绩，是和党的百花齐放、百家争鸣方针分不开的。三十年的经验证明，在古典文学领域内什么时候"双百"方针执行得好，我们的研究就获得明显的进步；什么时候执行得不好或不执行了，研究工作就进步得慢或者停顿倒退了。"②

总的来看，五六十年代，新中国文艺政策的影响为那一时期的学术研究带来了鲜明的时代特点，主要体现为强调政治性、相对轻视文艺性。另一方面，这些文艺政策对古典文学学科的研究主体带来了深重的影响，虽然在"双百"方针和"文艺为工农兵服务"、"文艺为政治服务"等政策的张力下，保持了时紧时松的政治环境，为学者的独立研究保留了一定空间，但对学者的思想压力反而更加深重。如有学者指出："20 世纪 50～60 年代的文艺政策时常出现相对严格和宽松的不同时期。但它的周期性振荡不仅没有缓解作家、学者内在的紧张和压力，反而更加剧了他们的不安和焦虑。它的表达形式就是，一些人放弃了创作或专业研究，宁愿以沉默换取平淡却是平静的生活；一些人不再表达独立的思考，在平庸的流行思想中，放弃了知识分子的尊严、使

---

① 毛泽东：《关于正确处理人民内部矛盾的问题》，《毛泽东论文艺》，第 101 页，北京：人民文学出版社，1992 年。

② 胡念贻：《关于文学遗产的批判继承问题》，第 138 页，长沙：岳麓书社，1984 年。

命和责任，牺牲的则是道德准则和理性主义的代价。”①

反思历史，如何正确地理解和贯彻文艺政策值得我们认真总结。有学者指出：“建国以来，我们在对待文学遗产问题上有过正确的批判地继承的方针，取得了很多成绩。但作为经验、教训来说，建国以来在继承文学遗产问题上主要的还是‘左’的偏向……探讨和研究这些问题，取得经验和教训，将有助于我们发扬已有的巨大成绩，也是有助于我们坚持正确的理论、方针，更好地开展文学遗产的研究工作，继承我国文学的优良传统，发展我们的社会主义文学。”②

（中国社会科学院文献研究中心　唐磊）

① 孟繁华：《中国20世纪文艺学学术史》第三部，第15页，上海：上海文艺出版社，2001年。

② 邓绍基：《关于文学遗产的继承问题的讨论和思想认识》，卢兴基主编《建国以来古代文学问题讨论举要》，第16页，济南：齐鲁书社，1987年。

爱国主义教育与古典文学学科

1949年后的爱国主义教育与古典文学学科的参与

1949年9月，新中国成立的前夕，毛泽东在《人民政协第一届全体会议上的开幕词》中说："占人类总数四分之一的中国人从此站立起来了。中国从来就是一个伟大的勇敢的勤劳的民族，只是在近代是落伍了。这种落伍，完全是被外国帝国主义和本国反动政府所压迫和剥削的结果……我们的民族将再也不是一个被人侮辱的民族了，我们已经站起来了。"

从此，"劳动人民做了国家的主人。随着他们的物质生活状况的改善，他们需要新的精神生活。为满足群众的日益增长的文化需要，创造优秀的、真实的文学艺术作品，用爱国主义和社会主义的崇高思想教育人民，鼓舞人民向着社会主义社会前进"①。

新中国成立不久爆发的抗美援朝战争进一步加强了民族主义情感和爱国情绪："自从我们人民共和国成立以来，尤其是自从抗美援朝以来，中国的人民没有不感觉自己的祖国是可爱，是值得热爱的了。工人、农人、战士、知识分子，人人都自愿贡献出他最大的力量去保卫和建设这可爱的祖国。在这样的爱国高潮

---

① 周扬：《为创造更多的优秀的文学艺术作品而奋斗》（在文学艺术工作者第二次代表大会上的报告），北京：《人民日报》，1953年10月9日。

中我们祖先的一切创造也更引起人民的敬爱。”①国家动员全民的爱国热忱其背后的政治依据与诉求在于:“爱国主义思想是毛泽东思想体系中的一个重要方面。我们必须以毛泽东思想为中心思想来向人民进行爱国主义教育,才能充分发挥中国人民无穷尽的潜在力量,以战胜敌人,建设祖国。”②

在学校开展爱国主义教育是全民爱国主义教育的重点。当时的政务院和教育部在毛泽东思想的原则指导下,规定爱国主义教育必须成为学校教育的重要内容。为了具体说明每门课程的目的和要求,还曾经明确地指出两点:第一,每门课程必须和祖国的建设任务密切配合;第二,在每门课程里必须贯彻爱国主义思想教育。③ 从此,学校各门课程都贯穿着爱国主义的思想教育,连数理化科目也不能例外,因为“结合着这种教学,很容易把新中国光明幸福的前途与无限美好的远景放在青年学习者的面前”④。爱国主义教育不仅涵盖了正课,甚至在课外活动和日常生活中也充满了爱国主义教育。⑤

学校进行爱国主义教育的意义和落脚点在于:

> 向学生进行爱国主义教育,歌颂我们祖国光荣的历史和人民群众的斗争,歌颂我们祖国的锦绣河山、地大物博都

---

① 冯至:《关于处理中国文学遗产》,北京:《人民日报》,1951 年 3 月 11 日。

②《人民日报》社论:《继续加强学校教育中爱国主义的内容》,北京:《人民日报》,1951 年 11 月 4 日。

③ 陆侃如:《把毛泽东文艺思想贯彻到古典文学的教学中去》,北京:《人民日报》,1953 年 3 月 25 日。

④ 周建人:《生物科学与爱国主义》,北京:《人民日报》,1951 年 2 月 18 日。周文指出:“爱国主义既可以渗透在生物科学中来教,当然也可以渗透在物理、化学及别科自然科学中来教学。这是毫无疑问之事。”

⑤ 柏生:《爱国主义教育在中国人民大学》,北京:《人民日报》,1951 年 1 月 18 日。

是必要的，但更重要的是教育学生继承和发扬中国人民勤劳、勇敢、刻苦朴素的优良传统，充分发挥他们的智慧与创造力，不畏艰险困难，为了保卫祖国光荣而献身于反对侵略的正义斗争，为了人民的利益而从事祖国的建设事业。①

而爱国主义教育渗透到包括数理化在内的各门课程中，是针对爱国主义教育的某些"薄弱现象"：

目前还有不少的学校对爱国主义教育重视不够，有的还严重地存在着不问政治的倾向，听任落后的、错误的甚至是反动的思想在教员学生中滋长蔓延而熟视无睹。有些学校在教员中进行时事测验的结果，不及格的竟达半数以上。有些学校在学生中散布着"不懂政治还可以为人民服务，不懂技术就根本没有为人民服务的资本"、"学好了数理化，谁来了也不怕"等错误的单纯技术观点。甚至有的学生厌倦政治生活，有的教员对宣传抗美援朝工作表现不够积极，阻止学生参加军事干部学校。②

从这里可以看出，新中国成立后展开的爱国主义教育是同强化思想政治教育、为现实政治服务分不开的。

在数理化都可以渗透爱国主义教育的情势下，通过文学来进行爱国主义的教育也成为"文学艺术工作方面的庄严的任务"③。传播和发掘古典文学的优秀传统，则是爱国主义文学教育的重要手段和内容之一。

首先，爱祖国的文化遗产就是爱国主义精神的具体体现：

加里宁在《论共产主义教育》里说："苏维埃爱国主义乃是那些把我国人民推向前进的我们祖宗们之一切创造事业

①②《人民日报》社论：《继续加强学校教育中爱国主义的内容》，北京：《人民日报》，1951年11月4日。

③ 周扬：《为创造更多的优秀的文学艺术作品而奋斗》，北京：《人民日报》，1953年10月9日。

的直接继承者。”那么，我们爱我们的祖国，爱我们的文化遗产，也由于我们深切意识到我们应该是我们的祖宗之一切创造的优良方面的直接继承者。①

其次，通过古典文学可以很好地开展爱国主义教育。对此何其芳曾解释：

为什么说搞古典文学可以进行思想教育呢？这有两个原因。第一，这样可以使大家对我们的民族产生一种历史的感情，使大家觉得它是伟大的，因而增加对它的热爱。爱祖国不应是抽象的。只有感性的东西才能动人。如果你从北京动身到广州去，这边在下雪，那边却在开红花。这样，你就更能体会到祖国的伟大和可爱了。如果只谈一些抽象的东西，以及“五千年文化”云云，并不能启发爱国的感情。要启发爱国的感情，只有去了解具体的作家和作品。第二，旧爱国主义的作品，有些内容，例如抵抗异族的入侵，歌颂历史人物，歌颂祖国山川的美丽，对我们仍然有着教育意义。②

不仅如此，通过感受文学遗产中的爱国主义传统，还能够鼓舞全民为社会主义服务的热情：

今天我们的人民革命的业绩，正是继承着我们祖先的光荣的斗争传统，而我们祖先的光荣的斗争传统，也只有到了今天才能获得充分的发扬和估价。我们祖先这些丰富的斗争经验，他们在每个时代里对现实的感受和理解，对将来的幻想和希望，他们的笑容和眼泪，他们的自豪和悲愤——

① 冯至：《关于处理中国文学遗产》，北京：《人民日报》，1951 年 3 月 11 日。

② 何其芳：《关于研究中国古典文学》，文为 1953 年 3 月 15 日何其芳应邀为北京大学中文系三年级同学作的关于研究古典文学的报告，北京：《文史知识》，1982 年第 1 期。

这一切，在我们丰富的文学遗产中有着详尽的形象的记录。去其糟粕，取其精华，把我们祖先的优良的斗争传统突出地显示出来，成为全国人民卓越的精神滋养，必然有助于树立民族自豪感，加强为总路线而奋斗的决心，坚定向社会主义社会前进的步伐，加强人民内部的团结与对敌人的痛恨，为美好的将来共同努力。①

因此，新中国成立后，古典文学学科直接参与为爱国主义教育服务中来并成为"研究文学遗产工作的光荣任务之一"②。

古典文学界对"爱国主义"的理解

爱国主义这一概念，按照列宁的解释："就是千百年来巩固起来的对自己祖国的一种最深厚的感情。"③而在社会主义新中国，"今天的爱国主义并不是什么抽象的东西，它的内容，就是反对帝国主义侵略和封建主义压迫，就是保卫中国人民民主革命的果实，就是拥护新民主主义，就是拥护进步，反对落后，就是拥护劳动人民，就是拥护中国与苏联和人民民主国家的以及全世界劳动人民的国际主义联盟，就是争取社会主义的前途"④。

所谓的"革命的爱国主义"，包含了阶级斗争的意思在内，对此，有学者总结：

在六十年代初的道德继承问题讨论中，华山提出的爱国主义的看法对研究者颇有启发。他在引用完列宁的定义

---

①② 梁希彦：《我们应该怎样对待文化遗产》，济南：《文史哲》，1955 年第 1 期。

③ 列宁：《皮姊利姆·索罗金的宝贵自供》，《列宁全集》第 28 卷，第 168～169 页，北京：人民出版社，1990 年。

④《人民日报》社论：《在伟大爱国主义旗帜下巩固我们的伟大祖国》，北京：《人民日报》，1951 年 1 月 1 日。

后，就指出，我们对于这个定义，当然不能理解为爱国主义是一种超阶级、超时代的全民道德。因为一切定义都是抽象的概括，它只能包括事物的最一般、最本质的东西，不可能把全部内容都包括进去。所以在论到具体的某一时代、某一国家的爱国主义或者体现在某一个别人物身上的爱国主义时，就首先必须考虑到该时代、该国家的具体情况，以及战争性质、个人的阶级地位等等具体特点，不作这样的分析，笼统地谈爱国主义，必然要走上反历史主义和超阶级观点的错误道路。列宁就严格划清了两种不同的爱国主义，一种是反动的爱国主义，一种是革命的爱国主义。他没有把爱国主义当作超时代、超阶级的美德。同样，毛泽东同志在抗日战争时期也严格区分了两种爱国主义。华山在分析爱国主义作为一种民族感情，它与阶级感情关系，爱国主义民族性和阶级性是否有矛盾时指出，爱国主义总是伴随着民族斗争而出现的，只有民族斗争才能把在千百万人民中间蕴藏着的热爱祖国的深厚感情充分地激发出来，所以民族斗争是爱国主义思想、爱国主义情感的酵母，但是马克思主义认为，'民族斗争，说到底，是一个阶级斗争问题'，不仅现代的民族斗争是如此，历史上的民族斗争也是如此。在历史的各个发展阶段上，阶级斗争有着各种不同的性质和内容，从而伴随着民族斗争而激发起来的爱国主义思想和爱国主义感情，也在历史的各个不同时代表现着它各自的特点。在资本主义时代，爱国主义总是跟资产阶级民族主义相结合，在社会主义革命时代，无产阶级爱国主义总是和国际主义相结合。在封建主义时代则有两种爱国主义，即与反封建相结合的农民爱国主义与封建主义相结合的地主阶级爱国主义。所以爱国主义是一个历史的概念，它总是具体的，总是受着当时的阶级斗争——民族斗争的性质和内容制约的。①

总之,"憎恶旧中国的反动落后,热爱新中国的突飞猛进,这才是革命的爱国主义。有了革命的爱国主义,才能正确地批判与接受过去所有的民族遗产"②。

在古典文学领域如何用革命的爱国主义批判继承文学遗产呢?周扬对此曾指出:一方面我们要"对于人民的敌人——帝国主义者、封建主义者及一切反革命分子的罪恶暴行,应当加以有力的揭露",这是因为"帝国主义、封建主义对中国人民长期残酷的黑暗统治,一方面造成了中国人民无限的革命毅力和决心,另一方面也在部分中国人身上造成了某种程度的民族自卑心,这种民族自卑心和中国资产阶级、小资产阶级所固有的动摇性、软弱性的特点是正好结合着的。文艺应当帮助人民扫清这种由于长期民族屈辱地位所造成的自卑心理,而建立起适应于我们今天国家地位的,伟大中国人民应有的民族自尊心,加强人民对自身伟大力量和光明前途的信念"。另一方面,"就是如何对待历史的人物与传统的问题。毛泽东同志在《中国革命与中国共产党》一书中说道:'中华民族不但是以刻苦耐劳著称于世,同时又是酷爱自由富于革命传统的民族……在中华民族的几千年的历史中,产生了很多的民族英雄与革命领袖……所以中华民族又是一个有光荣革命传统和优秀历史遗产的民族'。我们对历代一切曾经推动历史前进的、有过对人民有益的创造的英雄人物,必须肯定和加以表扬。"③

---

①《山东大学第九次科学讨论会关于历史遗产批判继承问题的讨论》,济南:《文史哲》,1964 年第 3 期。

②《人民日报》社论:《继承鲁迅的爱国主义的精神遗产》,北京:《人民日报》,1952 年 10 月 19 日。

③ 周扬:《坚决贯彻毛泽东文艺路线》(1951 年 5 月 12 日在中央文学研究所发表的演讲),北京:《光明日报》,1951 年 5 月 17 日。

需要指出,“爱国主义”在新中国成立后成为古典文学批评的一个重要标准有一个发展过程。1950 年代初,范宁在论述孔尚任及其《桃花扇》时认为:“处在一个外族统治下的悲剧时代,写前一个时代的悲剧,孔尚任十分沉痛地揭穿了南明的统治阶级内部的内讧和昏聩。但久蓄在心的爱憎,虽有一个发泄的机会,还是不能不加以抑制,不能够不‘含糊’和‘遮羞’,不得不使柳敬亭的‘汉书’,却说还休;不得不使史可法的被杀变成沉江,‘避免直接描述清兵的罪行。’虽然,‘残山梦最真’,但环境只允许他讲‘私怨难消’,不让他说‘国仇未报’,只好把弘光时代一段悲剧的历史谱成一本历史的悲剧。”①这里,范宁强调的是《桃花扇》作品的悲剧性,爱国主义只是隐蕴其中的思想。

到了 20 世纪 50 年代中期,赵俪生则在《论孔尚任爱国主义思想的社会根源》一文中正面指出《桃花扇》情节中包含的爱国主义精神。他指出:“他(孔尚任)的著名剧作《桃花扇》含蕴着充沛的爱国主义思想。在这部剧作中,孔尚任拆穿了南明弘光政权的腐朽,描绘了四镇军阀的专横拔扈,史可法壮烈牺牲时的英勇,以及明亡后广大人民对故国的怀念。他在剧中对弘光朝的群丑,施以无情的鞭挞;对民族英雄,作了热烈的歌颂;并且在剧中,处处传达出在异族奴役下的广大人民的隐痛。有些地方,这种爱国主义思想还被十分突出地烘托出来。如在第四十出‘入道’中,作者借了道士张薇的口,怒斥侯朝宗、李香君这两个在祖国危亡之际尚‘痴情不退’的人,说:呵呸!两个痴虫!你看国在哪里?家在哪里?君在哪里?父在哪里?偏是这点花月情根,割他不断吗?!孔尚任的爱国主义思想,在这里已经表达得很集中、很明确了。”②

---

① 浦江清、余冠英、王瑶等:《祖国十二诗人》,第 152 页,北京:中华书局,1955 年第 1 版。

② 赵俪生:《论孔尚任爱国主义思想的社会根源》,济南:《文史哲》,1955 年第 10 期。

两相比较,我们可以看出"爱国主义"标准介入古典文学研究的发展过程。

古典文学研究中如何贯彻爱国主义教育

在古典文学研究中贯彻爱国主义教育,主要是通过批判继承古代作家作品的爱国主义精神。1951 年,清华大学中文系浦江清、王瑶、余冠英等著名学者"为了响应'中国抗美援朝总会'所发出的全国人民增产捐献的伟大号召,为了发扬爱国主义的文学教育,也为了学习批判地接受文学遗产",集体写作了《祖国十二诗人》一书,列举从屈原、曹植到顾炎武、黄遵宪等十二位中国历史上著名的爱国诗人。该书代序题为《什么是中国诗的传统》,认为他们的文学创作中体现了中国诗一个重要的传统即"爱祖国爱人民"。①

在古典文学中爱祖国的传统被建构出来后,如何发掘和阐释古典文学作家作品的这一传统就成为 50～60 年代古典文学学科的主要研究方向之一。屈原、杜甫、岳飞、陆游、辛弃疾、文天祥等都是当时公认的"爱国主义诗人",他们共同的时代背景在于他们都面对了国家遭受外族入侵的危难,并坚持抗击外敌、维护国家利益的立场,这些思想行为被普遍视作是爱国主义。不妨来看当时一些代表性和重要的评论。

一、屈原

屈原被誉为"第一位伟大的爱国诗人"。陆侃如在《我们为什么纪念屈原?》一文中指出:"他个人的命运,和祖国的命运,和祖国人民的命运,是紧密地联系在一起的。爱国主义一向是中

---

① 浦江清、余冠英、王瑶等:《祖国十二诗人·代序》,北京:中华书局,1955 年第 1 版。

国优秀的古典文学的创作原则之一。屈原便是这光荣传统的杰出的代表。"①

屈原的爱国精神甚至获得国际声誉。苏联汉学家费德林就盛赞屈原的爱国主义精神:"对他来说,祖国和人民的苦难就是他自己的不幸,祖国的繁荣和人民的幸福也就是他个人的幸福。诗人一直到死都是真诚地忠实于爱国主义的信念。正是他的作品开辟了中国诗人艺术创作里许多世纪以来传统的爱国主义道路。"②

李嘉言认为屈原的爱国主义思想"主要表现在对于仁政理想的热烈追求上,反复求而不得之后终不忍离开祖国的精神痛苦上。其次是史记本传所说而为他的作品不曾明白提到的,他主张争取'与国',联合抵抗秦国的侵略"③。

陆侃如分析屈原爱国思想也指出:"他是楚人,与楚国休戚相关;他为楚国的强盛而兴奋,也为楚国的衰败而悲痛。他在《离骚》里说:'抚壮而弃秽兮,何不改乎此度也? ……荪不揆余之中情兮,反信谗而齌怒。'如果他是为个人打算的话,信谗齌怒以后可以到别的国家去……然而他却偏恋恋于'故宇'……在放逐以后,他对祖国的怀念更加热烈。"④

褚斌杰认为,屈原的"爱国思想是真实而且具体的","这表现在他为国家所提供的策略上,表现在他对楚国乡土的爱恋上,

① 陆侃如:《我们为什么纪念屈原?》,济南:《文史哲》,1953 年第 3 期。

② 〔苏〕费德林:《伟大的中国爱国诗人——纪念屈原逝世二千二百三十年》,见作家出版社编辑部编《楚辞研究论文集》,第 460 页,北京:作家出版社,1957 年。

③ 李嘉言:《屈原的〈离骚〉思想和艺术》,《文学遗产增刊》第 3 辑,第 5 页,北京:作家出版社,1956 年。

④ 陆侃如:《屈原——爱祖国爱人民的伟大诗人》,上海:《解放日报》,1953 年 6 月 15 日。

更重要的是表现在他对人民生活的关怀上。在他的诗篇上写着:'长太息以掩涕兮,哀民生之多艰';'怨灵修之浩荡兮,终不查夫民心'(《离骚》);'愿摇起而横奔兮,览民尤以自镇'(《抽思》)……所以,屈原的爱国思想绝不是封建社会一般士大夫所谓的'忠君爱国',而是真正出自对祖国和人民的热爱。"①

虞愚指出,屈原的作品在思想方面的进步性体现在"富有人民性",他认为,屈原作品的人民性除了"反映人民的感情、愿望和要求","充分地暴露楚国统治集团的丑态和罪行"外,还在于"极高度地表现了对祖国的热爱"。"他一边看到乱离时代人民的痛苦而掩涕太息;一边也因国家的多难,在保卫国土上,抱了'虽九死其犹未悔'的决心一心一意地要建设富强康乐的楚国来。所以他一方面'余既滋兰之九畹兮,又树蕙之百亩'(《离骚》)的负起教育青年的大任;一方面,在实际工作中,又是'奉先功以照下兮,明法度之嫌疑'('惜往日')的竭忠尽智,为国经营。"②虞愚还指出:"屈原宁可在楚国过着流亡的生活,他舍不得离开自己的祖国和人民。如果我们把屈原这种精神和当时一般知识分子比较起来,就见得一般知识分子往往在这国家失意了,就跑到别的国家去找富贵,他们丝毫没有国家观念,十分可鄙。而屈原念念不忘人民,念念不忘祖国,就更觉得崇高可敬了。"

陈思苓分析了屈原爱国主义情绪的产生和爱国主义思想的表现,指出:

屈原在文学上的爱国主义,是他把他的政治理想的精神实质,贯彻到了全部的创作活动。在作品中,就具体表现

---

① 褚斌杰:《屈原——热爱祖国的诗人》,香港:《大公报》,1953 年 6 月 13 日。

② 虞愚:《试论屈原作品》,厦门:《厦门大学学报》,1954 年第 5 期。

> 在他的思想感情变化的过程。逐渐凝固而且孕育了他一切作品的中心主题，形成一个有系统的创作目标。由此，就知道屈原的爱国主义，不仅是理性认识的概括，而首先是由于通过生活实践。他在感性上感觉到个人与祖国前途的不可分割性："岂余身之惮殃兮，恐皇舆之败绩。"这就很自然地产生了爱国情绪。
>
> 屈原的爱国主义，是通过他的浪漫主义的创作方法来体现的。他把政治斗争，生活上的感受以及情绪上的刹那间的变化与波动，都使用着带有夸张性的笔调。把一切客观现实，加以主观情绪上一番改造。使他的爱国主义具体而突出，强化了它，提高了它，使作品增加了热力和效果。可是屈原的创作方法，并非单纯运用浪漫主义，在他的作品中最本质的东西，就是忠实地反映了当时楚国客观的现实，尤其是反映了当时黑暗而混乱的政治。同时，对他自己的诞辰，祖先的名讳，窜逐的地点，都在抒情的笔调中，一一夹叙出来。这些现实的客观事物，在诗篇中正构成一种真实境界的感觉：使一切超现实的想像与象征，就如土壤上的花朵，有根有底，而不是虚幻的影子。①

总之，20世纪五六十年代对屈原作品爱国精神和人民性的讨论，几乎就是清一色的颂赞之声。

二、杜甫

杜甫是继屈原之后又一位公认的伟大的爱国主义诗人。

杜甫的爱国主义精神首先表现在爱好和平、反对侵略。郭沫若指出："杜甫诗歌的思想性之一，是反对战争，渴望和平。这是在他诗歌中所贯串的一条红线。这是代表着人民的共同愿望

① 陈思苓：《屈原的爱国主义与浪漫主义》，重庆：《西南文艺》，1953年6月号。

的。但和一般的人民一样，杜甫所反对的战争是侵略性战争；他所渴望的和平是无侵略的和平。”他同时指出，在唐朝衰颓、受到侵略的时候，杜甫在沉痛中反抗侵略，写作的《新婚别》有“勿为新婚念，努力事戎行”的诗句，“这很深刻而鲜明地表明了人民的爱国心，也很深刻而鲜明地表明了杜甫是一位反侵略的爱国诗人”。①

萧涤非指出，杜甫的诗歌“渗透着爱国的血液，可以这样说，他的喜怒哀乐是和祖国命运的盛衰起伏相呼应的”。他具体分析道：

> 当国家危难的时候，他对着三春的花鸟会心痛得流泪，如《春望》：“感时花溅泪，恨别鸟惊心。”一旦大乱初定，他又兴奋得流泪，如《闻官军收河南河北》：“剑外忽传收蓟北，初闻涕泪满衣裳。”也可以这样说，凡是有关国家命运的政治、军事、外交各方面的重大事件，我们几乎都可以在杜甫的诗中找到反映。杜甫从切身体会中感到，要抵抗敌人，就必须拿起武器，进行战斗……因此，“三吏”、“三别”，从最深刻的意义上来说，并非只是揭露兵役黑暗。同情人民痛苦的诗，同时也是爱国诗篇。因为在这些诗中也反映出并歌颂了广大人民忍受一切痛苦的高度的爱国精神。“勿为新婚念，努力事戎行！”这是人民的呼声、时代的呼声，也是诗人通过新娘子的口发出的爱国号召。②

萧涤非同时指出，杜甫诗歌的人民性，正在于对人民的无限同情、对祖国的无比热爱和对统治阶级的恶行的强烈憎恨这三个方面。

---

① 郭沫若：《诗歌中的双子星座》，北京：《光明日报》，1962 年 6 月 9 日。

② 萧涤非：《人民诗人杜甫》，见《杜甫研究论文集》第 3 辑，第 39 页，北京：中华书局，1963 年。

许多学者分析了杜甫爱国主义思想的行程有一个发展的过程。如刘大杰指出：

他(杜甫)在社会实际生活的体验中,逐步地从个人的小天地里解放出来,走向人民,走向现实主义的道路。他只有走上了这条道路,才能从爱家族转变到爱祖国,从爱个人转变为爱人民,才能超越自己的阶级,将自己的思想情感,转变到被压迫、被统治的群众方面来。①

高熙曾指出杜甫爱国诗篇对后代诗人特别是南宋诗人的影响：

杜甫的伟大成就,首先在于他以高度的艺术力量表现了自己对祖国命运和人民疾苦的时刻关怀。他的不朽的爱国诗篇,不仅充分地反映了我国八世纪封建社会的现实和时代精神,而且一直哺育着历代爱国诗人,成为中华民族保卫祖国、抵制外来侵略者的精神支柱。这种影响,在南宋时期和明清之际,表现得尤为突出。②

包括陆游、辛弃疾、文天祥等众多南宋爱国诗人都从杜诗中吸取了滋养和力量。这是因为：

第一,杜诗的爱国主义思想是具有高度政治性的,其诗作的艺术感染力和概括力是空前的……第二,从我国文艺思想的优良传统来看,南宋爱国诗人对杜诗的看法,一致是首先从政治上着眼的。他们认为杜甫不仅是诗人,而且是伟大的政治诗人。他们从杜诗中吸取了自己所需要的"教化"、"六艺",并以此来充实自己诗词中的爱国主义和现实主义的内容……第三,在艺术创造方面,杜诗集合了前人之

① 刘大杰:《杜甫的道路》,上海:《解放日报》,1953 年 4 月 13 日。

② 高熙曾:《杜诗给予南宋爱国诗人的影响》,石家庄:《河北日报》,1962 年 4 月 10 日。

大成而加以创造，他的诗以沉郁顿挫为基调，并兼备其它许多种风格。南宋诗人，在汇成南宋诗的时代风格前提下，各就杜诗，学其一体，加以创新，便形成了南宋诗的各个流派，以便尽可能地完成时代给予他们的艺术使命。①

三、辛弃疾

辛弃疾是南宋卓有成就的爱国主义作家。辛弃疾的文学作品（五六十年代主要关注他的词作）“基本精神是对祖国对人民的深厚感情与对善和美的爱悦，而爱国主义特别突出”②。

吴则虞指出：

> 辛弃疾是杰出的伟大的爱国词人，他是直接参加了抗金的武装斗争，他从青少年以至老死，都站在对外斗争的前列。③
>
> 我们更从辛弃疾一生的事迹和创作中，清楚地看出：他是一位有远大抱负的政治家和军事家，而且是一位具有高度的爱国主义思想的战士。由于代表官僚地主阶级利益的南宋统治者，一贯采用妥协投降政策，使他的抱负和才能始终得不到伸展。但是他在长久的斗争中，有了许多机会接近人民群众。并对于人民寄予深切的关怀和同情，因而他的创作中，不但鼓舞了英勇志士慷慨杀敌，而且他也能够揭发反动统治阶级残民以逞的种种罪恶事实，用他来作为写作的主题。所以在他许多的作品中，形象地表现了社会生活的各方面，忠实地表达了当时人民北伐与求生的两大愿

---

① 高熙曾：《杜诗给予南宋爱国诗人的影响》，石家庄：《河北日报》，1962 年 4 月 10 日。

② 冯沅君：《〈中国诗史〉初步批判——批判陆侃如并批判自己》，济南：《文史哲》，1958 年第 11 期。

③ 吴则虞：《辛弃疾词论略——纪念他逝世七百五十周年而作》，《文学遗产增刊》第 6 辑，第 192 页，北京：作家出版社，1958 年。

望。因而他的作品是具有高度的人民性与爱国主义的思想内容。①

陆侃如、冯沅君指出："那时北宋亡国不久，他在山东参加抗金的战斗，进行敌后的游击战。后虽因失败而南下，但到老还不改变为恢复祖国山河而斗争的意志。而且他对于当时反压迫、反剥削的农民义军，抱有一定程度的同情。他比其他词人能够更多地了解人民，接近人民。"并且认为，在体现爱国主义精神方面，同为豪放派词人的苏轼不如辛弃疾：

他的作品表面上与苏轼相近，但是两人是有区别的。他的气魄较苏更大，且于豪爽奔放外又呈现着热烈悲壮的气氛。苏轼太清高了，高到别人攀不上，那就是说远离了现实；但他却热诚，热诚就让人感到易于接近。而且他的才华是多方面的：会写雄肆悲壮的词，也会写比较委婉的词；会写全用白描的词，也会写比较秾丽的词。这些优点都与他的战斗的性格、丰富的生活经验、卓越的天才分不开的。例如他的《破阵子》说：'醉里挑灯看剑，梦回吹角连营。八百里分麾下炙，五十弦翻塞外声，沙场秋点兵。'又如他的《贺新郎》说："事无两样人心别。问渠侬神州毕竟几番离合。汗血盐车无人顾，千里空收骏骨。正目断关河路绝。我最怜君中宵舞，道男儿到死心如铁。看试手，补天裂！"读了谁能不被他的伟大的爱国主义精神所感动呢？②

四、陆游

陆游是与辛弃疾大致同时的另一位著名的爱国主义诗人。

---

① 吴则虞：《辛弃疾词论略——纪念他逝世七百五十周年而作》，《文学遗产增刊》第6辑，第200～201页，北京：作家出版社，1958年。

② 陆侃如、冯沅君：《中国文学史稿》（连载第十），济南：《文史哲》，1955年第4期。

齐治平甚至认为："陆游是自屈原、杜甫以来祖国最伟大的爱国诗人。""在他八十余年的生命和九千多首诗中，始终贯穿着洋溢着强烈的爱国主义精神，从而形成了他的诗歌创作的最显著的特色，奠定了他在祖国诗坛的崇高地位。"①

朱东润指出："陆游的思想里，充满了爱国思想和人道主义精神，这样的精神必有他的来路。"②这是因为：

在当时的士大夫阶级里，除了个别人以外，他们都表现了高度的爱国精神。这中间可能也有一些不同的成份，受到封建社会教养的人，怀着对于君主的忠爱，抱定主辱臣死的思想；依靠做官生活的人，因为失业沦落而怀着对于旧时代的依恋；享受旧时代文化生活的人，也因为社会基础的动摇而感到不习惯，因此对于落后民族的侵入感到异常的不满——这一切都在爱国的作品里得到表现，因为从他们看来，"国"代表了已定的社会制度和文化。

陆游是出身于士大夫阶级的，他的土地都在南方，个人利益和国家利益完全一致，再加上他幼年以来所受的教养，从胡安国、曾几传下来的尊王攘夷的思想，和从朱熹、张栻、杨万里、周必大这一群朋友间所得的感染。他生长在浙东，那时浙东的几位有名的爱国志士如陈亮、叶适，虽然年龄都比他略小一些，但是正因为同在浙东、同在一时，也必然能互相影响。所以陆游的爱国思想在他身上扎了根，这一根主线，在陆游六十余年的著作中，可说是彻上彻下，没有任何动摇的。③

朱东润还进一步指出：

① 齐治平：《陆游传论》，第109页，上海：古典文学出版社，1958年。

②③ 朱东润：《陆游研究》，第1页，第3页，第8页，北京：中华书局，1961年。

为什么陆游能在阶级利益之上，看到国家的利益呢？这个主要还是由于形势的教育。在女真统治者欺骗女真人民，驱使他们以一个民族压迫另一个民族的姿态向中原人民进攻的时候，中原人民发现了不能全部奋起保卫全民族的利益，便不能争取生存，这就必然会形成爱国主义思想达到高潮的时代。南宋初年，这个情形普遍于整个社会，当时的作家和一般进行创作的人们都表现了爱国主义思想，也不仅仅一个陆游。为什么陆游能在一般爱国主义作家之中，得到更多的成就呢？这就和他的家庭环境和早年所受的教养有关；而他在写作技巧所受的训练，和他所作的大量成品都能给他以必要的保证。①

五、文天祥

文天祥是南宋末年最著名的爱国诗人，《过零丁洋》一诗妇孺成诵，“人生自古谁无死，留取丹心照汗青”是古今最著名的爱国诗句之一。

黄兰波指出：

文天祥的诗歌创作，可以划分为德祐前后两个阶段。德祐以前，是一般文人的诗，虽然其间有一些诗篇是抒发忧时之感或揭露统治集团的矛盾和罪恶的；但更多的却是题咏匆匆、酬应琐琐之作。无以别于一般调弄笔墨的文人之所为。

虽然如此，文天祥在德祐以前仍有佳篇。他每遇登临、写怀的题材，辄抒发其“颇觉忧时鬓欲霜”（《题碧落堂》中句）之感。他不作无病呻吟以发个人牢骚，也不愿肥遯自甘而耽于烟霞痼疾。当他被迫罢官归隐文山时，每念念于“桑

① 朱东润：《陆游的思想基础》，北京：《光明日报》副刊《文学遗产》，第270期。

孤未了男子事，何能局促甘囚山！"（《生日和谢爱山长句》）与"青春岂不惜，行乐非所欲"（《山中感兴》三首之一），并表示"终有剑心在，闻鸡坐欲驰"（《夜坐》）的雄心壮志。这种奋发有为的心情，跟屈原的恐鹈鴂先鸣、忧美人迟暮的心情，是相近的，都是以爱国思想为主导。但，这还是忧时之士的诗，未足以窥见他的英雄肝胆……德祐以后，文天祥由于所处社会环境激剧变动，并亲身体验到亡国的惨痛，他的爱国思想的深度和强度显然前后不相同，因此，他在德祐以后所作的诗是用沸腾的热情和模糊的血泪写成的。他的诗不是像一般的文人所作的那样专用文字技巧博得读者的欣赏，而是用喷涌奔进的感情感染他的读者。

文天祥在德祐以后的诗又可分为两个时期，第一个时期是在五坡岭被俘以前，国家尚存兴复希望，虽然他自己遭遇种种挫折、历尽种种艰险，但他永远抱着生死以之的强毅精神，乐观无畏地奋勇前进，他的诗也体现了这种百折不挠的坚苦战斗的精神……第二个时期是在五坡岭被俘以后。他亲见厓山行将覆灭，跟他多年共患难的战友全部牺牲，他的兴复国家的志业已告绝望，但求速死，但他在绝望时并不垂头丧气；相反的，他的歌声更加凄厉而高亢……总之，德祐以后，他的诗使人凛然于忍辱偷生的可耻，瞭然于为保全民族气节而牺牲的光荣。①

但同时，黄兰波也指出："毫无疑问，文天祥的崇高的民族气节永远为后人所景仰歌颂，但是他的爱国思想——抗击元军、恢复河山的抱负，是和忠于赵宋王朝的封建道德观念紧密联系在一起的。"②

①② 黄兰波：《文天祥诗选·序》（作于1960年），北京：人民文学出版社，1979年。

六、对中小作家爱国主义思想的发掘

爱国主义作为古典文学评价的重要标准，在20世纪五六十年代的另一影响是，一批中小作家因为作品具有爱国主义精神而受到关注。据《中国古典文学研究论文索引》(1949—1966)一书，这时期对中小作家的爱国主义思想做专文评述的有：宛华《爱国诗人张孝祥》①、虎啸《宋代爱国诗人曾几》②、徐崙《明代抗倭战争的诗人徐文长》③、黄海章《明末爱国诗人屈大均》④、谢公惠《爱国诗人黄居石》⑤、马汉麟《爱国诗人顾炎武》⑥、汪国璠《爱国诗人吴嘉纪》⑦、曹马《爱国诗人林昌彝》⑧等。

例如马汉麟指出：

> 如果我们从顾炎武的全部作品来考察，就会知道他是继承了杜甫、白居易、陆放翁等伟大诗人优良的现实主义传统的！现存的顾诗虽然只有四百首左右，但是一般来说，这些作品的题材是现实的，主题思想是严肃的。统治阶级的腐朽，满清的入侵，人民的苦难，变成了他诗歌创作的主要源泉。他作品里也有若干首歌咏历史人物山川形胜的诗篇，透过这些诗篇我们觉察到的不是作者庸俗的自我陶醉，

---

① 宛华：《爱国诗人张孝祥》，合肥：《安徽日报》，1959年12月14日。

② 虎啸：《宋代爱国诗人曾几》，南昌：《江西日报》1962年1月19日。

③ 徐崙：《明代抗倭战争的诗人徐文长》，上海：《学术月刊》，1962年第8期。

④ 黄海章：《明末爱国诗人屈大均》，广州：《中山大学学报》(社会科学版)，1959年第3期。

⑤ 谢公惠：《爱国诗人黄居石》，广州：《学术研究》，1963年第4期。

⑥ 马汉麟：《爱国诗人顾炎武》，北京：《光明日报》，1951年9月22～24日。

⑦ 汪国璠：《爱国诗人吴嘉纪》，《文学遗产增刊》第7辑，北京：中华书局，1959年。

⑧ 曹马：《爱国诗人林昌彝》，广州：《羊城晚报》，1963年11月26日。

而是伟大的战斗胸襟。顾炎武所处的时代是"天崩地解"的动荡的时代，面对着那个痛苦的现实，我们的诗人站在人民的立场，站在反清爱国的立场写下了许多优秀的带有战斗意义的作品。①

虽然，"由于历史条件和阶级立场的限制，他的爱国思想内容是有着相当程度的狭隘性的，他在《日知录》里所说的'异姓改号谓之亡国'的说法，在今天看来显然并不正确，但在当时对于一般保有狭隘忠君观念的士大夫说来，是可以激发他们反抗满清统治阶级的同仇敌忾的。特别是他所倡导的'天下兴亡匹夫有责'的爱国理论，当民族矛盾特别尖锐的时候，很能号召广大人民团结起来为反抗外来侵略而斗争。因此在顾炎武以后中国人民迭次的反侵略爱国运动中，这个口号一直是形成了极其广泛的积极影响的。明清递嬗，不仅是改朝换代，而且是民族矛盾，历史充分证明了这一点。基于这样的理解来看顾炎武的诗，那么他的大量作品浸透了强烈的爱国思想和感情，仍然应该受到我们很高的评价和崇敬。"② 正是基于这样的认识和评价，顾炎武得以同屈原、杜甫、辛弃疾等人一起，被列入浦江清、余冠英等人所著的《祖国十二诗人》一书中。

又如汪国璠指出，吴嘉纪的一生，正处于从明朝灭亡到清朝统治中国达到巩固的时候，他"对祖国深沉的悼念，对祖国美好河山的热爱，对在敌人铁蹄蹂躏下人民悲惨命运的无限同情，对抗清民族英雄的歌颂，对恢复故国的殷切希望，对残暴敌人的刻骨仇恨，对清代统治阶级黑暗腐朽的揭露与鞭挞，都在诗篇中得到充分的反映"。汪文还指出：

诗人在很多诗篇中，还用叙事和抒情的笔调，生动地表

①② 马汉麟：《顾炎武》，收入《祖国十二诗人》，第181页，第155～156页，北京：中华书局，1955年。

现了广大人民在爱国主义旗帜下，如何紧密地团结一致，互相帮助，互相鼓舞，舍己救人，同仇敌忾，共同反抗民族敌人，力争恢复祖国的悲壮的可歌可泣的事迹，热烈地歌颂中原人民高贵的道德品质和爱国主义精神，揭示了他们灵魂深处的崇高和美丽……像这样一个爱国诗人，在文学上是有重大贡献的，我们应该给他一个适当的地位。①

另外，在一些文学史专著中，某些具有爱国主义思想的中小作家也受到重视。例如，南宋主虏国破的深重灾难激发了如陈亮、刘克庄等人，这些作家虽不如陆游、辛弃疾在文学史上具有那么重要的地位和影响，但他们和陆、辛抱同样的态度。陆侃如、冯沅君在《中国文学史稿》中指出："陈亮是辛弃疾的朋友，政治主张相近，作品风格也相似，例如《水调歌头》：'尧之都，舜之壤，禹之封，于中应有一个半个耻臣戎。万里腥膻如许，千古英灵安在，磅礴几时通！胡运何须问，赫日自当中。'刘克庄的年辈略晚于陆游陈亮，但对祖国的热爱是相同的：'多少新亭挥泪客，谁梦中原块土！算事业须由人做。'（《贺新郎》）在这些作品中，正如在辛词中一样，卓越地体现了我们祖先的热烈的爱国主义精神。"②

七、对重要文学作品爱国思想的开发

对于某些优秀的文学作品，即使主旨并不在爱国主义，只要有开发的可能，也要极力阐发。例如戏曲作品《汉宫秋》，"究竟它是一部反映爱国主义精神的作品还仅仅是写汉元帝和王昭君的恋爱故事呢？关于这点大家的看法还很不一致。尽管大家对

① 汪国璠：《爱国诗人吴嘉纪》，见《文学遗产增刊》第7辑，第154页，第156，第167页，北京：中华书局，1959年。

② 陆侃如、冯沅君：《中国文学史稿》（连载第十），见济南：《文史哲》1955年第4期。

于这一剧本的艺术性曾给予很高的评价，但由于对它的思想性的判断方面发生了严重的分歧，其结果便令人很难对这一整个剧本作出正确的估价”①。孟周就认为：“汉宫秋的主题，不是表现反元的思想，而是写汉元帝和王昭君的爱情和离别怨恨之情。”②这是今天大家比较认同的《汉宫秋》的主题。

但戚法仁则认为《汉宫秋》是一部反映爱国主义精神的作品。可以从三个方面来说明。首先，从昭君故事的发展和演变上进行探索。从两《汉书》到《西京杂记》、西晋孔衍的《琴操》再到唐代变文中的昭君故事，可以看出“昭君故事流传到唐代，在变文中这一故事的情节起了根本变化，它在传说中经过人民大众的创造已赋予新的意义，成为一个反映反抗异族侵略，具有爱国主义精神的故事”。第二，“改编后的昭君故事给予元代异族压迫下的人民的感动和启发是不小的”，“《汉宫秋》这一作品主题思想之所以产生，决不是出于偶然。从马致远所处的时代，从整个民族所蒙受的灾难及其个人的遭遇观察，这是有它的时代背景的。”第三，在人物塑造上，昭君被塑造得最为动人，临去国前把汉家衣服都留下，“最后北行到黑龙江畔，番汉交界处，把酒浇祭，投江而死，更表现出她对祖国的高度热爱，宁死在伟大的祖国土地上而不愿奴颜婢膝去服侍敌人”，“她的壮烈的牺牲与她的高度的爱国精神是完全分不开的”。关于爱情主题还是爱国主题，作者指出：“我们既同情于王昭君和汉元帝之间的真挚的爱情，便会追想拆散这一真挚爱情造成生离死别的惨痛事件的是谁呢？任何人都会肯定地说，这一惨痛事件是在外族压迫下所造成的，是无耻的汉奸挑拨而成的，于是便加深了对外患的

① 戚法仁：《〈汉宫秋〉杂剧主题思想的探索》，《文学遗产增刊》第 6 辑，第 218 页，北京：作家出版社，1958 年。

② 孟周：《读马致远的杂剧》，北京：《光明日报》副刊《文学遗产》，第 67 期。

敌忾以及对汉奸的痛恨。”因此，“马致远创作〈汉宫秋〉杂剧的意图决不是为了写‘汉元帝和王昭君的爱情和离别怨恨之情’，却是通过了他们的离别怨恨之情反映出当时民族压迫之下广大人民所遭遇到的悲哀，反映出伟大的爱国主义思想”。①

在贯彻爱国主义问题上出现的分歧和困惑

古典文学学科积极配合全民爱国主义教育也遇到不少理论上的分歧和困惑，集中在爱哪个“国”，如何是“爱国”的，皇权社会中“爱国”与“忠君”的关系，以及民族战争的正当性等问题展开，兹分述如下。

一、关于“中国”的概念与“爱国主义”的实质

郭沫若阐述屈原对祖国的热爱时心中有一个“大中国”的概念：“请读他的《天问》吧。那里面所包含着的一百七十多个问题，大部分是关于整个中国历史的叙述，从虞夏殷周以来每一代的事迹都说得相当详细，而最后说到楚国时却只有四五句而已。再请读他的《离骚》吧。那里面也在称赞尧、舜、禹、汤、皋陶、伊尹、武丁、傅说、周文王、齐桓公，而却没有一处说到楚国的先王。从这里，屈原的抱负不是很明显地可以看出吗？屈原，他不仅热爱楚国，而且热爱中国。”②

50年代关于李煜词的讨论中有部分学者认为李煜后期词表现了爱国主义思想。毛星从区分“中国”观念的角度对上述观点做出批评：

① 戚法仁：《〈汉宫秋〉杂剧主题思想的探索》，《文学遗产增刊》第6辑，第222～229页，北京：作家出版社，1958年。

② 郭沫若：《伟大的诗人——屈原》，北京：《人民日报》，1953年6月16日。

在我国，从秦汉以来（同秦汉以前长时期没有形成统一的大国的情况相异），汉族人民的爱国主义是同以汉族人民为主体的统一的中国分不开的。在三国时期，魏、蜀、吴的君臣并没有也不可能使暂时被分裂的国土上的人民认为他们应该分别地爱三个“祖国”，并且应该互相看作“外国人”。在延长约三百年之久的南北朝时期，汉族人民对于入侵的外族保有高度的爱国热情，他们的共同的愿望是恢复中原，但是，他们并不认为忠于宋、齐、梁、陈的任何一个王室或军阀就是爱祖国。那么，对于“立国”不过四十年、领域不过东南一隅，而且李璟晚年已经称臣于周、李煜即位已经称臣于宋的南唐，有什么根据说它的人民对于李氏王朝就产生了一种可以称为爱祖国的感情呢？如果是这样，在短短的五十几年的五代十国时期，中国人民中间该有了多少个不同的“祖国”，该产生多少种互相冲突的“爱国主义”！谁都知道，这根本不是事实。可是，有些评论家因为迷恋于李煜的词，竟不惜歪曲基本的历史事实，硬说东南的人民同李煜一样拥护祖国的分裂而反对祖国的统一，硬说李煜的“亡国”就是中国人民的“亡国”！①

毛星还指出：“国家”一词或“国”这一个字，和别的词和字一样，由于用法不同，可以有各种不同的含义。比如有作为阶级压迫的工具的国家，也有封建割据的国家，还有爱国主义一词里所指的国家，这三者显然不能混为一谈。爱国主义一词里所指的国家不能与封建割据的国家相混，如果相混，那么爱国主义就变成为封建割据主义了，爱国主义一词里所指的国家也不能与作为阶级压迫的工具的国家相混，如果相混，那么劳动人民在自己

① 毛星：《评关于李煜的词的讨论》，北京：《人民日报》，1956 年 2 月 23 日。

当家作主的社会主义以前的社会里，就根本不应该有什么爱国主义。如果有，那么他们的爱国主义不是等于受压迫他们的工具了么？①

关于不同阶级的"爱国主义"，毛泽东曾指出："爱国主义的具体内容，看在什么样的历史条件之下来决定。有日本侵略者和希特勒的'爱国主义'，有我们的爱国主义。对于日本侵略者和希特勒的所谓'爱国主义'，共产党员是必须坚决地反对的。"②

可以看出，"爱国主义"必须坚持国家一统和阶级立场，在50～60年代，这是不可动摇的。

二、爱国与忠君的矛盾

在理论阐述上，爱国与忠君往往形成矛盾。刘开扬曾指出：

> 对于屈原、岳飞、陆游等爱国诗人，我们在评价他们的爱国思想时，就不能不分析他们的爱国思想与忠君思想是纠结在一起的。对于他们的爱国思想，我们是要加以肯定的，而对于他们的忠君思想，则必须指出它的不合理而加以扬弃，这就是批判。当然，分析批判还要更加具体。同是忠君思想，屈原在他的早年就浓厚一些，而到他晚年写《涉江》、《哀郢》、《怀沙》的时候，就更多的痛恨黑暗现实，对昏庸的楚王的批评就大大超过怀念了。而岳飞则是历史上有名的"愚忠"的体现者，为了忠君，就放弃了爱国。风波亭被害，至死不悟，既使人同情他的遭遇，又使人憎恶他的愚忠

① 尹恭弘：《关于古典文学中爱国主义问题的研究》，收入卢兴基主编《建国以来古代文学问题讨论举要》，济南：齐鲁书社，1987年。原文见毛星：《评关于李煜的词的讨论》，北京：《人民日报》，1956年2月23日。

②《毛泽东选集》第2卷，第508页，北京：人民出版社，1952年第2版。

思想。而陆游到晚年，他的忠君思想虽有所减弱，但看到南宋王朝不争气，一股怨气主要还是喷射在对敌妥协投降的官僚身上，而自己还是说："千年史策耻无名，一片丹心报天子"。对天子还是"一片丹心"的。另外，我们对他们的爱国思想，既要加以肯定，但又不能把他们的爱国思想和今天的爱国思想等同起来。他们所爱的是封建的国家，我们今天爱的是社会主义祖国，而且我们提倡的是与国际主义相结合的无产阶级爱国主义，有着不同的性质。所以，虽然我们承认屈原、岳飞、陆游爱国思想是可贵的，应当赞扬的，在历史上是有它应有地位的。但他们却不能成为我们学习的典范。我们的典范只能是无产阶级的爱国英雄。①

对此谭丕模认为尽管有忠君内容，但不能就此简单否定古人的爱国主义：

我们不能拿现代的爱国主义来权衡古代的爱国主义。古代的爱国，往往结合忠君，虽然有它的局限性，但仍然有它那时代的积极作用。我们不能拿现代的爱国主义来否定古代的爱国主义。②

对于杜甫，这一中国历史上"最伟大的现实主义诗人"，冯文炳提出杜甫的爱国精神是同"忠君"联系在一起的，因此"忠君"也是可以接受的："杜甫是忠君的，从古及今，这是一个普遍的认识。杜甫自己也说他是'乾坤一腐儒'。他的忠君的思想感情，就表现他是腐儒……但杜甫决定不同于陶渊明一样做隐逸，整个杜甫的灵魂，除了一点'腐'气，到底是奋不顾身。这样一来，杜甫的'忠君'，不但同他的爱祖国的精神分不开，也同杜诗的人

---

① 颜学孔：《对古代作家作品评价的几点认识——并和胡念贻同志商榷》，济南：《文史哲》，1964 年第 4 期。

② 谭丕模：《中国文学史纲》，第 7 页，北京：人民文学出版社，1952 年。

民性分不开，我们要从整个杜诗、整个杜甫的生活来看。”①

冯至则具体分析了杜甫思想存在忠君爱国与爱人民的矛盾：

杜甫把他（在回华州路上）看到的、听到的、亲身经历的人民的悲剧凝结成《新安吏》、《石壕吏》、《潼关吏》、《新婚别》、《垂老别》、《无家别》六首诗……这六首诗不只是单纯地反映了人民的痛苦，而且更深刻地表达了作者内心的矛盾。这矛盾并不像长安时代的诗里所说的杜甫个人入仕与归隐两种心情的冲突，而是在封建社会里一个爱人民、爱祖国的诗人在人民与统治者中间感到的剧烈的冲突。国家受胡人的侵略，人民受胡人的摧残，想要救国家、救人民，杜甫只有把一切的希望寄托在李氏王朝上，在他的时代里他不可能对于帝王制度有所怀疑。②

冯至进一步分析了这种矛盾的深层悲剧性：

他时常梦想“贞观之治”的再现，但是造成“贞观之治”的客观的和主观的条件都已经不存在了。这是一个封建社会一个出身于统治阶级而又爱祖国、爱人民的诗人在所谓昏君乱世的时代里常常遇到的悲剧，到了皇帝或国王这一关，矛盾就无法解决了。这是屈原经历过的悲剧，也是杜甫的悲剧。③

三、爱国主义与阶级立场

根据对“爱国主义”的理解，它是有阶级立场的，同人民性紧

---

① 冯文炳：《杜甫的价值和杜诗的成就》，北京：《人民日报》，1962 年 3 月 28 日。

② 冯至：《杜甫传》，第 67 页，北京：人民文学出版社，1980 年第 2 版。

③ 冯至：《纪念伟大的诗人杜甫》（1962 年 4 月 17 日在杜甫诞生 1250 周年纪念大会上的报告）；冯至：《杜甫传》，第 153 页，北京：人民文学出版社，1980 年第 2 版。

密联系在一起的："一个真正爱祖国的诗人，也必然同时是一个爱人民的诗人。"①但在实际研究中，两种解读路径往往发生冲突。

例如关于陶渊明的讨论，叶鹏认为：

> 由于陶渊明的阶级局限性和狭隘性，限制了他对现实生活的正确和全面的反映。这突出地表现在他对当时极为尖锐和严重的民族矛盾所表示的漠不关心。陶渊明的作品，和当时的阶级斗争和民族悲剧是不相称的。所以我们也不会奇怪，在陶渊明的全部作品中，看不到一点民族苦难的影子。就是他唯一的一篇接触到这一主题的"送羊长史"中，反映出的亦只是退缩和逃避。②

而在另一部分学者看来，爱国主义思想是陶渊明思想的重要组成部分。俞启崇即指出陶渊明诗中"不能超于尘世"（鲁迅《魏晋风度及文章与药及酒之关系》语）的那部分正体现出其爱国主义精神：

> 只有从爱国主义精神这个方面来理解陶渊明诗"忠愤"这一部分，我们才能钻研出这些诗真正思想性之所在，才能理解这些诗为什么感动并激励着无数的人，也只有从这个方向去理解陶渊明，我们才能探索出构成陶渊明整个思想的有机组成部分——"忠愤"和构成陶渊明全部作品风格的有机组成部分——"豪放"、"慷慨激烈"的具体内容是什么。陶渊明的爱国主义思想是他思想中的重要组成部分。③

又比如南宋辛弃疾、陆游与韩侂胄的关系上，有一些学者批评辛弃疾为奸臣韩侂胄卖命，镇压闽地农民起义，古代史家也批

---

① 齐治平：《陆游传论》，第 119 页，北京：古典文学出版社，1958 年。

② 叶鹏：《论陶渊明》，济南：《文史哲》，1956 年第 12 期。

③ 俞启崇：《陶诗"忠愤"说新证——陶渊明爱国主义的新探索》，济南：《文史哲》，1957 年第 11 期。

评陆游晚年与奸臣韩侂胄交往而“不得全其晚节”。如南宋陈振孙《直斋书录解题》就说：“韩氏用事，放翁挂冠久矣。有幼子泽不逮，乃为侂胄作南园记。”元代刘壎的《隐居通议》也说：“放翁本欲高蹈，一日有妾抱其子来前曰：‘独不为此小官人地耶？’乃降节从侂胄游。”

对此，论者往往站在同情二人的“爱国思想”这一角度为之曲护。如吴则虞指出：

> 这一次韩侂胄的出师，是以抗敌之名、目的是为了巩固他恶人的权位。在倡议之时，爱国的辛弃疾或许还没有看得清楚，或许是为了想团结争取“主力派”而达到他恢复中原的愿望，因而竭力支持。但是到了京口以后，韩侂胄的真情实意，已经被看穿了，他也料定必然没有什么好的结果，同时由于他曾经赞成韩侂胄出师的主张，受到某些人的指斥，使他进退两难。①

卢荪田在《爱国诗人陆游的所谓晚节问题》一文中指出：

> 侂胄虽出身于北方大地主阶级，但尚有故国沦亡之思。当他的地位稳固后，便开始启用过去对立诸人，与之接近。例如，对叶适、吴猎、项世安、徐谊、薛叔以及武将皇甫斌等，还特于伐金战争时，寄以重任，其他就不必说了。而过去久废的爱国诗人如陆游、辛弃疾、刘过等亦先后起用，且重用武人毕再遇、孟宗政、李好义、董逵，皆成为名将，并出现有功的战将和忠义民兵首领甚多。这一举措，不应不予以适当的肯定，固不可因有委任失当，出现叛将吴曦、败将皇甫斌、秦世辅、郭倪等而一概加以抹杀。②

---

① 吴则虞：《辛弃疾词论略——纪念他逝世七百五十周年而作》，《文学遗产增刊》第6辑，第200页，北京：作家出版社，1958年。

② 卢荪田：《爱国诗人陆游的所谓晚节问题》，《文学遗产增刊》第5辑，第202页，北京：作家出版社，1957年。

综合来说,(1) 旧史家们在宋史中所给侂胄定的罪案,是不够正确的,而是道统思想的偏见。侂胄虽然在政治上也有一般封建官僚的严重缺点和错误,但决不能与秦桧等同列入奸臣传,当然不是一个不可接近的人物。(2) 从而更足以彻底证明宋人以恶侂胄而波及与陆游的一切讥评,是断然不能成立的。并且不仅陆游,同时还有辛弃疾、刘过等都与侂胄有过关系,如果为旧史家们所蒙蔽,认定侂胄为奸臣,却单方面为这些爱国诗人解说,恐就不全面,也不符合史实了。(3) 我以为陆游对当时的党禁之争是否定的,但不是站在狭隘的道学家的立场。在侂胄团结统治阶级内部以抗金的活动中,陆游是随着侂胄的态度逐步明朗而趋于同情的。故最初为之作记,继则再起;因而其后对侂胄的伐金的主张,也是基本赞同的;于其死也是惋惜的。①

明显可以看出,上述论辩都没有直面解读"爱国主义"与"阶级立场"的出现的逻辑矛盾,但却有一个总的倾向即"爱国有理、爱国无罪"。

四、故国之思与爱国情怀

对于"亡国"文士的故国之思是否属于爱国主义思想,当时学界争论较多。

例如,关于南北朝时期著名诗人庾信是否具有爱国主义精神的问题,刘开扬在分析了《哀江南赋》等名赋后也指出:"它成功之处主要在于它能有力地反映当时的政治生活和社会动态,发抒作者的爱国思想感情,从而感动了作者。"②但关于庾信弃

① 卢荪田:《爱国诗人陆游的所谓晚节问题》,《文学遗产增刊》第 5 辑,第 204～205 页,北京:作家出版社,1957 年。

② 刘开扬:《论庾信及其诗赋》,第 76 页,《文学遗产增刊》第 7 辑,北京:中华书局,1959 年。

南朝奔北国的事实则没有更多论述，只是从他怀念故国的角度称其“爱国”。同刘开扬观点一致的学者还不少，如萧涤非认为他的作品中表现的“虽死也要回到祖国的顽强精神是很动人的”，“是有教育意义的”；[1]王毓称其为“南北朝时期最杰出的一位爱国诗人”[2]；北京大学中国文学史教研室选注的《魏晋南北朝文学史参考资料》中称庾信的“故国之思包含着深厚的祖国爱”[3]。

张可礼则指出：

> 这些评论不仅关系到如何正确评价庾信及其作品，而且还涉及发扬民族气节还是宣传变节投降的问题。针对庾信“变节”问题，他指出：“北朝留用庾信，这是事实。但是，这丝毫不能减轻庾信的罪过。因为北朝统治集团的留用和庾信对它所采取的态度是两回事。面对着敌人的留用，不同的人可以采取不同的态度：有的肝脑涂地，以身殉国，在史册上写下了光辉的一页；有的坚贞不屈，百折不挠，最后终于回到了祖国的怀抱；有的变节投降，成了敌人的走卒，过着一种令人唾弃的可耻生活。当时庾信完全有条件选择前两条道路，但是，由于他贪图安逸、苟且偷生，结果走上了失节投降的罪恶道路……庾信是一个投降变节分子，这是历史事实所肯定了的。[4]

对于庾信作品中的“故国之思”，张可礼认为：

> 历史现象中常常存在着矛盾。庾信一面失节事敌，美

---

① 萧涤非：《解放集》，第 92、94 页，济南：山东人民出版社，1959 年。

② 王毓：《爱国诗人庾信》，郑州：《河南日报》，1962 年 2 月 11 日。

③ 北京大学中国文学史教研室：《魏晋南北朝文学史参考资料》，第 704 页，北京：中华书局，1962 年。

④ 张可礼：《关于历史遗产批判继承问题的讨论：如何评价庾信及其作品中的“故国之思”》，济南：《文史哲》，1966 年第 2 期。

化敌人,竭力为他们歌功颂德;一面却在哭哭啼啼地抒发“故国之思”,口口声声“思归”、“望返”。变节投降的卑鄙行为和对“故国”的思念,集结在一个叛徒身上,多么不调和,多么不一致!历史上曾有不少人被这种矛盾现象所迷惑。其实,这些表面的矛盾和对“故国”的思念,是庾信思想中的矛盾的反映。而这种矛盾是有其阶级根源的……从庾信产生“故国之思”的阶级根源来看,他的“故国之思”决不会是“祖国爱”。这和基于爱国主义而产生的故国之思性质完全不同……这种“故国之思”根本不是对祖国人民的怀念,而是在追念自己的“世德”、“家风”,是士族观点在文学中的表现,这种士族观点使庾信重视门第,重视虚伪的封建伦理,而对于祖国却完全置于度外……庾信知道自己往日与国无功,近日又变节投降、贪图利禄,如果真的回到南朝的话,是会惹人耻笑的。因此,他尽管哭哭啼啼表示内疚,尽管三番五次地表白自己‘思归’‘望返’,但却始终没有任何行动,相反地倒是一直在为敌人效劳。庾信尽管有许多矛盾,但最后总是统一在叛卖祖国的可耻行动上。①

李煜后期词作的思想感情是否属于爱国主义也是当时讨论的热点之一。当时讨论者多认同以下观点:他后期词中所抒发的对于“故国”的思念属于爱国主义的思想感情,表现了他亡国以后的痛苦和深沉的怀恋,尽管在内容上,它与人民的思想感情不完全相同,与人民的爱国主义也有距离,甚至有矛盾,但和人民的思想、利益是相通的。这部分词真挚地表现了他失去祖国的哀痛。这是完全可以为人民所理解、所同情,并能引起共鸣的。②

---

① 张可礼:《关于历史遗产批判继承问题的讨论:如何评价庾信及其作品中的“故国之思”》,济南:《文史哲》,1966 年第 2 期。

② 卢兴基:《五十年代讨论李煜词的评价问题》,收入卢兴基《建国以来古代文学问题讨论举要》,第 222 页,济南:齐鲁书社,1987 年。

吴颖指出，对于从国主到囚徒的突变，李煜各式各样的思想以至占主导地位的儒家思想，都无法解释和支持了，因此，他沿着另一个方向——用囚徒的感觉、理解去思考问题，懂得了一些新的生活真理。这说明他从生活的残酷的教训中，终于更深刻地感到故国的可爱，而且也感到自愿“肉袒于军门”的可耻，他仍是爱国者，而且最后是不屈服者。他的思想感情已大大超出过去的范围，和人民接近了一大步，因而就能为人民所了解；他这一突变的惨痛的生活遭遇，也会得到人民的同情。这意味着李煜词的人民性达到了进一步的高度。他的最好的作品如《虞美人》等，不仅仅表现了爱国的思想感情，而且是故国和自由联系在一起。他的词作所反映的这样的思想感情，必然会激起各个时代的处在类似情况下的人民的思想感情的共鸣，因为爱国的、不屈服的囚徒丧失自由之后，被侮辱被伤害的痛苦、忧郁、悲哀和不平，是古今一样的。①

但也有不少学者认为李煜后期词表现出的对故国的怀念并不能体现爱国的思想感情，至少不能过高估计。如北京师范大学组织的专题讨论会上，谭丕模提出，李煜亡国后的作品诚然有些故国“情调”，如在《虞美人》中惨呼“故国不堪回首月明中”，在《菩萨蛮》中惨呼“故国梦重归”等等，从这些词汇的表面来看，是有浓厚的家国之思的。但从词的内容来看，并不能与他的词汇相吻合，就是说，他所谓的“故国”、“山河”是他对个人过去的荒淫腐化生活的怀念，与人民是没有关系的。刘盼遂认为，如果李煜对“故国”的怀念不是留恋他个人过去的荒淫生活，而是也怀念人民，那么，为什么当他被俘后首先写信给宫女，说他是“日夕以泪洗面”？哪里说得上有怀念故国人民的感情呢？说他的词

① 吴颖：《关于李煜词评价的几个问题》，收入文学遗产编辑部编《李煜词讨论集》，北京：作家出版社，1957 年。

有爱国思想恐怕是不对的。

李长之认为李煜后期词有爱国思想，不能把他局限在怀念"雕栏玉砌"上，李煜怀念的"雕栏玉砌"的"故国"是与人民大众失去安定的生活联系在一起的。启功则提出，李煜词中的"故国"问题，究竟是代表他个人的"雕栏玉砌"的宫廷，还是南唐人民所在的国土，是不易争辩的。因为一个文学语言所代表的概念，往往不是字面所能概括干净的。①

北大中文系组织的专题讨论会上，游国恩、余冠英、吴组缃等人赞成李煜词有爱国思想的看法。游国恩和吴组缃还从仁政角度赞扬李煜是关怀人民、有民主作风的好皇帝，因此具有爱国思想也是自然的。而章廷谦认为，从李后主词中很难确定他有爱国主义思想。五代十国的国主，实际上是靠镇压或背叛农民起家而形成割据局面的，是不是可作为一个国家来看还是问题，而且李煜在政治上没有什么建树，对人民更没有什么仁政，只是醉生梦死地过着奢侈放纵的生活。不过尽管后主政治上没有积极的一面，却坏事做得不太多，不乱杀人，而且他个人才华很高，读了他的词不但怜悯他后期的遭遇，也欣赏他前期的作品，在词的本身发展上，他也起了一些作用，有些词写得比较深入。所以总的来说，后主的词的价值是在于他比较真实地反映了他个人生活和思想感情，而且技巧上是成功的，但很难对他有其他什么过高的一些要求。②

在五六十年代的学术讨论中，对于李清照词所体现思想情感的评价，也出现两种不同看法，且争论比较激烈，这些争论在

① 参见《北京师范大学中文系"关于李煜及其作品的评价"专题讨论会纪要》，收入文学遗产编辑部编《李煜词讨论集》，北京：作家出版社，1957年。

②《北京大学中文系"关于李煜及其作品的评价"专题讨论会纪要》，收入文学遗产编辑部编：《李煜词讨论集》，北京：作家出版社，1957年。

问题的焦点和形成的分歧上与李煜词的讨论有许多相似的地方。一种意见认为李清照词作尤其是后期词作体现了爱国主义思想，深切动人。例如唐圭璋、潘君昭认为，靖康之乱，“李清照亲身经历了颠沛流离的乱离生活，亲眼看到哀鸿遍野的残酷现实，这又促使她的思想起了新的变化。她对偏安江左、不思恢复的小朝廷表示不满，对辱国求和、任用奸佞的最高统治者进行讽刺，而对沦陷敌手的故乡，则又抱着收复在望的信念。这些积极的思想倾向，就使得她的后期诗歌放射出爱国主义的光芒。”①

王延悌、郭延礼认为，南渡后的李清照词，主要表现了国破家亡后的凄惨心境和痛苦感情，带有深沉的感伤情绪，但表现了诗人的故国之思和家国兴亡之恨，体现了一定的爱国情绪。②

王起也针对当时否定李清照思想上具有爱国主义和人民性的观点指出：“李清照在南渡以后写的词，如‘故乡何处是，忘了除非醉’，如‘中州盛日，闺门多暇，记得偏重三五’，表现她对北宋时期的汴京和沦陷了的故乡的怀念。她所怀念的具体生活内容当然也跟劳动人民不同。然而她要重睹中州盛日的三五元宵，重回故乡，在归来堂过校书、赌茶的生活，她在政治上也必然倾向于主张出兵收复失地的主战派，而反对对敌人妥协投降的政策。就这方面看，她的思想感情是跟当时广大劳动人民相通，跟以宋高宗、秦桧为首的妥协投降派矛盾的。”因此，不能全面否定她。③

---

① 唐圭璋、潘君昭：《论李清照的后期词》，南京：《江海学刊》，1961年第8期。

② 王延悌、郭延礼：《怎样评价李清照的词》，济南：《山东文学》，1961年第12期。

③ 王起：《漫谈李清照的词》，北京：《光明日报》副刊《文学遗产》，1959年8月30日。

但也有学者提出反对意见，否定李清照作品具有爱国主义思想。例如郭预衡认为：

李清照的词，在当时的历史条件下，社会意义是比较小的。它不是事变当中那种昂扬的积极的时代精神的反映，而是一种比较低沉和消极的时代情绪的反映，是一种哀鸣和挽歌似的作品。这样的作品在当时最大的作用也不过是引起这个阶层的人物不满现实而追怀往昔，以致于同声一哭。因此有的论者把这样的词看作是"忠愤之语"或"爱国的情感"，我以为不然。论者常常举《永遇乐》和《声声慢》为例，说是爱国作品，我则以为这两首词除了抚今思昔、哀怨感伤，没有更为积极的因素。如果说这样的情感就应该被理解为爱国情感，则文学史上的爱国作品将多不胜举，而像李煜这类作家的许多作品也都应该算是具有爱国思想情感了。我以为这未免贬低了爱国一词的含义。①

总的看，关于"故国之思"是否属于"爱国主义"情感，学界莫衷一是，但正反方持论的依据都集中在人民性、阶级性、民族立场等抽象标准上。实际上也仍未解决理论问题本身的逻辑矛盾。

五、民族战争的正义性

中国文学史上具有爱国主义思想的重要诗人许多是站在民族立场反对异族侵略、维护王朝统一，因而被视作"爱国主义"思想，或者说这样的诗人，其爱国主义精神更容易被发掘。因为这种爱国思想的合法性不仅来自阶级利益，同时代表了国家利益。例如华山认为这种爱国主义思想具有全民的性质，某种情况下可以超越阶级的对立："爱国主义与一般道德不完全一样，它不

① 郭预衡：《李清照词的社会意义和艺术价值》，北京：《文学评论》，1961年第2期。

仅是一种道德，即对祖国的热爱和忠忱，而且更是一种政治态度。它同其他道德一样，都有阶级性，各个阶级都有各阶级不同性质的爱国主义，但民族斗争所涉及的不仅是阶级利益问题，也涉及整个民族或国家的利益问题，因此，由民族斗争所激发起的爱国主义思想和爱国主义感情，就不能不带有一定程度的全民性质。”①

又如关于作为地主阶级知识分子的屈原等人是否具有同人民性相一致的爱国思想，有学者指出：“爱国主义作为一种道德感情，它和其他道德一样，也有其阶级性和时代性的。各个阶级有各个阶级的爱国主义，各个时代有各个时代的爱国主义。但是爱国主义不仅是道德感情，而且更是一种政治态度和民族感情。所以民族斗争不仅是阶级利益问题，也涉及民族或国家的利益问题。这样，由民族斗争而激发起来的爱国主义思想和爱国主义感情，就不能不带有全民性质的。由于爱国主义既有其全民性，又有其阶级性，是两者的统一。因此，在民族斗争中，地主阶级也可能产生自己的爱国主义。”②

但“全民性”隐含了另一重要的理论问题即少数民族是否属于人民？最典型的例子就是如何评价边塞诗的爱国主义思想。

沈玉成等人指出：“边塞诗之所以具有强大的感染力，最主要是因为它包含着高度的爱国主义精神。”并从战争的正义性角度作出阐述：“当汉族已经进入封建社会的成熟阶段，中国边境的外族还大多处在原始民族社会，两者整整地隔着一个历史时代。外族的入侵，就必然以他们落后的生产方式来破坏封建生产力，迫使时代倒退……唐初加强边防的强硬政策在彻底解除

① 华山：《岳飞的爱国主义不能批判继承吗?》，北京：《新建设》，1964年7月号。

②《山东大学第九次科学讨论会关于历史遗产批判继承问题的讨论》，济南：《文史哲》，1964年第3期。

外患这一意义上，是符合人民的利益和愿望的，他们宁可负担一定的军费和徭役，宁可忍受边塞的种种艰苦甚至献出自己的生命，而不愿屈辱偷生于外族的铁蹄下……在唐代这样上升发展的形势下，虽然它总会存在着封建制度本身所决定的不合理性，但相对的说，人民的生活是安定的，比较富裕的，因此人民热爱自己的国家，希望它不受任何外来的损害，要求它更健康地发展，而就是人民自己，英勇地把保卫祖国的神圣职责担负在自己肩上。边塞诗就反映了爱国主义中这样一个特定的保卫祖国边疆的主题。"①

但是，边塞诗是否具有爱国主义精神基于一个重要的理论问题，即边塞上的民族战争是何种性质。沈玉成等人认为是正义的战争。据王学太的总结：高海夫在《岑参边塞诗的思想性》②中也持此种观点，并补充说唐玄宗时代"唐帝国交通西域的道路受到威胁"，河西走廊一带的国境的安全也将受到西突厥的威胁，因此在西部边塞一带发生的战争是正义的。

但也有人提出异见。华东师大五七届学生集体讨论，易朝志执笔的《试论边塞诗与战争诗的评价》一文，对边塞发生的战争作了较细致的分析，他们指出，处于落后的奴隶制或处于原始游牧状态中的一些少数民族对于富庶的唐代边境的掠夺是经常的，因之唐朝初盛时期对东突厥的战争多是自卫和防御性质的，但作者又强调："在封建社会中有些自卫性质的战争，也往往由于统治阶级的野心或者为了缓和国内阶级矛盾而变成非正义战争。"一些将领贪功邀赏，也会使得正义战争"往往成了升官发财

① 沈玉成等：《论盛唐的边塞诗》，《文学遗产增刊》第3辑，第62～63页，北京：作家出版社，1956年。

② 高诲夫：《岑参边塞诗的思想性》，北京：《光明日报》副刊《文学遗产》，1960年10月9日。

的手段，于是正义战争中产生了非正义的行动”。① 1965 年出版的范文澜《中国通史简编》(第三编)明确指出：“唐玄宗好大喜功，轻启边衅。天宝时候对外战争，一般都是侵略战争。”②但这些文章并没有就战争性质与爱国主义思想的问题展开更充分的讨论。

（中国社会科学院文献研究中心　唐磊）

① 易朝志等：《试论边塞诗与战争诗的评价》，北京：《解放日报》，1961 年 1 月 22 日。

② 王学太：《关于唐代边塞诗的评价》，见卢兴基主编《建国以来古代文学问题讨论举要》，第 177～178 页，济南：齐鲁书社，1987 年。

人民性、阶级分析与古典文学研究

概念溯源

“人民性”与“阶级性”是马克思主义文艺理论的重要范畴。此前，俄国普希金、别林斯基、车尔尼雪夫斯基、杜勒罗留波夫等人已提出了艺术的“人民性”学说。马克思在《第六届莱茵省议会的辩论(第一篇论文)》中说，“自由出版物的人民性(大家知道，画家也不是用水彩来画巨大的历史画的)，它的历史个性以及那种赋予它以独特性质并使它表现一定的人民精神的东西——这一切对诸侯等级的人来说都是不合心意的”，但它是“历史人民精神的英勇喉舌和它的公开表露”。① 列宁说：“艺术是属于人民的。它必须在广大劳动群众的底层有其最深厚的根基。它必须为这些群众所了解和爱好。它必须结合这些群众的感情、思想和意志，并提高它们。它必须在群众中间唤起艺术家，并使他们得到发展。”②但是，“马克思在使用‘人民’一语时，并没有用它来抹煞各个阶级之间的差别，而是用它来把那些能够把革命进行到底的确定的成分联为一体”③。这样，“人民性”

---

① 马克思：《第六届莱茵省议会的辩论(第一篇论文)》(1842 年)，见《马克思恩格斯全集》第 1 卷，第 49～50 页，北京：人民出版社，1956 年。

② 蔡特金：《回忆列宁》，见《列宁论文学与艺术》(二)，第 912 页，北京：人民文学出版社，1960 年。

③ 列宁：《社会主义民主党在民主革命中的两种策略》(1905 年 6～7 月)，见《列宁选集》第 1 卷，第 620～621 页，北京：人民出版社，1972 年。

就和"阶级分析"密不可分。在阶级社会里,每个人都"加入了一定的阶级"①,其个性"是受非常具体的阶级关系所制约和决定的"②。因此,文学艺术必然具有"阶级性"。

20世纪初,伴随着马克思主义在中国的传播,"人民性"和"阶级分析"逐渐被国人了解,并应用于古典文学研究。在"中国化"过程中,人们对其内涵的理解和政治对学术的干预程度是发展变化的。"人民性"、"阶级性"等概念,在不同时期呈现出不同的风貌。

滥 觞

毛泽东《在延安文艺座谈会上的讲话》发表以前,可称为运用"人民性"与"阶级分析"研究古典文学的"滥觞期"。在这一时期内,马克思主义文艺理论还没有被国人系统化地接受,只是众多文学研究法中的一种,和传统治学理论或引进的其他文艺思潮相比并不占优势。

1904年3月26日,《警钟报》发表《论中国阶级制度》,是能够找到的较早运用"阶级"分析中国问题的文章。此后,这类文章逐渐出现。1917年2月1日,陈独秀在《新青年》发表《文学革命论》,主张"推倒雕琢的阿谀的贵族文学,建设平易的抒情的平民文学",在文学研究领域较早地运用了阶级分析的方法。1919年,周作人在《每周评论》发表《平民文学》,提出"平民的文学正与贵族的文学相反",着重"内容充实","就是普遍与真挚两

① 马克思:《道德化的批判和批判化的道德》(1847年),见《马克思恩格斯选集》第1卷,第183页,北京:人民出版社,1972年。

② 马克思、恩格斯:《德意志意识形态》(1846年),见《马克思恩格斯选集》第1卷,第84页,北京:人民出版社,1972年。

件事”，一时形成“平民文学”热潮。

1921 年中国共产党成立，加快了马克思主义文艺思潮在中国的传播。20 年代末，文艺界掀起了关于文学是否有阶级性的论争。1928 年梁实秋发表《文学与革命》①，主张“文学一概都是以人性为本，绝无阶级的分别”。冯乃超撰《冷静的头脑——评驳梁实秋的〈文学与革命〉》②，认为“人间仍然生活着阶级的社会生活的时候，他的生活感觉，美意识，又是人性的倾向，都受阶级的制约”。1929 年 9 月，梁实秋再发表《文学是有阶级性的吗？》③，冯乃超于 1930 年 2 月撰《阶级社会的艺术》④全面反驳。不久，鲁迅等人参与论战。在《“硬译”与“文学的阶级性”》⑤中，鲁迅指出：“文学不借人，也无以表示‘性’，一用人，而且还在阶级社会里，即断不能免掉所属的阶级性，无需加以‘束缚’，实乃出于必然。”这次论战的持续，加深了人们对“阶级性”概念的理解，扩大了马克思主义文艺理论的影响。1930 年“左联”成立，工作重心之一就是“确立马克思主义的艺术理论及批评理论”，并成立了“马克思主义文艺理论研究会”。于是，文艺阶级性的观念深入人心。胡秋原《关于文艺之阶级性》⑥说：“在 1932 年还要来证明文艺阶级性，那无异于来证明地球是圆形一样了。”表述虽然有些夸张，却足以说明文艺“阶级性”观念在当时的传播和影响程度。

随着文艺“阶级性”影响的扩大，开始出现一些用此观念研究古典文学的论文。1931 年马肇延在《剧学月刊》第 3 卷第 5

① 上海：《新月》，第 1 卷第 4 期。
② 上海：《创造月刊》，第 2 卷第 1 期。
③ 上海：《新月》，第 2 卷第 6、7 合期。
④ 上海：《拓荒者》，第 1 卷第 2 期。
⑤ 上海：《萌芽月刊》，第 1 卷第 3 期。
⑥ 上海：《读书月刊》，第 3 卷第 5 期。

期发表《旧剧之产生及其反封建的色彩》，认为："无论哪一种的封建社会里，均有贵族与平民两大阶级的区别。"作者从适应于大众欣赏口味角度分析了二黄克服昆曲的原因。1933年，致干发表在《文学杂志》第1卷第1期上的《没落贵族的诗人李长吉：鬼的呻吟，幻的追求！》，是一篇运用"阶级分析"理论较为成熟的论文。作者认为"李长吉他纯粹是一个贵族诗人。他的立场，是地主阶级的立场"。谈到农人和小民痛苦的只有《猛虎行》、《感讽》、《老夫采玉歌》三篇，"且不是在表同情，倒是在向他们解释，给他们安慰"，"只是悲天悯人的写了一些痛苦而已，真正的痛苦的根源——豪贵对于小民的剥削——他并没有指示出来。"李贺生活的时代，"唐室贵族一面须要镇压农民的运动，一面又无力镇压，构成了中晚唐统治阶级内在的矛盾。这一矛盾的发展反映在文学上的，便是晚唐的诗歌，没落的意识形态的表现。深沉的感伤，幻的追求，把意识游离了，单只玩弄形式的美。李长吉正是这一时代的诗歌的开山祖"。他希望统治阶级把农民镇压下去，但文官武将又表示着决无能力；自己想担负使命，却又不在其位。"这些矛盾，他有什么方法解决？如果他是属于农民的阶级，他可以对地主贵族表示反抗。偏偏他自己就是贵族，他能有什么办法呢？他只有感伤！只有呻吟！这些不可解决的矛盾，构成了他诗歌中的没落意识，正反映着当时贵族的没落。"他诗中"表现的没落意识，是以前贵族诗人所曾表现过的。屈原出现在中国文学史上，算得是第一个没落的贵族诗人"。

这一时期，还出现了几部以马克思主义为指导的文学史著作，如谭丕模《中国文学史纲》①与刘大杰《中国文学发展史》(上卷)②。谭著出版于1933年，用阶段和阶级分析设置章节，如第

① 谭丕模：《中国文学史纲》，上海：上海北新书局，1933年。

② 刘大杰：《中国文学发展史》(上卷)，北京：中华书局，1941年。

二章“原始封建制度时代的文学”，内设三小节：“封建制度的确立”、“贵族生活的反映”、“农民生活的反映”。刘著写于1939年，出版于1941年，在用唯物史观等马克思主义原理阐明文学发展的复杂情况时，能够充分考虑历史的实际状况和文学本身的规律，克服了前期研究生硬和套用的弊病，有着相当的说服力。

发　展

从1942年《在延安文艺座谈会上的讲话》发表到1954年对俞平伯《红楼梦研究》进行批判，是运用“人民性”与“阶级分析”研究古典文学的“发展期”。这一时期，马克思主义文艺理论逐渐本土化，发展成为系统的毛泽东文艺思想。新中国成立之后，随着政治对学术干预度的加大，“人民性”成了衡量古典文学价值的最重要标准，与之相关的“阶级分析”同样具有至高无上的地位。随着意识形态的统一，几乎所有的古典文学研究都受到“人民性”观念的影响。在文学研究中“阶级分析”表现为三个方面，即对“作家、作品与研究者”的分析。

《在延安文艺座谈会上的讲话》在马克思主义文艺理论中国化的历程上具有里程碑的意义。毛泽东提出文艺要为人民服务、文艺必须从属于政治、文艺批评中政治标准第一等重要观点，并规定了衡量文学遗产的标准：“无产阶级对于过去时代的文学艺术作品，也必须首先检查它们对待人民的态度如何，在历史上有无进步意义，而分别采取不同态度。”①

此价值标准的确立，引导古典文学研究过分偏重思想内容，轻视文学自身的艺术性，带有为现实服务的功利色彩。周华

① 毛泽东：《在延安文艺座谈会上的讲话》，《毛泽东选集》第3卷，第826页，北京：人民出版社，1966年。

1948年发表在《人世间》第2卷第5、6合刊的《林黛玉:从一个不健康的个人主义者看中国式的贵族生活》,就是一篇这样的论文。文章认为:《红楼梦》写中国贵族生活,写地主官僚阶级的病态文明,其中的人生哲理是不健康的,在书中几乎找不到一个对旧制度欲加以推翻的人,极少看到应有的悲愤和抗议。宝、黛是不甘于庸俗生活的个人主义者,黛玉要求平等和自由,但又不得不依靠一部分宽容者和一部分人的宽容倾向而生长。"所以一旦林黛玉要反对这个社会制度(幸而事实上并没有这样的事),贾母一定会感到不应该的。大家应该记得朱光潜先生在五月学潮后对学生拿了公费还要同政府'捣乱'的指责。"她不能走出传统为女人布置的模范监狱——高级的奴隶拘留所,对这个世界主要是妥协与逃避。作者说:"我们也应看一看自己。你,我,这些人的身上都或多或少有着林黛玉的影子。我们也软弱,也贫乏……也还带了不少贵族的种子。"最后发出"强壮起来吧!摆脱自己的孤僻软弱,大胆地去生活……走到黑暗中去战斗……去为中国开辟一条新的生路"的呼吁。

1943年,闻一多曾构想重写一部站在"人民的立场"的文学史。他在《战后文艺的道路》中说:"关于文学史,应根据新的世界观来分析:我们承认最根本决定社会之发展的是阶级,有统治阶级,有被统治阶级。中国过去的文学史抹煞了人民的立场,只讲统治阶级的文学,不讲被统治阶级的文学。今天以人民的立场来讲文学,对统治阶级的文学也不抹煞。"①闻一多没能实现自己的学术构想就去世了,然而,他以"阶级分析"编写文学史的思路在1949年以后的多种文学史中得到了体现。

"阶级分析"的背景是"人民性"。当人们越来越熟练地运用"阶级"的观念讨论文学问题时,"人民性"的概念就被清晰凸现

① 闻一多:《闻一多全集》第3卷,第559页,北京:三联书店,1982年。

出来。1944 年,《中苏文化》文艺专号刊登《文艺论争中的几个教训》的译文,介绍了苏联文艺论争的情况,"从此人民性的术语传入了我国"①。9 月 30 日,《群众》从第 9 卷第 18 期起连载戈宝权译的顾尔希坦《论文学中的人民性的问题》,使国人对"人民性"有了更多的了解。

1949 年 7 月,第一次文代会在北平召开。周扬代表解放区发言,宣布新文艺的方向就是《讲话》规定的"人民的"方向。新中国成立初期,人们对古典文学的态度是有所保留、疑虑的。古典文学反映了过去的思想意识,现在改天换地了,正在清扫剥削制度的残余,古典文学还能适合今天的阅读吗? 1949 年 11 月 25 日《文艺报》上刊登的一封中学生来信就代表了公众的这种疑惑:"在今日一切都走向工农兵的时代……旧文学像诗、词等,是否也可以学习呢? 它们也有文学遗产的价值,并且文学技术方面也是很高超的。"杜子劲、叶蠖生代表叶圣陶简单答复道:要尽可能多地接触具有现实性的新文学,对旧文学,只可作有选择、有批判、有目的、有指导的阅读。答复中提及:旧文学的技术并不见得高超,现在更已步入绝境了。这一答复引起了如何对待古典文学遗产的讨论。陈涌在 12 月 10 日出版的《文艺报》上批评说:这样简单否定过去长久的诗词遗产价值,是有悖于历史唯物主义观点的,它反映了一部分新文化工作者至今还存在的轻视乃至否定中国的历史传统那样的思想残余。"中国过去的文学……至少有两方面是可以学习的,这就是一切属于人民性的内容和属于现实主义的表现方法"。这一场争论,使得古典文学的阅读和研究逐渐引起社会广泛的重视。1950 年 5 月 26 日,陆侃如在《光明日报》发表《一封公开信,给研究文学史的同志们》,引用了法捷耶夫"封建社会优秀作家的创作是人民批准

① 吴元迈:《略论文艺的人民性》,北京:《文学评论》,1979 年第 2 期。

的"说法，呼吁"每一个研究中国文学史的同志"，应该起来"毫无反顾地抛弃了五四以来的旧包袱"。需要说明的是，1949 年 10 月，苏联作协总书记法捷耶夫率团访华，演讲中谈到："帝国主义雇佣的走狗们想把中国人民伟大的文化当作毫无价值的落后的东西出卖掉，但是胜利了的中国人民，伟大的中国文化继承者正在发扬中国旧文化的一切优秀的东西"。他用"惊奇而欣羡"一词，提到中国文学史上"光芒万丈"的名字：李白、杜甫、白居易。① 从陆侃如的文章来看，法捷耶夫的讲话对重新评估古典文学也有一定的刺激作用。1951 年 3 月 11 日，冯至在《人民日报》发表《关于处理中国文学遗产》，开头引用《人民文艺》第 87 期的编者按："新民主主义革命的胜利，中华人民共和国的成立，已使中国古代的优秀文化开始成为广大人民的共同的财富。"对文学遗产，不是要不要接受，而是如何接受的问题。"凡是爱人民，为人民，具有一个完整的艺术的作品都是好作品。反过来说，为统治阶级服务的作品不可能是好的。"这种观点，在当时逐渐成为官方的权威观念。

另外，出于为新文学性质定位的目的，古典文学的地位也得到提升。正如毛泽东所说："今天的中国是历史的中国之发展"，新中国文学也是从历史上发展来的。冯雪峰指出"在文学者的人格与人事关系"上，鲁迅与中国文学史上壮烈不朽的屈原、陶潜、杜甫等，连成同一个"精神上的系统"。② 周扬赞扬古代文学不但蕴藏着丰富的人民性，在艺术技巧上，也达到了"可惊的准确和精练程度的现实主义"③。1953 年 11 月 16 日《人民日报》

---

① 法捷耶夫：《在中苏友好协会总会成立大会上的讲话》，北京：《文艺报》，1949 年 10 月第 1 卷第 2 期。

② 冯雪峰：《过来的时代：关于鲁迅在文学史上的地位》，转引自王瑶《关于中国古典文学问题》，第 2 页，上海：古典文学出版社，1956 年。

③ 周扬：《为创造更多的优秀的文学艺术作品而奋斗——在第一次文代会上的报告》，北京：《文艺报》，1953 年第 19 期。

发表社论《正确地对待祖国的戏曲遗产》，指出有些戏曲工作者"对民族戏曲的优良传统，对民族戏曲中强烈的人民性和现实主义精神毫不理解"，往往借口其中含有封建性而一概加以否定。"人民性"与"现实主义"成了判定古典文学存在价值的重要依据。谭丕模1951年6月14日在《发掘古典文学的人民性、斗争性》①中写道，谈古典文学要结合现实，配合共同纲领，共同纲领上有爱祖国、爱人民、爱劳动的规定，讲古典文学也要朝这个方向走，"与这个光荣的、伟大的政治任务紧密结合起来"。在抗美援朝和土地改革的今天，对有人民性的作家加以表扬，"提高爱国主义的思想；激励反封建的感情，是有意义的"。

这一时期涌现出了一批用"阶级分析"方法研究作家、作品"人民性"的论文。如关于屈原的，有郭沫若《人民诗人》②、井方《屈原的阶级立场及其革命性》③、文怀沙《人民诗人屈原》④、陆侃如《屈原——爱祖国爱人民的诗人》⑤、游国恩《屈原文学作品的人民性》⑥、唐弢《人民诗人屈原》⑦等。另外，还有詹安泰《〈诗经〉里所表现的人民性和现实主义精神》⑧，冯至《爱人民爱国家的诗人——杜甫》⑨，游国恩《热爱人民的诗人——白居易》⑩，萧涤非《学习人民语言的诗人——杜甫》⑪，李岳南《论白

① 上海：《新中华》，1951年11月16日。
② 北京：《中国青年》，1950年总第42期。
③ 上海：《人物杂志》，1951年第6卷第4期。
④ 北京：《光明日报》，1952年5月28日。
⑤ 上海：《解放日报》，1953年6月15日。
⑥ 北京：《新建设》，1953年第6期。
⑦ 上海：《文艺月报》，1953年第6期。
⑧ 北京：《人民文学》，1953年7、8合期。
⑨ 北京：《中国青年》，1950年总第55期。
⑩ 北京：《中国青年》，1951年总第58期。
⑪ 济南：《文史哲》，1952年第6期。

蛇传神话及其反抗性》①等。

对“人民性”的理解，这个时期是有差异的。1950 年 4 月上海北新书局出版蒋祖怡的《中国人民文学史》，明显受到第一次文代会“人民的”文艺方向的影响，不时引用马克思、恩格斯、高尔基、鲁迅、毛泽东等人的语句，以贴近《讲话》精神。作者认为当前文艺界的任务是了解和创造人民文学，而文学史家的责任，便是要通过讲述古代人民文学的历史，“指出人民文学的重要性及其发展的规律性，来加深理解新现实社会的肯定性，新文艺方向的准确性，来解决当前文艺工作上的若干实际问题”。作者把口语和文字对立起来，区分了文人贵族文学和人民大众文学，认为“人民文学”是劳动大众的口语的文学，是文学史的正宗。“人民文学”的“人民性”是由语言分属的“阶级性”和“口语性”来体现的。1951 年 8 月，《学习》杂志发表了蔡仪的《评〈中国人民文学史〉》。蔡仪说，著者和作序者虽引用了马克思、恩格斯、列宁的话，却不真正懂得马克思主义，不懂得什么是“人民文学”，表现了“一种极端庸俗的形式主义观点”，是把一般所谓的“民间文学”当成了“人民文学”，所以连“杜甫这样的大诗人，在这本书中仅仅是偶然地提到了他的名字”，如此“粗暴”对待中国文学历史的态度，是胡适的《白话文学史》一流的变种。

何其芳 1951 年 3 月 18 日在《人民日报》发表《关于梁山伯与祝英台的故事》，批评了研究中把马列主义的词句当作“标记”随便贴用的倾向。如，把表现梁祝故事的民间文学看成代表“地主资产阶级的立场”，说杜甫是一个“庸俗诗人”，脑子里充满着“个人英雄主义思想”等，主张认真地用马列主义、毛泽东思想的立场、观点、方法来估价文学遗产。这在当时具有一定的警示性。但何其芳仍是从“人民性”与“阶级分析”的视角挖掘文学遗

① 北京：《北京文艺》，1951 年第 2 卷第 1 期。

产的价值，认为梁祝故事的意义在于“反映了封建社会的青年男女的婚姻自由的要求，并且预言了这种要求最后一定会得到胜利”。梁祝虽是地主阶级的儿女，但其性格已超出了地主阶级的限制，多少带有一些劳动人民的本色了。

1953年，黄药眠在《文史哲》第6期发表《论文学中的人民性》，可看作这一时期运用“人民性”理论进行文学（尤其是古典文学）研究的总结性反思。作者辩证地去理解“人民性”，认为：当人民没有觉悟前，其思想意识容易被统治阶级渗透，从作家出身去判断作品是否有人民性是不妥当的。描写人民生活的作品并不一定有人民性，这要看站在什么立场来写；某些古典作家，他的题材并不是人民，但是他把统治阶级的本质用符合于人民的要求和愿望的方法去表现出来，其作品就具有高度的人民性了。利用民间形式表现的作品并不一定有人民性，这要看它表现的思想是不是合乎人民的客观需要。有些古典作品形式十分艰涩，内容方面却客观地代表了人民最需要的东西，因此它也有人民性。出现“人民”字样或有为人民说话地方的作品并不一定有人民性，这要看他所说的“人民”代表什么样的社会力量与作品的客观效果。要注意以“人民”为幌子藉以麻醉人民、毒害人民的作品，这恰恰是反人民的。作者还对“人民性”的内涵作了界定，认为应包含四个特点：“第一，作品所描写的对象（人物与故事）是为人民大众所关心，或对人民大众的生活有重要意义的；第二，在某一特定的历史时代，作者以当时的进步立场来处理题材，真实地反映了生活的；第三，在所描写的范围底广泛，揭露底深刻，刻画底有力，在形式的大众化上表现出来了它的艺术性；第四，作者在作品中以具体的形象表现出了当时人民大众的要求、愿望和情绪。”这四个特点，并不是每篇古典作品都具备的。衡量一篇作品是否有人民性，“最主要的还是要看作者的立场，即他是不是在那一个特定的历史时代站在进步的立场来处理题材，真实地反映生活”。

高潮

1954年开展了对俞平伯《红楼梦研究》的批判，直到1966年"文革"爆发，运用"人民性"与"阶级分析"研究古典文学进入了"高潮期"。这一时期，"人民性"作为判定古典文学价值的标准已成共识，马克思主义文艺批评方法被狭隘地理解为"阶级分析"，且愈来愈由研究对象——"作家、作品"扩大到对"研究者"的分析、批判。政治对学术的干预进一步加大，在"古为今用"和"政治挂帅"的指导下，研究成了阶级斗争在文学领域的延伸，是为现实政治服务的。研究中的庸俗社会学倾向渐渐突出，格局也愈趋单调。

在这一场轰轰烈烈的思想批判运动中，"人民性"成了参与者共同的出发点，而"阶级分析"成为他们共同使用的武器。古典文学中的这种研究格局和研究方式，对后来学术的发展产生长期的影响。此后，在50年代中期直到60年代初发生的一些古代作家作品的讨论中，在历次思想文化教育领域的批判运动中，"人民性"都是核心问题，而阶级分析则成为普遍使用的锐利工具和武器。

大致从1955年8月到1956年9月，《光明日报》陆续发表了一批关于李煜及其作品评价的文章，引起很大反响。1955年8月28日，在发表陈培治、詹安泰文章时，编者按说："陈培治先生的研究态度与研究方法都是非科学的；而詹安泰先生的答复中的某些论点虽然也还有可以讨论的地方，但在研究的态度与方法上基本上还是好的。因此，发表这样两篇不同意见的文章，希望能求得较为正确的一致的理解。"①陈培治《对詹安泰先生

① 北京：《光明日报》，1955年8月28日。

关于李煜的〈虞美人〉看法的意见》①说:“这个作品不但根本没有‘反映了部分人民的部分生活’,而且‘作者根本就不是同情人民的’。不但根本没有‘体现着对国家民族的爱念’,而且又充满了无聊的,令人憎恶的‘忧愁悲哀的情绪’。因此,作为古典文学抒情的教材来说,像这一类的作品是不恰当的。”而詹安泰《答陈培治同志》②回复道:“人民性并不是这样机械地理解,凡是有利于人民,和人民的思想感情有共通之点的作品,都应该看作是有人民性的作品。爱念国家,追怀故国,或者当自己的国家到了危急存亡的时候,统治君主和人民就会有一致或者相接近的思想感情表露出来,这不能仅从阶级对立的观点来说明的。”

楚子《李后主及其作品评价》③论述了李煜词接近人民的进步倾向及其所产生的广泛的社会意义。吴颖《关于李煜词评价的几个问题》④则认为:李煜前期的词“大多数还是有一定程度的人民性的,应该基本肯定的”。“李煜后期词所表现的国亡家破的悲痛和不平就必然会触动人民的生活上的经历,从而激起思想感情上的共鸣……这是李煜后期词的人民性的一个重要方面。”游国恩《略谈李后主词的人民性》⑤也认为:“李煜热爱乡土的感情是与爱国主义思想有联系的,他的作品应该是具有一定的人民性的。”

《光明日报》陆续发表了许多文章,且转载了毛星在《人民日报》发表的《评关于李煜的词的讨论》⑥一文。毛星说:“近几年来,人们对于我国古典文学的兴趣增高了,对于我国古典文学的研究,不少的人都企图运用新的观点和方法,这都是令人鼓舞的

①② 北京:《光明日报》,1955 年 8 月 28 日。
③ 北京:《光明日报》,1955 年 10 月 9 日。
④ 北京:《光明日报》,1955 年 10 月 16 日。
⑤ 北京:《光明日报》,1956 年 1 月 29 日。
⑥ 北京:《人民日报》,1956 年 2 月 23 日。

现象。可是对待古典文学，至今还有这样一种严重情况，即是简单提出几个概念，比如人民性、民族思想、爱国主义、人道主义等等，去审查作品，合乎这些要求就是好作品，否则就是坏作品；或者任意用这几个概念去肯定、解释作品，而不管是否合乎作品的实际。这种做法是错误的。"他认为有关李煜词的争论正是运用这种错误做法的结果。他批评前一阶段的某些论者，如"吴颖、楚子、游国恩、吴组缃等同志"，"主观上也是想运用马克思主义的，但是，由于缺乏实事求是的态度，或者还由于偏爱旧的感伤的情调，无分析地同情不幸者，结果不能不违反马克思主义。文学批评中这种简单化和牵强附会的倾向，由于用了一套似是而非的马克思主义的术语，它的危害，也就更大。为了我国的文学研究特别是古典文学的研究的健康发展，这种倾向是应该加以克服的。"

许可 5 月 6 日发表《读〈评关于李煜的词的讨论〉》①，提出不同意见。他说："我认为李煜一方面固然'好声色'；但另一方面的确也有真挚的爱情。"对于李煜后期的作品，许可认为"尽管人民也可以接受李煜后期的作品，但人民的哀愁与李煜的哀愁，不只在实质上，而且在任何方面都没有一些类似之处的，人民只是根据自己的意愿与需要来解释这种作品而已。因此，与其说是李煜为人民写出了动人的诗歌，还不如说是人民自己使得李煜的这些诗歌成为了人民自己的精神财富。"

5 月 13 日、20 日，北京大学文学研究所古代文学组两次集体讨论会的记录《如何评价李煜的词》发表在《光明日报》，其中有余冠英、范宁、曹道衡、俞平伯、力扬、褚斌杰、王智量、蔡仪、毛星、何其芳等人的发言记录。参会者就毛星的文章、李煜及其词

① 北京：《光明日报》，1956 年 5 月 6 日。

作提出了意见。力扬认为毛星的文章有矛盾，“一方面否认李煜的思想感情与人民的思想感情相同，但又说与人民有共同之处”①。何其芳则认为李煜的词艺术性是很高的，“他的那些成功的作品（也有一些不成功的作品）是具备了一些现实主义的特点的”，然而，“人民性决不是李煜的特色”。他肯定了毛星对错误倾向的批评，认为“问题在于：第一，有些同志对‘爱国主义’、‘人民性’的概念的了解就是模糊的。自己以为用来衡量的是一个标准尺，实际上却是各人私造的差别很大的尺。第二，有些同志的研究方法是教条主义的，牵强附会的……从概念出发，以为一切好的作品都必然有人民性和爱国主义，作品本身本来没有这些特点，却不惜牵强附会地去把它们制造出来”②。

1956年9月9日，《光明日报》发表《关于李煜的词的讨论》的来稿综合报道，系统总结了自毛星文章被转载后陆续收到的三十余万字来稿。编者按内容归纳为几个主要问题：“一、李煜的词是不是具有爱国主义思想和人民性；二、李煜的词为什么千百年来受到读者的爱好；三、李煜的词的艺术性和思想性。”关于李煜词的“人民性”，有几种不同意见：第一种大半引用季摩菲耶夫、顾尔希坦等人对人民性的解释，认为李煜的词没有人民性；第二种认为李煜的词虽没有人民性，仍具有人民性的因素；第三种认为讨论李煜的词有没有人民性，要看具体作品。编者总结道：“这个问题仍有争论，意见很不一致，主要的关键在于，目前大家对‘人民性’这一概念的理解各有各的标准和尺度。还有一些同志认为，倘把‘人民性’只作狭隘的理解，那未免太简单化，庸俗化了。”最后，编者说：“大家还提到四点值得注意的意见：第一，在讨论的一年中还没有看到一篇对李煜的词作全面、

① 北京：《光明日报》，1956年5月13日。

② 北京：《光明日报》，1956年5月20日。

深刻、具体的分析文章；第二，有些人分析李煜的词时，总是把作品中的事件和作家生活中发生过的事等同起来，这不很妥当；第三，在研究李煜的词时，先搞清楚他的生平事迹，时代背景是必要的，如认为这是个错误，那就很不公平；第四，毛星同志在《评关于李煜的词的讨论》一文中对研究方法的批评是正确的，而且在提高古典文学的研究水平上也具有一定的意义。"

值得注意的是，1956 年 5 月"双百"方针提出后，出现的几篇反思研究的文章，如冯其庸《关于古典文学人民性研究中的庸俗社会学》①、林庚《关于中国古典文学史研究上的一些问题》②和白石《关于古典文学的人民性的几个问题》③等。冯其庸批评了对艺术形象简单划阶级和从作家阶级出身来判定作品阶级性等公式化的做法。林庚说："人民的涵义决不简单的限于一个阶级。"把人民性只限于反映农民的斗争或农民的生活疾苦，以反映社会黑暗面来代替人民性或专谈艺术都是不正确的。"各时代人类所共有的普遍感情如果存在，它也决不是人民性以外的东西。"白石在文章中说："评价作品的人民性的一个根本前提是，必须明确人民性的历史性，以及被特定历史条件所规定的人民性与阶级性的关系，作家的阶级性与作品的思想性的关系。"探讨文学的人民性时要把它与民族的、全人类的共同性以及艺术性联系起来看，处理好人民性和创作方法、流派的关系。

1958 年，全国范围内对资产阶级学术思想的批判逐渐展开，这是"整风反右"基础上的又一次群众性运动。"批判的范围虽很广泛，但在古典文学研究领域里，却特别受到震动。"④5 月

---

① 北京：《教学与研究》，1956 年第 12 期。

② 北京：《光明日报》，1956 年 12 月 30 日。

③ 上海：《学术月刊》，1957 年第 3 期。

④ 刘大杰：《在古典文学研究领域里高举毛泽东文艺思想的红旗》，北京：《光明日报》，1960 年 8 月 7 日。

31日，文学研究所古代组和《文学遗产》编辑部联合召开一次座谈会，讨论在古典文学研究与教学中如何贯彻执行“厚今薄古”方针问题，座谈纪要发表在7月6日《光明日报》上。与会者“一致认为‘厚古薄今’从表面上看是学术问题，实际上是资产阶级与无产阶级的两条道路的斗争，是为资产阶级还是为无产阶级服务的问题。”在这场批判运动中，北京大学表现得最为突出。1958年8月31日《光明日报》报道：北京大学不仅组织了各种学习小组和文学研究社，而且出了许多专辑大字报，召开了多次座谈会。古典文学领域，批判矛头对准林庚、游国恩两位教授。①

对游国恩的批判就侧重在“人民性”和考据问题上，焦点对准他的“楚辞女性中心说”、“屈赋四大观念”等论点。批判者说：“游国恩教授和在他影响下的一些教师，一再宣扬只有考据和材料才是学问。以所谓‘博闻多识，掌握材料’来和无产阶级的阶级论和反映论相对抗。他们蔑视分析作品的人民性和思想性。游国恩说：谈人民性的文章过几年便没人看了。”②《“楚辞女性中心说”批判》认为：“这种说法的错误根源首先在于游先生站在封建阶级的立场上，承继了传统的封建观点；其次在于研究方法上的主观臆测、烦琐的考证，不是根据形象本身的特点、作品全部的思想来进行分析，而是专门从字里行间去找微言大义。”③袁良骏等人的《游国恩先生的“人民性”标签》④则说：“游先生并不是运用马列主义的理论认真地分析作家作品的人民性，而只是拿着‘人民性’的标签到处乱贴罢了。”“那种蔑视人民性的说

①②《北大中文系清算资产阶级学术思想》，北京：《光明日报》，1958年8月31日。

③ 沈天佑：《“文学研究与批判专刊”介绍》，北京：《光明日报》，1959年1月25日。

④ 北京：《光明日报》，1958年8月3日。

法，事实上只不过是自己厌恶人民性和不懂人民性的遁词而已。”

1958年起，在“大跃进”背景下，促成了几部文学史的诞生。如，北大中文系55级同学编的《中国文学史》、北师大中文系四年级同学编的《中国民间文学史》、复旦大学中文系三年级同学编的《中国文学史》等。这些文学史是“政治挂帅”、集体协作完成的，试图以马克思列宁主义的观点来阐明中国文学发展的规律，具有“鲜明的阶级立场”、“政治性和战斗性”。复旦同学在《探讨和希望——谈谈我们的中国文学史》①中说：“文学艺术是一定经济基础上的上层建筑，是阶级斗争的工具和反映。因此，进入阶级社会以后，我国文学史就贯穿着两条道路的斗争——现实主义与反现实主义的斗争。这一斗争和阶级斗争紧密地联系着。”由此可见“阶级分析”在编写过程中的影响。

这些文学史出版后，引起很大反响，《光明日报》、《文汇报》发表了许多评论文章。文章普遍认为：这些文学史的方向是正确的，观点和体系基本上都是正确的。同时，也指出了一些缺点和值得研究的问题。中华书局1959年10月出版《中国文学史讨论集》，把讨论文章按内容分为四个部分：“总论”、“如何分析反映在中国文学史上的思想斗争的问题”、“关于民间文学在文学史上的地位和作用的问题”、“对古代作家、作品的评价问题”。尽管文章的观点差异较大，不过，立论出发点都是“人民性”和“阶级分析”。如，马茂元《关于晚唐诗人李商隐的评价问题》②说：“北大同学把他列入反现实主义诗派，采取了完全否定的态度，这是不公允的。”李商隐出身于没落的贵族，“对当时统治阶级的腐朽堕落，政治局面的混乱黑暗，是有一定程度认识，有所

① 上海：《解放日报》，1959年3月15日。

② 上海：《文汇报》，1959年5月19日。

不满和揭发；而且讥刺的矛头有时竟直接指向皇帝”。其政治情感“在基本精神上和杜甫、白居易有其相通之处”。李商隐“始终是一个穷困潦倒为统治阶级所排斥的文人，因而在思想感情上有其接近人民的一面，这是完全可以理解而且首先应该肯定的”。

在“中国文学史”讨论中，又涉及“中间作品”问题。何其芳《文学史讨论中的几个问题——1959 年 6 月 17 日在中国作家协会和中国科学院文学研究所召开的文学史问题讨论会上的发言》①批评北大《中国文学史》对于被划为反现实主义的作家肯定不够，有时甚至完全抹煞。他说：“在文学史上，在同情人民和反对人民之间，在明显的进步和明显的反动之间，还有大量的中间性的作品。它们并不反对人民，但其中也找不到同情人民的内容。它们并不反动，但进步意义也不明显。像王维、孟浩然的山水诗和田园诗，李贺、李商隐和杜牧的许多诗，李煜、李清照和姜夔的词，马致远的有些杂剧，大致就是这样的作品。”对于这些作品，“除了首先检查它们对待人民的态度和在历史上有无进步意义而外，还必须按照历史主义的观点和文学艺术科学的理论来具体地考察它们的内容”。尤其不应忽视艺术方面的独创性。北大《中国文学史》再版时就承认“存在着既不反动又没有什么人民性的中间作品”②，修改了对一些作家作品的评价。

这场讨论由戴世俊《有没有“中间作品”?》③正式引发。他说：“所谓‘中间作品’，换句话说，就是没有阶级性、倾向性的作品。”作者认为：这是不存在的。作者引用列宁两种文化的论述，说：创作方法可以是多种多样的，“而创作出来的作品的倾向性

① 北京：《光明日报》，1959 年 8 月 9 日。

② 北大中文系文学专门化 1955 级集体编著：《中国文学史》（修订本），第 9 页，北京：人民文学出版社，1959 年。

③ 北京：《光明日报》，1959 年 12 月 27 日。

却只有对立的两种：进步与反动”。对于一些抒情小诗，如王维的《渭城曲》，只要加以分析，“一定能够体会出他们的阶级倾向性来的”。主张不存在“中间作品”的还有祁润朝、江九等。庆钟、乔木否认了中间阶层的存在：“中间派不可能是完全没有立场观点的‘第三种人’。”认为：“中间阶层的人存在绝不可能作为中间作品存在的佐证。”“中间作品不存在，也不可能存在。但中间作品的提法……模糊了文学阶级性的概念，因此是错误的。”①

胡锡涛《略谈“中间作品”及其它》②简要追溯“中间作品”这个定义的出现过程，认为首先要弄清“中间作品”是什么，批评戴世俊把“中间作品”定义为没有阶级性、倾向性的作品的看法，说：“‘中间性’是指没有什么人民性但也不是反人民的作品而言。如众所知，人民性的概念不等于阶级性的概念，前者的含义是大于后者的。”如，孟浩然的《春晓》有阶级性，却并不表现出同情人民或反对人民的思想情感。他对戴世俊引列宁两种文化论述以否定“中间作品”的做法提出质疑：“列宁说的是十九世纪末二十世纪初的‘现代民族’，因此不可同日而语。”他认为，“人民性是指文学艺术与人民的联系”，描写田园山水风光的作品，虽不表现社会生活和人民感情，但客观上为人民留下了美丽的山川图画，必然为今天的人民所珍视，也是“人民性”的表现。

不少文章讨论“中间作品”与“阶级性”关系问题。王健秋《“中间作品”与阶级性》③提出：“承认中间作品的存在，并不否定阶级性。绝对不存在没有阶级性的作品（不管是否易于辨识），但却存在着既不反动、又没有什么人民性的作品。”蔡仪《所

① 庆钟、乔木：《谈“中间作品”的几个问题》，北京：《光明日报》，1960年5月15日。

② 北京：《光明日报》，1960年2月28日。

③ 北京：《光明日报》，1960年1月17日。

谓"中间作品"的问题》①,区别了两种"中间作品"的含义:"一种是反动与进步之间的,既不反动也不进步的作品,或者说是'既不反动也没有什么人民性'的作品。另一种是所谓没有阶级性的,即既不属于这一阶级也不属于那一阶级的作品。"他认为"阶级社会的文学作品,虽不能不有阶级性,但不能说就没有既不进步也不反动的作品"。如李白的《静夜思》。祁润朝《"中间作品"存在吗?》②则认为:"在阶级社会里,文艺作品都具有阶级性。""所谓中间作品的说法,实质上是一种超阶级的文艺观点,因而是一种不正确的文艺观点。"

1960年6月19日,《光明日报》发表关于"中间作品"问题的来稿综述,是对这一阶段讨论的小结。"在这一讨论展开后,我们共收到一百一十七篇文章,共约四十二万八千余字。来稿中争论最多的有两个问题:(1)在阶级社会中,除了具有人民性和反动性的作品外,有没有不进步也不反动、既无人民性也不反人民的作品?(2)阶级性与倾向性的关系如何,是否有无倾向性的文学?此外还涉及对'人民性'的理解问题,某些文艺作品是否对各个阶级的人都能引起喜爱等问题。"文章最后总结说:"在这次讨论中,对'中间作品'也是有阶级性的,这一点似乎大家意见已趋一致。但当再进一步讨论到阶级性与倾向性的关系时,就出现了两种看法:一是认为这两者可以分开,或其倾向性可以不表现为进步或反动;一是认为阶级性和倾向性两者是不可分割的,倾向性必表现为进步或反动。后来大多数来稿都一致否定前者、支持后者。对于'中间作品'的提法,大多数人却认为不妥,有认为应该取消的。在我们也认为这样提法颇有问题,很容易给人以一种有超阶级文学作品存在等印象。至于以后将

① 北京:《光明日报》,1960年1月24日。

② 北京:《光明日报》,1960年4月3日。

如何提法，尚有待于同志们多加考虑。”

“山水诗、共鸣”问题的讨论是“中间作品”讨论的延伸，《光明日报》关于“中间作品”问题的“来稿综述”已提到了抒情诗、风景诗的阶级性和有些文艺作品能引起不同阶级共鸣的问题。1960 年 5 月 26 日，《文艺报》刊发陈育德文章《关于风景诗、山水花鸟画的阶级性问题》，随后在《光明日报》、《诗刊》、《北京大学学报》、《人文杂志》等发表讨论文章，纷纷以陶渊明田园诗和谢灵运山水诗为对象讨论“美感的阶级性”问题。《文学评论》1961 年第 1 期开辟“关于文学上的共鸣问题和山水诗问题的讨论”专栏，持续一年，刊载二十余篇文章。

山水诗是否有阶级性，讨论主要集中在单纯描绘自然景物的作品上。叶秀山《山水诗的阶级性问题》①认为：从创作和欣赏来看，一般山水诗是有阶级性的。但也有一些山水诗，“实质上只是对自然景物的直观的摹写，就很难说它有什么阶级性”。“我们固然强调艺术是自然的能动的反映，但也不能否认有直观反映的存在。……这些直观反映的山水诗，不能称作艺术，至少只能说是艺术的低级阶段。我认为，只有自然形象和社会思想感情结合起来的作品，才是真正的艺术作品。”像王维“明月松间照，清泉石上流”之类的作品，“都是自然山水的直观的写照，这里边可能也有感受，但作者只写出一些生理上的感受（视觉、听觉、嗅觉等快感），并没有流露什么社会思想感情。像这样的诗，严格说来，算不上艺术作品”。对其欣赏，“也不是艺术欣赏，因而没有阶级性”。其他论者认为：这类山水诗只描绘了自然美，或者写出了作者对景物一刹那的感受，读者能欣赏到的也只是自然美，很难看出其阶级性。罗方《关于山水诗的阶级性》②将

① 北京：《文学评论》，1961 年第 2 期。

② 北京：《文学评论》，1961 年第 3 期。

山水诗分为三类情况："明显地抒发了诗人的阶级思想和阶级感情的"；情景交融，"阶级性不是那么鲜明的"；"单纯地描写自然景物，抒写对自然景物的喜爱，既没有诗人对社会、对人生明显地抒情的部分，也看不出诗人有什么寄托，因而是看不出阶级性的，如王维的《木兰柴》。""我们认为在阶级社会中，人和文学是有阶级性的，但人的某些行为和文学中的某些作品，由于种种原因，不一定都具有鲜明的阶级性。"

再一种意见认为：单纯描绘景物的山水诗也有阶级性。文效东 1960 年 6 月 12 日在《光明日报》发表《论山水诗的阶级性》，认为"自然风景虽然没有阶级性，但作者是有阶级性的，他的思想感情一定要通过作品流露出来，所以反映自然风景的山水诗就不能不有阶级性了"。"在阶级社会里，对立阶级对文艺作品没有真正的共同喜爱，一切文艺都表现作者的阶级意识。"陈育德《关于风景诗、山水花鸟画的阶级性问题》①反驳蒋孔阳的观点，认为风景诗、山水花鸟画包含着艺术家的社会观点、美学理想，具有或强或弱的阶级性。否定艺术的阶级倾向性，会把艺术美和自然美等同起来。分析阶级性时，要以全面的观点，结合艺术家的世界观、生活经历以及作品创作的历史时代，正确地把握。

其实，"中间作品"、"山水诗"的讨论已经涉及了共鸣问题，只是没有专门讨论而已。在这次长达一年多的集中讨论中，"共鸣的阶级基础"是争论的核心。讨论由柳鸣九《批判人性论者的共鸣说》②引发。文章认为："因为共鸣要求相同的思想基础，所以共鸣一般是发生在同时代、同阶级的人们中间的。"此文发表

① 北京：《文艺报》，1960 年 5 月 26 日。

② 北京：《文学评论》，1960 年第 5 期。

后，许多人纷纷发表不同意见。《文学评论》年终发表总结文章《关于文学上的共鸣问题和山水诗问题的讨论》①，把众多意见分为两类：其一，共鸣不一定非要相同的阶级思想感情为基础不可，不同阶级的人在一定条件下，在某个方面，或某一点上，由于存在某些相同或相似的思想感情，可以产生共鸣。其二，共鸣在相同阶级思想感情的基础上才能产生。思想意识是由一定时代、阶级产生的，具有特定的阶级内容，不会符合其他时代、阶级的要求，所谓继承是要经过批判、改造。古典文学一般的是不会引起今天的读者共鸣的。今天有些读者对古典文学所以发生共鸣，是由于时代虽然变了，但旧时代的社会意识还会存在，仍有人保留着旧的思想，因而对表现了那种思想的文学作品就会发生共鸣。过去时代的古典作家，不论表现了怎样进步的思想倾向，都不可能达到无产阶级思想的高度；站在无产阶级立场上的人，对于过去时代的文学作品也不应该发生共鸣，而应采取分析、批判的态度。

在讨论“文学遗产批判继承”的时候，虽然“历史观点”常常提到，但更受关注的是与现实政治联系紧密的“革命观点”，即阶级分析方法。许多人就这个话题展开讨论，如简言《阶级分析方法完全适用于古人》②，柳鸣九《关于阶级分析的方法》③、《再谈阶级分析的方法》④，高淡云《关于古典文学研究中的阶级分析——与柳鸣九同志商榷》⑤等。柳鸣九认为：“衡量一个作家，重要的却是要从他的创作的阶级性质来看，而不是以其出身和社会身份为主要根据。”“对一个作家进行阶级分析的基本途径

① 北京：《文学评论》，1961 年第 6 期。

② 上海：《文汇报》，1963 年 6 月 13 日。

③ 北京：《光明日报》，1964 年 7 月 19 日。

④ 北京：《光明日报》，1964 年 7 月 26 日。

⑤ 北京：《光明日报》，1964 年 9 月 20 日。

应该是:看他所反映的是哪一个阶级的利益和看他在提出问题和解决问题时所没有超越的是哪一个阶级的范围。”高淡云则认为不应该把作家作品里所反映的思想同作家本身的阶级出身、社会地位割裂开来,“对作家进行阶级分析,既要重视他的阶级出身、社会地位以及以后的思想变化,又要重视对他的作品的分析,把这两者辩证地结合起来考察而绝不应该单独强调任何一方面而丢开另一方面”。

人们同时用“阶级”眼光审视古典文学研究成果。游国恩等主编的《中国文学史》和中国社会科学院文学研究所集体编写的《中国文学史》,本来已贯穿了“阶级分析”的线索,依然成为批评的对象。认为:这两部文学史阶级与阶级斗争的观点有时模糊,不能充分发扬革命和批判的精神。李捷《如何正确地评价古代作家和作品——游国恩等同志主编的〈中国文学史〉读后质疑》①说:文学史有的章节夸大了古代作家历史的进步性,调和了统治阶级和被统治阶级的思想。对孟子的论述,“无异于把一个地主思想家打扮成人民的代表,模糊了根本的阶级区别”。常国武、曹济平《试评文学研究所〈中国文学史〉北宋文学部分》②认为:文学史在说明北宋文学反映社会斗争的时候,对北宋中叶承平景象背后“民族矛盾和阶级斗争日益深刻化和复杂化,尤其阶级压迫和阶级斗争十分激烈”的情况谈得很少,而且始终没有提到农民起义,“这对介绍某些作家反映阶级矛盾的作品,显然有所影响”。

1963 年,周恩来发表了“人民性”就是“阶级性”的观点。4 月 19 日,在中宣部召开的文艺工作会议和中国文联三届全委二次扩大会议上,周恩来做了题为《要做一个革命的文艺工作者》

① 北京:《光明日报》,1964 年 10 月 25 日。

② 南京:《南京师范学院学报》(社会科学版),1964 年第 1 期。

的讲话，指出："阶级性与人民性能不能划等号？我认为讲阶级性、人民性必须与当时的时代联系起来。人民，这是指绝大多数人。在奴隶社会，奴隶是绝大多数，封建社会，广大农民是绝大多数。同情奴隶解放，同情奴隶，刻划出'卑贱者'的形象，这就是人民性，也就是当时的阶级性……所以今天无产阶级的阶级性也可以说是今天的人民性。"①8月16日，周恩来《在音乐舞蹈座谈会上的讲话》再次强调："对于我们来说，阶级性也就是人民性，当年封建社会的时候，阶级性就是要站在农民方面，站在被压迫阶级方面，这才能表示出当时的人民性……阶级问题，对于我们写作品，是个基本问题。这个问题还要强调。"②这里，"人民"的外延缩小了，由一切进步阶级变为"被压迫阶级"。"被压迫阶级"是"人民"的主体，但并非全部。

周恩来的论断和当时的政治形势密切相关，既是学术研究中马克思主义文艺理论的"人民性"被"阶级性"、"阶级斗争"代替、合并现实的总结，又对这种倾向有相当大的推动作用。随着"左"倾思潮的进一步发展，不同观点的讨论被看作是不同阶级的斗争，学术格局愈趋单调，"阶级分析"定于一尊。郝兵《一种有害的论调》③说："围绕着要不要对文学遗产进行彻底的批判和改造这一问题，无产阶级和资产阶级正进行着一场激烈的斗争。"王鸿江、汤纲《评关于阶级观点与历史主义问题讨论中的几种看法》④说："如果我们正确地理解了马克思主义的阶级观点，就会很自然地承认阶级观点是包含着历史主义精神的，而不会再提出用历史主义去补充阶级观点等等。"具体到古典文学领域，就是对一切作家作品、文学现象都要从"阶级斗争"的角度进

①② 周恩来：《周恩来论文艺》，第166页，第179～180页，北京：人民文学出版社，1979年。

③ 北京：《光明日报》，1965年1月17日。

④ 北京：《光明日报》，1965年5月5日。

行批判。如,1965 年 10 月 24 日《光明日报》发表冯其庸《元明戏剧史上的阶级斗争》,认为“戏剧的发展史贯穿着阶级斗争的内容,不同时代的戏剧,反映着不同时代的阶级矛盾和斗争”。“封建统治阶级从各方面利用戏剧作为进行阶级斗争的手段。”“戏剧史和戏剧遗产的研究,必须坚持阶级分析的观点和高举马克思主义的批判旗帜。”谭拓在《不要忽视我国古典文学评论中的阶级斗争——读王望如〈水浒传〉评点札记》①说:“作为思想意识形态上层建筑的古典文学评论中的阶级斗争,也是十分激烈的。”从以上表述中,我们已嗅到了“文革”的气息。

变　异

十年“文革”是运用“阶级分析”看待古典文学的“变异期”。“阶级斗争”被过分强调,“人民性”消失。高校停招,师生下放,学术研究基本停止。在“怀疑一切,打倒一切”、“破四旧”、“与传统观念彻底决裂”、“向前看”的大潮中,古典文学处于被破除、批判的境地。② 这从《光明日报》“文学遗产”栏目的被取消可窥一斑。文学评论成了政治斗争的工具,评论语言充满了攻击性,断章取义,为我所用,以古射今,张冠李戴,甚至不惜作伪……后期“评法批儒”,更是用儒法斗争、阶级斗争来解读文学史、诠释文学现象,“为无产阶级文化大革命服务”。评论的古典作品主要

---

① 北京:《光明日报》,1965 年 6 月 20 日。

② 上海革命大批判组《鼓吹资产阶级文化就是复辟资本主义》:“古的和洋的艺术就其思想内容来说,是古代的和外国的剥削阶级的政治愿望和思想感情的表现,是必须彻底批判并与之彻底决裂的东西,至于其中少数作品的艺术形式的某些方面,也是需要用毛泽东思想为武器来进行批判和改造,才能推陈出新,使它为创造无产阶级文艺服务。”北京:《红旗》,1970 年第 4 期。

为《红楼梦》、《水浒》以及一些所谓分为“儒法”两大阵营的作家作品。

据统计，“文革”期间关于《红楼梦》的文章多达七百余篇。① 人们普遍采用“阶级斗争”的观点，认为《红楼梦》是“一部优秀的政治历史小说，它对没落的封建社会的各个方面作了广泛而深刻的揭露和批判，可以称为是一部关于封建社会的百科全书。在这部书里，主要的内容是政治，是阶级压迫和阶级斗争”②。在这种视角下，第53回乌进孝进租被认为是全书的精华，因为反映了地主对农民的残酷剥削。也正是这种现实，激起了宝、黛等人的反抗；鸳鸯抗婚、金钏跳井等被看成封建社会如火如荼的阶级斗争的生动体现；怡红院充满了阶级斗争的火药味……还有不少文章比附、映射现实政治，如《两面派的丑恶嘴脸——从王熙凤看林彪的反革命策略》③等。河南省焦作市工人、开封师院中文系工农兵学员《红楼梦》评论组的《从〈红楼梦〉看世袭制度的反动性》④说：“研究《红楼梦》对世袭制度的揭露，有助于我们进一步认清林彪妄图‘克己复礼’，建立林家法西斯世袭王朝，实行资产阶级专政的反动本质。”“我们必须用无产阶级专政的理论武装头脑，把评论《红楼梦》和批林批孔结合起来，将上层建筑领域内的社会主义革命进行到底。”

对《水浒》的评论是由毛泽东的谈话引发的。1975年8月13日，毛谈了些关于《水浒》的看法。次日，姚文元请示，建议开

---

① 顾平旦主编：《红楼梦研究论文资料索引》(1874—1982)，北京：书目文献出版社，1982年。

② 李国涛：《“护官符”护的是反动地主阶级专政——关于〈红楼梦〉前八十回里的几场官司》，北京：《光明日报》，1975年3月13日。

③ 许宏德：《两面派的丑恶嘴脸——从王熙凤看林彪的反革命策略》，合肥：《安徽文艺》，1974年第8期。

④ 北京：《光明日报》，1975年3月13日。

展对《水浒》的评论。毛批示“同意”。于是，第9期《红旗》发表《重视对〈水浒〉的评论》等文章。8月31日《人民日报》予以转载。9月4日，《人民日报》发表社论《开展对〈水浒〉的评论》，一场全国范围的“评《水浒》”运动迅速开展起来。据统计，从1975年9月至1976年9月，一年多的时间里，共发表了一千七百多篇评《水浒》的文章。① 数量之大，实属罕见。《人民日报》社论公开了毛泽东的指示：“《水浒》这部书，好就好在投降。做反面教材，使人民都知道投降派。”“《水浒》只反贪官，不反皇帝。屏晁盖于一百〇八人之外。宋江投降，搞修正主义，把晁的聚义厅改为忠义堂，让人招安了。宋江同高俅的斗争，是地主阶级内部这一派反对那一派的斗争。宋江投降了，就去打方腊。”社论最后说：“让我们通过对《水浒》的评论和讨论，认真学习马克思主义理论，继续批判林彪反革命的修正主义路线，把上层建筑领域无产阶级战胜资产阶级、马克思主义战胜修正主义的斗争进行到底！”为评论定下了基调。这时出版的《水浒》前面还增印了鲁迅的话：“一部《水浒》，说得很分明。因为不反对天子，所以大军一到，便受招安，替国家打别的强盗——不‘替天行道’的强盗去了。终于是奴才。”(《三闲集·流氓的变迁》)讨论文章都是围绕着毛的指示和鲁迅的话语展开，处处联系现实政治，充满了战斗色彩。

人们还从“阶级斗争”、“儒法斗争”的角度看待文学史，评价作家作品。最典型的例子就是郭沫若的《李白与杜甫》，书中大捧李白、狠压杜甫；还有刘大杰对《中国文学发展史》的修改。刘大杰《中国文学发展史》修改本第一册在1973年出版②，《前言》

① 中国社会科学院文学研究所图书资料室：《中国古典文学研究论文索引》(1966.7—1979.12)，北京：中华书局，1982年。

② 刘大杰：《中国文学发展史》(第一册)，上海：上海人民出版社，1973年。

说："在无产阶级文化大革命中，我受到了深刻的阶级斗争和路线斗争的教育……关于文学遗产问题，毛主席有许多极其精辟的论述，这是我在修改工作中必须遵循的指导原则。"如，新本认为"孔子站在奴隶主贵族阶级的立场，反对新兴的封建制度，竭力维护奴隶主统治者的利益"，他所宣扬的仁义道德，就是鲁迅先生所概括的"吃人"二字；他是我国最早的鼓吹唯心论的先验论和反动的天才史观的人。第二册修改期间，正值"批林批孔"、"批水浒"、"批儒评法"运动蓬勃开展。修改本于 1976 年出版①，认为"阶级斗争不但是推动历史发展的动力，也是促进文学发展的动力"。在封建社会中，除农民起义的阶级斗争以外，如统治阶级内部的保守与革新的斗争，民族斗争中的爱国与卖国的斗争，思想领域中的儒法斗争，都受到阶级斗争的制约，也都在文学上直接或间接、明显或隐蔽地得到反映。文学史被叙述成了儒法斗争史。再如，毛志成、陈智贤《"虎"、"蛇"之喻和文学的阶级性》②认为：《苛政猛于虎》中的女人是孔丘所要举的"逸民"，她诅咒的"苛政"是新兴地主阶级专政，显示了儒家倒退、反动的立场；"柳宗元《捕蛇者说》所暴露的，是腐朽社会势力的残酷性、反动性，是为革新路线制造舆论的。"

在一切以"阶级斗争"、"儒法斗争"为准绳的时候，"人民性"在评论中消失了。邓家琪说："人民性本是古代文学史上客观存在的东西，可是在'四人帮'横行的日子里，人民性却成了古典文学研究领域的一个禁区，人们都不敢提及它，因为谁要是谈论古代作家作品的人民性，'四人帮'就会立刻给谁扣上'宣扬资产阶级人性论'，'取消文艺的阶级性'，'鼓吹全民文艺'等大帽子，以

① 刘大杰：《中国文学发展史》(第二册)，上海：上海人民出版社，1976 年。

② 北京：《人民日报》，1975 年 1 月 10 日。

至使人民性这一概念，在古典文学研究领域中消失达十数年之久。"①《红楼梦评论集》1973年再版时作者写的"校后附记"就说，"文学的'人民性'概念，是一个十分含混模糊的非阶级的概念"，"'人民性'概念的风行一时，正是修正主义思潮用来冒充马克思主义文艺观的一种反映"。②

尾 声

随着"文革"的结束，用"阶级斗争"眼光评论古典文学的粗暴做法渐渐进入尾声。政治上开始"拨乱反正"，古典文学教学和研究得到逐步恢复。人们从理论指导和具体研究上对60年代以来的"左"的倾向进行纠正，"人民性"被重提，"阶级分析"得到重新认识。1980年，《文学遗产》以杂志形式复刊，古典文学学科的重要性得到确认。在多种方法、思潮的争鸣、对比中，"人民性"、"阶级分析"作为文学研究法的一种，获得了应有的正确定位。

在全社会揭批"四人帮"的声潮中，古典文学研究领域也展开了批判。首先是对"四人帮"以"儒法斗争"看待文学史、"古为帮用"罪行的声讨。冯至《"四人帮""古为帮用"剖析》③认为："儒法斗争，是从春秋后期到西汉，封建制代替奴隶制，新兴地主阶级同没落奴隶主阶级长期斗争在思想上政治上的反映。江青却别有用心，把儒法斗争的历史一直延长到现在。""他们所谓的'古为今用'，不过是'以昨天的卑鄙行为来为今天的卑鄙行为进

---

① 邓家琪：《略谈古典文学的人民性》，南昌：《星火》，1979年第8期。

② 李希凡、蓝翎：《红楼梦评论集》，第146页，北京：人民文学出版社，1973年。

③ 北京：《光明日报》，1977年5月31日。

行辩护'(《马克思恩格斯选集》第1卷第3页),换一个字说,是'古为帮用'。"江青一方面鼓吹批"现代的大儒",矛头指向周恩来总理和其他领导。"另一方面,她借用吕后、武后的幽灵自我吹嘘,张口闭口总是说这两个女皇帝是多么'了不起'。"另外,还就"四人帮"对具体作家作品、文学现象的"歪曲"进行了批判。如钟敬文《为孟姜女冤案平反——批驳"四人帮"追随者的谬论》①等。这些文章还没有摆脱"文革"的思维方式和叙述策略,虽然纠正了一些偏见,但是不免又陷入了另一种偏见。随着党和国家政治路线的变化,这种情况逐渐有所改变。

"人民性"消失十多年后,又被重新提起。1978年10月17日,《光明日报》"读者来信"发表杨树茂的《为什么不可以有"人民性"?》,认为:"四人帮"及其御用文人用"儒法斗争"篡改历史,以此作为评价作家、作品的标准,"人民性"仿佛从文艺评论的辞典中被"绑架"了。"人民,是一个具有明确而特定阶级内容的概念……其基本含义总是指那些推动当时社会前进的基本阶级及其同盟力量。'人民性'的概念的形成,正是运用历史唯物主义进行阶级分析的结果。为什么政治术语可以有'人民'而文艺评论领域就不可以有'人民性'呢?"这封信引起关注。10月31日,袁卫甫《漫谈古代文学和"人民性"》②说:"在反对把人民性抽象化的超阶级倾向的前提下,人民性是古代文学研究中必须遵循和运用的重要原则。"12月,在山东大学召开的文科理论讨论会上,来自全国各地的文学教学和研究工作者就文学中的人民性问题进行热烈的讨论。与会者普遍认为,人民性的提出是总结了进步的文学创作经验的成果之一,体现着人民创造文化、文艺属于人民的原则,具有进步作用。人民性的提出符合唯物

① 北京:《民间文学》,1979年第7期。

② 北京:《光明日报》,1978年10月31日。

论的反映论原则。在人民性与阶级性的关系上，有人认为，阶级性和人民性各有相对的独立性，又有联系。它们之间的关系是对立统一的。在评价文学作品时，阶级分析是一把钥匙，而人民性是阶级性的有力补充。还有人认为，人民是划分为阶级的，阶级性寓于人民性之中，人民性大于阶级性。人们普遍认为，决不能把剥削阶级看成铁板一块，剥削阶级出身的文人也有同情劳动人民的。与会者还就人民性是否包含艺术性、人民性的适用范围等问题展开讨论。① 1979 年 10 月 30 日，邓小平《在中国文学艺术工作者第四次代表大会上的祝辞》②提出："人民是文艺工作者的母亲"，为"人民性"注入了新的内容。

1979 年，因《为文艺正名》③而引发了关于"文艺是阶级斗争的工具"的论争。大部分论者要求还文艺以本来面目。也有人认为，这"是一个科学的、马克思主义的口号"④。毕竟人们对"阶级斗争"的危害心有余悸，集中精力进行经济建设已是大势所趋、人心所向。1980 年 7 月 26 日，《人民日报》发表评论员文章，提出"文艺为人民服务，为社会主义服务"。随着政治环境的好转，人们能够立足于比较客观的学术立场，就曾经"禁忌"的人性、共同美以及人民性、阶级性等问题展开讨论，获得较为全面的认识。在学术多元化的发展趋向中，"阶级分析"方法渐渐被遗弃。袁行霈和章培恒主编的两部《中国文学史》，摒弃了风行一时的"阶级"线索。2000 年，孙明君在《北京大学学报》(哲学社会科学版)第 4 期发表《阶级性在古代文学研究中应予正

① 赵呈元：《山东大学召开文科理论讨论会讨论文学的人民性问题》，北京：《光明日报》，1978 年 10 月 31 日。

② 北京：《人民日报》，1979 年 10 月 31 日。

③ 评论员：《为文艺正名》，上海：《上海文学》，1979 年第 4 期。

④ 吴世常：《"文艺是阶级斗争的工具"是个科学的口号》，上海：《上海文学》，1979 年第 6 期。

视——关于汉魏文学与政治之关系的思考之一》，呼吁人们正视阶级，认为："阶级是阶级社会特有的社会现象，阶级社会中的文学具有一定的阶级性。对文学中的阶级性既不能夸大，亦不能漠视。正视阶级，梳理、探察文学中的阶级性是古代文学研究中亟待解决的课题之一。"但没有引起太多的注意。

作为具有"历史"品格的古典文学，是立体的、有着多重面相的。运用不同的方法、从不同的视角，也许更能贴近"历史的真实"。把任何一种方法、一种理论定于一尊的做法都是不足取的，尤其是在运用了学术以外的力量时，这时学术也将失去存在的意义。运用"人民性"与"阶级分析"的方法，看到的只是丰富多彩的古典文学的一个面相，有它的合理性，也有它的局限性。"人民性"与"阶级分析"只是供我们选择的众多研究方法中的一种，如此而已！

（中国人民大学　陈斐）

“政治标准第一，艺术标准第二”与古典文学研究

“政治标准第一，艺术标准第二”是1942年5月毛泽东《在延安文艺座谈会上的讲话》中明确提出的文艺批评标准，它成为建国后古典文学研究的指导思想。

《讲话》指出：“在现在世界上，一切文化或文学艺术都是属于一定的阶级，属于一定的政治路线的。为艺术的艺术，超阶级的艺术，和政治并行或互相独立的艺术，实际上是不存在的。”因此，毛泽东认为：“文艺是从属于政治的。”政治标准和艺术标准是文艺批评的两个标准。所谓政治标准，就是“一切有利于抗日和团结的，鼓舞群众同心同德的，反对倒退、促成进步的东西”。他还提出：

> 无产阶级对于过去时代的文学艺术作品，也必须首先检查它们对待人民的态度如何，在历史上有无进步意义，而分别采取不同态度。有些政治上根本反动的东西，也可能有某种艺术性。内容愈反动的作品而又愈带艺术性，就愈能毒害人民，就愈应该排斥。

当然，《讲话》并没有把政治标准和艺术标准的关系简单化，也没有把政治标准绝对化。毛泽东在《讲话》中说：

> 又是政治标准，又是艺术标准，这两者的关系怎么样？政治并不等于艺术，一般的宇宙观也并不等于艺术创作和艺术批评的方法。我们不但否认抽象的绝对不变的政治标

准，也否认抽象的绝对不变的艺术标准，各个阶级社会中的各个阶段都有不同的政治标准和不同的艺术标准。但是任何阶级社会中的任何阶级，总是以政治标准放在第一位，以艺术标准放在第二位的。①

《讲话》也提到了艺术性的问题，他说："缺乏艺术性的艺术品，无论政治上怎样进步，也是没有力量的。因此，我们既反对政治观点错误的艺术品，也反对只有正确的政治观点而没有艺术力量的所谓'标语口号式'的倾向。"由于重心在文学从属于政治，这些观点并没有得到充分地展开。

《讲话》毕竟是在中国历史上一个特定时期产生的，在全民抗战的背景下，为了实现民族的独立与解放，需要发挥文艺的宣传教育作用。但是，文学毕竟有其自身的特点和规律。当它被作为一个长期指导中国文艺的纲领性文献时，其局限性便逐渐显露出来了。正如胡乔木所说的：

长期的实践证明，《讲话》中关于文艺从属于政治的提法，关于把文艺作品的思想内容简单地归结为作品的政治观点、政治倾向性，并把政治标准作为衡量文艺作品的第一标准的提法，关于把具有社会性的人性完全归结为人的阶级性的提法（这同他给雷经天同志的信中的提法直接矛盾），关于把反对国民党统治而来延安的、但还带有许多小资产阶级习气的作家同国民党相比较、同大地主大资产阶级相提并论的提法，这些互相关联的提法，虽然有它们产生的一定的历史原因，但究竟是不确切的，并且对于建国以来的文艺的发展产生了不利的影响。这种不利的影响，集中表现在他对于文艺工作者经常发动一种急风暴雨式的群众

① 毛泽东：《在延安文艺座谈会上的讲话》，《毛泽东选集》第3卷，第869页，北京：人民出版社，1991年。

性批判上……①

事实上，自50年代初开始的一系列关于古典文学的讨论，特别是在评价古代作家的问题上，都是以政治标准为中心的。也正因为如此，对于那些艺术性较高而思想倾向复杂的作家（如王维、李煜等）或作品（如《琵琶记》），在讨论中往往分歧较大。本文主要以陶渊明、李清照、王维、李煜等作家为例加以说明。

关于对陶渊明、李清照等的讨论

1953年，张芝（李长之的笔名）在上海出版了《陶渊明传论》，这是建国后第一本研究陶渊明的专著，也是当时的学人试图用阶级分析的观点来研究陶渊明的开始。但是，究竟如何判别陶渊明的阶级归属和思想倾向仍然是一个见仁见智的问题。有的人从陶渊明的出身及其对晋宋的态度出发，说他缺乏劳动人民的感情，表现了统治阶级的没落思想和对现实的逃避态度；有的人从陶渊明的躬耕田园和对当时的社会动乱的关切，又说他基本上是倾向劳动人民的。由此而引发了一系列的讨论文章。这种讨论持续到1958年以后，又掀起了一个高潮，讨论的问题也逐步深入，涉及关于陶渊明的辞官归隐问题，如何看待他的桃花源理想以及如何评价他的田园诗所反映的现实等问题。经过反复讨论，大多数人的意见逐渐倾向于肯定陶渊明，只是程度上有所不同。例如署名北京大学中国文学教研室的《试论陶渊明的作品及其影响》一文认为：

> 他可以说是我国封建社会里，一个有才干、有自己的意志和理想，不屈服于现实社会的知识分子的形象。这个形象

① 胡乔木：《当前思想战线的若干问题》，《三中全会以来重要文献选编》，第943～944页，北京：人民出版社，1982年。

概括了西周以来包括屈原、贾谊、左思等一切正直的不得志的知识分子的思想感情……陶渊明作品的意义还在于对当时黑暗政治的深刻揭露，对当时封建社会的否定，提出符合人民愿望的伟大理想。陶渊明不但在作品中揭露与批判黑暗的社会，而且在行动上与统治阶级彻底决裂，不管是统治阶级的拉拢、诱惑，还是饥寒交迫的逼迫，都不能动摇他的意志，不能使他放弃对美好理想的追求，这正是陶渊明的伟大之处……总的说来，对黑暗现实的谴责，对农村生活的讴歌，构成了陶诗的基本内容，也体现了诗人感情的基本特色。①

当然，也有少数文章持否定意见。如北京师范大学中文系二年级二班第一组经过集体讨论，在题为《陶渊明基本上是反现实主义的诗人》一文中认为：

我们认为陶诗中虽有少数较好的诗，但却没有反映出时代的面貌（哪怕是其中的一个方面），而大多数的作品是无意义的，甚至粉饰了现实，所以我们说陶诗基本上是反现实主义的……陶诗无论在当代还是对后代，都是起着引人走向消极道路的促退作用……由于陶诗思想内容的消极，也使他的艺术性受到了很大的局限。②

此外，还有人对陶渊明辞官归隐的态度提出批评，认为"陶渊明的归隐，是表现了他在现实面前的软弱，同时给后代逃避斗争、保全自己的封建士大夫找到了一顶'清高'的堂皇冠冕。这些消极影响，应该澄清"③。还有人批评他的《桃花源诗》"是一

① 北京大学中国文学教研室：《试论陶渊明的作品及其影响》，北京：《北京大学学报》，1959年第2期。

② 北京师范大学中文系二年级二班第一组集体讨论：《陶渊明基本上是反现实主义的诗人》，北京：《光明日报》，1958年12月21日。

③ 北京师范大学中文系二年级陶渊明评论小组：《陶渊明的思想发展及其创作》，北京：《北京师范大学学报》，1959年第2期。

篇反现实的有毒素的坏作品，它对于劳动人民中间逐渐增长起来的对统治阶级的不满情绪和反抗意识起了麻痹作用。它告诉人们，对待残酷现实的最好办法是逃避，它反映了一些在政治上失意而在阶级本质上没有什么改变的小官僚地主阶级分子的意愿和利益”①。

陆侃如的《陶渊明的田园诗》一文则从人民性的角度对他提出批评，认为陶渊明“对当时的人民还缺乏真正的了解，对人民的命运的关心远不如对他自己的‘素抱’的维护，这是‘独善其身’的封建士大夫的常态。他对人生的态度是消极的，‘乐天委分以致百年’（《自祭文》），而不能或不愿投入积极的反抗斗争中去。他对农村的静穆写得多，对农村的凋敝写得少；而理想的乐土却只存在于他的幻想中间，根本没有实现的可能。这些在当时都只能起阻碍历史前进的坏作用”②。

关于李清照的评价，从1959年到1964年，也曾经展开了一场大讨论。棣华在《不要抬高也不要贬低李清照》一文中说：“李清照的词跳不出个人生活的小圈子，不能更多一点的表现她那个时代的面貌，我们当然不能对它的思想意义估计过高。”但是作者同时也反对用现代人的观点去衡量古人，认为尽管李清照“算不上爱国主义者，作品也没有太多的人民性，写的词题材范围也很狭窄，思想意义并不那么高，但她仍然是中国文学史上一个杰出的女词人”。棣华还充分肯定了李清照的词“确有其独特风格，艺术上造诣很高”③。

黄伟宗在《论李清照——与棣华同志商榷》一文中认为，李

① 转引自《文学遗产》编辑部：《关于陶渊明的讨论——来稿综合报导》，北京：《光明日报》，1959年2月15日。

② 陆侃如：《陶渊明的田园诗》，北京：《文学评论》，1960年第6期。

③ 棣华：《不要抬高也不要贬低李清照》，北京：《光明日报》，1959年4月12日。

清照前期大部分作品如《采桑子》、《醉花阴》、《如梦令》等是“集中地表现了没落阶级的消沉颓废情调的”,“她的词所表现的悲愁苦难与人民哪有丝毫的共通之处？只能引人们走向逃避现实斗争的颓废之路”。黄伟宗最后还有针对性地提出批评:“李清照的词,消极颓废的内容,是通过独特的技巧表现出来的,我们不去从根本上批判其内容和传播毒素的技巧,反而去原谅她,肯定她,到底立足点是在何处呢?”①

郭预衡在《李清照短论》一文中说:

> 评论李清照主要应着眼于她的文采和艺术成就,这也并不等于可以忽视政治标准。正因为政治标准第一,我们对李清照才不能给予过高的评价。但是,如果为了抬高李清照的地位,便寻找政治上的理由,从而将那些缺乏社会意义的作品说成是反封建和爱国主义,却是不妥当也不必要的。这样做不仅不是强调政治标准,而且是降低了政治标准。②

1962 年,郭预衡在《李清照词的社会意义和艺术价值》一文中又提出,李清照前期词对于国计民生并不关切,后期词是一种哀鸣和挽歌,缺少昂扬积极的时代精神,是低沉消极的时代情绪的反映。因此,李清照的词是属于社会意义不大而艺术成就较高的作品:

> 她的这些作品,就思想方面说,在今天主要是起消极作用,没有积极的社会意义了。不过,如果像有的论者所推论的那样,说李清照的词具有爱国思想情感,那么,它们在今天就应该仍有某些积极意义;但在我看来,论者所认为的爱

① 黄伟宗:《论李清照——与棣华同志商榷》,北京:《光明日报》,1959 年 5 月 24 日。

② 郭预衡:《李清照短论》,北京:《光明日报》,1959 年 6 月 28 日。

国思想情感，其实不过是抚今思昔、怀旧感伤的东西。这些作品的特点是停留于哀怨和感伤，而且总是沉醉于温柔之乡的回忆里。情绪的主要特征是倾向过去的。这样的作品只能引导人们追怀往日，而不能启发人们瞻望未来。这是一个时代一个阶层的消极情绪的反映，这种情绪和一个时代的积极精神是不能相容的。特别是在今天，在时代的空前的大变动中，这种抚今思昔的感伤作品就更引起人向后看的消极作用，而不能起鼓舞人向前看的积极作用。①

王汝弼在《论李清照》一文中对李清照的总体评价是：

李清照身值乱离，在她的作品当中有所反映；但是她没有写出异族侵略给人民所带来的严重灾难，和表现出人民的团结御侮精神。她的思想情感和人民有很大的距离。一直到最后还没有很好地克服，因此就妨碍了她的创作进一步提高……我们今天读她的作品，一方面要在当时具体的历史条件下，发掘她在当时所起的进步作用；另一方面又要严肃指出作者的阶级局限，指明她仅是具有一定正义感和反抗性的贵族妇女。她有时候指责皇帝，但在另一种场合就又颂扬皇帝。她的爱国思想和忠孝观念同时并存，她和人民的思想感情有很大距离，她那晚年作品的抑郁低沉的情调，不管促成这客观的原因是什么，但总是表明了作者在个别问题上仍然是个弱者，因此就应当加以批判！②

也有人对李清照的词基本持肯定意见。如王起说："李清照出身贵族，她夫家又是贵族。她词里所写的'瑞脑金兽'、'宝马香车'，都不是劳动人民生活里所可能有的。然而我们评价古典

① 郭预衡：《李清照词的社会意义和艺术价值》，北京：《文学评论》，1961年第2期。

② 王汝弼：《论李清照》，济南：《文史哲》，1962年第2期。

诗歌时，重要的不是作品里所反映的生活现象，而是诗人通过这些生活现象所表现的思想感情。”王起认为，像李清照的《一剪梅》、《醉花阴》这些词，在情感上可以见出她对丈夫的深沉与专注，“应该肯定她在词里所表现的爱情是健康的，也比较容易为劳动人民所接受”。而南渡以后的词如《永遇乐》等表达了对故国的怀念，带有浓厚的感情，而“感情的爱憎必然表现了诗人的思想倾向。这点我们如联系李清照的生平以及其他诗文来看，尤其清楚”。由于李清照是“一个生活在封建时代贵族家庭里的妇女，受着封建礼教的重重束缚，又被剥夺了参加政治活动的权利”，所以王起反对今人那种不切实际的评价标准，“拿一个历史上妇女作家所不可能达到的高度来要求她，以为她的词里没有直接表现劳动人民的思想感情，就全面否定了她。或者离开了作品的思想内容，仅仅在艺术表现上肯定了她的某些成就，这同样是不符合这位历史上女词人的实际的”①。

除了上述讨论之外，1964 年 7 月 15 至 18 日，武汉大学、华中师范学院等院校中文系的师生也举行了重新评价李清照的学术讨论会。当年发表在《江汉学报》上的《关于对李清照评价问题的讨论》一文是这样来综述的：

> 大家对解放后许多论文中过高地评价李清照爱情词的意义的错误观点作了批判。认为那些爱情词绝没有什么教育作用，也没有什么反封建的意义，不可能为劳动人民所喜爱和接受。那些论文作者没有运用阶级分析的方法，来评价李清照的词，有的甚至还宣扬了人性论的观点。大家认为，李清照的词，总的说来，内容比较贫乏空虚，情调又极为伤感低沉，在今天，除了具有某种认识价值外，它借助着高度的艺术技巧，只会带来更大的消极影响。因此要特别注

① 王起：《漫谈李清照的词》，北京：《光明日报》，1959 年 8 月 30 日。

意对这些消极内容进行彻底的批判。

当然，在这次讨论会上，大家对于李清照作品的艺术性仍然给予了肯定，认为“李词的内容虽无甚可取，但艺术技巧却是可以批判地借鉴的”。因为“艺术性与思想性虽然有着密切的联系，但也还有差别，它有一定的相对的独立性。因此，我们就有可能剔除其消极内容，借鉴其艺术技巧”。①

经过一段时间的讨论，1959 年 6 月 14 日，在《光明日报》“文学遗产”的“大家谈”上发表了署名江九的评论文章《从陶渊明、李清照讨论中想到的》：

> 最近几个月来，古典文学研究界对于陶渊明和李清照展开了广泛的讨论，对于这两个古代著名的作家，许多人从各个方面发表了不同的意见。如对于陶渊明，有人对他基本上否定，说他是反现实主义的作家。经过讨论之后，由于大家反复考虑的结果，意见逐渐趋于一致，认为应该肯定。……对于李清照的讨论，现在还正在开展中。
>
> 在这次讨论中，感到有一点不足之处，就是过分偏于谈作家的思想，对于作品的艺术分析重视不够。在谈陶渊明时，有些人责难陶渊明的作品里没有反映当时的民族矛盾和农民起义，从而对他加以否定，这种意见显然是不妥当的，受到了批评。但是，提出正面意见来的，也还只是停留在谈陶渊明的“乌托邦”思想，谈陶渊明参加了一些农业劳动和谈他的隐逸，以及他的朴素的唯物论思想等。提到他的作品，往往着重在《桃花源诗》、《有会而作》、《乞食》等等。
>
> 评价陶渊明，这些方面是应该谈到的。这些地方，正是显出了诗人思想的出类拔萃之处。也正是因为他的思想里

① 苏者聪：《关于对李清照评价问题的讨论》，武汉：《江汉学报》，1964 年第 8 期。

面具有这样一些闪闪发光的东西，才赢得了我们的尊敬。但是，评论这样一个作家，光谈这些是否够呢？他的作品千百年来最吸引人的篇章，是否仅止于此呢？后来最被传诵的如《饮酒》、《归园田居》等诗，讨论中很少被提到，就是被提到时也没有认真地去说明它们的好处在哪里。评论陶渊明，不对这样一些千古传诵的诗篇作出较好的说明，无论如何是不能使人满足的。

评价李清照，也有这个问题。从最近本刊发表的关于李清照的文章看来，一般都着重在李清照的爱国主义，所谈论的对象都是她的诗。李清照留下了这样一部分诗，表现了她的家国之恨，表现了她的爱国思想。这些诗过去很少人留意，现在大家注意了这些诗可以帮助我们对于李清照有更全面的了解。对于李清照的研究来说，这是一种进步。但是，我们今天的研究如果只停留在这个问题的讨论上，那也是很不够的。李清照的最大的成就，在于她的词而不是在于她的诗，讨论李清照，更重要的是应该多谈她的词。在李清照的词里，也有一些千百年来脍炙人口之作，对这些作品作出较好的说明，也是很有意义的。

研究一个作家，应该研究他的思想。作家是通过作品反映他的思想的。但是，作家的任务，不仅仅在于从作品里面告诉我们他有一些什么思想，而是在于把他的思想用一种怎样完美的艺术形式表现出来。作品用文字写出来，它总要反映一些思想，但有的作品写得好，有的作品却写得不一定好。评论一个有成就的作家，应首先注意他那些最好的作品，对它们着重加以分析。研究一个作家的作品，依其艺术成就的高下对它作不同的处理，这是合理的(自然，我们这里说艺术成就，是结合思想性谈的，不是孤立地谈艺术)。如果不是这样，把作家的作品当作只是反映作家思想的材料来研究，仅仅只在里面尽量去发现作家有一些什么思想，忽略了作家是怎样反映他的思想的这样一个重要之点，那么，我们对于作家是降低了要求。对于古代一些杰出的和优秀的作家的真正成就，也就不能充分发现。①

对王维及其诗歌的评价，在五六十年代也曾有过一些讨论。萧涤非在《关于王维的山水诗》一文中认为：

任何人的任何山水诗都有阶级性，王维的山水诗，不但不是例外，而且它的阶级的烙印特别深刻，特别鲜明……

我始终觉得王维的山水田园诗是有毒素的，似一粒裹着糖衣的毒丸。因为在那幽美的大自然景物的背后，在那些明月清风、青山白云的外衣下，潜藏着、掩盖着一个丑恶的极端个人主义的灵魂，渗透着一种没落的僧侣式的封建地主阶级的悠闲、冷寂、孤独的情调。它给予人们的感受，不是前进，而是倒退；不是向上，而是没落；不是斗争，而是妥协；不是乐观积极，而是死寂消沉……

山水田园诗的出现，虽有其历史的必然性，但我认为这并不是什么"福音"。这类诗的抬头，更不是什么好事。它在文学史上往往起着一种消极的促退作用……像王维这样，在国家危机四伏、人民灾难深重的严重关头，反而大作其山水诗，其危害自然更大。这也就是说，他的这些山水诗和时代环境、时代要求实在太不相称了。应该说，只有毫无心肝的有闲阶级的人才能安下心来写作这类诗。

所以，从写作的时代来看，王维山水诗的阶级性是十分明显的，不是一句两句，一篇两篇，而是全部……

由于他的消极的审美观点往往是隐藏在对景物的具体

① 江九：《从陶渊明、李清照讨论中想到的》，北京：《光明日报》，1959年6月14日。

刻划中，达到一种所谓“情景交融”的境界，一下子不易看穿，所以对这类作品得特别细心。如果认为只是一种单纯的纯客观的景物描写，是一种所谓“直观反映”，没有什么阶级性，没有什么毒害，可以放心欣赏，以至发生共鸣，那将是很危险的……

从社会主义的今天来看，王维山水诗所表现的思想感情、审美趣味和境界，跟我们的距离实在太远了，不能因为它的艺术性高而作出过高的评价。恰恰相反，正因为它的艺术性高，我们更应对它的消极的思想内容进行严格的批判。只有经过批判，经过消毒之后，我们才不至有被俘的危险，而能从其中欣赏和吸收对我们有益的一些创作经验，比如对景物的观察入微、描写的逼真、语言的清新自然，以及情景交融等。①

方永耀在《读关于王维的山水诗——与萧涤非先生商榷》一文中不同意萧涤非对王维的这种简单否定。他说：

我觉得萧先生之所以对王维的山水诗采取了几乎全盘否定的态度，主要是由于他忽视了王维思想的复杂性，过分夸大了其思想中的消极因素；同时又把王维的思想、王维的山水诗中的思想以及这些山水诗对读者的影响三者等同了起来。他论述王维是一个“极端个人主义”者，“彻头彻尾的唯心主义的有神论者”，又是“虚无主义者”，“无可无不可的滑头主义者”；同时又在王维的山水诗中寻觅合乎这四大主义或类似这四大主义的东西，并把它们集中起来加以分析。这样，王维的山水诗中仿佛只有四大主义之类的货色了……萧先生所说的四大主义之类的货色，王维都有一些。但四大主义不能完全代表王维的思想。用四大主义来概括

① 萧涤非：《关于王维的山水诗》，济南：《文史哲》，1961年第1期。

王维的思想，不仅无视他的思想的复杂性，而且抹煞了他的思想发展道路，他思想上的积极因素与消极因素互相消长的过程，而夸大了他思想上的消极面。①

陈贻焮在《王维的政治生活和他的思想》一文中认为：

王维中年以前接近当时比较进步的政治力量，思想感情中也的确存在着进步的和积极的因素，而这些因素却又是他许多诗歌带有人民性与积极意义的根据，但却不能就此过分地对他，尤其对他晚年给以夸大的评价。后期的王维不仅只是消极的，更是妥协的。他不满意不良政治倾向，不满意李林甫，但也不能不歌功颂德。我们不以为他甘愿叛国，去作安禄山的官，但他也不敢明显地表现出自己的反抗。他不愿巧谄以自进，但又不干脆离去。他不甘同流合污，但又极力避免政治上的实际冲突，把自己装点成不官不隐，亦官亦隐的"高人"，保持与统治者不即不离的关系，始终为统治者所不忍弃。

陈贻焮在文章最后总结说：

王维前期思想中有积极向上的一面，因此他才有可能成为盛唐大诗家之一，才能给人民留下许多优秀的诗篇。至于他后期，虽说思想上存在着严重的消极因素，但他始终没有与当时的恶势力同流合污，这一点还是应该特别指出而加以肯定的。②

陈贻焮对王维的评价基本上还是肯定的。到了60年代，受当时政治环境的影响，陈贻焮的观点有所改变。他在《王维的山水诗》一文中认为，王维后期的隐居，"主要是为了遁世、享乐，其

① 方永耀：《读关于王维的山水诗——与萧涤非先生商榷》，济南：《文史哲》，1962年第1期。

② 陈贻焮：《王维的政治生活和他的思想》，北京：《光明日报》，1955年7月31日。

中反抗不良政治的因素虽然也有，却是不多的”。由此，他进一步认为：

王维后期的山水诗，就是在这种封建士大夫的世界观的指导下产生的，是这种隐逸享乐生活的反映，是晋宋以来的山水诗派的继续，其中充满了消极出世的思想和没落颓唐的感情。因此，就其本质和所服务的对象而论，其阶级性是非常明显的……

任何山水诗都有阶级性，王维的当然也不例外。那么，应该怎样对待他的这些作品呢？我认为首先应该对之加以彻底的批判：批判其脱离社会斗争，掩饰阶级矛盾、专门以描绘自然景物来表现隐逸的生活与思想感情的创作倾向；批判其中所表露的佛老虚无主义和唯心主义的反动世界观。消极遁世庸俗享乐的人生态度，颓唐没落的思想感情，落后腐朽的审美观念和孤芳自赏故作清高的神情气派。只有从这些方面彻底地作了批判，然后才能肯定其中对不良政治的微弱不满，肯定其不同作品不同程度的审美价值和艺术价值……

王维的山水诗，和他的其它方面的诗歌一样，多有较强的艺术性，如果能指出那些思想消极、情调低沉而较有艺术性的作品的更大危害性，并加以彻底批判，能坚决贯彻政治标准第一、艺术标准第二的文艺批评原则，用无产阶级艺术观点去研究分析其艺术成就，而不是用资产阶级“艺术至上”、“为艺术而艺术”等等反动观点对之漫加吹捧，这些作品，对今天的创作来说，仍有一定的艺术借鉴作用。①

由对陶渊明、王维等作家的讨论，又引出了关于如何评价山水田园诗的问题。1959 年 8 月 30 日，《光明日报》“文学遗产”

① 陈贻焮：《王维的山水诗》，北京：《文学评论》，1960 年第 5 期。

的“大家谈”上发表了署名江风的评论文章《怎样评价田园诗歌》:

> 文学艺术反映现实生活的本质,不像历史教科书那样单刀直入地对历史现象的本质进行直接的抽象的剖析,而是从不同方面不同角度,或明显或含蓄、或直接或间接地形象地来反映,来体现它的反映性能和完成它的反映任务的……我们不能要求每首短小的古典抒情诗歌都高度概括地反映一个历史时期的社会本质。假定古典抒情诗歌都是这样的话,那么它们就会是千篇一律的东西,不仅主题相似,题材也会差不多。如果我们是这样要求的,并且将“封建社会的社会本质”又只简单地局限在农民受剥削的现象上,那么能被我们肯定的作品就会太少了……谁如果要求从这类诗歌里直接地看出当时社会的本质和主流的方面,这只能说是一种苛求……因此,我们似乎有权利要求慎重地评价这类诗歌,特别是短的或描写田园生活的抒情诗歌。①

关于李煜词的讨论

关于李煜及其词的讨论是1955年由《光明日报》的文学遗产编辑部发起的。在其后的两年时间里,陆续刊登的一系列文章,如牛仰山整理的北京师范大学中文系中国文学教研组讨论会情况报道《关于李煜及其作品的评价》(1955年12月18日)、褚斌杰整理的北京大学中文系文学史教研室两次讨论会综合记录《关于李后主及其作品评价问题》(1956年1月22日)等等。此外,中山大学中文系、作协上海分会等单位也分别举行座谈并有文字记录发表。参加讨论发言的有游国恩、李长之、刘大杰、

① 江风:《怎样评价田园诗歌》,北京:《光明日报》,1959年8月30日。

徐中玉、马茂元、赵景深等人。文学遗产编辑部将讨论的论文和发言结成《李煜词讨论集》(作家出版社,1957年)一书出版。

引发这次讨论的原因是,按照阶级分析的观点,李煜的皇帝身份与其词作的成就之间是有矛盾的,需要加以定性。所以讨论集中在李煜词有没有爱国主义和人民性等问题上,还有关于李煜的词为什么千百年来受到读者的爱好,以及李煜词的艺术性和思想性的关系等。

首先对李煜词提出讨论的是陈培治的《对詹安泰先生关于李煜的〈虞美人〉看法的意见》。该文批评詹安泰在《学习苏联,改进我们的古典文学教学》一文中肯定李煜的爱国主义思想,认为李煜"作为一个封建小国家的皇帝,在金陵的皇宫里过着奢侈淫乐的腐朽生活,所以他那时候的作品,也就充满了淫乐生活的描写……李煜的奢侈淫乐的生活是建筑在残酷地剥削人民的基础上的;这个残酷剥削所造成的后果是人民的痛苦和死亡。他在《虞美人》里所伤感地怀念着的旧日生活,就是这种罪恶的剥削生活。这类性质的作品,是含有毒素的,是不值得我们学习的"。因此,陈培治认为,"《虞美人》作为悲哀性质的抒情作品",不应该被选进古典文学教材中去。①

詹安泰在《答陈培治同志》一文中,认为陈培治对李煜词的评价是"完全以一般的眼光去看它,而离开了这作品所产生的特殊时间、地点和条件"。在文章中,詹安泰强调评价历史,应该坚持历史主义原则。他说:"从'唯成分论'或者单纯的阶级观点出发,以及一切反历史主义的论点,都是不正确,是我们应该引以为鉴戒的。"②

① 陈培治:《对詹安泰先生关于李煜的〈虞美人〉看法的意见》,北京:《光明日报》,1955年8月28日。

② 詹安泰:《答陈培治同志》,北京:《光明日报》,1955年8月28日。

这一组批评与反批评文章在《光明日报》发表后，在当时的学术界引起反响。1955 年末至 1957 年末，先后有近 30 篇文章展开了对李煜词的讨论。

楚子在《李后主及其作品评价》一文中说：

> 由于李后主所处的历史时代和他阶级地位的局限性，使他的作品有了一些缺点；可是由于他自己的身世遭遇，而使他的思想感情具有了接近人民的进步倾向；加以他有亲身经历过的深刻生活体验和熟练的艺术技巧，靠着自己对现实的敏锐感觉，捕捉住在一定环境中最典型的思想感情，并以极其动人的形象表达了他的典型感受，这样，便使他的作品远远地超过了他创作时所指比较狭小的事实，而在客观上具有了更为广阔、更为深厚的社会意义。①

游国恩的《略谈李后主词的人民性》一文也认为，李煜词表达了对故国的思念，描写了他的切身的具体感受，悲哀沉痛，给人以极其深刻的印象，其思想感情在一定程度上是与当时人民的思想感情相通的，因而他的这些作品是有人民性的。而爱国主义思想不是一个抽象的概念，它和乡土之爱往往是分不开的。②

与上述观点相反，毛星认为，李煜词作中表现的思念故国实质是对自己早年享乐生活的追思，对旧日宫廷繁华生活的眷恋，与“人民性”没有关系；李煜好声色，不具有真挚的爱情。当然，“李煜的词没有什么人民性的内容，但也不能说是反人民的”。李煜词之所以受到好评，原因在于他能够表现出真实的生活感

---

① 楚子：《李后主及其作品评价》，北京：《光明日报》，1955 年 10 月 9 日。

② 游国恩：《略谈李后主词的人民性》，北京：《光明日报》，1956 年 1 月 29 日。持这一观点的还有吴颖的《关于李煜词评价的几个问题》，北京：《光明日报》，1955 年 10 月 16 日。

受，特别是由于他后期不幸的生活遭遇，使其作品中流露出的哀愁，“尽管在实质上与人民的哀愁不一样，在某些方面却有一种类似”。①

但这种“类似说”受到质疑。许可《读“评关于李煜的词的讨论”》一文认为，李煜后期的词作既不是爱国主义的作品，也没有什么人民性。它们之所以还会引起读者的爱好，是因为：

> 李煜后期的某些作品，固然也是表现一个被俘的皇帝的思想感情的，但李煜在这些抒情诗歌中所表现的只是一些情绪和感触，那种与这些情绪和感触有着深刻联系的具体性事物却没有，或者几乎没有被描绘出来。这样，这些本来是具体性的，与李煜的生活经验分不开的情绪和感触，在作品中却具有了一种普遍性，因而能为其他时代其他阶级的人们所理解，也可以为人民所接受。人民可以根据自己的生活经验与不同的阶级感情来体会这种作品中的情绪和感触。这样，在人民的眼中看来，这种作品就可以完全具有另外一种意义。②

关于李煜词的讨论还有很多，意见始终难以统一。原因是什么？毛星从研究方法的角度进行了反思：

> 人们觉得，既然是要当作文学遗产来接受的东西，必然是具有爱国主义和人民性的东西。但是，马克思主义并没有立过一个公式。近几年来，人们对于我国古典文学的兴趣增高了，对于我国古典文学的研究，不少的人都企图运用新的观点和方法，这都是令人鼓舞的现象。可是对待古典

① 毛星：《评关于李煜的词的讨论》，北京：《光明日报》，1956 年 3 月 11 日；《关于李煜的词》，原载《文学研究集刊》第三册。收入《李煜词讨论集》，北京：作家出版社，1957 年。

② 许可：《读“评关于李煜的词的讨论”》，北京：《光明日报》，1956 年 5 月 6 日。

文学，至今还有这样一种严重情况，即是简单提出几个概念，比如人民性、民族思想、爱国主义、人道主义等等，去审查作品，合乎这些要求就是好作品，否则就是坏作品；或者任意用这几个概念去肯定、解释作品，而不管是否合乎作品的实际。这种作法是错误的。因为反映生活的文学，和生活同样地复杂多样，不是几个简单的概念所能包括得了的……杜甫的热烈的爱国主义的情感自然是好的，但是，王维对自然景物的优美描写也不能说就没有存在的价值。谁都承认，富有人民性的伟大作品是我们的文学遗产的主体。但是，这绝不是说，除了这些作品以外的作品就都是反动的；也不是说，一种作品既有可取，就必须牵强附会，给它硬戴上人民性的帽子。李煜的词就是遭遇着这种牵强附会的许多例子之一。李煜的词是有艺术价值的，并没有特别宣传什么反动的观点，但是，也不应该因此就走到另一个极端，说它们是爱国主义和人民性的作品；同样，李煜并不是一个残暴凶恶的皇帝，但是，也不应该因此就说他是爱国者、不屈服者、进步势力的代表。从关于李煜的讨论看来，在我们的文学研究工作中，特别是在对我国文学遗产的研究工作中，存在着严重的简单化和公式主义的现象，这就是把复杂的文学现象简单化，把马克思主义简单化。结果，代替艰苦繁难的劳动的是几条公式几个术语的套用，既歪曲了文学，更歪曲了马克思主义。有一些人，主观上也是想运用马克思主义的，但是，由于缺乏实事求是的态度，或者还由于偏爱旧的感伤的情调，无分析地同情不幸者，结果不能不违反马克思主义。文学批评中这种简单化和牵强附会的倾向，由于用了一套似是而非的马克思主义的术语，它的为害也就更大。为了我国的文学研究特别是古典文学的研究的健康发展，这种倾向是应该加以克服的。①

毛星的这些看法在当时颇有影响，特别是他提出的“李煜的词没有什么人民性的内容，但也不能说是反人民的”这一观点，引发了1960年前后关于“中间作品”问题的大讨论。讨论者大多从“政治标准第一”出发，认为“中间作品”这个概念是不科学的，否定“中间作品”的存在。如祁润朝说：

所谓“既不进步也不反动”的中间作品是不存在的，存在的只是这种进步性或反动性表现得直接或间接，明显或隐晦，强烈或微弱的作品。任何主张在阶级社会里有所谓“既不是对人民有益，也不是对人民有害”，“既不进步也不反动的”中间作品，都是取消了这些文艺作品为阶级斗争服务的作用，抽掉了它们的阶级性的主要内容，从而在实质上否定了它们的阶级性。因此，所谓中间作品的说法，实质上是一种超阶级的文艺观点，因而是一种不正确的文艺观点。②

署名北京师范学院中文系古典文学教研组的《试论所谓“中间作品”的阶级性》一文也认为：

“中间作品”这个概念是不科学的，尽管提出这个概念的同志们当时的主观意图是为了解释文学史的某些复杂问题，但是，结果并没有能彻底解决问题，客观上反而替“人性论”的观点开了方便之门。第二，所谓“中间作品”，既不是没有阶级性的，也不是没有倾向性的，只要我们不是孤立地来看它，我们就可以从这里分析出一定的阶级性和倾向性来。③

---

① 毛星：《评关于李煜的词的讨论》，北京：《光明日报》，1956年3月11日。（按：以上楚子、游国恩、吴颖、毛星、许可等人的文章均收入《李煜词讨论集》，北京：作家出版社，1957年。）

② 祁润朝：《中间作品存在吗？》，北京：《光明日报》，1960年4月3日。

③ 北京师院中文系古典文学教研组：《试论所谓“中间作品”的阶级性》，北京：《光明日报》，1960年7月24日。

也有少数人承认中间作品的存在。如王健秋认为：

> 文学作品有阶级性，这是我们文艺理论的根本问题，不容动摇，也不能承认任何例外。我们说，反动或进步，这是运用政治第一、艺术第二的批评标准来衡量某些作品。衡量的结果，发现进步和反动都说不上，因而结论就承认都说不上。这个结论，只要不引导到否定阶级性，倒是更符合作品实际的。①

蔡仪也认为：

> 阶级社会的文学作品虽都表现作者的思想感情，但有些作品不一定表现出他的政治倾向是对人民有益还是有害。因此，文艺作品虽不能不有阶级性，却不能说一定是反动的，否则就一定是进步的。②

此外，胡锡涛在《略谈"中间作品"及其他》一文中提出："对中间作品的理解问题，实际上是对人民性的理解问题。我们不应该把人民性的尺度放得过宽，但也不必看得太狭窄。"③实际上也间接地肯定了中间作品的存在。

黄衍伯则坚持政治标准，反对将人民性的范围扩大。他在《关于"中间作品"问题》一文中说：

> 这次讨论中……还有人认为分析山水诗、抒情诗时人民性等于"健康"二字，等于抽象的"真挚"、"忠诚"，这样把范围扩大一番，再主观地"健康"、"真挚"、"忠诚"一番，很多根本不关心人民命运而在艺术描写、艺术形式的创造上有

---

① 王健秋：《中间作品与阶级性》，北京：《光明日报》，1960 年 1 月 17 日。

② 蔡仪：《所谓"中间作品"的问题》，北京：《光明日报》，1960 年 1 月 24 日。

③ 胡锡涛：《略谈"中间作品"及其他》，北京：《光明日报》，1960 年 2 月 28 日。

所贡献的作家,都被廉价地加以"人民性"的桂冠……这就不是政治标准第一,而是艺术标准第一,不是以无产阶级艺术标准来衡量,而是以资产阶级艺术标准来衡量了……

对于上述的作家(指王维、李煜等——笔者注),艺术上应给以实事求是的肯定,但也不应为之夸大吹捧,仿佛艺术只有脱离政治才能取得成就似的。最伟大的艺术无不是在为进步的政治理想服务中诞生的。至于思想评价,人民性乃是文学对人民、主要是劳动人民的思想、感情、愿望、利益的肯定、同情和支持。因此人民性是对古典文学思想意义的最高评价,不应错误地加以无限扩大。①

对《宋诗选注》的评价

对钱锺书《宋诗选注》一书的评价也是当时讨论较多的问题。

黄肃秋在《清除古典文学选本中的资产阶级观点》一文中认为,钱锺书的《宋诗选注》评选作品的标准是"形式主义"和"艺术至上"。他说:

钱锺书先生评选作品的标准是形式主义的,没有充分注意到作品的思想内容。他所以一再陈说的只有"艺术形式";也只有艺术形式,才可以使钱先生在《谈艺录》的基础上再来谈一次"艺",进而成为艺术至上主义,这不是很明显的吗? ……必须认识"文艺是从属于政治的",必须掌握到文艺批评中政治标准第一,艺术标准第二,然后才能正确地评价古典文学。奇怪的是,钱锺书先生在序文中引用了毛

① 黄衍伯:《关于"中间作品"问题》,北京:《光明日报》,1960 年 11 月 13 日。

主席的论文学艺术的源泉一段，以为他的叙流派、谈句法、探索诗句的“源本”的依据，恰恰把最重要的“政治标准”抽掉了。抽掉了政治标准第一，而代之以形式主义的标准，斤斤于用字造句的短长，完全忘掉了文学是反映现实生活的，因而也就无视于北宋和南宋的历史背景，无视于当时的阶级矛盾、民族矛盾如何反映在具体的作品上，因而在选目上就把文天祥的《正气歌》,《过零丁洋》落选了。试问，像文天祥这样一个伟大的爱国主义者，不选他的《正气歌》，不选他这首千百年来一直流传在人民口头上的诗是为什么呢？

黄肃秋在文章最后说到：

由于钱先生以艺术标准代替了政治标准，以个人兴趣、爱好代替了党在古典文学方面取其精华去其糟粕的方针，因而也就没有给予上述这些伟大诗人以选入的机会。这又一次的说明了资产阶级学者在党的领导下，还是采取了和党的文艺路线相反的做法。①

周汝昌在《读〈宋诗选注〉序》一文中说：

总起来看，正如序言所表现的，全书虽然也谈政治内容，但是谈得很不够，远不如谈艺术来得津津有味、头头是道，结果，还是艺术压倒了政治，实际上还是脱离政治，脱离现实。谈艺术，也有很大的片面性和孤立性，结果，歪曲了宋诗的真正面貌和价值……只看到“古典主义”的偏重形式而不从现实主义的分流、斗争、转化去看问题，结果，成为艺术风格决定论。所有这些，都见出贯串在本书中的一条资产阶级文艺思想的线路是如何明显。因此，批判这些思想，不但对研究宋诗具有重要意义，对研究整个古典诗歌也是

① 黄肃秋：《清除古典文学选本中的资产阶级观点》，北京：《光明日报》,1958年12月14日。

有其重要意义的。①

此外，刘敏如在《读书》杂志1958年第20期上也发表评论说："作者抛开这些主要的方面不谈，却南腔北调用很长篇幅谈了一些不仅是不重要的而且有政治性错误的话。"他批评本书"抽象地、孤立地强调艺术标准，用艺术标准来抹煞人民性、现实性强的而选者认为艺术性比较粗糙的作品"。文章最后说："一切想从作品中抹煞作家的阶级意识，或抽掉他的思想内容只讲艺术特征的做法，正是目前一些资产阶级学者反映在文艺思想中的一股逆流。《宋诗选注》的选注者，就是这一类型。"②

夏承焘与上述二人的观点不同，他对《宋诗选注》一书称赏有加：

选诗工作既要求有历史主义观点，也要求有一定的艺术鉴赏力，既要贯彻政治第一的标准，也要求选的确是'诗'，就更其会感到措手不易了……钱锺书先生的《宋诗选注》的出版，使我们的耳目一新，得到很大的满足。这个选本，确实冲破了选宋诗的重重难关，无论在材料的资取上，甄选的标准上，作家的评骘上，都足以使读者认识到宋诗的面貌、它的时代反映和艺术表达，它所能为我们今天欣赏和接受的东西。而钱先生在这个选本里，也充分表露了他的一般对于诗的和特别对于宋诗的见解。而这也正是构成一个好的选本的主要因素之一……

宋诗的取材很广，其中也无例外地存在着面向现实、批判现实的和逃避现实、维护现实的两条不同道路的斗争。或存在着狭隘的个人和广大的社会群众不同的视野。出现

① 周汝昌：《读〈宋诗选注〉序》，北京：《光明日报》，1958年12月28日。

② 刘敏如：《评〈宋诗选注〉》，北京：《读书》，1958年第20期。

于今天这个大时代的古典文学选本，无疑的在这两条不同道路方向上，要求基本上有一个正确的取舍，历史主义地、现实主义地处理它，使古代的作家作品能为社会主义文化生活服务。这是选本的政治标准问题，也是选本的灵魂所寄。一般地说，《宋诗选注》的甄录使读者感到一种积极的、向上的、健康的气氛。在作风上也较能清楚地看到不同作者的个性和创造性。其中不少的诗篇不同程度地反映了宋代的民族矛盾，鼓励了爱国主义和反抗精神……《宋诗选注》对于明显的形式主义的作品，似乎是有意识地特别防备……

但是，选者也并没有忽视历来为人所熟悉所喜爱的作品，北宋朝，选苏轼、王安石最多，南宋朝，选陆游最多，次则范成大、杨万里、陈与义，这是数百年来大多数人所能同意的，也是我们今天所容易接受的。①

夏承焘最后又用闻一多的《唐诗大系》与《宋诗选注》相比，认为“《宋诗选注》对我们来说也许是更切近，更容易领受些。古往今来大约很少有厘然允当于千万读者之心而全没有缺点的选本吧。如果不是阿其所好，我觉得钱先生的这本《宋诗选注》是一部难得的好书”。

至此，因钱锺书《宋诗选注》而引发的评论暂时告一段落。事过四十年，复旦大学中文系教授王水照与日本早稻田大学文学部博士生内山精也进行了一次关于《宋诗选注》的对话，其中王水照引用了钱锺书 1987 年为香港天地图书公司出版的《宋诗选注》所写的前言——《模糊的铜镜》中的一段话：“这部选本不很好，由于种种原因，我以为可选的诗往往不能选进去，而我以为不必选的诗倒选进去了。”

① 夏承焘：《如何评价〈宋诗选注〉》，北京：《光明日报》，1959 年 8 月 2 日。

王水照对此解释说:“这部书作为文学研究所编校的‘中国古典文学作品’读本丛书的第五种,它的选目必须经过所内集体讨论才能决定。由于当时学术环境的影响,编者本人反而不能自由地表达自己的意愿。”这就反映了当时在“政治第一”影响之下钱锺书的无奈,但此书的价值仍然值得肯定。正像王水照指出的:

尽管如此,钱先生在《序》中提出了著名的“六不选”原则,其主旨就是把诗当作诗,坚持艺术审美的标准,这在当时起过振聋发聩的作用,他为不选文天祥《正气歌》而付出过代价。选目中还发掘了有价值的作家作品,在宋诗比较缺乏浪漫主义精神的情况下,王令这位“宋代里气概最阔大的诗人”,却一度遭遇冷落,就是经过此书的表彰而为学术界重新重视,就是著例。①

对几部文学史等相关著作的批判和编写教材的热潮

1957 年,随着一批古典文学研究专家被打成“右派”和高校教育改革及“大跃进”的兴起,学术批评不断升级,最后成为学术活动中的政治批判。1958 年 8 月 30 日,《人民日报》发表社论——《学术批判是深刻的自我革命》,掀起了群众性的学术批判运动。

在这种形势之下,1958—1959 年北京大学中文系和复旦大学中文系分别组织学生和青年教师批判刘大杰的《中国文学发展史》。这些文章批判了刘大杰建国后修订的《中国文学发展史》反历史唯物主义的文学发展观,严重的资产阶级形式主义、主观主义、唯美主义文学观和庸俗进化论思想,是“文学研究中

① 王水照、内山精也:《关于〈宋诗选注〉的对话》,274～281 页,《文化昆仑》,北京:人民文学出版社,1999 年。

的一面大白旗，是资产阶级的伪科学”；并对刘著叙述历代文学发展的一些具体论点提出严厉的批判。刘大杰在《批判〈中国文学发展史〉中的资产阶级学术思想》这篇自我批判文章里也剖析了自己的“主要错误”，如“资产阶级庸俗进化论思想”，不承认“现实主义和反现实主义”的斗争是文学发展的基本规律，“以人性论代替阶级论”，以及未用“政治第一，艺术第二”的标准评价古代作家作品等。①

尽管如此，刘大杰本人实际上仍然难以接受“一部中国文学史就是现实主义和反现实主义斗争的历史”这种公式化的提法。因为从 1956 年起，刘大杰就曾发表文章明确反对上述提法，并且认为：

> 我们如果承认这一公式……文学史家就采用最简便的方法，好像破西瓜似的，把中国文学切成两半，这一半是现实主义那一半是反现实主义……这是一种新的形式主义，实际上是一种庸俗社会学的变形。②

为此他还同当时力主此说的茅盾争鸣了一番。经过一系列讨论，到了 1959 年 6 月，当时的文学研究所所长何其芳在文学史问题讨论会上做了一个总结，指出文学史研究固然应当探索规律，但为此就“必须大量占有材料，从实际出发；必须有实事求是的态度和正确的方法；必须有较长时间的钻研”。“与其要一个不合乎事实的不正确的公式，我觉得还不如不要公式。”③他

① 参见北京大学中文系编：《文学研究与批判专刊》第四辑，北京：人民文学出版社，1958 年；复旦大学中文系文学教研室编：《〈中国文学发展史〉批判》，中华书局上海编辑所，1958 年。

② 刘大杰：《中国古典文学与现实主义问题》，北京：《文艺报》第 16 号，1956 年 8 月。

③ 何其芳：《文学史讨论中的几个问题》，北京：《光明日报》，1959 年 7 月 26 日、8 月 2 日、8 月 9 日。

还提出，将列宁的关于每一种民族文化中都有两种文化的理论作为现实主义与反现实主义斗争公式的根据是不正确的。

郑振铎的《插图本中国文学史》(1932 年出版，1957 年重印)，此时也被批判为“持着唯心论的文学观来研究中国古典文学，这就使得《插图本》在认识作家、作品及文学现象时，作出了极端错误及可笑的论断，以至全书具有非常浓厚的唯美主义、形式主义的色彩”，“诚然是中国文学史研究者中的一面白色大旗”。郑振铎的另一部《中国俗文学史》，也被指责为“郑先生站在封建士大夫与资产阶级立场上，从形式主义出发，把大量统治阶级的作品混进民间文学，并大加捧场，同时对民间文学大加排斥或把它们贬得一钱不值”①。

陆侃如的《中国诗史》被批判为“从反动的资产阶级立场出发……陷入了不可自拔的唯心主义泥坑”。王瑶的《中古文学史论》被批判为“对于玄言诗、宫体诗以及骈文等文学史上的逆流”，“百般的歌颂”，“毫不加以批判”。“这是对中古文学的极大的歪曲”；“王瑶先生的薄民间文学，厚封建统治阶级文学，正表现王先生的阶级偏见”。②

游国恩的《楚辞》研究，被批判为用“资产阶级唯心主义、形式主义的观点方法”，“明显暴露出唯心主义观点和伪科学的治学方法”。游国恩在《〈楚辞〉研究的自我批判》里也检讨自己的“形式主义的文学观点”和“主观主义的考据方法”。林庚的中国文学史研究被批判为“以艺术标准代替政治标准”、“颂扬封建性的糟粕”、“否定民主性的精华”，“资产阶级政治标准是林先生惟

① 北京大学中文系：《文学研究与批判专刊》第四辑，北京：人民文学出版社，1958 年。转引自周兴陆：《20 世纪中国古代文学研究史 · 总论卷》，192 页，上海：东方出版中心，2006 年。

② 北京大学中文系：《文学研究与批判专刊》第三辑，北京：人民文学出版社，1958 年。

一的文艺批评标准”。林庚在《批判我在文学史研究中的资产阶级学术观点》里,也检讨了自己的“资产阶级学术思想”。①

在1958年的“大跃进”和高校教学改革中,还出现过由大学青年学生集体编写教材的热潮。据1955级北京大学中文系学生孙玉石回忆:当年1955级的同学开始动手集体编写《中国文学史》,“一个月里,轰轰烈烈,日夜苦战。在地学楼103阶梯教室,争论王维是否是代表封建地主阶级利益的反现实主义诗人。32斋四层长长走廊,研讨《琵琶记》是否是鼓吹人性论和人道主义。《中国文学史》写作中,绞尽脑汁怎样贯彻以现实主义和反现实主义斗争为主线、以民间文学为主流的原则”②。其中北京大学的《中国文学史》、《中国小说史稿》,复旦大学的《中国文学史》、《近代文学史稿》和北京师范大学的《中国民间文学史》等教材,是当时影响较大的几部。

北京大学中文系文学专门化1955级学生用一个月时间集体编写的《中国文学史》于1958年出版。第二年,他们又作了修订,由人民文学出版社重新出版,全书120多万字。在新版的《绪论》里,他们提出了与资产阶级学者在文学史研究上的根本分歧:首先,认为阶级社会的文学是带有阶级性的,是阶级斗争的工具之一;其次,在文学史的研究中应该贯彻历史唯物主义的观点。作为一种观念形态的文学,是社会现实的反映,分析文学现象必须从特定的历史条件出发;再次,在评价古典作家作品时,应当从人民的立场出发,是否深刻地反映了人民的生活,表达了人民的意愿感情。

与原版相比,新版的《中国文学史》“放弃了现实主义与反现

---

① 北京大学中文系:《文学研究与批判专刊》第一辑,北京:人民文学出版社,1958年。

② 孙玉石:《湖畔沉思:“大批判”与“写文学史”》,北京:《中华读书报》,2008年1月2日第13版。

实主义之间的斗争是文学发展的基本规律的说法，因为它并不符合我国悠久丰富的文学发展的实际情况，而且导致了科学概念的混乱”。此外，在坚持政治标准第一、艺术标准第二的前提下，在对作家作品的研究上有所改进，“用具体的分析去代替简单的、不符实际的公式，也就避免了对许多古典作家的粗暴否定。原版文学史中把像王维、杜牧、李清照这样的作家都用反现实主义抹煞了他们应有的成就，显然是不正确的”①。

北京大学中文系 1955 级学生在 1960 年集体编著了 40 万字的《中国小说史稿》，表现出了高度的政治性和战斗性。在《前言》里，他们说：

> 所有这些学术上的探求，我们都自觉地力求服从于无产阶级的政治目的。这应该是“古为今用”的首要的和基本的内容。我们认为，这虽然是一部关于中国古典小说的历史书，但不应该在它里面找到与当前国内国际阶级斗争无关的平静的书斋语言，它应该是一支压满了子弹的机关枪，我们要用它来保卫毛泽东文艺思想，用它来参加对资产阶级学术思想和文艺思想的斗争，特别是对修正主义的斗争！②

复旦大学的《中国文学史·序言》中也说：“我们编写这部文学史的目的，是试图以马克思主义、毛泽东思想来阐明文学发展的客观规律……并正确分析古典作品的人民性、现实性等等。希望在中国古典文学研究工作的领域里，为插红旗拔白旗贡献一份力量。”③

---

① 参见北京大学中文系文学专门化 1955 级集体编著：《中国文学史·绪论》，北京：人民文学出版社，1959 年。

② 北京大学中文系 1955 级《中国小说史稿》编委会：《中国小说史稿》，北京：人民文学出版社，1960 年。

③ 复旦大学中文系古典文学组学生：《中国文学史》，北京：中华书局，1958 年。

在上述青年学生编著的文学史中，大都简单化地提出了一些文学发展的规律，如认为一部文学史贯穿着现实主义和反现实主义的斗争，或民间文学是文学史的主流，人民的进步文学与反人民的反动文学的斗争构成了文学史发展的主线等等。至于对古代作家作品的评价标准，理论上无不依据毛泽东《在延安文艺座谈会上的讲话》中提出的"对人民态度如何"，"在历史上有无进步意义"等，坚持"政治标准第一，艺术标准第二"的原则。但由于过分强调政治标准，因而在具体评价中存在着否定过多的问题。

1959 年 6 月 17 日，何其芳在中国作家协会和中国科学院文学研究所召开的文学史问题讨论会上有一个发言，对此做了全面的总结，包括四个部分：一、关于中国文学史的规律；二、关于现实主义和反现实主义的斗争；三、关于中国文学的主流；四、关于评价过去的作家作品的标准。在第四部分中，何其芳说：

> 编写文学史应该怎样评价过去的作家和作品，应该有什么样的标准，这是一个很重要的问题。可惜这次会上没有充分讨论。
>
> 毛泽东同志说："任何阶级社会中的任何阶级，总是以政治标准放在第一位，以艺术标准放在第二位的。"这是客观的历史事实的叙述。对待文学艺术，不同的阶级也首先是从它们的利益出发的。但毛泽东同志又说："我们的要求则是政治和艺术的统一。缺乏艺术性的艺术品，无论政治上怎样进步，也是没有力量的。"这是对我们的文学艺术提出的努力的目标和必要的要求。政治标准第一，艺术标准第二，这并不能作为创作家放松艰苦的艺术创造的借口，也不能作为批评家忽视艺术分析或没有能力进行艺术分析的辩解。

有些文学批评的缺点正是这样：它们似乎把政治标准第一误解为政治标准是一切，缺乏严格的或者必要的艺术要求，自然也就没有细致的艺术分析。而且有些时候它们的政治标准也是未必恰当的。把政治标准理解得机械、狭隘和表面，这是一些常见的缺点。

用我们今天的标准来要求过去的作家和作品，从古代至解放以前的作家和作品，这也是一种常见的现象。马克思主义者认为对待历史上的现象应该有历史主义的观点，但这个问题在不少人当中是至今并未解决的。比如对于陶渊明，有人因他没有参加当时的农民起义就否定他，说他是反现实主义的诗人。这好像忘记了封建社会的农民起义并不是人人都能够参加的。当时的农民也未必全部参加，何况地主阶级出身的知识分子？……又如有些人否定苏轼，理由也很简单，因为他不赞成王安石变法，就把他划入反现实主义的作家之列。这也好像忘记了肯定王安石变法有比较进步的意义，这是我们今天研究历史的人的看法。我们怎么能够要求苏轼具有我们今天的历史学家的观点呢？把诸如此类不合理的要求加于古人，偶有不合就断定是反现实主义，这样也就使人不知道到底什么是现实主义了……

毛泽东同志说："无产阶级对于过去时代的文学艺术作品，也必须首先检查它们对待人民的态度如何，在历史上有无进步意义，而分别采取不同态度。"我想，这就是我们评价古代作品的政治标准。但在应用这个标准的时候，还有一些值得探讨的问题。在文学史上，在同情人民和反对人民之间，在明显的进步和明显的反动之间，还有大量中间性的作品。它们并不反对人民，但在其中也找不到同情人民的内容。它们并不反动，但进步意义也不明显。像王维、孟浩然的山水诗和田园诗，李贺、李商隐和杜牧的许多诗，李煜、李清照和姜夔的词，马致远的有些杂剧，大致就是这样的作品。对它们到底应该怎样评价呢？是不是因为从它们里面看不到对人民的同情和明显的进步意义，就可以一概否定？毛泽东同志说必须“首先”从这些方面检查，可见还有其他应该考虑的了。我想，除了首先检查它们对待人民的态度和在历史上有无进步意义而外，还必须按照历史主义的观点和文学艺术科学的理论来具体地考察它们的内容……

政治标准是我们评价今天和过去的作品都首先要用的。但第一，世界上没有什么抽象的绝对不变的政治标准。评价今天的作品和评价过去的作品的政治标准应该有相当大的差别。第二，政治标准只是从一个方面来考察作品。只有政治标准，没有或忽视艺术标准，那是不完全的、片面的，因而不能科学地评价作品的。文学艺术要求的并不仅仅是内容的正确……我想，我们最好既能对重要作家的代表作进行比较细致比较深入的艺术分析，又能切实地而不是公式化地概括他们的创作总的艺术特色，艺术成就……要知道，一个作家的作品从内容到艺术都有它的独创性，而且这种独创性受到了历来不少读者的喜爱，这是十分不容易的。这样的作家文学史上并不很多。他们不一定都是大作家（虽然这种独创性是大作家必须具备的条件之一），然而却总是重要的作家。忽视艺术方面的独创性，是不妥当的。①

对“政治标准第一，艺术标准第二”的反思

“文革”结束以后，对于毛泽东在《讲话》中提出的这个文艺

① 何其芳：《文学史讨论中的几个问题》，北京：《光明日报》，1959年7月26日、8月2日、8月9日。

批评标准,有很多人进行了总结和反思。程代熙在《谈谈马克思主义文艺批评的标准问题》一文中说:

> 这三十年来,由于种种原因,主要还是政治上的原因,我们的文艺批评还存在着不少问题。例如,(一)把政治标准第一,变成了政治标准唯一,只有一个政治标准,艺术标准没有了……文艺批评成了政治批评。(二)政治标准成为唯一标准的直接后果,就是批评文章的简单化……(三)与上面一点直接联系,我们讲文艺要为人民服务,结果又成了文艺为政治服务,而把政治又理解为政策,就成了为某项具体的政策服务,文艺也就成了政治的附属品……(四)在政治运动中,文艺批评成了政治批判,或者文艺批判成了搞政治运动的一个先声。文艺批评成了整人的棍子。这在"四人帮"时期更是登峰造极。这种流毒现在也还没有完全肃清。(五)以上种种集中起来,就是不尊重艺术规律。

在文章最后,程代熙提出了他对文艺批评标准的看法:

> 对于文艺批评的标准,我们今天应该怎样提才好呢?我个人的浅见是:(一)毛泽东同志主张政治标准第一,艺术标准第二,有一个前提,即他认为文艺是从属于政治,并且是为政治服务的,文艺与政治确实存在着非常密切的关系,但它们之间并非从属关系。在第四次文代会上,中央改变了文艺必须为政治服务这个旧口号,只提为人民服务,为社会主义服务。同时鉴于过去在这个问题上由于理解的不一致(因其本身并不十分科学)而产生出来的种种不利于文艺创作及文艺批评健康发展的情况,因此建议今后在文艺批评标准上不再提"政治标准第一"和"艺术标准第二"。(二)恢复恩格斯的提法——美学观点和历史观点,将它们作为我们文艺批评的两个辩证地统一的标准,使文艺批评

真正成为关于文艺的批评。（三）这样做的好处是：可以加强我们文艺理论及评论工作中的艺术分析（或审美分析），有助于把艺术分析与历史分析有机地结合起来。从而避免单纯的艺术观点和单纯的政治观点。①

周兴陆在《20世纪中国古代文学研究史·总论卷》一书中，也谈到这一问题：

区别和衡量文学遗产中精华与糟粕的标准是什么呢？除了"腐朽的"、"民主性和革命性"这些抽象的字眼以外，毛泽东还提出了明确的便于操作的标准。在《延安文艺座谈会上的讲话》里，他提出"政治标准第一，艺术标准第二"。这是毛泽东提出的文学批评的总原则，也成为建国后古代文学研究的评价原则。它和毛泽东社会革命家立场的文学观是相一致的。当把文学作为革命宣传、意识形态斗争的一种武器时，强调的重点自然在于文学的意识形态性，也即文学的政治立场、政治态度。阶级斗争极为严峻的时期，评价当前的文学创作，着眼于政治立场，本是无可厚非的。但是对于过去的文学作品，如果还以当前的意识形态为标准，去检查它们"对待人民的态度如何"，则难免苛责古人，因为"人民"一词，在不同的时代有不同的内涵，即使历史上最为进步的作家，如果以当代的"人民"的概念为标准去衡量的话，也不是找不到缺点的。至于"在历史上有无进步意义"，也需要具体地理解，如果把这种"进步"理解为人类审美意识、文化精神和艺术生活的丰富发展，那它不失为一种评价的标准，如果以今天的意识形态作为"进步"的标准去裁判

① 程代熙：《谈谈马克思主义文艺批评的标准问题》，原载《文艺界通讯》，1982年第4期。收入《文学理论争鸣辑要》（下），上海：上海文艺出版社，1983年。

古人，那么，或者把古人一棒打死，完全抹杀，或者就是任意曲解，拔高古人，这样评价就失去了内在的理据。事实上建国后的古代文学研究中，这两种偏向都曾经出现过。再说，文学是一种艺术，从艺术的角度去考察文学，应该是文学研究的正途，把政治标准放在第一位，艺术标准放在第二位，甚至只重政治标准而忽略艺术标准，必然会给文学研究设置许多禁区，束缚研究者的手脚。建国后古代文学研究在眼界和领域方面并没有很大的拓展，不能不说与这种狭隘的价值论有关。①

（黑龙江大学 陈建农 伊永文）

① 周兴陆：《20世纪中国古代文学研究史·总论卷》，第164页，上海：东方出版中心，2006年。

对“胡适派资产阶级思想”的批判与古典文学研究

对“胡适派资产阶级思想”及古典文学研究批判的缘起及过程

一、对“胡适派资产阶级思想”及古典文学研究批判的缘起

新中国成立后，1951 年，毛泽东提出“百花齐放，推陈出新”作为改造旧文化、建设新文化的方针。为了更好地研究和继承祖国古典文学的优秀传统，有关部门整理出版了一批著名的古典文学作品，1953 年 12 月，作家出版社出版的新版《红楼梦》就是其中之一。以此为契机，红学家俞平伯将 28 年前出版过的《红楼梦辨》“有的全删，有的修改”，“共得三卷十六篇”，改名为《红楼梦研究》，1952 年 9 月，由棠棣出版社出版。随后他又发表了《红楼梦简论》等几篇关于《红楼梦》研究的文章（其中《红楼梦简说》、《我们怎样读红楼梦?》、《红楼梦的思想性和艺术性》和《红楼梦评介》，是受俞平伯之托，由王佩璋代写的）。

“小人物的挑战”

古典文学作品的大量出版，带来一个新的问题，就是如何认识这些作品的思想意义和艺术价值，如何把古代的艺术珍品变成新的历史时期的群众所能接受的宝贵财富。

《红楼梦》同样面临着这样的问题。俞平伯研究《红楼梦》，从对各种版本的校勘、考订、追根溯源到对作品的艺术鉴赏和思想倾向的评论，涉猎甚广而且颇有建树。他的论著对于帮助向读者介绍《红楼梦》，起了一定的积极作用，但它不能给读者以正确的方法，而且其中有不正确的观点。现实向《红楼梦》的研究者提出了迫切的要求：正确地分析评价《红楼梦》，使它从各种谬论中解脱出来，让广大读者，尤其是青年能够更好地欣赏它，让文艺工作者正确地学习它。就是在这样的历史背景下出现了两位"小人物"李希凡、蓝翎对红学家的挑战。①

1954年9月1日，李希凡、蓝翎在山东大学学报《文史哲》第9期上发表文章《关于〈红楼梦简论〉及其他》。两人在文中公开挑战当时的红学权威俞平伯，文中说："俞平伯先生未能从现实主义的原则去探讨《红楼梦》鲜明的反封建倾向，而迷惑于作品的个别章节和作者对某些问题的态度，所以只能得出模棱两可的结论。"但他们并没有想到，他们的"真正的学术研究"不仅引发文化思想领域关于俞平伯《红楼梦》研究观点的争论，更引起了毛泽东的注意。10月16日，毛泽东给中共中央政治局写下了那封著名的《关于红楼梦研究问题的信》。

驳俞平伯的两篇文章附上，请一阅。这是三十多年以来向所谓《红楼梦》研究权威作家的错误观点的第一次认真的开火。作者是两个青年团员。他们起初写信给《文艺报》请问可不可以批评俞平伯，被置之不理。他们不得已写信给他们的母校——山东大学的老师，获得了支持，并在该校刊物《文史哲》上登出了他们的文章驳《红楼梦简论》。问题

---

①《二十世纪中国实录》编委会：《二十世纪中国实录》第四卷(1944—1955)，第4064页，北京：光明日报出版社，1997年。

又回到北京，有人要求将此文在《人民日报》上转载，以期引起争论，展开批评，又被某些人以种种理由（主要是“小人物的文章”，“党报不是自由辩论的场所”）给以反对，不能实现；结果成立妥协，被允许在《文艺报》转载此文。嗣后，《光明日报》的“文学遗产”栏又发表了这两个青年的驳俞平伯《红楼梦研究》一书的文章。看样子，这个反对在古典文学领域毒害青年三十余年的胡适派资产阶级唯心论的斗争，也许可以开展起来了。事情是两个“小人物”做起来的，而“大人物”往往不注意，并往往加以拦阻，他们同资产阶级作家在唯心论方面讲统一战线，甘心作资产阶级的俘虏，这同影片《清宫秘史》和《武训传》放映时候的情形几乎是相同的。被人称为爱国主义影片而实际是卖国主义影片的《清宫秘史》，在全国放映之后，至今没有被批判。《武训传》虽然批判了，却至今没有引出教训，又出现了容忍俞平伯唯心论和阻拦“小人物”的很有生气的批判文章的奇怪事情，这是值得我们注意的。俞平伯这一类资产阶级知识分子，当然是应当对他们采取团结态度的，但应当批判他们的毒害青年的错误思想，不应当对他们投降。①

从毛泽东信中举的《清宫秘史》和《武训传》的例子可以看出，他认为新中国成立以来文化思想领域的批判运动，并未取得足够的教训和让人满意的效果，应该以这一次争论为契机彻底地开展批判资产阶级思想的运动，以巩固马克思主义思想在文化思想领域的统治地位。所以说，在这个特殊的历史时期里，发动这场运动实质上是要批判各种非无产阶级思想，宣传马克思主义，从而达到为社会主义建设服务和巩固政权的目的。毛泽

① 毛泽东：《建国以来毛泽东文稿》第四册，第577页，北京：中央文献出版社，1991年。

东认为，几十年来，胡适的资产阶级唯心论对中国的文学领域一直产生着恶劣的影响，俞平伯的红学观点正是受了胡适资产阶级唯心论的影响。所以，斗争的矛头自然渐渐地从俞平伯集中到他的老师胡适身上，即“战斗的火力不能不对准资产阶级唯心论的头子胡适”①。由于毛泽东的特殊身份和地位，这封信实际上成为批判胡适思想运动的一个动员令。从此，这场争论的方向和内容就不是李希凡和蓝翎两个“小人物”所能预想和把握的了。

1954 年 9 月，李希凡、蓝翎两位“小人物”发起对俞平伯《红楼梦》研究的批评，还只是文学艺术范围内的事。同年 10 月毛泽东的《关于〈红楼梦〉研究问题的信》，却从整个意识形态领域阶级斗争的高度，发动了“批判胡适资产阶级唯心论”的斗争。这场斗争不局限于《红楼梦》研究，也不局限于古典文学，而是要“清除五四以来胡适派资产阶级思想在整个学术界和思想界的流毒和影响”。从俞平伯转向胡适，有一位学者对此作了通俗的解释：

随着对俞平伯“红楼梦研究”的批判，已经在全国展开了一个批判资产阶级学术思想的运动，而它的锋芒就逐渐从俞平伯转向胡适。这是很自然的，因为俞平伯研究红楼梦的方法，完全是继承着胡适的传统。“擒贼先擒王”，几十年来的中国学术思想界，如果要找一个资产阶级思想的典型代表人物，当然是胡适。胡适这个人在研究“学问”上涉及面很广。他提供了一种方法——治学方法和思想方法，好像在哪一个学术部门都用得上。因此，现在在各种学术部门都展开了对胡适思想的批判……②

① 王若水：《清除胡适的反动哲学遗毒——兼评俞平伯研究红楼梦的错误观点和方法》，北京：《人民日报》，1954 年 11 月 5 日。

②《二十世纪中国实录》编委会：《二十世纪中国实录》第四卷（1944—1955），第 4066 页，北京：光明日报出版社，1997 年。

二、对"胡适派资产阶级思想"及古典文学研究批判的过程

文学艺术的各级党组织及时地将毛泽东的信向文艺学术刊物编辑部和其他学术研究机关的党员干部进行了传达。10月18日，中国作家协会党组召开会议，传达和学习毛泽东的信，与会者作了初步的思想检查。10月20日，作协古典文学部召开关于《红楼梦》研究的讨论会，指出资产阶级唯心论在古典文学研究领域长期占据统治地位的严重性和危险性，清除胡适派唯心论的影响是思想战线的迫切任务。

从10月31日至12月8日，全国文联主席团和中国作协主席团先后召开八次扩大的联席会议，就反对《红楼梦》研究中的胡适派资产阶级唯心论的倾向和《文艺报》的错误等问题，展开了讨论，并检查了《文艺报》的整个工作。联席会议最后作出了《关于〈文艺报〉的决议》，认为《文艺报》的主要错误是："对于文艺上的资产阶级错误思想的容忍和投降；对于马克思主义新生力量的轻视和压制"。会议决定改组《文艺报》的编辑机构，重新成立编委会。

与此同时，首都和全国各地报刊，发表了许多批判俞平伯的《红楼梦》研究的文章。全国各地的文化教育部门（各大专院校的文科各系）、文艺团体和各民主党派也都纷纷举行《红楼梦》研究问题的座谈会、讨论会和批判会，形成了比批判电影《武训传》规模更大的思想批判运动。

在这场批判运动中，报刊上发表了数百篇文章。1955年作家出版社编辑出版的《红楼梦讨论集》4集，共收入讨论文章129篇，近100万字。①

①《二十世纪中国实录》编委会：《二十世纪中国实录》第四卷（1944—1955），第4065页，北京：光明日报出版社，1997年。

1954年11月份，对“胡适派资产阶级思想”的批判运动上行下效地在整个文化思想界正式开展起来，这次运动是以有组织、大规模的形式呈现出来的。11月8日，《光明日报》发表了《中国科学院郭沫若院长关于文化学术界应开展反对资产阶级错误思想的斗争对光明日报记者的谈话》一文，文中提到，郭沫若对由《红楼梦》研究而引发的此次讨论进行了定性，并对批判进程的方向给予了指导。“郭沫若院长认为，由俞平伯研究《红楼梦》的错误观点所引起的讨论，是当前文化学术界的一个重大事件。他说，‘这不仅仅是对俞平伯本人、或者对于有关《红楼梦》研究进行讨论和批判的问题，而应该看作是马克思列宁主义思想与资产阶级唯心论思想的斗争；这是一场严重的思想斗争。’郭沫若院长希望文化学术界能够很好地来展开这个问题的讨论。他说，‘讨论的范围要广泛，应当不限于古典文学研究的一方面，而应当把文化学术界的一切部门都包括进去；在文化学术界的广大领域中，无论是在历史学、哲学、经济学、建筑艺术、语言学、教育学乃至于自然科学的各部门，都应当来开展这个思想斗争。作家们、科学家们、文学研究工作者、报纸杂志的编辑人员，都应当毫无例外地参加到这个斗争中来。’……郭沫若院长接着分析了胡适的反动哲学的遗毒对中国文化学术界的影响。他指出，‘胡适的资产阶级唯心论学术观点在中国学术界是根深蒂固的，在不少的一部分高等知识分子当中还有着很大的潜势力。我们在政治上已经宣布胡适为战犯，但在某些人的心目中胡适还是学术界的孔子，这个孔子我们还没有把他打倒，甚至可以说我们还很少去碰过他’……郭沫若院长非常重视由这次《红楼梦》的讨论而揭露出来的另一个问题，即忽视和阻碍新生力量成长的资产阶级的老爷态度。他说，‘这种现象是相当普遍的，在我们文化学术机关中一般对青年都不够重视；不去爱护和培植新生力量，反而对新生力量采取排斥和轻视的态度，这无论对文化学术的发展，或是对整个国家建设事业都是极端有害的。这次写文章批判俞平伯错误思想的李希凡、蓝翎两位同志……他们勇敢地而且正确地揭露了俞平伯的错误'。"①

郭沫若时任中国科学院院长，他的言论对当时学术界有着重要的导向作用，所以说，郭沫若对这场讨论的定性和对批判胡适的提倡，实际上也起到了"号召"作用，从此，整个中国学术界开始在更广泛领域内开展对胡适更深刻的批判。1954 年 12 月 8 日，郭沫若又谈道："中国近三十年来，资产阶级唯心论的代表人物就是胡适，这是一般所公认的。胡适在解放前曾经被人称为'圣人'，称为'当今孔子'。他受着美帝国主义的扶植，成为了买办资产阶级第一号的代言人……胡适在进行他的研究工作上所贩卖的那两句话，所谓'大胆的假设，小心的求证'……他大胆地假设一些怪论，再挖空心思去找证据，证实这些怪论。那就是先有成见的牵强附会，我田引水。他的假设就是结论，结果自然只是一些主观的、片面的、武断的产物。胡适就是以这样的方法和态度，否认了屈原的存在，否认了《红楼梦》的对封建社会的批判，否认了中国文化的价值，否认了中国封建制度的存在，否认了帝国主义对中国的侵略。他曾经主张'全盘西化、全盘接受'……我完全同意王若水同志的说法：'斗争的火力不能不对准资产阶级唯心论的头子胡适'；'认清胡适思想的反动性，清除他的影响，是文化界当前的任务'。我在这里要顺便报告一项消息。中国科学院和中国作家协会在上星期四已经开过一次联席会议，通过了一项联合召开胡适思想批判讨论会的计划。我们拟定了九项内容，分别批判胡适的哲学思想、政治思想、历史观点、

① 郭沫若：《中国科学院郭沫若院长关于文化学术界应开展反对资产阶级错误思想的斗争对光明日报记者的谈话》，北京：《光明日报》，1954 年 11 月 8 日。

文学思想和其他有关的问题。每项问题由主要研究人写成文章，公开报告，并进行讨论。我们想用这样的办法，把胡适的反动思想在文艺界和学术界的遗毒，加以彻底的清除……俞平伯先生研究《红楼梦》已经三十年，据他自己说是'越研究便越觉糊涂'。李、蓝两位同志都只是二十几岁的青年，他们研究《红楼梦》据说只有两年光景，但他们一箭就射到靶子上了。这就证明他们所使用的方法正确，立场正确，也就证明青年在接受马克思列宁主义的思想上，比起'大人物'来，来得特别快。这样的青年不是应该特别加意爱护的吗？"①

可见，全面批判"胡适派资产阶级思想"的计划在现实中得到了很好的贯彻。潘梓年在文章中总结其后三个多月的情况时谈到："自从一九五四年十二月开展对胡适派资产阶级唯心主义思想的批判以来，到现在(1955.4)已经三个月了，今后还要继续下去。到现在为止，在中国科学院和中国作家协会联合领导下，已有七个组(即'胡适的哲学思想批判'组、'胡适的政治思想批判'组、'胡适的历史观点批判'组、'胡适的文学思想批判'组、'胡适的中国哲学史观点批判'组、'红楼梦的人民性和艺术成就'组、'胡适的中国文学史观点批判'组)开展了讨论，另外一组('对历来红楼梦研究的批判'组)尚未开始，但也即将开始。"②

我们从时任中央宣传部副部长、全国文联主席周扬的一篇报告中也可以看出这场批判运动的涉及范围之广，斗争性质之严肃。1954年12月10日，《光明日报》刊载了周扬《我们必须战斗——一九五四年十二月八日在中国文学艺术界联合会主席

① 郭沫若：《三点建议——一九五四年十二月八日在中国文学艺术界联合会主席团、中国作家协会主席团扩大联席会议上的发言》，北京：《光明日报》，1954年12月8日。

② 潘梓年：《彻底批判胡适派资产阶级唯心主义思想是贯彻祖国过渡时期总任务的一个严重问题》，北京：《科学通报》，1955年4月号。

团、中国作家协会主席团扩大联席会议上的发言》一文。文中呼应了郭沫若的提法，同样对这次批判运动和胡适进行了定性，谈到“我们正在进行的对俞平伯在《红楼梦研究》及其他著作中所表现的胡适派资产阶级唯心论观点的批判，是又一次反对资产阶级思想的严重斗争，同时也是反对对资产阶级思想的可耻的投降主义的斗争。郭沫若同志在十一月九日发表的谈话中关于这次斗争的目标、任务和意义作了精确的说明，这就是我们在今后斗争中所应遵从的方向。我们的大会已开了八次，许多同志都发表了很好的意见，我现在也说一点我的意见和看法。在这个斗争中，我们是不应当沉默的”。文章认为“（胡适）他是中国马克思主义与社会主义思想最早的、最坚决的、不可调和的敌人”。①

从1955年3月到1956年4月，生活·读书·新知三联书店共编辑出版了《胡适思想批判》的“论文汇编”八大辑，近二百万字（详见附录）。加上上海新文艺出版社出版的《胡适思想批判资料集刊》（中国作家协会上海分会辑，438页，1955年4月第1版）、河南人民出版社、华南人民出版社等出版机构出版的“批判文集”等，还有其他小册子，如李达《胡适反动思想批判》（湖北人民出版社，72页，1955年1月第1版）、姚蓬子《批判胡适实用主义的反动性和反科学性》（上海出版公司，115页，1955年3月第1版）、艾思奇《胡适实用主义批判》（人民出版社，90页，1955年6月第1版）、吴镇《对胡适派和胡风派反动思想的批判有什么重大意义》（江苏人民出版社，22页，1955年6月第1版）、孙定国《胡适哲学思想反动实质的批判》（人民出版社，102页，

① 周扬：《我们必须战斗——一九五四年十二月八日在中国文学艺术界联合会主席团、中国作家协会主席团扩大联席会议上的发言》，北京：《光明日报》，1954年12月10日。

1955年8月第1版)、张如心《批判胡适的实用主义哲学》(上海人民出版社,102页,1955年8月第1版)、侯外庐《揭露美帝国主义奴才胡适的反动政治面貌》(湖北人民出版社,112页,1956年5月第1版)等,加上大量未收入集册的单篇批评文章,总字数在三百万字以上。在这些书中,八大辑的《胡适思想批判》"论文汇编",影响最大。这套书中所收录的批判"胡适派资产阶级思想"的文章表现出了以下几个特点:

第一,这些批判文章涉及学术界的各个领域,其中包括哲学、史学、教育学、文学、考古学、心理学、法学、语言学等。

第二,正因为涉及众多的学术领域,参加这场批判运动的人员结构也呈现出多领域、覆盖广的特点,他们从各自的学术领域出发,批判胡适在该领域造成的恶劣影响。

如"艾思奇、胡绳、任继愈、孙定国、金岳霖、张世英等哲学界人士集中批判胡适的唯心主义哲学思想——他的实用主义的世界观,实用主义的真理论,实用主义的唯心史观,实用主义的美学、教育学和心理学"。① 哲学学者们认为"认清实用主义者胡适的反动本质及其对中国学术思想界所发生的恶劣影响,对胡适派以及它的残余展开批判、斗争,坚决予以肃清,这是当前思想战线上面对面的交手战。这一斗争必须全面展开、长期地贯彻下去,我们巩固并扩展着马克思主义的思想阵地,要把反动的实用主义和一切反马克思主义的思想及其残余全部歼灭尽净"②。文章包括艾思奇《胡适实用主义哲学的反革命性和反科学性》③、胡绳《唯心主义是科学的敌人——论胡适派思想对科

---

①《二十世纪中国实录》编委会:《二十世纪中国实录》第四卷(1944—1955),第4067页,北京:光明日报出版社,1997年。

② 杨正典:《肃清反动的资产阶级哲学思想实用主义的影响》,北京:《人民日报》,1954年12月24日。

③ 北京:《人民日报》,1955年1月22日。

学的曲解和污蔑》①、任继愈《胡适的实验主义思想方法批判》②、孙定国《批判胡适哲学思想的反动实质》③、金岳霖《批判胡适实用主义哲学》④、曹孚《批判实验主义教育学》⑤等。

"李达、侯外庐、王若水、曾文经、汪子嵩、孙思白等系统地剖析胡适的政治思想和立场"。⑥ 侯外庐把"(胡适)他的一贯的反动的政治思想"概括为以下几点:"1. 这就是胡适所反映的买办资产阶级的反革命的性格。2. 这就是胡适所反映的买办资产阶级经纪人的投机性格。3. 这就是胡适所反映的买办资产阶级的幻想。4. 这就是胡适所反映的买办资产阶级投降封建势力的反革命本质。5. 这就是胡适所反映的美帝国主义的深远而积极的对华侵略的方针。6. 这就是胡适所反映的美帝国主义的'外国脾气'同买办资产阶级的'长衫'行道混合起来的骗术。7. 这就是胡适所反映的最适合于美帝国主义'国际标准'的、一个买办资产阶级代理人的典型。8. 总结一句,胡适的一贯反动的政治思想,充分地体现了美帝国主义的和中国封建主义的政治文化的反动同盟……中国人民站起来了;胡适这个美帝国主义所豢养的亲女儿,也就如他在青年时期所说'大归'了。"⑦

"范文澜、黎澍、嵇文甫、周一良等史学界人士,以大量文章批判胡适的历史观,着重批判胡适的'大胆的假设,小心的求证'

① 北京:《人民日报》,1955 年 2 月 17 日。

② 北京:《光明日报》,1954 年 12 月 1 日。

③ 北京:《光明日报》,1954 年 12 月 15 日、29 日,1955 年 1 月 12 日。

④ 北京:《北京大学学报》,1955 年第 1 期。

⑤ 北京:《光明日报》,1955 年 2 月 1 日。

⑥《二十世纪中国实录》编委会:《二十世纪中国实录》第四卷(1944—1955),第 4067 页,北京:光明日报出版社,1997 年。

⑦ 侯外庐:《揭露美帝国主义奴才胡适的反动面貌》,北京:《新建设》,1955 年 2 月号。

的治学方法”。[1] 文章包括周一良《批判胡适反动的历史观》[2]，嵇文甫《批判胡适的多元历史观》[3]、《胡适唯心论观点在史学中的流毒》[4]等等。

“何其芳、游国恩、刘绶松、蔡仪、王瑶、余冠英、陆侃如、冯沅君等文学界人士发表大量文章，批判胡适的文学思想、文学史观点和对中国古典文学作品的考证”。[5] 何其芳认为：“胡适关于中国文学史的第一个谬论，‘一部中国文学史只是一部文字形式（工具）新陈代谢的历史’；第二个谬论，‘白话文学史就是中国文学史的中心部分’”；文章最后，何其芳总结，“关于我国的古典文学和文学史，胡适的主要的谬误观点就是这样：他最喜欢鼓吹他的‘历史进化的文学观念’，这个观念是反历史反科学的，是他藉以宣传主观唯心主义和唯心主义历史观的一种形式；他把这个观念应用到对于整个文学史的看法上，也是很悖谬很混乱的，其中又暴露出来了他的文学工具至上的形式主义观点，他污蔑我们的文学史为‘一部文字形式（工具）新陈代谢的历史’，并妄称‘白话文学史就是中国文学史的中心部分’，从而否定了我国文学的异常丰富的思想内容，异常长久的现实主义传统；最后，胡适以他的可耻的世界主义的观点，还污蔑我国的文学‘不如人’，从而鼓吹民族自卑心理，替帝国主义的文化侵略作前驱。所有他这些观点的谬误和反动，都充分表现了实用主义在哲学上的唯心主义的本质，在政治上的直接为帝国主义服务的目的。”[6]

---

①⑤《二十世纪中国实录》编委会：《二十世纪中国实录》第四卷（1944—1955），第 4067 页，第 4067 页，北京：光明日报出版社，1997 年。

② 北京：《光明日报》，1954 年 12 月 9 日。

③ 北京：《历史研究》，1955 年第 4 期。

④ 开封：《新史学通讯》，1955 年元月号。

⑥ 何其芳：《胡适文学史观点批判》，北京：《人民文学》，1955 年 5 月号。

余冠英提出:"胡适诬蔑歪曲我国古代文学的事实,已经有许多同志加以揭发和批判;归纳起来,胡适的手段约有下列几种:一是割截历史……二是抹煞事实……三是隐蔽精华……四是搬运糟粕……五是捏造或歪曲'公例'。"①

另外,"有许多在解放前同胡适有过交往,受胡适的思想观点和治学方法深刻影响的文化学术界的老前辈,如罗尔纲、罗根泽、周汝昌、冯友兰、贺麟、李长之、吴景超、向达、陈友松等,也纷纷撰文,一面批判胡适思想,一面检讨自己"。② 文章包括罗尔纲《两个人生》③、罗根泽《批判胡适的文学观点和治学方法——兼评俞平伯先生的〈红楼梦研究〉》④、贺麟《两点批判,一点反省》⑤、吴景超《我与胡适——从朋友到敌人》⑥、陈友松《检查胡适在教育方面的反动影响和胡适思想对我的影响》⑦等等。

第三,《光明日报》、《人民日报》作为最主要的批判阵地,发表了为数众多的批判文章。《文艺报》、《文汇报》、《解放日报》等重要报纸和《安徽日报》、《浙江日报》、《南方日报》、《天津日报》等地方日报也刊载了一些批判文章。另外,《哲学研究》、《历史研究》、《文史哲》、《人民文学》等刊物和一些大学的学报则成为批判胡适的另一块重要的阵地。最后,我们从中可以看出从1954 年末到 1955 年上半年这段时间内,对"胡适派资产阶级思想"的批判已经达到了白热化阶段。

---

① 余冠英:《胡适对中国文学史"公例"的歪曲捏造及其影响》,北京:《文艺报》,1955 年第 17 期。

②《二十世纪中国实录》编委会:《二十世纪中国实录》第四卷(1944—1955),第 4067 页,北京:光明日报出版社,1997 年。

③ 北京:《光明日报》,1955 年 1 月 4 日。

④ 北京:《光明日报》,1954 年 12 月 26 日。

⑤ 北京:《人民日报》,1955 年 1 月 19 日。

⑥ 北京:《光明日报》,1955 年 2 月 8 日。

⑦ 北京:《人民教育》,1955 年 1 月号。

对“胡适派资产阶级思想”及古典文学研究批判专题介绍

在中国古典文学研究方面，胡适取得过很多成绩和突破，写下了大量的研究文字。“从 1920 到 1933 年，在短短的十四年间，我（胡适）以‘序言’、‘导论’等不同的方式，为十二部传统小说大致写了三十万字的考证文章。”①他于 1921 年撰写的《〈红楼梦〉考证》，以及随后发表的《跋〈红楼梦〉考证》（1922 年）、《重印乾隆壬子本〈红楼梦〉序》（1927 年）、《考证〈红楼梦〉的新材料》（1928 年）、《跋乾隆庚辰本脂砚斋重评〈石头记〉》（1933 年）等文章谱写了中国古典文学研究的新篇章。其中的观点和考证方法，都对学界产生深远影响，而“新红学”也随之宣告诞生。但是，在 50 年代独特的历史环境之下，不仅是《〈红楼梦〉考证》，胡适关于古典文学其他方面，如对禅学、小说、杜诗等具体问题的研究也受到激烈的批判。如任继愈《论胡适在禅宗史研究中的谬误》②、王文琛《保卫我们珍贵的文学遗产——批判胡适对我国古典小说戏曲的歪曲》③、郭预衡的《评胡适所谓“老杜的特别风趣”》④、陈珏人的《再斥胡适对爱国诗人杜甫的诬蔑》⑤等文章。而引起这次批判胡适《红楼梦》研究运动的“导火索”，正是对胡适学生俞平伯的《红楼梦研究》一书的批判，该书被认为是对胡适资产阶级文学思想和文学史观的继承和发展，因此首当其冲地受到批判。“胡适的资产阶级学术观点和他的实验主义

---

① 胡适：《胡适口述自传》，第 463 页，上海：华东师范大学出版社，1993 年。

② 天津：《历史教学》，1955 年第 5 期。

③ 北京：《光明日报》，1955 年 1 月 30 日。

④ 北京：《光明日报》，1955 年 3 月 13 日。

⑤ 北京：《光明日报》，1955 年 6 月 12 日。

思想方法，从'五四'以来，在整个学术界占着统治地位，他的影响非常之大，而表现得最为显著的莫过于俞平伯先生的《红楼梦研究》。俞先生从事于《红楼梦》的研究工作，完全是走胡适的道路。"①《文艺报》编辑部和相关负责同志也因刊载《红楼梦研究》的介绍文字一度受到牵连，有人提出"像《红楼梦研究》这样的一本书，根本就不应该加以介绍……《文艺报》负责同志对于自己那个神圣的职责是有所冒渎的！雪峰同志在他自我检讨的文章中，说他'感到深刻的犯罪感'"②。

另外，大陆很多高校的古典文学研究者和学习者，也开展了基于《红楼梦》研究而展开的对胡适古典文学研究和思想的批判运动。"各地高等院校在十一月下旬至十二月上旬期间，继续进行《红楼梦》研究中的资产阶级唯心论的批判。各校教师在座谈会上，对《红楼梦》研究中资产阶级错误思想开展斗争的问题，进行了热烈的认真的讨论。大家认为，'必须在学术研究中开展自由讨论、开展批评，才能端正研究态度，才能树立和巩固马克思主义在学术中的领导地位'。山东大学科学研究委员会，针对胡适派在《红楼梦》研究中的资产阶级唯心论观点及其在古典文学教学和研究工作中的影响，集中地进行了批判。兰州大学教师，揭露了以胡适为首的'新红学家'们对广大读者、特别是对爱好和研究古典文学的青年们的严重危害。华南师范学院有的教授指出，'有人仿效俞平伯的考证，浪费了许多时间考证《三国演义》中的诸葛亮曾骑过多少次马。'浙江师范学院的教师，揭露了存在该院古典文学教学中的形式主义和主观主义的倾向，在讲解古典文学作品的时候，不是琐屑的考据，就是用一些抽象的名

① 游国恩：《批判胡适的资产阶级唯心的学术观点和他的思想方法》，北京：《光明日报》，1954年12月22日。

② 钟敬文：《〈文艺报〉刊载〈红楼梦研究〉介绍文字所犯的错误》，北京：《光明日报》，1954年12月11日。

词来说明作品的艺术性；而对古典文学的人民性和现实主义的传统，则很少阐发和完全看不见。”①

就古典文学的研究和批评来说，对“胡适派资产阶级思想”的批判主要放在对胡适的文化态度、文学史观、文学思想及古典文学研究方法上面。

一、对胡适文化态度的批判

由于胡适在古典文学研究领域的独特地位，有人认为：“古典文学研究的领域，一直是文化战线上的薄弱环节之一。这个阵地，自从资产阶级从封建阶级那里夺取过来以后，三十多年来基本上一直被资产阶级唯心论的代表胡适派占据着。尽管解放后学术界已经承认了马克思主义的领导地位，古典文学研究领域中的胡适派影响却依然没有受到应有的清算。……胡适是帝国主义奴化思想的传播者。他在许多文章里散布民族自卑感，散布亲美崇美思想……对于自己祖国的文化遗产，他却抱着虚无主义的否定态度。”②

胡适在整理国故、历史考据方面虽然做出了很大的成就，但他文章中的某些言辞却让他的成果丧失了“现实意义”。他在一些文章中对中国文化与西方文化进行了比较，并表现了对西方文明与文化的赞扬、推崇和对中国传统文化的批判、排斥。他认为：“今日最没有根据而又最有毒害的妖言是讥贬西洋文明为唯物的(materialistic)，而崇东方文明为精神的(spiritual)……我们可以大胆地宣言：西洋近代文明绝不轻视人类的精神上的要求。我们还可以大胆地进一步说：西洋近代文明能够满足人类

①《光明日报》：《各地高等学校继续举行座谈、讨论会——揭露胡适派反动思想的危害》，北京：《光明日报》，1954年12月28日。

② 王若水：《清除胡适的反动哲学遗毒——兼评俞平伯研究红楼梦的错误观点和方法》，北京：《人民日报》，1954年11月5日。

心灵上的要求的程度,远非东洋旧文明所能梦见。”①胡适在把中国文化与其他古老文化进行比较后,得出结论:“我们如果平心研究希腊、罗马的文学、雕刻、科学、政治,单是这四项就不能不使我们感觉我们的文化的贫乏了……在二千多年前,我们在科学上早已太落后了!从此以后,我们所有的,欧洲也都有;我们所没有的,人家所独有的,人家都比我们强……至于我们所独有的宝贝,骈文、律诗、八股、小脚、太监、姨太太、五世同居的大家庭、贞节牌坊、地狱活现的监狱、廷杖板子夹棍的法庭……虽然‘丰富’,虽然‘在这世界无不足以单独成一系统’,究竟都是使我们抬不起头来的文物制度。”②他认为:“我披肝沥胆地奉告人们:只为了我十分相信‘烂纸堆’里有无数无数的老鬼,能吃人,能迷人,害人的厉害胜过柏斯德(Pasteur)发见的种种病菌。只为了我自己自信,虽然不能杀菌,却颇能‘捉妖’、‘打鬼’……这是整理国故的目的与功用。这是整理国故的好结果……我所以要整理国故,只是要人明白这些东西原来‘也不过如此’……这叫做‘化神奇为臭腐,化玄妙为平常’。”③

另外,胡适提出的所谓“全盘西化”的口号也遭到了极大的非议。1929年,胡适在为《中国基督教年鉴》写的一篇文章《中国今日的文化冲突》中提出:“我主张全盘的西化,一心一意的走上世界化的路。”这部年鉴出版后,引起了不少的辩论,胡适也受了不少的批评。尽管后来胡适对“全盘西化”进行了重新的阐释,他说:“‘全盘的西化’一个口号所以受了不少的批评,引起了不少的辩论,恐怕还是因为这个名词的确不免有一点语病。这点语病是因为严格说来,‘全盘’含有百分之一百的意义……至

---

①③ 胡适:《胡适文存》第三集,第1～4页,第105～106页,合肥:黄山书社,1996年。

② 胡适:《胡适文存》第四集,第338页,合肥:黄山书社,1996年。

少我可以说我自己的原意并不是这样……所以我现在很诚恳的向各位文化讨论者提议：为免除许多无谓的文字上或名词上的争论起见，与其说'全盘西化'，不如说'充分世界化'。"①但是，新中国成立初期，广大人民爱国主义激情高涨，对于胡适在西方先进文化面前表现出的民族自卑感，和他否定中国传统文化的价值的说法是难以接受的，认为他丧失了对中国古代文学、中国文化最起码的信心。况且胡适此时离开了大陆，去了美国，中国人民对他的解读有了极大的愤怒、对抗甚至仇恨情绪。

王若水是较早发起批判的人。他提到，"胡适是帝国主义奴化思想的传播者。他在许多文章里散布民族自卑感，散布亲美崇美思想……对于自己祖国的文化遗产，他却抱着虚无主义的否定态度。(胡适)他说：'我们的固有文化实在是很贫乏的，谈不到太丰富的梦话'。(《信心与反省》)他说他整理中国哲学史的最大成绩，是使人明白这些东西不过如此。(《整理国故与'打鬼'》)至于古典文学呢，'从文学方法一方面看去，中国的文学实在不够给我们作模范'(《建设的文学革命论》)"。"胡适的立场、观点和方法怎样影响了古典文学的研究呢？为什么说这是资产阶级唯心论呢？第一，这就是理论脱离实际，学术脱离政治……第二，是'纯文艺'的观点和客观主义的态度……第三，是形式主义的主观的研究方法……"②

很多人把胡适看作死敌，称他是"不学无术的流氓骗子"。"一九四六年重庆部分文化界人士团年聚餐席上某君对胡适的'赞辞'为，'见溥仪而下跪，渐端已见；作主席而自矜，以为殊荣。充美利坚之大使，得巴结山姆叔；作独裁者之傀儡，以欺骗天下

① 胡适：《胡适文存》第四集，第400～401页，合肥：黄山书社，1996年。

② 王若水：《清除胡适的反动哲学遗毒——兼评俞平伯研究红楼梦的错误观点和方法》，北京：《人民日报》，1954年11月5日。

人。新文化运动者的人格丧尽了，新的青年应深自警惕！'"①更有人把胡适的成长经历描绘为："继承了官僚地主商人家庭的遗风，上海滩上的小流氓，留美七年养成一个洋奴才，也混迹于五四新文化运动之中，卖膏药的骗子，当上了资产阶级和大地主、大买办的文化班头。"②李长之在《胡适的思想面貌和国故整理》一文开篇即说道："胡适是什么样的人？胡适是一个顽固的反革命分子……胡适是明目张胆的封建势力、资产阶级的代言人……胡适是彻底的民族虚无主义的典型……胡适又到处贩卖个人主义……这就是胡适：坚决站在反革命方面，给帝国主义当奴才、走狗，卑鄙龌龊，丝毫没有民族自信心和自尊心。他的整理国故，也就正是在这样反动的思想指导之下进行的。"③

另外，很多批判文章中都出现了更为激烈的言辞，骂胡适是"一条死狗，也许有人说打死狗何必用这样大的力气来干，理由很简单，因为这条死狗和其他死狗不同，他的阴魂未散，还在新中国作怪，他还企图在新中国借尸还魂"④。"在'五四'运动前后，胡适这个妖怪是最能迷惑人的……看，照妖镜里是什么东西？一只狗，套着美国项圈的走狗。"⑤

二、对胡适的文学思想、文学史观的批判

文学研究者认为："胡适的文学思想是他的反动学术思想的重要部分。胡适的文学思想是为资产阶级和帝国主义服务的自然主义和形式主义思想，是他的实验主义和庸俗进化论的哲学

① 黎少岑：《胡适是怎样一个人》，北京：《新观察》，1955年第2期。

② 荣孟源：《胡适这个人》，北京：《中国青年》，1955年第2期。

③ 李长之：《胡适的思想面貌和国故整理》，北京：《光明日报》，1954年12月28日。

④《胡适思想批判》第二辑，第182页，北京：三联书店，1955年。

⑤ 曾文经：《"五四"运动前后胡适的政治面目》，北京：《人民日报》，1954年12月27日。

思想的亲骨肉。……‘人的文学’论者对人和文学的社会性和阶级性的彻底否认，正是他自己的社会性和阶级性的彻底暴露。这就说明了胡适之流到底是社会人、属于一定阶级的人，说明了胡适之流的文学唯心论到底是为反动统治阶级服务的工具，说明了胡适之流的所谓‘人的文学’正是该被排斥的‘非人的文学’。”①

从总体上着眼批判胡适文学思想的文章有：张绪荣的《清除胡适反动的文学思想》②、王元化的《胡适派文学思想批判》③、王瑶的《批判胡适的反动文学思想——形式主义与自然主义》④、黄药眠的《胡适的反动文学思想批判》⑤，还有冯至的《胡适怎样“重新估定”中国古典文学》⑥和毛星的《自然主义是胡适反动文学思想的主要倾向吗？》⑦等文章。内容涉及白话文、新诗、话剧、小说等各方面。

胡适提出的“历史的文学观念”，被认为存在着极大的错误。“胡适的自然主义唯心观点反映在他的文学发展史观上，就成为他的所谓‘历史的文学观念’……胡适所自吹自擂的‘历史的文学观念’，据他自己说，不过是‘一时代有一时代之文学’的观念；而他所谓一时代有一时代的文学，实际上不过是一时代有一时代的‘文体’和‘语体’。胡适的着眼点基本上在于文学的形式，而不在文学的内容。而光从形式着眼，就不可能懂得历代文学‘变迁’的原因，因此也不可能懂得‘文体’和‘语体’变迁的原因

① 林淡秋：《胡适的文学观批判》，北京：《人民日报》，1955 年 1 月 3 日。
② 北京：《光明日报》，1955 年 2 月 20 日。
③ 上海：《解放日报》，1955 年 2 月 5 日。
④ 北京：《文艺报》，1955 年第 6 期。
⑤ 北京：《新建设》，1955 年 4 月号。
⑥ 北京：《光明日报》，1955 年 6 月 5 日。
⑦ 北京：《光明日报》，1955 年 8 月 7 日。

……作为资产阶级和帝国主义的工具的胡适，不可能找到比‘历史的文学观念’更好的‘武器’。胡适的形式主义的眼力既然只能看到历代文学的形式，看不到文学的内容，更看不到文学和历史实际的联系，看不到决定文学发展的社会动力，那末，怎能看得出文学的历史发展呢……(然而)这‘历史的’文学观念，唯心主义的文学观念，自然主义和形式主义的文学观念，却仍然在新中国许多文艺工作者的脑子里作怪——这在三年前对电影《武训传》的批判中，在今年对《红楼梦》研究工作的批判中，一再得到证明。揭发和批判这种‘文学观念’的工作，是真正‘打鬼’、‘捉妖’的工作，其目的是要从各方面揭穿这种鬼怪的原形，让大家清清楚楚地看到：胡适的文学观不过如此。”①

对胡适文学思想、文学史观的批判主要集中在《白话文学史》、小说考证等问题上。

对胡适文学思想、文学史观的批判，势必引发对其具体著作的批判，例如有的文章集中批判胡适的《白话文学史》。李长之认为：“这是一部极其混乱的文学史；这是一部提倡非理性主义的唯心史观的文学史；这是一部宣传帝国主义奴才思想的文学史；这是一部阉割古代优秀作品内容、歪曲中国杰出作家、诬蔑祖国文学遗产的文学史；这是一部对于艺术形式毫无理解的文学史。”②褚斌杰认为：“胡适1928年出版的《白话文学史》，是他在文学领域中有系统的宣传唯心主义思想的著作。在这本书中他用所谓‘历史的文学观念论’的学说，对我们中国古典文学进行了不可容忍的歪曲和破坏。几十年来，这本书的错误观点，在我们古典文学研究领域中起着极大和极坏的影响。要把我们今天古典文学研究引上健康的道路，首先必须彻底批判胡适在他

① 林淡秋：《胡适的文学观批判》，北京：《人民日报》，1955年1月3日。
② 李长之：《胡适〈白话文学史〉批判》，北京：《人民文学》，1955年3月号。

《白话文学史》中所散布的唯心主义的文学史观……胡适以他的唯心主义文学观和历史观对中国文学发展所作的歪曲解释，乃是与他的反动的买办政治思想相联系的。由以上的一些分析，我们可以清楚的看出，胡适在他的'文学史'和一些古典文学'研究'中是采取了两种极端反动的方法来破坏我国文学的。(一)用文学形式、语言工具作为标准，把我国文学史上的一些具有深刻人民性及伟大现实主义精神的作品删削掉……(二)另一种方法是对我国伟大作家和作品进行歪曲的解释。"①陆侃如认为："在关于《红楼梦》的讨论中，暴露出一件令人不能容忍的事实：就是在新中国的学术界里，还存在着胡适反动思想的浓厚毒素。因此，中国科学院和中国作家协会联合决定召开一系列的批判胡适思想的讨论会，对于胡适在哲学、政治、历史、文学各方面的反动思想，进行深入的、严格的检查，来树立和巩固马克思列宁主义在学术界的领导地位。胡适在文学史方面的反动观点，集中地表现在他的《白话文学史》里，所以对于这部书做一个系统的、全面的批判是完全必要的。"②

对胡适文学思想、文学史观的批判，不仅表现在对其《白话文学史》的大力批判，还集中表现在对其小说考证成果的批判上。这种情况的出现，不仅是因为红楼梦研究在这场运动中的特殊位置，更是因为胡适在小说考证方面用力颇多。"从1920到1933年，在短短的十四年间，我以'序言'、'导论'等不同的方式，为十二部传统小说大致写了三十万字的考证文章。"③正是

① 褚斌杰：《胡适文学史观批判——论胡适〈白话文学史〉》，北京：《光明日报》，1955年4月17日。

② 陆侃如：《批判胡适的白话文学史》，北京：《光明日报》，1955年5月15日。

③ 胡适：《胡适口述自传》，第463页，上海：华东师范大学出版社，1993年。

这些文字，为批判者提供了大量的“素材”，批评者认为“五四以来，胡适经过亚东图书馆用标点符号翻印的古典小说有十多种。胡适派对古典文学的歪曲从两方面着手。首先，凡是主题积极如水浒、红楼梦等，就用资产阶级反动思想加以涂改；其次，凡是主题消极如三侠五义、儿女英雄传等，就避开思想不谈，片面地强调技术，使读者因这些形式主义的批评来接受小说里面的消极思想”；“金圣叹对于水浒传的批评是极端反动的，他说水浒传是一部闲书，施耐庵是在‘饱暖无事又值心闲’的时候写水浒的，这是对于伟大作者和伟大作品的极端的侮辱。胡适却为代表地主阶级立场而‘深恶痛绝’水浒英雄的金圣叹辩解……这里证明了胡适的思想和金圣叹的思想的一致……《水浒传考证》写于一九二〇年，五四运动的后一年，胡适的反动思想已经昭然若揭了……对于西游记的主题，胡适也极尽了歪曲的能事。西游记的主题是有积极的社会意义的……但是胡适抹煞了这部小说的思想性，简单地把它当作令人开心的滑稽的、玩世主义的小说。……李汝珍的《镜花缘》……它的主题是有反封建的意义的。然而胡适却在《镜花缘的引论》里认为它是一部‘怨而不怒’的书……‘怨而不怒’是胡适派评价古典文学的一个常用名词，胡适用它来评价镜花缘，俞平伯用它来评价红楼梦……（俞平伯）他否定了红楼梦的反封建的现实主义，用资产阶级思想来涂改中国人民足以自豪的伟大现实主义作品。”①

“胡适的谬误不仅表现在对于《红楼梦》的问题上，也表现在一切古典文学的研究上。试以《水浒》为例……首先，他抹煞作者施耐庵，一再说‘并没有这个人’，‘大概是乌有先生、亡是公一流的人’……其次，他歪曲《水浒》反映农民起义的伟大意义……

---

① 何干之：《五四以来胡适怎样歪曲了中国古典文学》，北京：《光明日报》，1955 年 1 月 7 日。

最后，他不但企图贬低《水浒》的价值，也要贬低一切有积极意义的作品的价值。”①“胡适的反动思想，对古典文学的研究毒害甚深。他的为研究而研究，为考据而考据的主张，不但抹煞了《红楼梦》、《水浒》的政治内容，否定了它们真正的艺术价值，也贬低了《儒林外史》的人民性和独创的完美的风格。胡适在‘建设的革命文学论’中谈到《儒林外史》时说：‘要是施耐庵吴敬梓高兴了，便做一两部白话小说。这都是不知不觉的自然出产品，并非是有意的主张……’胡适的说法，正说明他是在有意使我们脱离实际，脱离政治；叫我们以他的唯心哲学实验主义的方法来研究古典文学。”②

三、对胡适古典文学研究方法的批判

1954年12月26日，罗根泽在《光明日报》上发表《批判胡适的文学观点和治学方法——兼评俞平伯先生的〈红楼梦研究〉》一文，对胡适的文学观点和治学方法进行了全面的批判。同时也对“体现与发展”胡适文学观点和治学方法的俞平伯进行了批判。文章谈道：“胡适——这一站在反革命阵营的资产阶级代言人，在五四时代曾提出过文学改革的‘八不主义’。如众所周知，除了‘言之有物’一项，他所提出的都是形式问题……形式主义在胡适身上不用再去证明了，他自己也说：‘当那个时候，我们还没有法子谈到新文学应该有怎样的内容’(《新文学大系建设理论集导言》)。”“自然主义也是为胡适所鲜明提倡的。就在他的《红楼梦考证》中曾洋洋得意的说：为什么不辞辛苦的用四五万字来研究《红楼梦》呢？消极方面是要人不相信联系清初政

① 陆侃如：《胡适反动思想给予古典文学研究的毒害——在山东大学〈红楼梦〉座谈会上的发言》，北京：《文艺报》，1954年第21期。

② 王璜：《斥胡适对〈儒林外史〉的诬蔑》，北京：《光明日报》，1955年1月16日。

治人物的各种‘索隐’的说法，积极方面要使人认识‘红楼梦是曹雪芹将真事隐去的自叙’，‘是老老实实的描写一个坐吃山空、树倒猢狲散的自然趋势’，‘是一部自然主义的杰作’。俞平伯先生也正是采用了这种观点，发展了这种说法……”。“为什么自多少需要思想而发展到绝不要思想？为什么自‘人的文学’而发展到趣味主义文学？在胡适的自吊文中可以找到解答……无产阶级领导的革命起来了，资产阶级感到了没落，只有靠趣味主义来陶醉自己，麻痹人民。看了胡适的哀讣，可以清楚的认识到俞先生自以为并不严重的从兴趣出发，是什么阶级观点，在今天起什么影响作用。”“在贩运宣扬外国帝国主义文化文学的具体工作中，胡适亲自完成的：第一是美国的最反动的实验主义，其次是易卜生主义……在这一玄学本质、玄学方法、鼓吹冒险的实验主义指导下的研究方法，当然是极端主观主义的武断主义。”文章最后谈道：“解放前，我长期的陷在客观主义的泥淖。通过这一次对胡适及俞平伯先生研究红楼梦的批判学习，更当深刻检查，随时警惕。”

对胡适古典文学研究方法的批判还是主要集中在对他的“大胆的假设，小心的求证”考据方法的批判上，“以《红楼梦研究》为代表的反科学的文学思想的表现有种种方面，其中有一种就是以繁琐的考据去代替作品的研究，从而阉割文学作品的思想性和现实性”。① 李长之在《胡适的思想面貌和国故整理》一文中也指出：“胡适的整理工作中恰是他散布反动思想的毒素的机会……胡适究竟在国故整理上有些什么成绩……胡适的迷惑人之一是他的方法。‘大胆的假设，小心的求证’，仿佛也是一种科学方法……，正是先有帝国主义奴化思想的‘百事不如人’的

① 徐朔方：《评〈孔雀东南飞〉的一篇考据文章》，北京：《光明日报》，1955年1月16日。

结论，然后就只寻找‘百事不如人’的证据……这完全是主观主义唯心论的主观臆测的方法，以片面的证据自欺欺人而已……除了考据之外，胡适又常提他的‘历史癖’，‘历史演化的眼光’，其实他所谓历史，由于阉割具体历史内容，往往流于形式主义的演化，又由于主观主义的偏见，也往往歪曲了历史的真相。”①这里，胡适“大胆的假设，小心的求证”的研究方法被定义为主观主义、唯心论的方法，被称为“考据癖”和“历史癖”。这种对胡适考据方法的批判在当时是很具有代表性的。詹安泰②、张志岳③、吴小如④、童书业⑤、高亨⑥、赵俪生⑦等人也分别发表文章批判胡适考据的研究方法。

这些论者大都指出，胡适提倡整理国故和考据的研究方法都是有其“阴谋”的。“他之提倡整理国故，吸引大批青年跟他走这条路，有极为阴险的原由，这又是和他的买办思想密切相联系的……提倡考据学也有其阴谋……胡适承继了满清封建统治者的故伎，把青年们引进故纸堆和为考据而考据的道路上去，使他们脱离现实，脱离当前的阶级斗争，很明显，胡适提倡考据的终极目的又是在替中国人民的敌人——帝国主义、封建军阀和官

---

① 李长之：《胡适的思想面貌和国故整理》，北京：《光明日报》，1954 年 12 月 28 日。

② 詹安泰：《批判胡适所谓“科学的方法”及其他》，北京：《光明日报》，1955 年 1 月 23 日。

③ 张志岳：《必须认清胡适考据学的反动性》，北京：《光明日报》，1955 年 1 月 23 日。

④ 吴小如：《驳胡适的非科学的考据方法》，北京：《光明日报》，1955 年 2 月 13 日。

⑤ 童书业：《批判胡适的实验主义“考据学”》，北京：《光明日报》，1955 年 2 月 3 日。

⑥ 高亨：《批判胡适的考据方法》，济南：《文史哲》，1955 年第 5 期。

⑦ 赵俪生：《批判胡适反动考据方法和校勘方法》，济南：《文史哲》，1955 年第 5 期。

僚资产阶级起帮凶作用了。"①"这种考据方法，充分说明资产阶级唯心论的反动本质，充分说明帝国主义'学者'所提倡的实验哲学的反动本质。这和胡适的反动政治立场，帝国主义买办身份分不开的。"②因此，众多学者不仅对胡适的考据方法予以彻底的否定，提出"胡适所惯用的考据方法，第一种考据方法可以叫做'断章取义'法；第二种考据方法可以叫做'无中生有'法；第三种考据方法，叫做'无理取闹'法"③；"胡适的考据方法……其全部过程是运用一套唯心论的全部过程，他的假设是以主观想象主观成见为源泉，他的求证是为主观想象主观成见而服务，他所谓'大胆的假设，小心的求证'本质是'主观的假设，片面的求证'，只去寻求肯定假设的正面证据，而不要甚至歪曲抹杀否定假设的反面证据，假设十分大胆，求证并不小心"；同时，更对其考据的成果也给予一概否定，认为胡适"……玩弄事实，玩弄证据，因而常常得到错误的结论"；"（胡适）他说'周易有三百八十四条爻辞和爻象传'……他说'红楼梦是曹雪芹的自叙传'，固然都足以证明胡适的考据方法乃至思想方法的彻头彻尾的反科学性，即使他的其它考据文章，如《诸子之学不出于王官论》《读楚辞》《井田辨》等等，都是一个模型所制出的甚至含有毒素的劣货"④。

之后，如果某个人在古典文学研究中，较多运用考据方法的话，很容易被认为是"考据癖"，是受了胡适派的影响和毒害，是主观主义、唯心论的表现。例如后来在对李煜词的讨论中，就重提了"考据癖"的问题。可见，这场批判运动在我国学人心理上

---

① 周一良：《批判胡适反动的历史观》，北京：《光明日报》，1954 年 12 月 9 日。

②④ 高亨：《批判胡适的考据方法》，济南：《文史哲》，1955 年第 5 期。

③ 吴小如：《驳胡适的非科学的考据方法》，北京：《光明日报》，1955 年 2 月 13 日。

和我国学术史上产生了深广的影响。

小 结

从1954年11月到1955年8月，胡适作为“中国买办资产阶级的代表人物，中国现代唯心主义的最主要的代表人物”，在中国大陆受到了严厉、持久的批判。他原有的学术成果，被认为“没有丝毫学术价值可言”，包括一些正确的治学方法，都遭到了无情的唾弃，认为都是资产阶级唯心论思想的表现，都是“错误的”、“反动的”、“荒谬的”。胡适个人的名誉也遭到损毁，认为他通过“别有用心”的学术和研究方法，诋毁中国的历史和文化，给中国学术界，尤其是青年一代的思想中散布了大量毒素，成为“最危险的、最凶恶的敌人”。1955年夏天以后，国内的批判运动开始发生转向，掀起了对胡风思想的更大规模的批判运动。所以，对“胡适派资产阶级思想”的批判到1955年3月基本告一段落。但文化思想领域的运动及其造成的影响并不是如影随形的，也就是说，这场运动结束后，运动中对胡适文学思想及胡适本人的定性，在当时及以后相当长一段时间的思想界和文学界仍然占据重要的位置。例如1959年，范宁在《略谈“五四”以来的中国古代文学研究》一文中总结道：

> 一般说来，“五四”新文化运动给予中国古代文学研究的影响是显著的。首先这时期把文学的观念澄清了。把文学从包括经、史、子、集的所谓“国学”整个糊涂的观念中解放出来了。其次，许多一向被文人学士认为不登大雅之堂的“平民文学”，在这个时期已经被公认为文学史上的正宗，而且给予了进步的估价。与此同时还把许多原本具有人民性的、但被封建学者歪曲了的作品，恢复了旧日的光辉。在这个时期的头几年，进步的和正确的研究方向和道路，是占

着优势的。但是等到这个时期的末后几年，却出现了古代文学研究上的一股逆流。

“五四”运动以后不久，参加这个运动的知识分子发生了分化。一部分人继承了科学和民主的精神，接受了马克思主义，在马克思主义的基础上把运动向前更深入的推进。另一部分则走资产阶级的路，向右发展。作为“五四”运动的资产阶级的右翼分子胡适等就在这时候远离了科学和民主的道路，按照他们的买办阶级的立场，害怕蓬蓬勃勃的新文化的成长，害怕马克思主义。胡适在这时劝人多读古书，劝人埋头在故纸堆中去整理“国故”。整理“国故”也曾引起过讨论……

当然，我们说胡适提倡整理“国故”是一股逆流，并不是说古书不可读，这是因为胡适的提倡读古书是别有用心的。胡适伪装着“为学术而学术”，竖起一杆“提倡考据”的旗帜。他说什么考据是纯客观的，没有立场的。而发现一个字就等于科学上发现了一座恒星。这些当然全是鬼话，骗骗人罢了……

从“五四”到解放前夕的三十年中间，古代文学研究的领域中，考据学无疑的占据了很大的地盘。但是作为胡适派所掀动的逆流，还不止此。胡适口口声声说什么历史进化的观念，在古代文学研究上却起了更坏的影响。这种历史进化的观念，就是把故事情节的演变和文学体裁的变化当做文学研究的唯一对象。这种研究方法和在学术批判中所揭露出来的各种形式主义有着千丝万缕的联系。

胡适的文学思想在古代文学研究中，相当长的一段时期占据统治的地位。但到了第二次国内战争的后期和抗日战争初期，情况有了一些变化。这时从事古代文学研究的人们中，有的企图摆脱胡适的思想的框子。这中间有两种情形:一种是想摆脱而又陷入资产阶级的社会学的陷阱,一种是坠入了机械唯物主义的泥坑……

前面我们提过,古代文学研究园地长期地受到胡适派的影响。这种影响如果不大力清刷,马克思主义的美学的播种,将会受到阻碍。不破不立。这样对于胡适派学术思想的批判就不能不提到日程上来。1954 年底,从对于俞平伯《红楼梦研究》的批评开始,随后展开全面地批判胡适学术思想。在党的领导下,揭露了胡适学术思想的反科学和反人民,同时许多参加批判的老一辈和青年们都受到不同程度的教育。通过斗争实践,许多人认清了资产阶级学术思想的反动性,而初步的学习掌握马克思主义的思想武器。在这之后,古代文学研究面貌,有了很大的变化。①

1960 年,张仲纯等人在《谈〈中国小说史稿〉》一文中也提到,“五四以来,帝国主义的走狗、买办文人胡适,为达到其效忠帝国主义和买办资产阶级主子的反动目的,一方面恶毒地糟蹋、歪曲祖国的文化遗产,另一方面又利用这些文化遗产散布资产阶级思想的反动毒素。胡适所散布的反动影响是相当深远的。解放后,在党的领导下,开展了一系列的学术思想批判运动,毛泽东思想在学术研究中取得巩固的领导地位,基本上肃清了胡适所散布的反动影响。但是,彻底地消灭这种资产阶级的思想余毒,还需要经过长期反复的斗争。《史稿》有力地驳斥了胡适对我国古典小说的种种诬蔑和歪曲暴露其诬蔑和歪曲我国古典小说的反动的政治目的,揭穿其买办资产阶级伪科学的彻头彻尾的虚伪性和反动性”②。

---

① 范宁:《略谈“五四”以来的中国古代文学研究》,北京:《光明日报》,1959 年 5 月 3 日。

② 张仲纯、吴组缃、王季思、赵齐平、沈天佑:《谈〈中国小说史稿〉》,北京:《光明日报》,1960 年 5 月 1 日。

可以看出，在对“胡适派资产阶级思想”进行批判的过程中，中国古典文学研究领域开始出现一些新的气象，如范宁等人开始有意识地对中国古典文学的发展进程进行总结。文章在最后提到了刘大杰改写的《中国文学发展史》，认为这是“老一辈的专家也试图运用新的观点写出分析和评介古典作品的文章”①。这里所说的“新的观点”，也就是摒弃胡适派所提倡的“历史演化的观点”，而运用“阶级分析的观点”。同时，北京大学中文系55级的部分同学撰写的《中国小说史稿》，也被评论界认为是文学发展的新方向和新成果。张仲纯等人认为“继《中国文学史》修订本问世后，北大中文系55级的部分同学，又以不断革命和持续跃进的精神，把另一新的战斗成果——四十万余字的《中国小说史稿》，献给六十年代的第一个国际劳动节。这是建国十年来以马克思主义为指导、毛泽东思想挂帅的红色的《中国小说史稿》”②。所以说，无论是《中国文学发展史》还是《中国小说史稿》，都体现了中国古典文学界的新进展，但在当时，都被看成是打击“胡适派资产阶级思想”的有力武器，是在党的领导之下对胡适派开展斗争的战斗成果。

可见，直至20世纪50年代末60年代初的一些文章中，某些论者仍然秉持批判的论调来谈论胡适及其学术思想、学术方法，这种状况持续到80年代才有较大改观。

（哈尔滨工业大学　付　丽　张宏波）

① 范宁：《略谈“五四”以来的中国古代文学研究》，北京：《光明日报》，1959年5月3日。

② 张仲纯、吴组缃、王季思、赵齐平、沈天佑：《谈〈中国小说史稿〉》，北京：《光明日报》，1960年5月1日。

附录

八大辑的《胡适思想批判》是批判“胡适派资产阶级思想”影响最大的书稿。为了更好地了解批判运动过程中的人员构成、文章关注内容及发布刊物等情况，我们对相关文章的情况摘要列表如下。

起始页码		文章名称	作者	发表日期
《胡适思想批判》第一辑	第一辑，第3～6页	《中国科学院郭沫若院长关于文化学术界应开展反对资产阶级错误思想的斗争对光明日报记者的谈话》	光明日报记者	《光明日报》1954年11月8日
	同上，第7～19页	《三点建议——一九五四年十二月八日在中国文学艺术界联合会主席团、中国作家协会主席团扩大联席会议上的发言》	郭沫若	《光明日报》1954年12月8日
	同上，第20～35页	《批判胡适的反动政治思想》	汪子嵩、王庆淑、张恩慈、陶阳、甘霖	《人民日报》1954年12月17日
	同上，第36～46页	《“五四”运动前后胡适的政治面目》	曾文经	《人民日报》1954年12月27日

	起始页码	文章名称	作者	发表日期
《胡适思想批判》第一辑	同上，第47～54页	《五四运动中的胡适和杜威》	王若水	《人民日报》1954年12月28日
	同上，第55～66页	《胡适的政治思想批判》	李达	《人民日报》1954年12月31日
	同上，第67～76页	《清除胡适的反动哲学遗毒——兼评俞平伯研究红楼梦的错误观点和方法》	王若水	《人民日报》1954年11月5日
	同上，第77～92页	《胡适的实验主义思想方法批判》	任继愈	《光明日报》1954年12月1日
	同上，第93～106页	《肃清学术研究中实用主义方法论的毒害》	陈元晖	《新建设》1954年12月号
	同上，第107～114页	《批判胡适反动的历史观》	周一良	《光明日报》1954年12月9日
	同上，第115～125页	《肃清反动的资产阶级哲学思想实用主义的影响》	杨正典	《人民日报》1954年12月24日
	同上，第126～178页	《批判胡适哲学思想的反动实质》	孙定国	《光明日报》1954年12月15日、29日，1955年1月12日

	起始页码	文章名称	作者	发表日期
《胡适思想批判》第一辑	同上，第179～188页	《我们对于"红楼梦"研究的初步意见》	山东大学教师集体讨论、梁希彦整理	《文艺报》1954年第22期
	同上，第189～193页	《胡适反动思想给予古典文学研究的毒害——在山东大学"红楼梦"座谈会上的发言》	陆侃如	《文艺报》1954年第21期
	同上，第194～202页	《批判胡适的资产阶级唯心的学术观点和他的思想方法》	游国恩	《光明日报》1954年12月22日
	同上，第203～212页	《批判胡适的文学观点和治学方法——兼评俞平伯先生的"红楼梦研究"》	罗根泽	《光明日报》1954年12月26日
	同上，第213～228页	《胡适的思想面貌和国故整理》	李长之	《光明日报》1954年12月28日
	同上，第229～248页	《胡适思想的反动本质和它在文艺界的流毒》	蔡仪	《文艺报》1954年第23、24期
	第二辑，第3～16页	《胡适思想批判》	李达	《新建设》1955年1月号
	同上，第17～32页	《论胡适反动思想的流毒》	夏康农	《学习》1955年第1期

	起始页码	文章名称	作者	发表日期
《胡适思想批判》第二辑	同上,第 33～50 页	《论胡适派腐朽的资产阶级人生观》	胡绳	《人民日报》1955 年 1 月 7 日
	同上,第 51～62 页	《胡适反动思想的实质》	马清健、卢婉清	《文艺学习》1955 年第 1 期
	同上,第 63～68 页	《论胡适底实用主义的“真理论”之反动实质》	罗克汀	《光明日报》1955 年 1 月 11 日
	同上,第 69～88 页	《从实用主义到改良主义——胡适的“问题与主义”的解剖》	王若水	《人民日报》1955 年 1 月 16 日
	同上,第 89～104 页	《两点批判,一点反省》	贺麟	《人民日报》1955 年 1 月 19 日
	同上,第 105～121 页	《胡适实用主义哲学的反革命性和反科学性》	艾思奇	《人民日报》1955 年 1 月 12 日
	同上,第 122～131 页	《批判胡适所谓“科学的方法”及其他》	詹安泰	《光明日报》1955 年 1 月 23 日
	同上,第 132～139 页	《批判胡适的“不朽”论》	王庆淑	《光明日报》1955 年 1 月 26 日
	同上,第 140～154 页	《实用主义者詹姆士的反动唯心观点——所谓“彻底经验论”的批判》	葛力	《新建设》1955 年 1 月号

起始页码		文章名称	作者	发表日期
《胡适思想批判》第二辑	同上，第155～165页	《胡适唯心论观点在史学中的流毒》	嵇文甫	《新史学通讯》1955年元月号
	同上，第166～182页	《批判胡适主观唯心论的历史观与方法论》	北京大学历史系教师座谈会发言摘要	《光明日报》1955年1月6日
	同上，第183～188页	《两个人生》	罗尔纲	《光明日报》1955年1月4日
	同上，第189～202页	《批判胡适派的考证方法》	吴文祺	《解放日报》1955年1月19日
	同上，第203～209页	《彻底肃清实验主义在历史学中的余毒》	金陶斋	《重庆日报》1955年1月21日
	同上，第210～215页	《必须认清胡适考据学的反动性》	张志岳	《光明日报》1955年1月23日
	同上，第216～225页	《检查胡适在教育方面的反动影响和胡适思想对我的影响》	陈友松	《人民教育》1955年1月号
	同上，第226～236页	《清除胡适贩运的教育学说》	弋丁	《广西日报》1955年1月16日
	同上，第237～245页	《胡适的文学观批判》	林淡秋	《人民日报》1955年1月3日

	起始页码	文章名称	作者	发表日期
《胡适思想批判》第二辑	同上,第 246～261 页	《彻底摧毁反动的实验主义的美学体系》	周来祥、刁云展	《新建设》1955 年 1 月号
	同上,第 262～279 页	《五四以来胡适怎样歪曲了中国古典文学》	何干之	《光明日报》1955 年 1 月 7 日
	同上,第 280～286 页	《坚决肃清胡适派的反动思想在古典文学研究中的毒素》	陈中凡	《新华日报》1955 年 1 月 9 日
	同上,第 287～296 页	《清除胡适反动理论在戏剧界的影响》	陈丁沙、梁灏	《戏剧报》1955 年 1 月号
	同上,第 297～309 页	《批判胡适在"五四"文学革命运动中的改良主义思想》	刘绶松	《文艺报》1955 年第 1、2 号合刊
	同上,第 310～319 页	《批判胡适在民间文学研究上的观点和方法》	钟敬文	《文艺报》1955 年第 1、2 号合刊
	同上,第 320～332 页	《"学者":政治阴谋家——胡适在思想上和政治上的反动本质》	张沛	《人民日报》1955 年 1 月 15 日
	同上,第 333～344 页	《胡适是怎样一个人》	黎少岑	《新观察》1955 年第 2 期
	同上,第 345～356 页	《胡适这个人》	荣孟源	《中国青年》1955 年第 2 期
	同上,第 357～372 页	《胡适是怎样忠实地为帝国主义效劳的》	徐仲勉	《光明日报》1955 年 1 月 28 日

	起始页码	文章名称	作者	发表日期
《胡适思想批判》第三辑	第三辑,第 3～16 页	《胡适反动思想在政治上的表现》	李达	《长江文艺》1955 年 2 月号
	同上,第 17～82 页	《揭露美帝国主义奴才胡适的反动面貌》	侯外庐	《新建设》1955 年 2 月号
	同上,第 83～93 页	《鲁迅笔下的胡适》	吴忠匡、江山	《人民日报》1955 年 2 月 3 日
	同上,第 94～106 页	《论胡适政治思想的反动本质》	彭柏山	《解放日报》1955 年 2 月 7 日
	同上,第 107～111 页	《我与胡适——从朋友到敌人》	吴景超	《光明日报》1955 年 2 月 8 日
	同上,第 112～122 页	《批判胡适在研究学术上的观点和方法》	张凌光	《人民教育》1954 年 12 月号
	同上,第 123～131 页	《实用主义批判》	胡曲园	《解放日报》1955 年 2 月 2 日
	同上,第 132～144 页	《批判胡适的所谓“科学试验室的态度”与“历史的态度”》	罗克汀	《南方日报》1955 年 2 月 5 日
	同上,第 145～148 页	《斥胡适对“儒林外史”的诬蔑》	王璜	《光明日报》1955 年 1 月 16 日
	同上,第 149～154 页	《保卫我们珍贵的文学遗产——批判胡适对我国古典小说戏曲的歪曲》	王文琛	《光明日报》1955 年 1 月 30 日
	同上,第 155～165 页	《胡适是怎样歪曲和诬蔑“水浒”的》	何家槐	《新观察》1955 年第 3 期

	起始页码	文章名称	作者	发表日期
《胡适思想批判》第三辑	同上,第166～179页	《胡适在对待我国文化传统中的帝国主义奴才面目》	何鹏	《安徽日报》1955年2月3日
	同上,第180～190页	《胡适在戏剧文学方面反动的唯心观点》	颜振奋	《浙江日报》1955年2月8日
	同上,第191～203页	《胡适派文学思想批判》	王元化	《解放日报》1955年2月5日
	同上,第204～216页	《肃清胡适在文艺学上的反动思想》	楼栖	《南方日报》1955年2月6日
	同上,第217～238页	《“老残游记”的反动性和胡适在“老残游记”评价中所表现的反动政治立场》	张毕来	《人民文学》1955年2月号
	同上,第239～247页	《批判胡适的“国语文法概论”》	黄汉生	《光明日报》1955年2月11日
	同上,第248～257页	《批判胡适的实验主义“考据学”》	童书业	《光明日报》1955年2月3日
	同上,第258～267页	《胡适的治学方法和其反动本质》	金应熙	《南方日报》1955年2月4日
	同上,第268～281页	《论人民群众和个人在历史上的作用——兼评胡适对这个问题的反动观点》	沙英	《人民日报》1955年2月5日
	同上,第282～291页	《批判胡适的反动历史观点》	张继安	《光明日报》1955年2月9日
	同上,第292～338页	《批判实验主义教育学》	曹孚	《光明日报》1955年2月1日

	起始页码	文章名称	作者	发表日期
《胡适思想批判》第三辑	同上，第 339～345 页	《肃清胡适反动思想在教育上的影响》	毛礼锐	《光明日报》1955 年 2 月 7 日
	同上，第 346～349 页	《杜威的反动思想在心理学上所表现的两个例子》	陈书	《光明日报》1955 年 2 月 7 日
	同上，第 350～354 页	《肃清胡适派资产阶级唯心论观点对教学工作的毒害》	杨招棣	《浙江日报》1955 年 2 月 8 日
《胡适思想批判》第四辑	第四辑，第 3～5 页	《学习辩证唯物主义和历史唯物主义——“辩证唯物主义与历史唯物主义”讲座开幕词》	郭沫若	——
	同上，第 6～14 页	《反对资产阶级唯心主义的重大意义》	潘梓年	《中国青年》1955 年第 5 期
	同上，第 15～20 页	《鲁迅和瞿秋白笔下的胡适》	姚虹	《文艺报》1955 年第 3 期
	同上，第 29～37 期	《胡适的反动思想的阶级本质》	江柱、绿藜	《长江日报》1955 年 2 月 26 日
	同上，第 38～42 页	《实用主义的政治思想的反动本质》	高一涵	《新华日报》1955 年 2 月 27 日
	同上，第 43～56 页	《胡适派所谓民主政治的反动的实质》	黎澍	《学习》1955 年第 3 期

起始页码		文章名称	作者	发表日期
《胡适思想批判》第四辑	同上，第57～67页	《胡适、杜威、罗素是怎样开始破坏中国的新文化运动的？》	阴法鲁	《光明日报》1955年3月3日
	同上，第68～80页	《实用主义的葫芦里装的是什么药？》	夏澍	《文汇报》1955年2月16日
	同上，第81～100页	《唯心主义是科学的敌人——论胡适派思想对科学的曲解和污蔑》	胡绳	《人民日报》1955年2月17日
	同上，第101～117页	《肃清科学研究工作中胡适思想方法的流毒》	任继愈	《科学通报》1955年2月号
	同上，第118～147页	《批判胡适实用主义思想方法底伪科学性》	葛力	《新建设》1955年3月号
	同上，第148～154页	《实用主义批判》	周谷城	《新建设》1955年3月号
	同上，第155～163页	《批判胡适的思想方法》	贺麟	《新建设》1955年3月号
	同上，第164～169页	《胡适——真理的敌人》	黄枬森	《北京日报》1955年3月3日
	同上，第170～174页	《什么叫做实用主义？》	乔彬	《文汇报》1955年2月10日
	同上，第175～178页	《什么叫做主观唯心论？为什么说实用主义就是主观唯心论？》	乔彬	《文汇报》1955年2月16日
	同上，第179～182页	《什么是“世界主义”？》	罗克汀	《光明日报》1955年2月22日

起始页码		文章名称	作者	发表日期
《胡适思想批判》第四辑	同上，第 183～187 页	《什么是达尔文进化论？为什么说胡适实用主义不是科学的进化论，而是庸俗进化论？》	乔彬	《文汇报》1955 年 2 月 23 日
	同上，第 188～191 页	《“批判胡适的实用主义”一文的修改说明》	艾思奇	《学习》1955 年第 3 期
	同上，第 192～201 页	《胡适的“尝试集”批判》	林彦	《西南文艺》1955 年 2 月号
	同上，第 202～206 页	《胡适是怎样诋毁中国戏曲遗产的》	王文琛	《四川日报》1955 年 2 月 11 日
	同上，第 207～214 页	《充满毒素的“白话文学史”》	谭丕模	《文艺报》1955 年第 3 期
	同上，第 215～222 页	《胡适对于吴敬梓和“儒林外史”的诬蔑》	何家槐	《北京日报》1955 年 2 月 18 日
	同上，第 223～233 页	《胡适的反动哲学观与文学观的一致性》	徐之梦	《黑龙江日报》1955 年 2 月 19 日
	同上，第 234～247 页	《清除胡适反动的文学思想》	张绪荣	《光明日报》1955 年 2 月 20 日
	同上，第 248～255 页	《胡适研究古典文学的方法及其恶劣影响》	鲍正鹄	《解放日报》1955 年 2 月 24 日

起始页码		文章名称	作者	发表日期
《胡适思想批判》第四辑	同上，第256～272页	《胡适在新文学运动上作用的重新估价》	钟敬文	《新建设》1955年3月号
	同上，第273～277页	《胡适的"历史癖"的实质是什么？》	王崇武	《文艺报》1955年第3期
	同上，第278～286页	《论英雄创造历史的唯心主义历史观——对胡适历史观点的批判》	蔡尚思	《解放日报》1955年2月20日
	同上，第287～292页	《肃清胡适在中国国文教学中的反动影响》	李泽深	《辽宁日报》1955年2月18日
	同上，第293～296页	《对批判胡适派主观唯心主义思想的一点体会》	吴徵镒	《科学通报》1955年2月号
《胡适思想批判》第五辑	第五辑，第3～17页	《实用主义的"科学"方法是彻头彻尾的诡辩》	何思敬	《新建设》1955年4月号
	同上，第18～24页	《胡适实用主义的唯我论与虚构论的反动本质》	全增嘏	《解放日报》1955年3月1日
	同上，第25～35页	《胡适怎样利用宗教》	王雨田	《光明日报》1955年3月23日
	同上，第36～47页	《实用主义——客观真理的死敌》	章世鸿	《长江日报》1955年3月30日
	同上，第48～69页	《论胡适派反动的资产阶级的哲学史观点和方法》	汪毅	《文史哲》1955年第4期

	起始页码	文章名称	作者	发表日期
《胡适思想批判》第五辑	同上,第 70～78 页	《马克思主义唯物论和实用主义唯心论的根本对立》	夏甄陶	《光明日报》1955 年 4 月 1 日
	同上,第 79～84 页	《中国共产党成立前后马克思主义者如何和胡适的反动政治主张作斗争》	许世华	《北京日报》1955 年 3 月 13 日
	同上,第 85～92 页	《胡适在抗日战争前夕是怎样媚外和帮凶的》	北中	《北京日报》1955 年 3 月 25 日
	同上,第 93～110 页	《彻底清除胡适反动思想对历史学的影响——天津市史学界批判胡适反动史学观点与方法论座谈会纪录摘要》	天津市史学界批判胡适反动史学观点与方法论座谈会纪录摘要	《历史教学》1955 年 3 月号
	同上,第 111～126 页	《胡适对待祖国历史的奴才思想》	白寿彝	《新建设》1955 年 4 月号
	同上,第 127～143 页	《胡适"白话文学史"批判》	李长之	《人民文学》1955 年 3 月号
	同上,第 144～150 页	《评胡适所谓"老杜的特别风趣"》	郭预衡	《光明日报》1955 年 3 月 13 日

起始页码		文章名称	作者	发表日期
《胡适思想批判》第五辑	同上,第 151~168 页	《批判胡适的反动文学思想——形式主义与自然主义》	王瑶	《文艺报》1955 年第 6 期
	同上,第 169~198 页	《胡适的反动文学思想批判》	黄药眠	《新建设》1955 年 4 月号
	同上,第 199~212 页	《胡适教育思想的错误及其在教育学上的影响》	潘懋元	《厦门大学学报》1955 年第 1 期
	同上,第 213~218 页	《我控诉杜威这个大骗子》	陈鹤琴	《文汇报》1955 年 2 月 28 日
	同上,第 219~225 页	《批判杜威教育思想中的“民主主义”概念》	刘付忱	《光明日报》1955 年 3 月 21 日
	同上,第 226~232 页	《胡适是怎样贩运杜威教育思想的》	韩落	《重庆日报》1955 年 3 月 24 日
	同上,第 233~236 页	《实用主义的反动的教育目的论》	孟宪承	《解放日报》1955 年 3 月 29 日
《胡适思想批判》第六辑	第六辑,第 3~23 页	《彻底批判胡适派资产阶级唯心主义思想是贯彻祖国过渡时期总任务的一个严重问题》	潘梓年	《科学通报》1955 年 4 月号
	同上,第 24~49 页	《实用主义——最陈腐、最反动的主观唯心论》	马特	《哲学研究》1955 年第 1 期
	同上,第 50~66 页	《批判胡适的庸俗进化论》	葛懋春、庞朴	《文史哲》1955 年第 5 期

	起始页码	文章名称	作者	发表日期
《胡适思想批判》第六辑	同上,第 67～80 页	《实用主义的生物学上的根据到底是什么?——批判实用主义者的庸俗进化论》	杨钟健	《哲学研究》1955 年第 1 期
	同上,第 81～98 页	《哲学史与政治——论胡适哲学史工作和他底反动的政治路线底联系》	冯友兰	《哲学研究》1955 年第 1 期
	同上,第 99～129 页	《胡适四十年来反动政治思想的批判》	郑鹤声	《文史哲》1955 年第 5 期
	同上,第 130～137 页	《胡适——爱国学生运动的死敌》	萧超然、周家本、李庆聪	《中国青年》1955 年第 9 期
	同上,第 138～159 页	《批判胡适派为封建买办统治服务的"民主""自由"论》	胡华	《大公报》1955 年 5 月 4 日
	同上,第 160～167 页	《批判胡适的"井田辩"及其他》	孙力行	《光明日报》1955 年 4 月 28 日
	同上,第 168～189 页	《批判胡适的实验主义"史学"方法》	童书业	《文史哲》1955 年第 5 期
	同上,第 190～205 页	《批判胡适的考据方法》	高亨	《文史哲》1955 年第 5 期
	同上,第 206～216 页	《批判胡适反动考据方法和校勘方法》	赵俪生	《文史哲》1955 年第 5 期

	起始页码	文章名称	作者	发表日期
《胡适思想批判》第六辑	同上，第 217～225 页	《批判考古学中的胡适派资产阶级思想》	夏鼐	《考古通讯》1955 年第 3 期
	同上，第 226～235 页	《胡适怎样歪曲了中国古典文学》	韩文佑	《天津日报》1955 年 4 月 12 日
	同上，第 236～253 页	《胡适在"五四"文学革命中做了些什么？》	以群	《文艺月报》1955 年 4 月号
	同上，第 254～267 页	《胡适文学史观批判》	褚斌杰	《光明日报》1955 年 4 月 17 日
	同上，第 268～316 页	《胡适文学史观点批判》	何其芳	《人民文学》1955 年 5 月号
《胡适思想批判》第七辑	第七辑，第 3～25 页	《批判胡适实用主义哲学》	金岳霖、汪子嵩、张世英、黄枬森	《北京大学学报》1955 年第 1 期
	同上，第 26～58 页	《批判实用主义者杜威的世界观》	金岳霖	《哲学研究》1955 年第 2 期
	同上，第 59～92 页	《从对待哲学遗产的观点方法和立场批判胡适怎样涂抹和诬蔑中国哲学史》	侯外庐	《哲学研究》1955 年第 2 期
	同上，第 93～118 页	《批判胡适"中国哲学史大纲"底实用主义观点和方法》	冯友兰、朱伯崐	《北京大学学报》1955 年第 1 期
	同上，第 119～133 页	《批判反动的与反科学的实用主义心理学》	高觉敷	《新建设》1955 年 6 月号

	起始页码	文章名称	作者	发表日期
《胡适思想批判》第七辑	同上,第 134～174 页	《清算胡适的反动政治思想》	孙思白、赵凌、徐绪典、朱作云、刘中华、朱玉湘、耿直	《文史哲》1955 年 6 月号
	同上,第 175～197 页	《胡适的“独立评论”的剖析——批判从“九一八”到“七七”期间胡适的反动政治主张》	张俊彦、黄美复、余崇健、赵淡元	《北京大学学报》1955 年第 1 期
	同上,第 198～213 页	《西洋“汉学”与胡适》	周一良	《历史研究》1955 年第 2 期
	同上,第 214～236 页	《清除胡适思想在历史考据中的恶劣影响》	田余庆	《历史研究》1955 年第 2 期
	同上,第 237～254 页	《批判胡适的实用主义历史唯心论》	袁良义	《光明日报》1955 年 5 月 26 日
	同上,第 255～301 页	《批判实用主义反动的唯心史观》	王庆淑、王雨田、张继安、甘霖	《历史研究》1955 年第 3 期
	同上,第 302～318 页	《批判胡适所谓“文学改良”的几个论点》	戴镏龄	《中山大学学报》1955 年第 1 期
	同上,第 319～331 页	《清除胡适反动思想对祖国古典文学遗产的毒害》	詹安泰	《中山大学学报》1955 年第 1 期

	起始页码	文章名称	作者	发表日期
《胡适思想批判》第七辑	同上,第 332～343 页	《批判胡适的“西游记考证”》	冯沅君	《文史哲》1955 年 7 月号
	同上,第 344～369 页	《古典文学研究中胡适怎样歪曲文学的社会意义》	胡念贻	《文学研究集刊》1955 年第 1 册
	同上,第 370～389 页	《批判胡适夸大他个人在新文学运动中的作用》	曹道衡	《文学研究集刊》1955 年第 1 册
	同上,第 390～407 页	《辟胡适的所谓“历史进化的文学观念”》	王瑶	《北京大学学报》1955 年第 1 期
	同上,第 408～426 页	《批判胡适的“吾我篇”和“尔汝篇”》	潘允中	《中山大学学报》1955 年第 1 期
《胡适思想批判》第八辑	第八辑,第 3～20 页	《对胡适的疑古论的批判》	丁则良	东北人民大学《人文科学学报》1955 年第 1 期
	同上,第 21～30 页	《批判胡适的多元历史观》	嵇文甫	《历史研究》1955 年第 4 期
	同上,第 31～42 页	《批判胡适反动实验主义的历史考据学》	李光璧	《历史教学》1955 年 9 月号

起始页码		文章名称	作者	发表日期
《胡适思想批判》第八辑	同上,第 43～62 页	《论胡适在禅宗史研究中的谬误》	任继愈	《历史教学》1955 年第 5 期
	同上,第 63～68 页	《斥胡适对伟大的史学家司马迁的诬蔑》	麦若鹏	《光明日报》1955 年 10 月 27 日
	同上,第 69～77 页	《批判胡适关于宪法问题的胡说》	张晋藩	《政法研究》1955 年第 4 期
	同上,第 78～96 页	《从“白话文学史”中看胡适对语言的见解的反动本质》	韩允符	东北人民大学《人文科学学报》1955 年第 1 期
	同上,第 97～142 页	《论考据学在文学研究中的作用——兼评胡适的资产阶级唯心主义考据学及其毒害》	陈炜谟	《四川大学学报》[社会科学版]1955 年第 2 期
	同上,第 143～150 页	《批判胡适研究歌谣的错误观点和方法》	赵卫邦	《四川大学学报》[社会科学版]1955 年第 2 期
	同上,第 151～165 页	《胡适对中国文学史“公例”的歪曲捏造及其影响》	余冠英	“文艺报”1955 年第 17 期

	起始页码	文章名称	作者	发表日期
《胡适思想批判》第八辑	同上，第 166～175 页	《胡适"读楚辞"批判》	孟志孙	《南开大学学报》[人文科学]1955 年第 1 期
	同上，第 176～192 页	《自然主义是胡适反动文学思想的主要倾向吗?》	毛星	《光明日报》1955 年 8 月 7 日
	同上，第 193～233 页	《批判胡适唯心主义语言学思想》	张清常	《南开大学学报》[人文科学]1955 年第 1 期
	同上，第 234～246 页	《批判胡适的"文法的研究法"》	马国藩	《文史哲》1955 年第 12 期
	同上，第 247～255 页	《肃清胡适在教育上所散布的反动"自由"思想的毒害》	邵鹤亭	《光明日报》1955 年 7 月 25 日
	同上，第 256～268 页	《批判和肃清胡适的反动教育思想》	杨荣春	《光明日报》1955 年 8 月 8 日

1954年关于《红楼梦》研究问题的批判

1954年10月由毛泽东亲自发起的关于《红楼梦》研究问题的批判是新中国成立后学术文化史上的一个标志性事件，它是当时各种因素作用的结果，有着深刻的社会文化根源。这一事件对其后二十多年间的《红楼梦》研究乃至各个领域的学术研究皆产生了十分深远的影响，不少研究者的命运由此而发生改变。

新中国成立初期忙碌、高产的俞平伯

1949年是20世纪中国历史的一个重大转折点，对俞平伯本人而言，它意味着一种全新生活的开始。他是以期待和欣喜的心情来迎接这场历史巨变的，积极参加各类社会文化活动。比如参与北京各大学教授发起的全面和平宣言，不断地出席各种会议、座谈会，如中共领导对文教界人士的宴请、华北政府文化艺术委员会华北文艺界协会召开的座谈会、中华全国文学艺术工作者代表大会、北京市文学艺术工作者代表大会、全国人民代表大会。担任各类新机构的职务，如北京大学校务委员会委员、中华全国文学艺术界联合会全国委员会委员、中华全国文学工作者协会全国委员会常务委员、中国作家协会理事、九三学社宣传委员会委员、北京市分社理事等。① 1953 年,他从北京大学调到中国科学院文学研究所古典文学研究室。

新中国成立之初百废待兴、蒸蒸日上的崭新气象深深地感染了俞平伯,这也在一定程度上影响到其《红楼梦》研究。

1949 年至 1954 年 10 月之前,随着大大小小新型文化学术机构的产生、各级各类会议的召开,加上全国范围内高校系统院系间的大调整,诸事繁杂,千头万绪,大多数研究者还没有真正安定下来,他们忙于参加各种社会文化活动,无暇撰写学术论文,《红楼梦》的研究较之先前显得有些冷清。以下将 1946 年至 1954 年间国内报刊发表红学论文的数量情况列表显示如下②:

年份	1946	1947	1948	1949	1950	1951	1952	1953
论文数	34	87	59	7	33	21	5	10

自 1923 年《红楼梦辨》出版之后,俞平伯的红学观点经不断修正和调整,已逐渐变得比较成熟,其间他还产生了很多新的想法,并零星地发表了一些红学文章,不过已不像《红楼梦辨》那么系统集中,因为他更多的时间和精力放在词曲的研究上。1949 年标志着其学术研究第二个黄金时期的到来,短短几年间,俞平伯在助手王佩璋的协助下频频发表红学论文、著述。从这一年到 1954 年 10 月,俞平伯出版了一部专著《红楼梦研究》,在《文汇报》、《人民文学》、《光明日报》、《新民报晚刊》、《北京日报》、《大公报》、《东北文学》、《新建设》、《人民中国》等知名报刊发表红学文章 15 篇,其中刊于香港《大公报》和上海《新民报晚刊》的《读红楼梦随笔》则是一组近四十篇的红学文章。1953 年,他还

---

① 王湜华编:《俞平伯年谱》,见《俞平伯的后半生》,石家庄:花山文艺出版社,2001 年。

② 该表据顾平旦主编:《红楼梦研究论文资料索引》(1874—1982)相关内容整理而成,北京:书目文献出版社,1982 年。

受邀到中国人民大学作了一场名为《红楼梦的现实性》的讲座。其后来出版的《脂砚斋红楼梦辑评》和《红楼梦八十回校本》也主要完成于这一时期。

俞平伯的活跃之举在较为冷清的红学界自然是显得十分醒目,也很容易受到社会各个阶层的关注,何况他本来就是一位有着较大声望和影响的红学家,在大陆红学界,当时能和他名声相当者寥寥无几。在1954年10月之前,其著述有着良好的社会反响,他的《红楼梦研究》1952年9月由棠棣出版社出版,到1953年11月,仅仅一年多一点的时间内就重印了6次,总印数高达2万5千册。其红学论文发表时,天津《大公报》、上海《文汇报》、《东北文学》等报刊还特意加了"编者按",郑重推荐。在文艺界有着较大影响的《文艺报》专门刊发署名"静之"的书评《红楼梦研究》,称赞该书"做了细密的考证、校勘,扫除了过去'红学'的一切梦呓,这是很大的功绩。其他有价值的考证和研究也还有不少"①。香港《大公报》也刊发署名沈烽的文章《俞平伯与红楼梦》,对俞平伯的红楼梦研究成果进行评介。②

俞平伯这一时期的著述以《红楼梦研究》、《读红楼梦随笔》和《红楼梦简论》最有分量,也最具代表性,从中可以看出俞平伯学术思想的一些新变化。

首先,他充分吸收了学界的研究成果,修正了《红楼梦辨》中的一些错误,尤为重要的是,《红楼梦研究》的出版标志着他对"自传"说的修正已经完成,对小说的写实和虚构问题有了较为客观合理的看法。虽然人们还将其视作新红学的代表人物,但此时他的红学观点已经与胡适、周汝昌等人有了较大的不同。

① 静之:《红楼梦研究》,见人民文学出版社编辑部编《红楼梦研究参考资料选辑》(第四辑),第58页,北京:人民文学出版社,1978年。

② 沈烽:《俞平伯与红楼梦》,香港:《大公报》,1954年6月24日。

这可以从《红楼梦研究》、《红楼梦辨》二书的对比中看得出来。《红楼梦研究》是在《红楼梦辨》一书基础上增删修改而成，其中有些观点没有大的改变，比如对《红楼梦》创作心态和全书风格的体认、对后四十回续书依据的梳理、对后四十回的整体评价、对戚本程本高下的比较等，基本上延续了其原先的立场。同时又视情况对原书作了不少修改和调整，改动的部分超过原书的三分之一。这主要体现在两个方面：一是依据新发现的红学文献修正原先的错误看法。比如他原先以为戚序本批注中所透露的八十回后情节不过是一种续书，甲戌本和庚辰本的相继发现证明这"乃是曹雪芹未完而迷失了的残稿"①，于是重新改写《后三十回的红楼梦》一节。也正是为此，他将《辨原本回目只有八十》一节的标题改为《辨后四十回底回目非原有》。书中不少内容也根据新的红学文献进行了相应的修正，尤其是《八十回后的红楼梦》、《论秦可卿之死》等节。观点的修正之外，他又根据新的红学文献增写了《前八十回红楼梦原稿残缺的情形》、《红楼梦第一回校勘的一些材料》等节。一是对红学观念的修正，其中最为引人注目的是其对"自传"说的修正。他指出："《红楼梦》至多是自传性质的小说，不能把它径作为作者的传记行状看啊。"②本着这一原则，他对原书中将自传说讲得较为极端僵化的部分进行修改。比如删去原书《红楼梦年表》一节，原书中"我们有一个最主要的观念，《红楼梦》是作者底自传"，"《红楼梦》底目的是自传"等语句也被删去。后来在另一篇文章中，俞平伯对自传说讲得更明白："把《红楼梦》当作灯虎儿猜，固不对，但把它当作历史看，又何尝对呢。书中云云自不免借个人的经历、实事做根据，非完全架空之谈；不过若用这'胶刻'的方法来求它，便是另

---

① 俞平伯：《红楼梦研究》，第 203 页，上海：棠棣出版社，1952 年。

② 俞平伯：《红楼梦研究》，"自序"，上海：棠棣出版社，1952 年。

一种的附会，跟索隐派在伯仲之间了。”①

作者对《红楼梦》的整体评价也有所改变。《红楼梦底风格》一节原有一段论《红楼梦》在世界文学中的地位，认为“《红楼梦》在世界文学中底位置是不很高的”，“《红楼梦》并非尽善尽美无可非议的书”。② 到《红楼梦研究》一书中，这一段被全部删去。对《红楼梦》所写地点问题，原来并未给出明确的结论；在《红楼梦研究》一书中，作者有了新的认识：“我底结论：《红楼梦》所记的事应当在北京，却参杂了许多回忆想象的成分，所以有很多江南底风光。”③原书的附录基本删去。此外，该书还删去了不少议论发挥之辞，经过一番整饬后，全书显得更为精练。

值得注意的是，《红楼梦辨》一书中有关胡适的内容也已被全部删去。此时大规模的批判胡适运动虽尚未展开，不过俞平伯显然意识到胡适属于哪个政治阵营以及这个问题的敏感性。但这不过是权宜之计，因为删去胡适的名字并不等于删去他与胡适之间曾经有过的密切交往，俞平伯自然想象不到这段曾经传为佳话的历史日后将会给他带来多少坎坷和磨难。

如果说《红楼梦研究》是俞平伯对旧日成果的修正和调整，《读红楼梦随笔》则代表着其红学研究的最新进展。这些文章是作者在进行《红楼梦》版本校勘过程中写成的札记，依然保持着考论结合的风格，大处着眼，小处入手，写得生趣盎然，具有较高的学术价值和较强的可读性。其中对《红楼梦》与前代文学传承关系的挖掘、对《红楼梦》回目的探讨、对书中人物及故事细节的考辨等可谓独具眼光。同时还对郑振铎藏旧抄《红楼梦》残本、

① 俞平伯：《红楼梦的著作年代》，见《俞平伯论红楼梦》，第 602 页，上海：上海古籍出版社，1988 年。

② 俞平伯：《红楼梦辨》中卷，《红楼梦底风格》，见《俞平伯论红楼梦》，第 189 页，上海：上海古籍出版社，1988 年。

③ 俞平伯：《红楼梦研究》，第 139 页，上海：棠棣出版社，1952 年。

吴晓铃藏旧抄《红楼梦》残本、曹雪芹画像、嘉庆刻本《红楼梦》评语等一些鲜为人知的红学文献进行了细心的梳理辨析，为红学研究提供了十分重要的学术信息。

其次，从俞平伯在这一时期所发表的红学文章如《红楼梦简说》、《我们怎样读红楼梦》、《红楼梦的思想性与艺术性》、《红楼梦评介》等还可以看出，他在努力尝试用当时流行的马克思主义理论来研究《红楼梦》。虽然这些文章多系其助手王佩璋执笔，但经过他的删改润色，并以他的名字发表，后来被收入《俞平伯论红楼梦》，显然也可视为代表了其当时的红学见解，尽管这几篇文章在研究思路、行文风格、遣词造句方面与其以往的文章有着明显的差别。这些文章严格说来，与日后李希凡、蓝翎批判俞平伯文章中的一些观点比较接近，比如认为《红楼梦》"所描写的纷华靡丽的生活是建筑在残酷的剥削上"，"着重描写出封建大家庭的种种罪恶"，"封建大家庭的罪恶与婚姻不自由"，"作者在这里提出了封建社会的基本问题——土地问题，和一系列的宗法问题、奴隶问题、家族问题"①，认为该书"是以一个爱情悲剧为线索来写出一个封建大家庭的由盛而衰的经过的，从而真实地刻划了封建家庭、封建制度的黑暗和罪恶，成为反映封建社会的一面最忠实的镜子，成为中国古典文学中现实主义的巨著"②。同时还表明态度，"我们读古典文艺作品的时候就必须遵照毛主席的话，接受其精华，扬弃其糟粕，决不能毫无批判的去接受的"③。而且有些文章中还颇为时髦地引用了恩格斯的

① 俞平伯：《红楼梦简说》，见《俞平伯论红楼梦》，第612、614～615页，上海：上海古籍出版社，1988年。

② 俞平伯：《我们怎样读红楼梦》，见《俞平伯论红楼梦》，第807页，上海：上海古籍出版社，1988年。

③ 俞平伯：《红楼梦的思想性与艺术性》，见《俞平伯论红楼梦》，第837页，上海：上海古籍出版社，1988年。

话。但这些文章却不怎么引起人们注意，学界更关注的是其《红楼梦研究》一书和《读红楼梦随笔》、《红楼梦简论》等文章。这种社会历史角度的研究并非俞平伯的长项，当时的其他研究者也多有类似的观点。从文章带有明显时代色彩的话语中可见俞平伯跟上时代的努力，以及他的真诚态度。

两个年轻人的发难

不过，努力跟上时代只是俞平伯个人主观、善良的意图和愿望，当时大多数知识分子也在进行这种尝试。但事实证明这是徒劳的，其教训也极为惨痛。他们可以在文章中使用一些时髦流行的词语，但其基本思路、行文方式与主流的思想和文风还是有着相当大的差异，毕竟他们没有受过像延安整风那样统一思想性质的训练。可以说，即使没有李希凡、蓝翎这两位年轻人来打头阵，率先发难，依当时的政治形势，肯定也会有别人来做这件事，这只是个时间问题。

从红学研究发展演进的角度看，尽管以胡适、俞平伯等人为代表的新红学战胜了以王梦阮、蔡元培为代表的旧红学，将红学研究纳入现代学术的轨道。但必须看到，由于个人研究兴趣及特殊的历史际遇，新红学的研究多体现为实证研究，过分集中于《红楼梦》的作者、家世、版本等方面，对《红楼梦》文化艺术层面的东西关注不够。尽管俞平伯进行过修正和调整，尽管新红学之外也有其他类型的红学研究，但皆未能改变新红学一枝独秀的研究格局。而红学研究从来都是开放的，多元的。因此，从这个角度来说，引入其他角度的研究，打破新红学独霸红学研究的格局，确实有其积极意义。但这种打破必须以学术争鸣的方式进行，所预期的结果应该是各家并存的红火局面，而不能是你死我活的火并，以学术外的政治手段取得。不幸的是，政治的粗暴参与使这种本来很有意义的学术争鸣无法进行，其学术史的意义也随之大打折扣。借用余英时的话，这本来应该是个颠覆旧典范、创建新典范的学术良机，可是人为的政治干预蛮横地改变了学术演进的自然过程，李希凡、蓝翎所代表的红学研究“虽可称之革命的红学，却不能构成红学的革命”①。

李希凡、蓝翎在红学界的出现并非偶然，依当时中国的政治形势，用马克思主义理论来研究《红楼梦》注定要成为红学研究的主流。这种主流地位的取得与当年胡适开创新红学时颇有相似之处，那就是先要推翻先前的红学研究，破而后立，因此与新红学的交锋也就是顺理成章的事了。由于胡适的缺席，俞平伯就无可避免地成为批评的靶子。而且论争的发起者也只能是这两位涉世不深的年轻人，因为他们接受新生事物快，“是接受共产党教育的马克思主义科班出身”②，没有历史包袱和复杂的人际关系，因而也就没有顾忌。而那些老一代的红学研究者大多曾受过胡适的影响，对马克思主义的理论了解不多，他们的认识与俞平伯差不多，看不出俞平伯研究的错误所在，加上很多人当时正忙于其他事务，也就不可能写出批判俞平伯的文章。

李希凡，1927 年生。1953 年毕业于山东大学中文系，当时是中国人民大学教师研究班哲学班研究生。蓝翎，本名杨建中，1930 年生，在山东大学中文系学习时与李希凡为同班同学，当时在北京师范大学附属工农速成中学任教师。1954 年春天，这两位二十多岁的年轻人因不同意俞平伯的红学观点，合作撰写《关于〈红楼梦简论〉及其他》一文。文章写好后，因李希凡是《文艺报》的通讯员，所以就想到给编辑部写信，询问能不能用。《文

① 余英时：《红楼梦的两个世界》，第 16 页，上海：上海社会科学院出版社，2002 年。

② 蓝翎：《四十年间半部书》，太原：《黄河》，1994 年第 5 期。

艺报》是中国文联的机关报，由中国作家协会管理，当时的主编是冯雪峰。据李希凡本人所述，他只是写了一封信，并没有正式投稿。由于《文艺报》没有回音，他们就把文章寄给《文史哲》杂志，结果得以在该刊 1954 年第 9 期刊出。

1954 年暑假，两人感觉言犹未尽，又合作撰写了《评〈红楼梦研究〉》一文，投寄给《光明日报》的《文学遗产》专刊。① 当时"文学遗产"专刊的主编是陈翔鹤。其后两人又合作撰写了一系列红学论文。

在李希凡、蓝翎合作撰写的系列红学论文中，以《关于〈红楼梦简论〉及其他》、《评〈红楼梦研究〉》两文最具代表性，影响也最大。其主要红学观点基本体现在这两篇文章中，具体内容可以分成破与立两个方面。

破的方面，大体说来，李希凡、蓝翎二人主要从《红楼梦》的创作意旨、倾向性、人物形象、艺术手法、《红楼梦》的传统性等方面对俞平伯的《红楼梦研究》和《红楼梦简论》进行了批判。他们认为俞平伯在思想上"离开了现实主义的批评原则，离开了明确的阶级观点"，"是以反现实主义的唯心论的观点分析和批评了《红楼梦》"；在人物形象分析上，"是对现实主义文学形象的曲解"；在艺术手法的把握上，其"所理解的《红楼梦》的艺术方法，也就是记录事实的自然主义写生的方法"；在《红楼梦》的传统性方面"并不了解什么是文学传统性的内容"；在研究方法上"继承和发展了旧红学家们形式主义的考证方法，把考证方法运用到艺术形象的分析上来了"，"用它代替了文艺批评的原则，其结果，就是在反现实主义和形式主义的泥潭中愈陷愈深"。②

---

① 李希凡：《毛泽东与〈红楼梦〉——访李希凡》（载李希凡《红楼梦艺术世界》一书，北京：文化艺术出版社 1997 年）；陈晋：《文人毛泽东》，第 318～319 页，上海人民出版社，1997 年。

② 李希凡、蓝翎《关于〈红楼梦简论〉及其他》、《评〈红楼梦研究〉》二文，载《红楼梦评论集》，北京：作家出版社，1957 年。

立的方面，两人认为“要正确地评价红楼梦的现实意义，不能单纯地从书中所表现出的作者世界观的落后因素，以及他对某些问题的态度来作片面的论断，而应该从作者所表现的艺术形象的真实性的深度”来探讨作品创作主旨和倾向性问题。“曹雪芹之所以伟大，就在于现实主义的创作战胜了他世界观中的落后因素”；贾宝玉、林黛玉和薛宝钗分别为正面典型和反面典型，“从文学形象内涵的意义来讲，这是两个对立的形象”；“文学的传统性意味着人民性的继承与发挥，现实主义创作方法的继承与发扬，民族风格的继承、革新与创造”；“《红楼梦》在中国文学史上，是古典文学现实主义的一个高峰”，“所反映的是典型的社会的人的悲剧”。①

就这两篇文章的内容来看，李希凡、蓝翎与俞平伯并未形成全面的交锋，比如在红学的考证上，李、蓝二人基本没有涉及，他们虽然批评胡适、俞平伯的红学研究，但实际上又以新红学的考证成果为立论基础，而这恰恰是俞平伯的主要成就之一。在研究方法上，是采用马克思主义的理论还是采取考论结合方式，这也是见仁见智的问题，不可强求。双方主要在如下一些方面形成交锋：一是如何探求作品的意蕴和倾向，俞平伯注重作者的主观意图，而李、蓝二人则强调作品本身的表达效果；一是对人物的评价，俞平伯主张钗黛合一，两者兼美，而李、蓝二人则强调两人的对立；一是对文学传统性的认识，俞平伯注重文学发展的实际，李、蓝二人则只强调其中的人民性、现实主义创作等因素。

相比之下，李、蓝二人的论述较之俞平伯更富理论色彩，他们将一些问题上升到理论高度，可以促使人们进行深入、明确的思考，而且从思想背景、社会文化内涵的挖掘入手，也不失为一

① 李希凡、蓝翎《关于〈红楼梦简论〉及其他》、《评〈红楼梦研究〉》，载《红楼梦评论集》，北京：作家出版社，1957年。

种解读作品的角度。但其缺陷也是很明显的，这主要表现为如下两个方面：一是在套用理论时，对作品自身的特性注意不够，牵强附会处不少，给人以具体作品机械图解理论的感觉，其结论除了《红楼梦》，套用在其他古代小说作品上也似无不可，显然这种探讨未能顾及作品自身及古典文学的特殊性。比如在讲《红楼梦》的创作背景时对资本主义萌芽强调过甚，对作者的思想意蕴及贾宝玉、林黛玉的评价人为拔高；再如"现实主义"、"自然主义"、"人民性"等文学术语皆系外来，有其产生、运用的文学文化背景和范围，在应用到古代小说的分析时，要进行特别的界定与变通，不能随便拿来不加解释地套用。一是霸权话语的运用。两人的论述中经常使用一种居高临下的审判语气，对不同观点、方法的学术研究苛求过多，缺少宽容精神。比如在文章中动辄称俞平伯的研究是"反现实主义的唯心主义"、"纯粹的庸俗社会学的见解"、"主观的形式主义"、"显著的歪曲"、"新索隐派"等，应该说这是不够慎重的，要知道在当时这些词语带有明显的政治色彩和贬义色彩。三十多年后，就连李希凡本人也承认："这两篇文章，今天来看，是粗疏幼稚的，值不得文学史家们认真推敲。"①这并非自谦之辞，从红学史的角度看，确实如此。

此外，还应该说明的是，李、蓝二位当时所见资料相当有限，在写《关于〈红楼梦简论〉及其他》、《评〈红楼梦研究〉》等文章时，他们对红学研究史并不了解。正如李希凡事后所讲的："当时手头材料很少，我们还没有看到过俞平伯的《红楼梦辨》，手边只有他的《红楼梦研究》、《红楼梦简论》和别人文章中转引的胡适关于《红楼梦》的一些看法和材料……等到批判胡适派主观唯心主义的斗争将要开展起来的时候，我们才有机会借到《红楼梦考

① 李希凡：《红楼梦艺术世界》，第 380 页，北京：文化艺术出版社，1997 年。

证》和《红楼梦辨》。”①如果按正常的学术要求，连《红楼梦辨》等基本文献都没有看过，是没有资格对俞平伯的红学研究及新红学进行评论的。也正是为此，李、蓝二人有很多说法不合历史事实，甚至曲解了俞平伯的观点。比如俞平伯早在《红楼梦辨》出版后不久就已经撰文对自传说进行修正，对《红楼梦》的写实和虚构问题已经有了比较成熟的看法，但两人不顾这一事实（或许他们当时根本就不知道），仍说俞平伯对《红楼梦》写作手法的理解是记录事实的自然主义。当然，两人当时还是学养有限、涉世未深的年轻人，而且也承认自己是“业余的文艺爱好者”②，出现这类失误也是可以理解的。几十年后，李希凡戏称这些文章为“儿童团时代的文章”③。不管怎样，他们的批评尽管语气显得不容置疑，但尚属学术讨论范畴。

最高领袖毛泽东的介入

这场运动的直接策划者和发起者是毛泽东，此前他已在一片对《武训传》和《清宫秘史》的叫好声中发起对这两部电影的批判，不过他对这些批判的效果并不满意。以正常的办事程序而言，像李希凡、蓝翎对俞平伯的批评，本属一般的学术问题，《文艺报》刊发或不刊发其文章，自有编辑自己的考虑和自由。正如时任中国作家协会副秘书长的张僖所说的：“按我们的想法，刊

---

① 李希凡、蓝翎：《红楼梦评论集》，第 36 页，北京：人民文学出版社，1973 年。

② 李希凡、蓝翎：《红楼梦评论集》，“后记”，北京：作家出版社，1957 年。

③ 李希凡：《红楼梦艺术世界》，第 408 页，北京：文化艺术出版社，1997 年。

物发稿、退稿是常有的事情,即便退掉了一些好稿子也在所难免。"①这也是当时很多人的想法。退一步说,即使刊物出现了问题,也可以由上级主管部门解决,毛泽东本人可以以个人的身份表示关注,但根本不需要他运用国家领导人的权力过问和干预。何况连李希凡、蓝翎本人都"没有感觉到《文艺报》压制我们,至于什么阶级、路线斗争问题,更不是我们当时所能认识到的"②。此前他们见到《文艺报》所加的"编者按"时,还"感到评价过高,表示实在不敢当"③,而且"很同意"冯雪峰对他们文章的批评。④显然,一般人不会想到,毛泽东对此有更多更深的想法。

对这位执掌着国家最高权力的政治领袖来说,批判俞平伯不过是其远大政治策略中的一个步骤而已,他显然想得更多更远。此时中国境内军事上的战斗虽基本结束,但巩固政权的种种工作特别是对思想领域的占领还刚刚开始。就新中国成立之初的文化学术界而言,虽然胡适等人远在美国和台湾地区,但他们的影响依然存在,当时知识阶层的思想状态距离毛泽东所希望达到的境界还差很远,因此采用运动的方式在较大范围内对知识阶层的思想进行一次清洗和统一,对他来说就显得比较迫切了。俞平伯在新中国成立之初的活跃表现以及他与胡适较为密切的关系就使得批判俞平伯成为进行这场统一思想、清除胡适影响运动的最佳切入点。李希凡、蓝翎两位年轻人的批判文章恰好为这场运动及时提供了导火线。整个运动虽然由批判俞平伯开始,但很快矛头就转到批判胡适、指向冯雪峰等人,这说

① 张僖:《只言片语——中国作协前秘书长的回忆》,第41页,北京:北京十月文艺出版社,2002年。

②④ 李希凡:《红楼梦艺术世界》,第390页,第408页,北京:文化艺术出版社,1997年。

③ 蓝翎:《四十年间半部书》,太原:《黄河》,1994年第5期。

明批判俞平伯确实不过是毛泽东所策划的整个思想文化运动的一部分。否则就很难理解，为什么毛泽东在这场运动中很快就放过俞平伯，反而对与此关系并不太大的冯雪峰等人上纲上线，不依不饶，将《文艺报》没有发表李、蓝二人文章之举一下上升到"跟资产阶级唯心论和资产阶级名人有密切联系，跟马克思主义和宣扬马克思主义的新生力量却疏远得很"的政治高度。① 显然对毛泽东来讲，这是解放战争的延续，他决定以战争的方式来解决意识形态领域的问题。据李希凡本人回忆，在1955年的春节团拜会上，聂荣臻曾握着他的手说："文武两条战线，现在仗已经打完了，要看你们文化战线的了。"②于此可见当时中央高层对1954年这场运动的认识，也可为解读毛泽东的行为动机作注脚。

毛泽东是经江青推荐，读到《关于〈红楼梦简论〉及其他》一文的。江青当时任中共中央宣传部电影处处长、电影指导委员会委员，此前已在批判电影《清宫秘史》、《武训传》的运动中初露峥嵘。1972年，江青在和美国学者维克特的谈话中披露了其中的内情："这篇文章被我发现了，就送给毛主席看。"③据曾看过维克特采访原稿的赵冈介绍，江青说，"1954年斗争俞平伯的红楼梦事件是由她发动的"，"因为她曾是齐鲁大学的学生"，"所以对后来改名山东大学的校刊《文史哲》特别注意"。④ 显然，这一推荐是颇有效果的，毛泽东很敏锐地从这篇文章中找到了他所需要的东西。

---

① 毛泽东：《对〈质问文艺报编者〉一文的批语和修改》，载《建国以来毛泽东文稿》第四册，第589页，北京：中央文献出版社，1990年。

② 陈晋：《文人毛泽东》，第330页，上海：上海人民出版社，1997年。

③ 叶永烈：《江青传》，第233页，北京：作家出版社，1993年。

④ 赵冈：《红楼梦再度被卷入大陆上的政争》，载其《花香铜臭读红楼》，第152～153页，台北：台湾时报文化出版事业有限公司，1978年。

在这场运动发起之前，毛泽东对俞平伯、李希凡、蓝翎等人的情况还是相当了解的。他曾仔细阅读过俞平伯的《红楼梦辨》一书，并“在书上做了不少批画，不少地方，除批注、画道道外，还画上了问号”①，其中对《作者底态度》和《红楼梦底风格》两节圈画最多，甚至一页上就有七八个。以其对《红楼梦》一贯的社会历史角度的解读和阶级斗争反映论的观点，他与俞平伯的红学观无疑会格格不入。他更认同李、蓝二人的观点，因为李、蓝二人探讨《红楼梦》的角度和观点与他大体相同，而且李、蓝二人初生牛犊不怕虎、大胆向权威挑战的姿态也与他的性格契合。他对李、蓝二人《关于〈红楼梦简论〉及其他》、《评〈红楼梦研究〉》两文也作过批注，认为是“很成熟的文章”，同时也指出文章有些问题“值得研究”或“讲得有缺点”。显然他还对两人的情况做过了解，因为他知道他们是“青年团员，一个二十三岁，一个廿六岁”。尤为值得注意的是，他为李、蓝二人的批评俞平伯定了性，认为“不是更深刻周密的问题，而是批判错误思想的问题”，同时还嫌二人批判的力度不够，“不应该替俞平伯开脱”。②

随后，毛泽东通过江青向《人民日报》总编辑邓拓以及胡乔木、林默涵等人传达指示，希望《人民日报》转载这篇文章。大家经过讨论，采纳胡乔木的意见，“党报不是自由讨论的场所”，并决定由《文艺报》进行转载。③ 同时，邓拓、陈翔鹤、冯雪峰等人相继约见李希凡、蓝翎，商量转载、修改等事宜。很快，《关于〈红楼梦简论〉及其他》一文经作者补充修改后在《文艺报》第18期刊出。10月10日，《光明日报》的《文学遗产》专刊刊载了李希

① 陈晋：《文人毛泽东》，第324、325页，上海：上海人民出版社，1997年。

② 毛泽东：《建国以来毛泽东文稿》第四册，第569～572页，北京：中央文献出版社，1990年。

③ 黎之：《文坛风云录》，第7页，郑州：河南人民出版社，1998年。

凡、蓝翎的另一篇文章《评〈红楼梦研究〉》。

《文艺报》和《光明日报》在刊发这两篇文章时，为表示重视，还特意在前面加了“编者按”。其中《文艺报》的“编者按”为冯雪峰所写，并经过中宣部审阅。① 两则“编者按”的观点大体相同，一方面肯定李、蓝二人文章的重要价值，指出“他们试着从科学的观点对俞平伯先生在《红楼梦简论》一文中的论点提出批评，我们觉得这是值得引起大家注意的”，“他们这样地去认识《红楼梦》，在基本上是正确的”。同时又点出二人文章的不足：“作者的意见显然还有不够周密和不够全面的地方”，最后指出谈论的意义：“只有大家来继续深入地研究，才能使我们的了解更深刻和周密，认识也更全面，而且不仅关于《红楼梦》，同时也关于我国一切优秀的古典文学作品。”②

但是，毛泽东对周扬、邓拓等人的这一安排并不满意，对《文艺报》、《光明日报》的这两则“编者按”同样恼火，认为《文艺报》是“对两青年的缺点则决不饶过”，“妄加驳斥”。③ 终于，毛泽东忍耐不住，从幕后的关注直接走向前台的干预。

1954 年 10 月 16 日，毛泽东写了一封《关于〈红楼梦〉研究问题的信》，揭开了批判俞平伯的大幕，以政治运动的方式取代了学术讨论。在信的开头，他将李、蓝二人对俞平伯的批评界定为“这是三十多年以来向所谓《红楼梦》研究权威作家的错误观的第一次认真的开火”，“反对在古典文学领域毒害青年三十余年的胡适派资产阶级唯心论的斗争”。书信的主体则是对“拦阻”两个“小人物”的《文艺报》及“某些人”进行严厉批评，认为他

---

① 黎之：《文坛风云录》，第 7 页，郑州：河南人民出版社，1998 年。

② 华东作家协会资料室：《红楼梦研究资料集刊》(1954 年 9 月—11 月)，第 10～12 页，上海：华东作家协会资料室，1954 年。

③ 毛泽东：《建国以来毛泽东文稿》第四册，第 569～572 页，北京：中央文献出版社，1990 年。

们“同资产阶级作家在唯心论方面讲统一战线，甘心作资产阶级的俘虏”。书信的最后交代，对“俞平伯这一类资产阶级知识分子，当然是应当对他们采取团结态度的”。在书信中，毛泽东还专门提到批判《清宫秘史》和《武训传》的事，表示了自己的不满。① 显然，他这一次是下了大决心的。

一场批判俞平伯的运动迅即展开。不过从这封书信来看，似乎批判的主体是《文艺报》而不是俞平伯，从某种角度看，俞平伯从运动一开始就不是主角，更像是配角，至少在毛泽东的眼里是如此。而且信中已明确将俞平伯定性为“资产阶级知识分子”，指出“应当批判他们的毒害青年的错误思想，不应当对他们投降”②。

毛泽东的书信是写给刘少奇、周恩来、陆定一、胡乔木、周扬、丁玲、何其芳等中央高层领导和主管宣传的负责人的，收信人共有28人，其中也包括令毛泽东十分不满的《文艺报》主编冯雪峰。③

10月18日，中共中央宣传部、中国作家协会党组召开会议，传达、落实毛泽东这一重要指示。10月23日，《人民日报》发表署名钟洛的文章《应该重视〈红楼梦〉研究中的错误观点的批判》，向社会透露要发动政治运动的信息。第二天，李希凡、蓝翎的《走什么样的路？——再评俞平伯先生关于〈红楼梦〉研究的错误观点》一文在《人民日报》刊登。

10月28日，《人民日报》又发表署名袁水拍的文章《质问〈文艺报〉编者》，将矛头直指《文艺报》，事态进一步扩大。这篇

---

①② 毛泽东：《建国以来毛泽东文稿》第四册，第574～575页，第575页，北京：中央文献出版社，1990年。

③ 具体名单见《建国以来毛泽东文稿》第四册，第575页，北京：中央文献出版社，1990年。

文章虽然署名袁水拍，但出于江青的授意、经过毛泽东本人的修改。据当时在中共中央宣传部文艺处供职的黎之介绍，“江青未同文艺界领导和中宣部打招呼，悄悄找袁水拍起草《质问〈文艺报〉编者》，把批判的矛头直接指向文艺界的领导人。从李、蓝文章发表到对《文艺报》做出改组决议前后不到两个月。这一切如果没有江青这个‘流动哨兵’的积极插手是不可能的”，“文中‘文艺报在这里跟资产阶级名人有密切联系，跟马克思主义和宣扬马克思主义的新生力量却疏远得很，这难道不是显然的吗’一段是毛泽东加的”。①

自10月31日到12月8日，中国文联主席团、中国作家协会主席团连续召开8次批判会议。很快，全国各地报刊及文化部门纷纷跟进，正常的学术活动骤然变成一场波及全国的政治运动，成为“反对资产阶级思想的严重斗争”、“反对对资产阶级思想的可耻的投降主义的斗争”。俞平伯被作为“胡适派资产阶级唯心论在《红楼梦》研究方面的一个代表者”在运动中受到围攻和批判。②

总的来看，这场政治运动有如下几个特点。

一是规模大，时间集中，来势迅猛。借助强大的宣传工具，批判俞平伯的运动如狂风暴雨般迅速展开。短短两年时间里，就出现了一大批批判文章，红学领域顿时变得热闹异常。这可以从解放后全国历年发表红学论文的数量上看得出来，这里将1949年至1959年的情况列表显示如下③：

---

① 黎之：《文坛风云录》，第11、18页，郑州：河南人民出版社，1998年。

② 周扬：《我们必须战斗》，载作家出版社编辑部编《红楼梦问题讨论集》(一)，第20、23页，北京：作家出版社，1955年。

③ 该表据顾平旦主编《红楼梦研究论文资料索引》(1874—1982)相关内容整理而成，北京：书目文献出版社，1982、1983年。

年份	1949	1950	1951	1952	1953	1954	1955	1956	1957	1958	1959
论文数	7	33	21	5	10	284	188	29	36	11	14

从上表可以看出，1954、1955年是新中国成立后红学研究史上的异常年份。这些从1954年10月突然增多的文章大多数专门为批判俞平伯而写。相比之下，这场运动较之先前对《武训传》和《清宫秘史》的批判在声势和规模上要大得多。

一是运动的参与者除主管文化、宣传工作的有关领导如周扬、郭沫若、茅盾等人外，主要为知识分子，他们是这场运动的主要参与对象。这与1973年开展的全民参与的批红运动在动机、方式和范围上皆有所不同，基本上没有工农兵的参与。从这些批判文章中，可以看到许多熟悉的名字：聂绀弩、严敦易、吴组缃、林庚、程千帆、余冠英、冯沅君、陆侃如、何其芳、魏建功、孙望、陈友琴、顾学颉、刘绶松、王瑶、童书业、褚斌杰、唐弢、周汝昌、李长之、范宁、刘永济、任访秋……这些知识分子大多并非红学专家，对这部作品没有特别的研究，不少人在进行大批判之前没看过李、蓝二人甚至是俞平伯的文章，就连郭沫若本人都公开承认"俞平伯先生的《红楼梦研究》，我一直到现在都还没有看过。李希凡、蓝翎两位同志的文章是引起了注意之后我才追看的。《文艺报》和《文学遗产》对于李、蓝文章的按语，也是在袁水拍同志发表了质问《文艺报》的文章之后我才追着看的"①。不少文章系应景而写，为违心之作，由此可见当时大多数知识分子被改造时的复杂心态。

一是这些批判文章基本与官方立场一致，即批判俞平伯，肯定李、蓝二人。他们的文章多具有一种政治表态的意义，内容大

① 郭沫若：《三点建议》，载作家出版社编辑部编《红楼梦问题讨论集》(一)，第2页，北京：作家出版社，1955年。

多重复雷同，学术含量较低，其中不乏乱扣帽子、捕风捉影之作，比如黄肃秋在运动之初就指责俞平伯有"把古典文学资料垄断起来、秘而不宣的恶劣作风"①。仅从当时一些文章的题目中自不难想象这些文章的内容：《应该重视对〈红楼梦〉研究中的错误观点的批判》（钟洛）、《对表现在〈红楼梦〉研究中的胡适派资产阶级唯心论展开批判的重大意义》（力扬）、《俞平伯的〈红楼梦〉研究给予青年的毒害》（何家槐）、《俞平伯〈红楼梦研究〉是反爱国主义的》（范宁）、《论俞平伯底美学思想底腐朽性及其根源》（姚雪垠）、《俞平伯的错误文艺思想的一贯性》（萧山）、《向〈红楼梦〉研究中的颓废主义作斗争》（陈汝惠）。② 这种混乱局面的出现，与不少知识分子明哲保身、不了解上面的政策和意图有关。时隔不久，中央主管宣传工作的陆定一就公开承认，在这场运动中，"有一些文章则写得差一些，缺乏充分的说服力量，语调也过分激烈了一些。至于有人说他（指俞平伯——笔者注）把古籍垄断起来，则是并无根据的说法"③。

批判文章之外，从 1954 年 10 月 24 日起，全国各地还陆续召开了各种层次的《红楼梦》研究问题座谈会、报告会。据不完全统计，这类座谈会至少开了 110 多次。④

---

① 黄肃秋：《反对对古典文学珍贵资料垄断居奇的恶劣作风》，载华东作家协会资料室《红楼梦研究资料集刊》初编，第 50 页，上海：华东作家协会资料室，1954 年。

② 上述文章具体内容参见作家出版社编辑部编《红楼梦问题讨论集》（一、二、三）（作家出版社 1955 年版）与华东作家协会资料室编印《红楼梦研究资料集刊》（初编、二编）。

③ 陆定一：《百花齐放，百家争鸣——1956 年 5 月 26 日在怀仁堂的讲话》，北京：《人民日报》，1956 年 6 月 13 日。

④ 华东作家协会资料室编印《红楼梦研究资料集刊》（初编、二编）之《红楼梦研究问题座谈会日志》、《红楼梦研究问题座谈会日志的补充及其他》。

政治运动中的众生相

在这场声势浩大的政治运动中，李、蓝二人表现得十分活跃。他们起初研究《红楼梦》是满怀真诚和热情的，但当运动展开后，他们有意识地与宣传部门积极配合，实际上已沦为冲锋陷阵的政治工具，自愿扮演了马前卒的角色，比如《走什么样的路?》一文就是在邓拓的布置下写出的。① 再比如《关于文学研究中的庸俗社会学倾向》一文，曾经过胡乔木的大量修改，修改的程度据蓝翎介绍，“其实有三分之二是我们冒名的”②。从1954年10月到1956年6月，在不到两年的时间内，他们先后撰写了《走什么样的路?》、《“新红学派”的功过在哪里?》、《评红楼梦新证》、《评王国维的〈红楼梦评论〉》等文章，其中“不少文章都是奉命而作，或经有关负责人大量修改，有一定的背景，自然也增加了文章的政治份量”③。随后，两人将这些文章和《关于〈红楼梦简论〉及其他》、《评〈红楼梦研究〉》编成论文集《红楼梦评论集》，于1957年由作家出版社出版。

仅从对俞平伯的态度而言，两人的口气越来越严厉，开始往政治上靠，上纲上线，乱扣帽子，失去了所应有的学术色彩。比如他们说俞平伯“很明显地是反对那些作品对人民的歌颂和热爱”，是“片面的主观主义”，“以隐蔽的方式，向学术界和广大的青年读者公开地贩卖胡适之的实验主义，使它在中国学术界中间借尸还魂”，“直接地抵制了马克思列宁主义在古典文学研究领域中的传播和运用”，认为“清算‘新红学家’尤其是俞平伯的

---

① 李希凡:《毛泽东与〈红楼梦〉》，见李希凡《红楼梦艺术世界》，北京:文化艺术出版社，1997年。

②③ 蓝翎:《四十年间半部书》，太原:《黄河》，1994年第5期。

反动观点，就是保护祖国的文学遗产”。对俞平伯研究成果的评价也越来越低，认为他“除了引申或说明胡适的结论，并附带一点‘趣味’的‘考证’外，自己更无任何独创性的考证成绩可言”①。这样，他们走得越来越远，在某种程度上已经成为伤害俞平伯的帮凶。就连李希凡本人事后也承认：“自然，也要承认这场运动对俞平伯先生有伤害，给他心理上造成的压力很大。后来运动升级，批判也升温了，有些文章也就不实事求是了，包括我们后来的一些文章，也有对俞先生不尊重的称谓和说法。”②蓝翎则有更明确的说法：“如果说，在这以前，我们写文章的态度只是为了表明个人对《红楼梦》及有关问题的一些见解，对事不对人……那么，在此以后，就是自觉地以战斗者的政治姿态出现，仿佛真理就在自己一边，当仁不让，片言必争。”③

在《红楼梦评论集》1973年版中，李希凡执笔对这一论文集再加修订，撰写有关的附记和三版后记，并再次对俞平伯进行更为严厉的批判，用迫害一词来形容并不过分，至于书中对何其芳的批判，则更是处处挑刺，大有置其于死地的架势。对该版的《红楼梦评论集》，李希凡本人事后的评价是：“它已‘死去’，因为它是在极‘左’思潮的严重影响下修改的。从我来说，是受批斗搞乱了思想，急于同所谓‘文艺黑线’划清界限……其中夹杂着我的‘私愤’。”④蓝翎的评价基本相同：“在一定意义上说，已经是死的了，由作者把它弄成了‘文革’的殉葬品。现在提起它，实在汗颜。”⑤事实上，就连毛泽东本人对他们后来的文章也不满意：“李希凡这个人开始写的东西是好的，后来写的几篇就没有

---

① 李希凡、蓝翎《走什么样的路?》、《“新红学派”的功过在哪里?》、《评〈红楼梦新证〉》等文，见《红楼梦评论集》，北京：作家出版社，1957年。

②④ 李希凡：《红楼梦艺术世界》，第394页，第410页，北京：文化艺术出版社，1997年。

③⑤ 蓝翎：《四十年间半部书》，太原：《黄河》，1994年第5期。

什么特色了，应该让他到生活实践中去，过去当小媳妇时兢兢业业，当了婆婆后就板起面孔了。用教条主义来批评人家的文章，是没有力量的。"①

在这场运动中，另一个人的表现也很值得关注，那就是周汝昌。此时其《红楼梦新证》刚刚出版，与俞平伯同样为学界所注目。在红学研究中，他与胡适的观点较之俞平伯与胡适更为接近，因为该书不折不扣地贯彻了胡适的自传说，不像俞平伯对自传说已经作了很大的修正。而且周汝昌与胡适曾经有过书信往来，在写作《红楼梦新证》的过程中，得到过胡适的热心指点和帮助。显然对俞平伯与新红学的批判肯定会涉及周汝昌本人。当时周汝昌"很感不安，躺在医院的病床上，仍然如临深渊，如履薄冰"②。周氏本人后来回忆道："尔时我年方三十四岁，哪里经过(理解)这么复杂而严峻的'形势'，吓得惊魂不定，而另一方面，我怎么也想不通自己的纯学术著述到底具有何种大逆不道的'极端反动性'。"③

正是在这种惊恐和困惑中，周汝昌做出了明哲保身的特别之举。批判俞平伯的运动刚一开始，10 月 30 日，周汝昌就在《人民日报》发表《我对俞平伯研究红楼梦的错误观点的看法》一文。据周事后回忆，是邓拓找他"写批俞(平伯)批胡(适)的'文章'"，"批判俞、胡，也作自我批评"，文章写好后"由好意之人略为加工润色"。④ 显然，当时的一般读者是不了解这一内幕的，在他们看来，周汝昌的这一举动有着十分明确的明哲保身的意味，其思路

① 陈晋：《文人毛泽东》，第 402 页，上海：上海人民出版社，1997 年。

② 蓝翎：《四十年间半部书》，太原：《黄河》，1994 年第 5 期。

③ 周汝昌：《〈红楼梦新证〉的前前后后》，载《东方赤子 · 大家丛书：周汝昌卷》，第 65 页，北京：华文出版社，1999 年。

④ 周汝昌：《邓拓与我论"红学"》，上海：《文汇报》，2000 年 11 月 11 日。

基本上是批俞平伯以自保。比如他说俞平伯“竭力抽掉其中任何社会政治意义,使红楼梦只变为一个‘情场’的好把戏”,“胡适之、俞平伯一派的‘红学’家,却竭力企图把红楼梦化为一个小把戏,引导读者钻向琐碎趣味中去,模糊这一伟大古典现实主义名著的深刻意义”,“假如俞平伯不是站在封建‘主子’一边,如何欣赏赞叹这些知‘恩’知‘义’的奴才的‘犹知慰主’呢?俞平伯的阶级立场在这里不是很清楚吗”,“和俞平伯的阶级观点直接联系的就是他的资产阶级的文艺见解”;一方面则为自己开脱,称自己“在从前写书时,主要还是想强调证明鲁迅先生的‘写真’‘自述’说,藉以摧破当时潜在势力还相当强的索隐说法”,“正是想在自己的学识理论的有限水平上,努力找寻红楼梦的社会政治意义,把红楼梦与社会政治更密切地结合起来看问题”。①

在风暴到来之时自我保护,这一想法固然可以理解,但从学理上看,周汝昌的说法是不能成立的,因为他无法把自己与胡适、俞平伯新红学一派区分开,他所说俞平伯的种种“错误”在自己身上表现得更为突出。他为自己的开脱也是十分勉强的,就《红楼梦新证》一书的写作动机来讲,其书中交代得十分清楚:“现在这一部考证,唯一目的即在以科学的方法运用历史材料证明写实自传说之不误。”②

周汝昌此举固然为对他的批判起到了一的定的缓冲作用,但他的红学观点还是在这场运动中受到了批判,其中以李、蓝二人《评〈红楼梦新证〉》一文的看法最有代表性。不过他们对周汝昌的批判与对俞平伯有着明显的不同,是区别对待的。因为这篇文章系受邓拓之命而作,体现的是“上边的意思”,“既严肃批

① 周汝昌:《我对俞平伯研究红楼梦的错误观点的看法》,见作家出版社编辑部编《红楼梦问题讨论集》(一集),北京:作家出版社,1955年。

② 周汝昌:《红楼梦新证》,第566页,上海:棠棣出版社,1953年。

评他的错误观点，也体现出热情帮助和保护的态度，指出他与胡适不同，是受了胡适的影响”①。这个“上边”就是江青和毛泽东。据江青事后和维克特的谈话：“周汝昌书中采用了清宫档案，值得一读，很多人要攻击他，我都保护他过关。”②另据当时在中共中央宣传部科学卫生处的龚育之回忆，他听周扬和胡绳讲，“对周汝昌不要批评，要把他放在这场思想斗争的‘友’的位置上，要让他一起来参加对胡适的批判……从他们那里知道，这也是毛泽东主席的意见”③。这也正可解释为什么在这场运动中只针对俞平伯而放过周汝昌的原因所在。

在这篇文章中，李、蓝二人将《红楼梦新证》与胡适的《红楼梦考证》、俞平伯的《红楼梦研究》区别开，“对作为一个年青的学术研究工作者的周汝昌先生，也绝不能把他和胡适、俞平伯同等看待”，并以较多的篇幅从三个方面肯定“作者在考证工作上确实付出了相当大的劳力，也作出了一些可贵的成绩”。在这个前提下，才指出其“在观点和方法上，仍然存在着非常严重的错误，甚至发展了某些传统的错误”，这些错误在于周汝昌“根本不了解现实主义的真正内容”，主要表现为“对于作家和作品的所谓‘社会政治背景’的理解是不正确的，至少在某些方面是片面的”，“在观点上继承并发展了适、俞的‘写实’‘自传’说”，“更加继承并发展了胡适的荒谬论点，实际上并没有跳出胡适的陷阱”，并指出《红楼梦新证》中一些章节所进行的是“烦琐无关的考证”和“极端的穿凿”。④ 从学理上来看，应该说李、蓝二人对

① 蓝翎：《四十年间半部书》，太原：《黄河》，1994 年第 5 期。

② 赵冈：《红楼梦再度被卷入大陆上的政争》，见《花香铜臭读红楼》，第 154 页，台北：台湾时报文化出版事业有限公司，1978 年。

③ 龚育之：《几番风雨忆周扬》，载王蒙、袁鹰主编《忆周扬》，第 14 页，呼和浩特：内蒙古人民出版社，1998 年。

④ 李希凡、蓝翎：《评〈红楼梦新证〉》，见《红楼梦评论集》，北京：作家出版社，1957 年。

周汝昌与胡适、俞平伯学术观点承继关系的判断是大体准确的，对周汝昌将自传说发展到极端的批判也有其合理成分。周汝昌看到这篇“既有批评又含保护过关之意”的文章后“大出意料之外，来信表示感激得流泪云云”①。此外，魏建功的《批判〈红楼梦〉研究中唯心观点的意义》、胡念贻的《评近年来关于红楼梦研究中的错误观点》、褚斌杰的《评〈红楼梦新证〉》、王知伊的《评〈红楼梦新证〉及其他》等文章也表达了与李、蓝二人大体类似的看法。② 而且正如蓝翎本人事后所说的，“此后一些批评他的文章，也是只对研究观点立论，而不往政治立场上拉”③。

学术观点的批判之外，还有一些人对周汝昌的批俞自保之举提出批评，比如宋云彬就指出周汝昌“怕人家从批评俞平伯牵连到他的《红楼梦新证》，先发制人，写文章批评了俞平伯。参加这个讨论当然是好的，然而像周汝昌那样，似乎应该先批评自己，至少对自己的批评应该老实一点。可是他对自己批评得很不够，责人重而责己轻”，认为他“极不老实”，“企图把责任推给鲁迅先生”。④ 胡念贻也持类似的观点，认为周汝昌“对于自己的错误观点，还是认识得很不够的”，“用鲁迅先生来替自己回护”。⑤ 王知伊更是对周汝昌进行质问：“既然认为自己是被俘虏中的一个，而且是曾经受了胡适派的毒害而转又把这些毒害

①③ 蓝翎：《四十年间半部书》，太原：《黄河》，1994 年第 5 期。

② 作家出版社编辑部编：《红楼梦问题讨论集》（二集），北京：作家出版社，1955 年。

④ 宋云彬：《展开思想斗争　提倡老实作风》，见华东作家协会资料室编印《红楼梦研究资料集刊》，第 305 页，上海：华东作家协会资料室，1954 年。

⑤ 胡念贻：《评近年来关于红楼梦研究中的错误观点》，载作家出版社编辑部编《红楼梦问题讨论集》（二集），第 229 页，北京：作家出版社，1955 年。

传播给人家的人，难道仅仅只是把罪过卸在俞平伯的身上而自己就可转觉满身轻松了吗?”①由此一端，可见风暴到来时知识分子的复杂心态。

尽管在这场批判俞平伯的运动中有人提出“应该广泛地展开学术上的自由讨论，提倡建设性的批评”②，但实际上正如毛泽东所说的，“不应当承认俞平伯的观点是正确的”，“不是更深刻周密的问题，而是批判错误思想的问题”。③ 既然如此，也就谈不上自由讨论，批判的基调已经确定，大家不过依照上面的精神和布置表态附和罢了。即使在这种一边倒的情况下，还是有人不合时宜地对这场运动发表了不同的意见，表现出可贵的学术勇气和独立思考精神。这些意见多是以与李希凡、蓝翎二人商榷的形式表达的。

大体说来，这些不同意见有如下几点：一是不同意李、蓝二人对俞平伯的某些批评。比如吴组缃就提出“说俞先生的研究是自然主义观点，这我看不出来”，“《评红楼梦研究》一文中有些地方引原文，只引了上半句，就未免误解”。④ 一是指出李、蓝在研究方法上存在的问题。比如王冰洋认为：“李、蓝二位同志在他们的论述中所表现的实际观点，实质上继承了作为资产阶级学派之一的庸俗社会学派的衣钵”，“他们有着一个封建主义过

---

① 王知伊:《评〈红楼梦新证〉及其他》，见作家出版社编辑部编《红楼梦问题讨论集》(二集)，第277页，北京：作家出版社，1955年。

② 郭沫若:《三点建议》，见作家出版社编辑部编《红楼梦问题讨论集》(一集)，第3页，北京：作家出版社，1955年。

③《建国以来毛泽东文稿》(第四册)，第570页，北京：中央文献出版社，1990年。

④《中国作家协会古典文学部召开的红楼梦研究座谈会记录》，见华东作家协会资料室编印《红楼梦研究资料集刊》，第367页，上海：华东作家协会资料室，1954年。

去以后就是而且只能是资本主义这个空洞概念和死板教条，抓住这个教条，一点也不分析具体的历史情况"。① 佘树声也有着类似的看法，认为"在分析贾家衰败的社会原因及其典型意义上"，李、蓝二人的意见是错误的，因为他们"远远离开了中国历史的特点与产生《红楼梦》的历史条件的具体特点"，他们"将贾家的被抄仅仅当作'个别的偶然的原因'是错误的，在这一点上是违背了现实主义的原则的"。② 一是认为李、蓝二人对作品过分抬高，或是指出二人对"曹雪芹的文艺观也未免评价过高"③，或是指出二人对一些人物如贾宝玉、林黛玉过分抬高，指出"过分地忽视了这两个人物的作用固然不对，但过分地抬高了这两个人物的作用，也是同样值得商榷的"④。应该说，这些意见确实指出了李、蓝二人文章存在的不足，尽管李、蓝二人不肯接受，专门撰文进行反驳，但并未驳倒这些不同意见。⑤ 遗憾的是，这些声音在这场声势浩大的运动中显得特别微弱。在众口一词的形势下，这种异样的声音尤为难得。

---

①《对〈红楼梦〉研究问题的意见》，见华东作家协会资料室编印《红楼梦研究资料集刊》(二集)，上海：华东作家协会资料室，1955 年。

② 佘树声：《关于贾家的典型性及其它——向李希凡、蓝翎两同志商榷》，作家出版社编辑部编《红楼梦问题讨论集》(三集)，第 74、78 页，北京：作家出版社，1955 年。

③《中国作家协会古典文学部召开的红楼梦研究座谈会记录》，见华东作家协会资料室编印《红楼梦研究资料集刊》，第 367 页，上海：华东作家协会资料室，1954 年。

④ 刘衍文：《从对俞平伯先生研究〈红楼梦〉的批判谈起》，见作家出版社编辑部编《红楼梦问题讨论集》(一集)，第 185 页，北京：作家出版社，1955 年。

⑤ 李希凡、蓝翎：《关于红楼梦的思想倾向问题——兼答几种不同的批评意见》，见《红楼梦评论集》，北京：作家出版社，1957 年。

运动之后的余波

与批判俞平伯运动同时进行的，还有规模更大、范围更广的在文化学术界清除胡适影响的运动。这次批判同样在毛泽东的直接过问和指导下展开。为了组织这次批判，还专门成立了由郭沫若、茅盾、周扬、邓拓等人组成的机构，召开中国科学院院部和中国作家协会主席团联席扩大会议讨论，通过批判计划草案，从9个方面对胡适进行批判，并发动全国各类宣传机构和媒体给予积极配合。当时胡适远在美国，逃过一劫，他密切关注着大陆局势的发展。

《文艺报》因未及时刊发李、蓝二人的文章，其主编冯雪峰便成为这场运动的主要批判靶子。在毛泽东的亲自过问下，对《文艺报》的批判不断升级，上纲上线，受到了比俞平伯远为严厉的批判和处理，因为他们的性质被毛泽东界定为"被资产阶级思想统治了的问题"、"具有反马克思主义的极锐敏的感觉"、"资产阶级反马克思的立场观点问题"。① 至于冯雪峰本人，尽管他身为文化部门的高级领导干部，而且与毛泽东有过私交，但也被毛泽东定性为"浸入资产阶级泥潭里了"，"是反马克思主义的问题"，"用各种方法向马克思主义作坚决斗争"，指令以"反马克思列宁主义的错误""为主题去批判冯雪峰"。② 在强大的压力下，冯雪峰只得写检查，做检讨，《检讨我在〈文艺报〉所犯的错误》还在

① 毛泽东:《对〈文艺报编者应该彻底检查资产阶级作风〉一文的批注》，见《建国以来毛泽东文稿》第四册，第599～600页，北京:中央文献出版社，1990年。

② 毛泽东:《对冯雪峰〈检讨我在文艺报所犯的错误〉一文的批注》，见《建国以来毛泽东文稿》第四册，第602～604页，北京:中央文献出版社，1990年。

《人民日报》、《文艺报》上全文刊出。

自然，冯雪峰等人的结局可以想见。1954 年 12 月 8 日，中国文学艺术界联合会主席团、中国作家协会主席团召开联席扩大会议。在这次会议上，郭沫若、茅盾、周扬这三位重量级的人物先后发言，为这场运动定性、表态。会议通过《关于〈文艺报〉的决议》，《文艺报》因“对于文艺上的资产阶级错误思想的容忍和投降，对于马克思主义新生力量的轻视和压制，在文艺批评上的粗暴、武断和压制自由讨论的恶劣作风”等性质严重的错误而受到处理。内容包括：对《文艺报》编辑机构予以改组，“重新成立编辑委员会，实施集体领导的原则”；“责成《文艺报》新的编辑委员会提出办法，坚决克服本决议所指出的错误，端正刊物的编辑方针”；“责成中国作家协会主席团改进对《文艺报》的领导工作”，其他文艺报刊也都要“根据本决议的方针进行工作的检查并改进工作”。① 直到 1955 年初，“对《文艺报》的批评处理和对作协系统各个刊物的检查算是告一段落”②。冯雪峰被调到政治性不太敏感的人民文学出版社去，随后又被打成“右派”，在历次政治斗争中屡受批斗，饱受磨难。

这场运动最终以俞平伯的公开自我检讨为标志而告终。在 10 月 31 日至 12 月 8 日仅一个多月的时间里，他曾先后参加 8 次由中国文联、作家协会组织召开的批判会议，并不断发言检讨。从运动一开始，他就在别人的帮助下，根据上级的精神检讨自己。在中国作家协会古典文学部召开的《红楼梦》研究座谈会上，他解释了《红楼梦简论》、《红楼梦的思想性和艺术性》两文的由来，承认自己的研究工作是“从兴趣出发的，没有针对红楼梦

---

①《关于〈文艺报〉的决议》，见作家出版社编辑部编《红楼梦问题讨论集》(一集)，第 42、46 页，北京：作家出版社，1955 年。

② 张僖：《只言片语——中国作协前秘书长的回忆》，第 46 页，北京：北京十月文艺出版社，2002 年。

的政治性和思想性，用历史唯物观点来研究，只注意些零零碎碎的东西"，并表示很感谢报刊上批评自己的文章，"愿意通过这次会学习一些新的东西"，"很虚心地听取大家的意见"。①

1955 年 3 月 15 日，俞平伯在《文艺报》第 5 期发表《坚决与反动的胡适思想划清界限——关于有关个人〈红楼梦〉研究的初步检讨》一文。该文主要内容为自我批评，将其他人所批判的那些一一揽到自己身上。②

俞平伯在文章结尾处说自己"心情是兴奋的"，但不过是强作欢颜，因为这种骤然发起的围攻式的大批判给他带来的只能是惊诧、迷茫、紧张和苦痛，根本无法让人兴奋起来。正如他事后所描述的："我无论如何也想不到，就是这么一本小小的书(指《红楼梦辨》——笔者注)，在三十年以后，竟然会引起如此一场轩然大波。"据俞平伯夫人事后的回忆，当时全家人的反应是"都很慌，也很紧张，不知发生了什么事，连往日的朋友都很少走动"③。时任周扬秘书的露菲的事后回忆也印证了这一点："《红楼梦研究》问题引起很大波动，红学专家、学者俞平伯老先生十分紧张。周扬约他到文化部来谈，解除老先生的顾虑。当然，以那时的形势而言，这种顾虑是解除不了的。"④对这场运动中的乱扣帽子、上纲上线之举，俞平伯也是很不满意的，尽管在当时他无法申辩，"我的书写于 1922 年，确实是跟着胡适的'自传说'

---

① 参见《中国作家协会古典文学部召开的红楼梦研究座谈会记录》俞平伯发言部分，华东作家协会资料室编印《红楼梦研究资料集刊》，1954 年。

② 俞平伯：《坚决与反动的胡适思想划清界限——关于有关个人〈红楼梦〉研究的初步检讨》，见作家出版社编辑部编《红楼梦问题讨论集》(一集)，北京：作家出版社，1955 年。

③ 韦柰：《我的外祖父俞平伯》，第 7 页，上海：上海书店，1993 年。

④ 徐庆全：《知情者眼中的周扬》，第 204 页，北京：经济日报出版社，2003 年。

跑，但那时我还不知道共产党，不知道社会主义，怎么会反党反社会主义”①。直到1967年5月27日《人民日报》发表毛泽东《关于〈红楼梦〉研究问题的信》之后，他才算真正弄清这场运动的来龙去脉。

运动的直接后果就是俞平伯学术研究黄金时期的过早结束。其后，除在运动开展前就已大体完成的《脂砚斋红楼梦辑评》和《红楼梦八十回校本》陆续出版外，俞平伯再没有重要的红学成果面世。事实上，无论是文化学术氛围，还是他本人此时的心境，都不允许他再系统、完整地研究《红楼梦》了。从1966年到1986年，他更是在二十年间不公开谈论《红楼梦》，彻底沉默。其间有件特别值得注意的事情，那就是“在发还‘文革’期间抄走俞平伯的藏书中有不少珍本加盖了‘江青藏书’印章”②。

这场运动的另外两位当事人李希凡、蓝翎也因此改变了命运。当年10月，蓝翎被调到人民日报社工作。第二年，李希凡也调到人民日报社，并在那里工作了32年。随着政治形势的变化，两人的际遇后来也各不相同。1994年，两人因对当时合作问题的认识不同，分歧较大，还为此打了一场笔墨官司，公开反目。③

就红学史本身的发展演进过程而言，1954年对俞平伯的大批判无疑是一个划时代的标志性事件。虽然到60年代初还曾有过关于曹雪芹生卒年的热烈争论，红学研究也因此热闹了一阵子，但它已不能改变红学研究高度政治化的基本局面。这场

---

① 乐齐：《休言老去诗情减——俞平伯访问记》，见孙玉蓉《古槐树下的俞平伯》，第246页，成都：四川文艺出版社，1997年。

② 黎之：《文坛风云录》，第18页，郑州：河南人民出版社，1998年。

③ 具体情况参见蓝翎：《四十年间半部书》，太原：《黄河》，1994年第5期；李希凡：《“岂好辩哉？予不得已也”——关于蓝翎〈四十年间半部书〉一文的辩正》，《红楼梦艺术世界》，北京：文化艺术出版社，1997年。

运动之后，红学被赋予更为浓厚的政治色彩，受到官方的严格控制，表面上看似乎一直热闹非凡，但喧闹的背后是萧条。对不少红学研究者乃至整个古典文学的研究者来说，他们从俞平伯身上得到的是十分惨痛的教训，不能不考虑自己的处境和出路。他们要么保持沉默，明哲保身，要么转向毫无政治色彩的文献梳理与考证。这样，继新红学之后，实证式研究独霸红坛的局面不仅未能得到扭转，反而有不断加剧的趋势，与毛泽东等人的预期正好相反，那种意识形态色彩极浓的红学文章倒是连篇累牍地出现了不少，但皆不能构成良性的学术积累。几十年后再回过头来梳理这一时期的红学研究就会发现，其间能够在红学史上立足的东西仍然是那些实证式研究，其他不少在当时极为时髦、走红的东西则早已封存于历史的深处，仅具有一种化石或标本的意义了。历史终究是公平的，也是残酷的，不以人的意志为转移，尽管不少人曾相信自己能够改变它。

至于对这场运动的定性和评价，由于一些当事人还健在，他们事后的态度和认识无疑是值得回味的。“通过这件事，在那么大的范围，有那么多的人说《红楼梦》、评《红楼梦》，的确拓宽了《红楼梦》研究的视野，推动了红学在新的历史阶段中的发展”①，这是李希凡在四十年后对这场运动的看法。显然，这一

① 李希凡：《红楼梦艺术世界》，第395页，北京：文化艺术出版社，1997年。在另一篇文章中，李希凡表达了类似的看法：“对这部杰作的深刻的社会内容，伟大的时代意义，高度的思想艺术成就，可以说都是从此时起，才得到了广泛而深入的探讨。而且正是由于毛泽东同志对《红楼梦》有很高的评价，在他后半生中多次谈论《红楼梦》的政治历史价值、思想艺术成就，才引起了广大群众的阅读兴趣，造成了《红楼梦》研究历久不衰的所谓‘显学’地位。”见李希凡：《艺文絮语》，第48页，哈尔滨：黑龙江教育出版社，2001年。邵燕祥曾针对李希凡的类似言论写过一篇文章《纪念俞平伯老人》进行评述，见孙玉蓉《古槐树下的俞平伯》，成都：四川文艺出版社，1997年。

看法与1986年胡绳代表官方在俞平伯从事学术活动65周年纪念会上的讲话有着很大的差异。胡绳明确指出:"1954年下半年因《红楼梦》研究而对他(指俞平伯——笔者注)进行政治性的围攻,是不正确的。这种做法不符合党对学术艺术所应采取的'双百'方针……党对这类属于人民民主范围内的学术问题不需要,也不应该作出任何'裁决'。1954年的那种做法既在精神上伤害了俞平伯先生,也不利于学术与艺术的发展。"①

(南京大学　苗怀明)

① 胡绳:《在庆贺俞平伯先生从事学术活动六十五周年大会上的讲话》,北京:《文学评论》,1986年第2期。

世界文化名人与古典文学研究

——屈原、杜甫、关汉卿、孔子与张衡

在我国古代文学家中，屈原、孔子、张衡、杜甫、关汉卿都曾被推选为世界文化名人，他们的影响已经超出国界。他们既是中国的，也是世界的。作为中国古代杰出的文学家，他们与20世纪古典文学研究密不可分。20世纪对他们的研究，也已不限于国内，许多国外学者对他们进行了广泛而深入的研究。

屈原与古典文学研究①

1953年，屈原被世界和平理事会②推选为世界文化名人。当年《文艺报》社论《屈原和我们》说："屈原是世界性的伟大诗人，是登上世界文学史最高峰的人物之一。"对屈原的研究，是20世纪古典文学研究的一个热点。

---

① 关于屈原的研究资料和观点主要取自费振刚《先秦两汉文学研究》，北京：北京出版社，2001年12月。

② 世界和平理事会是1950年根据第二届世界保卫和平大会的决议成立的，总部设在芬兰首都赫尔辛基，机关刊物为《世界和平理事会公报》。它是共产党领导下的左派组织，在中国的组织叫"中国人民保卫世界和平委员会"。世界和平理事会从1952年开始评定并颁布世界文化名人。

一、20 世纪的屈原研究

20 世纪的屈原研究，有几个焦点问题：其一，屈原有无其人；其二，屈原的生年；其三，屈原的身份；其四，屈原的思想；其五，屈原作品的真伪。

1. 屈原有无其人

从 20 世纪初开始的对于屈原有无其人的争论一直持续到 80 年代，中日两国许多著名学者都参与了这场争论。20 世纪初，廖平在其《楚辞新解》、《楚辞讲义》①等书中率先发难，否定屈原的存在。他认为《史记·屈原贾生列传》所写屈原都是不对的，文义不连属，事实前后矛盾，并认为屈原的作品多半是秦博士所作《仙真人诗》。随后，胡适的《读楚辞》1922 年 9 月发表于《努力周报》增刊《读书杂志》第 1 期，明确否定屈原的存在，认为屈原是一个"传说的"、"箭垛式的人物"。陆侃如在 1922 年《努力周报》增刊《读书杂志》第 4 期发表《读〈读楚辞〉》，针对胡适的屈原否定论予以批驳。1923 年 12 月，陆侃如《屈原评传》由上海亚东图书馆出版。此外，梁启超《屈原研究》②、谢无量《楚辞新论》③、游国恩《楚辞概论》④、郭沫若《屈原》⑤等，都肯定屈原确有其人，批驳否定屈原的观点，进而对屈原作品进行讨论。1935 年 8 月，许笃仁发表《楚辞识疑》⑥。该文认为《离骚》是淮南王刘安所作，《怀沙》是贾谊所作，《九歌》是司马相如所作，《天

---

① 廖平：《楚辞新解》、《楚辞讲义》，均见于《六译馆丛书》，成都：四川存古书局，1922 年刊印。

② 梁启超：《屈原研究》，见《饮冰室合集》，北京：中华书局，1936 年。

③ 谢无量：《楚辞新论》，上海：上海商务印书馆，1923 年。

④ 游国恩：《楚辞概论》，上海：上海北新书局，1926 年。

⑤ 郭沫若：《屈原》，上海：上海开明书店，1935 年。

⑥ 许笃仁：《楚辞识疑》，《浙江省立图书馆馆刊》第 4 卷第 4 期，1935 年。

问》也是西汉人所作。1938 年，“吴越史地研究会”出版《楚辞研究》，收录何天行《楚辞新考》及其他人所作相关文章，否定屈原的存在及《楚辞》是屈原所作，屈原否定论再次被提出。对此，郭沫若撰写系列文章，为屈原及其作品辩护，1940 年撰写的《革命诗人屈原》和《关于屈原》、1942 年撰写的《屈原研究》①，认为“中国有史以来的第一个伟大诗人要推数屈原”。郭沫若论证了屈原的存在，并考辨屈原的生卒年及其作品，分析屈原的思想，提出了很有说服力的证据。至此，关于屈原有无其人的争论暂时告一段落。

1951 年 3 月 7 日，朱东润在《光明日报》发表《楚歌及楚辞》，随后陆续在《光明日报》发表了三篇文章，分别是 3 月 31 日《离骚底作者》，4 月 28 日《淮南王刘安及其作品》，5 月 12 日《离骚以外的“屈赋”》，认为楚歌楚辞是西汉时流行的一种歌或辞，《离骚》的作者是刘安，《离骚》以外的“屈赋”是汉人之作。“屈原否定论”又一次被提出来，关于有无屈原的论争再次展开。郭沫若 1951 年 5 月 26 日在《光明日报》发表《评〈离骚〉底作者》和《评〈离骚〉以外的屈赋》。前者认为“无论从史实上、思想上、文艺上来说，把淮南王刘安认为《离骚》的作者，是没有办法可以成立的”②。后者针对朱东润否定屈原作品的言论逐一批驳。此外，沈知芳等分别著文否定朱东润的观点。

在日本，一些学者在 20 世纪六七十年代论著中也持“屈原否定论”。1968 年，铃木修次在其编写的《中国文学概论》、《中国文学史》两部书中的导论中，认为“《楚辞》的多数作品是在屈

① 郭沫若的文章，见《郭沫若古典文学论文集》，上海：上海古籍出版社，1985 年。

② 见《郭沫若古典文学论文集》，第 323 页，上海：上海古籍出版社，1985 年。

原个人的名义下被传诵下来的”。岗村繁1966年撰写的《〈楚辞〉与屈原——关于主人公与作者的区别》，认为屈原并不是一位伟大的楚辞作家，“仅只是一位忠臣”。白川静1954年撰写了《屈原的立场》，1976年出版了《中国古代文学（一）从神话到楚辞》，认为《楚辞》是“楚巫集团所作”。稻畑耕一著有《屈原否定论系谱》，系统介绍中国“屈原否定论”的论者及观点。针对日本学者否定屈原的言论，80年代，中国学术界再次掀起批判“屈原否定论”的热潮。黄中模撰写了许多文章批驳日本学者的“屈原否定论”，后汇集成《与日本学者讨论屈原问题》一书，由华中理工大学出版社1990年出版。黄中模还将中日学者就屈原问题的论争编为《中日学者屈原问题论争集》。姜亮夫、汤炳正等也撰文进行了批驳，肯定了屈原其人及其著作权。

2. 屈原的生卒年

关于屈原的生卒年，说法很多。对于屈原的生年，推断的依据便是《离骚》中“摄提贞于孟陬兮，惟庚寅吾以降”。影响较大的几种说法是：郭沫若推断屈原生于公元前340年正月初七，卒于公元前278年①；林庚认为屈原生于公元前335年正月初七，卒于公元前296年②；汤炳正认为屈原生于公元前342年正月二十六日，卒于公元前277年③。此外，浦江清认为屈原生于公元前339年正月十四日④；胡念贻认为屈原生于公元前353年正月二十三日或二十二日⑤；聂石樵认为屈原卒于公元前285

---

① 郭沫若：《屈原研究》，见《郭沫若古典文学论文集》，上海：上海古籍出版社，1985年。

② 林庚：《诗人屈原及其作品研究》，上海：上海古籍出版社，1980年。

③ 汤炳正：《屈赋新探》，济南：齐鲁书社，1984年。

④ 浦江清：《屈原生年月日的推算问题》，见《楚辞研究论文集》，北京：作家出版社，1957年。

⑤ 胡念贻：《屈原生平新考》，见《先秦文学论集》，北京：中国社会科学出版社，1981年。

年①;郑鸿之认为屈原卒于公元前279年②。

3. 屈原的身份

屈原的身份问题主要集中在屈原是否是"文学弄臣"、"法家人物"及"巫官"。1941年,在重庆的诗人把端午节定为"诗人节";1944年6月25日,成都文艺界抗敌协会举行"诗人节茶会",纪念屈原。金陵女子大学教授孙次舟在纪念会演说中提出了屈原是文学弄臣的观点,他说屈原是一个"富有脂粉气息的美男子","以面目姣好、服饰艳丽、妖冶作女子态见幸于人","和楚怀王有一种超乎君臣的关系"③。闻一多《屈原的问题(敬质孙次舟先生)》中说:"孙先生觉察了屈原的'脂粉气'而没有觉察他的'火气',这对屈原是不大公平的","事实本是先有弄臣,而后变成文人,(而且不是一个寻常的文人!)孙先生却把它看成先有文人,而后变成弄臣"。④ 闻一多没有否认"屈原是文学弄臣"这一说法,认为"屈原诚然是弄臣,但以那样的身份而能革命,却更值得赞扬。"⑤郭沫若1946年5月撰写《屈原不会是文学弄臣》和《从诗人节说到屈原是否是弄臣》⑥两篇文章,否定"屈原是文学弄臣"。1948年,刘开扬发表《屈原论》,认为屈原是政治家和外交家,不是文学弄臣,至于《离骚》中香草美人的比喻,这本是文学家的自由,《诗经》中就有不少,不是始自屈原。⑦

---

① 聂石樵:《屈原论稿》,北京:人民文学出版社,1982年。

② 郑鸿之:《爱国大诗人屈原》,香港:香港庄严出版社,1979年。

③ 孙次舟:《屈原是"文学弄臣"的发疑——兼答屈原崇拜者》,南京:《中央日报·中央副刊》,1944年9月6、7、8日;《屈原讨论的最后申辩》,南京:《中央日报·中央副刊》,1944年11月25、26、27日。

④⑤ 闻一多:《屈原的问题(敬质孙次舟先生)》,洛阳:《中原月刊》,1945年第2卷第2期。

⑥ 两文均见《沫若文集》第十三集,北京:人民文学出版社,1963年。

⑦ 刘开扬:《屈原论》,南京:《中央日报·文史专刊》,1948年6月3日。

十年动乱期间，在“批儒评法”运动中，屈原被认为是法家诗人。靳南《从〈离骚〉看屈原的法家思想》一文认为《离骚》是“法家第一部划时代的文学作品”。①

80 年代，一些学者提出屈原是“巫官”、“大巫学家”，如郑在瀛《巫官屈原论》②、张中一《屈原新传》③等。

4. 屈原的思想

对屈原思想的争论主要集中在屈原的爱国思想上。许多著名学者都曾高度赞扬屈原的爱国主义精神，认为屈原是一个伟大的爱国诗人，如梁启超、闻一多、郭沫若、游国恩、姜亮夫、汤炳正等人的相关文章都曾阐释屈原的爱国思想。有一些学者著文认为屈原的所谓爱国，其实是和忠君密切相关的，因此，屈原的基本思想是忠君思想，如魏炯若《离骚发微》④，胡念贻《楚辞选注及考证》⑤。还有学者则根本否定屈原的爱国思想，曹大中先后发表《“屈原——爱国诗人”之我见》、《再谈“屈原——爱国诗人”之我见》、《三谈“屈原——爱国诗人”之我见》、《从伍子胥事件看屈原爱国观念的有无》、《论先秦无爱国观》⑥等文章，认为先秦时期并不存在热爱祖国的观念，屈原至死不离开楚国并不能证明他的爱国，进而认为屈原只是“忠君”，并非“爱国”。封伍昌的《古代所谓“国家”与屈原的爱国主义》⑦与曹大中观点相

① 靳南：《从〈离骚〉看屈原的法家思想》，《天津日报》，1974 年 8 月 29 日。

② 郑在瀛：《巫官屈原论》，武汉：《江汉论坛》，1989 年第 7 期。

③ 张中一：《屈原新传 · 屈原是个大巫学家》，贵阳：贵州人民出版社，1993 年。

④ 魏炯若：《离骚发微》，成都：四川人民出版社，1980 年。

⑤ 胡念贻：《楚辞选注及考证》，长沙：岳麓书社，1984 年。

⑥ 曹大中文均见《屈原的思想与文学艺术》，长沙：湖南出版社，1991 年。

⑦ 封伍昌：《古代所谓“国家”与屈原的爱国主义》，长沙：《湖南师大学报》，1985 年第 3 期。

近。雷庆翼、吴代芳等学者纷纷著文与之商榷①,肯定屈原的爱国思想。

5. 屈原作品的真伪

屈原作品中《招魂》、《大招》、《远游》、《卜居》、《渔父》五篇争议最大。20世纪以来,对这五篇作品是否屈原所作,学者们意见不一。

关于《招魂》,梁启超②、郭沫若③、姜亮夫④、游国恩⑤等学者认为是屈原所作,而胡念贻、陆侃如等认为是宋玉所作⑥,郑振铎认为是"民间的作品"⑦,刘永济认为非屈原所作,但也不能肯定是宋玉所作⑧。

关于《大招》,梁启超认为是汉人模仿《招魂》之作;郭沫若也认为其"格调卑陋",不是屈原所作;游国恩认为是西汉初年人所作⑨;孙作云认为是屈原的作品⑩;姜亮夫认为在证据不充分的情况下,还是保留旧说,即还认为是屈原之作为好⑪。

---

① 雷庆翼:《先秦的爱国思想及屈原的爱国主义精神》,衡阳:《衡阳师专学报》,1984年第2、3期合刊;吴代芳:《关于屈原的爱国思想及其他》,贵阳:《贵州文史丛刊》,1985年第1期。

② 梁启超:《屈原研究》,见《饮冰室合集》,北京:中华书局,1936年。

③ 郭沫若:《屈原研究》,见《郭沫若古典文学论文集》,上海:上海古籍出版社,1985年。

④⑪ 姜亮夫、姜昆武:《屈原与楚辞》,合肥:安徽教育出版社,1989年。

⑤ 游国恩:《屈原》,北京:中华书局,1963年。

⑥ 陆侃如:《屈原》,上海:亚东图书馆,1923年;胡念贻:《屈原作品的真伪问题及其写作年代》,见《先秦文学论集》,北京:中国社会科学出版社,1981年。

⑦ 郑振铎:《插图本中国文学史》,北京:作家出版社,1957年。

⑧ 刘永济:《屈赋通笺·笺屈余义》,北京:人民文学出版社,1961年。

⑨ 游国恩:《楚辞概论》,上海:北新书局,1926年。

⑩ 孙作云:《〈大招〉的作者及其写作年代》,济南:《文史哲》,1957年9月。

关于《远游》，胡适认为是汉人仿《离骚》之作①；陆侃如认为是东汉人伪托②；郭沫若认为是司马相如《大人赋》的初稿③；何其芳④、谭介甫⑤、刘永济⑥、郑振铎认为《远游》不是屈原所作⑦，但姜亮夫、陈子展力辩是屈原所作⑧。

关于《卜居》和《渔父》，学者们基本上都否认是屈原之作，如胡适《读楚辞》、陆侃如《屈原》、游国恩《楚辞概论》、郭沫若《屈原研究》、郑振铎《插图本中国文学史》中的相关论述。但仍有一些作者认为这两篇作品是屈原所作，其中，陈子展的《〈卜居〉、〈渔父〉是否屈原所作》⑨，较为充分地论证了这两篇作品均是屈原所作。

二、20 世纪对屈原作品的研究

20 世纪，在楚辞文献学方面的研究取得可喜成果，这为研究屈原的作品奠定了可靠的基础。考证方面的代表性成果有刘师培的《楚辞考异》⑩和闻一多的《楚辞校补》，此外，闻一多还有

① 胡适：《读〈楚辞〉》，《努力周报》增刊《读书杂志》第 1 期，1922 年 9 月。

② 陆侃如：《屈原》，上海：亚东图书馆，1923 年。

③ 郭沫若：《屈原研究》，见《郭沫若古典文学论文集》，上海：上海古籍出版社，1985 年。

④ 何其芳：《屈原和他的作品》，北京：《人民文学》，1953 年第 6 期。

⑤ 谭介甫：《屈赋新编》，北京：中华书局，1978 年。

⑥ 刘永济：《屈赋通笺》，北京：人民文学出版社，1961 年。

⑦ 郑振铎：《插图本中国文学史》，北京：作家出版社，1957 年。

⑧ 姜亮夫：《〈远游〉为屈子作品定疑》，北京：《文学遗产》，1981 年第 3 期；陈子展：《〈楚辞·远游〉篇试解》，济南：《文史哲》，1962 年第 6 期。

⑨ 陈子展：《〈卜居〉、〈渔父〉是否屈原所作》，上海：《学术月刊》，1962 年第 6 期。

⑩ 刘师培：《楚辞考异》，见《刘申叔先生遗书》，宁武南氏民国二十四年(1935)校印。

《天问疏证》、《离骚解诂》、《九歌解诂》、《九章解诂》等著作①。

在楚辞诠释方面，有影响的著作有世纪初马其昶《屈赋微》②；50年代姜亮夫《屈原赋校注》③、马茂元《楚辞选》④、刘永济《屈赋通笺》⑤；60年代朱季海《楚辞解故》⑥、于宇飞《屈赋正义》⑦；70年代王运熙《〈天问〉、〈天对〉注》⑧、谭介甫《屈赋新编》⑨、郑坦《屈赋甄微》⑩、缪天华《离骚九歌九章浅释》⑪、苏雪林《楚骚新诂》⑫；80年代姜亮夫《重订屈原赋校注》⑬、刘永济《屈赋音义详解》⑭、游国恩主编《离骚纂义》和《天问纂义》⑮、聂石樵《楚辞新注》⑯、金开诚《楚辞选注》⑰、林庚《天问论笺》⑱、

---

① 闻一多：《楚辞校补》，见《闻一多全集》，北京：北京古籍出版社，1956年6月；《天问疏证》，北京：三联书店，1980年；《离骚解诂》、《九歌解诂》、《九章解诂》，上海：上海古籍出版社，1985年。

② 马其昶：《屈赋微》，见《集虚堂丛书》，李国松清光绪三十二年（1907）刊印本。

③ 姜亮夫：《屈原赋校注》，北京：人民文学出版社，1957年。

④ 马茂元：《楚辞选》，北京：人民文学出版社，1958年。

⑤ 刘永济：《屈赋通笺》，北京：人民文学出版社，1961年。

⑥ 朱季海：《楚辞解故》，北京：中华书局，1963年。

⑦ 于宇飞：《屈赋正义》，台北："中华书局"，1969年。

⑧ 王运熙：《〈天问〉、〈天对〉注》，上海：上海人民出版社，1973年。

⑨ 谭介甫：《屈赋新编》，北京：中华书局，1978年。

⑩ 郑坦：《屈赋甄微》，台北："商务印书馆"，1976年。

⑪ 缪天华：《离骚九歌九章浅释》，台北：东大图书有限公司，1975年。

⑫ 苏雪林：《楚骚新诂》，台北："国立编译馆"，1978年。

⑬ 姜亮夫：《重订屈原赋校注》，天津：天津古籍出版社，1987年。

⑭ 刘永济：《屈赋音义详解》，上海：上海古籍出版社1983年。

⑮ 游国恩主编：《离骚纂义》，北京：中华书局，1980年；《天问纂义》，北京：中华书局，1982年。

⑯ 聂石樵：《楚辞新注》，上海：上海古籍出版社，1980年。

⑰ 金开诚：《楚辞选注》，北京：北京出版社，1980年。

⑱ 林庚：《天问论笺》，北京：人民文学出版社，1983年。

詹安泰《离骚笺疏》①、胡念贻《楚辞选注及考证》②等；90年代汤炳正等《楚辞今注》③、金开诚、董洪利、高路明《屈原集校注》④、雷庆翼《楚辞正解》⑤等。

在楚辞音韵方面，有影响的著作有徐天璋《楚辞叶韵考》⑥、徐昂《楚辞音》⑦、王力《楚辞韵读》⑧等。

在楚辞今译方面，有影响的著作有郭沫若《屈原赋今译》⑨，文怀沙《屈原九歌今译》、《屈原九章今译》、《屈原离骚今译》、《屈原招魂注绎》⑩，瞿蜕园《楚辞今读》⑪，宗九奇《屈原诗歌新译》⑫，陆侃如、龚克昌《楚辞选译》⑬，张家英《屈原赋译释》⑭，董楚平《楚辞译注》⑮，赵浩如《楚辞译注》⑯，袁梅《屈原赋译注》⑰，陈子展《楚辞直解》⑱，吕天明《屈原离骚今译》⑲，王家乐

---

① 詹安泰:《离骚笺疏》,武汉:湖北人民出版社,1981年。

② 胡念贻:《楚辞选注及考证》,长沙:岳麓书社,1984年。

③ 汤炳正等:《楚辞今注》,上海:上海古籍出版社,1996年。

④ 金开诚、董洪利、高路明:《屈原集校注》,北京:中华书局,1996年。

⑤ 雷庆翼:《楚辞正解》,上海:学林出版社,1994年。

⑥ 徐天璋:《楚辞叶韵考》,1911年抄本,北京图书馆藏。

⑦ 徐昂:《楚辞音》,见《徐氏全书》(第十二种),南通翰墨林书局民国三十六年(1947)版。

⑧ 王力:《楚辞韵读》,上海:上海古籍出版社,1980年。

⑨ 郭沫若:《屈原赋今译》,北京:人民文学出版社,1953年。

⑩ 文怀沙:《屈原九歌今译》、《屈原九章今译》,上海:棠棣出版社,1952年;《屈原离骚今译》,上海:上海文艺联合出版社,1954年;《屈原招魂注绎》,北京:《文史》,1962年。

⑪ 瞿蜕园:《楚辞今读》,上海:春明出版社,1956年。

⑫ 宗九奇:《屈原诗歌新译》,南昌:江西人民出版社,1980年。

⑬ 陆侃如、龚克昌:《楚辞选译》,上海:上海古籍出版社,1982年。

⑭ 张家英:《屈原赋译释》,哈尔滨:黑龙江人民出版社,1982年。

⑮ 董楚平:《楚辞译注》,上海:上海古籍出版社,1986年。

⑯ 赵浩如:《楚辞译注》,昆明:云南教育出版社,1986年。

⑰ 袁梅:《屈原赋译注》,济南:齐鲁书社,1984年。

⑱ 陈子展:《楚辞直解》,苏州:江苏古籍出版社,1988年。

⑲ 吕天明:《屈原离骚今译》,台北:五洲出版社,1973年。

《屈原赋今译》①等。

姜亮夫于1985年出版的《楚辞通故》②是一部考释楚辞的综合性著作。

此外，关于楚辞具有资料汇编性质的著作有：饶宗颐于50年代出版《楚辞书录》③；姜亮夫于60年代出版《楚辞书目五种》④，包括《〈楚辞〉书目提要》、《〈楚辞〉图谱提要》、《绍骚偶录》、《楚辞札记目录》、《楚辞论文目录》；马茂元于80年代主编《〈楚辞〉研究集成》，其中包括《〈楚辞〉注释》、《〈楚辞〉要集解题》、《〈楚辞〉评论资料选》、《〈楚辞〉研究论文选》、《〈楚辞〉研究论文海外编》；崔富章《〈楚辞〉书目五种续编》⑤；作家出版社编辑部编《〈楚辞〉研究论文集》⑥、湖北社科院文学研究所编《屈原研究论集》⑦、中国屈原学会编《〈楚辞〉研究》⑧、日本人小南一郎编《〈楚辞〉参考文献》⑨。

80年代以来，楚辞文化学研究取得了显著成绩。张正明主编的《楚学文库》，是一套大型楚文化研究丛书。该书共18种，包括楚史、楚国哲学史、楚文学史、楚辞文化背景、楚国经济史、楚国艺术史等。张正明还著有《楚文化史》一书，1988年上海人民出版社出版。萧兵也是楚辞文化研究的重要学者，著有《楚辞

---

① 王家乐：《屈原赋今译》，台北：华联出版社，1978年。

② 姜亮夫：《楚辞通故》，济南：齐鲁书社，1985年。

③ 饶宗颐：《楚辞书录》，香港：香港苏记书庄，1956年。

④ 姜亮夫：《楚辞书目五种》，上海：中华书局上海编辑所，1961年。

⑤ 崔富章：《〈楚辞〉书目五种续编》，上海：上海古籍出版社，1993年。

⑥ 作家出版社编辑部：《〈楚辞〉研究论文集》，北京：作家出版社，1957年。

⑦ 湖北社科院文学研究所：《屈原研究论集》，武汉：长江文艺出版社，1982年。

⑧ 中国屈原学会：《〈楚辞〉研究》，济南：齐鲁书社，1988年。

⑨〔日〕小南一郎：《〈楚辞〉参考文献》，东京：筑摩书房，1973年。

文化》和《楚辞的文化破译》①。此外，姚汉荣、姚益心、束有春、吴龙辉、潘啸龙、叶舒宪等，也有楚辞文化学方面的著述。

从历史学、地理学、考古学、神话学、民俗学等方面对楚辞进行研究，也是20世纪楚辞研究所取得的重要成果。历史学方面：王国维《殷卜辞中所见先公先王考》②，姜亮夫《三楚所传古史与齐鲁三晋异同辨》③，孙作云《从〈天问〉看夏初建国史》和《论楚辞〈天问〉对于我国上古史研究的贡献》④，林庚《〈天问〉中所见上古各民族争霸中原的面影》和《〈天问〉中有关秦民族的历史传说》⑤，何光岳《楚源流史》⑥，黄永年《释〈天问〉——兼及战国时楚人的历史观念》⑦，聂石樵《屈原赋的历史意义》⑧等。地理学方面有：钱穆《楚辞地名考》，方授楚《洞庭仍在江南屈原非死江北辨》，钱穆《再论楚辞地名答方君》，陈梦家《论长沙古墓年代》，游国恩《论屈原流放及地理》，而以饶宗颐《楚辞地理考》⑨

---

① 萧兵：《楚辞文化》，北京：中国社会科学出版社，1990年；《楚辞的文化破译》，武汉：湖北人民出版社，1991年。

② 王国维：《静安全集》，第2册，上海：上海商务印书馆，1940年。

③ 姜亮夫：《楚辞学文论集》，第91～120页，上海：上海古籍出版社，1984年。

④ 孙作云：《从〈天问〉看夏初建国史》，北京：《光明日报》，1978年7月16日；《论楚辞〈天问〉对于我国上古史研究的贡献》，开封：《开封师院学报》，1979年第4期。

⑤ 林庚：《〈天问〉中所见上古各民族争霸中原的面影》，北京：《文学遗产》，1980年第1期；《〈天问〉中有关秦民族的历史传说》，北京：《文史》，第7辑，1979年。

⑥ 何光岳：《楚源流史》，长沙：湖南人民出版社，1988年10月。

⑦ 黄永年：《释〈天问〉——兼及战国时楚人的历史观念》，见《古代文献研究集林》，西安：陕西师范大学出版社，1989年5月。

⑧ 聂石樵：《屈原赋的历史意义》，北京：《北京师范大学学报》，1979年第4期。

⑨ 饶宗颐：《楚辞地理考》，上海：商务印书馆，民国三十五年(1946)12月。

最为详备。考古学方面有：汤炳正《历史文物的新出土与屈原生年月日的再探讨》①，汤漳平《从江陵楚墓竹简看〈楚辞·九歌〉》②，郭在贻《从马王堆汉墓漆棺画看楚辞招魂的“土伯九约”》③，赵逵夫《从帛书〈相马经·大光破章故训传〉看屈赋比喻象征手法的形成》④，曲宗瑜《从出土文物看〈离骚〉〈哀郢〉产生的时代》⑤，张国荣《汉墓帛画天神与〈九歌〉天神的比较》⑥等。神话学方面：闻一多在三四十年代已经对楚辞进行了神话学研究，80年代以来，楚辞的神话学研究受到重视。萧兵著有《楚辞与神话》、《中国文化的精英：太阳英雄神话比较研究》、《黑马》等专著⑦。李诚著有《论屈赋神话的非历史化倾向》、《论屈赋神话传说的图腾色彩》、《从图腾看屈赋神话传说与华夏文化的关系》、《屈赋神话传说三题》⑧等系列论文。田兆元有《论太阳神

① 汤炳正：《历史文物的新出土与屈原生年月日的再探讨》，成都：《四川师院学报》，1978年。

② 汤漳平：《从江陵楚墓竹简看〈楚辞·九歌〉》，《中国古典文学论丛》第2辑，北京：人民文学出版社，1985年。

③ 郭在贻：《从马王堆汉墓漆棺画看楚辞招魂的“土伯九约”》，杭州：《杭州大学学报》，1988年第3期。

④ 赵逵夫：《从帛书〈相马经·大光破章故训传〉看屈赋比喻象征手法的形成》，武汉：《江汉考古》，1990年第1期。

⑤ 曲宗瑜：《从出土文物看〈离骚〉〈哀郢〉产生的时代》，沈阳：《辽宁师范大学学报》，1987年第5期。

⑥ 张国荣：《汉墓帛画天神与〈九歌〉天神的比较》，上海：《民间文艺季刊》，1987年第1期。

⑦ 萧兵：《楚辞与神话》，苏州：江苏古籍出版社，1987年；《中国文化的精英：太阳英雄神话比较研究》，上海：上海文艺出版社，1989年；《黑马》，台北：中国时报文化公司，1990年。

⑧ 李诚：《论屈赋神话的非历史化倾向》，见《楚辞研究》，济南：齐鲁书社，1988年1月；《论屈赋神话传说的图腾色彩》，成都：《四川师范大学学报》，1987年第2期；《从图腾看屈赋神话传说与华夏文化的关系》，成都：《四川师范大学学报》，1988年第1期；《屈赋神话传说三题》，成都：《四川师范大学学报》，1990年第6期。

话对〈楚辞〉创作的影响》①。民俗学方面:闻一多在楚辞的民俗学研究方面成就颇丰,此后学者们对楚辞的民俗学也多有论述,代表性的研究有杨知秋《屈原与民歌》②、张崇琛《楚人卜俗考略》③、王纪潮《屈赋中的婚俗》④、颜家安《屈赋与楚俗杂识》⑤、林河《〈九歌〉与沅湘民俗》⑥等。

刘永济《屈赋音注详解》⑦、王泗原《离骚语文疏解》⑧、廖序东《楚辞语法研究》⑨、李翘《屈宋方言考》⑩、姜书阁《屈赋楚语义疏》⑪等是对楚辞进行语言学研究的重要成果。

1953年屈原被列为世界文化名人,受到全世界人民的纪念。对屈原及其作品的研究则早已超越了国界,《离骚》已有英、法、俄、德、意、日等译本。在《离骚》及《楚辞》的译本中,都有译者对其所作的评价。1931年,德国学者孔好古的译作《中国艺术史上最古的文献——天问》出版,书中附长篇考论。1959年,英国学者霍克思(David Hawkes)的译作《"楚辞"——南方的歌》出版,并对楚辞给予高度评价。对于是否有屈原的问题,欧

---

① 田兆元:《论太阳神话对〈楚辞〉创作的影响》,上海:《华东师范大学学报》,1990年第4期。

② 杨知秋:《屈原与民歌》,昆明:《昆明师院学报》,1978年第4期。

③ 张崇琛:《楚人卜俗考略》,哈尔滨:《北方论丛》,1983年第2期。

④ 王纪潮:《屈赋中的婚俗》,武汉:《江汉论坛》,1985年第3期。

⑤ 颜家安:《屈赋与楚俗杂识》,见《屈原研究论集》,武汉:长江文艺出版社,1984年。

⑥ 林河:《〈九歌〉与沅湘民俗》,上海:三联书店分店,1990年。

⑦ 刘永济:《屈赋音注详解》,上海:上海古籍出版社,1983年。

⑧ 王泗原:《离骚语文疏解》,上海:上海文艺联合出版社,1954年。

⑨ 廖序东:《楚辞语法研究》,北京:语文出版社,1995年。

⑩ 李翘:《屈宋方言考》,瑞安:芬薰馆,民国十四年(1925)。

⑪ 姜书阁:《屈赋楚语义疏》,见《先秦辞赋原论》,济南:齐鲁书社,1983年。

美的学者大多认为历史上确有屈原其人。美国学者海陶玮(Hightower)在其《屈原研究》一文中认为屈原是历史上的真实人物,并在文中对屈原给予高度赞美:“一个大诗人,又如此追求创新,这在世界文苑中确实极为罕见。”苏联著名汉学家 H. T·费德林在 20 世纪 70 年代就提出了“屈原诗歌的独特性与全人类性”的重大研究课题。在其《论屈原诗歌的独特性与全人类性》一文中说:“屈原以一个真正思想家的洞察力,一个伟大艺术家的敏感,觉察到了当时的社会生活、人以及整个人类命运之间的极其深刻的矛盾。屈原的诗歌是我们研究工作者能够不断发现一块又一块新而又新的‘土地’的一片大陆。”论文结尾说:“屈原诗篇有着固有的民族特色,然而也具有普遍的世界意义,屈原的思想是全人类的财富。”1980 年,美国学者史奈德(Gary Snyder)在他的《楚国的狂人》一文中,讨论了屈原在历史上的形象问题,认为屈原的身份在不同的历史时期有不同的内容。前苏联学者 E. A. 谢列勃里雅可夫、匈牙利汉学家 F. 托凯等从屈原作品本身探讨其艺术价值及其在世界文学史的地位;日本学者藤野岩友、竹治贞夫、稻畑耕一郎等对屈原诗歌进行了考据和诠释;美国汉学家詹姆士·R. 海陶玮、劳伦斯·A. 施奈德、英国汉学家戴维·霍克思、法国汉学家戴密、德国汉学家卫德明等从屈原身世和作品中研究中国古代政体中君臣之间的微妙关系,深入探讨屈原的政治生涯和文学创作的历史文化背景与内外条件。①

中国屈原学会于 1985 年 6 月成立,每两年举行一次国际学术讨论会及年会,中外学者济济一堂,对屈原及楚辞进行研究探

① 宋柏年主编:《中国古典文学在国外》,北京:北京语言学院出版社,1994 年。

讨。学会办有会刊《中国楚辞学刊》。

杜甫与古典文学研究[①]

20世纪的杜甫研究，由于运用了现代学术观念，引进了国外的文艺理论，因而对杜甫及其诗歌的研究取得了很多新的成果，推动、丰富了对杜甫及其诗歌的研究。海外的杜甫及其诗歌研究20世纪也由东方的日本、朝鲜等国扩展到欧、美等国。

一、1950年前的杜甫研究

新中国成立前的杜甫及其诗歌研究，由于引进西方文艺理论及运用现代人文价值观念，逐渐走出传统的研究方法，而具有现代意义。

梁启超的学术演讲《情圣杜甫》，1922年刊登在《晨报副镌》5月号。梁启超认为杜甫诗歌中的感情“真”而“深”，因而一反传统对杜甫“诗圣”的称呼，而称其为“情圣”。胡适《白话文学史》[②]则发现杜诗中的“风趣”，说杜甫“在贫困之中，始终保持一点‘诙谐’的风趣”[③]，并认为“这种风趣到他的晚年更特别发达，成为第三时期的诗的最大特色”[④]。此外，顾彭年《杜甫诗里的非战思想》[⑤]、易君左《杜甫的时代精神》[⑥]、杜若莲《民族诗人杜

---

① 关于杜甫研究的观点与资料主要取自杜晓勤：《隋唐五代文学研究》(下)，北京：北京出版社，2001年。

② 胡适：《白话文学史》，上海：新月书店，1928年。

③④ 胡适：《白话文学史》，第190页，192页，上海：上海古籍出版社，1999年。

⑤ 顾彭年：《杜甫诗里的非战思想》，上海：商务印书馆，1928年。

⑥ 易君左：《杜甫的时代精神》，重庆：《时代精神》，第7卷第1期，1942年。

少陵及其生平》①、冯至《杜甫与我们的时代》②等，都用现代理论和人文价值标准分析杜甫的思想、性格及生活。

此时期对杜甫生平的研究不同于传统的年谱写作。闻一多《少陵先生年谱汇笺》③，将杜甫生平及创作放在一个广阔的文化背景下进行考察。朱偰的《杜少陵评传》④和冯至的《杜甫评传》⑤的出版，则开创了以评传来描述杜甫生平、研究杜甫诗作的新形式。

在分析杜诗艺术方面，运用了西方的现实主义理论。耕南的《杜甫诗中的唐代社会》⑥、吴泾熊的《杜甫论》⑦、李广田的《杜甫的创作态度》⑧等可谓代表。胡小石的《李杜诗之比较》⑨、由毓淼的《杜甫及其诗研究》⑩，也是这一时期杜甫及其诗歌研究的重要成果。

此外，洪业的《杜诗引得》⑪在传统的目录学基础上，运用现代西方的引得编撰方法，成为杜诗研究的重要工具书。

---

① 杜若莲:《民族诗人杜少陵及其生平》，北京:《中国青年》，第12卷第3期，1945年。

② 冯至:《杜甫与我们的时代》，上海:《萌芽》，第1卷第1期，1946年。

③ 闻一多:《少陵先生年谱会笺》，武汉:《武汉大学文史哲季刊》，第1卷1～4期，1930年。

④ 朱偰:《杜少陵评传》，重庆:重庆青年书店，1947年。

⑤ 冯至:《杜甫评传》，北京:人民文学出版社，1952年。

⑥ 耕南:《杜甫诗中的唐代社会》，武汉:《珞珈》，第1卷第6期，1934年。

⑦ 吴泾熊:《杜甫论》，南京:《中央文化教育馆季刊》，第3卷第3期，1936年。

⑧ 李广田:《杜甫的创作态度》，上海:《国文月刊》，第51期，1947年。

⑨ 胡小石:《李杜诗之比较》，北京:《国学丛刊》，第2卷第3期，1924年。

⑩ 由毓淼:《杜甫及其诗研究》，北京:《文学年报》，第3期，1937年。

⑪ 洪业:《杜诗引得》，北京:燕京大学引得校印所，1940年。

海外的杜甫研究，这一时期以日本学者的研究成果最为突出。1912年，森槐南出版《杜诗讲义》3卷。铃木虎雄的《杜少陵诗集》①四册，是日本最有权威性的杜诗译注，该书总论及篇首对杜诗作了详尽的解说。斋藤勇的《杜甫》②，是一部杜甫的评传。40年代，吉川幸次郎发表了《月夜》、《九日》、《春雨》等系列赏析杜诗的文章。欧美学者中，安德伍德（Under Wood）1924年出版了《杜甫——月光下的中国吟游诗人》。

二、五六十年代的杜甫研究

五六十年代对杜甫及其诗歌研究的特点是运用马克思主义、毛泽东思想来研究、分析杜甫及其诗歌。冯至的《杜甫传》、萧涤非的《杜甫研究》都是在这一理论指导下的研究成果。夏承焘连续发表的《杜诗札丛》③和马茂元的《谈杜甫七言绝句的特色》④，这几篇研究杜诗艺术的文章没有受到当时理论的影响，超越了他们所处的时代。

1962年，杜甫诞生1250周年，杜甫被世界和平理事会推选为世界文化名人。在纪念杜甫诞辰1250周年的大会上，郭沫若致开幕词《诗歌史上的双子星座》⑤，对杜甫及其在文学史上的地位给予高度评价："他对于人民的灾难有着深切的同情，对于国家的命运有着真挚的关心，尽管自己多么困苦，他是踏踏实实

---

①〔日〕铃木虎雄：《杜少陵诗集》，《续国译汉文大成》之一，1928—1931年。

②〔日〕斋藤勇：《杜甫》，东京：研究社，1946年。

③ 夏承焘：《杜诗札丛》，北京：《文学遗产》，第315、316期，见北京：《光明日报》，1960年5月29日、6月5日。

④ 马茂元：《谈杜甫七言绝句的特色》，北京：《光明日报》副刊《文学遗产》，第357期，1961年4月2日。

⑤ 郭沫若：《诗歌史上的双子星座》，北京：《人民日报》，1962年4月18日。

地在忧国忧民。"文化界名流学者纷纷著文纪念杜甫,见诸报刊杂志上的纪念文章有 300 多篇,形成杜甫研究史上罕见的高潮。中华书局于 1962 年 12 月出版了《杜甫研究论文集》第一辑,随后在 1963 年 2 月、11 月相继出版了《杜甫研究论文集》第二辑、第三辑,收录了 20 世纪初至 1963 年间关于杜甫及其作品的重要研究论文。

从 13 世纪开始,杜诗就已经在韩国、越南、日本得到广泛传播,1481 年韩国就出现了世界上首部完全把杜诗翻译为韩文的一部著作,叫《杜诗谚解》。20 世纪五六十年代,大陆以外的杜甫及其诗歌研究也取得了丰硕的成果,主要集中在中国台湾地区和日本,苏联的杜甫研究也取得了一些成果。一些由大陆入台的学者延续了对杜甫诗歌的研究。台湾此时期杜甫研究成果主要有:张织云的《杜诗通论》①、梁实秋《杜甫与佛》②、傅乐成《杜甫的死》③、阮廷瑜《杜甫〈戏为六绝句〉释义》④、刘中和《杜诗研究》⑤、杜呈祥《两唐书杜甫传订误》⑥、李丙畴《韩国之杜诗》⑦、李寿《杜甫的创作态度》⑧、叶嘉莹《论杜甫七律之演进及其承先启后之成就》⑨、黄得时《杜甫诗中的儒家思想》⑩、易君

---

① 张织云:《杜诗通论》,台中:中庸出版社,1961 年。

② 梁实秋:《杜甫与佛》,台北:《自由中国》,2:1,1950 年。

③ 傅乐成:《杜甫的死》,台北:《大陆杂志》,6:4,1953 年。

④ 阮廷瑜:《杜甫〈戏为六绝句〉释义》,台北:《新中国评论》,13:1,1957 年 7 月。

⑤ 刘中和:《杜诗研究》(1～24),台北:《中国语文》,6:1～14:4,1960 年 1 月—1964 年 4 月。

⑥ 杜呈祥:《两唐书杜甫传订误》,台北:《师大学报》,6,1961 年。

⑦ 李丙畴:《韩国之杜诗》,台北:《大陆杂志》,23:5,1961 年。

⑧ 李寿:《杜甫的创作态度》,台北:《建设》,9:11,1961 年 4 月。

⑨ 叶嘉莹:《论杜甫七律之演进及其承先启后之成就》(上、下),台北:《大陆杂志》,30:1、2,1965 年 1 月。

⑩ 黄得时:《杜甫诗中的儒家思想》,台北:《孔孟学报》,10,1965 年 9 月。

左《杜甫的宗教思想》[1]、叶嘉莹《杜甫秋兴八首集说》[2]、黄永武《杜甫诗集四十种索引》[3]、彭毅《杜甫诗系年辨证》[4]、刘维崇《杜甫评传》[5]、叶绮莲《杜工部集源流》[6]。

吉川幸次郎是日本研究杜甫诗成就卓著的学者，五六十年代是他研究杜诗的高潮时期，1950 年出版《杜甫私记》[7]，此后，陆续发表了《杜甫和月》、《杜甫和陶潜》、《杜甫与郑虔》等文章，对杜诗进行了多方面的探索、剖析。1963 年 4 月，吉川幸次郎的《杜诗讲义》由东京筑摩书房出版。1967 年，他在京都大学作了《杜甫的诗论和诗》的讲座，阐述了杜诗的伟大，认为杜诗之所以伟大，是因为他揭示了人的本质。此外，他在文中还概括了杜诗艺术上的两个特点，一是“致密”，或叫“精密”、“细致”；二是“超越”或叫“飞跃”。

野原四郎的《爱国诗人杜甫》[8]，黑川洋一的《杜甫〈秋兴八首〉序说》[9]、《杜甫论》[10]，高木正一的《杜甫》[11]，也都是这一时

---

① 易君左:《杜甫的宗教思想》，台北:《艺文志》1，1965 年 10 月。

② 叶嘉莹:《杜甫秋兴八首集说》，台北:中华丛书编审委员会，1966 年。

③ 黄永武:《杜甫诗集四十种索引》，台北:大通书局，1967 年。

④ 彭毅:《杜甫诗系年辨证》，台北:《台湾大学文史哲学报》，17，1968 年 3 月。

⑤ 刘维崇:《杜甫评传》，台北:“商务印书馆”，1969 年。

⑥ 叶绮莲:《杜工部集源流》，台北:《书目季刊》，4:1，1969 年 9 月。

⑦〔日〕吉川幸次郎:《杜甫私记》，东京:筑摩书房，1950 年。

⑧〔日〕野原四郎:《爱国诗人杜甫》，东京:《历史评论》，第 31 期，1950 年 10 月。

⑨〔日〕黑川洋一:《杜甫〈秋兴八首〉序说》，京都:《中国文学报四》(1～18)，1956 年。

⑩〔日〕黑川洋一:《杜甫论》，见吉川幸次郎编《中国文学论集》，东京:东京新潮社，1966 年。

⑪〔日〕高木正一:《杜甫》，东京:中央公论社，1969 年。

期日本杜甫研究的重要成果。

1955年，苏联首次发行《杜甫诗集》，该书由吉托维奇与人合译，谢列布里亚克夫所写的序言介绍了杜甫生活、创作的时代背景，并从思想上结合杜甫生平分析了他不同时期的重要作品。1962年，为纪念杜甫诞辰1250周年，苏联国家文学出版社第二次出版了吉托维奇的《杜甫诗集》，并增收了十余首诗。1967年，吉托维奇又出版了《杜甫抒情诗集》。1958年，谢列布里亚克夫发表了《杜甫评传》，高度评价了杜甫对祖国和人民的热爱，认为杜诗具有非凡的魅力。

旅美学者洪业的《杜甫，中国大诗人》(1952年)，介绍了杜甫诗歌，并翻译了大量诗作。洪业的《中国最伟大的诗人杜甫诗歌注释》，是一部杜诗文献学方面的著作。大卫·霍克思(David Hawkes)的《杜甫浅谈》(1961年)，对杜诗进行了翻译、解释，并有短评。

三、70年代的杜甫研究

“文革”期间，几乎所有的学术活动都中断了，杜甫及其诗歌的研究也不例外。受政治气候的影响，杜甫成了不受欢迎的人物。1971年，郭沫若出版了《李白与杜甫》，扬李抑杜，用阶级论的观点对杜甫予以批判。

1975年，梁效的《杜甫的再评价——批判杜甫研究中的尊儒思想》，把杜甫又拉入“评法批儒”的运动中，引起了一场关于杜甫是法家还是儒家的争论。

这时期杜甫研究的主要成果在大陆以外。美国汉学家宇文所安在《盛唐诗》中写道：“杜甫是最伟大的中国诗人。他的伟大基于一千多年来读者的一致公认，以及中国和西方文学标准的罕见巧合。在中国诗歌传统中，杜甫几乎超越了评判，因为正像莎士比亚在我们自己的传统中，他的文学成就本身已成为文学标准的历史构成的一个重要部分。杜甫的伟大特质在于超出了文学史的有限范围。”①台湾地区的学者此时期有很多关于杜甫及其诗歌的论文、专著，如简恩定《杜甫咏物诗研究》②、简明勇《杜甫七律研究与笺注》③、王三庆《杜甫诗韵考》④、李道显《杜甫诗史研究》⑤、简恩定《清初杜诗学研究》⑥、胡传安《诗圣杜甫对后世的影响》⑦、李书萍《杜甫年谱新编》⑧、龚嘉英《杜诗流传考述》⑨、简明勇《杜甫七律研究》⑩、刘明杰《杜甫与芭蕉之比较研究》⑪、龚嘉英《诗圣杜甫的被捧与被斗》⑫、洪业《再论杜甫》⑬、严耕望《杜工部和严武军城早秋诗笺证》⑭、周策纵《与叶嘉莹教授论杜甫〈秋兴八首〉书》⑮、曾志罡《杜甫的佛教信

① 〔美〕宇文所安：《盛唐诗》，第209页，北京：三联书店，2004年。

② 简恩定：《杜甫咏物诗研究》，台湾东海大学中文研究所硕士论文，1983年。

③ 简明勇：《杜甫七律研究与笺注》，台北：五洲出版社，1973年。

④ 王三庆：《杜甫诗韵考》，台湾师范大学硕士论文，1973年。

⑤ 李道显：《杜甫诗史研究》，台北：华冈出版部，1973年。

⑥ 简恩定：《清初杜诗学研究》，台湾东吴大学中文研究所博士论文，1986年。

⑦ 胡传安：《诗圣杜甫对后世的影响》，台北：幼狮文化事业公司，1975年。

⑧ 李书萍：《杜甫年谱新编》，台北：西南书局，1975年。

⑨ 龚嘉英：《杜诗流传考述》，台北：《文艺复兴》，1:11，1970年11月。

⑩ 简明勇：《杜甫七律研究》，台北：《台北师大学报》，18，1973年6月。

⑪ 刘明杰：《杜甫与芭蕉之比较研究》，台中：《树德学报》，2，1973年12月。

⑫ 龚嘉英：《诗圣杜甫的被捧与被斗》，台北：《中华诗学》，6:3，1974年3月。

⑬ 洪业：《再论杜甫》，新竹：《清华学报》，10:2，1974年7月。

⑭ 严耕望：《杜工部和严武军城早秋诗笺证》，台北：《华冈学报》，8，1974年7月。

⑮ 周策纵：《与叶嘉莹教授论杜甫〈秋兴八首〉书》，台北：《大陆杂志》，50:6，1975年6月。

仰》①、王熙元《杜甫与禅学之因缘——兼论其思想归趋》②、汪中《承先启后的诗圣杜甫》③、李道显《杜甫之世系籍贯近亲暨其生平考》④、汪中《杜甫诗中的伦理精神》⑤、陈香《杜诗研究书目的梳理与提要》⑥、梁一成《杜工部诗集与年谱书目》⑦等。

日本此时期的杜甫研究成果以吉川幸次郎和黑川洋一为多。吉川幸次郎的《杜甫诗注》四册在1977—1980年间由筑摩书房出版，该书注释详尽，语言富有文采，注者"自负以为此书比往来杜诗各注均略胜一筹"。黑川洋一出版了《杜甫》⑧、《杜甫研究》⑨两部专著。

欧美学者此时期杜甫研究的成果有1971年戴维斯(A. R. Davis)著的《杜甫》，是一部传记作品。

四、八九十年代的杜甫研究

"文革"结束后，拨乱反正，学术研究也开始步入正轨，对杜甫及其诗歌的研究又成为热点。首先是明清名家注杜、论杜的

① 曾志罡：《杜甫的佛教信仰》，台北：《中国天主教文化》，6，1975年11月。

② 王熙元：《杜甫与禅学之因缘——兼论其思想归趋》，台北：《中国学术年刊》，1，1976年12月。

③ 汪中：《承先启后的诗圣杜甫》，台北：《中国文化复兴月刊》，10：3，1977年3月。

④ 李道显：《杜甫之世系籍贯近亲暨其生平考》，《潘重规七秩纪念论文集》，台北：台湾师范大学国文学系编，1977年3月。

⑤ 汪中：《杜甫诗中的伦理精神》，台北：《中华文化复兴月刊》，10：11，1977年11月。

⑥ 陈香：《杜诗研究书目的梳理与提要》，台北：《中华文化复兴月刊》，10：4，1977年4月。

⑦ 梁一成编：《杜工部诗集与年谱书目》，台北：《书和人》，341，1978年7月。

⑧〔日〕黑川洋一：《杜甫》，东京：筑摩书房，1973年。

⑨〔日〕黑川洋一：《杜甫研究》，东京：创文社，1977年。

著作得以整理再版，为进一步研究杜诗提供了方便。1980 年，由四川省杜甫学会、成都杜甫草堂博物馆共同主办了《草堂》杂志，专门登载关于杜甫及其诗歌的研究文章，1987 年，更名为《杜甫研究学刊》。四川省还成立了杜甫研究会，多次召开全国性杜甫及其诗歌的讨论会。“文革”后二十多年，涌现大量研究杜甫及其诗歌的专著和文章，不胜枚举，内容涉及杜甫及其诗歌的各个方面，使得杜甫及其诗歌研究成为“文革”后的显学。

在杜甫生平研究方面，陈贻焮 1982 年出版的《杜甫评传》①，成就最大。

在杜甫的思想研究方面，对忠君思想的讨论由以前的单纯的批判转变为具体的分析。廖仲安的《漫谈杜诗中的忠君思想》②指出杜甫的忠君与忧国忧民密切相关；葛晓音的《略论杜甫君臣观的转变》③分析了杜甫对君臣关系的认识经历了一个发展变化的过程；康伊的《杜甫君臣观新探》④认为杜甫的君臣观是“良臣观”，而非“忠臣观”；李绪恩的《杜甫忠君辨》⑤、郑文的《杜甫爱国爱民与忠君思想是否必须分开》⑥、刘明华的《论杜甫的“忠臣”类型及恋阙心态》⑦、郑文的《由杜甫对唐玄宗、肃宗及代宗之评论看其晚期思想有无质变》⑧等文也从不同角度论

① 陈贻焮:《杜甫评传》,上海:上海古籍出版社,1982 年。

② 廖仲安:《漫谈杜诗中的忠君思想》,武汉:《江汉论坛》,1981 年第 4 期。

③ 葛晓音:《略论杜甫君臣观的转变》,郑州:《中州学刊》,1983 年第 6 期。

④ 康伊:《杜甫君臣观新探》,成都:《草堂》,1986 年第 2 期。

⑤ 李绪恩:《杜甫忠君辨》,成都:《草堂》,1986 年第 2 期。

⑥ 郑文:《杜甫爱国爱民与忠君思想是否必须分开》,成都:《四川师范大学学报》,1987 年第 5 期。

⑦ 刘明华:《论杜甫的“忠臣”类型及恋阙心态》,成都:《杜甫研究学刊》,1992 年第 2 期。

⑧ 郑文:《由杜甫对唐玄宗、肃宗及代宗之评论看其晚期思想有无质变》,成都:《杜甫研究学刊》,1993 年第 3 期。

述了杜甫的君臣观。

杜甫与儒学的关系受到了重视，邓小军的《杜甫是唐代儒学复兴运动的孤明先发者》①认为“杜甫不愧为中唐儒学复兴运动乃至宋代新儒学的先声。”1998 年，台湾学者陈弱水的《思想史中的杜甫》②也把杜甫置于思想史中加以考察，认为“儒家复兴趋向的一个主要表征是，许多文士开始以儒家价值的实践作为人生的首要目标。杜甫是这个转变最早也最明显的代表”。查屏球的《杜诗与新儒学的萌生》“阐述了杜诗中儒学思想与宋代新儒学的联系，从唐宋文化演变的角度分析杜诗在思想史上的意义，认为杜甫前期的思想主要是沿续汉儒传统，安史之乱后的作品，在思想上与宋儒相通”。莫砺锋的《论杜甫的文化意义》③“又从文化史上认识杜甫对儒学的贡献，认为杜甫是儒家思想发展过程中极为重要的一个环节，具体表现在杜甫以整个生命为儒家的人格理想提供了典范，他以实际行为丰富了儒家的内涵”。④

对杜甫与宗教的关系的研究也进一步得到深化。论述杜甫与佛教的关系的文章主要有：吕澂的《杜甫的佛教信仰》⑤、陈允吉的《略辨杜甫的禅学信仰——读〈李白与杜甫〉的一点质疑》⑥、钟来因的《论杜甫与佛教——兼论作为外国文学的佛经

---

① 邓小军：《杜甫是唐代儒学复兴运动的孤明先发者》，成都：《杜甫研究学刊》，1990 年第 4 期。

② 陈弱水：《思想史中的杜甫》，台北：《“中央研究院历史语言研究所”集刊》，69：1，1998 年 3 月。

③ 莫砺锋：《论杜甫的文化意义》，成都：《杜甫研究学刊》，2000 年第 4 期。

④ 以上均引自周兴陆：《新时期以来思想史视野的杜甫研究》，北京：《光明日报》，2002 年 12 月 25 日。

⑤ 吕澂：《杜甫的佛教信仰》，北京：《哲学研究》，1978 年第 6 期。

⑥ 陈允吉：《略辨杜甫的禅学信仰——读〈李白与杜甫〉的一点质疑》，西安：《唐代文学论丛》，总第 3 期，1983 年 2 月。

对杜诗的影响》①、谢思炜的《净众、保唐禅与杜甫晚年的宗教信仰》②。杜甫与道教的关系也有很多论述，如曾亚兰的《论杜甫晚年诗的神仙思想及个性追求》③、石云涛的《重论杜甫与道教》④、刘长东的《论杜甫的隐逸思想》⑤、钟来因的《再论杜甫与道教》⑥等。

受80年代"文化热"的影响，一些学者也从文化学的角度对杜甫及其诗歌进行了探讨。主要有曹慕樊的《杜甫诗歌所含蕴的传统文化精神》⑦，刘明华的《社会良心——杜甫魅力新探》、《论杜甫的"民胞物与"情怀》、《社会良知——杜甫：士人的风范》⑧，杜晓勤的《论杜甫后期的悲剧心态》、《论杜甫的文化心态结构》、《论杜甫的个体生命意识》⑨，胡晓明的《略论杜甫诗学与

---

① 钟来因：《论杜甫与佛教——兼论作为外国文学的佛经对杜诗的影响》，成都：《草堂》，1983年第2期。

② 谢思炜：《净众、保唐禅与杜甫晚年的宗教信仰》，北京：《首都师范大学学报》，1995年第5期。

③ 曾亚兰：《论杜甫晚年诗的神仙思想及个性追求》，贵阳：《贵州社会科学》，1990年第2期。

④ 石云涛：《重论杜甫与道教》，许昌：《许昌师专学报》，1993年第4期。

⑤ 刘长东：《论杜甫的隐逸思想》，成都：《杜甫研究学刊》，1994年第3期。

⑥ 钟来因：《再论杜甫与道教》，北京：《首都师范大学学报》，1995年第2期。

⑦ 曹慕樊：《杜甫诗歌所含蕴的传统文化精神》，重庆：《西南师范大学学报》，1990年第4期。

⑧ 刘明华：《社会良心——杜甫魅力新探》，武汉：《江汉论坛》，1990年第2期；《论杜甫的"民胞物与"情怀》，北京：《文学遗产》，1994年第5期；《社会良知——杜甫：士人的风范》，大同：山西教育出版社，1994年1月。

⑨ 杜晓勤：《论杜甫后期的悲剧心态》，西安：《陕西师大学报》，1993年第2期；《论杜甫的文化心态结构》，成都：《杜甫研究学刊》，1994年第1期；《论杜甫的个体生命意识》，贵阳：《贵州文史丛刊》，1995年第2期。

中国文化精神》①，谢思炜的《杜诗的伦理内涵与现代解释》②，丁启阵的《生命的悲歌——论杜甫诗中有关生命的悲剧主题》③，吴明贤的《论杜甫的“狂”》④，吴逢箴的《杜甫与西域文明》⑤等。

评价杜诗在文学史上的地位方面的论文主要有：黄稚荃的《杜诗在中国诗史上的地位》⑥，程千帆、莫砺锋的《杜诗集大成说》⑦，刘开扬的《论杜甫诗歌在文学史上的地位》⑧等。

在论述杜诗风格方面，裴斐的《杜诗八期论》⑨，将杜诗分为八个时期，论述杜诗在不同时期的风格特征。傅绍良《论杜甫诗歌的阴柔美》⑩、金诤的《试论杜诗风格的地理特征》⑪，也是从不同时期、所处地方的不同，论述杜诗的风格特点，从而使杜诗

① 胡晓明：《略论杜甫诗学与中国文化精神》，上海：《文艺理论研究》，1994年第5期。

② 谢思炜：《杜诗的伦理内涵与现代解释》，北京：《文学遗产》，1995年第1期。

③ 丁启阵：《生命的悲歌——论杜甫诗中有关生命的悲剧主题》，成都：《杜甫研究学刊》，1996年第2期。

④ 吴明贤：《论杜甫的“狂”》，成都：《杜甫研究学刊》，1996年第3期。

⑤ 吴逢箴：《杜甫与西域文明》，成都：《杜甫研究学刊》，1996年第3期。

⑥ 黄稚荃：《杜诗在中国诗史上的地位》，成都：《草堂》，1983年第1期。

⑦ 程千帆、莫砺锋：《杜诗集大成说》，北京：《文学评论》，1986年第6期。

⑧ 刘开扬：《论杜甫诗歌在文学史上的地位》，成都：《杜甫研究学刊》，1988年第1期。

⑨ 裴斐：《杜诗八期论》，北京：《文学遗产》，1992年第4期。

⑩ 傅绍良：《论杜甫诗歌的阴柔美》，西安：《陕西师范大学学报》，1985年第4期。

⑪ 金诤：《试论杜诗风格的地理特征》，成都：《杜甫研究学刊》，1988年第2期。

的风格研究由其主要特征“沉郁顿挫”，转向动态的、具体的发展变化研究。还有一些文章探讨了杜诗在某一特定时期、特定地域的风格特征和成就，主要集中在杜甫早期的诗歌、夔州诗、陇右诗。主要论文有何丹尼的《杜甫早期诗论》①，杨恩成的《论杜甫漫游时期的诗歌创作与审美观》②，吴明贤的《试论杜甫早年的诗歌创作》③，王锡臣的《论杜甫夔州诗的艺术成就》④，卞孝萱、乔长阜的《杜甫的〈夔州歌〉与刘禹锡的〈竹枝词〉——兼论杜甫夔州诗的艺术特色及其形成原因》⑤，缪钺的《杜甫夔州诗学术讨论会开幕词——综述杜甫夔州诗》⑥，张宏生的《杜甫夔州诗所反映的生活悲剧》⑦，马德富的《杜甫夔州诗风格的正与变》⑧等。甘肃人民出版社 1995 年出版了《杜甫陇右诗研究论文集》。1996 年 9 月，中国杜甫研究会第二次学术讨论会在甘肃省天水市召开，国内外八十多位学者与会，提交论文六十多篇，集中讨论了杜甫陇右诗的思想内容、艺术成就及其在杜诗中的地位。

在杜诗的艺术手法方面，有萧涤非的《试论杜甫的比兴》⑨、

---

① 何丹尼：《杜甫早期诗论》，上海：《上海师院学报》，1983 年第 1 期。

② 杨恩成：《论杜甫漫游时期的诗歌创作与审美观》，西安：《陕西师范大学学报》，1991 年第 3 期。

③ 吴明贤：《试论杜甫早年的诗歌创作》，成都：《杜甫研究学刊》，1992 年第 2 期。

④ 王锡臣：《论杜甫夔州诗的艺术成就》，天津：《天津师院学报》，1981 年第 3 期。

⑤ 卞孝萱、乔长阜：《杜甫的〈夔州歌〉与刘禹锡的〈竹枝词〉——兼论杜甫夔州诗的艺术特色及其形成原因》，成都：《草堂》，1983 年第 2 期。

⑥ 缪钺：《杜甫夔州诗学术讨论会开幕词——综述杜甫夔州诗》，成都：《草堂》，1984 年第 2 期。

⑦ 张宏生：《杜甫夔州诗所反映的生活悲剧》，北京：《文学评论》，1984 年第 4 期。

⑧ 马德富：《杜甫夔州诗风格的正与变》，成都：《草堂》，1984 年第 2 期。

⑨ 萧涤非：《试论杜甫的比兴》，上海：《文艺论丛》，第 4 辑，1978 年。

吴小如的《略论杜诗的用事》①、吕福田的《杜诗修辞技法》②、许总的《杜甫以文为诗论》③、万云骏的《大与细、宏观与微观在杜诗中的反映》④、曹慕樊的《杜诗的起结》⑤、陈祥耀的《论杜诗直起法》⑥、谢思炜的《杜诗叙事艺术探微》⑦、张国伟的《杜诗中谬理的审美效应》⑧、蒋长栋的《试论杜甫的比兴体制》⑨、管遗瑞的《试论杜诗结构的顿挫美》⑩、刘明华的专著《杜诗修辞艺术》⑪等。

对杜甫诗歌的意象、意境进行探讨的论文有：王岳川的《杜甫诗歌的意境美》⑫、江裕斌的《试论杜甫对诗歌意象结构与音律的开拓与创新》⑬、林继中的《情感意象的几种构图方式》⑭、陈开勇的《杜甫的艺术追求：情感与表达——对比兴自然意象与

① 吴小如：《略论杜诗的用事》，北京：《北京大学学报》，1979年第6期。

② 吕福田：《杜诗修辞技法》，哈尔滨：《北方论丛》，1983年第4期。

③ 许总：《杜甫以文为诗论》，上海：《学术月刊》，1983年第11期。

④ 万云骏：《大与细、宏观与微观在杜诗中的反映》，上海：《学术月刊》，1986年第3期。

⑤ 曹慕樊：《杜诗的起结》，见《古籍整理研究论文集》，重庆：西南师范大学出版社，1986年。

⑥ 陈祥耀：《论杜诗直起法》，北京：《文学遗产》，1993年第1期。

⑦ 谢思炜：《杜诗叙事艺术探微》，北京：《文学遗产》，1994年第3期。

⑧ 张国伟：《杜诗中谬理的审美效应》，成都：《杜甫研究学刊》，1995年第1期。

⑨ 蒋长栋：《试论杜甫的比兴体制》，长沙：《求索》，1997年第1期。

⑩ 管遗瑞：《试论杜诗结构的顿挫美》，成都：《杜甫研究学刊》，1997年第2期。

⑪ 刘明华：《杜诗修辞艺术》，郑州：中州古籍出版社，1991年1月。

⑫ 王岳川：《杜甫诗歌的意境美》，武汉：《江汉论坛》，1983年第6期。

⑬ 江裕斌：《试论杜甫对诗歌意象结构与音律的开拓与创新》，上海：《文艺理论研究》，1991年第2期。

⑭ 林继中：《情感意象的几种构图方式》，上海：《文艺理论研究》，1992年第1期。

悲剧自然意象的考察》①等。

按照杜诗不同的题材和体裁分类研究的论文也很多，显示了对杜诗研究的细化。这里就不一一列举了。

对杜诗的渊源和影响的探讨也更为细致，论文也很多。在杜诗的渊源方面，有张志岳的《略论杜甫对魏晋南北朝诗歌的继承和发展》②，陶道恕的《何刘沈谢力未工，才兼鲍照愁绝倒——略谈鲍照诗对杜甫的影响》、《庾信文章老更成——杜甫学习庾信艺术经验浅谈》③，徐有富的《杜甫学习陶诗风格问题》④，张明非的《杜甫与六朝文学》⑤，陈一新（贻焮）的《到底不是陶渊明——漫谈老杜部分草堂诗》⑥，程千帆等的《杜甫集大成说》⑦，毛炳汉的《论杜甫对屈原的继承》⑧，黄珅的《陶杜异同论》⑨，邝健行的《杜甫对初唐诗体及其创作技巧的肯定和继承》⑩，吴相洲的《庾信杜甫老成境界之比较》⑪，杜晓勤的《庾信

① 陈开勇：《杜甫的艺术追求：情感与表达——对比兴自然意象与悲剧自然意象的考察》，河池：《河池师专学报》，1995 年第 4 期。

② 张志岳：《略论杜甫对魏晋南北朝诗歌的继承和发展》，成都：《草堂》，1982 年第 1 期。

③ 陶道恕：《何刘沈谢力未工，才兼鲍照愁绝倒——略谈鲍照诗对杜甫的影响》，成都：《草堂》，1982 年第 1 期；《庾信文章老更成——杜甫学习庾信艺术经验浅谈》，成都：《四川大学学报丛刊》，第 15 期，1982 年。

④ 徐有富：《杜甫学习陶诗风格问题》，成都：《草堂》，1983 年第 1 期。

⑤ 张明非：《杜甫与六朝文学》，桂林：《广西师范大学学报》，1984 年第 1 期。

⑥ 陈一新：《到底不是陶渊明——漫谈老杜部分草堂诗》，成都：《草堂》，1986 年第 2 期。

⑦ 程千帆等：《杜甫集大成说》，北京：《文学评论》，1986 年第 6 期。

⑧ 毛炳汉：《论杜甫对屈原的继承》，贵阳：《贵州文史丛刊》，1987 年第 4 期。

⑨ 黄珅：《陶杜异同论》，北京：《文学遗产》，1991 年第 3 期。

⑩ 邝健行：《杜甫对初唐诗体及其创作技巧的肯定和继承》，成都：《杜甫研究学刊》，1992 年第 2 期。

⑪ 吴相洲：《庾信杜甫老成境界之比较》，呼和浩特：《内蒙古大学学报》，1994 年第 2 期。

杜甫集大成之比较》①等。在杜诗的影响方面，有许总的《宋人宗杜新论》②，程千帆、张宏生的《七言律诗中的政治内涵——从杜甫到李商隐、韩偓》③，林继中的《杜诗与宋人诗歌价值观》④、周裕锴的《杜甫与江西诗派》⑤，张志烈的《谈杜甫的咏物诗与南宋咏物词》⑥，房日晰的《杜甫李商隐七言律诗之比较》、《杜甫诗歌对李贺诗风的影响》⑦、杜晓勤的《开天诗人对杜诗接受问题考论》、《杜诗在至德、大历间的流传和影响》、《论中唐诗人对杜诗的接受问题》⑧，王泽君的《试论杜甫诗对小说戏曲的影响》⑨，张清华的《杜甫开拓的新世界——论杜诗艺术对韩诗的影响》⑩，程杰的《杜甫与唐宋诗之变》⑪，刘扬忠的《稼轩词与老

① 杜晓勤：《庾信杜甫集大成之比较》，西安：《陕西师范大学学报》，1996 年第 3 期。

② 许总：《宋人宗杜新论》，郑州：《中州学刊》，1985 年第 1 期。

③ 程千帆、张宏生：《七言律诗中的政治内涵——从杜甫到李商隐、韩偓》，上海：《文艺理论研究》，1988 年第 2 期。

④ 林继中：《杜诗与宋人诗歌价值观》，北京：《文学遗产》，1990 年第 1 期。

⑤ 周裕锴：《杜甫与江西诗派》，成都：《杜甫研究学刊》，1990 年第 3 期。

⑥ 张志烈：《谈杜甫的咏物诗与南宋咏物词》，成都：《杜甫研究学刊》，1991 年第 1 期。

⑦ 房日晰：《杜甫李商隐七言律诗之比较》，成都：《杜甫研究学刊》，1991 年第 2 期；《杜甫诗歌对李贺诗风的影响》，北京：《文学遗产》，1993 年第 2 期。

⑧ 杜晓勤：《开天诗人对杜诗接受问题考论》，北京：《文学遗产》，1991 年第 3 期；《杜诗在至德、大历间的流传和影响》，西安：《陕西师范大学学报》，1991 年第 3 期；《论中唐诗人对杜诗的接受问题》，沈阳：《社会科学辑刊》，1995 年第 1 期。

⑨ 王泽君：《试论杜甫诗对小说戏曲的影响》，成都：《杜甫研究学刊》，1992 年第 1 期。

⑩ 张清华：《杜甫开拓的新世界——论杜诗艺术对韩诗的影响》，成都：《杜甫研究学刊》，1992 年第 3 期。

⑪ 程杰：《杜甫与唐宋诗之变》，成都：《杜甫研究学刊》，1992 年第 3 期。

杜诗》①,曾亚兰的《清代女子学杜絮语》、《从元人学杜咏杜看元代模杜之风》②,吴企明的《论杜甫与李贺》③等。

杜诗学史作为杜诗研究的派生物,在这一时期也取得了丰硕的成果。廖仲安、许总撰写了很多有关杜诗学史方面的文章。廖仲安有《杨慎与杜诗》、《论唐宋时期的杜诗研究》、《杜诗学》④等文章;许总的《杜诗学发微》⑤汇集了他多年撰写的关于杜诗学的文章。曾枣庄、蒋凡、詹杭伦、裴斐、张志烈、张忠纲、谢思炜、赵晓兰、陈新璋等一大批学者都发表过杜诗学方面的文章,不再一一列举。

八九十年代大陆以外的杜甫研究仍在原有的基础上继续着,台湾地区学者的杜甫研究又取得了很多新成果。兹拈取数篇,以窥全豹。杜甫生平方面的著作有陈瑶玑《杜工部生平及其诗学渊源和特质》⑥、朱偰《杜少陵先生评传》⑦、陈香编《杜甫评传》⑧、郭永榕《杜甫文学游历——杜少陵传》⑨等。对杜甫诗歌进行研究的文章有陈蝶衣《杜甫诗研究二讲》⑩、李森南《杜甫诗

---

① 刘扬忠:《稼轩词与老杜诗》,北京:《文学遗产》,1992 年第 6 期。

② 曾亚兰:《清代女子学杜絮语》,成都:《杜甫研究学刊》,1994 年第 1 期;《从元人学杜咏杜看元代模杜之风》,成都:《杜甫研究学刊》,1995 年第 2 期。

③ 吴企明:《论杜甫与李贺》,成都:《杜甫研究学刊》,1996 年第 3 期。

④ 廖仲安:《杨慎与杜诗》,《光明日报》,1983 年 3 月 22 日;《论唐宋时期的杜诗研究》,《中国古典文学论丛》第 3 辑,北京:人民文学出版社,1985 年;《杜诗学》,北京:《首都师范大学学报》,1994 年第 5、6 期。

⑤ 许总:《杜诗学发微》,南京:南京出版社,1989 年 5 月。

⑥ 陈瑶玑:《杜工部生平及其诗学渊源和特质》,台北:弘道文化事业公司,1980 年。

⑦ 朱偰:《杜少陵先生评传》,台北:东升出版事业公司,1980 年。

⑧ 陈香编:《杜甫评传》,台北:"国家出版社",1981 年。

⑨ 郭永榕:《杜甫文学游历——杜少陵传》,台北:文史哲出版社,1996 年。

⑩ 陈蝶衣:《杜甫诗研究二讲》,香港:《明报月刊》,1986 年 7 月号。

传》①、简明勇《杜甫诗研究》②、方瑜《杜甫夔州诗析论》③、吕正惠《杜甫与六朝诗人》④、李立信《杜诗流布韩国考》⑤、杨松年《杜甫〈戏为六绝句〉研究》⑥、简恩定《李杜诗中的生命情调》⑦、欧丽娟《杜诗意象论》⑧等。在杜诗学史方面，有陈伟《杜甫诗学探微》⑨、简恩定《清初杜诗学研究》⑩等。

日本吉川幸次郎的《杜诗论集》1980 年由筑摩书房出版，1981 年又出版了《杜甫——生涯和文学》。吉川幸次郎 1986 年的演讲《杜甫的诗论和诗——在京都大学部最后的一次演讲》⑪，指出杜甫一生都在追求一种理想的世界，对理想的执著追求和对黑暗现实的愤慨是杜诗中最深沉凝重的部分。黑川洋一 1982 年出版《杜诗》，1990 年发表《日本江户后期对杜诗的鉴赏》一文。此外，日本神户大学的笕久美子在 1990 年唐代文学国际学术讨论会上提交的论文《李、杜诗里的妻子形象》、前野直彬 1994 年 2 月出版的《李白之死与杜甫之死》等也都是这一时期日本学者杜甫研究的重要成果。

苏联 1987 年出版了由别任撰写的《杜甫传》，该书详细论述

① 李森南：《杜甫诗传》，台北：洪氏出版社，1980 年。

② 简明勇：《杜甫诗研究》，台北：学海出版社，1984 年。

③ 方瑜：《杜甫夔州诗析论》，台北：幼狮文化公司，1985 年。

④ 吕正惠：《杜甫与六朝诗人》，台北：大安出版社，1989 年。

⑤ 李立信：《杜诗流布韩国考》，台北：文史哲出版社，1991 年。

⑥ 杨松年：《杜甫〈戏为六绝句〉研究》，台北：文史哲出版社，1995 年。

⑦ 简恩定：《李杜诗中的生命情调》，台北：台湾书店，1995 年。

⑧ 欧丽娟：《杜诗意象论》，台北：里仁书局，1997 年。

⑨ 陈伟：《杜甫诗学探微》，台北：文史哲出版社，1985 年。

⑩ 简恩定：《清初杜诗学研究》，台北：文史哲出版社，1986 年。

⑪〔日〕吉川幸次郎著、张连第译：《杜甫的诗论和诗——在京都大学部最后的一次演讲》，见刘柏青《日本学者中国文学研究译丛》第 1 辑，长春：吉林教育出版社，1986 年。

了杜甫的生活道路及其与当时杰出人物的交往,并对杜甫诗歌进行评价,认为杜诗是中华民族的一面镜子,它反映了该民族的过去、现在和未来。

关汉卿与古典文学研究①

关汉卿1958年被世界和平理事会推选为世界文化名人,许多国家举行了纪念他戏剧创作700周年的活动。关汉卿及其杂剧创作也是20世纪戏曲研究的中心之一。20世纪初王国维在其《宋元戏曲史·元剧之文章》对关汉卿及其杂剧创作给予高度评价:"关汉卿一空倚傍,自铸伟词,而其言曲尽人情,字字本色,故当为元人第一。"②

20世纪对关汉卿及其杂剧创作的研究主要为以下几个方面:

一、关汉卿的生平研究

在关汉卿的生平研究中存在争议的问题有关汉卿的籍贯、生卒年和是否做过太医院尹。

1. 关于关汉卿的籍贯,自元代以来有三种说法:大都人、解州人和祁州人。20世纪大多数学者主张关汉卿是大都人,如赵万里③、孙楷第④、么书仪⑤、王钢⑥等。而且几部影响较大的文

---

① 关于关汉卿研究的观点和资料主要取自李修生、查洪德:《辽金元文学研究》,北京:北京出版社,2001年。

② 王国维:《学术经典集》,第286页,南昌:江西人民出版社,1997年。

③ 赵万里:《关汉卿史料新得》,北京:《戏剧论丛》,1957年第2期。

④ 孙楷第:《元曲家考略·王和卿》,上海:上海古籍出版社,1981年。

⑤ 么书仪:《关于〈析津志〉和关一斋小传的作者》,《文史》第27辑,北京:中华书局,1986年。

⑥ 王钢:《关汉卿籍贯考》,北京:《文学遗产》,1989年第1期。

学史也都倾向于关汉卿是大都人，如中国社会科学院文学研究所《中国文学史》、游国恩等主编《中国文学史》，张庚、郭汉城《中国戏曲通史》、邓绍基主编的《元代文学史》，章培恒、骆玉明主编的《中国文学史》，袁行霈主编的《中国文学史》。周贻白①、顾肇仓(学颉)②、蔡美彪③等人认为关汉卿或祖籍解州，或原居解州，后迁大都。冯沅君、吴晓铃、魏复乾等主张关汉卿是祁州人的学者认为这与关汉卿是大都人并不矛盾，元代的大都从地理范围上讲可包括祁州。后来认同此说法的学者进一步考证认为关汉卿是现在安国县伍仁村人。如杨国瑞《关汉卿是安国县伍仁村人》④，张月中、许秀京《关汉卿的故乡——安国县伍仁村》⑤，王强《关汉卿籍贯考》⑥等。

2. 关于关汉卿的生卒年，一种说法是关汉卿生于金末，是金的遗民。王国维最先提出关汉卿生于金末之说。与王国维的说法一致，郑振铎三十年代出版的《插图本中国文学史》认为关汉卿的卒年至迟当在 1300 年之前，生年至迟当在金亡之前的二十年(即公元 1214 年)。赵万里在 1957 年发表的《关汉卿史料新得》一文中提出关汉卿生于 1210 年左右，卒于 1280 年左右。同年蔡美彪的《关于关汉卿的生平》⑦也认为关汉卿生于金末，并且认为杨维桢《宫词》中的“大金优谏”就是指关汉卿。1980

① 周贻白:《关汉卿论》,北京:《戏剧论丛》,1958 年第 2 期。

② 顾肇仓:《元明杂剧》,第 59 页,上海:上海古籍出版社,1979 年。

③ 蔡美彪:《中国通史》第七册,第 488 页,北京:人民出版社,1983 年。

④ 杨国瑞:《关汉卿是安国县伍仁村人》,石家庄:《河北师院学报》,1982 年第 1 期。

⑤ 张月中、许秀京:《关汉卿的故乡——安国县伍仁村》,石家庄:《河北日报》,1985 年 2 月 19 日。

⑥ 王强:《关汉卿籍贯考》,北京:《戏剧》,1987 年第 1 期。

⑦ 蔡美彪:《关于关汉卿的生平》,北京:《戏剧论丛》,1957 年第 2 期。

年赵兴勤的《略论关汉卿的生卒年代》①，认为关汉卿生于公元1195—1200年之间，卒于公元1277—1285年之间。另一种说法认为关汉卿生于金末，但不能算是金的遗民。胡适1936年发表的《读曲小记(一)·关汉卿不是金遗民》中认为“他的死年至早当在1307年左右。此时上距金亡已七十四年了……他决不是金源老，也决不是‘大金优谏’”。② 1937年胡适又发表了《再谈关汉卿的年代——与冯沅君女士书》③，认为关汉卿的生年约当1230年，至早不得过1220年，卒年至早不得在1300年以前，金亡时关汉卿不过是三四岁或十三四岁的小孩子。吴晓铃《元曲作家生卒新考》④认为关汉卿应生于1224年左右，卒于1300年左右。王季思1954年发表的《关汉卿和他的杂剧》⑤一文，认为关汉卿生年大约在1227年以后，卒年在1297年以后。第三种说法认为关汉卿生于金亡后的蒙古时代。孙楷第《关汉卿行年考》，认为关汉卿“其生当在蒙古乃马真后称制元年与海迷失后称制三年之间(1241—1250)，其卒当在延祐七年以后，泰定元年以前(1320—1324)”。⑥赵景深⑦、傅惜华⑧、谭正璧⑨、罗忼烈⑩等都赞同孙楷第的这一推断。

---

① 赵兴勤：《略论关汉卿的生卒年代》，徐州：《徐州师院学报》，1980年第1期。

②③ 胡适：《胡适古典文学研究论集》，上海：上海古籍出版社，1988年。

④ 吴晓铃：《元曲作家生卒新考》，燕京大学国文学会1937年《文学年报》。

⑤ 王季思：《关汉卿和他的杂剧》，北京：《人民文学》，1954年第4期。

⑥ 孙楷第：《关汉卿行年考》，北京：《光明日报》，1954年3月15日。

⑦ 赵景深：《关汉卿和他的杂剧》，《戏曲笔谈》，上海：中华书局上海编辑所，1962年。

⑧ 傅惜华：《元代杂剧全目》，北京：作家出版社，1957年。

⑨ 谭正璧：《元代戏剧家关汉卿》，上海：上海文化出版社，1957年。

⑩ 罗忼烈：《论关汉卿的年代问题》，见《两小山斋论文集》，北京：中华书局，1982年。

3. 关汉卿是否曾为太医院尹的争论及两个关汉卿的推断。曹本《录鬼簿》记载关汉卿为"太医院尹",对此,学者们意见不一。1954 年孙楷第《关汉卿行年考》中认为关汉卿入元后曾任太医院尹。游国恩等主编的《中国文学史》肯定关汉卿曾任太医院尹,并以《析津志》中关汉卿被列入《名宦传》为佐证,并认为关汉卿在太医院任官在元灭南宋以前。1958 年周贻白的《关汉卿论》、1980 年赵兴勤的《略论关汉卿的生卒年代》、1997 年徐子方的《关汉卿身份考述》①,认为关汉卿任太医院尹是在金。蔡美彪 1957 年连续发表了《关于关汉卿的生平》、《关汉卿生平续记》两篇文章,依据明代《说集》本、天一阁蓝格抄本和孟称舜刻本《录鬼簿》中,"太医院尹"均作"太医院户",认为关汉卿是属太医院管辖的"系籍医户",这些医户并不是真正的医生,只是在户籍中属于医户,由太医院管辖,而享有减免若干差役赋税等优待。这一说法得到了赵景深等学者的赞同。

基于关汉卿生卒年的差异及其是否为太医院尹的争执,有的学者提出有两个关汉卿之说。冯沅君在其《再读关汉卿的年代跋》②和《关汉卿的年代》③中,提出有两个关汉卿的猜测:"他们的年代既然参差,行事出处也不相同",一个"年代较早,约为金末人,或许曾入元,做个遗老,于曲曾染指"。一个"年代较晚,十之八九完全是元人。他是所谓'姓名香四大神物'之一,作剧是他的本行,作品很多,极成功。"由于缺乏可靠的证据,这个推论并没有得到学界认可。黄天骥于 1980 年发表《关汉卿和关一

① 徐子方:《关汉卿身份考述》,南京:《南京师范大学学报》,1997 年第 2 期。

② 冯沅君:《再读关汉卿的年代跋》,北京大学国文学会 1937 年《文学年报》。

③ 冯沅君:《关汉卿的年代》,香港:《俗文学》,1945 年第 8 期。

斋》①，重提两个关汉卿之说，文中认为《析津志·名宦传》中字汉卿的关一斋，绝不是钟嗣成《录鬼簿》中的杂剧作家关汉卿。《析津志》中的关一斋"生于 1180 年左右，即金世宗大定年间，死在元初，写过《伊尹扶汤》等杂剧，曾是金代的名宦。金亡后，和史秉直一样投降了元蒙，也受到元蒙的重视"。《录鬼簿》中的关汉卿，"生于 1226 年左右，死于 1330 年左右，主要活动于元代，没有做过官，一生写过许多杂剧"。

二、对关汉卿杂剧作品的研究

1. 对关汉卿杂剧作品的考订

关汉卿的杂剧现存十八种，其中《包待制智斩鲁斋郎》、《山神庙裴度还带》、《刘夫人庆赏五侯宴》、《尉迟恭单鞭夺槊》、《状元堂陈母教子》、《邓夫人苦痛哭存孝》等是否关汉卿的作品有争议。吴晓铃等校勘《关汉卿戏曲集》②及北京大学中文系编校的《关汉卿戏剧集》③，将现存十八种杂剧都收入，但声明尚有争议的这几部存疑。

2. 对具体杂剧作品的研究

对关汉卿的具体杂剧作品进行研究的文章很多，主要是对《窦娥冤》的研究，对《窦娥冤》的思想、窦娥的性格、窦娥的贞节问题等都有不同的看法。50 年代冯沅君《怎样看待〈窦娥冤〉及其改编本》中认为《窦娥冤》的"主题思想是谴责当时'官吏们无心正法，教百姓有口难言'的罪恶现实，同时又歌颂敢于反抗种种恶势力的人物"。④ 陈毓罴《关于〈窦娥冤〉的评价

---

① 黄天骥：《关汉卿和关一斋》，见《文学评论丛刊》第 9 辑，北京：中国社会科学出版社，1981 年。

② 吴晓铃等：《关汉卿戏曲集》，北京：中国戏剧出版社，1958 年。

③ 北京大学中文系编校：《关汉卿戏剧集》，北京：人民文学出版社，1976 年。

④ 冯沅君：《怎样看待〈窦娥冤〉及其改编本》，北京：《文学评论》，1965 年第 4 期。

问题》①对《窦娥冤》的思想有不同的看法，他认为该剧旨在揭露封建社会的黑暗和政治上的腐败，反映了受剥削、受压迫的人民的反抗情绪。而冯沅君把《窦娥冤》的思想看得太狭隘了。70年代末，张德鸿②与齐森华③又著文分别支持冯沅君和陈毓罴的观点。80年代末，郭英德《关剧文化意蕴发微》中认为"关汉卿只不过是把经济剥削、政治压迫作为悲剧的一种背景，一种偶然的机缘，来加以描绘的；而不是如我们所一厢情愿地认为的，作为悲剧的根源。""关剧所表现的主要戏剧冲突，不是别的，恰恰是正统的儒家道德观与道德沦丧的社会现实的矛盾。"④对窦娥的反抗性格，王季思、郑振铎⑤、宁宗一⑥等肯定窦娥的反抗性格所具有的社会意义，王季思甚至认为窦娥"是作为中国人民为了正义事业向当时的黑暗统治势力进行坚决斗争的英雄人物的形象而出现的"⑦。陈毓罴则认为窦娥"自始至终并未达到自觉地为了正义事业而奋斗的高度。"⑧1988年杨栋的《窦娥非勇士辨》认为："《窦娥冤》诚然是一部成功的伟大悲剧，但决不是英

① 陈毓罴：《关于〈窦娥冤〉的评价问题》，北京：《文学评论》，1965年第5期。

② 张德鸿：《谈谈对〈窦娥冤〉的评价问题》，昆明：《昆明师院学报》，1979年第1期。

③ 齐森华：《关于〈窦娥冤〉的评价问题》，昆明：《昆明师院学报》，1979年第5期。

④ 郭英德：《关剧文化意蕴发微》，北京：《戏曲研究》第30辑，1989年。

⑤ 郑振铎：《关汉卿——我国十三世纪的伟大戏曲家》，见《关汉卿研究论文集》，上海：上海古典文学出版社，1958年。

⑥ 宁宗一：《谈〈窦娥冤〉的悲剧精神》，临汾：《语文教学通讯》，1982年第2期。

⑦ 王季思：《论关汉卿及其作品〈窦娥冤〉和〈救风尘〉》，见《关汉卿研究论文集》，第198页，上海：上海古典文学出版社，1958年。

⑧ 陈毓罴：《关于〈窦娥冤〉的评价问题》，北京：《文学评论》，1965年第5期。

雄的悲剧，是一个小人物的悲剧。关汉卿笔下的窦娥也不是什么反抗封建统治的'英雄'、'勇士'，而是一个命苦到不能再苦，而又善良到无可再善良的弱女子，是背负着因袭的重担，喘息在封建社会深渊里的千百万中国劳动妇女的典型。"①对窦娥的恪守贞节及临终所发三桩誓愿，学者们也都有不同的看法。学者们对关汉卿的其他杂剧作品也有一些论说，如《蝴蝶梦》的思想、《鲁斋郎》是否表现了关汉卿的民族思想、《赵盼儿》的人物形象、《谢天香》的人物评价及审美价值等。

此外，学者们还对关汉卿杂剧艺术成就进行了研究。关汉卿塑造了许多性格鲜明的人物形象，尤以女性居多。"在关汉卿的剧作里，那些被压在最底层的妇女，受到了特别的重视"。②吴国钦《中国戏曲漫话》还概括了关汉卿杂剧中妇女形象的主要特征。③ 张燕瑾《论关汉卿的贡献》④一文论述了关汉卿塑造人物形象的成就。关汉卿的本色当行的语言、重视舞台演出效果、大团圆结局、关剧的艺术风格等也都成为学者们研究的关注点。王明煊《论关汉卿戏剧结构的独创性》⑤，黄克《关汉卿戏剧人物论》⑥，袁良骏《论关汉卿的浪漫主义》⑦，宁宗一《另一种精神世界的透视》⑧，周国雄《全面营造中国戏曲艺术范式——论关汉

---

① 杨栋：《窦娥非勇士辨》，河池：《河池师院学报》，1988 年第 2 期。

② 温凌：《关汉卿》，第 51 页，上海：上海古籍出版社，1978 年。

③ 参看吴国钦：《中国戏曲漫话》，第 99～100 页，上海：上海文艺出版社，1980 年。

④ 张燕瑾：《论关汉卿的贡献》，石家庄：《河北师院学报》，1988 年第 3 期。

⑤ 王明煊：《论关汉卿戏剧结构的独创性》，金华：《浙江师范大学学报》，1983 年第 3 期。

⑥ 黄克：《关汉卿戏剧人物论》，北京：人民文学出版社，1984 年。

⑦ 袁良骏：《论关汉卿的浪漫主义》，石家庄：《河北学刊》，1987 年第 5 期。

⑧ 宁宗一：《另一种精神世界的透视》，北京：《戏曲艺术》，1987 年第 3 期。

卿的杰出贡献》①,程毅中《谈关汉卿杂剧的结尾》②,么书仪《谈元杂剧的大团圆结局》、《关汉卿思想和创作的二重性》③,张燕瑾《元剧三家风格论》④等都是对关汉卿杂剧艺术成就进行研究的重要成果。

三、海外的关汉卿及其作品研究

关汉卿作为我国13世纪伟大的戏剧家,他的作品在20世纪也受到了全世界的关注。1925年,美国波士顿利特尔·布朗公司出版了朱克(A. E. Zucker)所著的《中国戏剧》,其中有《窦娥冤》第三折《斩窦娥》的节译。

1958年,关汉卿被推选为世界文化名人。苏联著名汉学家费德林等人合著出版了《关汉卿——伟大的中国戏剧家》一书,书中对《窦娥冤》和《救风尘》作了评述。1960年,苏联的B. N.谢马诺夫发表《论关汉卿剧作的特色》一文,对关汉卿的剧本结构特点、剧中主人公的性格、心理描写的特色进行了论述。谢马诺夫对关汉卿在世界戏剧创作中的地位是这样评价的:"关汉卿的地位,应该是在古希腊罗马戏剧与文艺复兴戏剧交界处的某个地方。"1966年,苏联列宁格勒大学东方系讲师、著名汉学家B.彼得罗夫编译的《元曲》出版,其中选有《窦娥冤》、《望江亭》、《单刀会》。在书前的论文中,编译者对窦娥、谭记儿等妇女形象

---

① 周国雄:《全面营造中国戏曲艺术范式——论关汉卿的杰出贡献》,北京:《文学评论》,1997年第4期。

② 程毅中:《谈关汉卿杂剧的结尾》,见天津古典小说戏曲研究会《古典小说戏曲谈艺录》,天津:天津人民出版社,1982年。

③ 么书仪:《谈元杂剧的大团圆结局》,北京:《文学遗产》,1983年第2期;《关汉卿思想和创作的二重性》,见人民文学出版社古典文学编辑室《中国古典文学论丛》第4辑,北京:人民文学出版社,1986年。

④ 张燕瑾:《元剧三家风格论》,北京:《北京师范学院学报》,1986年第4期。

作了剖析，指出“这些剧本里的女主人公都具有崇高的精神品质。”

1972年，英国剑桥大学出版社出版了 Shih Chung Wen 译著的《对窦娥的不公平：窦娥冤研究与翻译》。1974年，美国俄亥俄州立大学出版社出版了《窦娥冤主题的演进》，附有《窦娥冤》的英文全译本。1976年，苏联编辑出版的《世界文学大系》中《中国戏曲》部分，选有B.索罗金重译的《窦娥冤》，序文中对《窦娥冤》予以评述。

孔子、张衡与古典文学研究

1999年，孔子被联合国教科文组织评为“世界十大文化名人”之一。孔子以教育家、思想家的身份被评为世界文化名人，张衡则是以科学家的身份入选世界文化名人，但两人在文学史上都占有一席之地。孔子是否删诗及其诗论，对后世影响深远；张衡的《四愁诗》、《同声诗》及其赋作在文学史上占有重要的地位。20世纪古典文学研究中虽没有系统的有关孔子、张衡的研究论述，但散落在文学史、文学批评史及其他论文中的相关论述，仍可窥见学者们对孔子、张衡在古代文学史上的地位、作用的评价。

司马迁《史记》中说：“古者诗三千余篇，及至孔子去其重，取可施于礼义……孔子皆弦歌之。”①后来关于孔子是否删诗，有不同看法。20世纪的文学史多倾向于孔子不曾删诗，但对《诗》作过整理的工作。游国恩等主编的《中国文学史》认为：“弦歌诗章可能是事实，删诗的话是不可信的。《诗经》最后编定成书，大

---

① 中华书局点校本《史记》卷四十七《孔子世家》，第1936页，北京：中华书局，1959年。

约在公元前六世纪中叶，不会在孔子出生以后。孔子不止一次说过‘诗三百’的话，可见他看到的是和现存《诗经》篇目大体相同的本子。而更重要的反证是公元前五四四年，吴公子季札在鲁国观乐，鲁国乐工为他所奏的各国风诗的次序与今本《诗经》基本相同。其时孔子刚刚八岁，显然是不可能删订《诗经》的。"①章培恒、骆玉明主编的《中国文学史》中也认为孔子不可能删诗，"一则先秦文献所引用的诗句，大体都在现存《诗经》的范围内，这以外的所谓‘逸诗’，数量极少，如果孔子以前还有三千多首诗，照理不会出现这样的情况；再则在《论语》中，孔子已经反复提到‘诗三百’(《为政》、《子路》等篇)，证明孔子所见到的《诗》，已经是三百余篇的本子，同现在见到的样子差不多。要之，《诗经》的编定，当在孔子出生以前，约公元前六世纪左右。只是孔子确实也对《诗经》下过很大功夫。"②

《论语》多处论及诗，对后世文学批评有很大影响。20世纪文学批评史著作都将孔子诗论作为文学批评史上一个重要环节加以论述。世纪初的几部文学批评史著作指出孔子诗论是出于实用的目的，而不是出于重视诗的文学性。

> "事父"、"事君"、"多识鸟兽草木之名"，自然是全以功用的观点立论；"兴"、"观"、"群"、"怨"虽然也可以说是就读者所得到的功用而言，而亦实在是论到诗的本身了。并且他对于诗的本身的观点，是有抒写性情的倾向了。
>
> 但孔子究竟是救民的哲学家，不是抒写性情的文学家，所以他虽然知道诗是抒写性情的，但他却要于抒写性情之外，令其披上一件道貌岸然的外衣，就是要抒写正当的性

① 游国恩等主编：《中国文学史》(一)，第27页，北京：人民文学出版社，1963年。

② 章培恒、骆玉明：《中国文学史》(上)，第83页，上海：复旦大学出版社，1996年。

情，而不抒写邪淫的性情。所以说：

诗三百，一言以蔽之，曰："思无邪。"（《论语·为政》）

孔子生在春秋时人的"断章取义"以赋诗之后，自己又是一个志切救民的哲学家，所以他虽然知道诗是抒写性情的，却要加上"正""邪"的限制，这是因为他也是以功用的观点而重视诗，不是以文学的观点而重视诗的缘故。①

朱东润《中国文学批评史大纲》中说："孔子论《诗》，亦主应用，盖春秋之时，朝聘会盟，赋诗言志，《诗》三百五篇，在当时固有其实用之意义，此又后世论《诗》者所不可不知也。"②

方孝岳《中国文学批评》中对孔子诗论评价极高："这些批评，确是所包甚广；后来人论诗的话，百变不离其宗"。③

2001年11月，上海古籍出版社整理出版了《上海博物馆藏战国楚竹书》（一），其中包括29支完整或残缺竹简的《诗论》，引发了学术界异常强烈的反响。学者们多认为这是孔子诗论，并对其进行了研究。

张衡作为科学家的名声太大了，以致掩盖了他作为文学家的成就。但在文学史家们的眼中，张衡仍被还原成一个伟大作家，在众星云集的古代文学史中熠熠闪光。刘大杰在其《中国文学发展史》中是这样评价张衡及其作品的："在中国文学史上，他也很有地位，《同声歌》、《四愁诗》成为五、七言诗创始期中的重要文献。汉赋的转变，由他开其端绪。"④评价其《二京赋》说：

---

① 罗根泽：《中国文学批评史》（一），第39页，上海：上海古籍出版社，1984年。

② 朱东润：《中国文学批评史大纲》，第4页，上海：上海古籍出版社，2005年。

③ 方孝岳：《中国文学批评》，第26页，北京：三联书店，1986年。

④ 刘大杰：《中国文学发展史》，第154页，上海：上海人民出版社，1973年。

"《二京赋》也描写了当时一些社会风俗,世态人情,他的眼界也较为广阔。即在景物描写上,也有特色……不仅文字清新,而且描写也很细致。"①

张衡的主要赋作是《二京赋》和《归田赋》。《二京赋》作为京都大赋的代表作,文学史著作中总是将其与班固的《两都赋》进行比较,指出它在内容上的开拓和语言的清新。"他的《二京赋》与班固的《两都赋》虽然都以汉东都和西都为描写对象,但二者相较,则《二京赋》的铺叙夸张得更加厉害,为了求全求备,他的篇幅就不能不加长,成为京都大赋'长篇之极轨',也正因为如此,在《二京赋》中也描写了不少新东西,如都市商贾、侠士、辩士的活动以及杂技和角抵百戏的演出情况,都十分突出。""《二京赋》另一特点是在叙述中引入议论说理……"②

袁行霈主编的《中国文学史》中对《二京赋》评价较高:"《二京赋》中的理性精神和充实的社会内容结合得非常完美,不但超过了司马相如和扬雄,也超过了班固。作者力求在作品的体制、规模上超越前人,铺写面面俱到。《二京赋》作为京都赋长篇之极轨,在思想和艺术上具有不可忽视的价值,对京都赋的发展起到推波助澜的作用。""因为求全求备,《二京赋》在旧有的格局中注入了一些新鲜的内容,并展现了作者独有的艺术才华。其中有两点特别值得珍视,一是令人叹为观止的民俗事项。《西京赋》中有一段关于角抵戏表演的描写,精彩纷呈,活灵活现……二是充满诗情画意的描写。"③

---

① 刘大杰:《中国文学发展史》,第 154 页,上海:上海人民出版社,1973 年。

② 游国恩等主编:《中国文学史》(一),第 154,北京:人民文学出版社,1963 年。

③ 袁行霈主编:《中国文学史》第一卷 ,第 208 页,北京:高等教育出版社,2005 年。

作为东汉抒情小赋的代表,《归田赋》得到极高的评价。“尤其《归田》一篇,形式短小,一扫铺采摛文、虚夸堆砌的手法,运用清丽的文字,抒写自己的怀抱,由描写宫殿游猎而专供帝王贵族赏玩的作品,变为作者言志抒情之作,这一转变是很重要的。作品里虽存在着一些老、庄的消极思想,但同时也反映出作者对现实的不满。”①游国恩等主编的《中国文学史》说:“自张衡以后,东汉抒情小赋不断出现,对魏晋抒情赋的发展发生重大影响。因此,张衡是一位承前启后的赋家。”②章培恒、骆玉明主编的《中国文学史》中说:“但抒情小赋作为时代生活的必然产物,作为与传统大赋相抗衡的独立文体,只能说是始于东汉中期,具体地说是始于张衡的《归田赋》。”③“这是辞赋史上第一篇反映田园隐居乐趣的作品……其中写景的部分,自然清丽,十分出色。”④袁行霈主编的《中国文学史》中说:“真正宣告抒情小赋的诞生并充分展示其迷人魅力的作品是张衡的《归田赋》,他以非凡的艺术创造而在赋坛上独领风骚。”⑤“无论从内容讲,还是就艺术形式讲,《归田赋》都有很高的价值;无论从张衡的全部创作看,还是从汉赋的发展过程看,《归田赋》都有很高的地位。”⑥

张衡的《四愁诗》和《同声歌》在诗歌史上也有着不容忽视的地位。而且这两首诗是否有寄托,学者们也有不同看法。游国恩等主编的《中国文学史》认为“他的《四愁诗》以比兴手法写自

---

① 刘大杰:《中国文学发展史》,第 154 页,上海:上海人民出版社,1973 年。

② 游国恩等主编:《中国文学史》(一),第 155 页,北京:人民文学出版社,1963 年。

③④ 章培恒,骆玉明:《中国文学史》(上),第 268 页,第 269 页,上海:复旦大学出版社,1996 年。

⑤⑥ 袁行霈主编:《中国文学史》第一卷,第 209 页,第 210 页,北京:高等教育出版社,2005 年。

己'思以道术相报贻于时君，而惧谗邪不得以通'的苦闷。对后来七言诗形成起重大作用。"①"其后张衡作《同声歌》，用新婚女子自述语气，可能有所寄托。这首诗感情真挚，词采绮丽，表达技巧已有一定的进步。"② 在阐释《四愁诗》和《同声歌》的重要作用和艺术特点时，倾向于这两首诗是有寄托的。

章培恒、骆玉明主编的《中国文学史》在对《四愁诗》和《同声歌》予以高度评价的同时，认为二诗没有寄托。

> 作为东汉中期最杰出的诗人，张衡写作了中国诗歌史上现存第一首独立的完整的七言诗——《四愁诗》……这也是七言诗型第一次被用来写情爱题材，七言句式语调曼婉悠长的优越性，在这首诗中得到了表现。《文选》载此诗，前有后人所加的小序，谓此诗乃因作者郁郁不得志，"效屈原以美人为君子，以珍宝为仁义，以水深雪雰为小人，思以道术相报，贻于时君，而惧谗邪不得以通"，恐系愚儒之见，未必合于张衡的本意；即使张衡确有此意，他能写出如此真切热烈的恋歌，无疑也是有着生活体验和审美趣味的背景的。③
>
> 在五言诗的发展过程中，张衡同样起了重要的作用。他的《同声歌》，是班固之后的又一首完整保存至今的文人五言诗，而且较之班固，语言技巧更为成熟……这是一首以新婚女子口吻表现情爱题材的五言诗，但又和班婕妤的《团扇诗》不同：女子不再用团扇之类象征物自比，而是直接露面，内容也不是表现宫怨，而是大胆地述说新婚生活的快乐。这可以说是第一首正面反映男女欢爱之情的五言诗

---

①② 游国恩等主编：《中国文学史》(一)，第 155 页，第 182 页，北京：人民文学出版社，1963 年。

③ 章培恒，骆玉明：《中国文学史》(上)，第 273～274 页，上海：复旦大学出版社，1996 年。

……诗中男尊女卑的意识很强，但《乐府解题》认为这诗是“喻臣子之事君也”，乃是迂阔之见。其实，张衡的诗所存虽不多，喜描写男女情爱的特色却很明显。除以上举出的七言、五言诗各一首外，四言诗如《思玄赋》所附一首，是写怀春女子对恋人的埋怨；仅存片段的《秋兰》诗，是写作者对“美人”的思慕，都有语言清新典丽、抒情委婉动人之长。就是在传统的楚歌里，如《舞赋》和《定情赋》所附的歌，也有这样的特点。总之，张衡在各种诗歌中都引入了男女情爱的内容，引起了汉代文人诗风的重大改变，并由此而促进了五、七言诗的成熟，这两方面对汉代文人诗的发展都具有重要意义。①

袁行霈主编的《中国文学史》认为《同声歌》“通篇假托新婚女子口气自述”②，而《四愁诗》“这首诗有政治上的寄托，得《离骚》之神韵，是后代七言歌行的先声”③。

聂石樵《先秦两汉文学史稿》中认为这两首诗是有寄托的。在论《四愁诗》时云：“可见此诗并非怀人之作，而是蕴寓着忧国之思。此诗重章叠句，反复咏叹，以倾泻自己郁郁不得伸展之志。”④他认为《同声歌》“通篇以妇女与丈夫之亲昵关系表现君臣际会”⑤。

（复旦大学博士后流动站　宋立英）

---

① 章培恒，骆玉明：《中国文学史》（上），第275～276页，上海：复旦大学出版社，1996年。

②③ 袁行霈主编：《中国文学史》第一卷，第227页，第227页，北京：高等教育出版社，2005年。

④⑤ 聂石樵：《先秦两汉文学史稿》，第419～420页，第421页，北京：北京师范大学出版社，1994年。

《中国文学史教学大纲》的产生及其影响

近些年来，有关20世纪五六十年代中国文学史的书写已逐渐成为百年文学史学研究的重点。研究者普遍超越了既往对此期文学史著作出简单价值评判的惯性，而深入到产生这些史著背后的图景和生态。其中不少学者常以“体制内”、“体制化”等词来描述此期文学史的生产模式。这些提法无疑具有很高的启发价值，但对于这种生产模式动态的演进历程，研究者则尚未予以清晰的揭示。事实上，“体制化”文学史生产模式的形成和确立，并非一蹴而就，它必须经过一段时间的操作演练，方有可能获取体制的认可。新中国成立初产生的几部文学史之所以受到不同程度的争议，很大原因就在于转型时期的史家们对于此种生产模式的掌握和操作不够纯熟。

1954年夏天教育部及相关部门在全国范围组织了多所高校和科研机构的专家学者，编撰了一本《中国文学史教学大纲》（以下简称《大纲》），作为中国文学史教科书编写的依据。① 单从印刷数量看（首次印刷6000册，其后无再版），《大纲》的影响似无法与后来一些发行多达数十万册的文学史相比。但今天看来，它在五六十年代文学史学发展的进程中的地位却不容忽视。

① 中华人民共和国高等教育部：《中国文学史教学大纲》，北京：高等教育出版社，1957年。

《大纲》一方面吸取了新中国成立以来文学史探索的成果和经验，又为"体制内"文学史的书写寻找到一种较为稳妥的写作理路，从而对后来的文学史学产生了深远的影响。

《大纲》出台的背景

《大纲》是新中国成立初期不断推进的文科教学改革和学术界普遍用马克思主义文艺观全面清理、阐释文学遗产的背景下产生的。

1949 年前的高校文科教学(这里主要讨论国统区)，在解放后被认为是"旧政治经济的一种反映和旧政治经济藉以持续的一种工具"①，是落后和反动的。就文学史教学而言，其讲授形式基本因人因校而异，而"材料的分配，内容的轻重，篇幅的长短，以及教学的进度等等都是不加考虑，毫无计划的"。② 陆侃如也说："在抗战前，没有两校中文系的教学计划是相同的。后来课程名称虽然部分地'划一'了，但也没有两校所开同一课程的内容是相同的。我教过二十年的'中国文学史'，都是详于周秦，略于唐宋，到明清就根本不讲了。我所认识的担任这门课的朋友们，讲授的进度都不一样；至于对每一作家、每一作品的评价，不但'仁者见仁'，'智者见智'，而且以'独出心裁'为贵，丝毫没有考虑到是否符合真理。"③这种随心所欲、自由散漫的教学态度，在解放前"被认为是合理的"，却背离了新中国人民教育的

① 马叙伦:《第一次全国高等教育会议闭幕词》，北京:《人民教育》，第 1 卷第 3 期(1950 年 7 月 1 日)。

② 萧离:《我怎样改进教学方法的？——记北大中文系教授游国恩先生的谈话》，北京:《新建设》，第 2 卷第 1 期(1950 年 2 月)。

③ 陆侃如:《关于大学中文系问题》，北京:《人民教育》，1952 年 2 月号。

宗旨。时任中国人民大学校长的成仿吾就指出:"这种教学法与态度,一方面对于教学内容的思想性与科学性无法保证,而对于反动派传播错误的,甚至反动的因素,倒是非常便利;另一方面,又必然助长资产阶级与小资产阶级知识分子的散漫、个人主义与无政府主义。"①

解放前的文学史教材所体现出来的观念,也是相对落后和陈腐的。罗根泽曾总结道:"'五四'以前泰半是用观念论的退化史观与载道的文学观来从事著述,例如谢无量的《中国大文学史》和曾毅的《中国文学史》;'五四'以后则泰半是用观念论的进化史观与缘情的文学观来从事著述,例如陆侃如和冯沅君合编的《中国诗史》、郑振铎的《插图本中国文学史》以及本书(指郑宾于的《中国文学流变史》)。最近大出风头的是辩证的唯物史观与普罗文学史观,本此以写成的有贺凯的《中国文学史纲要》和谭洪的《中国文学史纲》。"②"辩证的唯物史观与普罗文学史观",在三四十年代虽显示出极强的生命力,但由于各种复杂的历史原因,国统区的学者和教授实际仍很难全面、系统地接受。比如,陆侃如、冯沅君在谈到《中国诗史》的修改过程时说:"这书初稿是在一九二五——一九三〇年间写成的。那时我们一方面受了五四运动右翼的'整理国故'的影响,一方面也一知半解地浏览了一些一九二七年以后翻译出版的左翼文艺理论书籍,在思想上是非常混乱的。"③李嘉言在反思自己解放前的治学时也说:"在旧社会,我曾学了一套治学方法,但仍有许多问题不得解

① 成仿吾:《中国人民大学的教研室工作》,北京:《人民教育》,第2卷第6期(1951年4月1日)。

② 罗根泽:《郑宾于著〈中国文学流变史〉》,见《罗根泽古典文学论集》,第10～11页,上海:上海古籍出版社,1985年。原载《图书评论》,1934年第2卷第10期。

③ 陆侃如、冯沅君:《中国诗史·自序》,北京:作家出版社,1956年。

决或解决得连自己都不满意。后来听说有辩证法一类的书，是真正的科学方法，可以帮助解决问题。但又听说是共产党的书，犯禁，不容易找。找来找去，找到了一两本从日文翻译过来的小册子，可惜译文晦涩，诘屈聱牙。”①这虽是李嘉言在“反右”运动中的政治表白，却很真实地反映出当时国统区古典文学研究者与辩证唯物主义相睽离的事实。因此，贺、谭一类的文学史虽“大出风头”，但影响仍不如胡适、郑振铎、陆侃如等人的文学史。②

新中国成立后，马克思主义被确立为主流意识形态，是不容置疑、唯一正确的指导思想。那些长期在国统区从事教学研究的学者为适应这种形势，必须重新武装自己的思想，改变原有的文学观念和教学方式，但这种转变又并非一蹴而就。在解放初的头几年里，古典文学的教学一度很难适应新形势的发展，不少学生产生厌弃的情绪，减少古典文学课程的呼声很高，究其原因就在于大多教师很难一下子适应新思想和新方法。陆侃如就曾指出：“事实上教师们大都是旧知识分子，正在改造而尚未站稳立场，教古典而能作到‘剔除其封建性的糟粕’者比较是少数。”③霍

---

① 李嘉言：《击退右派分子对我们的进攻》，北京：《光明日报》，1957 年 8 月 11 日。

② 李何林在 40 年代说：“从社会经济基础上来解释上层文化现象，无论是对历史、社会、文化、政治或文学艺术各部门，在中国都还是很幼稚的学问。”见李何林：《中西市民社会的文学共同点》，重庆：《中原》，1945 年 2 卷 1 期。王瑶 1957 年《谈古典文学研究工作的现状》中说：“真正企图用马克思主义的观点方法来研究古典文学的工作，是在全国解放后才开始的”。陈伯海也说：“马克思主义在中国学术界的传播早在 20 年代即已开始，在 30 年代、40 年代时已扩展到文学史领域，但用为普遍的指导思想以取代进化论史学观，则是 50 年代以后的事。”见陈伯海：《二十世纪中国文学史检讨》，南京：《江海学刊》，1998 年第 2 期。

③ 陆侃如：《关于大学中文系问题》，北京：《人民教育》，1952 年 2 月号。又参见戴燕：《文科教学与“中国文学史”》，北京：《文学遗产》，2000 年第 2 期。

佩真也指出:“有的教授甚至还把自己十多年或者二十年前完全是封建的与资产阶级观点的著作,只字未加修正就原封不动地介绍给同学。”①

旧式的文学史教材和教学方法,在经济基础、意识形态发生剧变的解放初期,越来越显示出局限性和落后性,因此,革故鼎新就成了新中国教育工作者和文学研究者面临的首要任务。1950年2月,教育部在北京召开了第一次全国高等教育会议,会议根据中国人民政治协商会议通过的《共同纲领》,明确了新中国高等教育发展的方向和任务。其后几年,高教部和其他相关部门又陆续采取了一系列措施或颁发文件,目的都是为了推进高教改革,以尽快适应社会主义建设的需要。对文科专业而言,其工作重点主要仿照了苏联的模式,从制订教学计划、调整院系专业和编译教材大纲三个层面进行,逐步形成了一整套“教育系统的高度计划性和‘自上而下’的知识生产/传播的流水线”②。比如,1952—1953年的“院系调整”,将44所普通大学的文科系调整至北大、复旦等14所综合大学,并直接隶属高教部领导。这一措施基本改变了旧大学设置杂乱、系科重叠的局面,使国家能够在全国范围直接控制专业设置、招生名额以及师资的调配。在此基础上,教育部又制订了各专业统一的教学计划,改变了原来混乱无章的教学无序,从而实现了对课堂教学的直接控制。而在整个教学改革中,教材建设无疑是重要一环,因为它不仅是知识传授的载体,而且还维系着国家对课堂的直接控制,因此早在1950年6月教育部在北京召开的第一次全国高等教育会上,就提出要“用科学的观点和方法编订为新中国高等

① 霍佩真:《改进综合性大学中文系的几点意见》,北京:《人民教育》,1952年4月号。

② 贺桂梅:《“现代文学”的确立与50—60年代的教育体制》,北京:《教育学报》,2005年第3期。

学校所适用的教材，是实行课程改革的重要条件”①。

新中国成立初期高校教材建设的方式主要有三：翻译苏联教材；组织教师自编讲义；编订教学大纲。就文学史而言，由于没有现成的苏联教材，故只能组织教师自编讲义和教学大纲，但规定能参照苏联的要尽量参照之。马寅初在介绍北大1952—1953学年度工作报告时，就指出他们的教材改革“理科方面得到的苏联教科书较多……而文科与语文科一般缺乏直接可用于教学的苏联教材，因此有的教员有‘我这门课无法学习苏联’的看法，但事实证明，钻研苏联相似课程的教学大纲与教材，亦可以得到很大的启发，有助于改进教学内容。如中文系钻研苏联文学史大纲教材，学习苏联学者如何对待文学遗产，对于中国文学史的教学就有很大帮助”②。王瑶曾回忆说，1953年院系调整完后，周扬召集一些专家编撰现代文学史统一大纲，“领导让参照《苏维埃文学史教学大纲》比照起草，人家开头是《苏维埃文学的发展道路》，然后是伟大的苏联作家，有高尔基、马雅可夫斯基、法捷耶夫等十个人，我们就如法炮制，开头是《中国新文学前进的道路》，然后就是鲁迅、郭沫若、茅盾，也搞了十个人”③。

为适应新的高校文科教学改革的需要，一些卓有教学经验的专家、学者也尝试着运用全新的观点、新方法来编撰或改编文学史教材。早在1949年7月第一次文代会上，代表的提案中就有提议“对于中国文学史，尤其是‘五四’到现在的新文艺运动

---

① 转引自《中国教育年鉴》(1949—1981)，第509页，北京：中国大百科全书出版社，1984年。

② 马寅初：《北京大学1952～1953学年度工作报告》，北京：《高等教育通讯》，第4期。

③ 王瑶：《鲁迅研究教学的回顾和瞻望——“鲁迅研究教学研讨会”上的发言》，见《王瑶全集》第八卷，第21页，石家庄：河北教育出版社，2001年。

史，也应该组织专家们从新的观点来研究”①。而事实上，文学史研究者也大多能自觉检讨自己的思想，加强理论修养，以马列主义深入地改造世界观。陆侃如说：“我从前所谓‘分工’，其实只是唯心论的陈腐思想作祟，把认识与实践割断了。我终日埋头在档案里，停留在封建社会的文学遗产里，远离实际的生活，无视广大人民的需要……不懂得掌握文学发展的规律性，所以连解释古代文学的工作也做不好。”②詹安泰也立志“三年不读线装书”，先后仔细阅读了200多部理论著作，为的就是掌握新的理论从事古典文学的研究。③

1949—1954年的文学史编写出现了崭新的风貌，各种文学史无不明确标明以马列主义、毛泽东思想为指导的写作理路。④詹安泰等人编写的《中国文学史》，“除了遵照我们的伟大领袖毛主席的明确指示外，绝大部分都是以苏联的古典作家和现代作家的文艺理论为依据，结合我国文学历史的实际情况来提出问题、处理问题的”⑤。李长之《中国文学史略稿·前言》也称：“文

---

① 茅盾：《一致的要求和期望》，北京：《文艺报》，第一卷第一期（1949年9月）；又参见戴燕：《文学史的权力》，第106页，北京：北京大学出版社，2002年。

② 陆侃如：《关于大学中文系的问题》，北京：《人民教育》，1952年2月号。

③ 参见彭玉平、李兴文：《文学史编撰与文学史观念》，北京：《北京科技大学学报》，2004年第4期。

④ 据吉平平、黄晓静《中国文学史著版本概览》，这五年间，新出版或经作者改编过的文学通史主要有：蒋祖怡《中国人民文学史》（北新书局，1950年4月）；李长之《中国文学史略稿》（五十年代出版社，1954年6月）；詹安泰、容庚、吴重翰等人编写了《中国文学史》（高等教育出版社，1954年印第一至五章）；林庚《中国文学简史》（上海文艺出版社，1954年9月）；谭丕模《中国文学史纲》（人民文学出版社，1952年5月）；陆侃如、冯沅君《中国文学简史》（《文史哲》杂志连载）；杨公骥《中国文学》（吉林人民出版社，1957年12月，但实际上完成是在1951年），等等。

⑤ 詹安泰：《编写〈中国文学史〉的一些经验和体会》，北京：《高等教育通讯》，1954年第20期。

学史是社会科学的一部分，是历史科学的一部分。这就是说，它的科学方法的基础是辩证唯物主义和历史唯物主义。在进行研究的时候，我们所遵循的应该是马克思主义的具体的分析方法，反对的是形而上学的非历史主义的方法。”而此时正着手改编《中国文学发展史》的刘大杰也“由于自己对马克思列宁主义的初步学习和看到了一些从前没有见过的史料，关于中国文学史的某些问题，已有了不同的看法”，故“想把这部书重写一遍”。①在这种思想的指导下，这一时期出版的文学史，无论是对材料的取舍还是作品主题的分析、创作方法的评赏、作家的历史定位等等方面，都显示出很强的意识形态色彩，因而引起了广泛的关注。如杨公骥草成于1951年的《中国文学史》，就因其“广泛的掌握资料，有创见，并能以马克思列宁主义观点处理中国文学史上的某些问题”，而被教育部下发通知，介绍推广给院校。②

然而，尽管这些文学史家都自觉转变原有的理论视角，主动将写作指导思想纳入到国家主流意识形态中，但由于各种复杂的原因，大多数著作仍与当时读者的期待相距甚远，批评性的文章也屡见报刊、杂志。梁锦添就指出，詹安泰等《中国文学史》“虽然极为重视学习苏联的先进经验”，但在“如何掌握这些理论的精神实质，灵活地创造性地去分析中国具体的文学现象，则还是不够的”③。同时，由于过分强调文学的意识形态性和片面追求政治价值，也出现了机械套用马列理论和苏联的经验来研究古典文学的庸俗社会学倾向。特别是50年代中期，裹挟着政治权威的关于《红楼梦》的大讨论、胡适《白话文学史》以及胡风文

① 刘大杰：《中国文学发展史·序二》(1957年8月13日)，上海：复旦大学出版社，2005年。

② 杨树增：《追忆杨公骥教授》，包头：《阴山学刊》，2003年第1期。

③ 梁锦添：《评詹安泰教授等合编的〈中国文学史〉讲义》，北京：《高等教育通讯》，1955年第16期。

艺思想批判等运动，更使文学史的研究和教学偏离了文学自身的发展轨道。比如，余冠英评论陆侃如、冯沅君《中国文学史简编》认为，在文学史的分期、体例、叙述史实等方面，“有不少主观、片面、机械、简单、公式化的地方”，“缺乏具体分析，特别是对艺术性的分析，忽视文学的特点”，“应该说本书的庸俗社会学的气息是浓厚的”。余冠英还说：“我们今天需要的《中国文学史》应该是面貌一新的，是真正运用马克思列宁主义的观点方法正确地介绍作家作品，正确地说明文学的发展规律的。当然这样一部《中国文学史》的产生，不是在短时间内就能实现的。在达到这个目的的过程中，免不了种种困难、曲折和错误，而且必须经过种种不同意见的自由整编，种种辛勤劳动的经验积累。”①而那种“一人有一套讲法，谁跟谁都不一样，而且人人皆以为自己的讲法才是真的合乎马克思列宁主义”②的教学态度，也仍然存在于高校教学课堂上。因此，中国文学史的教学改革在经过了几年探索后，依然任重道远。

《大纲》编撰过程

《大纲》的撰写工作，始终是在统一的指导思想、周密而严谨的计划中进行的。

1951 年，教育部呈准中央文化教育委员会，颁布了《高等学校教材编审委员会暂行组织条例》。该委员会设委员 25～30 人，由教育部、出版总署和有关党委代表及高等学校教授若干人

---

① 余冠英：《读〈中国文学史稿〉》，北京：《人民日报》，1956 年 6 月 6 日；又见余冠英：《古代文学史杂论》，第 214 页，北京：中华书局，1987 年。

② 吴小如：《我所看到的目前古典文学研究工作中的一些问题》，北京：《文艺报》，1954 年第 23～24 号。

组成，负责“调查搜集国内外高等学校教科书、教学参考书及其他有关资料；制订高等学校教科书及教学参考书的编辑和翻译计划，特约专家、教授审查及编译高等学校教科书和教学参考书”。编审委员会一经成立，即草拟了教材的编审原则、编译步骤及工作方法等多项意见，规定“教材内容必须有正确的科学观点，贯彻爱国主义精神，必须尽量联系实际，切合国家建设工作的需要，必须贯彻课程改革决定的精神”。①

1953 年 7～8 月间，高教部与中国科学院在山东青岛共同召开了综合性大学文史教学座谈会，主要讨论了汉语言文学、历史学、英语专业的教学计划。次年 7～8 月间，又在北京召开了第二次座谈会，主要讨论重订原有的汉语言文学、历史学等专业的教学计划。其中，汉语言文学专业被纳入编写计划中的课程有 3 门，为文艺学引论、文学理论和中国文学史。这样，《中国文学史教学大纲》就正式提上了编写日程。

从《大纲》的封二看，被选定为负责编写工作的主要有游国恩、冯沅君、刘大杰、王瑶、刘绶松等人。这五位学者都具有丰富的文学史撰写和教学经验。

游国恩(1899—1978)，字泽承，江西临川人。1926 年毕业于北大中文系。历任武汉大学、山东大学、华中大学、西南联大、北京大学讲师、教授等职。1952 年院系调整后任北大中文系文学史教研室主任，后兼中文系副主任以及校务委员会委员，先后主讲了“楚辞”、“先秦两汉文学史”、“左传”、“孟子”等 20 多门课程。他的学术特长是楚辞和先秦文学，被认为是新楚辞学的奠基者。同时他又具有较为丰富的文学史编写经验，早在 20 年代就与刘赜一起编撰过《中国文学史》，后来又著有《先秦文学》。②

---

① 以上所引见《中国教育年鉴》(1949—1981)，第 509～510 页，北京：中国大百科全书出版社，1984 年。

② 游宝谅：《游国恩先生学谱》，南京：《文教资料》，2000 年第 3 期。

冯沅君(1900—1975),原名淑兰,河南唐河人。为北京大学研究所国学门的首位女研究生。毕业后,先后执教于南京金陵女子大学、中法大学、中国公学、安徽大学、北京大学、山东大学。她的研究特长是古代戏曲史,代表作有《古优解》、《古剧说汇》等。1931 年又与丈夫陆侃如合著《中国诗史》,负责宋元明清诗史部分;后来又出版了《中国文学史简编》。

刘绶松(1912—1969),原名寿嵩,湖北洪湖人。1938 年毕业于西南联大。先后执教于重庆南开中学、西北工学院;抗战期间,阅读了大量的革命书刊,是较早接触马克思主义的学者之一。解放后,任湖北师范学校教授。1952 年任武汉大学中文系教授,任中国现代文学教研室主任,主讲中国文学史。他应高教部之托,编写了 50 余万字的《中国新文学史初稿》(上、下两卷),一度被列为高校文科教材。

王瑶(1914—1989),山西平遥人。1946 年毕业于清华研究院,师从闻一多、朱自清。解放前主要致力于中古文学研究,著有《中古文学思想》、《中古文人生活》、《中古文学风貌》等。解放后就教于清华大学,因教学之需率先开设了“中国新文学史”课程,“两年以来,随教随写”①,撰写了 60 万字的《中国新文学史稿》。这是新中国成立后最早出版的新文学史专著,具有开创性意义,奠定了现代文学史写作的基本格局。②

刘大杰(1904—1977),湖南岳阳人。曾任上海大东书局编辑,安徽大学、暨南大学、大夏大学等教授。新中国成立后任复旦大学教授,并兼任中国作家协会上海分会副主席。40 年代,陆续出版了《中国文学发展史》(三册),这部被后人推举为这一

① 王瑶:《中国新文学史稿》,“初版自序”,第 29 页,上海:上海文艺出版社,1982 年。

② 孙玉石:《作为文学史家的王瑶》,载陈平原《中国文学研究现代化进程二编》,第 469 页,北京:北京大学出版社,2002 年。

研究领域内最具有系统性、成就最为特出的文学史，奠定了文学史写作的基本格局。①

这五位学者不仅具有较高的学术声誉，而且在解放初期能紧跟时代步伐，努力学习马列主义、毛泽东思想以指导文学史的研究和教学工作。比如，游国恩 1949 年就教于北大中文系时，就不断改进教学方式，开设了“中国文学史概要”和“中国文学名著选读”等课程，提出“应该进一步的用新的观点来揭示文学与经济、政治、历史、文化乃至其他一切直接间接的关系，从而批判的接受文学遗产，明确的指出今后文学发展的方向”②。《北大周刊》为此发表了《游国恩先生怎样讲授中国文学史概要》，说他“开始掌握了历史唯物主义的观点”，“但并不是生硬地、机械地将这些观点套进文学史里去，他是有计划、有组织、有方法地掌握了这些观点而灵活地自然地运用着”。③ 刘绶松也集中全部精力刻苦学习马克思主义的基本理论，在《中国新文学史初稿》中说：“我们已经不仅有必要而且也有可能运用科学的马克思列宁主义的观点和方法，来从事于中国新文学运动历史的研究和探讨的工作了。”④王瑶的《中国新文学史稿》中也开宗明义地说新文学“是中国新民主主义革命三十年来在文学领域上的斗争和表现，用艺术的武器来展开反帝反封建的斗争……它必然是中国新民主主义革命史的一部分，是和政治斗争密切结合着的”。⑤

---

① 骆玉明：《刘大杰〈中国文学发展史〉（复旦版）感言》，上海：《文汇读书周报》，2005 年 12 月 16 日。

② 萧离：《我怎样改进教学方法的？——北大中文系教授游国恩先生的谈话》，北京：《新建设》，第 2 卷第 1 期（1950 年 2 月）。

③ 游宝谅：《游国恩先生年谱》，淮安：《淮阴师范学院学报》，2002 年第 1 期。

④ 刘绶松：《中国新文学史初稿》，“绪论”，第 3 页，北京：人民文学出版社，1979 年。

⑤ 王瑶：《中国新文学史稿》“绪论”，第 1 页，上海：上海文艺出版社，1982 年。

应该说，这几位学者的学术素养与学术地位，基本反映了当时文学史研究的最高水准，高教部选定他们作为主要撰稿者和负责人，是颇具有眼光的。

前后参加讨论或编写工作的同志，实际远远不止以上这五位学者。当时在中国社会科学院文学研究所工作的樊骏就说："1956—1957 年间，所里曾抽调一小部分人员参加高教部的《中国文学史教学大纲》的编写工作（比如我就写了其中鲁迅上下两章的提纲）。"①游国恩在 1957 年也说："高等教育部（包括教育部时代）在解放以后就多次组织了综合大学中文系'中国文学史'教学大纲的讨论……参加教科书编写的同志大多配备了助手，有专门的组织机构，今年暑假凡是可能集中的人力都集中到青岛，进行编写工作。"②然而由于材料的缺乏，我们无法一一查明那些为《大纲》编写作出努力的同志。

在整个编写过程中，学者们或集中在一起，或发表文章，对文学史编写中出现的问题进行了热烈讨论。比如，关于文学史的编撰体例，一向有以作家为主和以文体为主的两种方法。这两种方法各有利弊。前者以作家为主，按照时代先后叙述，能较完整地概述每个作家的文学全貌，却易流于细碎、片面，不能宏观地把握文学的发展趋势和变迁；而以文体为主，虽能揭示出某一文体的发展流变，但不易考察出作家总的创作思想和风貌。因此，采取何种编撰体例，"在一九五六年七月高等教育部召开的中国文学史教学大纲讨论会上，也是学者争议的论题。有一些学者同样也提出以作家叙述为主的方法，但绝大多数学者是原则上赞成以'横切'为主，必要时还须参用'竖切'的办法，不能

① 樊骏：《编撰中国现代文学史的若干背景材料》，北京：《新文学史料》，2003 年第 3 期。

② 游国恩：《对于编写中国文学史的几点意见》，见《游国恩学术论文集》，第 533～534 页，北京：中华书局，1989 年。

把'横切'绝对化，因为不这样，事实上就会发生困难"。经过几番讨论后，商定的办法是"一方面以作家为主，依时代先后叙述，必要时允许照顾到各种文学种类、文学题材的发展以及各个文学潮流的趋势，因而不妨采取以体裁、派别等为辅的办法来补救"①。又比如，关于文学史的分期问题，也是当时文学史研究中一个争议颇多的问题。《文学研究》就先后发表了陆侃如、冯沅君《关于中国文学史分期问题的商榷》(1957年第1期)，叶玉华《试论中国文学史分期问题》(1957年第3期)，郑振铎《中国文学史的分期问题》，林庚《关于中国文学史的分期问题》(1958年第2期)等文章。如游国恩认为文学史的分期"既要考虑历史的分期问题，还要考虑我国文学本身发展的规律问题"，故主张将文学史分为六期。郑振铎则认为文学史的分期则要遵循三个原则：1. 是和一般历史的发展规律相同的；2. 是和中国历史发展的规律的步调相一致的；3. 同时也是有它的若干特殊性或特点的；因此主张将文学史分为五个时期。此外，还有学者认为，文学史只需讲屈原、司马迁、陶渊明……直到吴敬梓、曹雪芹等一二十人就足够了，否则便是"罗列现象，平铺直叙"；但多数学者则认为，这样处理虽然"重点突出"，却会使中国文学史显得十分贫乏，而且彼此间的脉络不容易说清楚。② 由于参与编写和讨论的同志大多学养深厚，再加上当时文艺战线上正提倡"双百"方针，政治气候相对宽松，因此，历次讨论基本能在学术层面进行，并没有出现"乱扣帽子"的现象。据游国恩说，"大家虽然意见分歧，最后仍然取得协议。多数同志一面坚持自己的看法，同时也虚心考虑别人的意见；既有争执，又有协调；既坚持真理，也放

① 游国恩：《对于编写中国文学史的几点意见》，见《游国恩学术论文集》，第533～534页，北京：中华书局，1989年。

② 陆侃如、冯沅君：《关于编写中国文学史的一些问题》，济南：《文史哲》，1957年第1期。

弃成见,充分表现了百家争鸣、实事求是的精神”。① 陆侃如、冯沅君也说,讨论会“集思广益,也给了我们极其深刻的教育”。②

经过两年多的紧张编写和交流讨论,《大纲》初步完成。1956 年 11 月,《大纲》最终经中国文学史教科书编辑委员会第一次扩大会议审议通过,拟由高等教育出版社正式出版发行。游国恩曾简要地追述整个编写过程:“1954 年,高等教育部为了适应教学改革的需要,积极进行教材建设工作,曾指定几个高等学校中国语言文学系和文学研究所,分段草拟中国文学史教学大纲。1955 年,中国文学史古代部分各段负责起草学校又先后邀请高等学校及其他方面的专家进行讨论,取得了初步一致的意见。今年(1956)7 月和 11 月里,在原有大纲草案的基础上,高等教育部又先后召开两次会议,讨论中国文学大纲,为编写中国文学史教科书作好准备。经过两次热烈的讨论和细致的修改,现在这份大纲全部已经最后通过,草案即将付印,作为编写教科书的依据和各综合大学中文系文学史这一课程教学的参考。至此,文学史教材建设工作,初步告一段落。”③ 可以说,《大纲》从酝酿编写到正式出版,前后历时近四年,经过了数次热烈的讨论和精细的修改,吸收了解放初期教学改革和古典文学研究的诸多经验和成果,是一次集体精密合作的结晶。

《大纲》的若干特点

1957 年版《中国文学史教学大纲》共 21.5 万字,258 页,除

---

①③ 游国恩:《对于编写中国文学史的几点意见》,见《游国恩学术论文集》,第 526 页,第 526 页,北京:中华书局,1989 年。

② 陆侃如、冯沅君:《关于编写中国文学史的一些问题》,济南:《文史哲》,1957 年第 1 期。

"说明"、"导论"和"结语"外，分九篇，讲述了从上古至1949年中国文学发展的过程。全书目次如下：

导论（约一周）。

第一篇　第一章：绪论（约半周）；第二章：古代神话（约二周）；第三章：散文的发展（约二周半）；第四章：诗歌的发展——诗三百篇（约五周半）；结语（约半周）。

第二篇　第一章：绪论（约半周）；第二章：历史散文（约二周半）；第三章：诸子散文（约三周）；第四章：伟大的诗人屈原和楚辞（约四周）；结语（约半周）。

第三篇　第一章：绪论（约半周）；第二章：秦及汉初作家（约一周）；第三章：伟大的散文家司马迁和他的史记（约四周）；第四章：西汉后期的作家（约一周）；第五章：东汉作家（约一周）；第六章：两汉乐府民歌（约三周）；第七章：五言诗的成长（约一周半）；结语（约半周）。

第四篇　第一章：绪论（约半周）；第二章：建安正始文学（约五周）；第三章：晋代文学（约二周）；第四章：陶渊明（约二周）；第五章：南北朝的民歌（约一周）；第六章：南朝的作家与作品（约四周半）；第七章：北朝的作家与作品（约一周半）；第八章：这一时期的小说（约一周）；结语（约半周）。

第五篇　第一章：绪论（约半周）；第二章：隋及初唐文学（约一周半）；第三章：盛唐时代的诗人（约二周）；第四章：李白（约一周半）；第五章：杜甫（约二周）；第六章：中唐诗人（约一周半）；第七章：白居易与新乐府运动（约二周）；第八章：韩愈柳宗元与古文运动（约二周）；第九章：晚唐诗人（约一周）；第十章：唐代的传奇（约一周半）；第十一章：词的兴起（约一周）；结语（约半周）。

第六篇　第一章：绪论（约半周）；第二章：北宋的古文运动与诗词的革新（约一周半）；第三章：苏轼（约二周弱）；

第四章:南渡前后的作家(约一周);第五章:陆游(约一周半);第六章:辛弃疾(约一周半);第七章:宋末文学(约一周);第八章:金代文学(约半周强);第九章:宋元话本(约一周半);第十章:关汉卿(约一周半);第十一章:王实甫(约一周半);第十二章:其他元代前期杂剧散曲作家(约一周半);第十三章:元代后期杂剧散曲作家(约一周);第十四章:琵琶记和荆刘拜杀(约一周强);结语(约半周)。

第七篇　第一章:绪论(约半周);第二章:三国演义(约一周);第三章:水浒(约一周);第四章:戏曲的新局面(约一周);第五章:西游记与金瓶梅(约一周);第六章:从汤显祖到李玉(约一周半);第七章:小说与小曲(约一周);第八章:明代诗文(约一周);第九章:明清之际作家(约半周);第十章:洪升与孔尚任(约一周强);第十一章:蒲松龄(约一周弱);第十二章:吴敬梓(约一周弱);第十三章:曹雪芹(约一周强);第十四章:清中叶作家(约半周);第十五章:地方戏与讲唱文学(约半周);结语(约半周)。

第八篇　第一章:绪论(约半周);第二章:鸦片战争到太平天国革命时期的文学(约半周);第三章:变法维新前后的文学(约一周);第四章:辛亥革命前后的文学(约半周);结语(约半周)。

第九篇　第一章:绪论(约半周);第二章:文学革命的经过及意义(约一周);第三章:鲁迅(上)(约二周半);第四章:文学研究会诸作家(约二周);第五章:郭沫若(约二周半);第六章:创作社及其它(约二周);第七章:左联与无产阶级革命文学的发展(约一周半);第八章:鲁迅(下)(约二周半);第九章:茅盾(约三周);第十章:巴金老舍曹禺(约三周);第十一章:左联时期的其他作家(约三周);第十二章:抗战前期的文艺活动(约一周);第十三章:抗战前期的创作

（约三周）；第十四章：《在延安文艺座谈会上的讲话》（约一周）；第十五章：向着工农兵方向前进（约二周）；第十六章：赵树理丁玲（约二周）；第十七章：国统区文艺运动及创作（约一周）；结语（约半周）。

总结语（约一周）。

仅从这份目录看，这本《大纲》至少有如下特征值得说明。其一，作为教育部统一颁发的教学大纲，《大纲》与一般文学史撰述有所不同，而更具有指导教学的意义。它不仅对各篇章的讲授时数作了大致安排，而且还附有供教师所用的作品选目及参考书目，这一特点表明《大纲》是"按照课时来控制中国文学史的叙述结构"①。其二，由于大纲着重对文学史教学中的重点、难点的把握，故其叙述方式也与一般文学史著不尽相同，在描述文学现象、评价作家作品时，大多提纲挈领，言简意赅地列出主要观点，一般不作详细的论证和材料的陈述。其三，从目录看，《大纲》将文学史划分为九个阶段进行讲述，但"说明"中又明确指出，本大纲共分四部分：第一部分包括第一、二、三篇，第二部分包括第四、五篇，第三部分包括第六、七、八篇，第四部分包括第九篇。显然，《大纲》将文学史的发展分为四部分：第一部分为先秦两汉；第二部分为魏晋六朝隋唐；第三部分为宋元明清；第四部分为新文学。大纲之所以要分为九篇，其目的是"为了讲授的便利"，这表明《大纲》对文学史的分期，既考虑到文学史发展的实际又兼顾了教学因素。其四，在体例上，《大纲》采用了以作家为主，以体裁、派别为辅的方法。比如，第五篇中既将李白、杜甫等重要作家独辟一章，又有"白居易与新乐府运动"、"韩愈柳宗元与古文运动"等以文学派别或文学思潮来叙述的篇章，还有

① 戴燕：《文科教学与"中国文学史"》，北京：《文学遗产》，2000年第2期。

“唐代的传奇”、“词的兴起”等以体裁来叙述的篇章。

若进一步深入文本，《大纲》除以上这些较为显在的特征外，所体现出来的史观和方法论也具有鲜明的特色，反映了文学史的编撰与教学浓厚的当代意识。《大纲》在“导论”中明确指出中国文学史的目的和任务：一方面要揭示出“中国文学在各个历史阶段中的主要内容、发展情况和发展规律；说明重要作家、作品和当时社会的关系及在文学发展中的作用。说明代表作家的生活、思想和创作成就，分析代表作品的思想性和艺术性，给予这些作家、作品以正确的评价”，同时还要“总结前人创作成果，阐明文学遗产的优良传统，使它有助于新中国人民文学的发展，在祖国伟大社会主义建设中发挥作用”。前者属一般文学史的基本任务，而后者显然是配合当时的政治需要而赋予文学史的新任务。“导论”中还申论了研究文学史的态度和方法：“掌握马克思列宁主义立场、观点、方法的必要性。确认文学是社会意识的一种形态，它的阶级性和社会教育意义。……毛主席对于清理我国古代文化的原则和对于文学批评政治标准与艺术标准的指示。这些指示在文学史研究中的应用。吸取精华，剔除糟粕，批判地接受祖国文学遗产。”这种研究态度和方法，不仅直观地反映在参考书目中所列诸多马克思、恩格斯、毛泽东等人的著作，而且还贯穿于整个文本的叙述中。比如，第一篇后有普列汉诺夫《艺术论》、马克思《政治经济学批判导言》、恩格斯《反杜林论第三篇第五章》《费尔巴哈与德国古典哲学之终结第二章、第四章》等等；第九篇中有《毛泽东选集》、胡乔木《中国共产党三十年》《文艺工作者为什么要改造思想》、周扬《表现新的群众的时代》《坚决贯彻毛泽东文艺路线》《社会主义现实主义——中国文学前进的导论》等等；在新文学部分还列有“在延安文艺座谈会上的讲话”和“向着工农兵方向前进”两章，进行专题讲述。这些，都无不鲜明体现了《大纲》以马列主义、毛泽东思想为指导的写作思路。

正如戴燕所指出，《大纲》中概述性质的内容特别多，“不但全书前有‘导论’后有‘总结’，其中上古、春秋战国、秦汉、魏晋南北朝、隋唐、宋金元、明清、近代文学、现当代文学九篇，篇篇也都各有‘绪论’和‘结语’，这是满足典型的学院式教科书要求的写法”①。《大纲》之所以安排了如此多的概述性质的内容，除了应教学之需外，实际还与它的指导思路密不可分。这些“绪论”、“结语”，一般是先描述当时的经济状况、政治面貌、文化特征以及社会各阶层生活，然后再概括此期文学的基本特征和成就。显然，这种叙述框架是企图将文学置于整个社会环境予以考察，是马列主义历史—社会批评方法的典型运用。比如，第三篇论述汉赋的起源，先是描述了两汉的社会状况：“汉初实行与民休息的政策”，使“人民生活安定，而统治阶级则更为富裕”，“农村经济的恢复促使城市手工业和商业的发达”；然后归结出“工商业的发展与都市的空前繁荣是汉赋发生和发展的物质基础”这一论点。又如，在描述词的兴起的原因时，《大纲》指出，“词的形式虽由音乐的形式所决定，但词的发展却有赖于城市经济繁荣的社会基础……它们一面适合豪门富商的需要，同时也适合市民的需要”；“中唐的商业，迅速地向前发展，许多大城市繁荣起来，造成词体文学的发展。词的萌芽虽说很早，到了中晚唐才兴盛起来，城市经济起了决定性的作用”。在各篇的参考书目中，《大纲》一般都列有一些有关历史研究的著作，像郭沫若的《中国古代社会研究》、《奴隶制时代》，范文澜的《中国通史》、《中国近代史》和夏曾佑的《中国古代史》等等，这似乎也表明《大纲》对文学史的展开首先是在一种历史的描述中进行的。

---

① 戴燕：《文科教学与“中国文学史”》，北京：《文学遗产》，2000 年第 2 期。

根据马列主义唯物辩证法,《大纲》总结出中国文学史是在多种矛盾体互相斗争下演进的。“在文学的长期发展历史中,充满了各种复杂错综的矛盾和斗争,诸如先进与落后、正确与错误、创作与模仿、载道与言志、现实主义与形式主义、传统精神与外来影响等等,中国文学史正是在矛盾斗争中不断前进与发展的。”在这些矛盾体中,剥削阶级与被剥削阶级之间的斗争尤为《大纲》突出的重点。在评判文学现象和具体作品时,《大纲》都竭力将其纳入到阶级斗争的范畴中去考察和分析。比如,《礼记》中关于“小康”的记载反映的是“中国古代从原始公社到阶级社会的转变过程”;从甲骨卜辞和古籍记载所看到的商代的社会情况是,“生产力的发展;严格的等级制度……残酷的刑法是奴隶主镇压奴隶的工具”;《庄子》的思想是“颓废厌世是没落了的领主阶级的思想情绪”,“退化论的世界观反映没落阶级怀念和留恋过去的心情”,“反对一切知识的不可知论是唯心主义的一个流派”;明至鸦片战争的文学背景是,“阶级斗争的强烈与复杂在此时是空前的:农民义军攻陷朱明王朝的京城,迫令统治者自杀。手工业工人、商人与其他市民都投入反压迫、反掠夺斗争。满族侵入中国遭到汉族人民的英勇抵抗。结合着阶级矛盾,反满斗争以多样的方式延续着”,因此“在文学上,我们看到斗争行列的声势、斗争者的形象,作家们在性质不同的斗争面前,思想上的矛盾”,等等。

作为一部文学史的纲要性著作,《大纲》还十分注重从马列主义的基本原理出发,试图勾勒出文学史的发展脉络,揭示出某些普遍规律。比如,它认为《诗经》是“中国文学现实主义长河的源泉”,在这之后,从屈原、汉乐府民歌到“为时而著”或“为事而作”的李白、杜甫、白居易等诗人,再到“代表中国古典文学的现实主义的一个高峰”的《红楼梦》,最后到“无产阶级领导的人民革命的要求和创作上的真实地反映现实的要求相结合”的现代文学，都无不是“《诗经》现实主义精神在每一个特定时代的再现”。因此，《大纲》确立“现实主义精神是中国文学发展的主流”。这样的文学史观，不仅左右了它对史实的选择，同时也决定了其描述的倾向性。《大纲》总是站在人民的立场，极力歌颂那些反映人民群众的生活状况、精神面貌和审美风趣的作家作品，而对那些背离人民群众的作家作品则予以了批评、贬斥。如说：汉乐府则是“人民大众自己的歌声”，“是诗歌中衰时代一朵美丽的花，具有新鲜的生命力量，和广大的劳动人民有着血缘的联系”等等；而南朝的宫体文学则因为“以描写色情为主要内容”，是“宫廷腐败现象和上层社会淫侈颓废生活的集中反映”，故受到了贬斥、批评。这种以阶级性、人民性、现实主义等政治观念为取向的文学价值的评判标准，显然是受到了主流意识形态的影响，其政治目的性和功利性是无法否认的。

然而，由于《大纲》的编撰者大多长期从事文学研究，学养深厚，颇能自觉意识到文学史作为一门系统的学科所具有的独立性，故《大纲》在阐发马列主义在当代中国权威地位的前提下，还特别指明“对于庸俗社会学倾向的纠正”。事实上，这些学者曾在不同场合对这种不良倾向深致不满。① 如游国恩在一次座谈会上就说：“解放以后教学工作的成绩是很大的，但不可否认也存在不少缺点，首先，教条主义地生搬硬套苏联的教学经验，不应该和不必要讨论的问题也举行课堂讨论……中国文学史的教

---

① 值得注意的是，1955、1956 年古典文学界除批判胡适、俞平伯、胡风文艺思想外，同时也大力纠正庸俗社会学倾向，仅发表的相关文章就有十余篇，如易润之：《用简单庸俗方式解释古典文学中的人民性之二例》（北京：《光明日报》，1955 年 7 月 24 日）、邓绍基：《反对古典文学研究中的庸俗社会学倾向》（北京：《光明日报》，1956 年 1 月 15 日）、冯其庸：《关于古典文学人民性研究中的庸俗社会学》（北京：《教学与研究》，1956 年第 12 期）、吴文治：《“套标签”与“贴标签”》（北京：《文艺报》，1956 年第 4 期），等等。

学方法，也规定得很机械，使实际担任教学工作的人感到苦恼。”他还指出：“社会上也有些不正确的看法，认为分析古典文学的人民性、思想性等等，才算研究，有关资料的分析考据就不是研究，这也是教条主义、宗派主义的表现，因而有些青年就竞相写新八股文章，而不愿甚至不屑于对作品进行深入研究。”①正因为这样，这部在意识形态至上、“左”倾文艺思想日益浓厚的50年代中后期出现的文学史纲，还颇为可贵地坚守了文学研究的自身本色。

从《大纲》的取材看，文学史上公认的经典作家作品基本上被纳入到它的考察范围，而且一些内容虽算不上进步但仍属文学史上的重要现象，也并非一概弃之不论。比如，一向被认为辞藻华丽而内容空洞的六朝骈体文，和以“剽窃古作品，制造假古董”著称的明代前后七子的诗文创作，《大纲》都设有专节予以讨论。这样的安排，显然是为了尽可能客观地描述文学史事实，努力完善知识体系的建构。这正如游国恩所说：“文学史叙述过去的文学发展的历史，可以有轻重详略之不同，对待文学作品本身，也可以作正确和谨严的批判，但不应该抹杀文学的历史。而且我们也无权抹杀它……我们历史上出现过许多值得歌颂的赞美的人物和事件，也出现过不少令人憎恨令人诅咒的东西，如果单讲好的，或者单讲坏的，都是不应该，这不仅是叙述本身的全面不全面的问题，根本上乃是一个不尊重客观事实的问题。”②

从《大纲》对各种文学现象、文学样式出现原因的考察、分析看，也并非唯经济基础的“一元”论，有时也能兼及文化状况、文学的自身规律。比如，讲到汉赋起源，就能从“楚辞的影响”等方

① 游国恩：《古典文学工作也在“鸣”“放”》，北京：《光明日报》，1957年3月4日。

② 游国恩：《对于编写中国文学史的几点意见》，见《游国恩学术论文集》，第530页，北京：中华书局，1989年。

面予以考察说明；讲词的兴起，注意到乐府民歌以及隋唐胡乐的影响；讲元杂剧的起源时，则能溯源至傀儡戏、影戏、赚词、鼓子词、金院本等宋金杂伎。

再从对具体作家作品的评价看，《大纲》在遵守毛泽东"政治第一，艺术第二"的评判标准的基础上，有时也显得比较客观，并不完全因人废辞。比如，评南唐后主李煜的词说："他亡国以前的词，是宫廷生活的描写，亡国以后的词，起了很大的转变，由于他苦痛生活的体验，由于他特有的艺术技巧，构成一种强烈的感染力，引起人民心理上的共鸣"，因此"在词史上起了很大的推动作用"。又如，评宋初西昆体，是"辞句华丽，内容空虚，主要倾向是反现实主义的"，但它又"初步纠正了五代纤靡的诗风，艺术技巧对后来作家有某些影响"。类似这样的判断，在今天看来仍是颇为持平、公允的。

归结来说，这份在政治权威日益侵袭学术领域的特殊时期出台的文学史教学大纲，一方面不可避免地打上了时代烙印，突出了马列主义、毛泽东思想在文学史教学中的权威地位；另一方面又能恪守学术研究的规律，努力平衡政治意识形态和学术自律之间的关系，力图稳妥、平实地建构中国文学史的知识体系。这正如有学者在梳理五六十年代新文学史学时指出："五十年代后期出版的一部代表官方观点的《中国文学史教学大纲》，便是在政治气候日见紧张的关头抛出的学术气氛特别浓厚的现代文学史观，并以此遏制住了文学史观政治化的势头。"①黄修己也说："《大纲》仍然保持了那时具有时代特征的许多特点……却比较前此出版的某几部新文学史，有所进步。它没有某些书中那么多革命史的内容，作为某时期文学发展的背景而写的政治斗

① 朱寿桐：《论新文学左向的原生态》，南京：《江苏社会科学》，1998年第1期。

争历史，保持了适当的份量，尚未给人以过多之感。它没有某些新文学史中那么突出的简单和武断的批评，尽管书中某些评价也可能不很正确，还不至于令人产生粗暴之感。”①

《大纲》的影响

在50年代的高教改革中，教学大纲的作用十分突出，甚至堪比宪法。② 它不仅是教师课堂教学的重要指导，还是编订教材的重要参考和依据。1957年版《中国文学史教学大纲》也明确地说明了其编写目的：“除了供中国文学史教科书编写的依据外，并在教科书出版前供各校讲述中国文学史的参考。”就在《大纲》出版的前一月，高教部又组织了包括游国恩在内的部分综合性大学的专家根据《大纲》编写中国文学史教材，但由于不久开始的“反右”、“拔白旗”、“大跃进”等政治运动，这一计划被迫中断。因此，《大纲》很长一段时间为各高校当作教材所使用，“发挥了预先没有设想到的作用”③，“差不多影响和规范了此后三十年间的全国各高校的中国文学史教学”④。

作为新中国成立后首次由全国多所高校、研究机构的学者集体编写而成的这部文学史大纲，其意义又远不止于此，它在一

---

① 黄修己：《中国新文学史编纂史》，第180页，北京：北京大学出版社，1995年。

② 王瑶：《鲁迅研究教学的回顾和瞻望——“鲁迅研究教学研讨会”上的发言》，载《王瑶全集》第八卷，第21页，石家庄：河北教育出版社，2000年。

③ 沈玉成、高路明：《楚辞研究的集大成者游国恩》，载王瑶主编《中国文学研究现代化进程》，第449页，北京：北京大学出版社，1996年。

④ 戴燕：《文科教学与“中国文学史”》，北京：《文学遗产》，2000年第2期。

定程度上还规范了其后近三十年文学史的书写模式。

从百年文学史学的发展看，配合高校文科教学而编著文学史一直是沿袭不辍的传统。上世纪初林传甲《中国文学史》(1904)和黄人《中国文学史》(1904)就分别是应京师大学堂和东吴大学的教学之需而写的，此外还有更多的文学史是在作者历年教学讲义的基础上增补、扩充而成，从史料取舍、编撰体例和叙述风格看，无不都有较为明显的教学痕迹。不过，由于各时期的教育体制各异，文学史的撰写对它的依附性并不相同。1949年前的高等教育主要借鉴欧美的模式，采取地方分权制，各大学实行自主选科制、学分制，各学校、院系甚至个人都有很大的自主权，因此很多文学史讲义五花八门，千人千面，甚至出现了像胡适《白话文学史》，陆侃如、冯沅君《中国诗史》那样的"半部"文学史。新中国成立后，随着国家对教育体制的控制日益严密，包括文学史在内的文科教材对它的依附性更趋紧密。由于《大纲》始终是在高教部的精心组织策划下产生的，故严格贯彻了1954年教育部下达的《全国综合大学语文及历史课程教材编译办法》"应根据该课程在教学计划中的地位、目的及教学时数决定其内容与分量"等规定。这种严格遵循教育体制的书写模式，经过新中国成立初期的一段探索后，逐渐"变成一项极为陈熟的作业方式，在学校教育与学术研究之间的畛域内走进走出"①。

《大纲》还是新中国成立之后首部由全国多所高校、研究机构的学者集体编写而成的，这也开创了文学史写作的新模式——集体合编的模式。在此之前，能够取得广泛影响的文学史多属个人独撰，像黄人、林传甲、胡适、谢无量、刘大杰等人的文学史无不如此，这种编撰模式，甚至一直沿用到《大纲》编写之

① 陈国球：《文学史书写形态与文化政治》，第45页，北京：北京大学出版社，2004年。

前。① 其后，文学史编写的模式为之一变，个人独撰的文学史所占比重不仅锐减而且影响有限，取而代之的则主要是集体合撰的文学史，像影响较著的游国恩等主编《中国文学史》，中国社科院文学研究所编《中国文学史》，十三院校合编《中国文学史》，章培恒、骆玉明主编《中国文学史》，袁行霈主编《中国文学史》等，无不组织了数十位以上的专家参与编写。

毋庸讳言，集体编撰模式的形成与相关部门的行政干预密不可分。但新旧交替时期，那些持有"旧的"治学观念、方法的学者，当被要求以新的世界观和方法论来编写文学史时，往往觉得"力不从心"，故而内心实际有着强烈的集体询唤意识。② 此外，1958 年大力提倡集体合作制的"大跃进"运动，对集体编撰模式的确立也起到了推波助澜的作用。为配合这项运动，是年北大、北师大、山大、吉大等综合性大学学生掀起了一股集体编撰文学史的热潮，尤其是北大 1955 级数十位学生所编的《中国文学史》，更成为"大跃进"的典型，被广泛推广和宣传。

编写模式的改变，意味着文学史的写作发生了重大变革。独撰文学史，撰者可以充分行使文学史编写所赋予的权力，根据独特的史观遴选史实、评判作家作品，从而彰显自身的学术个性。而集体编写的文学史，因由相关部门发起和组织，一般都具有统一的指导思想、写作体例、行文风格，故较之独撰的文学史，具体执笔者都会"接受意识形态主流声音的询唤，研究中的'我'自觉不自觉地被'我们'所代替"③。这种被纳入到体制中的学

① 詹安泰、容庚、吴重翰等人合编有《中国文学史》，撰者均来自一校，规模和影响亦有限。另，1951 年教育部曾委托老舍、蔡仪、李何林、王瑶共同编拟了《中国新文学史教学大纲》，但这仅限于"新文学史"，而非中国文学史。

② 张毕来《新文学史稿》"后记"中就说，编写新文学史不是个人力量所能完成，并呼吁有关部门组织专家集体编写。

③ 温儒敏：《王瑶的〈中国新文学史稿〉与现代文学学科的建立》，北京：《文学评论》，2003 年第 3 期。

术研究，学者的个性无疑会受到某种程度的消解和遮蔽。60年代周扬也意识到这种编写模式的弊端，他说："四五十人来编一个教材，是编不起来的，那非搞成大杂烩不可，非得把编者的某些独到见解磨平不可。"①不过，集体编撰文学史，若能在学术层面进行讨论、商榷，亦可集思广益，更好地发挥参与者的学术专长，这对正确、稳妥地叙述文学史实提供了基本的保证。事实上，《大纲》之所以能在"体制内"比较稳妥地建立中国文学史的知识谱系，是与编写者的精心合作分不开的。

《大纲》这种努力平衡体制制约与学术自律的写作姿态，也深刻地影响到后继的文学史的写作。五六十年代文学史的编写，虽是在主流意识形态的强烈干预下进行的，但这些文学史亦显示出各自的风貌。此中原因，除在不同时期思想意识形态干预的强度不同外，还在于操作者是否能正确地调适文学史的"自性"与意识形态"他性"之间的矛盾。如北大1955级学生合编的《中国文学史》，虽引起了广泛的重视，但由于这本文学史的编写者们总是"绞尽脑汁怎样贯彻以现实主义和反现实主义斗争为主线、以民间文学为主流的原则"②，因此，它实际是对《大纲》"所提出的文学史观实施了不折不扣的颠覆"③，其原有的学术品格被抛弃。事实上，"红皮本"的编写者，也很快意识到他们处理文学史显得过于简单、粗暴，因此在林庚、游国恩等人的指导下，次年又对其作了修订。④

① 周扬：《关于高等学校文科教材编选的意见》，见《周扬文集》第4卷，第143页，北京：人民文学出版社，1991年。

② 孙玉石：《"大批判"与"写文学史"》，北京：《中华读书报》，2008年1月3日。

③ 朱寿桐：《论新文学左向的原生态》，南京：《江苏社会科学》，1998年第1期。

④ 杨天石：《我和北大中文系1955级的〈中国文学史〉》，长春：《文艺争鸣》，2008年第2期。

1959年至1961年三年自然灾害，经济建设陷入低谷，但学术界反而获得了宝贵的喘息机会，一些文化教育宣传部门开始反思近两年文学史教材建设的工作，并着手重新编写。1961年4月，中共中央宣传部与教育部、文化部在北京召开了全国高等学校文科和艺术院校编选教材计划会议，被中断的高校文科教材的工作又全面铺开，并由周扬亲自挂帅，具体负责《中国文学史》编写工作的有游国恩、王起、萧涤非、季镇淮、费振刚等人（以下简称“游本”）。与此同时，中国社会科学院文学研究所也组织了一批学者编写《中国文学史》，由余冠英主持（以下简称“文学所本”）。这两本文学史，对“红皮本”作了不同程度的反拨和修正，回归到1957年版《大纲》的写作姿态，力图稳妥、平实地建构了中国文学史的知识体系。如“游本”称：“本书的编者力图遵循马克思列宁主义、毛泽东思想的原则来叙述和探究我国文学历史发展的过程及其规律，给各时代的作家和作品以应有的历史地位和恰当的评价。”“文学所本”则称：“力图遵循马克思列宁主义的观点，比较系统地介绍中国古代文学的发展过程，并给古代作家作品以较为恰当的评价。”①二者的编写原则、内涵乃至语气都与《大纲》的立场如出一辙，这使它们都得以因观点相对平实、稳妥，而为文史学界广泛接受。

此外，《大纲》在编写体例、内容结构、作家作品评析等方面对后继的文学史亦产生了重要影响。《大纲》以作家为主，以体裁、派别等为辅，依时代先后叙述的编写体例，基本上为其后的文学史所仿效，乃至今日似乎仍未出此体例。《大纲》的具体内容结构、作家生平、作品思想和艺术性“三段式”的论述方式，亦为后来文学史所祖述。而更为主要的是，对于一些当时争论激

① 中国社科院中国文学研究所：《中国文学史》，第1页，北京：人民出版社，1963年。

烈的作家作品（如对王维、李清照、《长恨歌》主题的评价），《大纲》所持的观点和立场，也多为"游本"、"文学所本"等文学史所沿袭。这里，我们选择"游本"为例，以隋唐五代文学为中心，试图揭示《大纲》所产生的影响。先看二者的目次。

大纲	游本
第一章　绪论（1. 隋唐统一与封建经济的发展；2. 工商业的发达、市民阶层的兴起；3. 唐代的国力扩展，中外文化的交流；4. 科举制度的建立，中下层知识分子的抬头；5. 安史之乱，中晚唐到五代的社会情况；6. 文学发展的情况）	概说
第二章　隋及初唐文学（1. 隋代文学；2. 唐初文风；3. 四杰与沈宋及其他作家；4. 陈子昂）	第一章　隋及初唐诗歌（1. 隋代诗歌；2. 从上官仪到沈佺期；3. 王绩和四杰；4. 陈子昂）
第三章　盛唐时代的诗人（1. 王维和孟浩然；2. 高适和岑参；3. 王昌龄及其他诗人）	第二章　盛唐山水田园诗人（1. 孟浩然；2. 王维）
	第三章　盛唐边塞诗人（1. 高适；2. 岑参；3. 王昌龄、李颀等人）
第四章　李白（1. 李白的时代和生平；2. 李白的思想；3. 李白诗歌的现实意义；4. 李白诗歌的艺术成就；5. 李白诗歌的影响）	第四章　伟大的浪漫主义诗人李白（1. 李白的生平和思想；2. 李白诗歌的思想内容；3. 李白诗歌的艺术成就；4. 李白在浪漫主义诗歌发展中的地位及其影响）

大纲	游本
第五章　杜甫(1. 杜甫的时代和生平;2. 杜甫的思想;3. 杜甫诗歌的艺术性;4. 杜甫诗歌的影响)	第五章　伟大的现实主义诗人杜甫(1. 杜甫的生平和思想;2. 杜甫诗歌的思想性;3. 杜甫诗歌的艺术性;4. 杜甫在现实主义诗歌发展中的地位及其影响)
第六章　中唐诗人(1. 元结与《箧中集》;2. 刘长卿、韦应物与李益;3. 孟郊与李贺)	第六章　中唐前期的诗人(1. 元结、顾况及其他诗人;2. 刘长卿　韦应物;3. 大历十才子和李益)
第七章　白居易与新乐府运动(1. 白居易的时代及其生平;2. 白居易的文学主张与新乐府运动;3. 白居易的思想与艺术;4. 元稹、张籍及其他诗人)	第七章　现实主义诗人白居易和新乐府运动(1. 白居易的生平和思想;2. 白居易的诗论与新乐府运动;3. 白居易诗歌的思想性和艺术性;4. 新乐府运动的其他参加者——元稹、张籍、王建)
第八章　韩愈、柳宗元与古文运动(1. 古文运动的历史发展;2. 韩愈古文运动的意义与成就;3. 韩愈的诗歌;4. 柳宗元的散文和诗歌;5. 韩门诸子及唐末的散文)	第八章　古文运动和韩愈、柳宗元的古文(1. 古文运动;2. 韩愈的散文;3. 柳宗元的散文;4. 古文运动的影响)
	第九章　中唐其他诗人(1. 韩愈;2. 孟郊　贾岛;3. 刘禹锡　柳宗元;4. 李贺)
第九章　晚唐诗人(1. 李商隐与杜牧;2. 聂夷中、皮日休和杜荀鹤)	第十章　晚唐文学(1. 杜牧;2. 李商隐;3. 皮日休、聂夷中和杜荀鹤;4. 陆龟蒙　罗隐;5. 韦庄　司空图)

大纲	游本
第十章　唐代的传奇(1. 传奇的发展及其社会基础;2. 唐代传奇的代表作品;3. 传奇文学的影响;4. 附论“变文”)	第十一章　唐代传奇(1. 唐代传奇兴起的原因;2. 唐代传奇的思想和艺术;3. 唐代传奇的地位与艺术)
	第十二章　唐代通俗文学和民间歌谣(1. 变文;2. 俗赋、话本和词文;3. 民间歌谣)
第十一章　词的兴起(1. 词的产生和发展;2. 敦煌曲子词;3. 文人词的演进;4. 温庭筠;5. 五代的词)	第十三章　晚唐五代词(1. 词的起源、发展和民间词;2. 温庭筠和花间派词人;3. 李煜及南唐其他词人)

从上表看,《大纲》分十一章讲述隋唐五代文学,而“游本”则分了十三章。《大纲》绪论为一章,“游本”则以概说另行;《大纲》第三章“盛唐时代的诗人”,“游本”析为田园诗人、边塞诗人两章;《大纲》讲述中唐诗人分为三章;“游本”则盖因前者述“古文运动”中包含韩愈、柳宗元诗,体例不合,故析为四章;《大纲》“变文”附于“唐代传奇”一章;“游本”则独列一章予以讲述;余者章节、目次基本相同。两相对比,除去“游本”增加了陆龟蒙、韦庄、司空图等诗人以及俗赋、话本、词文、民间歌谣等俗文学外,不难看出,“游本”的选材与《大纲》相差无几。

对具体作家作品的分析评价,“游本”也显然承袭了《大纲》的很多基本论点。如,《大纲》将王维的诗歌分为前后两期,并指出晚期“他集中一切艺术力量,追求和表现自然景色中的静美的境界,作为他精神的安慰和寄托。正因为如此……他在晚年亲身经历过的安史之大变乱,也就不能在他的作品里有所反映。他的这种逃避现实的思想,是要加以批判的”。“游本”则认为,王维后期的诗“都在闲静孤寂的景物中流露了对现实非常冷漠的心情”,“充满佛家空无寂灭的唯心哲理”,“几乎和现实生活绝缘”,“有人甚至推尊他为‘诗佛’,把他捧到和李白、杜甫同样高的地位,这显然是极端错误的”。对于当时争议颇多的白居易《长恨歌》的主题,“游本”和《大纲》的持论也很相近。《大纲》中说:“《长恨歌》在一定程度上,对于封建统治者的荒淫腐朽作了讽刺的批判;同时,通过美丽的艺术形象,把宫廷的恋爱故事,描写得非常动人。在追求和歌颂爱情的永恒性这一点上,由于艺术的感染力,引起了人民心理的共鸣。”而“游本”则说:“诗的主题思想也具有双重性,既有讽刺,又有同情。诗的前半露骨地讽刺了唐明皇的荒淫误国……诗的后半,作者用充满着同情的笔触写唐明皇的人骨相思,从而使诗的主题思想由批判转为对他们坚贞专一的爱情的歌颂……诗的客观效果是同情远远地超过了讽刺,读者往往深爱其‘风情’,而忘记了‘讽鉴’。”此外,像对《春江花月夜》的艺术成就,韩、柳古文运动的历史意义,李煜词的地位等当时争议较多的问题,“游本”和《大纲》的基调也基本一致。

当然,由于《大纲》大都提纲挈领、言简意赅地列出教学中的重点、难点,在描述文学现象、评价作家作品时,一般不作详细论述,这也就给后续者留下了更多书写、挖掘的空间。此外,文学史的撰写也不应该千篇一律,否则便失去了其存在的价值,百年文学史之所以能“从最初的混沌、传统发展到今天,经历了从单一到多元、一度重又单一,而今再度走向多元的曲折道路”①,关键就在于文学史的撰写总是在历史和当代这两重意识下进行的,既要尊重历史的真实感和厚重感,又必定会受到操作者的学

① 董乃斌:《中国文学史的演进:范式的视角》,北京:《中国社会科学》,2001年第6期。

术立场、精神信仰及其所处的社会文化背景的影响。1957年出版的《中国文学史教学大纲》，是在学术生产日益被“体制化”时期的产物，它所建立起的编写模式、写作姿态和文学史观乃至内容结构，都对其后的文学史产生十分重要的影响，并以两本通行的《中国文学史》(“游本”、“文学所本”)为中继，几乎规范了其后三十余年的中国文学史教学和编写。

(江西师范大学　李舜臣)

50年代后期关于文学史规律问题的讨论

——特定政治文化大背景下学科性格表现之一

新中国成立以来，古典文学研究界先后经过思想改造运动以及针对俞平伯《红楼梦》研究、胡适思想的批判运动，广大研究者努力响应党的号召，摒弃被视为资产阶级思想与封建阶级思想的传统研究观念与方法，学习马克思主义理论，学习社会主义苏联的文艺理论，尝试运用这些理论全面指导中国古典文学研究实践。在学习与运用的过程中，人们对一些理论概念的理解出现了分歧，对这些引进的理论如何具体阐释复杂的中国古代文学现象、其所概括的文学史规律是否完全科学正确也有不同认识，于是在50年代后期引发了一场关于文学史规律问题的大讨论。这场讨论持续数年之久，60年代初始告一段落，涉及多个重要理论问题，如古代文学史中是否贯穿着现实主义与反现实主义的斗争？什么是中国古代文学的主流？古代文学中是否存在现实主义与浪漫主义的结合？等等。

古代文学史中是否贯穿着现实主义与反现实主义的斗争

1956年，苏联学者雅·艾尔斯布克在《现实主义和所谓反现实主义》一文中尖锐批评了苏联文艺理论界以聂多希文《艺术概论》为代表的流行观点。艾尔斯布克将这种观点归结如下：

> 现实主义与其说是历史上形成的一种创作方法和倾向，不如说是艺术的一种从来就有的、一开始就有的特性。因此，现实主义的概念就跟真实性的概念等同起来了，甚至跟艺术性的概念等同起来了，而现实主义的历史就跟艺术反映现实即反映生活真实的历史等同起来了。自然，这样提问题就会把现实主义的概念扩大到原始艺术（"原始现实主义"），扩大到古代艺术（"神话现实主义"），扩大到那被看作"现实主义的一种形式"的革命浪漫主义。同时，这种理论的支持者认为决不能列在现实主义"管辖之内"的一切艺术现象，又都被看作反现实主义的艺术现象（即完全违反生活真实的艺术现象）。从这种观点出发，艺术史干脆就跟哲学史一样，就跟唯物主义和唯心主义的斗争一样，被认为是现实主义同反现实主义的斗争……支持上述观点的人们要末硬把许许多多重要的艺术现象咒骂一番而列入"反现实主义"之中，要末相反地硬把各种极不相同的、相互间有原则性区别的作品都称作是现实主义的作品……常常不得不辗转于这两个极端之间。①

艾尔斯布克根据恩格斯关于现实主义的定义——"现实主义是除了细节的真实之外，还要正确地表现出典型环境中的典型性格"，认为"性格的概念对于规定和理解现实主义是具有巨大的根本的意义的"②，现实主义虽是整个从前的艺术的发展所酝酿而成的，但是作为一种创作方法，只能从文艺复兴时代开始，因为此前的古代文学在人物性格描写方面远远不够。

受到艾尔斯布克论文的启发，刘大杰在《文艺报》发表了《中

①② 雅·艾尔斯布克：《现实主义和所谓反现实主义》，北京：《学习译丛》，1956年7月号。

国古典文学与现实主义问题》一文，指出在中国古典文学研究的领域也存在着认为“一部中国文学史，就是一部现实主义与反现实主义斗争的历史”这样的普遍见解，已经成为“一个非常有力量然而又是非常简单化的公式”，而如果“把这一公式运用到我国源远流长、丰富多彩的文学史上去，就会遇到种种困难，其结果是不能很好地说明问题，不能真实地分析文学史的具体内容和各种文学流派以及他们的作品的不同的艺术特点”.① 刘大杰结合中国古典文学实际从三个方面剖析了运用这一公式所造成的不良后果。

一、“现实主义”的概念不明确。古典文学中的现实主义究竟是指的什么？是指的在文学历史发展过程中所形成的一种最进步的创作方法呢？还是如雅·艾尔斯布克所指责的，把现实主义的概念扩得很大，“跟真实性的概念等同起来”？因为概念既不明确，文学史家就无所适从，你这样用，他那样用，结果是把现实主义一般化了，看不出现实主义创作方法和现实主义作品的重要特征。

二、形成一种新的形式主义。用马克思主义研究文学历史，是反对任何一种形式主义的。我们如果承认这一公式：一部文学史，就是一部现实主义和反现实主义斗争的历史，那么在中国几千年的文学史上，就只存在两种派别了，一派是先进的现实主义作家与作品，一派是落后的甚至是反动的反现实主义的作家与作品。于是文学史家就采用最简便的方法，好象破西瓜似的，把中国文学切成两半，这一半是现实主义，那一半是反现实主义……这一种新的形式主义，实际上也是一种庸俗社会学的变形。

① 刘大杰：《中国古典文学与现实主义问题》，北京：《文艺报》，1956年第16期。

三、另外一种，是几乎都变成了现实主义的作家……因为文学史上只有两条路，不是现实主义，便是反现实主义，古典文学研究者和教师们，自然不能把要肯定的作家和作品，放到反现实主义的阵营里去。这样一来，便利用"古典现实主义"这个抽象名词，加以各种巧妙的解释，把"现实主义"这顶帽子随便戴在许多作家许多作品的头上……仿佛变得无往而非现实主义了。这说明一个什么问题呢？说明在无论内容、形式和艺术风格都非常丰富多彩的中国文学历史现象内，要套进一个非彼即此的公式，必然要陷入一种困境。结果肯定的作家和作品愈多，现实主义也就愈多，弄到后来，几乎都变成了现实主义作家，所谓反现实主义的作家却看不见了。只好把一大群彼此艺术风格不同、创作方法不同，甚至互相对立的作家们，因为要肯定他，或者要在某一部分肯定他，又不能归到反现实主义的阵营里去，只好一视同仁地统统装进那一只现实主义的大木桶里。①

刘大杰认为：

现实主义是在文学发展过程中所形成的一种"最有力和最先进的"创作方法。我们说它是最有力最先进的创作方法，正因为它在反映现实反映历史本质的真实方面，比起其他的创作方法来，能达到更大的深度和广度。但是我们不能说：只有现实主义才能反映现实、表现思想，其他的创作方法就一点不能反映现实，不能表现思想。不过，其他的创作方法，在反映现实、表现思想方面，比不上现实主义所达到的深度和广度，所以现实主义的创作方法是最有力的最先进的。②

①② 刘大杰：《中国古典文学与现实主义问题》，北京：《文艺报》，1956年第16期。

因此，必须依据恩格斯关于现实主义的典范定义，“明确现实主义的概念，尊重这一定义的精神原则，在文学史的研究上，才不至于把现实主义一般化、简单化”①。

在稍后发表的《中国古典文学史中现实主义的形成问题》一文中，刘大杰强调现实主义的产生要经过极其漫长而又复杂的过程，其形成与社会环境和历史条件有密切的关系。他认为“中国古代在杜甫以前的文学里就没有现实主义的存在”，“杜甫以前的诗歌，是现实主义因素积累时期，只能说有一种现实主义的精神，还不能说是成熟的现实主义。这种现实主义精神，从《诗经》开始，就一直存留在优秀的民歌中。民歌是发育和滋长这种精神的渊泉”，到了杜甫，在唐代社会阶级矛盾激化、商业的发达、都市的繁荣、市民阶层的扩大等多种多样的条件下，“把民歌和过去诗人中的现实主义精神，创造性地继承和发展起来，才形成他诗歌中的现实主义的伟大成就”。②

刘大杰的文章发表以后，在古典文学研究界和文艺理论界引起了极大的反响。姚雪垠撰写《现实主义问题讨论中的一点质疑》与刘大杰商榷。他赞同刘大杰对“近几年来在研究中国古典文学方面所存在的一些教条主义和庸俗社会学的现象”的批评，但认为他“实际上并没有把现实主义看作历史发展的成果，而是看作个人生活遭遇的产物”，而“个人的遭遇可以影响他的创作方法，但不能成为某种文学流派或运动的决定因素，只有各方面所形成的历史条件和时代风气才是决定的因素”。姚雪垠认为现实主义的产生是“同资本主义的出现分不开的”，因此，“中国的现实主义的历史开始于南宋，即十一到十二世纪，而不

① 刘大杰:《中国古典文学与现实主义问题》，北京:《文艺报》，1956 年第 16 期。

② 刘大杰:《中国古典文学中现实主义的形成问题》，北京:《文艺报》，1956 年第 22 期。

会更早”。①

随后不久，中国文学史教科书编辑委员会扩大会议和北京师范大学文学组都就中国古典文学中的现实主义问题进行了讨论。怎样理解现实主义的实质，是争论的中心问题。由于理解上的差异，便产生了种种判断。

有不少同志反对姚雪垠把现实主义和市民阶级联系起来考察，但是，他们认为细节的真实性和“典型环境中的典型性格”，仍然是评价现实主义艺术作品的标准。持有这种看法的人们对于现实主义形成的时间，条件的估价并不完全是一致的。大多数人认为始于唐，也有一些人认为始于宋……也有人认为现实主义始于唐，至元代关汉卿、王实甫等人才逐渐成熟。

但是，在讨论中，也有许多同志反对不加分析地根据恩格斯的定义来论断中国古典文学中的现实主义的产生。他们认为，不能把恩格斯关于现实主义的言论运用到一切形式的艺术领域中去……何其芳、杨晦、王瑶的发言中都一致指出，恩格斯的关于现实主义的定义，“主要是指小说、戏剧”而说的……一种新的不同的意见是：现实主义的产生应该和文艺真实地反映现实的特征相联系。持有这种看法的同志既反对把现实主义和市民联系起来，又反对以“典型环境中的典型性格”为现实主义的标准。例如，何其芳在中国文学史教科书的讨论会上不同意刘大杰关于现实主义始于唐的说法。他说，凡是真实地反映生活的就是现实主义，因此，文学一开始就有现实主义……李何林也认为后来的现实主义虽然发展得更高，但绝不能否认古代也有现实主义

① 姚雪垠：《现实主义问题讨论中的一点质疑》，北京：《文艺报》，1956年第24期。

的存在。

除了前面所说的几种对现实主义的理解以外,还有一种比较折衷的说法。它虽然也依据恩格斯的定义去衡量作品,但在解释上却大有不同。如李长之在师大的讨论会上认为:"现实主义包括三个部分:细节描写的真实,典型性格的真实,典型环境的真实;而充分的现实主义是应该三者有机地合一的。但如果只满足了这三要素的一部分,却仍可以称为现实主义,不过不是充分的现实主义罢了。因而对待现实主义,就有严格的和宽泛的两种。"持有这种观点的同志,认为广义的现实主义开始于《诗经》,而狭义的现实主义,则始于《金瓶梅》……

过去将文学史说成是一部"现实主义和反现实主义斗争的历史",受到了一些同志的批判。但是,究竟应该怎样去认识文学史上的斗争呢?……在这个问题上也发生了不同意见的争论。

李长之指出:现实主义和反现实主义斗争的提法,容易使人误解。他说:"司马迁是一个伟大的现实主义作家了,当时何尝有一个什么反现实主义作家和他对抗?司马相如么?不是。他的作品里也有现实主义的成分……"他认为,现实主义和反现实主义斗争的提法,"反而掩盖了文学史真正的斗争——惨酷的斗争,特别在中国文学史上,统治阶级压迫人民的文艺的时候……他们是禁、烧、杀"。

李长之的说法,受到谭丕模、可永雪等许多同志的反对,认为这是将阶级斗争代替文学上的斗争。过去,说文学史是现实主义和反现实主义斗争的历史,是简单化了的看法,但这不等于说不要去正视斗争……文学史上的斗争,不同于我们今天的斗争,而且不一定采取正面批评的形式,有些作家与当时流行的主张不同,他的风格与流行的风格不同，这也是一种斗争的形式。而文学内部的斗争，也反映了社会的矛盾，不能因为害怕庸俗社会学就不去接触这些问题。①

《文艺报》记者上述综述带有对这次讨论进行总结的色彩，但关于古典文学中的现实主义问题的争论并未停止，在此后的两三年里仍然在继续。1957 年蔡仪发表《论现实主义问题》与《再论现实主义问题》，否定艾尔斯布克、刘大杰关于现实主义的理解，重申"真实地描写现实，就是现实主义的根本精神或基本原则"。

消极的浪漫主义，因为所描写的理想不合乎现实发展的倾向，也就根本上没有现实的真实性，根本上是和现实主义相反的。而积极的浪漫主义或革命的浪漫主义，它所描写的理想既然合乎现实发展的倾向，它的理想就是现实发展倾向的正确反映，也就是说，它的理想的根源就在于现实，因此它有一定的现实的真实性，它和现实主义不是互相对立的，或者可以说本质上有相同之点。②

也就是说消极浪漫主义与积极浪漫主义，是可以分别划入反现实主义与现实主义范畴的。

同年，茅盾在《文艺报》发表《夜读偶记》，文中不点名地批评了刘大杰等人对以现实主义与反现实主义的斗争概括文学发展史的否定，他明确提出："积极的浪漫主义，可以说是和现实主义异曲而同工（当然这不能误为现实主义和浪漫主义可以混同）；消极的浪漫主义这才可以归到反现实主义的范畴。"③茅盾还对

① 文艺报记者：《中国古典文学中现实主义问题的讨论》，北京：《文艺报》，1956 年第 24 期。

② 蔡仪：《论现实主义问题》，北京：《文学研究》，1957 年第 1 期。

③ 茅盾：《夜读偶记》，第 5 页，第 35～40 页，天津：百花文艺出版社，1958 年。

从先秦到明代的古代文学史进行梳理，将从《诗经》、《国语》、《左传》、汉赋到明代“前后七子”等重要文学作品与作家分别归入现实主义与反现实主义两大范畴，进而得出结论：

一、在阶级社会的初期，阶级斗争就反映在社会中的被剥削阶级所创造的文艺作品中；而由于被剥削阶级的阶级本能及其斗争的性质规定了它对于文艺的要求和任务，因而它的这种文艺就其内容来说是人民性的、真实性的，就其形式来说是群众性的（为人民大众所喜见乐闻的）。这就产生了现实主义的创作方法。

二、和被剥削阶级的现实主义文艺站在相反地位的，是剥削阶级为了巩固自己的剥削地位、剥削制度而制作的文艺；这些文艺歌颂剥削阶级的恩德，宣扬剥削阶级的神武，把剥削制度描写成宿命的不可变革的永恒的制度。这就形成了各种各样的反现实主义的创作方法，其特征，就内容而言，是虚伪、粉饰、歪曲现实，对被剥削者起麻醉和欺骗的作用，对剥削者自己则满足了娱乐的要求。就形式而言，是强调形式的完整（而这种形式的完整是以迎合剥削阶级的趣味为基本特征的），追求雕琢，崇拜绮丽，乃至刻意造作一种怪诞的使人看不懂的所谓内在美。

三、在阶级社会内，文学的历史基本上就是这样的现实主义与反现实主义的斗争。

四、所谓反现实主义，不能理解为一种创作方法，而应当理解为各种各样、程度不同的反人民和反现实的各不相同的若干创作方法。

五、阶级的对立和矛盾是产生现实主义的土壤。阶级斗争的发展，促进了现实主义的发展。现实主义的发展过程，是一个复杂的过程，在它的发展过程中起作用的，首先是社会经济的发展，其次是现实主义本身的艺术发展的规律。①

反右派斗争之后，1958年在全国范围内开展了群众性的资产阶级学术思想批判和“大跃进”运动，高等院校批判资产阶级学术权威，拔白旗、插红旗。在这场运动中，北京大学、复旦大学等高校分别组织学生编写《中国文学史》，受茅盾《夜读偶记》的直接影响，均将现实主义与反现实主义的斗争作为文学史的重要规律，许多传统上被称道的作家如陶渊明、王维、李清照被划入反现实主义之列。这些文学史出版之后，引发了古典文学研究界关于现实主义与反现实主义斗争这一问题更热烈的争论，上海《文汇报》、《解放日报》、北京《光明日报》都有大量相关文章发表。②

刘大杰虽在1958年的政治形势下一度承认“现实主义和反现实主义的斗争，是文学发展史的基本规律”，检讨自己不理解这一规律的错误③，但在1959年又先后写了《列宁的两种文化说——谈现实主义与反现实主义的公式》④、《文学的主流及其他》⑤、《关于现实主义问题》⑥等文，重申自己原来的观点，并指

① 茅盾：《夜读偶记》，第5页，第35～40页，天津：百花文艺出版社，1958年。

② 马启：《试谈中国文学的现实主义及其他》，上海：《解放日报》，1959年5月24日。

③ 刘大杰：《批判〈中国文学发展史〉中的资产阶级学术思想》，见复旦大学中文系文学教研组编《〈中国文学发展史〉批判》，第278页，北京：中华书局，1958年。

④ 刘大杰：《列宁的两种文化说——谈现实主义与反现实主义的公式》，上海：《文汇报》，1959年4月13日。

⑤ 刘大杰：《文学的主流及其他》，北京：《光明日报》，1959年4月19日。

⑥ 刘大杰：《关于现实主义问题》，北京：《光明日报》，1959年8月9日。

出列宁的两种文化说并不能作为现实主义与反现实主义公式的理论依据，因为："列宁所指的是广义的文化，范围很宽，不是专指文学，而它的主要意义，是指的文化中的思想内容，并没有接触到文学的创作方法和文学流派。如果把这种学说的精神，引用到文学的发展规律上来，只能理解为进步文学与反动文学的斗争，或者是人民性的文学与反人民性的文学的斗争；不能理解为现实主义与反现实主义的斗争。"①

刘大杰批评茅盾的观点"有些不能自圆其说的地方"，如"既然坚持现实主义与反现实主义这个公式，照逻辑上讲，就不可能有中间派存在。但是茅盾同志又提出'既非现实主义又非反现实主义'的派别，那就完全陷入了自相矛盾的现象"②。其他学者也纷纷就此问题发表自己的意见。郝昺衡认为：

> 把外国文学流派的一些词汇强加在我国文学之上，由于社会情况不同，词义广狭不同，概念不能完全一致，往往就会似是而非，解决不了实际问题……因此，把现实主义和反现实主义的斗争作为一条红线来贯穿整个的中国文学史，来评价历代作家，就显得有些简单化，很难正确地、恰如其分地反映出每一个时代复杂的文学情况和每一个作家的真实面貌……现实主义是富有现代性、都市性、现实性和科学性的。它是在十九世纪欧洲文学发展中形成的，它是各种艺术创作方法之一。因此"五四"以前，中国不可能出现现实主义和反现实主义的斗争。③

廖仲安赞成刘大杰对用现实主义和反现实主义来划分文学家阵营的简单化做法的批评，并肯定刘将浪漫主义从过去那种

---

①② 刘大杰：《列宁的两种文化说——谈现实主义与反现实主义的公式》，上海：《文汇报》，1959 年 4 月 13 日。

③ 郝昺衡：《关于〈中国文学史〉的几个问题》，上海：《解放日报》，1959 年 4 月 12 日。

无所不包的现实主义概念中独立出来的意见，但同时认为：

> 中国现实主义文学是从《诗经》开始的，现实主义文学的成长当然可以有不同的阶段和过程，但是不能机械搬用欧洲的概念，把人物形象的真实性作衡量诗歌的标准。在中国抒情诗的创作中，本来就没有提出塑造人物的任务。一千多年的文艺批评中，我也没有看见用塑造人物来评价抒情诗的。从这一点出发，我也就不同意刘先生把杜甫诗当作现实主义诗歌成熟阶段的标志。在我看来，把现实主义文学成熟的年代推迟到浪漫主义文学成熟年代的一千多年以后，是一件很难想象的事。①

马启在《试谈中国文学的现实主义及其他》一文中，对复旦与北大文学史立论的根据茅盾《夜读偶记》及蔡仪的现实主义理论作了尖锐批评，指出"以现实主义和反现实主义为纲"的做法"抹杀了中国文学历史发展的丰富性、多样性，模糊了文学的历史真实性"，"把现实主义作为文学的基本潮流之一，就扩大了反现实主义的历史地位，并且把很多知名的作家成群结队地，一齐赶到反现实主义的窄胡同里去"，"由于把现实主义和反现实主义斗争绝对化，描绘成为势不两立，你死我活的搏斗，就割断了现实主义发展的渊源，抹杀了文学史上各种流派之间的相互影响、促进的事实"。他同时主张，"不同意用现实主义与反现实主义的斗争来概括中国文学史的发展，并不等于否认文学史上的斗争，这种斗争的存在是客观的规律。我们认为用人民的进步的文学与反动的统治阶级的文学斗争中成长壮大、繁荣发展的说法来概括它要更合适一些"。②

---

① 廖仲安：《也谈中国文学史上的现实主义问题——并与刘大杰先生商榷》，北京：《光明日报》副刊《文学遗产》，1959 年 7 月 5 日。

② 马启：《试谈中国文学的现实主义及其他》，上海：《解放日报》，1959 年 5 月 24 日。

程俊英、万云骏《试谈现实主义和反现实主义的规律》明确支持刘大杰的观点，认为："从文学发展的每个阶段来看，如果用现实主义和反现实主义的公式，无论在编写中或教学实践中都会感到困难，如讲到春秋战国的散文……很难看出两个流派的对立，更看不见他们斗争的情况。"①吕恢文则支持复旦、北大文学史的意见，认为现实主义与反现实主义斗争这一"文学发展最本质的斗争规律不容抹杀"②。

从1959年4月中旬到6月中旬，中国作家协会和中国科学院文学研究所联合召开了四次关于中国文学史问题的讨论会。出席的有北京大学、北京师范大学、北京师范学院中文系师生，文学研究所研究人员及各有关编辑部人员。外地专家罗根泽、王起、夏承焘等也被邀请参加。现实主义与反现实主义的斗争是重点讨论问题之一。据《光明日报》报道：

> 有一部分同志认为中国文学史上存在这一规律。肖涤非认为事实上存在这斗争，如陈子昂的反齐梁，梅圣俞等的反西昆。不要把概念扩大，也不能因怕简单化而取消这规律。王汝弼认为现实主义与反现实主义两条道路的斗争的提法是旨在体现列宁所说的两种文化的斗争。但实际运用起来，并不能概括列宁所说的两种文化的广阔内容，但除此而外，恰当的口号又很难找到。他们又认为：不能否认有中间状态的文学，即既不属于现实主义也不属于反现实主义的文学的存在。更多的同志却怀疑这样的公式。沈天佑认为现实主义是一种创作方法，不能作为进步文学的同义语，不能把现实主义同进步性、人民性和真实性等同起来。列

① 程俊英、万云骏：《试谈现实主义和反现实主义的规律》，上海：《文汇报》，1959年4月6日。

② 吕恢文：《文学发展最本质的斗争规律不容抹杀》，上海：《解放日报》，1959年4月15日。

宁的两种文化的理论是指思想而言的，不能引申到创作方法上去。何其芳认为说中国文学史贯串着现实主义与反现实主义的斗争，事实上有问题。茅盾在《夜读偶记》中举的这种斗争的例子并不多，有的例子还可讨论。邓绍基认为有些文学史引用列宁所说的两种文化的理论，从而把文学划分为现实主义和反现实主义文学是令人费解的，把文学的内容与创作方法完全混为一谈是不对的。对现实主义与反现实主义斗争这个公式持怀疑意见的同志还有一个理由，他们认为这个公式不能包括浪漫主义……邓绍基认为：文学史的流派和创作方法是很多的，它们之间的斗争和相互影响可以推动文学艺术的进步和繁荣，企图用现实主义和反现实主义斗争来概括文学史中多种多样的派别和创作方法是不行的。

这个问题讨论到最后，大多数的人都认为用现实主义与反现实主义这条规律很难贯穿中国整部文学史，同时也认为现实主义是一种创作方法，不能和进步的人民的文学等同起来①。

对如何理解"现实主义"概念、中国文学史上何时出现现实主义，人们还没有统一意见：

吴组缃还怀疑现实主义是外国搬来的，拿到中国来应用就很有问题。现实主义是针对戏剧、小说而言的，用到抒情诗歌特别是短诗上就困难。他还认为现实主义有广狭之分，广义是指一种精神，如它反映了现实、提出了与广大人民有关的重要问题，狭义是指小说、戏剧的创作方法。何其芳认为现实主义是按照生活本来的样子反映现实生活，它

① 北京：《光明日报》，1959 年 8 月 2 日关于文学史规律问题讨论的报道。

包括面貌的真实和本质的真实。浪漫主义不完全按照生活本来的样子去反映现实，常常是现实和幻想的结合；但积极浪漫主义本质上是真实的，消极浪漫主义的根本内容是不真实的。自然主义细节描写真实，但缺乏典型性。把文学的创作方法分为现实主义、浪漫主义和自然主义等是马克思主义文艺理论的概括。高尔基认为文学一开始就有现实主义和浪漫主义这两种不同的倾向是对的，不能说中国的现实主义到唐以后或宋元以后才形成。恩格斯所说的"典型环境中的典型性格"主要是对小说、戏剧及其他以写人物为主的文学形式而言。①

稍后，何其芳将6月17日在中国作家协会和中国科学院文学研究所召开的文学史问题的讨论会上的发言《文学史讨论中的几个问题》整理后在《光明日报》副刊《文学遗产》发表，正式否定了现实主义与反现实主义斗争这个公式。他提出：

> 在人民的和进步作家的文学同剥削阶级的反动的文学之间，还有一些带有中间性的作品，还有一些可以肯定的东西和应该批判的东西错综在一起的作品。它们的思想体系或思想倾向基本上属于剥削阶级的范畴，然而它们在内容和艺术上却有可取之处。对它们的正确态度是具体的分析而不是作一个简单的划分就加以全部肯定或全部否定。②

他的观点被古典文学研究者普遍接受，后来北京大学学生修订1958年编写的文学史时明确承认自己"在贯彻马克思列宁主义的基本观点时，产生了若干简单化的论点，而对文学史材料的掌握和分析中，也有不够深入和细致的毛病……我们的论述缺点

---

① 北京：《光明日报》，1959年8月2日关于文学史规律问题讨论的报道。

② 何其芳：《文学史讨论中的几个问题》，北京：《光明日报》，1959年7月26日。

主要表现在用现实主义与反现实主义的斗争来概括文学发展的规律上”①。复旦大学学生编写《中国文学史》下册时也放弃了现实主义与反现实主义斗争这一公式。至此,关于这一问题的讨论告一段落。

什么是中国文学史的主流

1952 年,冯雪峰发表《中国文学中从古典现实主义到无产阶级现实主义的发展的一个轮廓》一文,认为“中国有三千年历史的文学,其中最有代表性的伟大名著也大都是现实主义的或基本上是现实主义的”②,但在当时并未引起大的反响。1953 年,中国文学艺术工作者第二次代表大会召开,明确提出社会主义现实主义是五四运动以来的文学的主流。陆侃如据此认为:“自原始的口头创作以来,几千年文学史的主流不可能不是现实主义”,因为“优秀的作家从来不脱离现实,优秀的作品也从来不缺乏现实性”。③他认为神话、李白等浪漫主义的创作与作家也都是与现实紧密结合的,可以并入现实主义的主流。陆侃如的观点当时在古典文学研究界是有普遍性的。

1958 年北京大学学生编写的《中国文学史》在“前言”中依据高尔基的话——“人民不但是创造一切物质财富的力量,同时也是创造精神财富的唯一无穷的泉源,他在创作的时间、美和天才上都是第一流的哲学家和诗人,这样的诗人写出了人间的一

---

① 北京大学中文系文学专门化 1955 级:《中国文学史 · 前言》,北京:人民文学出版社,1959 年。

② 冯雪峰:《中国文学中从古典现实主义到无产阶级现实主义的发展的一个轮廓》,北京:《文艺报》,1952 年第 14、15、17、19、20 期。

③ 陆侃如:《什么是中国文学史的主流》,济南:《文史哲》,1954 年第 1 期。

切伟大的诗篇和悲剧，也写出了其中最伟大的一篇——世界文化史”，推论出“我国民间文学以铁的事实和内在的真实力量，雄辩地说明了它在整个中国文学发展中的决定作用”。① 复旦大学学生编写的《中国文学史》也同样把民间文学抬高到“主流”的地位。用大量篇幅放在各编首要位置论述，并特别强调其对伟大作家的影响作用。② 与此同时，袁世硕撰文提出：

> 在中国古代文学史的论著或教学中，不以民间文学为正统，而以封建文学为正统，是完全错误的。这不仅是从立场观点上看是反人民的，而且也根本不符合中国古代文学史的实际情况。我们必须与种种旧的剥削阶级的观点割断联系，也必须还文学史以一个原本真实的面目。要这样做，就必须确认民间文学是中国古代文学的正统。③

他们的观点在学界引起了热烈的争论，从 1959 年 3 月起，上海《解放日报》、《文汇报》，北京《光明日报》等报刊先后就此问题发表了大量争鸣文章。程俊英、郭豫适《应该把作家文学视为庶出吗？——“民间文学正宗说”质疑》④ 首先对关于文学史主流问题的讨论中出现的过分抬高民间文学地位的说法——“民间文学正宗说”提出质疑。他们认为这种提法是不科学的，因为“我国文学的优秀传统也正是由劳动人民那些光辉的创作和……历代优秀作家的创作结合在一起构成的”，“‘民间文学正宗

---

① 北京大学中文系文学专门化 1955 级：《中国文学史 · 前言》，北京：人民文学出版社，1958 年。

② 复旦大学中文系古典文学组学生：《中国文学史 · 导言》，北京：中华书局，1958 年。

③ 袁世硕：《必须确认民间文学是中国古代文学的主流》，济南：《文史哲》，1958 年第 10 期。

④ 程俊英、郭豫适：《应该把作家文学视为庶出吗？——“民间文学正宗说”质疑》，上海：《解放日报》，1959 年 3 月 19 日。

说'过分地夸大了民间文学的地位，因而客观上产生了对作家文学的轻视，并在一定程度上起了把两者对立起来的副作用"。沈鸿鑫、马明泉《民间文学是中国文学的主流》①则反驳程、郭，坚持认为"民间文学是源头，但同时也是贯串在整个文学史的主流"，"不管从内容看，或从形式上看，民间文学总是文学的主流"。乔象钟《民间文学是我国文学史的主流吗》对民间文学主流说论者引为根据的高尔基的言论作了细致分析，指出："高尔基话的原意是说文学起源于劳动，文学的最初的创作者都是劳动人民，劳动人民本身曾经创造了有价值的文学、艺术，并不等于说劳动人民的文学创作在整个文学发展中起决定作用，是主流"，并将文学史上唐代的民间文学与文人作品对照，指出杜甫等文人作家的作品较民间文学"更深刻更广泛地反映社会现实"，这是因为"在阶级社会里，劳动人民不但在物质财富上是被剥夺者，而且在精神财富上，也是被剥夺者"。②

其他否定民间文学主流说的文章还有很多，如赵景深《民间文学在文学史上的地位》③，曹未风《从讨论〈中国文学史〉想到的》④，丁锡根、胡光舟《现实主义文学才是主流》⑤等等。虽然多数论者倾向于否定民间文学是文学史主流的观点，但在究竟应如何认识文学史的主流这一问题上，人们的意见仍有差异。

---

① 沈鸿鑫、马明泉：《民间文学是中国文学的主流》，上海：《解放日报》，1959年3月21日。

② 乔象钟：《民间文学是我国文学史的主流吗》，北京：《光明日报》，1959年4月5日。

③ 赵景深：《民间文学在文学史上的地位》，上海：《解放日报》，1959年3月24日。

④ 曹未风：《从讨论〈中国文学史〉想到的》，上海：《解放日报》，1959年3月24日。

⑤ 丁锡根、胡光舟：《现实主义文学才是主流》，上海：《解放日报》，1959年3月26日。

如邓允建《关于〈中国文学史〉的几点意见》认为："如果要确定中国文学史的主流的话，那我们可以说进步的人民的文学是中国文学史的主流。说进步的人民的文学是主流，其中就包括优秀的民间文学作品和作家作品。"①丁锡根、胡光舟《现实主义文学才是主流》提出："我们在考察民间文学和文人文学在文学发展史中的地位时，不能绝对地单从作家不同而加以截然划分，主要应该从文学的特征、作家作品的倾向性，以及在现实生活中产生的支配影响来考虑。因此，如果一定要谈'主流'的话，那末只有现实主义文学才是我国文学的'主流'。"②郝昺衡《关于〈中国文学史〉的几个问题》认为："作为一部中国文学史来论，不必分什么主流、支流，正宗、非正宗，既要不排斥民间作品，也不降低文人作品应有的地位，必须实事求是，平等看待，只论思想内容、艺术价值和教育意义，不管作者是谁，都应给他一个历史地位或艺术地位。"③以群《对〈中国文学史〉讨论的几点意见》主张对民间文学与作家文学应该"用辩证唯物主义的观点来分析两者的对立、统一和发展，阐明两者的相互关系、相互影响，而不是为任何一方面争'正统地位'"④。李文光《现实主义和积极浪漫主义——中国文学史的真正主流》提出：

> 现实主义和积极浪漫主义像两条红线贯穿在文学发展的过程中，它们以民主精神、人道主义和爱国主义的思想照亮了整个文学史，成为人民文学的核心和基础。它们配合

① 邓允建：《关于〈中国文学史〉的几点意见》，北京：《文汇报》，1959年4月8日。

② 丁锡根、胡光舟：《现实主义文学才是主流》，上海：《解放日报》，1959年3月26日。

③ 郝昺衡：《关于〈中国文学史〉的几个问题》，上海：《解放日报》，1959年4月12日。

④ 以群：《对〈中国文学史〉讨论的几点意见》，上海：《解放日报》，1959年第11期。

着基本倾向于这方面的文学，如阮籍、李清照、谢朓等人的作品，与文学史上的逆流：雅颂、汉赋、齐梁诗歌以至唐初宫体、宋初西昆体、明初台阁体、晚清同光体等形式主义、唯美主义进行冲击。在这急剧尖锐的斗争中，不管反动文学在某一时期会表现得如何猖獗，但现实主义和浪漫主义始终没有间断过，这两者始终是我国文学发展的主流，它们在战斗中更显出无比的威力……提倡以民间文学为主流的，这无疑忽略了进步的作家文学；提倡现实主义为主流的，这无疑忽略了浪漫主义文学，并且从理论和实际上讲也是欠妥贴、欠完善的。①

在1959年4～6月作协与文学研究所联合召开的四次讨论会上，民间文学是否中国文学史主流也是一个主要问题。经过讨论，人们的意见已渐趋一致。何其芳的长篇发言《文学史讨论中的几个问题》从理论上并联系中国文学史的实际明确否定了民间文学主流说，对民间文学与作家文学在文学史上的地位和作用做出如下的论断：

民间文学和作家文学在文学发展中的作用也是各有所长的。在文学的起源上，当然是先有人民群众的文学，而不是先有或同时有作家的文学。在提供新的文学营养和文学形式上，民间文学的作用也很大。但在提高艺术修养和艺术水平上，却或许作家文学的贡献更多。不管民间文学对我国文学的发展起了多少良好的作用（应该充分肯定这一方面），但代表一个国家的文学发展的水平的到底主要还是作家文学。②

---

① 李文光：《现实主义和积极浪漫主义——中国文学史的真正主流》，上海：《解放日报》，1959年5月17日。

② 何其芳：《文学史讨论中的几个问题》，北京：《光明日报》副刊《文学遗产》，1959年8月2日。

何其芳还认为：

> 民间文学的概念和范围是一个很需要研究的问题。民间文学恐怕并无广义狭义之分，它和劳动人民的口头创作不是一个同义语，产生和流传在我国封建社会的市民中间的作品我想一般是可以列入它的范围之内的。
>
> 顾名思义，民间文学是产生和流传在人民中间的文学……民间文学也就不等于劳动人民的文学。只能说劳动人民的口头创作是民间文学的主要部分。产生和流传在我国封建社会的市民中间的作品，其中有一些民主性很鲜明，另外有一些却夹杂着封建思想和市民本身的消极落后的思想，那是十分自然的。我们不能把后一部分排除在民间文学之外。它们和封建统治阶级的文学还是显然不同的。民间文学也是有糟粕的，不必否认这些糟粕是民间文学。①

1959 年 9 月，吴晓铃、胡念贻、曹道衡、邓绍基等在中国科学院文学研究所古代文学组集体讨论的基础上写了长文《十年来的古典文学研究和整理工作》，发表在 1959 年第 5 期《文学评论》。文中对 1958 年以来有关文学史规律问题的讨论作了如下的总结：

> 关于文学发展规律问题，是一九五八年各高等学校学生所编写的文学史提出的。他们提出了民间文学是我国文学历史发展的主流说和我国文学发展的历史中贯串着现实主义与反现实主义的斗争说这样两个公式。这些看法近些年来在文艺界的一部分人中间是曾经存在的，但没有正式提出来讨论。一九五八年各高等学校学生所编写的文学史就是以这样两个公式为骨架来论述中国文学发展的历史。

① 何其芳：《文学史讨论中的几个问题》，北京：《光明日报》副刊《文学遗产》，1959 年 8 月 2 日。

从他们的论述中，暴露了这两个公式的一些问题。如民间文学主流说，不能概括文学历史的现象，事实上历代许多伟大作家的文学，不能不是主流。现实主义和反现实主义斗争说也有问题。根据这一看法，也就难于显出积极浪漫主义的重要性。再加上有些高等学校的同学们的做法有许多简单化的地方，将不少历来人们所喜爱的作家如：王维、孟浩然、李贺、李商隐、杜牧、李清照等一律划入“反现实主义作家”之列。这一年多的讨论中，使我们明确了这样两个公式的缺点，它们不能用来概括我国文学发展的历史。但是，对于寻找我国文学发展的规律来说，还是起了推动作用的，使得许多研究者都注意向寻找文学史发展规律这一方面努力。①

此后，民间文学主流说和现实主义与反现实主义斗争说同样，均为古典文学研究界所抛弃。北京大学学生修订《中国文学史》、复旦大学学生编写《中国文学史》下册，明确承认“对于民间文学的地位与若干作家作品的评述不尽恰当”②，改用人民的进步的文学与反动的落后的文学之间的对立来组织文学史现象。

古典文学中现实主义与浪漫主义相结合问题

这一问题的提出很早，1952 年冯雪峰《中国文学中从古典现实主义到无产阶级现实主义的发展的一个轮廓》一文中已经

① 吴晓铃等：《十年来的古典文学研究和整理工作》，北京：《文学评论》，1959 年第 5 期。

② 北京大学中文系文学专门化 1955 级：《中国文学史·前言》，北京：人民文学出版社，1959 年。

提到：

> 如果要说到中国古典现实主义的一般特征，则它富有浪漫主义的色彩、和浪漫主义相结合着，就是它的特征之一。如果拿更其近代的作品为例证，则《水浒》和《西厢记》，就是结合着浪漫主义的中国古典现实主义作品的典范。①

但并未引起人们太多的关注。

1958年在"大跃进"的时代背景下，毛泽东提出了革命的现实主义与革命的浪漫主义相结合的创作方法，在学术界引起了巨大反响。周扬《新民歌开拓了新诗的道路》说："毛泽东同志提倡我们的文学应当是革命的现实主义和革命的浪漫主义的结合，这是对全部文学历史的经验的科学概括……在一千多年前，刘勰用'酌奇而不失其真，玩华而不坠其实'这样两句话来探索屈原诗歌的风格，可以说是我国关于文学中幻想和真实相结合的最早的朴素的思想。我们应当从我国文学艺术传统中吸取现实主义和浪漫主义相结合的丰富经验，并且在共产主义新思想的基础上发扬而光大之。"②此后两三年间，现实主义与浪漫主义相结合问题成为文艺理论界与古典文学研究界讨论的一个重要热点。讨论集中在中国古典文学中是否存在现实主义和浪漫主义相结合的作品，什么样的作品称得上"两结合"的作品，古代文学中的"两结合"是否是独立的创作方法等等问题上。大多数学者肯定中国古典文学中存在"两结合"的作家作品，但在具体论述上又有许多不同。郭沫若《浪漫主义和现实主义》认为"古今来伟大的文艺作家，有时你实在是难于判定他到底是浪漫主义者还是现实主义者"，并举屈原为例：

---

① 冯雪峰：《中国文学中从古典现实主义到无产阶级现实主义的发展的一个轮廓》，北京：《文艺报》，1952年第14、15、17、19、20期。

② 周扬：《新民歌开拓了新诗的道路》，北京：《红旗》，1958年第1期。

例如，我国古代伟大的诗人屈原，那看来好像是一位浪漫主义者了。他的《离骚》，他的《九歌》和《九章》，运用了很多超现实的材料，他要驾驭云霓龙凤，驱策日月风雷，在天空中作不知止息的巡游，有时到了天堂，有时回到古代，有时登上了世界屋顶，有时又沉潜到洞庭湖的水底，在天边抚摩着彗星，在飘渺的地方和女神讲恋爱……这还不是一位百分之百的浪漫派吗？但是，他并不是为了逃避现实，去满足自己的欲望或为艺术而艺术，而是为了找寻理想和理想的人物来拯救祖国，救济民生，促进古代中国的大一统。他是完全由现实出发而又回归到现实，并完全把自己的生死都置诸度外的。他所关心的事物真是包罗万有，在《天问》中他所提出的关于宇宙形成的问题，有的一直到今天我们还不能解答。这就使得我们不能不说：他同时又是一位伟大的现实主义者。①

周扬在《我国社会主义文学艺术的道路》一文中对自己的观点作了更具体的阐发：

历史上许多伟大的杰出的作家、艺术家，虽然由于他们所处的时代不同，他们的个性和风格各异，有的更富于现实主义精神，有的更富于浪漫主义精神，有的以精雕细琢的写实手法见长，有的以奔放的热情和大胆的幻想取胜，但他们总是常常在他们的作品中表现出现实主义和浪漫主义这两种精神、两种艺术方法的不同程度的结合。他们在揭示现实的种种不合理现象的时候，总是把他们的社会理想、强烈的爱憎和明确的褒贬体现在作品中所描写的人物的性格和关系上；同时他们的昂扬热情和崇高理想又总是由于现实的不合理的现象所激发，植根于生活的土壤的。屈原的《离

① 郭沫若：《浪漫主义和现实主义》，北京：《红旗》，1958年第3期。

骚》表露了诗人眷念祖国和热爱人民的胸怀、嫉恶如仇的精神和雄奇壮美的幻想而成为光照千古的杰作。关汉卿的《窦娥冤》和其他一些优秀的元曲作品，真实地描绘了残酷的现实生活，热情地表现了被迫害、被冤屈者的满腔怨愤和正义的最后得到伸张。《水浒传》塑造了一百零八个不同个性的农民革命英雄，作者在这些人物的共功过、同生死的战斗中寄托了"八方共域、异姓一家"的理想。①

张碧波认为：

在古典文学中，我们有现实主义文学、浪漫主义文学，也有现实主义与浪漫主义相结合的文学……两个主义的结合的基本核心(或作基本特征)，就是既描写现实同时又描写理想。理想是在现实基础上产生的，通过对现实的描写表达作者的生活理想，并从对理想的抒发中反映作者对现实的态度。理想与现实统一的表现在对典型形象(作者的理想人物)的塑造上(抒情诗中就是作者自己)。典型形象中有作者对现实的认识与态度，也融合着作者的生活理想。因此，现实主义与浪漫主义结合的创作原则实质上也是一个典型化的原则。离开这一原则或忽略这一原则，就会陷于简单化的倾向之中。②

他从这一原则出发认为部分神话、屈原的创作、《孔雀东南飞》、《木兰辞》等乐府民歌，以及《史记》、《水浒》、《三国演义》等都属于现实主义和浪漫主义相结合的作品。张炯则认为：

一切文艺作品，本质上都包含着现实和理想两个方面。而这乃是作为创作方法的现实主义与浪漫主义所以能够结

① 周扬：《我国社会主义文学艺术的道路》，见《中国文学艺术工作者第三次代表大会文件》，第42～43页，北京：人民文学出版社，1960年。

② 张碧波：《关于古典文学中的现实主义与浪漫主义相结合的初步理解》，北京：《光明日报》，1960年12月12日。

合的基本原因，但尽管如此，却不是创作方法上的两结合。如果不加分别地把这两者混淆甚至等同起来，那么，我们就无法正确地去认识现实主义与浪漫主义的结合，更无法揭示它的特征，而且也就分不清现实主义与浪漫主义的界限，其结果是实际上既取消了现实主义和浪漫主义，也取消了现实主义与浪漫主义的结合。“不能把神话和以神话为内容的小说、戏剧也看成现实主义与浪漫主义相结合的作品”，“同样，把《史记》中的人物传记与《红楼梦》这样的现实主义巨著看成两结合的作品，也是不妥的”……文学史上，现实主义与浪漫主义相结合是存在着经验积累的过程的。虽然不同时期、不同作家、不同作品存在着不同的程度和情况，但总的趋势是日益完善地向独立的创作方法而发展着，并且在它的长期发展过程中，形成了自己的特征。那就是它兼有现实主义与浪漫主义的长处，而又避免了它们的缺点……应该说，《水浒传》是我国古典文学现实主义与浪漫主义相结合的典范作品……《水浒传》的现实主义与浪漫主义相结合为我们提供的最重要的艺术经验，那就是必须使现实与理想的交融全面地体现在“典型环境中的典型性格”的艺术处理上；这种艺术处理，不仅要求思想原则上既忠于现实又忠于理想，而且要求艺术方法上既有丰富的生活情节和细节的描写，又有为了表现理想对情节和细节的必要的夸张、幻想……以上也就是现实主义与浪漫主义相结合的特点，至少也是它作为创作方法在历史发展过程中所达到的主要特点。①

梁超然回顾整个中国文学史的发展过程，得出结论：

---

① 张炯：《也论我国文学史上现实主义与浪漫主义相结合》，北京：《光明日报》，1961年3月5日。

中国古典文学中浪漫主义是作为一种独立的创作方法存在着发展着；一般地说在社会上阶级斗争特别尖锐、社会思想特别活跃的条件下产生、发展；在中国古典文学中经过神话与屈原时代的形成，建安魏晋时代的发展，陈子昂为开始李白为代表的唐代浪漫主义诗人把它发展到高峰的几个阶段。到了元代之后，浪漫主义就开始和现实主义结合成为一种新的艺术方法了。①

冯其庸不同意张炯关于"两结合"的创作方法直到《水浒传》才达到成熟阶段的看法，认为屈原《离骚》"是两结合的并已经达到了很高的程度"。② 冯其庸也不同意把现实与理想的统一作为"两结合"的特征，认为：

中国古典文学中的两结合的创作方法，是一个复杂的存在，大致可以举出下面这几个方面。一、某些基本上是现实主义的作家，他们也曾经写过浪漫主义的作品或两结合的作品，而某些基本上是浪漫主义的作家，他们也曾经写过现实主义的作品或两结合的作品，对于这样的作家，我们首先必须承认他们是现实主义的作家或浪漫主义的作家。但是，古代作家的创作方法，不是一成不变的，如果企图用一种创作方法去概括他们的全部作品，必然不能得出符合实际的结论。二、同是两结合的作品，有的可能浪漫主义多一些，有的可能现实主义多一些，有的又可能两者结合得比较浑然一体些。而不同的作家又各有自己不同的艺术个性，因此他们所写的两结合的作品，也会具有不同的艺术风格，我们不应该用一种艺术标准，去衡量所有的两结合的作

① 梁超然：《中国古典文学中浪漫主义几个问题的探讨》，南宁：《广西日报》，1961 年 4 月 20 日。

② 冯其庸：《论古典文学中现实主义与浪漫主义的结合》，北京：《教学与研究》，1961 年第 1 期。

品，从而抹杀艺术上的这种丰富多彩的特色。三、一方面，两结合的作品有丰富多彩的各自不同的特色；另方面两结合的作品，又必然有它们的共同特点，这种共同特点，就是精雕细琢的写实手法与奔放的热情和大胆的幻想的结合。四、同是优秀的作品，在思想内容上，也仍然有高低深浅的差别，在艺术方法上是多种多样的。因之，不能用一种创作方法，作为评价古典文学遗产的唯一标准，从而忽视它们在思想内容和艺术手法上实际存在着的差别。有的同志，认为古往今来的伟大作品所以一直在人民群众中传颂不绝，就是因为这些作品的创作方法是现实主义和浪漫主义的结合，这种看法，就是由于他们把两结合的创作方法当作评价古典文学遗产的唯一标准的结果。五、具有两结合的创作方法的古典小说和戏剧，情况往往更加复杂，在其全部人物形象的塑造中，有一些次要人物的创造，往往并不是两结合的创作方法，甚至还有些作品，其创作的基本特色是现实主义的，但其中有少数人物的创造，却又是两结合的，对于这种复杂的情况，尤其需要作实事求是的分析。①

蒋和森认为：

作为意识形态的文学艺术由于它既离不开客观的制约，又离不开虚构、想象、幻想等主观作用，因此它先天地就具有现实主义和浪漫主义相结合的内在因素……纯粹的、百分之百的现实主义或浪漫主义的作家在文学史上是找不出来的。总是在现实之中有几分浪漫，或者是在浪漫之中有几分现实。这是为文学艺术本身的规律所决定的。所有杰出的古典作家都不能违背这个规律。根据反映论原理，

① 冯其庸：《论古典文学中现实主义与浪漫主义的结合》，北京：《教学与研究》，1961 年第 1 期。

虽然在一个作家的身上总是可以发现同时具有现实主义和浪漫主义这两种成分，但是这还不一定就能称为两结合的作家。在古代作家中，一个普遍的现象是：尽管常常运用着两种创作方法，但总是常常有一面居于主导的地位，正是这一面决定着这个作家的风格及其思想艺术特色，而使得这个作家以现实主义的或者是浪漫主义的强烈光彩吸引着人们……

李白虽然也有浪漫主义和现实主义这两个方面，但浪漫主义却是他最侧重、最擅长的一面，如果离开了这一面，李白就要失去他所特有的光彩和动人之处。所以，李白是浪漫主义的大诗人，而不是两结合的作家。

此外，在文学史上还有一个更为普遍的现象，这就是：很多古代作家虽然具有现实主义和浪漫主义这两个方面，但常常是两个方面都发展得不够突出、不够深入，如像韩愈、李商隐、苏东坡等等。因此，这一类作家，在文学史上并不冠以现实主义或浪漫主义的称号；称他们为两结合，自然也不恰当。

因此，我们不能一看到同时具有现实主义和浪漫主义这两个方面，而不考察它达到何种深度以及表现的情况如何，就统统称之为两结合。否则，在中国古代文学史上就几乎到处都是两结合的作家、作品了。这样一来，就势必要降低两结合的艺术标准，同时也妨碍了对两结合的创作经验作深入的探索……只有当兼取两种方法之长，并且使这两者（而不是一者）同时成为决定创作风格及其思想艺术特色的重要因素，既不使我们感到向某一方面突出地有所偏重，又不使我们感到两者都表现得比较一般，这才是足可称之为两结合的作家、作品。两结合的作家，必须是比较完美地充分地把两种创作方法结合在一起，而形成一种新的、比较有系统的创作方法。①

蒋和森同时指出：

我们在评价一个古典作家、作品的创作成就时，不能仅是单纯地以两结合的程度大小来做标准。还要看它在思想、生活以及掌握两种创作方法时所达到的深度如何。因此，在文学史上有些以较大的程度把两种创作方法结合在一起但写得比较粗糙的作品，却比不上成熟的现实主义或浪漫主义杰作。譬如像《搜神记》中的《干将莫邪》、唐人传奇中的《聂隐娘》以及宋元话本中的《碾玉观音》等等比之《西游记》或《红楼梦》来都显得更为平均地带着现实主义和浪漫主义的色彩，而不像后者那样地只偏重于一面。但是，我们却不能说前者的创作成就高于后者。

两结合是一种最好的创作方法，但不是唯一的创作方法。一个作家可以根据自己的个性、生活经历、艺术修养、不同的文学样式（如童话和报告文学）以及不同的题材有所偏重地（而不是走向极端地）采取某种创作方法。②

少数学者否认中国古典文学中存在现实主义与浪漫主义相结合的作品。胡经之提出，是否达到现实主义与浪漫主义相结合至少要从三个方面来衡量：

第一，作家是否能把自己的社会理想和对现实的认识正确地体现在作品中，化为美学理想及美学思想；第二，作家主观世界中的社会理想和对现实的认识，是否与客观规律及趋向相一致；第三，作家在认识及反映客观世界时，他自己的社会理想是否与他对所描写的现实的认识相统一、结合。

①② 蒋和森：《关于中国古典文学现实主义和浪漫主义相结合问题》，上海：《文汇报》，1961 年 11 月 15 日。

古典文学不可能彻底解决这些问题，因而只能达到现实主义或是积极浪漫主义，只有我们今天的文学才能彻底解决，因而能达到革命现实主义与革命浪漫主义相结合。①

茅盾在《短篇小说的丰收和创作上的几个问题》中明确表示：

我对于历史上的大作家常常同时是浪漫主义者又是现实主义者的说法，以及这两个主义从来就是结合在大作家身上的说法都是不敢苟同的。从一个作家的全部作品来看他的主要倾向，那么，对现实的冷静分析多于对理想的热情追求者，通常应当划他为现实主义者，反之，即为浪漫主义者……某一作家就其主要倾向看来是浪漫主义者或现实主义者，但他的个别作品却两者都不是，这两者“都不是”当然不能视为“结合”。至于有些现实主义的作品拖一条“理想”尾巴（对于未来光明的渴望或信念的抒情的表白），恐怕更其不能视为“结合”着革命的浪漫主义。②

后来茅盾又进一步阐释自己的意见：

过去是否有现实主义和浪漫主义相结合的作品呢？像有些人所说过去伟大作家都是“两结合”的，那末就要得到这样的一个结论：既然过去的伟大的作家的不朽作品都体现了“两结合”，那末历史上单一浪漫主义或者单一现实主义的作家，只能是第二流作家，其作品也只能是第二流的作品，换言之，就是说，中国古典文学中没有浪漫主义和现实主义作为一个流派确立而发展起来。但是，事实是否如此呢？我的固陋的见解，认为中国历史上极少浪漫主义与现

① 胡经之：《理想与现实在文学中的辩证结合》，北京：《文学评论》，1959年第1期。

② 茅盾：《短篇小说的丰收和创作上的几个问题》，北京：《人民文学》，1959年2月号。

实主义相结合的作品，而李白、杜甫这样的大作家只能说前者属于浪漫主义，而后者属于现实主义。也许最后证明我是不对的。但是现在，我还是这样的认为：历史上的伟大作家的全部著作中确有基本上是浪漫主义但也有现实主义，或者基本上是现实主义但也有浪漫主义这样的情况存在，可是，一部作品中“两结合”的情况，是不存在的。有人以为现实主义的作品中表现了对未来的希望(理想)，就算是“两结合”，那就根本不了解，除了所谓“爬行的现实主义”，古典现实主义(乃至批判的现实主义作品)都不能不有作家的倾向性，即作家对于未来的期望，亦即理想。如果这就算“两结合”，那是把“两结合”庸俗化了……我们现在的“两结合”，是在远大理想和科学精神相结合的基础上的“两结合”。不可能想象，古代作家能够站得这样高看得这样远。他们只能从空想的世外桃源的社会理想出发，那是经不起科学考验的。①

张怀瑾也支持茅盾的观点。

毛主席提倡我们无产阶级社会主义文艺的创作方法，是革命现实主义和革命浪漫主义相结合，它的精神实质，确乎是当前社会主义的革命现实和未来共产主义的远大理想的完美的结合。但是，我们不能够把“结合”的概念翻转过来，加以扩大，去衡量古典作家，去评价古典作品。

现实主义和浪漫主义的结合，它应该是作为一种独立的创作方法而存在的。文艺上的创作方法既不可能是艺术手法的表现，也不可能是某些个别情节的描写；而是应该贯穿在整个形象体系的塑造过程中，贯穿在整个文艺创作的一切方面。那种主张现实主义和浪漫主义机械相加的“焊

① 茅盾：《五个问题》，石家庄：《河北文学》，1961年第3期。

接”的理论，或者现实主义和浪漫主义在作品中各自独立、平分共处的理论，这不仅是在古典文学创作的实践上是不存在的，而且在理论指导上也是十分有害的。①

就总体趋势而言，肯定与否定古典文学中存在“两结合”的论者人数虽有多寡之分，但始终相持不下，并未得出明确的为古典文学研究界普遍接受的结论。

50年代后期至60年代初期这场有关文学史规律问题的大讨论已经过去了半个世纪，我们今天应如何评价呢？周兴陆撰《20世纪中国古代文学研究史·总论卷》所论颇为客观、全面，可资参考。

这场讨论，尽管大家的具体观点存在着差异，但是抛开就文学谈文学的狭隘，把文学发展纳入社会历史的发展进程中来考察，联系社会的经济、政治、文化、思想状况来探讨中国各时代文学的面貌和特征，探讨外在的社会因素对于文学变革的意义和文学参与时代社会的发展以及给予社会的影响，等等，都是全新的课题。对于这些问题的探讨，有利于我们从更为广阔的视野中，从更为科学的思想起点上去考察中国古代文学。在具体的研究工作中，研究者在自觉运用马克思主义文艺观点的时候，努力兼顾中国文学的独特性，选择一些更切合中国文学实际而又与马克思主义文艺理论总原则不相背离的理论命题为指导，探索马克思主义文学原理与中国文学之间的契合点，这些对于学术发展都是有重要意义的，为后代的学术进步积淀了基础。当然，在当时的思想背景、学术体制下，古代文学研究存在着这样的现象：往往是被动地接受一些理论命题，从现成的原

① 张怀瑾：《中国文学史上关于现实主义和浪漫主义的几个理论问题》，石家庄：《河北文学》，1961年第5期。

理出发，去演绎推理，从古代文学中找例证去证实这个原理，实际上近似绕圈运动。这与当时整个社会缺少理论创新的思想背景是有关系的。但是尽管如此，大家对一些问题还是展开了热烈的讨论，甚至观点截然相反，针锋相对，这些都说明，古代文学研究，在一定限度内表现出反对权威、克服教条、尊重事实、不断反思、自我批判的理性精神。①

（黑龙江大学　张安祖）

① 周兴陆：《20世纪中国古代文学研究史·总论卷》，第229页，上海：东方出版中心，2006年。

对《琵琶记》、曹操讨论的反思

——特定政治文化大背景下学科性格表现之二

中华人民共和国成立之后，在政府的倡扬下，文艺界从无产阶级观点出发对文学遗产进行了重新评价。其中，以蔡文姬为主角的《蔡文姬》与以其父为主角的《琵琶记》相继在50年代风行一时，极受学术界和文化艺术界的关注。这一文化现象，看似一种巧合，背后隐藏的意义却一脉相承，颇具内涵，其作为一种个案，透视出在新的时代文化语境中，在对经典题材的阐释中，古代文学研究中表现出的对“古为今用”等政治话语的认同及其一定程度上的困惑。

“古为今用”的提出与影响

一、“古为今用”的提出

“古为今用”与“洋为中用”口号正式提出于1964年9月27日。1964年9月1日，中央音乐学院学生陈莲给毛泽东写了一封信。① 此信于1964年9月16日在中央办公厅秘书室编印的《群众反映》第七十九期上摘要刊出，题为《对中央音乐学院的意

① 夏杏珍：《当代中国文艺史上特殊的一页》，北京：《新文学史料》，1994年第4期。

见》①。毛泽东读后直接在该期《群众反映》上作了批语：

定一同志：

此件请一阅。信是写得好的，问题是应该解决的。但应采取征求群众意见的方法，在教师、学生中先行讨论，收集意见。

毛泽东

九月廿七日

古为今用，洋为中用。

此信表示一派人的意见，可能有许多人不赞成。②

虽然，"古为今用"的批示正式作于1964年，不过，中华人民共和国成立之前，毛泽东已对其进行了思考与阐释。"古为今用"的基本精神体现在毛泽东的多篇文章中。1940年1月在《新民主主义论》中，毛泽东提出："中国的长期封建社会中，创造了灿烂的古代文化。清理古代文化的发展过程，剔除其封建性的糟粕，吸收其民主性的精华，是发展民族新文化提高民族自信心的必

① 信中说，由于长期地、大量地、无批判地学习西欧资产阶级音乐文化，资产阶级思想给了我院师生以极深刻的影响。有些人不愿意为工农兵演出，认为他们听不懂音乐，演出是浪费时间。有些人迷恋西洋音乐，轻视民族音乐，对音乐革命化、民族化、群众化有抵触情绪。我们迫切希望能引起领导的极大重视，采取坚决的措施，从根本上制止资产阶级思想的继续泛滥。产生这些问题的原因是多方面的，直接起作用的因素之一是学校教学工作上只教继承，不教批判，或者'抽象的批判，具体的继承'，以及技术至上，主科的个别教学，无法对教学进行细致地检查和监督。我对学校工作的最大意见是学校没有能够坚决贯彻阶级路线，院内师生的阶级成分十分复杂，工农子弟少得可怜。学校说中央给我们的任务是借鉴西洋工具和技术，为社会主义和工农兵服务，我觉得要做到这一点，必须首先彻底清除师生中十分严重的崇洋思想。（《建国以来毛泽东文稿》第十一册，第173页，北京：中央文献出版社，1996年。）

②《建国以来毛泽东文稿》（第十一册），第172页，北京：中央文献出版社，1996年。

要条件；但是决不能无批判地兼收并蓄。必须将古代封建统治阶级的一切腐朽的东西和古代优秀的人民文化即多少带有民主性和革命性的东西区别开来。中国现时的新政治新经济是从古代的旧政治旧经济发展而来的，中国现时的新文化也是从古代的旧文化发展而来，因此，我们必须尊重自己的历史，决不能割断历史。但是这种尊重，是给历史以一定的科学的地位，是尊重历史的辩证法的发展，而不是颂古非今，不是赞扬任何封建的毒素。对于人民群众和青年学生，主要地不是要引导他们向后看，而是要引导他们向前看。"①1942 年 5 月，毛泽东《在延安文艺座谈会上的讲话》中进一步指出继承文化遗产的目的性："对于中国和外国过去时代所遗留下来的丰富的文学艺术遗产和优良的文学艺术传统，我们是要继承的，但是目的仍然是为了人民大众。"②1945 年 4 月，毛泽东于中共七大《论联合政府》报告中强调对于中国古代文化"既不是一概排斥，也不是盲目搬用，而是批判地接收它，以利于推进中国的新文化"③。中华人民共和国成立之后，毛泽东述及古代文化问题时更多的是对文化继承的功利性的说明，如 1956 年 8 月在《同音乐工作者的谈话》中强调向古人学习是"为了现在的活人"④。1964 年总结为"古为今用"。

二、"古为今用"对学科的影响

20 世纪 50 年代开始，学术界对"古为今用"即有所阐发。其中，由毛泽东指示的"厚今薄古"运动对于学术界认识"古为今用"之"用"具有左倾导向作用。20 世纪 60 年代即有学者指出："过去对处理文学遗产的态度，曾发生两种偏向：一九五八年教

①②《毛泽东论文艺》（增订本），第 30～31 页，第 43 页，北京：人民文学出版社，1992 年。

③④《毛泽东文艺论集》，第 117～118 页，第 154 页，北京：中央文献出版社，2002 年。

学改革以前，是肯定太多，缺乏批判的精神，一九五八年教改以后，则又否定太多。"①

1. "厚今薄古"运动："古为今用"与兴无灭资

1958 年 3 月，陆定一在《江海学刊》创刊号上发表了《要做促进派》一文。他指出资产阶级的哲学、社会科学、文学、艺术已经破产，其用处只有一个，"就是当作毒草来加以研究，以便使我们有个反面的教员，使我们学会认识毒草，并把毒草锄掉变为肥料"。并且强调毒草阻碍社会生产力的发展，"我们的社会科学"必须"为促进我国的社会生产力服务"。"我国的文学艺术，也必须为此服务。"3 月 10 日，陈伯达应郭沫若之邀在国务院科学规划委员会第五次会议上作了关于"厚今薄古，边干边学"的讲话，第一次提出"厚今薄古"口号。他说："哲学社会科学可以跃进，应该跃进，而跃进的方法之一就是'厚今薄古，边干边学'。所谓厚今薄古，就是说，不要薄今厚古；所谓边干边学，就是说，不一定要学好了才干。"②两个月后，郭沫若在答复北大历史系师生的信中说："'厚今薄古'本来并不是伯达同志个人的意见，毛主席早就提出过要我们重视近百年史的研究。今年 2 月，在一次最高国务会议上，主席提出了一位朋友批评共产党的十六个字'好大喜功，急功近利，轻视过去，迷信将来'，加以指正，说共产党正是这样，正是好社会主义之大，急社会主义之功，正是'轻视过去，迷信将来'。这'轻视过去，迷信将来'就是所谓'厚今薄古'。不仅历史研究应该以这为方针，任何研究、任何事业都应该以这为方针。"郭沫若还说，"厚今薄古"的思想方法就是马克思列宁主义的思想方法，如果不坚持"厚今薄古"，那么"只能是

---

① 黄海章：《关于文学遗产批判与继承的问题》，广州：《中山大学学报》，1963 年第 3 期。

② 陈伯达：《厚今薄古　边干边学》，北京：《人民日报》，1958 年 3 月 11 日。

古人的俘虏，古文物的俘虏，一群老古董和书呆子，既无补于实用，也说不上什么学问”。① “厚今薄古”口号提出后，学术界展开了对“厚古薄今”的批判。

在“厚今薄古”的讨论中，学术界开始使用“古为今用”这一说法。较早提到“古为今用”的文章是发表于半月刊《中国青年》1958年第11期署名敢峰②的《厚今薄古与青年》和发表于双月刊《音乐研究》1958年第3期吴巽的《“厚古薄今”和“重外轻中”都要不得！》。对于古典文学学科在研究和教学等领域内如何“厚今薄古”、“古为今用”等问题，全国高校、科研院所和学术刊物都展开了讨论。讨论文章首先在《人民日报》1958年3月份刊出，之后《光明日报》、《文汇报》、《中国青年报》、《北京日报》、《天津日报》、《大众日报》、《吉林日报》、《北京师范大学学报》、《江海学刊》、《理论与实践》、《新观察》与《红星》等报刊纷纷登载讨论文章。当时理论上的主要倾向是把“古为今用”之“用”与“兴无灭资”等政治、思想问题联系起来。《光明日报》编辑部发表文章就刊物过去的“厚古薄今”倾向再次作出检查，他们说“厚古薄今”的错误方向或“厚今薄古”的正确方向归根到底还是“立场、观点问题，亦即兴无灭资，拔白旗、树红旗的问题，在个人方面则是思想改造问题”。因而“在我们今天不是要不要古典文学的问题，而是用甚么立场、观点去研究、讲授古典文学，让古为今用的问题”③。同版，刊出了1959年5月31日文学研究所和“文学遗产”编辑部座谈如何贯彻“厚今薄古”方针问题的综合报

① 郭沫若：《关于厚今薄古问题》，北京：《人民日报》，1958年6月11日。

② 本名方玄初。1929年出生，1950年至1960年在中共中央中南局宣传部和中央宣传部教育处工作。

③《编者的话——谈我们今后的方向及需要怎样的一些文章》，北京：《光明日报》，1958年7月6日。

道《明确方向，向前迈进！》。文章指出："在主要问题上，看法都相同。如谭丕模、王汝弼、游国恩、吴组缃、王瑶、力扬、范宁、俞平伯、黄肃秋等同志都一致认为'厚今薄古'从表面上看是学术问题，实质上是资产阶级与无产阶级的两条道路的斗争，是为资产阶级还是为无产阶级服务的问题。而体现在某个人的身上就是红专与白专，或者是黑专的问题。"文章还谈到了在实践中如何贯彻"厚今薄古"方针的问题。谭丕模反映北师大中文系在讨论后决定减少古典文学的教学时数，教学方式上也要改变，并要求教师"要以马克思列宁主义的立场、观点、方法吸取古典文学的精华，为现代文化服务"。王瑶说："对古代要用革命的观点去检验它。这就有重新估价的问题。对作家的看法，过去同现在就不一样。如现在我们就认为韩愈不如白居易。我们的评价是要看他对现代所起的作用如何？"赵其文谈到编辑和出版时说"要使古典文学为今天服务，必须要有一篇具有马克思列宁主义观点的'前言'或'后记'，指出其中什么是精华，什么是糟粕，指导读者正确地接受文学遗产"。

2. 关于历史剧的"古为今用"问题

20 世纪 60 年代，有人说："自从大跃进以来，舞台上已出现了很多好的历史剧，起了古为今用的良好作用。"①趋时而作的大量作品，引发了关于"历史剧"的讨论。1960 年下半年开始，《人民日报》、《光明日报》、《文汇报》、《解放日报》、《文学评论》、《戏剧报》和《剧本》等报刊上出现了相关文章。讨论中人们原则上均认为历史剧必须"古为今用"，但在如何"古为今用"上存在分歧，主要有三种看法：其一，茅盾在 1961 年第 5 期《河北文学》发表的《五个问题——1961 年 8 月 30 日在一次座谈会上的讲

① 钱英郁：《也谈谈历史剧的古为今用》，上海：《上海戏剧》，1960 年第 11 期。

话》中提出:"只要反映了历史真实,就是古为今用。用历史唯物主义反映了历史真实,就是对人民进行了正确的历史教育和爱国主义思想教育,这就是古为今用。"其二,福建师范学院中文系58级4班文学研究小组在1960年第7期《福建戏剧》的《喜读郭老的新作〈武则天〉》中说:"历史剧的目的并不在于敷陈史实,它必须使史实经过一番再处理之后,加上作者所愿望的东西,使之为当前的政治服务。"其三,李健吾在1960年第6期《文学评论》刊登的《甲午海战与历史剧》一文中指出创作历史剧要反对历史客观主义,不过,反对历史客观主义并不意味着以今代古,流入反历史主义的倾向。① 历史剧的"古为今用"在于"为当前的政治服务"是当时的权威阐释。有研究者说:"由于我们过去一直提文艺为政治服务的口号,所以历史剧的古为今用问题曾经一度局限为有无配合党的中心运动的问题……如此紧密配合、服务,虽然也能出好作品,但路子太窄,而且容易招惹影射、比附现实之嫌。"②也有研究者说:"回顾五十年代我开始参加以整旧为主的戏曲剧目工作,关注历史题材,曾以'不薄今人爱古人'自勉。其后康生侈谈'厚今薄古',说什么是个资产阶级知识分子改造问题。于是害怕自己右了,古人不能爱,从此下生活只写现代戏,长期与历史剧绝缘。"③

3. 在文化遗产继承问题上:两种阐释的辩难

对于文化遗产的"古为今用"主要有两种阐释:一种主张继承、创造、发扬古代文化,使其为今所用;一种强调批判,特别是

---

① 此段主要依据《关于历史剧问题的讨论》整理,北京:《光明日报》,1963年10月20日。

② 郑怀兴:《历史剧是艺术作品,不是历史教科书》,北京:《戏曲研究》,1985年第16辑。

③ 顾锡东:《历史剧要有点现代感》,北京:《戏曲研究》,1985年第16辑。

要与现实政治思想斗争结合。何其芳最初持第一种观点，后来为此作了检查。在《文学评论》1960 年第 1 期上何其芳在《欢迎读者对我们的批评》一文中代表《文学评论》作了检查："我们写的庆祝建国十周年的文章，就是没有把对于古人和外国人的继承和借鉴同我们的文学的提高的基础和方向区别得很清楚，所以在对待文学遗产的态度上就强调继承而不强调批判，强调它们的积极作用而不强调它们的弱点和消极作用"，并自我批评："对于杰出的现实主义和积极浪漫主义的作品，对于明显的人民性和民主性的作品，或者对于艺术很有特色而思想内容又有可取之处的作品，我就偏于肯定它们的成就和积极作用而对它们的弱点和消极作用批判不够了。"1960 年 8 月 2 日，在中国作家协会第三次理事会扩大会议上，何其芳说："他（按：指列宁）首先告诉我们，运用文学遗产也应该有鲜明的革命目的。这正是我们现在说的'古为今用'。""在广大群众中间进行宣传教育，需要采取多种多样的方法，包括利用文学遗产和其他文化遗产的方法。""为了提高全国人民的共产主义的思想觉悟和道德品质，为了进行思想领域里的兴无灭资的斗争，我们就必须对中外文学遗产、特别是欧洲资产阶级文学遗产采取批判态度。"①胡念贻也是第一种观点的代表，他说：

> 作为一个研究工作者，他的任务主要不在于打倒一些古代作品和作家，而是要从古代作品中发掘一些对今天有益的东西。以我们今天的思想水平和知识水平，驳倒一些古代作家和作品是容易的，但是要从古代作品中发现一些有益的东西，却是要付出大量的劳动。②

---

① 何其芳：《正确对待文学遗产，创造新时代的文学》，北京：《文学评论》，1960 年第 4 期。

② 胡念贻：《谈谈我国古代文学遗产的批判继承问题》，北京：《新建设》，1962 年第 7 期。

胡念贻在“经过了一年的学习”后对其观点作了部分修正，他在1963年9月《新建设》上发表的《再谈我国古代文学遗产的批判继承问题》一文中说：“这里只强调了要从古代作品中发掘有益的东西，而没有说到要批判。只强调古典文学研究工作者的主要任务是从古代作品中发掘一些有益的东西，这是片面的。”“对古代作品进行批判和发掘有益的东西是不可分割的，没有进行很好的批判就很难得到真正有益的东西。”“在批判中固然有一些人对于遗产采取了粗暴简单的态度，但有许多人在主观上并不是要粗暴简单，而是对于评价的标准没有掌握好。”胡文暂时没有引发争议。

1963年12月12日，毛泽东在中宣部编印的《文艺情况汇报》上作了两个批示①，表示对文艺界现状不满。由于两个批示“强调‘以阶级斗争为纲’”②，导致了大批判的浪潮遍及整个文学艺术和哲学社会科学领域。1964年6月27日，毛泽东对中宣部关于整风情况的报告再次作出批示③，于是“在这种不切实际的估计下，文化部和中华全国文学艺术界联合会及所属各协会再次进行整风。随后，即对一些文艺作品、学术观点和文艺界学术界的一些代表人物进行了错误的、过火的政治批判”④。

在这种背景下，《新建设》1963年第12期、1964年第5～6期、1964年第10～11期、1965年第1期，《文史哲》1964年第4期、1964年第5期陆续有批驳胡念贻观点的文章登载出来。其

---

①《建国以来毛泽东文稿》(第十册)，第436～437页，北京：中央文献出版社，1996年。

② 陈清泉、宋广渭：《陆定一传》，第472页，北京：中共党史出版社，1999年。

③《建国以来毛泽东文稿》(第十一册)，第91页，北京：中央文献出版社，1996年。

④ 中共中央党史研究室：《中国共产党历史大事记》，第266页，北京：人民出版社，1991年。

中，颜学孔认为胡《再谈》一文虽然主动作了检查，但是问题"还解决得不够彻底"，他说："就事论事，问题不妨提得尖锐些：一个无产阶级的研究工作者，应该自觉地为无产阶级政治服务，了解无产阶级的利益和需要，从此出发，对自己研究的对象加以区别，对有益的东西，予以赞扬，拿来应用；对有害的东西，予以抵制。一个资产阶级的研究工作者当然要为资产阶级利益而研究，去保护对一切剥削阶级特别是对资产阶级有利而对无产阶级有害的东西，甚至加以赞扬，加以鼓吹，为之辩护，为之捧场，替他争夺流传的市场。可是，这是违反无产阶级利益的，是我们不能同意的。"①胡念贻认为颜文有些地方误解了自己的本意，于是给编辑写了信，颜于是写信答辩，文末说："希望能转告胡同志，随着革命形势的发展，希望他能就自己近几年的文章，进行全面检查，对于一些违反马克思列宁主义、毛泽东思想的观点和说法，及时自我批评，自觉地主动地澄清错误，减少和消除在社会上产生的不良影响。"②

"古为今用"的时代诉求对古代文学研究的各个领域都有不同程度的影响。其中，作品作家及人物评价一直是核心话题。因而，关于《琵琶记》及曹操这两次产生于不同时期的讨论更具典型意义。

关于《琵琶记》的讨论："古为今用"；向传统道德观念回归

一、《琵琶记》大讨论的诱因

《琵琶记》大讨论召开的诱因有二。一，促进湘剧《琵琶记》

① 颜学孔：《对古代作家作品评价的几点认识》，济南：《文史哲》，1964年第4期。

② 颜学孔：《关于〈对古代作家作品评价的几点认识〉一文的两封信》，济南：《文史哲》，1964年第5期。

的整理改编。康德说:"举行这个会是想把湖南的《琵琶记》改好。"①田汉在发言中也说:"这次他们(按:指湘剧团)又照老样分两晚演出征求意见,因此我们的讨论将会对当前戏曲改革上有实际指导意义。"②二是贯彻"双百"方针。"双百"即"百花齐放、百家争鸣",这一政策是由陆定一代表毛泽东及党中央在1956年5月26日正式提出,又经毛泽东修改之后,发布在1956年6月13日《人民日报》上的。陆定一在文章中指出:"要使文学艺术和科学工作得到繁荣的发展,必须采取'百花齐放,百家争鸣'的政策。"③三十年后,陆定一回首往事,指出了"双百"方针的实质:

> 中国成了社会主义国家以后,为了治理国家和实现国家的繁荣富强,怎样领导科学工作,也提到党中央的议事日程上来……"百花齐放,百家争鸣"是党领导科学和艺术的方针,不是政治斗争的方针。④

不过,这项方针政策执行了不到一年就变质了。陆定一反思道:

> 反右派以后,"百花齐放,百家争鸣"的方针,形式上没有被废除,但实际上停止执行了。毛泽东同志提出,百家争鸣实际上是两家,资产阶级一家,无产阶级一家。这句话对科学和艺术部门来说是不对的。照此去办,科学和艺术部门只能是一言堂,而且会使"政治帽子"流行起来。对科学和艺术中的学派、流派,乱贴政治标签,用简单化的办法来区分何者为资产阶级的,何者为无产阶级的,是不科学的,

---

① 康德的发言,见《琵琶记讨论专刊》,第247页,北京:人民文学出版社,1956年。

② 田汉的发言,见《琵琶记讨论专刊》,第3页,北京:人民文学出版社,1956年。

③ 陆定一:《百花齐放,百家争鸣》,北京:《人民日报》,1956年6月13日。

④ 陆定一:《"百花齐放,百家争鸣"的历史回顾》,北京:《光明日报》,1986年5月7日。

也就无复“百家争鸣”可言。①

“双百”方针使1956年的学术界活跃了起来。有研究者指出：“1956年令广大知识分子感受更深的，是知识分子问题会议之后‘双百’方针出台营造出的宽松的学术环境。”②“据1956年12月21日新华社报道，1956年一年中举行的比较重要的全国性学术会议，据初步统计有五十多次，多于过去任何一年。”③中国戏剧家协会在“双百”方针颁布刚刚半个月后，即在京展开了《琵琶记》大讨论。

二、讨论始末：古为今用；向传统道德观念的回归

1956年《琵琶记》讨论展开之前，关于《琵琶记》的文章有十几篇。戏曲界、文学界在评价《琵琶记》时聚焦的主要是作品的道德意蕴。主要有两种态度：一是认为作品宣扬了封建道德；一是认为作品批判了封建制度，表现了人民的道德。

宣扬封建道德。黄芝冈认为“朱元璋看重这戏也无非是从政治立场把握家族主义，认为它是宗法美德最全备，深有利于封建统治的说教戏”④。王文琛认为高则诚“是为所谓‘忠’‘孝’的封建道德立言的”，“至于广大人民的热爱《琵琶记》，与其说是为了它的‘忠’‘孝’，倒不如说是同情赵五娘的遭遇更恰当些”。⑤徐朔方认为：“高明的改编则是把原作翻了一个身，把一个朴素的民间戏曲改成宣扬封建道德的作品。”⑥

---

① 陆定一：《“百花齐放，百家争鸣”的历史回顾》，北京：《光明日报》，1986年5月7日。

②③ 罗平汉：《当代历史问题札记二集》，第123页，第146页，桂林：广西师范大学出版社，2006年。

④ 黄芝冈：《琵琶记与旧戏封建说教的典型性》，北京：《人民戏剧》，1951年第2卷第6期。

⑤ 王文琛：《关于〈琵琶记〉》，北京：《光明日报》，1955年5月8日。

⑥ 徐朔方：《琵琶记是怎样的一个戏曲》，北京：《光明日报》，1956年4月8日。

批判封建制度，表现人民道德。马少波评价“扫松下书”：“这出戏的主要矛盾是人民优美的道德观念和道德败坏之间的冲突，人民通过贤孝的赵五娘和富有正义感、同情心的老人张广才表现了人民优美的道德传统，他们代表了正面的力量，对忘恩负义的蔡伯喈之流施以无情的抨击。”①程毅中认为高则诚“相当深刻地揭露了封建制度的罪恶”，并具体阐释“作者把悲剧因素和人物性格的变化，归之于科举制度和封建礼教观念所造成的，这就反映了封建制度的内部矛盾。尽管《琵琶记》在思想上有许多缺陷，在情节上有许多漏洞，然而其中所具有非常丰富的现实主义精神，这是不容忽视的”②。从1956年大讨论之前看，肯定、否定力量似乎势均力敌。

1956年6月28日到7月23日，中国戏剧家协会组织了全国范围的《琵琶记》大讨论。在这次会上，人们密切关注和普遍争议的依然是《琵琶记》的道德意蕴。从人物形象、作品倾向的分析、阐释中，我们可以看出当时人们对《琵琶记》道德意蕴的价值取向、情感向度等。

1. 五娘和伯喈

发言人一致表达了对五娘的赞赏。赞赏大致分为三个层面。第一，肯定其孝顺与反抗性。戴不凡是肯定《琵琶记》的，他说，“赵五娘应当是《琵琶记》的中心人物，是剧本中最重要的主角”；“赵五娘的确是贤孝的，但却不是世俗的孝妇”，因为“赵五娘不是家长、丈夫意志的顺从者”。③ 第二，将其孝道概括为人道主义。李长之认为“赵五娘对待她的公公和婆婆，这已经不仅

① 马少波：《看梅兰芳的〈穆柯寨〉、周信芳的〈扫松下书〉》，北京：《戏剧报》，1955年第5期。

② 程毅中：《试谈〈琵琶记〉的主题思想》，北京：《光明日报》，1955年7月31日。

③ 戴不凡：《赵五娘的悲剧》，北京：《剧本》，1956年第10期。

仅可以用'孝'来概括，这是高贵的人道主义的同情"①。第三，赞赏其品行中具有人民性。李希凡是基本肯定作品的，他认为："对于赵五娘的性格创造，作者虽然也竭尽心力地给它渲染了封建伦理说教的色彩，但由于生活真实的威力，和赵五娘原型的下层人民的生活遭遇，和她本身具有的美德，使它虽然披着封建伦理说教的外衣，也终究掩饰不住她的丰富的鲜明的人民性格的特征。"②黄芝冈在大讨论之前对作品是持基本否定态度的，不过在讨论中他对赵五娘是肯定的，他认为"赵五娘最可贵的地方之一，就是坚决地自觉地替丈夫担起了责任……具有一种普通人的善良性格"③，并且认为"赵五娘这人物的民间性格所具有的深刻的人民性，如果从它的倾向性、发展性看问题，它和我们同时代的新人物所具有的新道德、新特性原不是两种事物"④。徐朔方是基本否定作品的，但他也认为"这个剧本最好的地方还是描写五娘的几出"⑤。这些赞誉是针对五娘对公婆的孝行与对丈夫的感情两个方面有感而发的，反映了当时人们对孝道与两性道德的认识。

发言人对伯喈的评价则分成了肯定、矛盾、否定三派。否定者有两类看法。其一，陈友琴认为"蔡伯喈自己留恋高官厚禄和

① 李长之的发言，见《琵琶记讨论专刊》，第37页，北京：人民文学出版社，1956年。

② 李希凡：《作家的"主观"和作品的"客观"》，北京：《人民日报》，1956年7月24日。

③ 黄芝冈的发言，见《琵琶记讨论专刊》，第8～9页，北京：人民文学出版社，1956年。

④ 黄芝冈：《论〈琵琶记〉的封建性和人民性》，北京：《剧本》，1956年第8期。

⑤ 徐朔方的发言，见《琵琶记讨论专刊》，第51页，北京：人民文学出版社，1956年。

美艳的牛氏小姐，才是不肯回家省亲的主要原因”①。据此，陈友琴从遗弃糟糠的行为来否定蔡伯喈。珏人也认为蔡伯喈不肯回乡的原因“其实只是贪恋高官厚禄和美妻”②。从中却可看出他们的两性道德观。其二，黄芝冈认为蔡伯喈的孝是“士卿大夫之孝”③，而士卿大夫属于剥削者，他们想要显亲扬名，一定会通过剥削人民来实现。不过，黄芝冈在随后发表的文章中修正了部分观点。他一方面依然认为蔡伯喈的孝是“作官人的孝”，一方面又对蔡伯喈表示了肯定，指出蔡伯喈“虽然是一个具有缺陷性的人物，但他却还是个正面人物，甚至他的内心也正像赵五娘一样明朗，一样可歌可泣”④。徐朔方属于矛盾派，他一方面认为蔡伯喈是“坚决的封建道德的卫道者，根据封建教条来行动的”，一方面又认为剧本中有几个地方很好，像“写蔡邕想他妻子和父母的两出”⑤。更多的人表达了对伯喈的认可，具体说有三种角度或层面：首先，肯定伯喈形象的独创性。钟惦棐指出：“高则诚对蔡伯喈这个人物的重新创造，是使他这个作品能够立于不败之地的主要原因。”⑥其次，肯定伯喈形象的真实性。俞平伯认为“写蔡伯喈矛盾、动摇、徘徊是很真实的”⑦。温凌认为

① 陈友琴的发言，见《琵琶记讨论专刊》，第35页，北京：人民文学出版社，1956年。

② 珏人：《琵琶记杂话》，北京：《光明日报》，1956年10月7日。

③ 黄芝冈的发言，见《琵琶记讨论专刊》，第10页，北京：人民文学出版社，1956年。

④ 黄芝冈：《论“琵琶记”的封建性和人民性》，北京：《剧本》，1956年第8期。

⑤ 徐朔方的发言，见《琵琶记讨论专刊》，第48页、51页，北京：人民文学出版社，1956年。

⑥ 钟惦棐的发言，见《琵琶记讨论专刊》，第243页，北京：人民文学出版社，1956年。

⑦ 俞平伯：《谈琵琶记》，北京：《光明日报》，1956年8月25日。

“作者真实地塑造了蔡伯喈的性格，他不满专制蛮横的压力，要求摆脱束缚与压迫，但他又没有正面反抗的勇气”①。再次，认为伯喈的命运是个悲剧。顾学颉认为蔡伯喈的矛盾、痛苦“是时代，是封建社会给予他的；他的遭遇，正代表了封建社会中的知识分子一般的遭遇和矛盾”②。

2. 作品的倾向

对于作品的倾向性主要有基本肯定和基本否定两种意见。否定者认为《琵琶记》宣扬了封建道德。邓绍基说：“《琵琶记》虽然有这样一个事件(按，指赵五娘一线)给作品带来了现实主义的一面；可是作品中大量出现的封建说教，也给《琵琶记》带来了极大的损害。作品主要通过两个人，一个是牛氏，一个是蔡伯喈，狂热地宣传了封建礼教。”③陈多认为《琵琶记》是一部“篡改原有作品以使之宣传封建制度的‘宗法美德’的反动作品”，但又认为作品“确实也有着某些表现了生活真实的现实主义的人民性的部分”，并指出这一部分主要是“继承和保存了原已流传的故事中对蔡家悲惨生活的描绘”。④

肯定者则作出了如下几种论断：

第一，用孝道来反对忠道。浦江清、李长之认为《琵琶记》是用孝来反对忠。浦江清并不像有些论者那样把《琵琶记》中的道德划分了阶级，他认为《琵琶记》“维护封建道德而反对封建统治者”⑤。

---

① 温凌：《试谈〈琵琶记〉的主题思想》，北京：《剧本》，1956 年第 8 期。

② 顾学颉的发言，见《琵琶记讨论专刊》，第 183 页，北京：人民文学出版社，1956 年。

③ 邓绍基的发言，见《琵琶记讨论专刊》，第 133 页，北京：人民文学出版社，1956 年。

④ 陈多：《试谈高则诚〈琵琶记〉》，北京：《剧本》，1956 年第 8 期。

⑤ 浦江清的发言，见《琵琶记讨论专刊》，第 31 页，北京：人民文学出版社，1956 年。

在这里，浦江清的评价表明了这样的倾向：孝道是封建道德；维护孝道这种封建道德是可以得到肯定的。

第二，忠孝矛盾说。坚持此种倾向的主要有三种意见：一是钟惦棐、刘继祖，他们一致认为《琵琶记》写出了忠孝之道的矛盾，而且刘继祖认为高则诚还写了“忠孝之道的破产”①；一是许之乔，他认为《琵琶记》的题材是封建时代的君臣、父子、夫妇、长幼、朋友之间的“五伦关系”，但是作品客观上“正反映了这些‘伦常’的矛盾，以及，与它自己的制度特别是与生活的矛盾”②。一是苏俗，他认为《琵琶记》是描写忠与孝的矛盾问题，但却将“孝”诠释为“对乡土生活的深厚感情”③。

第三，歌颂了人情。陈友琴、侯岱麟是这一观点的代表。与陈友琴不同的是，侯岱麟进一步肯定了人情的普遍意义，他说“社会制度可以因经济制度的不同而划分，人情却不因经济制度的前后不同而引起突变”④。

第四，有教育意义的现实主义的作品。坚持此种倾向的主要有两种意见：一方是杜黎均、赵越、周妙中，他们的观点基本一致，只是表述上略有差异；一方是冬尼，他除了认为作品是现实主义的，还认为“凡是写得好的、深刻的作品，往往能超出阶级的、时代的限制，而为任何一个阶级服务”⑤。

第五，反封建意义。坚持此种倾向的主要有周妙中、丁力、

① 刘继祖的发言，见《琵琶记讨论专刊》，第 175 页，北京：人民文学出版社，1956 年。

② 许之乔：《蔡伯喈论辩》，北京：《剧本》，1956 年第 9 期。

③ 苏俗的发言，见《琵琶记讨论专刊》，第 214 页，北京：人民文学出版社，1956 年。

④ 侯岱麟的发言，见《琵琶记讨论专刊》，第 43 页，北京：人民文学出版社，1956 年。

⑤ 冬尼的发言，见《琵琶记讨论专刊》，第 102 页，北京：人民文学出版社，1956 年。

肖漪、王季思和程千帆，他们都从“反封建”上肯定作品。在这几位当中，王季思的语气最温和，表述得最具体。他说：“它是说明这样一个人，虽然做了官仍不能照顾到家庭幸福。这就说明蔡家悲剧的造成决不是蔡伯喈一个人的原故，甚至蔡公、张大公都要负一些责任。可见那社会制度多么不好！”①程千帆的表述则最为坚决，他说“就《琵琶记》本身来说，它是具有非常强烈的反封建意义的作品”②。程千帆认为作品不仅通过对善良的、深受封建思想影响的赵五娘生活上的磨难、精神上的摧残和道德上的不被信任的遭遇的描述反映出了强烈的反封建意义，而且通过其他人物：为封建礼教所害的牛氏、被封建毒素逐步侵害最后成了一个不值得同情的人的蔡伯喈——这些人组成的凄惨画面，体现了“作品的反封建的力量”。③

除了上述几种较为集中的观点之外，肯定者还对作品的倾向性发表了另外的看法：曲六乙认为《琵琶记》是伦理的悲剧，并且还反映了元代的历史及人民的悲惨生活；杜黎均认为作品的思想意义不是对封建社会的揭露，而是对赵五娘进行了人道主义的歌颂；肖漪则坚持作品既揭露了封建道德的虚伪性又歌颂了五娘。

对于上述由于价值观念的冲突与作品复杂性所带来的分歧，何其芳曾试图调和，但是其本人似乎也在矛盾之中，故一面说：“《琵琶记》里面有宣扬封建道德那样一个方面，是无法否认的。”一面又说：“《琵琶记》在不少出里还有这样一个特色，尽管其中的人物喜欢嘴里讲一些封建教条，不少重要的具体的情节

① 王季思的发言，见《琵琶记讨论专刊》，第 188 页，北京：人民文学出版社，1956 年。

②③ 程千帆的发言，见《琵琶记讨论专刊》，第 99 页，第 100 页，北京：人民文学出版社，1956 年。

却常常是写得认真的，有生活实感的，因而是动人的。"①1960年，何其芳认为"在《琵琶记》的讨论中，有些人把这样一个主要的故事是宣扬封建道德的作品也硬说成有强烈的反封建的意义，甚至于把封建道德也硬说成是人民的道德。而且令人奇怪的，在这后一次讨论中，为《琵琶记》的封建说教多方辩解的人竟至成为压倒优势的多数派。"②

1957年之后，对于《琵琶记》的评价否定大于肯定，1964年开始尤其是"文革"期间，关于《琵琶记》完全是否定的声音。③

综上所述，我们认为，集中于1956年的《琵琶记》大讨论是在"古为今用"的时代语境中对《琵琶记》经典价值主要是道德意蕴的重新认识。

首先，大讨论具有时代特征。从发言人频繁使用的"封建道德"、"人民性"、"现实主义"等词语，可以看出，强烈的反封建的要求已经深入意识形态领域；新中国成立以来的马克思主义文艺批评方法的濡染、主动或被动的思想改造使知识分子对于《琵琶记》的解读不可避免地带有时代印记。从发言内容看，知识分

---

① 何其芳：《〈琵琶记〉的评价问题》，北京：《文学研究》，1957年第1期。

② 何其芳：《正确对待文学遗产，创造新时代的文学》，北京：《文学评论》，1960年第4期。

③ 这些文章有：陈企孟等：《封建道德的颂歌》，上海：《复旦大学学报》，1964年第2期。姚伟：《赵五娘不是"光辉的形象"》，北京：《光明日报》，1964年11月29日。沙羽：《论赵五娘之"孝"》，北京：《光明日报》，1965年2月7日。董洪全：《琵琶为谁弹?!》，长沙：《湘江文艺》，1975年1月。陈金铨等：《〈琵琶记〉是鼓吹"忠孝节义"的黑标本》，贵阳：《贵州文艺》，1975年第2期。刘普林：《〈琵琶记〉是儒家戏曲的反动标本》，芜湖：《安徽师范大学学报》，1975年第2期。徐召勋：《宣扬孔孟之道的黑标本》，合肥：《安徽文艺》，1975年第3期。奚闻：《围绕〈琵琶记〉展开的一场儒法斗争》，上海：《文汇报》，1975年4月30日。

子们受到了“百家争鸣”方针的鼓舞，大讨论在一定程度上体现了学术个性。

其次，大讨论体现了对《琵琶记》道德意蕴的取舍，反映出向传统道德观念的回归。就“孝道”而言，人们赞赏五娘孝行的贫贱不移，认可伯喈孝心的富贵不变；就“两性道德”而言，人们认同忠诚、恩义，并就具体人物给出自己的评价；就“邻里关系”而言，人们高度赞赏张大公对蔡家的患难相恤；就“忠道”而言，人们予以摒弃。

关于曹操的讨论：古为今用；歌颂领袖

一、讨论原因：歌颂领袖与《蔡文姬》的创作

发起曹操讨论的第一篇文章是刊载于《光明日报》1959 年 1 月 25 日郭沫若的《谈蔡文姬的〈胡笳十八拍〉》。2 月 19 日，翦伯赞发表《应该替曹操恢复名誉》，同时，《光明日报》配发“编者按”倡议讨论曹操问题。4 月 8 日《蔡文姬》公开发表，讨论升温。

郭沫若《蔡文姬》的初稿作于 1959 年 2 月 3 日至 9 日。关于这部剧作的创作动机，2 月 17 日郭沫若在接受记者采访时明确地说：

> 我写《蔡文姬》的动机就是要为曹操翻案。但这只是剧本的主题，还应当有个故事。我选了文姬归汉这个故事……蔡文姬能够被赎归汉，不是只靠金钱，还是靠曹操的文治武功才能争取回来的。这个事件是典型的，可以通过它来表扬曹操。①

① 朱青：《郭沫若同志谈〈蔡文姬〉的创作》，北京：《戏剧报》，1959 年第 6 期。

这一意图还可以从《谈蔡文姬的〈胡笳十八拍〉》①、《替曹操翻案》②、及《中国农民起义的历史发展过程》③等多篇文章中体现出来。

毛泽东对曹操的态度，郭沫若是了解的，《替曹操翻案》一文中说，“毛主席咏北戴河的一首词‘浪淘纱’，是提到了曹操征乌桓这件事的”；“毛主席在写词时因种种客观事物的相同而想到曹操，想到曹操的东征乌桓，这是很值得注意的”。对于替曹操翻案一事的看法，毛泽东在《毛泽东8月11日讲话（论彭德怀及其“俱乐部”）》中说：“我劝这些省委书记，你们不要怕告土状。秦始皇不是被骂了2000年嘛，现在又恢复名誉；曹操被骂了1000多年，现在也恢复名誉；纣王被骂了3000年了。好的讲不坏，一时可以讲坏，总有一天恢复；坏的讲不好。”④

二、讨论始末：强烈的政治诉求

如果说，1956年学术界关于《琵琶记》的讨论是在“双百”方针初提的背景下重新认识古典名剧使其为时所用的话，那么，两年多之后，郭沫若创作的《蔡文姬》则是在歌颂领袖的动机之下“古为今用”的。不管当时人们在怎样的原因与心境下参与了此次讨论，结果他们多数对翻案一事表示了认同——这种对郭沫若观点的追随，客观上就形成了对其歌颂领袖动机的一种推波助澜。

1959年关于曹操的讨论主要包含：历史上的曹操（政治功

---

① 郭沫若：《谈蔡文姬的〈胡笳十八拍〉》，北京：《光明日报》，1959年1月25日。

② 郭沫若：《替曹操翻案》，北京：《光明日报》，1959年3月24日。

③ 郭沫若：《中国农民起义的历史发展过程——序〈蔡文姬〉》，上海：《收获》，1959年第3期。

④ 李锐：《庐山会议实录》，第302～303页，郑州：河南人民出版社，1999年。

过、文学成就）和文艺作品中的曹操。

1. 历史上的曹操

如何评价历史上的曹操是这次讨论的重点，我们可以从两个方面对其加以回溯。

（1）政治功过

郭沫若主要论述了有关曹操“镇压黄巾”、“屯田政策”、“平定乌桓”、“战争杀人”等问题。在整个关于曹操的评价中，基本上是围绕着郭沫若提出的这些问题展开的。

① 镇压黄巾

当时，按照新的价值观念，对待农民起义的态度问题是评价地主阶级进步或反动的一个重要尺度。那么，如何以此标尺来衡量作为“封建统治阶级”且为“地主阶级利益代表”的曹操镇压农民军一事呢？

欲为曹操翻案的郭沫若这样阐释曹操与黄巾农民的关系：“曹操虽然是攻打黄巾起家的，但我们可以说他是承继了黄巾运动，把这一运动组织化了。由黄巾农民组成的青州军，是他的武力基础。”①此外还认为：“曹操虽然打了黄巾，但并没有违背黄巾起义的目的。”②

对于郭沫若的提法，人们臧否不一。肯定者中有两种意见。第一，坚决拥护，并结合时代观点予以发挥。刘忠鸣、周齐贤认为“曹操打了黄巾，但没有违背黄巾起义的目的”是很精辟的见解，其中含孕着“农民起义是封建社会历史发展的动力这一历史唯物主义的原理”③。第二，肯定其具有某种合理性。万绳南指

① 郭沫若：《谈蔡文姬的〈胡笳十八拍〉》，北京：《光明日报》，1959 年 1 月 25 日。

② 郭沫若：《替曹操翻案》，北京：《光明日报》，1959 年 3 月 24 日。

③ 刘忠鸣、周齐贤：《曹操打了黄巾但没有违背黄巾起义的目的》，北京：《光明日报》，1959 年 5 月 21 日。

出从促进社会发展的角度可以认同曹操承继了黄巾运动这一观点，他指出："曹操所以是一个英雄人物，就是他能在黄巾大起义的基础上，起到最初的也是极重要的促进作用。"①

持反对意见的人比较多，可以分为三类。第一，曹操镇压黄巾农民虽然并不光明，但不能因此全盘否定他。郑天挺提出曹操最大的罪恶是镇压过黄巾起义，但是曹操在镇压过程中并没有一味杀戮，而且曹与由黄巾军改编的青州兵相互信任，尤其是曹操镇压义军时正是中年，不能由此就对他的后半生"全部否定或者全部抹煞"②。游绍尹认为郭的看法是片面的，他认为曹操镇压黄巾起义是反动的，应该受到人民的谴责，但是，"我们决不能因为曹操曾经镇压黄巾，就全盘否定他在这一时代所起的积极作用"③。持这种观点的还有戎笙④、式毅⑤、袁良义⑥、陈光崇⑦等。第二，否定郭沫若提出的"曹操虽然打了黄巾，但没有违背黄巾起义的目的"的说法。罗耀九认为屯田政策是有积极意义的，但不能说是"符合黄巾起义的目的"。他认为黄巾起义的目的不单纯是吃饱肚子，是希望"有属于自己的一小块土

---

① 万绳南：《对曹操应有的认识——与刘亦冰同志商讨》，北京：《光明日报》，1959 年 4 月 9 日。

② 郑天挺：《关于曹操》，北京：《光明日报》，1959 年 4 月 23 日。

③ 游绍尹：《曹操是应当被肯定的》，北京：《人民日报》，1959 年 5 月 8 日。

④ 戎笙：《谈〈蔡文姬〉中曹操形象的真实性》，北京：《光明日报》，1959 年 3 月 6 日。

⑤ 式毅：《关于曹操的功过问题》，北京：《光明日报》，1959 年 4 月 2 日。

⑥ 袁良义：《黄巾起义的作用和曹操的历史地位》，北京：《人民日报》，1959 年 5 月 22 日。

⑦ 陈光崇：《关于曹操的评价问题》，沈阳：《辽宁日报》，1959 年 5 月 27 日。

地"①,而曹操把他们变成了有人身依附关系的"屯田户"。长弓指出"我们既不能把农民起义要求推翻封建统治的目的,和农民起义所实际只能达到推动历史发展、不能改变封建社会性质的结果当成一回事;更不能把农民大起义迫使统治者让步的结果说成是某统治者承继了某农民起义"②。持此种观点的还有徐知③等。第三,镇压农民军是对人民犯下的罪行。比如,天津师大历史系通过集体讨论指出:"封建统治阶级的任何人,只要他镇压农民起义,就是一个不可饶恕的罪行!绝不能因替曹操翻案,就来翻掉他的这一罪行。"④持这种观点的还有袁良骏⑤、方明⑥等。纷纷的声讨声中,我们可以看出,如何看待农民起义确是当时的一个原则性问题。人们可以肯定曹操这个人,却不能谅解他镇压过农民起义这样的事。即使以表扬曹操、歌颂领袖为出发点,也要迂回辩之。

② 屯田政策

对于曹操施行屯田,发展经济,郭沫若是极为赞扬的。他肯定曹操"锄豪强,抑兼并,济贫弱,兴屯田,费了三十多年的苦心经营,把汉末崩溃了的整个社会基本上重新秩序化了"⑦。

---

① 罗耀九:《关于曹操打黄巾的意见》,北京:《光明日报》,1959 年 4 月 16 日。

② 长弓:《曹操是个英雄,但非民族英雄》,北京:《光明日报》,1959 年 5 月 28 日。

③ 徐知:《汉末农民起义与曹操》,北京:《光明日报》,1959 年 6 月 25 日。

④ 漆侠:《关于曹操评价的根本问题》,天津:《天津日报》,1959 年 5 月 16 日。

⑤ 袁良骏:《要客观地评价曹操》,北京:《光明日报》,1959 年 3 月 5 日。

⑥ 方明:《也谈替曹操翻案》,北京:《光明日报》,1959 年 4 月 16 日。

⑦ 郭沫若:《谈蔡文姬的〈胡笳十八拍〉》,北京:《光明日报》,1959 年 1 月 25 日。

多数讨论者赞同郭的这一观点。他们主要从两个角度来看待屯田政策的作用。第一,发展经济、促进国家统一。杨国宜认为:"曹操的屯田政策,恢复了残破的社会经济,准备了统一全国的经济条件……从历史发展的眼光来看,他不是个坏人,我们应当替他'恢复名誉'。"①第二,满足农民土地要求、改善人民生活。尚钺强调:"屯田制下的直接生产者,虽忍受残酷的压迫但生活却基本上有了保障,不能不说是中国社会的一个大进步。"②陈光崇指出:在初期封建社会里,尽管是在动乱的年代,农民的要求是如何获得土地,保存小农经济的问题。屯田制"恰好满足了这种要求"③。肯定屯田制的还有徐知④、郑天挺⑤、何兹全⑥、韩连琪⑦、王文明⑧等。

持否定观点的人比较少。他们主要从否定战争的角度全盘否定屯田政策。孙次舟认为曹操是"在继续进行战争的要求下,采取了'屯田'措施的",屯田政策在当时"没有丝毫进步意义"。⑨

---

① 杨国宜:《曹操和江淮屯田》,合肥:《安徽日报》,1959 年 3 月 13 日。

② 尚钺:《曹操在中国古代史上的作用》,上海:《文汇报》,1959 年 4 月 16 日。

③ 陈光崇:《关于曹操的评价问题》,沈阳:《辽宁日报》,1959 年 5 月 27 日。

④ 徐知:《汉末农民起义与曹操》,北京:《光明日报》,1959 年 6 月 25 日。

⑤ 郑天挺:《关于曹操》,北京:《光明日报》,1959 年 4 月 23 日。

⑥ 何兹全:《时代的矛盾、曹操的矛盾和其它》,上海:《文汇报》,1959 年 5 月 22 日。

⑦ 韩连琪:《怎样估价曹操的屯田政策》,济南:《大众日报》,1959 年 6 月 5 日。

⑧ 王文明:《曹操的主要功罪》,北京:《光明日报》,1959 年 5 月 14 日。

⑨ 孙次舟:《我对替曹操翻案问题的观感》,北京:《光明日报》,1959 年 5 月 21 日。

③ 平定乌桓

郭沫若说:“曹操平定乌桓是反侵略性的战争,得到人民的支持。”①并把曹操誉为“民族英雄”。这一提法,除了支水山②等人的跟随之外,遭到了多数人的驳难。反驳者主要秉持两种态度。第一,不同意称曹操为民族英雄,不过认为乌桓之战是统一战争、正义战争。吴泽认为曹魏时代社会主导矛盾不是乌桓与汉族之间的部族矛盾,而是割据与统一的矛盾。曹操对三郡乌桓的战争“是统一战争,是正义的战争,把曹操说成是反抗外族侵略的民族英雄,不切实际,说曹操同是单纯的争夺地盘搞割据的军阀、民族罪人,不是估计低了的问题,而是不见本质的错误”。③第二,不同意称曹操为民族英雄,并且认为乌桓之战也不是正义战争,不过肯定其对社会发展有一定促进作用。杨柄否定郭沫若关于曹操打了乌桓、乌桓人民服从他、曹操是民族英雄的说法,指出“曹操对三郡乌桓的战争在时间上既不是乌桓侵边之际,在目的上也不是为了反抗异族侵略”,并进一步论证这场战争是曹操为了消灭袁氏势力才发动的“具有内战和外战两重性质”。之后,杨柄补充说:“不管主观动机如何,在客观上毕竟消除了一个外患,这是曹操作的一件好事,但其意义不能夸大。”④柳春藩肯定曹操对三郡乌桓的战争,他认为郭沫若称之为“反对外族入侵”的说法虽然不妥,但是战争的胜利完成了北方的统一,使乌桓与汉族之间的政治经济文化联系加强了。柳

---

① 郭沫若:《替曹操翻案》,北京:《光明日报》,1959 年 3 月 24 日。

② 支水山:《从战争来看曹操的功过》,北京:《光明日报》,1959 年 5 月 7 日。

③ 吴泽:《曹操平定三郡乌桓战争的性质和历史作用》,上海:《文汇报》,1959 年 7 月 17 日。

④ 杨柄:《曹操应当被肯定吗?》,北京:《人民日报》,1959 年 4 月 21 日。

认为这对中国历史的发展是“起着进步作用的”①。随后柳又专门写了文章，补充道：“我认为曹操对乌桓的战争，不能说是对外族的战争，这个战争基本上具有内部的性质……曹操对三郡乌桓的战争，不是正义战争。”②认同此论的还有木羽③等。

④ 杀人问题

讨论中涉及的曹操杀人类型主要有二：其一，战争杀人，徐州屠城等属于这一类；其二，非战争杀人，华佗、吕伯奢等属于这一类。对于曹操杀人问题主要有两类观点：一种观点是以郭沫若为代表的，即主张应该根据历史事实重新考虑。郭沫若认为把曹操写成混世魔王的《曹瞒传》是孙吴人做的，“明显地包含有对敌宣传作用在里边”。对于曹操杀华佗等事，郭沫若的态度是“当然，曹操也有犯错误的时候，错杀了好人，我们并不想——替他辩护”④。另一种观点则坚持曹操确实杀了很多人，史料没有问题；杀害无辜是不可饶恕的。黄海章认为晋受魏禅，《三国志》的作者陈寿也可能会在写史之时尽力维护曹操，他反问郭沫若：“官史的曲笔，是人人所知道的，这种史料，是否就一定可靠呢？”“是否郭先生以合乎自己目标的材料为可靠，否则便不可靠呢？”⑤龙显昭亦认为郭文所称《曹瞒传》和《陶谦传》有问题的说法不能成立，指出“曹操打徐州杀人之多”⑥是确凿的。杨柄则

① 柳春藩：《关于评价曹操的几个问题》，上海：《文汇报》，1959 年 5 月 5 日。

② 柳春藩：《曹操对三郡乌桓的战争是反对外族入侵吗？》，北京：《光明日报》，1959 年 5 月 14 日。

③ 木羽：《曹操打乌桓是反侵略吗？》，天津：《天津日报》，1959 年 5 月 11 日。

④ 郭沫若：《替曹操翻案》，北京：《光明日报》，1959 年 3 月 24 日。

⑤ 黄海章：《“替曹操翻案”质疑》，广州：《羊城晚报》，1959 年 4 月 4 日。

⑥ 龙显昭：《关于曹操徐州屠城问题》，北京：《光明日报》，1961 年 9 月 27 日。

单纯从战争的角度评价曹操并对其持否定意见。他认为徐州屠城是曹操为报父仇而实行的大屠杀，这次屠杀说明“曹操不但凶残，而且卑劣，应当给予严正的谴责”①。

（2）文学成就

郭沫若高度颂扬曹操：“他在文化上更在中国文学史中形成了建安文学的高潮。”②讨论中人们主要通过对曹操诗作思想内容的分析来评价其诗歌作品，并对其在建安时期的文学地位予以了称扬。

① 曹诗的思想内容

诗歌中的现实性与人民性。曹操诗歌中的“现实性”与“人民性”，获得了大家的基本认同。河北北京师范学院古典文学教研组认为：“对于诗人曹操，应该在基本上给予肯定，而不能把他涂成大白脸。”③他们认为：“《度关山》《对酒》《薤露》与《蒿里行》这几篇诗歌中所表现的对人民疾苦的同情，当然具有人民性。”祝本认为曹操属于地主阶级，自然他不会与人民的思想感情完全一致。他的诗文中所表现的关切同情人民，也是在阶级矛盾下，那种要求缓和阶级冲突的思想意识所决定的。但是他对人民的体贴也是对当时人民、对社会发展有好处的。因而，“其诗歌中所具有的人道主义思想，所具有的现实性、人民性，就必须加以肯定”④。林皋指出：“从《苦寒行》直溯《蒿里行》、《薤露行》，曹操诗歌最大的特点是能接触社会现实，正视人民的苦

① 杨柄：《曹操应当被肯定吗?》，北京：《人民日报》，1959年4月21日。

② 郭沫若：《谈蔡文姬的〈胡笳十八拍〉》，北京：《光明日报》，1959年1月25日。

③ 河北北京师范学院古典文学教研组：《不要把诗人曹操涂成大白脸》，北京：《光明日报》，1959年3月1日。

④ 祝本：《在文学史上应该怎样评价曹操》，北京：《光明日报》，1959年4月26日。

难。”并且，“他还是第一个以建安时代社会的动荡和人民的呼声为诗歌创作主题的现实主义大师，他的创作实践，开创了矫健的建安风骨，为建安诸子指出了文学路线与写作内容的新途径。”①肯定曹诗表达了同情人民思想的还有前文②、陈迩冬③等。

诗歌中的人道主义精神。在关于曹操诗歌具有现实性与人民性的普遍认同声中，有几篇文章紧紧围绕“人道主义”展开了争论。主要有三种观点：

第一，曹诗并无人道主义精神。持这种观点的主要是贾流。他自述读了复旦大学中文系编著的《中国文学史》，对其中关于曹操诗歌具有“人道主义精神”的评价表示异议。贾流认为“当时人民苦难的生活，人民的愿望要求，在曹操的诗中反映得很不够，更看不到人民反抗和起义的影子”，并且坚持曹操在写《薤露行》中“瞻彼洛城郭，微子为哀伤”时，想到的不是城市残破后人民的苦难，而只是对宫室毁坏、帝基荡复等发出的叹息，因而这种“统治阶级对待社会现实的态度，就决定了他的诗歌中不可能有较高的现实性和人民性”。贾流还从道德品质上否定曹操，强调曹操说过宁我负人，无人负我，是一个“屠杀人民的人，本性凶残奸诈的人”，认为曹操既不能做到文如其人，那么，“对这种文不如其人的诗，只能说是虚伪的。曹操的这种所谓‘人道主义精神’只能说是虚伪的”。④

第二，曹诗具有人道主义精神。郭豫适是这一观点的代表。他认为贾流的看法冤枉了曹操，他说“无论就诗作本身或历史事

① 林皋：《曹操与建安文学》，广州：《羊城晚报》，1959年7月14日。

② 前文：《一代诗宗——曹操》，武汉：《长江日报》，1959年7月23日。

③ 陈迩冬：《曹操与诗》，北京：《北京日报》，1959年4月17日。

④ 贾流：《曹操的“人道主义精神”在哪里?》，上海：《解放日报》，1959年3月16日。

实来说，这看法是片面的，因而也是错误的”。接着他列举了曹操禁止保留妨害人民身体健康的“寒食节”风俗等史实来说明“曹操思想上确有同情人民、为着人民这一面”①。然后，他分析了曹操的部分诗句，认为贾流否定曹诗具有人道主义精神的结论失之武断。

第三，作家的世界观和创作可能存在矛盾，宜具体作品具体分析。隽因、网珠认为：“作为一个杰出的政治家，曹操对历史上有不少贡献；作为一个剥削统治者，也就必然有其凶暴残忍的一面。而政治家的曹操与剥削统治者的曹操正是同一个人。从文学的角度看，这里接触到作家世界观的矛盾问题，世界观与创作的关系问题。”而“每一具体作品本身有没有人道主义精神，还要看它的客观内容”。以此为指导，作者分析了《蒿里行》，认为其“反映的汉末社会现实是真实的，但并不深刻，所以不能说有强烈的现实性”。但作者选择“这个生活现象来描写与描写得相当真实”可以说明“‘流露了一定的人道主义精神’……就诗论诗，《蒿里行》可以说是他同情人民的好的一面反映”。② 从用词的反复斟酌、修饰，可以想见评论者当时前后顾盼的心理。这种小心翼翼是当时一些文人在研究曹操时具有的普泛性特征的心理写照。

除了上述观点之外，刘大杰提出了一种新的说法。他强调采用“人道主义”这个术语时，要尊重它的历史意义和基本特性。在这一原则下，“如果说在曹操诗中，流露出一定的人道主义，是很不妥当的。”刘大杰认为评价曹诗时如果说：“曹操的《蒿里行》、《苦寒行》等等流露出对人民的同情感，比较真实地反映出

---

① 郭豫适：《曹操的“人道主义精神”在这里！》，上海：《解放日报》，1959年3月17日。

② 隽因、网珠：《从曹操有没有人道主义精神谈起》，上海：《解放日报》，1959年3月22日。

那一时代的社会面貌和人民苦难，所以是优秀的作品”，这样评价，“比较真实，既无损于曹诗的成就，也并没有贬低曹诗的价值”。①

另外，还有极少量的文章从审美角度肯定曹操作品。比如，对于《苦寒行》，有人指出其叙述了行军的艰苦，指出：“这首诗虽然没有什么可以称颂的思想意义，但写景抒情，却极为新颖生动。”对于《观沧海》，则肯定“是具有较高的美学价值的”②。

② 曹操对建安文学的贡献

曹操对建安文学的贡献，人们是普遍认可的，主要有程度不同的两种观点。

第一，高度颂扬。祝本指出“曹操收容文人，提倡乐府诗对建安时代文学的发展有促进作用”；“曹操的文学见解也高过当时一般评论”；“曹操在建安时代是第一流的文学家”。③ 戎笙认为：“曹氏父子实际上成为当时文学上的领袖人物。五言诗的兴起，以乐府旧题歌咏时事，向民间文学吸取营养，这是与他们父子的积极倡导分不开的。当时的作家之盛，就是由于曹操尽力罗致的关系……因此，建安文学成为中国文学史上的一个高潮。”④

第二，对于曹操的贡献不能过分夸大。微声认为曹操是位大诗人，但是，如果把建安文学繁荣昌盛的功绩归功于曹操的提倡，是“不合乎历史真实的”⑤。杜化南认为曹操对建安文学高

---

① 刘大杰：《关于曹操的人道主义》，上海：《文汇报》，1959 年 3 月 25 日。

② 河北北京师范学院古典文学教研组：《不要把诗人曹操涂成大白脸》，北京：《光明日报》，1959 年 3 月 1 日。

③ 祝本：《在文学史上应该怎样评价曹操》，北京：《光明日报》，1959 年 4 月 26 日。

④ 戎笙：《谈“蔡文姬”中曹操形象的真实性》，北京：《光明日报》，1959 年 3 月 6 日。

⑤ 微声：《曹孟德翻身了》，北京：《光明日报》，1959 年 3 月 5 日。

潮的形成起了一定的推动作用，其作品在一定程度上反映了现实，作品的风格和艺术性也有独到之处。①还有人强调在肯定曹操文学成就时不能忽略人民的作用。袁良骏说："作为一个时代的文学高潮的形成，绝非某一个人的功劳，而应该看到社会生活的决定和广大劳动人民以及许许多多作家的贡献，曹操只不过作出了不少贡献，起了不小的推动作用罢了。"②

2. 文艺作品中的曹操

1959 年之所以要掀起一场为曹操翻案的讨论，其直接原因当然是如前所述的郭沫若及有关人士的倡扬。很多人认为旧曹操形象这样的深入人心是由于文艺作品的流播。谢天佑认为正统主义思想的核心是"褒忠贬奸"，"一千多年前的曹操，就是被这种以'褒忠贬奸'为核心的正统主义思想所歪曲的"。并指出："曹操身被篡弑者之名，从一开始就有的，但是有两个东西促使他的名声更坏，促使他坏名声广泛传播。一个是外族入侵，一个是曹操戏和《三国演义》。"③但也有人对这种说法不以为然。陶君起指出戏曲作品有些描写了曹操的军事才华、领袖风度和文采风流，因而"说戏曲中写的曹操都是坏人，做的都是坏事，也有些笼统"④。究竟该如何对待文艺作品中的曹操形象呢？主要有两种观点。

(1) 不必改

持这种观点的人认为艺术真实和历史真实不一定一致，应该珍视艺术遗产。袁良骏指出："文学作品中的典型的曹操，在我国广大人民的心目中是已经定型了的。虽然我们有必要指

---

① 杜化南：《曹操的功与过》，北京：《光明日报》，1959 年 4 月 16 日。

② 袁良骏：《要客观地评价曹操》，北京：《光明日报》，1959 年 3 月 5 日。

③ 谢天佑：《正统主义思想与曹操》，上海：《华东师大学报》，1959 年第 2 期。

④ 陶君起：《戏曲中的曹操》，北京：《中国青年报》，1959 年 3 月 29 日。

出，在历史上曹操的‘奸’和其他人的‘忠’是怎么回事，但也并不一定非按照我们今天的观点去修改《三国演义》或其他一系列的历史剧目不可。因为文学艺术毕竟是文学艺术，不一定完全符合历史真实。”①王昆仑认为：“我们有可能站在我们新时代的立场，用历史唯物主义的思想武器，根据历史的真实重新给曹操以正确的评价；同时，也有必要客观分析多少年来人民爱憎的情感，对舞台上的曹操就要承认他是一个多年来人民自己所塑造的人物典型。理解到艺术真实和历史真实，可以一致，也可以不完全一致。”②吴晗也不同意改旧戏，他认为：“曹操这个历史人物，在历史地位上应当肯定，应当在历史书和历史博物馆中占有相当的地位。但是，历史人物的讨论不应该和艺术作品中的人物完全等同起来，旧戏中的曹操戏照样可以演……与其改也，毋宁新编，历史题材多得很，何必专从改旧戏打主意呢？”③王季思认为：“舞台上的曹操是宋元以来无数民间艺人所集体创造，同时体现了这个历史阶段广大人民的思想感情的，它就是人民珍贵的艺术遗产，尽管跟历史真实不符，它依然可以作为艺术品来给我们欣赏。艺术的真实跟历史的真实可以一致，也可以不一致。”④谭其骧⑤、唐兰⑥、李希凡⑦等也不同意翻案。

---

① 袁良骏：《要客观地评价曹操》，北京：《光明日报》，1959 年 3 月 5 日。

② 王昆仑：《历史上的曹操和舞台上的曹操》，北京：《光明日报》，1959 年 3 月 10 日。

③ 吴晗：《谈曹操》，北京：《光明日报》，1959 年 3 月 19 日。

④ 王季思：《传说中的曹操与舞台上的曹操》，见《新红集》，第 133 页，广州：广东人民出版社，1960 年。

⑤ 谭其骧：《论曹操》，上海：《文汇报》，1959 年 3 月 31 日。

⑥ 唐兰：《对曹操要有适当的评价》，上海：《文汇报》，1959 年 5 月 22 日。

⑦ 李希凡：《〈三国演义〉和为曹操翻案》，北京：《文艺报》，1959 年第 9 期；李希凡：《历史人物的曹操和文学形象的曹操》，北京：《文艺报》，1959 年第 14 期。

（2）应该改

主要有两种考虑：第一，消除正统主义思想的影响。刘亦冰认为修改之后“可以铲除少数人中封建正统主义的某些残余”①。第二，舞台上对曹操不公平。李宗白认为目前舞台上对曹操不公平：“夸大了曹操道德品质上的丑陋一面；抹煞了曹操道德品质上的优秀一面。”主张“尽快把曹操的英雄事迹加以整理，通过戏曲艺术的渲染力量，对曹操这一人物加以全面公平的反映，并抓住曹操身上主要的一面，也就是好的一面加以宣扬，以便逐渐使得广大观众对曹操这一人物的形象有所改观”；“只有通过这种边改边进、逐渐消失脸上白粉的办法，才可能在舞台上最后擦掉曹操的粉白脸”。②

在讨论曹操的同时，《谈蔡文姬的〈胡笳十八拍〉》一文激起了关于蔡文姬著作权的争论。多名学者参与到关于《胡笳十八拍》著作权的讨论之中，1959 年底中华书局出版了《〈胡笳十八拍〉讨论集》。

基本结论

对于这两次讨论在学术史上的定位，当代人的看法有所不同：

关于《琵琶记》大讨论，黄仕忠评价“虽然意见尖锐对立，针锋相对，但完全是在学术的范围之内，因而难能可贵”③。王季

① 刘亦冰：《应该给曹操一个正确的评价》，北京：《光明日报》，1959 年 3 月 5 日。

② 李宗白：《在舞台上应该公平地对待曹操》，北京：《光明日报》，1959 年 3 月 19 日。

③ 康保成、黄仕忠、董上德：《徜徉于文学与艺术之间——戏曲研究》，见《文学遗产》编辑部编《世纪之交的对话——古典文学研究的回顾与展望》，第 174 页，上海：上海古籍出版社，2000 年。

思在自选集中辑录了最初发表于《文学评论》1961 年第 5 期的《〈琵琶记〉的艺术动人力量》，并说："解放后，我有机会接受党的教育，有机会学习马列主义、毛主席著作，欣赏了舞台上、银幕上一些新的戏曲、电影，还阅读了部分外国文学作品，使我有可能在多方集中资料，细心校勘考证的基础上，开始注重作品时代背景的联系和思想意义的阐发。我撰写的有关关汉卿、王实甫的杂剧，以及高则诚《琵琶记》、孔尚任《桃花扇》等论文，是我这个时期的收获。"①王季思的这种思想和陈维昭针对新中国成立初期古代戏曲研究所作的评价有暗合之处："在整个学术界都在努力进行价值尺度转换的情况下，1949 年以后的中国大陆戏曲研究界，也在努力地去学习、理解、运用马克思主义及其文艺理论。由于每一个研究者的个体原因，他们对马克思主义的理解往往并不一致，甚至针锋相对。但是，虔诚地努力去实现价值尺度的转换，则是他们的共同之处。"②并且，陈维昭强调《琵琶记》大讨论较为集中地表现了这种"实现价值尺度转换"的努力。

关于曹操的讨论，研究者则认为："50 年代末出现的曹操评价问题的大讨论，是在当时特定的历史条件下进行的，因此不可避免地要受到当时政治气候的影响，尤其是当时盛行的'翻案风'的影响。事实上曹操讨论的一方郭沫若，正是这种'翻案风'在学术领域的引入者，这就使学术讨论带有了严重的政治倾向性，出现了一些'左'的认识和观点。既然是讨论，就免不了唇枪舌剑，就免不了感情用事；主观因素的增多，也影响讨论中观点的科学性。另外，讨论的双方有时处在激烈争论的状态下，很难冷静下来做一些细致的基础工作。这些都会影响讨论的进行和

---

①《王季思学术论著自选集》，第 705 页，北京：北京师范学院出版社，1991 年。

② 黄霖：《20 世纪中国古代文学研究史 · 戏曲卷》，第 190 页，上海：东方出版中心，2006 年。

讨论的质量。今天看来，这些讨论在扩大建安文学的影响，推动建安文学研究方面虽取得了很大的收获，但学术价值却不是很大的。”①

对于这两次讨论的指导思想“古为今用”，学术界作了深刻的反思与总结，葛晓音指出：“50年代提出的‘古为今用’，可以说最精辟地概括了上一世纪后半叶对待古代文化的态度。这表明：古代文化遗产中还有可以为今人所用的东西，所以要取其精华，去其糟粕。这一原则无疑是正确的。只是以前的‘用’似乎一直局限在‘实用’的观念上，而且主要是为眼前的政治任务、阶级斗争所用。例如五六十年代古代文学中肯定的主要是反映下层人民生活和思想感情的、批判封建社会的内容。这与当时的政治形势是相应的，但范围未免狭窄了些。”同时，她说：“任何一个民族的精神产品都是难以用物质的计数方法来估量其价值的。如果说科技和经济发展最根本的目的是为了提高人类的生存质量，那么文化的继承和创造则是为了促进人类更健全的发展，使人们在满足衣食住行的物质需要以外，有更高级的精神享受。同时发现人类自身的创造力能达到怎样的水平。”②

（黑龙江大学　杜桂萍　姜丽华）

① 吕薇芬、张燕瑾：《20世纪中国文学研究·魏晋南北朝文学研究》，第65页，北京：北京出版社，2001年。

② 葛晓音：《文学遗产的“古为今用”》，北京：《光明日报》，2001年3月28日。

对“中间作品”及相关作家作品的讨论和阐释

——特定政治文化大背景下学科性格表现之三

新中国成立以来的古典文学研究经常以大讨论的形式进行。尤其是1956年“百花齐放，百家争鸣”文艺方针的提出，对古典文学研究学者的鼓舞非常大，有些沉寂的学术界再次展开了讨论和争鸣。讨论和争鸣的对象是一些思想上较为复杂的作家。

关于李煜词的讨论

首先是李煜词的讨论。这次讨论源于1955年8月28日《光明日报》副刊《文学遗产》第69期发表的陈培治《对詹安泰先生关于李煜的〈虞美人〉看法的意见》和詹安泰《答陈培治同志》两文。陈培治在这篇文章中，批评詹安泰肯定李煜的爱国思想，认为不应该把李煜的《虞美人》列入古典文学教材中，因为《虞美人》是“含有毒素”的。而詹安泰同意“李煜的词在中国文学史上虽有一定的地位，但大部分是应该批判的”，但是认为李煜亡国后所写作品的思想感情，与江南人民的思想感情有共通之处，是不应该否定他的爱国思想的。

两篇文章发表后，在社会上引起了广泛的反响。很多古典文学研究学者和普通读者纷纷写文章参与南唐二主词尤其是李煜词的讨论。据1956年9月9日《光明日报》副刊《文学遗产》第121期刊登的文学遗产编辑部的来稿综合报道《关于李煜的词的讨论》一文介绍："如何评价李煜和他的词的问题，本刊自去年8月间提出后，曾经引起各方面的注意和广大读者的关心，并且得到各地作者的有力支持。"而且从"近五个月来(笔者按：指1956年3月11日毛星《评关于李煜的词的讨论》一文发表以后)陆续收到的三十余万字来稿。"另外，许多大学的中文系组织教师和学生进行了集体讨论。例如北京师范大学中文系中国文学教研组于1955年10月17日和10月31日组织了两次讨论，参加讨论的有黄药眠、谭丕模、刘盼遂、李长之、启功等著名学者。这次讨论会的发言由牛仰山整理，形成题为《关于李煜及其作品的评价问题》的文章，发表于1955年12月18日《光明日报》副刊《文学遗产》第84期上。北京大学中文系中国文学史教研室在1955年11月16日和12月7日组织两次讨论会，余冠英、林庚、吴组缃、浦江清、游国恩等发言，游国恩和吴组缃作了重点发言。这次讨论会发言由褚斌杰整理为《关于李后主及其作品评价问题》的综合记录，发表于1956年1月29日《光明日报》副刊《文学遗产》第90期。中山大学中文系中国文学史教研组于1956年5月29日和6月5日先后举行了两次讨论会，会议由詹安泰主持，黄海章、王起等教师作了发言。郑孟彤整理为题为《关于李煜及其作品的评价问题》的综合记录，发表于1956年8月5日的《光明日报》副刊《文学遗产》第116期。此外北京大学文学研究所古代文学组和中国作家协会上海分会古典文学组也都组织了讨论。

纵观这些讨论文章和讨论稿，这次大讨论所涉及的问题主要有：

一、李煜的前期生活是荒淫皇帝，还是在一定程度上有符合人民要求的爱国的政治活动？

二、李煜的后期词是否表现了爱国思想？他的词中“家国”、“故国”的含意是什么？

三、李煜词是否有人民性？这是本次讨论的核心问题。

四、李煜词为何受到不同时代人们的喜爱？这涉及李煜词的艺术性问题。

在这些讨论中，学者们的主要研究方法是历史—社会研究。几乎所有参与讨论的学者都联系李煜前后两期的生活来讨论。关于李煜前期的帝王生活，学者多是征引《南唐书》、《宋史》、《南史》等史料，联系南唐的经济、政治状况来给李煜定性。但有趣的是，学者们往往得出相反的结论。一派学者认为李煜前期词应该基本肯定。有代表性的是吴颖《关于李煜词评价的几个问题》①。他首先对五代十国和南唐的具体情况作具体分析，认为在北中国战争频繁，人民水深火热时，“南中国的地区性、暂时性的相对安定和发展，是基本符合人民的迫切要求的”。“南唐可以说是‘五代十国’大混乱时期的一片净土。”“说前期的李煜一方面是荒淫皇帝，这是没有错的。”“他还有另一个方面，他还有不少在一定程度上符合人民要求的爱国的政治活动。”“他前期的生活也还有严肃的一面。”如注意到人民的负担等。因此，“我们认为李煜前期的词大多数还是有一定程度的人民性的，应该基本肯定的。”这些词是“通向人民的思想感情的”。又如陈赓平《我对词人李煜的看法》②一文认为，“李煜的主导思想是由逸乐、苟安和消极而逃禅。但是也有应该肯定的美德。”这“美好而近于天真的性格和安逸享乐的思想生活”相结合起来就成为他

① 吴颖：《关于李煜词评价的几个问题》，北京：《光明日报》，1955年10月16日。

② 陈赓平：《我对词人李煜的看法》，北京：《光明日报》，1956年1月1日。

前期作品的主要内容，所以也是有一些人民性的。再如游国恩《略谈李后主词的人民性》①一文也是结合史料得出结论，“西蜀和南唐，生产发展，地方富庶，比起残破的中原来，要算是乐土。”李煜的父亲李璟的统治政策如休兵息民，有利于安定百姓。而且“李煜还有好的一面，那就是宽厚仁慈，爱护人民”。“可见李煜在位十五年，对人民还是有一定的好处的。”“由此看来，李煜虽亡国，又何尝是一般人所想像的荒淫昏暴的皇帝。”所以对李煜的前期不能完全否定。

对李煜前期词持否定意见的学者也不少。如邓魁英、聂石樵《关于李煜在文学史上的评价问题》②一文，肯定了之前的学者们对李煜的研究是“从对五代十国和南唐的具体历史环境分析出发，这在方向上是完全正确的”，但认为更要从李煜本身的生活经历出发。而他们对李煜考察的结论是：“李煜是历史上最荒淫最奢侈的皇帝之一。作为一个最高统治者和剥削者的李煜，他的荒淫奢侈的生活基础是建筑在人民的血泪之上的。”“作为一个封建帝王的李煜，他的荒淫奢侈的生活也同样通过文学反映出来，他的作品也表现了他所属的阶级的情感、意见、企图和希望，不可能表现其他阶级的思想意识。”“李煜前期词中所反映的完全是他个人的生活。”“这样腐朽、颓废的生活和思想的反映，显然是不值得称许的。”批评有些评论文章对李煜前期词的肯定是“抹杀阶级矛盾”。该文同意陆侃如、冯沅君《中国文学史稿》中对李煜的评价。陆侃如、冯沅君《中国文学史稿》(十)③中

① 游国恩：《略谈李后主词的人民性》，北京：《光明日报》，1956 年 1 月 29 日。

② 邓魁英、聂石樵：《关于李煜在文学史上的评价问题》，北京：《光明日报》，1956 年 1 月 29 日。

③ 陆侃如、冯沅君：《中国文学史稿》(十)，济南：《文史哲》，1955 年 4 期。

说："总起来说，李煜对生活能抓得紧，掘得深，表现得忠实而有力。但阶级限制了他，生活圈子限制了他；因而他所抓的、掘的、表现的，完全是他个人，人民的剥削者。作为典型来说，表现的是这个阶级。他暴露了这个阶级的腐朽与无能，他的词成为这个阶级的一面镜子。"对李煜采取了完全否定的态度。

李煜的后期词是否表现了爱国思想？他的词中"家国"、"故国"的含意是什么？这涉及李煜词是否有人民性的问题，也是本次讨论的核心问题。有些学者认为李煜后期词表现了一定的爱国思想，具有人民性。如陈赓平《我对词人李煜的看法》一文不同意李煜词中的"家国"或"故国"等同于人民的祖国，他说，"他只是为着自己丧失了豪华的生活，丧失了豪华生活所依据的各种食物以及身体和精神上受到了迫害而写出哀感的词句，所以他词中的'家国'或'故国'的涵义是与人民的'祖国'或'故国'不同的。"但是认为李煜后期词有极强的人民性。在该文中他提出一个考察"人民性"的尺度："我以为他词中的人民性，是应从他对生活的态度和作品对读者的客观效果来说明。"虽然"李煜词中的主观愿望只是描述他个人的喜乐和悲哀，与当时人民的关联始终是很少的"，但是因为李煜"实事求是、坦坦白白地写出自己悲苦的遭遇和情绪"，就使"他的词句对读者在情感上的感染力格外增强起来了。虽然他所写的只是他个人的哀感和身边的事物，与当时的民生国计无关，而给与读者的却是对故国沦陷的萦纡郁积、待时爆发的无限愤恨。这是有极强的人民性的，尤其当祖国正在垂危的时候"。游国恩《略谈李后主词的人民性》①一文在谈到我们应该怎样理解李煜词的人民性和爱国主义思想时说："我认为首先要从作者所谓的'故国'是不是对南唐人民有

① 游国恩：《略谈李后主词的人民性》，北京：《光明日报》，1956年1月29日。

好处来看。”而李煜所施行休兵息民的政策“正是人民所欢迎的，正符合于人民的愿望和要求的”。“他所怀念所回忆的美好的‘故国’，也正是人民所需要所向往的故国；他所感慨所凭吊的‘江山’，也正是人民所喜爱所留恋的江山。”“从这个角度上看，李煜的思想感情在一定程度上是与当时人民的思想感情相通的，因而他的这些作品是有人民性的，同时也是具有一定的爱国主义的思想内容的。”其次，他从乡土之爱的角度也肯定了李煜和人民的相同之处。

与上述学者观点相反的有毛星。他在《关于李煜的词》①一文中认为：“李煜词中所反映的思想内容和感情范围都没有离开他那生活小圈子——先是帝王生活，后来是囚徒生活。”那些肯定李煜的词具有爱国主义情感的学者，“只是抓住了李煜词中的个别用语，如‘故国’、‘家国’、‘江山’之类，而不管这些用语的具体含义”。在毛星看来，“李煜所谓的往事，就只能是李煜自己享乐生活的往事，李煜所谓的故国，也只能是与他的往事有关的李煜的王朝。很显然，这些都不能叫做什么爱国主义。必须指出，对于南唐这样的王朝，根本就不可能产生什么爱国主义。列宁说：爱国主义是‘千百年来巩固起来的对自己独有的祖国的一种最深厚的感情’。而南唐，则立国不过四十年。”他从列宁关于爱国主义的定义出发，否定了李煜词具有爱国主义思想。他的结论是：“李煜的所有的词不但没有反映一丝一毫当时人民的声音和愿望；就连间接又间接对当时人民有利的思想和感情也找不出来。”许可《读〈评关于李煜的词的讨论〉》②一文完全不同意毛星的结论。他说，像南唐这样立国只有几十年的封建小国里也

① 毛星：《关于李煜的词》，《李煜词讨论集》，北京：作家出版社，1957年。

② 许可：《读〈评关于李煜的词的讨论〉》，北京：《光明日报》，1956年5月6日。

可以产生爱国主义。“在一个立国只有几十年的封建小国范围以内产生的爱国主义，应该看作也是合理地继承着那种‘千百年来巩固起来的对自己独有的祖国的一种最深厚的感情’的。”与毛星对李煜后期词的全盘否定不同，邓魁英、聂石樵《关于李煜在文学史上的评价问题》①一文虽然否定了李煜后期词具有爱国主义，但是没有否定它们具有一定程度的社会意义。他们认为，李煜亡国后被囚，“应看作是统治阶级内部的矛盾。李煜这个遭遇概括不了人民的命运，他的思想感情也必然是和人民不相同的”。“作为一个垂死的没落帝王的悲哀，和人民由于封建统治阶级的压迫剥削而产生的痛苦情绪是毫不相同的。”“但是，李煜后期生活内容的骤然改变，提供给他的词以新的内容，使他以一个在统治集团的斗争中的战败者的形象出现在作品里，表现出一种沉痛的真挚的对过去的留恋和对‘故国’的怀念的情感，反映出封建社会中统治者之间的相互倾轧和兴衰递代的情况，比起前期作品的主题的范围是扩大了，内容的深度也加强了，因此它就具有一定程度的社会意义。”

从对以上内容的讨论可以看出，学者们对什么是人民性、什么是爱国主义本身是有不同看法的，拿了各自定义的不同内涵的人民性和爱国主义去评价李煜，自然会得出不同的结论。而且，评价历史上文学人物的文学价值的尺度和角度也各有不同。例如陈赓平《我对词人李煜的看法》考察“人民性”的尺度是“我以为他词中的人民性，是应从他对生活的态度和作品对读者的客观效果来说明。”又如毛星《评关于李煜的词的讨论》②提出，对时代和作者的研究“不能代替作品本身的具体分析，不能机械

① 邓魁英、聂石樵：《关于李煜在文学史上的评价问题》，北京：《光明日报》，1956 年 1 月 29 日。

② 毛星：《评关于李煜的词的讨论》，北京：《光明日报》，1956 年 3 月 11 日。

地简单地拿时代的兴衰和作者的生平去判定作品的价值。分析文艺作品，主要地应该从作品本身出发，就作品本身及其影响给予评价”。再如元頁石《也谈李后主词》①一文说，“我们反对凭作者的阶级出身决定作品的好坏，因为它是庸俗社会学的。但这样决不就说可矫枉过正，不从阶级观点看问题。”“那些确与人民的感情有共通之处的，应基本肯定；那些与人民有大距离者，是要有所批判的。”

关于李煜词为什么千百年来受到读者的喜爱，大家的意见主要从李煜词的艺术性出发，认为李煜词的形象性强，概括性高，语言洗练、清新、自然，形式和谐、完整，具有较高的艺术性，所以会受到喜爱。有的学者认为李煜词中对离愁别恨的描写和人民的哀愁有某种类似，人们会被感动。也有学者从艺术效果分析和形象大于思维的理论谈起。

这次大讨论历时一年多。文学遗产编辑部把发表的部分文章汇编成《李煜词讨论集》，由作家出版社于 1957 年 1 月出版。这次大讨论，总的来说，肯定了李煜词在文学史上的地位和贡献，认为李煜是一位杰出的词人。这次讨论促进了对李煜词的研究。

关于陶渊明的讨论

随后被拿出来讨论的诗人是陶渊明。

新中国成立后关于陶渊明的研究开展得较早。1953 年上海棠棣出版社出版了李长之(张芝)的《陶渊明传论》，这是新中国第一部研究陶渊明的专著，在当时古典文学界引起较大反响，评论文章有阎简弼《读〈陶渊明传论〉》、刘国盈《试谈陶渊明》、叶

① 元頁石：《也谈李后主词》，北京：《光明日报》，1955 年 12 月 25 日。

鹏《论陶渊明》等。一段时期内其他关于陶渊明研究的文章也较多，如余启崇《陶诗"忠愤"说新证——陶渊明爱国主义的新探索》、李周存《对〈论陶渊明〉的一点意见》等。这些文章推动了陶渊明研究的发展。

1958年，开始了全国范围内的陶渊明大辩论。这次大辩论起源于北京师范大学中文系二年级学生在编订中国文学史教学大纲和讲稿时认为陶渊明基本上是反现实主义的诗人，基本否定了陶渊明。据1958年12月21日《光明日报》副刊《文学遗产》第240期发表的北京师大中文系二年级学生《关于陶渊明评价问题的讨论》的综合报道："新大纲中对陶渊明'基本上是反现实主义的诗人'这一评价，在我校师生间引起了各种不同的反应。……中文系党总支决定在课堂教学、系统自学和小组讨论的基础上，举行一次科学讨论会，希望通过讨论来活跃学术空气、推动科学研究的发展；使大家进一步地了解应该如何正确地接受古代文学遗产。在党的领导下，我们中文系二年级全体同学和古典文学教师、研究生等共二百五十余人于11月17日下午，聚集一堂，开会讨论了如何正确评价陶渊明的问题。"这次讨论会主要讨论陶渊明基本上是现实主义诗人还是反现实主义诗人。讨论会没有最后结论。该报道文章发表后，引起了社会上的广泛关注。据文学遗产编辑部编辑的《陶渊明讨论集·前言》介绍，"自1958年12月21日第240期发表第一篇讨论文章起，至今年(笔者按：指1960年)3月底止，共收到有关陶渊明的文章二百五十一篇，约一百二十四万多字。"可见参与程度之热烈。

据该前言介绍，此次大讨论所涉及的主要问题有五个：一、对陶渊明的总体评价。二、陶渊明辞官归隐的原因、性质和意义；对他描写隐逸生活的作品的分析和评价问题。三、陶渊明作品反映现实的程度和方式问题。四、对《劝农》诗的理解问题。五、对《桃花源诗》的评价问题。

一、对陶渊明的总体评价。大体上分为两派。一派认为陶渊明基本上是反现实主义的诗人，以 1958 年 12 月 21 日《光明日报》副刊《文学遗产》第 240 期发表的署名“北京师大中文系二年级二班第一组集体讨论”的文章《陶渊明基本上是反现实主义的诗人》为代表。该文认为，陶渊明“对现实的态度是消极的”。“他的阶级出身和生活经历决定了他以‘独善其身’为行动的指南。”“他在贫困面前是安贫乐道，是及时行乐，与劳动人民的贫困有着本质的区别。”因此从阶级属性和思想上否定了陶渊明。在作品评价方面，该文依据所表现内容把陶渊明的诗歌分为三类，即“反映他退隐后的个人苦闷”、“反映他悠然自乐的隐士生活”和“反映他安贫乐道、及时行乐的思想”。认为第一类诗歌没有什么意义；第二类诗“非但没有反映现实，反而粉饰了现实，为当时残破的农村披上了一件和平欢乐的外衣，掩盖了阶级矛盾”；第三类诗“只能引导人们安于现状，及时行乐，起消极作用”。因此，“我们认为陶诗中虽有少数较好的诗，但却没能反映出时代的面貌（哪怕是其中的一方面），而大多数的作品是无意义的，甚至是粉饰了现实。所以，我们说陶诗基本上是反现实主义的。”《文学遗产》第 244 期发表的赵德政的《对陶渊明辞官归隐的浅见》一文认为，陶渊明被某些人认为有进步意义的辞官归隐其实“正表明陶渊明是一个反现实主义的诗人”。

另一派认为陶渊明基本上是现实主义的诗人。如卢世藩发表在《文学遗产》第 244 期的文章《陶渊明基本上是现实主义的诗人》，认为陶渊明的“民族立场是坚定的”。而且“阶级矛盾的表现形式是多种多样的。陶诗中所表现的某些思想认识，和当时农民的思想是相通的，和封建剥削阶级的思想是针锋相对的”，并举出《归园田居》第二首、《移居》第二首等予以分析。最后结论是“陶渊明是一个应该肯定的作家，他和他的主要作品，绝对不能否定”。

二、陶渊明辞官归隐的原因、性质和意义；对他描写隐逸生活的作品的分析和评价问题。有人认为陶渊明的辞官归隐是消极的，是逃避现实，对人民有害无益。如《文学遗产》第244期发表的赵德政的《对陶渊明辞官归隐的浅见》一文，强调“陶渊明的辞官归隐，不愿与统治阶级同流合污，决不是原因，其原因应在于他爬不上去。如果能够爬得上去，他不但不辞官，更不会隐居田园的，这充分地表现出他几次出仕几次归隐上”。在分析了他一系列作品后，得出结论：“陶渊明的辞官归隐正说明他不敢正视现实，也说明他做了现实斗争中的逃兵，他从此隐居田园，企图逃避现实。因此，这只有消极因素，而无丝毫积极因素。”

另一派认为陶渊明的归隐在当时是有积极意义，是应该肯定的。如傅晋理发表在《文学遗产》第244期的文章《陶渊明归隐的客观意义和影响》认为，“陶诗为数最多的是反映他悠然自乐的隐居生活，和反映他隐居后的个人苦闷以及反映农村的片段的生活等等。从他的作品总的倾向来看，是不满现实、反对现实而及时行乐消遣。我认为这样的内容在当时是起积极作用的……他的归隐是一种反抗统治者的手段。”

也有学者力图持论公允。如《文学遗产》第247期汪浙成的文章《应该全面地历史地评价陶渊明》提出，“陶渊明的归隐，归根结底来说，乃是一种个人保真的消极思想和妥协行动。但也不能否认这里面有不与统治阶级合作的积极因素”。而且，“必须结合特定时代的社会矛盾和阶级力量的对比来加以具体分析”。由此出发，他对陶渊明的隐逸诗还是肯定居多。“陶渊明描写隐逸田园的诗……不仅暴露了统治阶级的内部矛盾，而且，在一定程度上，反映出农民的要求和愿望……我们应该承认：在陶渊明某些田园隐逸诗中，对体力劳动和劳动人民进行歌唱，无疑是可贵的东西，这在他以前和之后的诗人作品中，都是少见的。”

三、陶渊明作品反映现实的程度和方式问题。《文学遗产》第 243 期发表的复旦大学中文系 56 级陶渊明专题小组《谈对陶渊明的评价问题——与刘大杰先生商榷》提出评价作家作品的原则:"我们认为,评价古代封建社会里的作家、作品,首先应检查它们对待人民的态度如何,在历史上有无进步意义。伟大作家的思想感情,往往是与人民共呼吸、同命运,站在人民的立场,反映了人民的要求与愿望。"而陶渊明恰好相反。陶渊明所处的历史阶段,"民族矛盾、阶级矛盾和统治阶级内部矛盾起伏不断"。但陶渊明的诗歌没有予以反映和批判。该文说:"我们在陶渊明的诗篇中,看不出当时农村存在残酷剥削的客观事实……并不能有助于唤起广大人民在兵祸饥荒呻吟下起来与统治者作斗争。他的作品,客观上是冲淡了当时的阶级矛盾,掩饰了农村的艰苦凋敝的景象,这对广大人民来说,丝毫没有积极的鼓舞作用,而只有消极的作用。""他虽然直接生活在凄凉破产的农村里,却不能在他的作品里真实地和深刻地反映农民所受的压迫痛苦,揭露剥削阶级的罪恶。"另外,《文学遗产》第 240 期发表的北京师大中文系二年级二班第一组集体讨论的文章《陶渊明基本上是反现实主义的诗人》对陶渊明反映现实问题也基本持否定态度。该文认为陶渊明诗歌有一些"也多少反映了一些现实,是应肯定的。但这类诗为数很少,而且在这些诗中也多是反映诗人自己的生活,远远不能反映这个时代的阶级斗争情况"。

能够持论公允的有曹道衡《再论陶渊明的思想及其创作》,该文发表于《文学遗产》第 259 期。曹道衡首先援引毛泽东《在延安文艺座谈会上的讲话》,指出:"毛主席的这个指示,是要我们首先从作品本身出发,把这些作品放在具体的历史环境中来考察它们对人民的态度与有无进步意义,然后给以评价。"具体到文学,"作家不等于社会史家,一个文学作品尽管反映生活的面怎样广,也不可能写出社会上一切主要矛盾,而多数作品往往只能写出某一个或几个矛盾。尤其是简短的抒情诗，由于体裁的限制，更不能把一切现实中的矛盾全部写出来。文学作品和历史著作究竟不是一回事。机械地要求一个作家或一部作品反映当时社会上的一切主要矛盾，这是办不到的，也是不应该的”。再具体到陶渊明，“陶诗是抒情诗，这必须结合抒情诗的特点来考察。抒情诗大多是简短的诗歌，大部分是通过个人的感受，通过一瞬间的情景和对某一现象的看法表现出作者对现实的态度……抒情诗中的典型形象往往就只是作者自己。作者只是通过一两句话来说明他对现实的感受与看法。……只要这些感受与看法，真正显示与揭露了社会的某些本质，尽管在外表上是写个人或个别事件，但实际上却有广泛的典型性”。然后通过具体分析一些陶诗，认为陶诗是深刻地反映了当时的阶级矛盾的。

四、对《劝农》诗的理解问题。在讨论陶渊明的评价问题时，不少文章都以《劝农》诗为例。其中，有人认为《劝农》诗是反动的。如北京师大中文系二年级二班第一组集体讨论的文章《陶渊明基本上是反现实主义的诗人》认为：“《劝农》诗是一组反动的说教诗，这组诗作于他当彭泽令以前，是站在地主阶级的立场上教训农民应好好劳动的。他说：‘生民在勤，勤则不匮。’把农民贫困的原因完全归结到‘不勤’上去了。这是十分荒谬的。”

而刘国盈发表在《文学遗产》第252期的《再谈陶渊明》一文反驳了上述观点。他说：“我认为这是陶渊明的‘士’的架子还未完全放下，有时不免要发表一些书呆子气的说教议论，并看不出什么像地主老爷训斥农民那样的疾声厉色来。至于‘生民在勤，勤则不匮’，就字面上来看，仅仅是说：人民生活应该依靠劳动，只要勤劳就不会挨饿。决没有什么农民所以挨饿，就是因为没有劳动的意思……应该承认他所说的，农民必须劳动，才能不挨饿的话，是颠扑不破的真理……这本来就是儒家的一种积极的崇实思想……”

五、对《桃花源诗》的评价问题。一些学者认为《桃花源诗》基本是反动的。《文学遗产》第244期发表的赵德政的《对陶渊明辞官归隐的浅见》一文提出，“《桃花源诗》是一篇极为反动的反现实主义作品”。“这首诗可以说是中小地主阶层和失意于官场的士大夫的没落的、颓丧的、消极的思想感情之具体的表现。”而且，“它的影响是极端恶劣的”。因为“在阶级斗争如此激烈的时候，陶渊明的《桃花源诗》却告诉农民，有一个没有剥削没有压迫的‘怡然有余乐’的世外桃源，用不着流血斗争……由此可见，《桃花源诗》不仅起麻痹人民思想的作用，更严重的则是它将导引人民脱离现实，煽动人民从阶级斗争的站场上退却下来”。

另外有些学者则肯定了《桃花源诗》。卢世藩发表在《文学遗产》第244期的文章《陶渊明基本上是现实主义的诗人》，对《桃花源诗》基本持肯定态度：“由于时代的阶级的限制，诗人还只能有这种复古的向后看的脱离实际的幻想。但在这幻想中却反映了人民摆脱灾难的愿望和要求；反映了人民在阶级社会中发出来的美好理想，这理想应该是反封建压迫和剥削的集中表现。”

这次大辩论告一段落后，《文学遗产》编辑部把发表的部分文章汇编成《陶渊明讨论集》，1961年由中华书局出版。这次大辩论也促进了陶渊明研究资料的系统整理。1961年中华书局出版了北京大学中文系文学史教研室教师、五六级四班同学编的《陶渊明诗文汇评》。还有北京师范大学中文系编的《陶渊明研究资料汇编》。这两本书选取历代有代表性的资料汇编成书，对于进一步研究陶渊明的思想和艺术很有帮助。

关于李清照的讨论

另外一个意见分歧较大的作家是李清照。

在1958年以前，学术界对李清照及其词作基本予以肯定的评价。但是随着“大跃进”和教学改革形式的发展，一些高校在批判资产阶级学术思想的过程中，也彻底否定了李清照。从1959年到1962年间，学术界对李清照及其词作展开了大讨论。一些著名学者如夏承焘、唐圭璋等参与了讨论。多数学者不赞成对李清照全面否定，但是讨论中对李清照的总体评价很低。

在“大跃进”和教学改革中，掀起了在校学生编著《中国文学史》的热潮。其中北大中文系文学专门化55级集体编著的《中国文学史》上、下册，由人民文学出版社于1958年9月出版，这部文学史对李清照采取了彻底否定的态度，把她归入了“北宋形式主义逆流”。说其前期词是“整天嬉戏玩乐，沉溺在吟诗填词、赏玩古物的悠闲生活里”的“贵妇人生活的写照”，是“卖弄风骚，故作娇态的不堪画面”。其后期词是“对生活丧失最后一点信心的悲观情调，它只能引导人们走进她所描绘的灰色的罗网，从而削弱人们的生活斗志”。“人民群众是擦干了眼泪，要求坚决抗战，而李清照却走向彻底自我毁灭的道路，界线原是如此分明。”

北大中文系文学专门化55级集体编著的《中国文学史》中这些观点引起很多人的讨论。这些讨论大多数是围绕李清照词所体现的思想、情感的评价问题展开，探讨她是否具有爱国主义情感，她的词是否具有社会意义。如叶晨晖发表于1959年5月31日《光明日报》副刊《文学遗产》的文章《谈李清照的爱国主义思想》认为，李清照前期词写个人生活，没有社会意义。但是后期词作有爱国主义思想，表现在对徽钦二帝的关心和对在沦陷区受苦受难的人极度关心。她关心时局，但可惜的是解决方法不太进步，想通过谈判，通过外交方法解决政治问题。该文的结论是“李清照的晚年，由于自身生活的遭遇，当时的国难激发起了爱国主义的热情”，“她对祖国的命运无时无刻的不在关心”。

棣华发表于1959年4月12日《光明日报》副刊《文学遗产》

的文章《不要抬高也不要贬低李清照》指出，“说他们夫妇是学者，完全合适；至于特地表扬她有爱国主义思想则是大可不必了”。“李清照不能算是爱国主义的诗人，又不能代表人民的情感。”虽然李清照的词没有爱国主义思想，但并不是没有社会意义。“像她这样一个封建社会的上层家庭妇女，能以自己的生活感受作为题材，写出一些有艺术价值的诗词，让我们看到她在各个不同时期生活和心情的变化，让我们看出在封建社会里，即使像她那样有学问、有见解的妇女，也是没有出路的，在死去丈夫后，她就没有寄托了。因而她的悲哀也是深重的。她的悲剧有历史原因，她自己虽然不能理解这一点，但我们却可以从她的作品中看到这一点，这不也是有一定意义的吗?”因此，“她是中国文学史上一个杰出的女词人”。

盛静霞《论李清照》一文发表于 1959 年 5 月 24 日《光明日报》副刊《文学遗产》。该文同意棣华“要论断一个作家、作品，必须用历史的眼光来衡量”这个评价尺度。认为“对李清照的评价，如果脱离了她的时代和环境来要求她，是不妥当的”。“我们要全面评价一个作家，就应当全面地研究他的作品。”在考察了李清照若干代表性作品后，说：“难道我们不可以说，这些词(笔者按，指写痛苦的词)在一定程度上反映了当时很多流离失所的人的痛苦心情吗？我们可以惋惜她在词里的思想感情没有在诗里表现得健康，但我们也不得不注意她后期词的艺术力量，和对后人的影响。”因此也认为李清照“应该说是一个自成一格、有相当高度的思想内容和艺术成就的杰出的作家”。

郭预衡《李清照短论》发表于 1959 年 6 月 28 日《光明日报》副刊《文学遗产》。文章提出不必给作家设框框戴帽子：“李清照究竟是怎样的作家呢？现实主义用来未必合适。浪漫主义用来也未必不一定相宜。王维已经从反现实主义成为‘杰出的诗人’，我想，李清照也可以援例就列：她不失为杰出的词人。”这个看法比较通达、公允，可视作在这场讨论中对李清照的一般评价。

王汝弼《论李清照》发表于1962年第2期《文史哲》上。文章首先说："在许多同志的文章里，都是把她的作品分为前后期，而以靖康之变为转折点，这种划分的方法，我基本上同意。然而有些同志更进一步下断语说：李清照的前期作品主要是写闺阁生活，没有涉及当时的政治斗争，因此这一个时期的作品，无可肯定。这说法就太武断了。"对于这个论点，该文首先论述"清照的父亲李格非和赵明诚的父亲赵挺之虽然是儿女亲家，可是在政治上却是对头"。因此"她们翁媳之间，是存在着深刻的矛盾的。而这矛盾，是为封建礼法所不容，并且是多少和当时的政治斗争联系起来的"。接着举出李清照两首早期作品《浯溪中兴颂碑》和《张文潜》说明："李清照并非驯服的封建家长制的俘虏，并非祸国殃民的封建统治阶级的应声虫。她具有一定的叛逆性格，具有过问政治的高贵品质。"再接着就李清照早期生活状态阐述其斗争性："她的收书、读书，并非茫无目的，而是想通过它，来摆脱贵族闺阁生活的腐烂与空虚……不容否认，作者早期的收书和读书生活，也有借以消磨岁月和沉溺陶醉的一个方面，如果我们不加分辨，也会造成极其有害的结果。但是我们细读原文，则知道作者一方面对这种生活，流露了沉溺、陶醉的不健康感情，而另一方面则又和这种生活展开了斗争。"至于后期作品中，作于初经离乱的爱国诗篇，"是和她对南宋统治阶级的无情揭露结合在一起的，这样就使它们的思想内容更为广阔、深刻，因此就更加富于战斗性"。晚年所写的一些诗文，"虽然仍然反映作者对故乡本土的怀念，对当时重大政治问题的关心，但战斗性远不及前一期的作品为强，而且时常流露浓郁的感伤衰飒情调"。因此该文总结："总而言之，李清照身值离乱，在她的作品当中有所反映；但是她没有写出异族侵略给人民所带来的严重灾难，和表现出人民的团结御侮精神。她的思想感情和人民有很大的距离。一直到最后还没有很好地克服，因此就妨碍了她的创作进一步提高。因此她在文学史上应当享有一定的地位，但不能厕身于伟大作家如杜甫、陆游、辛弃疾之林。”

关于山水诗的讨论

李煜、陶渊明、李清照都是文学史上杰出的诗人，也都是思想、经历比较复杂的诗人。在运用马克思主义文学理论对他们进行观照的时候，人们发现，很难用一把尺子例如爱国主义、人民性、阶级性来给他们定性。在非左即右、要么肯定要么否定的二元对立的思维模式中，也很难给他们找到一个合适的位置。在随后关于山水诗的讨论中，这种倾向更加地明显了。这也说明运用马克思主义文艺理论对中国古典文学进行研究在往纵深发展。

1960 年《文学评论》的第 6 期发表了朱光潜的《山水诗与自然美》，引起了很多人的关注，也由此引发了一场关于山水诗问题的讨论。这次讨论期间，发表论文约一百篇，历时两年。这次讨论主要集中在山水诗的阶级性问题，山水诗的产生和发展问题以及山水诗的评价问题，其中核心问题是山水诗的阶级性问题。是不是所有的山水诗都有阶级性？换句话说就是如何以马克思主义的观点看待、判断与解释这类作品的阶级性。

在讨论中，对于一些具有明显的阶级性质和倾向性的山水诗，学者们一般没有异议。对于阶级性不是很明显，但如果仔细分析作品本身，还是可以判断出它的阶级性的诗歌，学者们经过讨论，也大多获得较为一致的意见。但是对于有些山水诗，如王维的许多诗歌，意见很不一致。这些诗歌通篇都是在歌咏或赞美山水景物之美，不抒发和流露作者对社会、对人生的见解和感慨，或者虽然是流露了一些诗人的主观感情，但比较隐晦曲折，很难判断出它是属于哪个阶级的思想感情。

这次讨论，较为明显地体现出阶段性。对此1961年12月31日《光明日报》副刊《文学遗产》第395期刊发的学术动态《河北大学中文系讨论王维山水诗问题》有较好的总结：

> 山水诗的问题，在1958年讨论文学中有无中间作品时，就有人提出过。最初一般人认为：山水诗是描写自然景物的，因为自然景物没有阶级性，因此描写自然景物的山水诗也没有阶级性。第二阶段，比之以前的讨论向前进了一步，认为：自然景物虽属客观存在，没有阶级性，但通过作家的主观意识，反映出来的自然景物是人化了的自然，所以山水诗必然有阶级性。最近对山水诗的讨论，更加深入细致。大家肯定了自然景物没有阶级性，山川之美是客观存在，作家描写它的时候是通过了选择、集中、加工、概括的典型化过程，而且有时候只是一刹那间的感觉，因此某些山水诗的阶级性表现得就不甚明显。

在讨论中，有一些学者认为没有超阶级的、不带阶级性的山水诗。孙子威在《有没有不带阶级性的山水诗？》①一文中，从创作和审美主体的关系立论，认为不存在纯客观地描摹自然景物的山水诗，山水诗作为作家审美观照下的作品，是自然景物在人的头脑中的主观反映，是自然美与诗人的审美观和美学理想的辩证统一。即使有的作品没有直接地透露作者对社会、对人生的感情，而是抒写对自然的喜爱，但是在阶级社会里，这种喜爱也是有阶级性的，不可能是超阶级的。因此，也就不可能有一种特殊的不带阶级性的山水诗。

---

① 孙子威：《有没有不带阶级性的山水诗？》，北京：《文学评论》，1961年第4期。

另外一些学者认为有些山水诗只是单纯地描摹了自然美，或者只写出了作者自己对某一景物的一刹那感受，读者读到的也只是作者这一刻所反映出来的自然的这一部分美，对这样的美就很难看出它的阶级性。例如罗方的《关于山水诗的阶级性》①一文认为，人们对于自然山水美景的喜爱，是不能都用阶级性的概念来区分的，也不能全都贴上封建士大夫阶级的标签随意否定。对具体作品要进行具体分析。作者分析了谢灵运的《登庐山绝顶望诸峤》、李白的《夜下征虏亭》、王维的《萍池》等具体作品，认为他们在这些诗里，没有表现出对社会对人生的感想，或者由于看到这些景象而想到他们在生活中的什么遭遇。他们在写这些诗歌时，当然有着自己的主观意识，或者美学观点，但更重要的是诗人为眼前景象吸引而感到惊奇、赞赏，进而产生要把它尽可能地如实地描绘下来的欲望，这样的动机就不一定和作者的阶级利益、他自身的利益以及他自身的遭遇有什么联系。当然，不同诗人对不同山水会有不同的爱好与不同的表现，也不一定能系统地体现诗人的美学观，也很难说一定就是封建士大夫阶级的情趣的体现，因为别的阶级有时也有这样的情趣。

对于山水诗的阶级性问题，一些高校和研究机构也组织了讨论。例如南京师范大学中文系师生在编写《中国文学史》的过程中，遇到了山水诗的阶级性问题难以解决，于是在 1960 年 10 月份举行了历时两天的群众性的学术讨论会。到会者除了参加编写《中国文学史》的一百多位师生外，还有江苏省高教厅、江苏省文学研究所、南京大学、江苏教育学院等十多个单位。对此，1960 年 12 月 4 日《光明日报》副刊《文学遗产》第 341 期发表了学术动态《关于山水诗有无阶级性的问题的讨论》，介绍了这次

① 罗方:《关于山水诗的阶级性》，北京:《文学评论》，1961 年第 3 期。

讨论会的情况：

> 讨论会首先接触到山水诗究竟有无阶级性的问题。会上大多数意见认为山水诗是有阶级性的。作为山水景物本身虽然没有什么阶级性，但是通过作家头脑所反映出来的山水诗，则是带有作者的主观思想感情色彩，也就必然打上阶级烙印……
>
> 但是会上也有人认为，有些山水诗是看不出阶级性来的……
>
> 对于山水诗的阶级性表现在哪里，会上的意见也极不一致。有人认为，首先应该从作者的构思和创作的意境来分析，例如，对无名氏的创作就应该这样。但有人反对这种意见，认为首先从语言风格上分析阶级性则是纯艺术观点，这是不能找出阶级性来的，应该从作品本身的思想内容出发，同时结合作家生平、时代和总的创作倾向进行探讨。
>
> 关于打上阶级烙印的山水诗为什么能引起不同时代不同阶级的人们的欣赏和喜爱，这是讨论会争论的焦点之一。有人认为，山水景物本身存在着美的属性，是没有阶级性的，而山水景物又为人们所普遍喜爱，因此只要真实地表现了这种自然美，就能为不同阶级的人们所共同欣赏和喜爱，不能说，凡是封建士大夫所欣赏和喜爱的山水诗，劳动人民就不能欣赏……但有人不完全同意这种意见，认为同一首山水诗确能引起不同阶级的人们的欣赏和喜爱，但是，由于不同阶级的审美观点不同，所引起的美感作用是会截然不同的……这就是说，美感是有阶级性的。尽管某些山水诗可能为不同阶级的人们所欣赏和喜爱，但所引起的美感作用是不同的。

河北大学中文系对王维山水诗的讨论争论也很大。讨论者认为王维的山水诗所表现的思想是消极的，应大加批判，但是否就能一笔抹煞，这是“主要争论之点”①，没有结论。

关于中间作品的讨论

在一场场大讨论中，很多学者发现用单一的阶级分析法难以对一些生活身世比较复杂的作家和政治思想倾向不太明显的作品进行处理。历史上很多复杂的文学现象不是简单套用马克思主义文艺理论就能圆满解决的。虽然新中国的学者们都确信以马克思主义的政治社会学为核心的文学理论体系是解决文学问题的良方，但文学史上有太多阶级性、民主性不明显而艺术性又十分突出的作品让人难以评价。有些作品没有明显地站在人民的立场，也没有明显的反人民的倾向，很难说是表现了什么阶级性的作品。于是，“中间作品”这个提法悄然而生。

早在1956年前后的李煜词讨论中，毛星在《关于李煜的词》②一文中提出有些作品没有表现出对人民的立场，不一定具有阶级性。

> 李煜的词没有什么人民性的内容，但也不能说是反人民的。
>
> 这些作品，用“没有人民性就是反人民的”的公式是解释不通的。
>
> 这种“不具有人民性但也不是反人民的”的作品所以存在，是由于人的生活，以及根源于人的生活的人的思想感情，并不那样简单。不错，在阶级社会里，每个人都自觉或

① 张清华：《河北大学中文系讨论王维山水诗问题》，北京：《光明日报》，1961年12月31日。

② 毛星：《关于李煜的词》，《李煜词讨论集》，北京：作家出版社，1957年。

不自觉站在一定的阶级立场上，没有什么超阶级的人的存在的。因而作家和他的作品也不能是超阶级的。但是，人除了直接或间接参加阶级斗争，直接或间接对敌或对自己的阶级表示反对或拥护外，还可以有别的生活要参加，还可以有别的意见要发表，还可以有别的感情要抒发。比如纯粹个人之间的情爱及对自然界美的事物的欣赏等等，都不一定与人民的立场或反人民的立场有什么关联。

人是有阶级性的，但并不是一个人在任何时候任何一举一动都具有阶级的特征，都牵涉到阶级利害。比如像上面所说的对自然界某些美的事物的欣赏、只及于个人情爱，不牵涉阶级立场的吟咏等等，就不一定都具有阶级性。

即使他在政治上是站在剥削阶级方面，如果他在他的作品范围里，并没有散布什么反动的思想，他的作品也不一定对人民产生什么毒害。

毛星《评关于李煜的词的讨论》①中也提到："人们觉得，既然是要当作文学遗产来接受的东西，必然是具有爱国主义和人民性的东西。但是马克思主义并没有立过这样一个公式。"他批评"简单提出几个概念，例如人民性、民族思想、爱国主义、人道主义等等，去审查作品，合乎这些要求就是好作品，否则就是坏作品"这种简单化的倾向。

"中间作品"这个概念的正式提出和对山水诗及抒情小诗的讨论有关。1959 年 4 月 5 日《光明日报》副刊《文学遗产》第 254 期发表路坎《有没有选〈春眠不觉晓〉这首诗》后，编辑部收到许多商榷文章，并且于 1959 年 5 月 28 日《文学遗产》第 267 期发表了《关于孟浩然及其〈春晓〉诗的争论》的综合报道。其中有的

① 毛星：《评关于李煜的词的讨论》，北京：《人民日报》，1956 年 2 月 23 日。

文章提到“政治上没有中间立场，同样在文学作品中也没有中间性的作品”。此后在《文学遗产》上就展开了有没有“中间作品”的讨论。

这次讨论历时一年多。根据 1960 年 6 月 19 日《文学遗产》第 318 期发表的来稿综述《关于“中间作品”的问题》介绍，从路坎文章发表到 1960 年 12 月 4 日发表南京师范学院中文系古典文学教研室《关于山水诗有无阶级性的问题的讨论》，《文学遗产》共收到 117 篇约四十余万字的讨论“中间作品”的文章，并发表了十余篇。当时比较有代表性的文章有《文学遗产》第 293 期戴世俊《有没有“中间作品”?》，第 296 期王健秋《“中间作品”和阶级》，第 297 期蔡仪《所谓“中间作品”的问题》，第 302 期胡锡涛《略谈“中间作品”及其它》，第 307 期祈润朝《“中间作品”存在吗?》，第 313 期庆钟、禾木《谈“中间作品”的几个问题》，第 323 期江九《谈划分出“中间作品”的不合理》，第 338 期黄衍伯《关于“中间作品”问题》等等。

在讨论中，对于“中间作品”是否存在有两种相反意见。如戴世俊在《有没有“中间作品”?》一文中就说：所谓“中间作品”，换句话说，就是没有阶级性、倾向性的作品，这类作品是不存在的。因为列宁在分析资产阶级的民族文化时，指出每个民族只有两种文化，没有中间文化。文学是文化的一部分，当然也是这样，不会存在既不反动，又没有什么人民性的“中间作品”。还有发表于 1960 年 7 月 24 日《光明日报》副刊《文学遗产》第 323 期的署名北京师范学院中文系古典文学教研组的《试论所谓“中间作品”的阶级性》一文认为：

> 现在，经过进一步学习毛泽东文艺思想，经过对修正主义文艺思想的批判，我们不能不说“中间作品”这个概念是不科学的，而且它所产生的客观效果也是不好的。在阶级社会中，作家不能超然于剥削与被剥削、统治与被统治的社

会关系之外，作家不能是超阶级的人，他们写出来的文学作品也必然是一定的阶级意识的反映。如果我们承认“中间作品”的存在，那实际上就不能不承认资产阶级文人所谓的“超阶级的文学”、“第三种文学”的存在。

还有黄衍伯《关于“中间作品”问题》①一文也认为，“‘中间作品’这一概念，从它形成的最初时起，就包含着错误的因素。”而且，“‘中间作品’这一概念提出后，从文学研究的实践来看，并没有帮助大家认清什么问题，反而引起了混乱”。文章引述列宁在《怎么办?》中所说的“没有中间的思想体系（因为人类没有创造过任何‘第三种’思想体系，而且一般说，在为阶级矛盾所分裂的社会中，任何时候也不能有非阶级的或超阶级的思想体系）”的论断，以及毛泽东的有关论述，来论证不可能存在什么“中间作品”：

> 如果说，提出“中间作品”，是看到了文学史上存在着一种既没有什么人民性但也还不能算反动的作品，那就应当把它理解为（列宁所说的）两种文化斗争中的一些错综复杂的现象，运用列宁和毛主席的上述观点去进一步具体分析。而缩小列宁这一原理的意义，则是十分错误的。

蔡仪《所谓“中间作品”的问题》则主张把作品的阶级性与进步性或反动性区分开。他提出要区别两种“中间作品”的含义。“一种是反动与进步之间的，既不反动也不进步的作品，或者说是‘既不反动也没有什么人民性’的作品。另一种是所谓没有阶级性的，即既不属于这一阶级也不属于别一阶级的作品。”他认为，“阶级社会的作者的思想感情既不能不有阶级性，他的作品也就不能不有阶级性”。就文学史上的古代作品来说，“实际上

① 黄衍伯：《关于“中间作品”问题》，北京：《光明日报》，1960 年 11 月 13 日。

封建阶级或资产阶级的文学作品之中，既有反动的，也有进步的，而且更有一些作品所表现的思想感情，则是既不对人民有益，也不是对人民有害。所以阶级社会的文学作品，虽不能不有阶级性，但不能说就没有既不进步也不反动的作品”。

胡锡涛《略谈“中间作品”及其它》一文针对戴世俊文引列宁两种文化的论断来否定“中间作品”的存在的做法指出，列宁尽管“并没有说过有什么‘中间作品’，但是，也不能因此把列宁的话引申为，‘不是人民的文学，就是反人民的文学’，或者像戴先生所说的‘作品的阶级倾向性，却只有对立的两种：进步与反动。’列宁说的是十九世纪末二十世纪初的‘现代民族’，因此不可同日而语”。从中可以看出，学者们对于作为理论支撑的列宁的关于“两种文化”的论断，存在理解上的不同。

在文学史上，“不具有人民性但也不是反人民的”的中间作品确实很多。这场大讨论给了很多人以有益启示。例如，当时引起很大反响的北大中文系文学专门化55级集体编著的《中国文学史》在1959年再版修订时，就接受了运用“既不反动也没有什么人民性的中间作品”的提法，在修改版的“绪论”中说：

> 在我国文学史中，人民的进步文学常常采用现实主义与积极浪漫主义的创作方法，而反人民的反动文学则往往采用形式主义、自然主义与消极浪漫主义。当然，此外还存在着既不反动又没有什么人民性的中间作品，但是，只要这些作品在艺术上有独特的成就，对文学的发展有所贡献，仍然可以把它列入人民的文学，因为，文学艺术的每一发展，都是符合人民的利益的。

为这次讨论画上句号的是何其芳。1959年6月，在中国作家协会和中国科学院文学研究所召开的文学史问题研讨会上，何其芳在发言中也提到“中间作品”问题：

> 在文学史上，在同情人民和反对人民之间，在明显的进

步和明显的反动之间，还有大量带有中间性的作品。它们并没有表现出反对人民，但其中也找不到同情人民的内容。它们并不反动，但进步意义也不明显。像王维、孟浩然的许多山水诗和田园诗，李贺、李商隐和杜牧的许多诗，李煜、李清照和姜夔的许多词，马致远的有些杂剧，大致就是这样的作品。

事实上"中间作品"这一说法的提出，已经说明仅仅用阶级分析法是不能概括纷繁复杂的文学现象的，政治与思想标准是评价古代文学作品的主要标准，但不是唯一标准。"中间作品"的提出，有助于避免简单粗暴地把阶级性不明显的作品划入反动的范畴或者硬拉入人民性的范畴。因此，这一说法的提出甚至比这一提法是否圆满更为重要。从 1956 年到 1960 年的李煜词、陶渊明、李清照词、山水诗、共鸣、中间作品等几次大讨论，事实上提出了在马克思主义理论框架下如何严谨求实地进行古代文学研究的问题，几次大讨论对以后的古典文学研究产生了积极的影响。

（北京燕山出版社　陈金霞）

“大跃进”与古典文学研究

全国开展“大跃进”运动

1956 年底，我国的社会主义改造基本完成。自 1953 年起我国经济建设实行的第一个五年计划，到 1957 年也顺利完成，工农业生产都有大幅度的提高，社会安定、风气良好。在这样的大好形势下，1956 年秋天召开的党的第八次代表大会，正确分析了国内形式，确定了在综合平衡中稳步前进的经济建设方针。但是从 1957 年开始，党的领导政策开始偏转，1958 年开始，以片面强调高速度为标志的总路线，以瞎指挥、浮夸风为标志的“大跃进”，以“一大二公”、“政社合一”为标志的人民公社化运动风起云涌，席卷全国。虽然党的初衷是加快社会主义建设，尽快把中国建成社会主义强国，但是实际上却对国家经济建设以及社会生活的各方面都造成了巨大的损失。

“大跃进”运动从 1957 年已经开始酝酿。1957 年 9 月 10 日，中共中央召开了八届三中全会。在会议结束时，毛泽东作了《做革命的促进派》的长篇讲话，他推翻了八大对中国当前主要社会矛盾的正确判断，提出“无产阶级和资产阶级的矛盾，社会主义道路和资本主义道路的矛盾，毫无疑问，这是当前我国社会的主要矛盾”①。要求全党必须促进，不能促退，否定了稳步前

① 毛泽东：《毛泽东选集》第 5 卷，第 475 页，北京：人民出版社，1977 年。

进的建设方针。

大踏步地跃进式地改变中国一穷二白的落后面貌，是毛泽东的心愿。1957年11月，毛泽东到苏联出席俄国十月革命40周年庆典，他曾发表讲话：

> 中国人是想努力的。中国从政治上、人口上说是个大国，从经济上说现在还是个小国。他们想努力，他们非常热心工作，要把中国变成一个真正的大国。赫鲁晓夫同志告诉我们，十五年后，苏联可以超过美国。我也可以讲，十五年后我们可能赶上或者超过英国。

表达了希望快速赶上发达国家的心情。

1957年11月13日，《人民日报》发表了一篇社论，题为《发动全民，讨论四十条纲要，掀起农业生产的新高潮》。这篇社论里，第一次使用了“大跃进”这个词。毛泽东看到了这篇社论，非常欣赏“大跃进”这个提法，认为与“反冒进”针锋相对，应该提倡。1957年12月12日《人民日报》发表了毛泽东写的社论《必须坚持多快好省的建设方针》。1958年1月1日、2月3日《人民日报》又发表了题为《乘风破浪》和《鼓足干劲，力争上游》的社论，号召全党和全国人民“掀起社会主义建设的高潮”。

1958年1月11日至22日，中共中央在南宁召开了有部分领导人和地方负责人参加的工作会议。这次南宁会议上，毛泽东对“反冒进”的批评更加严厉了。周恩来、陈云、李先念、薄一波等人先后作了自我批评，承担了各自在“反冒进”中所谓犯“错误”的责任。

为了进一步推动“大跃进”运动，1958年3月9日到26日，中共中央在成都召开了政治局扩大会议。毛泽东在十八天的会议中，一连讲了六次话。他说，社会主义建设有两种办法，一种是干劲十足，轰轰烈烈，坚持群众路线，一种是“寻寻觅觅，冷冷清清，凄凄惨惨戚戚”。他多次提到十二个字：鼓足干劲，力争上游，多快好省。这次成都会议又将1958年的计划和预算指标大幅度提高。

1958年5月5日至23日在北京召开的中共八大二次会议，标志着“大跃进”运动的正式发动。这次会议正式通过了毛泽东提出的社会主义总路线，即“鼓足干劲，力争上游，多快好省地建设社会主义”。并充分肯定了当时正在兴起的“大跃进”运动。对此，毛泽东在1960年写的《十年总结》中是这样说的：“1958年5月党代表大会制定了一个较为完整的总路线，并且提出了打破迷信、敢想敢说敢做的思想，这就开始了1958年的大跃进。”这次会议还批判了社会主义建设上的所谓“观潮派”和“秋后算账派”，发出了“插红旗”、“拔白旗”的号召，要求在每一个党委、机关、部队、工厂、合作社都要插上无产阶级的红旗，拔掉资产阶级的白旗。

在没有经过认真调查研究和试点的情况下，6月间，在中央召开的北戴河会议上，提出钢产量要比1957年产量翻一番，达到1070万吨，粮食产量要比1957年增长69%～90%，达到6000亿～7000亿斤，棉花产量要比1957年增产一倍，达到7000万担。其他指标也不断增加。会后，“大跃进”运动推向高潮。为了强求完成钢的任务，在全国发动了“以钢为纲”的“全民大办钢铁”运动。为了追求完成农业产品的高指标，许多地区和单位违反科学规律，大搞所谓“深翻改土”和“高度密植”，甚至虚报浮夸，弄虚作假，大放高产“卫星”。例如河北省徐水县在“大跃进”的过程中，曾经放了一亩地产山药120万斤、小麦12万斤、皮棉5000斤、全县粮食亩产2000斤等高产“卫星”。在钢铁、粮食生产“大跃进”的带动下，交通、邮电、教育、文化、卫生也都开展了“全民大办”的“大跃进”运动。

1959年9月，八届八中全会批判所谓彭德怀右倾反党集团，随后全党又展开“反右倾”斗争，党内“左”倾错误更加发展。

从1958年“大跃进”开始的三年“左”倾冒进给生产力带来严重破坏，导致国民经济比例严重失调，使国家和人民遭到了重大损失。

教育界的“大跃进”与编写“红色文学史”

在全国大跃进的形式下，教育界也展开了轰轰烈烈的大跃进运动。首先受到冲击的是一批从旧社会走过来的专家、学者。1957年3月，毛泽东在全国宣传会议的讲话中，从世界观上判定我国大多数的知识分子仍然具有资产阶级世界观，属于资产阶级知识分子。5月15日，毛泽东又撰写了《事情正在起变化》，判定“最近一段时期，在民主党派中和高等学校中，右派表现得最坚决，最猖狂”①。在党的八届三中全会上，毛泽东把多数知识分子划入到资产阶级队伍，把他们视为无产阶级的敌人。他说：“资产阶级，特别是它的知识分子，是现在可以同无产阶级较量的主要力量。”②与之相对应，1957年下半年全国开展了轰轰烈烈的反右派斗争，将数十万知识分子打成右派，划进“地、富、反、坏、右”的“阶级敌人”中去。毛泽东认为在大学里中文系和历史系的唯心论最多。进行学术批判，这两个专业的知识分子是首当其冲的。响应毛泽东的论断，陈伯达在1958年3月10日召开的国务院科学规划委员会第五次会议上，指责哲学社会科学的主要缺点是“言必称三代”，脱离革命实践的繁琐主义。他认为哲学社会科学也应该跃进，办法是“厚今薄古，边干边

① 毛泽东：《建国以来毛泽东文稿》第6卷，第550页，北京：中央文献出版社，1992年。

② 毛泽东：《毛泽东文集》第7卷，第309页，北京：人民出版社，1999年。

学”。由此，在史学界、古典文学界展开批判厚古薄今，批判资产阶级学术权威的运动，许多专家学者被打成右派，或受到不同程度的批判。中共八大二次会议后，高等学校“插红旗，拔白旗”的运动又开展起来。在这样的政治形式下，刘大杰《中国文学发展史》、郑振铎《插图本中国文学史》、郑振铎《中国俗文学史》、陆侃如《中国诗史》、王瑶《中古文学史论》等文学史著作都受到了批判，多被扣上反历史唯物主义、资产阶级唯心主义、资产阶级庸俗进化论思想、形式主义、主观主义等帽子，许多专家学者都成了学术界的白旗。

资产阶级学术权威的白旗被拔掉了，自然还要插上无产阶级的红旗。毛泽东在多次会议和讲话中提出要培养无产阶级自己的知识分子，来替代资产阶级知识分子，成为社会主义文化建设的中坚力量。1958 年 9 月 19 日，中共中央、国务院《关于教育工作的指示》提出“普及教育，培养出一支数以千万计的又红又专的工人阶级知识分子的队伍，是全党和全国人民的巨大的历史任务之一”。

在破除了对所谓专家教授、书本文献的迷信思想后，在“破除迷信，解放思想”的口号下，精神生产如同物质生产一样，也搞起了群众运动。在校学生们摒弃过去的教学大纲和教学计划，自己制定教学大纲，自己编写教材。

配合“大跃进”的形势和高等学校教学改革的需要，文学史编写也纳入了“大跃进”的轨道。当时各大高校纷纷组织在校学生和青年教师集体编写文学史教材。这些文学史在当时被称为“红色的中国文学史”。其中主要著作有：

《中国文学史》上、下册，北大中文系文学专门化 55 级集体，人民文学出版社，1958 年 9 月。

《中国文学史》(精)共四册，北大中文系文学专门化 55 级集体，人民文学出版社，1959 年 10 月。

《中国文学讲稿》，北师大中文系三、四年级同学及古典文学教研组教师合编，高等教育出版社，1958年12月。

《中国文学史》上、中、下册，复旦大学中文系古典文学组学生集体，中华书局，1958年12月—1959年12月。

《中国文学史稿》四册，吉大中文系中国文学史教材编写小组，吉林人民出版社，1959年10月—1961年3月。

《中国文学发展简史》，北大中文系57级《中国文学发展简史》编委会编著，中国青年出版社，1961年8月。

《中国小说史稿》，北大中文系五五级《中国小说史稿》编委会编，人民文学出版社，1960年。

《中国民间文学史（初稿）》上、下册，北京师范大学中文系55级学生集体编写，人民文学出版社，1958年。

《中国文学史》四册，杭州大学中国语言文学系古典文学教研组改编，1961年。

这些文学史全部是在校学生和青年教师在极短的时间内集体编著的，充分体现出集体的力量、文学青年的热情和"大跃进"的高涨情绪。以下这几段文字可以很好地体现当时渴望献身社会主义文化建设大潮中的青年人的心态：

> 一九五八年是一个不平凡的年头。在这一年中，全国人民在党的领导下，发挥了惊人的智慧，鼓足干劲，力争上游，跃进再跃进，在工业、农业和科学文化等各条战线上，打了无数漂亮的胜仗。每天打开报纸，一条一条胜利消息，象耀眼的珍珠一样，在我们面前闪闪发光。它使我们这些年轻人感到惭愧，同时也受到了莫大的鼓舞。我们想：我们是毛泽东时代的青年，我们要做祖国文学战线上的尖兵，我们应当参加到大跃进的行列中去，为古典文学研究工作贡献一份力量。这部《中国文学史》著作，就是在这样的背景下诞生的。

参加编写工作的共有三十多人，中文系三年级古典文学专门化十一位同学负责编写《中国文学史》上册。当时，整风运动和教育革命正在一个高潮接着一个高潮。这些运动提高了我们学生的政治觉悟，也使我们深刻认识到在古典文学领域中树立马列主义、毛泽东思想红旗的重要意义。于是，我们同学就响应了党的号召，组织起来，在一九五八年暑假期间，大力进行教材建设工作，诞生了大批的以毛泽东思想为指导的、内容崭新的教学大纲和讲义，其中包括《中国文学史讲义》。

我们编写这本书的目的，是试图用马列主义和毛泽东思想为指导思想，来阐述中国古代文学发展的历史，吸收精华，摒弃糟粕，总结和发扬我国优秀的文学传统，为繁荣社会主义的文学事业贡献出一份力量。同时，也可使人民群众在优秀的古代文学作品中，认识过去，吸取力量，从而更加热爱今天的生活。①

从当时《光明日报》副刊《文学遗产》发表的若干篇学术研究动态、这些文学史编著者的自述和其他一些文章中可以充分显现出以下特点：一是编写的主体是在校学生；二是编写的时间很短，几十万字的教材往往在十几天或二十几天中就编写了出来；三是以马列主义、毛泽东思想为指导，把现实主义和反现实主义的斗争作为文学史发展的基本规律；四是把民间文学视为中国文学发展的主流。例如在当时引起轰动的北大中文系文学专门化55级集体编著的《中国文学史》出版后，许多文章都以惊叹的语气写道：

中国现在是个创造奇迹的时代。

① 复旦大学中文系三年级学生盛钟健等：《探讨和希望——谈谈我们的〈中国文学史〉(上册)》，北京：《解放日报》，1959年3月15日。

一群青年，三十多个大学生，在三十几天里，编写出一部长达七十多万字的《中国文学史》，这应该说也是一个奇迹。

……

在党的领导下，人民站起来了，群众动起来了，在学术界，在科学研究方面，跟工农业以及科学文化各方面一样，大跃进，大跃进，一定会取得更大更多的成绩。这就是共产主义风格！①

三十多个年轻人，只用了三十几天的时间，就写出了这样一部七十余万言的优秀著作，不能不说是一个“奇迹”。然而，这个“奇迹”的出现，在毛泽东的时代里，完全是可以理解的。②

三十几个“毛头小伙子”，在三十五天的时间里，经过日以继夜的苦战，读书一千余种，却把七十余万字的《中国文学史》写出来了。③

其他一些文学史的写作也无一不体现这一点。例如南开大学编写文学史的过程也是如此，1958年10月5日《光明日报》副刊《文学遗产》第229期发表的学术研究动态《南开大学中文系在跃进中》是这样介绍的：

在今年暑假里，南开大学中文系师生投入了大办工厂、大搞科学研究的热潮。经过二十天的奋战，已经取得了辉

---

① 杨晦等：《红色〈中国文学史〉的科学成就——评北大中文系文学专门化55级集体编著的〈中国文学史〉》，北京：《光明日报》，1958年10月30日。

②《文学遗产》编辑部：《第一部红色的中国文学史著作——关于〈中国文学史〉座谈会的综合报导》，北京：《光明日报》，1959年1月4日。

③ 北京大学中文系55级《中国文学史》编委会：《谁说脑力劳动不能大协作》，北京：《光明日报》，1958年12月7日。

煌的战果。在古典文学方面，编写了从先秦到五四的《中国文学史》的全部讲义（包括作品选注），编辑了《中国共产党与中国文学》等三种参考资料，写了《批判右派分子冯雪峰对〈水浒〉的歪曲》等七篇批判资产阶级学术思想的论文。

又如据谭丕模《评介中国古典文学教学大纲初稿》介绍，北京师范大学学刊1958年第四期发表了一份《中国古典文学教学大纲初稿》，这是"北京师范大学中文系三、四年级一部分同学、研究生和一部分教师在'七一'前响应党的号召，进行教学改革所突击出来的战果。他们以敢想、敢说、敢干的精神，鼓足冲天干劲，苦战七昼夜，完成一部马克思主义理论体系的新大纲"①。

再如吉林大学，1958年11月2日《光明日报》副刊《文学遗产》第233期发表万庄的《在教学改革中的吉林大学中文系》是这样介绍的：

> 通过对资产阶级教学观点的批判，同志们已认识到要在古典文学领域插上红旗，必须彻底粉碎资产阶级伪科学，决定重新编写教学大纲和讲义。七月底，由党总支直接领导，先组织四年级同学编写中国古典文学史教学大纲，进行试点。经过全班廿四名同学十昼夜的苦战，翻阅了五百三十二种，一千多册的参考书籍，于八月中旬制定出一部崭新的以毛泽东文艺思想为指导，以民间文学为正宗的，长达十二万言的中国古典文学史教学大纲。大纲中贯彻了厚今薄古，古为今用，略古详今的原则，注意了古典文学中现实主义和反现实主义的斗争，并指出现实主义作家之所以获得成就乃是他们善于向民间文学学习和反映人民思想愿望生活及斗争的结果。并以马列主义及历史唯物观点，对古典

① 谭丕模：《评介中国古典文学教学大纲初稿》，北京：《光明日报》，1958年10月19日。

作家和作品作出新的估价，对一些在文学史上曾引起纷争的作家如李煜、高明等，均给以明确批判。

……

而在政治上的收获则更是不可估量。首先解放了思想，打破了对专家教授的迷信，锻炼了同学们的独立工作能力，增强了信心，同时也摸索到了以多快好省的原则进行教学研究的途径。同学们一致认识到只要有党的领导，充分发挥群众的积极性创造性，人人作到政治挂帅，任何艰巨的任务都是能完成的。

几部著名的“红色文学史”

最先出版的“红色”中国文学史是人民文学出版社1958年9月出版的北大中文系文学专门化55级集体编著的《中国文学史》上、下册。在这部文学史的“前言”里，写作者提出写作的指导思想是“根据马克思列宁主义的学说，在文学史研究中我们坚决贯彻了阶级观点、历史唯物主义观点和人民性观点，从而把文学史初步建立在科学的基础上”。这部文学史最大的特点是用“现实主义和反现实主义的斗争”来概括文学发展的过程，把民间文学视为中国文学史的主流。在“前言”中，写作者援引高尔基关于人民创造精神财富和马克思关于希腊神话的论述以后说：“我国民间文学以铁的事实和内在的真实力量，雄辩地说明了它在整个中国文学发展中的决定作用。”“我国民间文学也正象土地滋长万物一样，滋育和哺乳着进步的作家文学。”在“结束语”中再一次强调：“民间文学是我国文学的主流——人民文学的核心和基础。”“进步文学和反动文学的斗争主要表现在现实主义和反现实主义的斗争中。”“现实主义文学始终没有间断过，始终是我国文学发展的主流。”

这部文学史发表后，在社会引起很大的反响。许多专家学者和一般读者都纷纷写信写文章发表意见。在一片赞誉的同时，也有人提出一些商榷意见。北大中文系文学专门化55级根据这些意见，对《中国文学史》进行了修订，于1959年9月由人民文学出版社出版了修订本《中国文学史》，共四册，一百二十多万字。

在本版“前言”中，首先肯定“去年我们编著的《中国文学史》，基本方向是正确的”。但是承认“在贯彻马克思列宁主义的基本观点时，产生了若干简单化的缺点，而对文学史材料的掌握和分析中，也有不够深入细致的毛病”。写作者宣称：“我们是不断革命论者，我们永远不会忘记作为全国青年社会主义建设先进集体的荣誉，更不会忘记共青团中央对我们的殷切期望：坚决做社会主义和共产主义的突击队。”“在思想革命的基础上，在轰轰烈烈地把北京大学建成一个教学、科学研究、生产劳动三结合的新型学府的运动中，老师们同我们一起，沿着党所指引的光辉的红专大道上飞奔前进。”因此，重新修改了全部文学史。

在“绪论”中，写作者坚持无产阶级立场，指出他们与资产阶级学者在文学史研究上的根本分歧有三个：“首先，我们认为阶级社会的文学是带有阶级性的，是阶级斗争的工具之一。”“其次，我们认为在文学史的研究中应该贯彻历史唯物主义观点。”“再次，我们认为，在评价古典作家作品时，应当从人民的立场出发。”尽管写作者的政治立场十分坚定，但还是放弃了现实主义和反现实主义之间的斗争是文学发展的基本规律的说法。理由是现实主义应当作为创作方法来理解，它不能包括积极浪漫主义。至于反现实主义更不是单一的创作方法的概念。更重要的是，艺术创作方法之间的斗争，远不足以概括全部文学史中极为复杂与尖锐的阶级斗争。修改版改用人民的进步文学和反人民的反动文学的斗争来概括文学史的发展，而且变通地加入了既不反动又没有什么人民性的中间作品这一分类：

> 在我国文学史中，人民的进步文学常常采用现实主义与积极浪漫主义的创作方法，而反人民的反动文学则往往采取形式主义、自然主义与消极浪漫主义。当然，此外还存在着既不反动又没有什么人民性的中间作品，但是，只要这些作品在艺术上有独特的成就，对文学的发展有所贡献，仍然可以把它列入人民的文学；因为，文学艺术的每一发展，都是符合人民的利益的。

而且承认在具体文学现象以及作家作品的分析评价中，犯了若干错误，如“原版文学史中把像王维、杜牧、李清照这样的作家都用反现实主义抹煞了他们应有的成就，显然是不正确的”。在政治标准和艺术标准的分寸把握上，也犯了简单化和不顾历史条件的毛病，“如没有给山水诗、田园诗与个人抒情诗以充分的肯定，对作家提出超越时代的过高要求等”。

修改后的文学史章目设置比较合理，基本涵盖各时代的各种文体和代表作家，对具体作家的评价也公允许多。但是出于经济基础决定上层建筑的指导思想，对某些作品评价仍然很低，例如第三编的概论评价两晋南北朝文学：

> 从魏以后，文学又有了明显的变化。这是士族门阀制度逐渐形成和巩固。反动的士族门阀制度实质是一种贵族制度，它无比地加深了统治阶级与人民之间的阶级的鸿沟。士族把持了文坛，也就使文学远远地离开了人民，失掉了任何现实的内容，成为一小撮士族贵族纵欲享乐或寻求精神超脱的工具。于是追求旷放适意、高谈玄理的玄言文学，追求长生久视、全真养性的游仙文学，追求荒淫无耻、色情肉欲的宫体文学充塞了文坛。他们甚至把文学作为卖弄学问和游戏的工具。这些文学的共同特色，是再没有人生的社会的内容。尽管那个时代是那样罪恶深重，民族矛盾、阶级

矛盾是那么尖锐，他们作品里却没有一点反映。文学失去了深刻的内容，就必然走上形式主义道路。士族文学正是沿着形式主义道路发展的。他们只追求声律、对偶、用事，对文学作品象雕琢一件玩物一样精心考究，华而无实。

北大中文系55级还编写了一部《中国小说史稿》，1960年由人民文学出版社出版。这部小说史约40万字。全书充满年轻人特有的冲劲和战斗力，在“前言”中，写作者宣称，编写的总原则与目的是“自觉地力求服从于无产阶级的政治目的”，这本书“应该是一支压满了子弹的机关枪，我们要用它来保卫毛泽东文艺思想，用它来参加对资产阶级学术思想和文艺思想的斗争，特别是对修正主义的斗争！”“通过对古典小说的批判的清理，用更多的历史知识武装起来，更有力地更彻底地清除资产阶级的特别是修正主义的毒素。”并“再一次证明：我们伟大领袖毛泽东同志的文艺思想，是多么深刻全面地用马克思列宁主义思想批判地总结了世界文艺发展的历史经验，是马克思列宁主义美学在新的历史条件下系统化的体现和新的发展”。不仅如此，书中还批判胡适派的民族虚无主义和形式主义，批判人性论文艺观的修正主义。并且专门开辟了“《三国演义》研究批判”、“《水浒传》研究批判”、“《聊斋志异》研究批判”、“《儒林外史》研究批判”、“《红楼梦》研究批判”、“《二拍》及其他白话短篇小说批判”等专节，批判胡适、冯雪峰、俞平伯等学者的资产阶级唯心主义和修正主义错误。

该书用现实主义和浪漫主义以及两结合的创作方法论去作为一根线贯串始终。把古典小说的历史划分为三个大时期八个小阶段：第一个时期是中国小说的准备时期，包括先秦两汉的神话、传说、寓言、故事、史传文学等。第二个时期是中国古典小说产生、发展、成熟的时期，包括魏晋小说和唐宋传奇。第三个时期是中国小说大繁荣的时期，从宋元话本开始。除了小说准备时期以外，自魏晋以下又可分为七个阶段：魏晋南北朝小说、唐宋传奇、宋元话本、明代前期小说（包括成书较晚的《西游记》）、明代后期小说、清代小说（到鸦片战争为止）、近代小说（鸦片战争到“五四”以前）。总体来说，比以前的小说史有所发展，如在小说的领域中补充进史传文学，把唐传奇更细化地分成三个阶段等。

复旦大学中文系古典文学组学生集体编著的《中国文学史》是另一部引起较大反响的文学史。该书分为上、中、下三册，由中华书局于 1958 年 12 月、1959 年 4 月、1959 年 12 月分别出版。

该文学史也是用现实主义的文学和反现实主义的文学的斗争来概括整个文学史的。如“导言”所说：“进入阶级社会后，我国古典文学中始终存在着两种对立的文学——现实主义和反现实主义的文学，进行着尖锐而复杂的斗争。一部文学史，就是由这样的斗争所构成。”而且把民间文学视为文学发展的主流。在章节设置上突出了民间文学的位置。如第四编“隋唐五代文学”的第一章“绪论”之后，紧接第二章就是“唐代民间文学”。第五编“宋元文学”的第一章“绪论”之后，紧接第二章就是“宋元民间文学”等等。

该书具有很强的革命性和批判性，严厉地批判了古典文学研究中封建复古主义和资产阶级虚无主义。“导言”中说：“马克思列宁主义的历史观与美学观不是任何人都能掌握的。资产阶级学者永远不能科学地写出一部像样的文学史来。”还说“旧中国是一个半封建半殖民地性质的国家，有许多资产阶级学者们还带有浓厚的封建性”，“解放以后，资产阶级知识分子虽然经过思想改造，在政治上大势所趋，不得不跟党走，拥护社会主义。他们和胡适有所不同。可是……他们竭力将古典文学的研究领域，变成他们资产阶级的自由世界和最后阵地，厚资产阶级之古，薄无产阶级之今……”

这部著作的革命性还体现在具体论述中。该书把文人按阶级划分，并分别归入现实主义、形式主义等阵营。例如，第四编“隋唐五代文学”中有一节“田园诗人”是这样评价山水田园诗和诗人的：

> 在唐代反现实主义诗歌流派里，专以描绘山水田园为能事的诗人及其创作，给当时和后世的文学的发展带来很大的影响……善于将地主剥削阶级的思想情感，巧妙地和自然景物结合起来，具有很大的艺术魅力。在社会斗争中，它诱惑人们逃避现实，涣散人们向旧制度冲击的力量，麻痹他们的斗争意志。
>
> 如王维、孟浩然等人艺术手腕比较高明，能够非常正确地艺术地表现出封建士大夫普遍具有的那种饱食暖衣、悠哉游哉，在个人小天地内自我欣赏自我陶醉的思想情绪……他们的诗是为地主剥削阶级服务的，是为那些封建制度所满意的人服务的，给予他们以精神上的安慰。而对于要求改变不合理的现状的被压迫者、被剥削者，这种诗只能起瓦解革命斗争的消极作用。

认为这种隐逸没有任何与统治者不合作的积极意义，而是地主阶级享乐生活的一种表现形式，它是建立在剥削劳动人民的基础上的。从而完全否定了田园派诗人，把他们划入反人民的行列：

> 这一群过着悠闲的剥削生活的诗人们，从自己的阶级美感出发，刻画田园景物，作为自己精神上的安慰与寄托，就必然是粉饰现实和歪曲现实，将地主对农民的残酷剥削加以美化，将濒于破产的农村加以理想化……他们就抹杀了封建社会中地主与农民的尖锐的对立，以牧歌的调子掩盖了农民在赋税与田租压榨下的痛苦的呻吟。

又如,该文学史认为苦吟派韩愈、孟郊、贾岛和唯美派的李贺、杜牧、李商隐等是"回避了社会斗争,走上了反现实主义的道路"。"我们对这些诗人必须加强批判。"认为这些诗人作品的特点是:

> 内容贫乏,范围狭窄。就象是蚕蛹一样,他们钻在自己织成的丝茧里。他们的不幸和哀伤都是些个人的东西。缺乏时代气息,缺乏社会意义。孟郊、贾岛是被贫困和孤独压倒了,李贺抒发他的人生的朦胧的不满,李商隐为他的暧昧的爱情和仕途失意而叹息……在血与泪的现实里,他们和人民的意志与愿望背道而驰,所抒发的都是些剥削阶级的思想感情。
>
> 他们站在现实主义诗人的对面……在社会斗争中起了促退作用。

吉林大学中文系也编写了一部《中国文学史稿》。这部署名为"吉大中文系中国文学史教材编写小组"的《中国文学史稿》分为"先秦至隋部分"、"唐宋部分"、"元明部分"、"清及近代史部分"四个分册,由吉林人民出版社从 1959 年 10 月至 1961 年 3 月陆续出版。

该书是典型的"大跃进"产物,"大跃进"性质在全书中十分明显。在全书"说明"中声称:

> 这部《中国文学史稿》是在一九五八年八月我系教学改革中产生的。当时,在我系党总支直接领导下,集中五四、五五、五六三个年级四十四个同学和八个教师,组成教材编写小组,根据五四级同学所编大纲,在仅仅两三周的时间内,突击完成了初稿。其后,经过小组中的部分成员做了一些修改,现在出版的便是我们的修改稿。

在"导论"中又说:

> 今天,我们祖国六亿人民,在党的领导下,正以高速度

从事社会主义建设，以巨人的步伐朝着共产主义目标奋勇前进。建设社会主义，必然要掀起一个建设社会主义新文化的高潮，这正是今天的现实。而建设社会主义的新文化，研究、整理和继承古代文化遗产，也是一个十分重要的方面。

研究或学习文学史，必须从今天的高度出发，正确阐明、理解古典文学创作的思想意义，引导人们憎恨黑暗的过去，认识各个历史时期人民的生活和斗争，从而更使人们热爱今天，热爱今天的社会主义建设事业，向往于明天的共产主义社会，为了在今天的工作里创造更多的奇迹，建立更大的功勋。

在“导论”中，该文学史把古代文学分为人民的进步文学和反人民的反动文学。人民的进步文学包括民间文学和进步作家的作品。创作方法多是现实主义和积极浪漫主义。反动文学是剥削阶级及其御用文人创作的文学。创作方法多是形式主义、自然主义和消极的浪漫主义。

该文学史也突出了民间文学，明确区分民间文学和作家文学。例如，第四编“唐代文学”第一章“概论”之后紧接着第二章“唐五代民间文学”。再如第五编“宋代文学”，第二章为“宋代民间文学”，第三章、第四章、第七章依次为“北宋作家文学”、“南宋前期作家文学”、“南宋后期作家文学”。但是在突出民间文学的同时，也强调了进步的作家文学的地位。“导言”提出：“民间文学和作家文学的关系很密切，它们是互相影响，互相作用的。”

下面让我们以第四编“唐代文学”第一章的第二节“唐五代文学概况”为例，看看该文学史对一些文学现象和作家的评价：

唐代文学的发展，贯穿着现实主义和反现实主义两种倾向的斗争。唐前期从承袭六朝的宫体文学到王维、孟浩然的田园隐逸诗派，构成反现实主义的一条线。另一条现实主义和积极浪漫主义的线是：初唐四杰初步把诗歌从宫廷贵族手中解放出来，接着陈子昂正面抨击了宫体文学，李白、杜甫、岑参、高适等一系列作家的创作，更以压倒的优势取得对反现实主义斗争的辉煌胜利。唐中期一开始现实主义便居于主导地位，而以白居易等作家的“新乐府”创作为其标志。白居易更进而对同时在传播着的形式主义——特别是唯美主义的不良倾向予以批判和抨击，建立了现实主义创作的理论。同时期柳宗元的文学散文更丰富了现实主义文学。另一面从韩愈形式主义诗歌到李贺唯美主义诗歌形成了各种形式主义的诗歌流派。唐晚期唯美主义诗歌获得进一步的发展，作家词也卷入了这个逆流。直到五代，风气萎靡，而皮日休等作家则继承了“新乐府”传统与之对抗，创作了现实主义诗篇，在诗风衰落中放射着光芒。

在这段概述性的话语中，否定了王维、孟浩然、韩愈、李贺等一大批优秀的作家，把他们分别扣上反现实主义、形式主义和唯美主义的帽子。

对“红色文学史”的评价和讨论

几部“红色文学史”出版后，受到很多评论文章的肯定和表扬。例如杨晦等《〈中国文学史〉的科学成就——评北大中文系文学专门化55级集体编著的〈中国文学史〉》一文评论道：

这部文学史的主要特点和最大优点是在全书中，始终都推尊民间文学，把人民的创作放在首要地位。并以大量的事实，证明在中国文学的历史发展中，民间文学起着主导作用，发生深远的影响。从而构成了中国文学的现实主义和积极浪漫主义的优良传统。

本书贯彻了政治第一，艺术第二的原则，战斗性、思想性强，科学性也很强，解决了文学史研究中一直没有解决的许多问题。

由于编制者贯彻了政治第一，艺术第二的正确原则，在评论作品时，能较前人更为全面地估量每一部文学作品的价值。

再如1959年3月8日《光明日报》副刊《文学遗产》“读者中来”发表王重的《让文学的赤兔马向前奔驰》说：

北大中文系和北师大中文系的同学们，经过整风运动，解放了思想，认识到资产阶级教授、专家由于阶级立场的不同，在中国文学史和其他文学课程的教学活动中散布了形形色色的资产阶级文艺思想贻害青年学生。现在，这一群学生觉醒起来了，“不能容忍资产阶级专家继续对于中国古典文学作品作歪曲的理解，不能容忍他们继续以错误的观点毒害同学，”开始大胆地尝试，以马克思主义文艺理论为红线来编写中国文学史和文学课程的教学大纲。这是我国文学界的一件值得大书特书的喜事！它反映了在党的领导下，工人阶级又红又专的知识分子队伍不断壮大，文学事业的高峰上将会牢牢地插上红旗。同时，这件事情本身也含有深刻的思想斗争的意义。

再如署名复旦大学中文系古典文学组教师朱东润等《简评〈中国文学史〉（上册）》①：

复旦大学中文系古典文学组同学，在党的正确领导下，通过了教学整改，破除了迷信，解放了思想，发扬了敢想、敢说、敢作的共产主义风格，集体写作，编写了一部八十万字左右的《中国文学史》，它的上册已于今年元旦出版。这是

① 朱东润等：《简评〈中国文学史〉（上册）》，上海：《解放日报》，1959年3月16日。

百花齐放的社会主义大花园中一朵灿烂的红花，我们为它的怒放而欢呼，为党的教育方针和群众路线的胜利而欢呼！

首先体会到它具有鲜明的倾向性、战斗性和相当的科学性……

全书自始至终强调地指出了现实主义和积极浪漫主义是整个文学发展的主流，有力地批判了单纯从文体出发所强调的一个时代有一个时代的文学这种庸俗进化论的观点和精芜不分、兼收并蓄的错误倾向，从而比较鲜明地告诉我们对古典文学遗产应当吸收什么、批判什么。

再如卓如、陈超棠《简评〈中国民间文学史〉》①：

去年大跃进中，北师大中文系55级的同学们苦战30天，编写了一部《中国民间文学史》，这是我国民间文学研究上的一件大事。

编写这部民间文学史的是在党领导下破除迷信树立了共产主义风格的青年，他们抱着很高的政治热情，依靠集体力量，努力以马列主义的观点来研究我国民间文学的历史，这就使这部《中国民间文学史》，具有鲜明的特色。

鲜明的政治性和强烈的战斗性是这本书最突出的特点……

材料丰富是本书的另一特点……

再如刘大杰《在古典文学研究的领域里高举毛泽东文艺思想的红旗》②：

对资产阶级学术思想的批判，更大大地促进了古典文学研究工作，在这个批判的基础上，古典文学研究工作取得

---

① 卓如、陈超棠：《简评〈中国民间文学史〉》，北京：《光明日报》，1959年3月1日。

② 刘大杰：《在古典文学研究的领域里高举毛泽东文艺思想的红旗》，北京：《光明日报》，1960年8月7日。

了新的进展。由于解放思想，破除迷信，新生力量在批判的锻炼中，大批地成长起来涌现出来。在三结合的原则下，同学们干劲冲天，敢想敢做，在短期内编写出不少的文学史、小说史、文学批评史一类的著作，这些著作都具有不同的特色和成就。它们的特点是：一、争取运用马克思主义的历史观点和阶级观点，探讨文学发展的规律，分析批判作家和作品，充满了战斗性和新的生命力。二、在马克思列宁主义的思想指导下，开展百家争鸣，开展学术讨论，发挥了群众的智慧，在极短的时间里，就能写出几十万字甚至几百万字的大著作，这完全符合总路线的多快好省的精神，也发扬了百花齐放、百家争鸣的精神。新生力量的涌现，不仅是扩大了古典文学研究工作中的队伍，更重要的是在这一领域里，加强了马克思列宁主义和毛泽东思想的阵地，加强了兴无灭资、破旧立新的精神力量。对于今后的古典文学研究工作，起了很大的推动作用。

这几部文学史编写出版后，也有许多学者写出了一些商榷意见，引发了一些关于文学史的理论问题和具体作家作品的评价问题的讨论，如用现实主义和反现实主义的斗争为主线概括文学史是否合适，民间文学是否是中国文学史的主流等。

首先介绍民间文学是否是文学史主流的问题。当时的几部文学史都把民间文学视为文学史的主流，尤其是影响很大的北大和复旦两部文学史，在当时引起很大争论，多数专家、学者都不同意这个说法。例如邓允建《关于〈中国文学史〉的几点意见》①一文认为这个提法排斥了优秀的作家作品。他提出一个更能准确概括文学史发展规律的说法："我们可以说进步的人民

① 邓允建：《关于〈中国文学史〉的几点意见》，上海：《文汇报》，1959年4月8日。

的文学是中国文学史的主流。说进步的人民的文学是主流，其中就包括优秀的民间文学作品和作家作品。”与邓允建持相似意见的是刘大杰，他在1959年4月19日《光明日报》副刊《文学遗产》第256期发表了《文学的主流及其他》一文，在文中他说，“我认为：凡是富有人民性的而又有艺术成就的进步文学，是中国文学史中的主流。这些文学是现实主义或是积极浪漫主义的作品……如果符合这类标准的，民间文学也好，文人文学也好，都是文学的主流”。而华东师范大学中文系教授郝昺衡《关于〈中国文学史〉的几个问题》①则认为没必要分主流支流，他说：“不必分什么主流、支流，正宗、非正宗，既要不排斥民间作品，也不降低文人作品应有的地位，必须实事求是，平等看待，只论思想内容、艺术价值和教育意义，不管作者是谁，都应给他一个历史地位和艺术地位。”

其次介绍关于用现实主义和反现实主义的斗争来概括文学史的不同意见。赞同这一提法的意见已见上文引述。但多数学者认为这一提法不够准确。郝昺衡《关于〈中国文学史〉的几个问题》一文认为把外国文学流派的一些词汇强加在我国文学之上，由于社会情况不同，词义广狭不同，概念不能完全一致，往往就会似是而非，解决不了实际问题。因此，“把现实主义和反现实主义的斗争作为一条红线来贯穿整个的中国文学史，来评价历代作家，就显得有些简单化，很难正确地、恰如其分地反映出每一个时代复杂的文学情况和每一个作家的真实面貌”。而且，说到斗争，中国文学史上很多进步文学和落后文学之间就没有出现过斗争。又如蒋守谦《现实主义和反现实主义的斗争》②一

① 郝昺衡：《关于〈中国文学史〉的几个问题》，上海：《解放日报》，1959年4月12日。

② 蒋守谦：《现实主义和反现实主义的斗争》，上海：《解放日报》，1959年4月7日。

文也觉得“现实主义和反现实主义的斗争”这个提法不准确，因为“在文学史上，除了现实主义文学之外，还存在着其他种种流派。特别是积极浪漫主义文学”。如果把其中的“现实主义文学”改为进步的人民文学，把“反现实主义文学”改称反动的没落阶级的文学，就可以把积极浪漫主义文学纳入现实主义范畴中去。以群发表在 1959 年《解放》第 11 期的《对〈中国文学史〉讨论的几点意见》认为：“用现实主义和反现实主义来说明文学上的思想倾向、作家对社会现实的关系和态度，是可以的……但是，如果将现实主义和反现实主义的说法来概括创作方法，或是主要的用来说明创作方法的差别，那就显然是说不通的。因为不是用现实主义的创作方法写成的作品，未必就是反现实主义的……事实上，作家的世界观和创作方法之间确实存在着复杂的关系……而用‘现实主义和反现实主义的斗争’来概括中国文学史上的思想斗争，它的最大的缺陷，就是容易将思想倾向和创作方法混淆起来，而不能把两者适当地区分开来……”反对意见较为强烈的是刘大杰，他在《文学的主流及其他》一文中认为运用现实主义和反现实主义的公式其实是一种庸俗社会学，觉得这样概括比较好：“文学史上是存在着两条道路的斗争的，从文学一开始就是如此，那就是有人民性的进步文学同反人民性的反动文学两条道路的斗争，但进步文学始终是占着绝对的优势，成为文学中的主流。”

在这次讨论接近尾声时，何其芳 1959 年 6 月 17 日在中国作家协会和中国科学院文学研究所召开的文学史问题讨论会上的发言严谨、求实，具有总结意义。这篇发言分为四个部分，在第一部分“关于中国文学史的规律”中，何其芳指出这几部文学史出现失误的原因有二，一是引申不当，从正确的理论引申出不正确的结论。因为“文学这种上层建筑有它的复杂性。它反映阶级的利益、观点和要求常常是错综复杂的，而且有时是很曲折的”。二是复杂事物的规律需要摸索和研究的过程才能被认识。他说：

> 我们要探讨中国文学史的规律，我想不应该仅仅是马克思列宁主义的这些理论的简单的重复，也不应该仅仅是这些根本原理的正确性的又一次证明，而是还要找出一些中国文学的具体的规律来。
>
> 在这样一个很复杂的科学工作中创造性地应用马克思主义的观点，必须大量占有材料，从实际出发；必须有实事求是的态度和正确的方法；必须有较长时间的钻研。

在第二部分“关于现实主义和反现实主义的斗争”中，何其芳首先辨析了现实主义、浪漫主义的差别和积极浪漫主义、消极浪漫主义的差别，指出“作为创作方法，二者之间的差别很大，不能化为一个范畴”。恩格斯关于现实主义的定义，不适用于抒情诗和抒情的散文。随后举出北大学生所编《中国文学史》中现实主义和反现实主义的斗争的七个例子，并加以简单分析，得出结论：“从这可以看出，这种斗争并不是贯穿整个中国文学史的。”“斗争是比较复杂的。在现实主义和反现实主义的斗争之外，还有许多别的斗争。”在第三部分“关于中国文学的主流”中，认为：“说只有民间文学是中国文学的主流，这在理论上和事实上都是说不通的。”“优秀的民间文学和进步作家的文学都是主流和正宗。”批评了北大《中国文学史》把民间文学和劳动人民的文学的范围划得过大、把某些民间文学的价值和作用估计得过高的错误。在第四部分“关于评价过去的作家和作品的标准”中，说：“政治标准第一，艺术标准第二，这并不能作为创作家放松艰苦的艺术创造的借口，也不能作为批评家忽视艺术分析或没有能力进行艺术分析的辩解。”提倡不要“把政治标准第一误解为政治标准就是一切”和“把政治标准理解得机械、狭隘和表面”。认为北大《中国文学史》对王维、孟浩然等人的评价是“对古人要求过苛”,“把消极的一面加以夸大,并且抹杀了这些作家和作品的可以肯定的一面”。提倡“我们最好既能对重要作家的代表作进行比较具体比较深入的艺术分析,又能切实地而不是公式化地概括他们的创作总的艺术特色,艺术成就”。

何其芳的发言得到大多数学者的同意,事实上成为这次讨论的总结。

“大跃进”运动中,几部“红色文学史”的编著,充分体现了青年人的热情,但是对马克思主义文艺理论的理解存在简单教条的毛病,生搬硬套列宁关于两种文化的理论,片面强调民间文学的作用,都是政治分量十足,学术分量不够。由此引发的关于文学史主流问题的讨论深化了对马克思主义文艺理论的理解,促进了马克思主义文艺理论同中国古典文学相结合的进程,对此后的文学史的编著实践产生了积极的影响。

(北京燕山出版社　陈金霞)

60年代的两部《中国文学史》：中国科学院本、游国恩等主编本

在20世纪60年代初，人民文学出版社出版了两部《中国文学史》，一部是中国社科院文学研究所编写的《中国文学史》(1962年)，一部是游国恩等人编写的《中国文学史》(1963年)。这两部文学史是在特定的历史时期编写的，代表了那个时期文学史写作的最高水平，在当时及后来都产生了深远的影响。

两部《中国文学史》的写作背景

新中国成立后，作为中文系主干课程的"中国文学史"教材的编写，一直和中国社会的政治思想动态密切相关。60年代初出版的这两部《中国文学史》也不例外，它们是顺应时代要求的产物，体现了那个时代的政治思想文化特点。

1949年，新中国成立后，古典文学研究作为社会主义文化建设的重要组成部分，"是社会主义思想道德教育的基本手段之一，因此，摆脱资产阶级思想倾向，从无产阶级立场和共产主义思想高度去阐释和评价古代文学，便成为时代的迫切需要"①。

① 黄霖主编，周兴陆著：《20世纪中国古代文学研究史·总论卷》，第230页，上海：东方出版中心，2006年。

而1949年前编写的文学史著作，因文学史观已不适合时代的需要，以新的文学史观作为指导的文学史著作的编写是时代提出的要求。正如周兴陆在《20世纪中国古代文学研究史·总论卷》中所写的那样：

> 在20世纪上半叶，出现过众多观念不同、形式各异的《中国文学史》，尽管30、40年代也曾出现过个别尝试运用马克思主义观点和方法来编著的《中国文学史》，但是，总体上说，20世纪上半叶的《中国文学史》著作大都是立足于近代源自西方的进化论文学史观、人性论文学观和审美文学观。因此这些《中国文学史》著作，不能适应建国后社会生活、意识形态发生了巨大变革的社会主义社会需要。于是，以崭新的思想体系为指导，重新研究中国文学史的历史发展，撰著新型《中国文学史》，便是时代的迫切要求。①

50年代，高等教育部对"中国文学史"课程的教学目标提出了新的要求，这也促使"中国文学史"教材的重新编写提上日程。1950年，高等教育部颁发的《课程草案》提出"中国文学史"课程的教学目标："应用新观点、新方法，讲述中国文学各历史阶段的发展状况并指出其发展方向。"1952年高等教育部颁发的《课程草案》，提出"中国文学史"这门功课的目的要求，是要使学生了解中国文学在历史各阶段中主要的内容和发展的情况；认识中国文学中具有人民性和现实性的优良传统；批判地接受文学遗产，吸取其精华，剔除其糟粕，为创造和发展社会主义的文学准备良好的条件。②

为了响应教育部的号召，高等院校的学者们有的开始编著新的文学史，有的对过去的文学史著作进行修改，有的在课堂上

①② 黄霖主编，周兴陆著：《20世纪中国古代文学研究史·总论卷》，第230页，第230页，上海：东方出版中心，2006年。

讲授中国文学史时,尝试运用唯物史观的观点和方法。

响应这个号召,高等院校的学者开始努力改造思想,学习苏联的先进经验,用新的观点编著和讲授新的《中国文学史》。游国恩、詹安泰、谭丕模、刘大杰、杨公骥、刘绶松等人,率先在国内大学里尝试以马克思主义文艺理论为指导讲授中国文学史。游国恩在北京大学担任中国文学史课程,运用唯物史观的观点和方法进行讲解,除了说明中国几千年来文学发展的过程,使学生对各阶段各种文学现象和本质获得基本的了解之外,还用新的观点来解释文学与经济、政治、历史、文化乃至其他一切直接间接的关系,批判地接受文学遗产,明确地指出今后文学发展的方向。①

为了满足建国后高等教育"中国文学史"课程的需要,一方面有人开始抓紧时间学习、领会新的文学理论思想,编著新的《中国文学史》,另一方面,也有学者对自己建国前撰著的《中国文学史》加以修订,以马克思主义思想、观点和方法来分析中国文学现象,以便适应当前的主流意识。②

由于随后的政治运动的冲击,中国文学史教材的编写遂被搁置,直到60年代初,文化环境相对宽松,两部《中国文学史》得以编写出版。对此,魏崇新、王同坤及徐公持在相关著述中都提到这两部《中国文学史》的写作背景。

游本文学史和文研所本文学史的出版有其时代的机缘,两书分别出版于1963年和1962年,当时正是"大跃进"之后的自然灾害时期,国家的经济建设受到挫折,人民生活极端困难,全国上下正在集中精力恢复生产,极"左"思潮受到抵制,阶级斗争的口号没有那么响亮了,政治思想对学术

①② 黄霖主编,周兴陆著:《20世纪中国古代文学研究史·总论卷》,第241页,第230页,上海:东方出版中心,2006年。

的禁锢有所松弛。在这种相对宽松的环境中，两种文学史中的政治因素与极“左”思想比之1958年出版的北京大学中文系文学专门化55级学生和复旦大学中文系学生编写的两本文学史减弱了许多……①

50、60年代古代组最引人注意的成果无疑是三卷本《中国文学史》，这是“大跃进”失败之后经过调整，文化政策上的极“左”风气有所遏制背景下的产物……②

费振刚在评述游国恩的学术成就时提到游国恩等主编的《中国文学史》的编写缘起：

1957年《中国文学史教学大纲》出版，但由于随之发生的“反右”、“大跃进”、“反右倾”等政治运动，中国文学史教材的编写被搁置了。直到1961年，当时的中宣部、高教部联合召开了高等院校文科教材编选计划会议，成立了教材编选办公室，开始实行一个大规模的文科教材编著的规划。《中国文学史》被确定为编著的教材之一，并指定游先生和王起、萧涤非、季镇淮、费振刚为主编，游先生为第一主编和编写组召集人，参加者尚有北京大学、北京师范大学、中国人民大学、北京师范学院、中山大学中文系的中青年教师和研究生。③

在1949年前，文学史的编写都是带有个人独创性的著述，体现出编写者鲜明的个人特点。1949年后，许多文学史都是集体编写，文研所本和游国恩本也不例外，这也是时代大背景影响

① 魏崇新、王同坤：《观念的演进：20世纪中国文学史观》，第119页，北京：西苑出版社，2000年。

② 徐公持：《我们亲历的一段学术史——半个世纪以来的文学研究所与古代文学研究感言》，北京：《文学遗产》，2003年第3期。

③ 费振刚：《游国恩先生学术成就评述》，南昌：《江西社会科学》，2005年1期。

的产物。为什么会出现集体编写文学史的热潮？戴燕在其《文学史的权力》一书中有细致的分析。

其次是把教员集合在一起编写教材。一方面，1950年代以后的大学由于学习了前苏联的教育思想，把课堂看做教学的基本形式，把教师视为教学的当然领导，同时特别重视教材的作用，强调教材的权威性。另一方面，在计划经济模式的影响下，人们也相信只有把专家的智慧和才能集中起来，才能使知识发挥最高效率，而当这两种看法结合到一起的时候，便有人提出了要想编写出“正确完善”的东西，“最好由领导上约集专家，集体研究，分工合作，以期完成”的建议。跟着文艺界刮起的集体创作的风潮，有人指出古典文学的整理研究，也必须明确目的性、加强计划性，“有领导，有组织，而且要全面考虑，具体实行分工合作”，比如研究李白，就要把李白的研究专家组织起来，使大家集思广益，系统地分工合作，以达到事半功倍的效果，免得他们各自为政。

1950年代初期，教育部便成立有一个高等学校教材编审委员会，领导编写全国统一的教学大纲。教学大纲的作用，在当时被认为既可作“指导教师从事教学工作的基本文件，也是教科书编辑人员工作上所必须遵守的准则”，也可作“各级教育行政领导机关及学校行政领导人员”“检查教学工作的唯一标准”。

1950年代后期，北京大学、复旦大学、吉林大学等校中文系的学生，在“大跃进”形势的鼓舞下，分别在北京、上海等地出版了各自集体编写的《中国文学史》，虽然它们都离《大纲》并不太远，但连本来只有学习者资格的学生，都变成了教科书的制作主体，而教着这些学生的老师对此似乎也抱着无限热情，北京大学的一批教师就曾撰文称赞“红色

‘中国文学史’的科学成就”，宣传自己的学生由于发挥了集体的智慧，进行了反复讨论，在例如有关各时代社会概况和文学概况的章节中，都表现了高度的概括力。对于集体力量的幻想，对于集体意志的崇拜，在这时可算达到了一个极致。

再以后到1960年代，又有两种集体编写的《中国文学史》同在北京的人民文学出版社出版。一种是由游国恩、王起、萧涤非、季镇淮、费振刚等高校学者主编的，光从《说明》列出的参加执笔和集体讨论的名单上，就可见到参与编写工作的，至少还有另外十四位，在这个编写集体里，除王起、裘汉康来自中山大学，萧涤非来自山东大学，其他人都来自北京地区的高校，主要是北京大学、北京师范大学和中国人民大学。与这一种中国文学史编写的同时，中国科学院文学研究所中国文学史编写组也写出了一种《中国文学史》，这个编写组由余冠英挂帅，下设三小组：余冠英负责的上古至隋小组、钱锺书负责的唐宋小组和范宁负责的元明清小组，参加者中，余冠英、钱锺书毕业于清华大学，范宁毕业于西南联大，其余十四位则毕业于不同地区的各个院校。①

两部《中国文学史》的特点

这两部在同一历史背景下编写的文学史著作，有很多相同之处。

首先，这两部《中国文学史》编写的指导思想是马克思主义，运用了马克思主义的阶级观点和阶级分析方法。文研所本“力

① 戴燕：《文学史的权力》，第90～92页，北京：北京大学出版社，2002年。

图遵循马克思列宁主义的观点，比较系统地介绍中国古代文学的发展过程，并给古代作家和作品以较为恰当的评价"①。游国恩本"力图遵循马克思列宁主义、毛泽东思想的原则来叙述和探究我国文学历史发展的过程及其规律，给各时代的作家和作品以应有的历史地位和恰当的评价"②。

其次，在同样的指导思想下，这两部文学史"在阐述文学史规律，描述文学现象，评价文学流派与作家作品时，重在强调文学与社会政治的关系，与阶级斗争的关系，强调文学创作的现实主义与文学作品的人民性"；"在分析作家的创作方法时，喜欢用现实主义、浪漫主义的概念"。③

再次，这两部《中国文学史》的编写体例有相似之处，形成了公式化的叙述结构，即时代背景—作者生平—思想内容—艺术特色。

> 在文学史的叙述结构方面，游本文学史与文研所本文学史共同创建了一种模式，即无论是介绍一个时代的文学，还是分析一个作家队伍的创作，其文学史叙述都按照一个基本的框架按次序进行。首先是介绍时代背景，主要内容是对某一时代和社会政治、经济与思想状况作一番笼统的简介……其次是对作家的介绍，主要描述作家的生平，重要的作家就将其生平分为几个时期加以介绍，这种介绍以说明作家的阶级出身及其对人民的态度为主。再次分析作品的思想内容，一般将一个作家的创作内容分为几个方面，如

① 中国社科院文学研究所：《中国文学史》，北京：人民文学出版社，1962 年。

② 游国恩、王起、萧涤非、季镇淮、费振刚：《中国文学史·说明》，北京：人民出版社，1963 年。

③ 魏崇新、王同坤：《观念的演进：20 世纪中国文学史观》，第 123 页，北京：西苑出版社，2000 年。

爱国主义，现实性、人民性、对祖国山水的描绘等。最后分析作品的艺术性或作家创作的艺术风格，一般从现实主义、浪漫主义、抒情手法、遣词炼句等方面着手，如果是小说、戏曲等叙事文学作品，则从人物塑造、情节结构、语言特色等几个方面论述。将这种叙述结构加以简化，即为：时代背景—作者生平—思想内容—艺术特色，形成四大板块，造成了这两部文学史叙述结构的公式化。①

尽管这两部文学史有这样多相同的特点，但也有各自不同的特点，具体体现在文学史的编写目的、编写体例、材料的选取、章节的设计、写作风格等方面，都有很多差异。

第一，两部文学史的编写目的并不完全相同。文研所本《中国文学史》的编写目的是"提供社会上想了解中国文学历史发展情况的人阅读，也可作为高等学校教科书"②。游国恩等主编《中国文学史》编写目的"是为高等院校中文系编写的中国文学史教科书"③。

第二，两部文学史所叙述的文学史时间跨度也是有差异的。文研所本"这次出版的第一、二、三册系本书的古代部分，从上古写到鸦片战争(1840)为止。近代和现代部分还待陆续编写"④。游国恩本"叙述上古至'五四'运动以前的文学，即通常所说的古典文学部分"⑤。

第三，在编写体例上，两部文学史也有差异。

两部文学史的历史分期不同，文研所本按朝代分期。"每一

① 魏崇新、王同坤：《观念的演进：20世纪中国文学史观》，第123页，北京：西苑出版社，2000年。

②④ 中国社科院文学研究所：《中国文学史·编写说明》，北京：人民文学出版社，1962年。

③⑤ 游国恩、王起、萧涤非、季镇淮、费振刚：《中国文学史·说明》，北京：人民出版社，1963年。

朝代都根据经济基础、阶级关系、社会意识形态的发展变化再划分为几个段落,如:《诗经》分为西周前期的诗、西周后期的诗、东周的诗三段;宋代分为北宋初期、北宋中期、北宋后期、南宋前期、南宋后期五段;明代分为明初、成化至隆庆、万历及明末四个时期;清初至鸦片战争分为顺治、康熙(上),顺治、康熙(下),雍正、乾隆,嘉庆、道光三个时期四个部分。"①

游国恩本"仍按照北京大学一九五五级集体编著的《中国文学史》分全书为上古至秦统一的文学、秦汉文学、魏晋南北朝文学、隋唐五代文学、宋代文学、元代文学、明代文学、清初至清中叶的文学、近代文学——晚清至'五四'的文学等九编。除末编按社会形态划分外,其余则基本以主要封建王朝作为分期的标志"②。

文研所本文学史特设了一些专章,这是这本文学史编写体例上的又一特点。

> 本书一般地不在每一编的前面设立论述本编的时代背景和文学发展概况的专章。但遇到文学上发生重大变革,出现空前繁荣局面或崭新的文学样式的时候,却特设了一些综论这种转变、繁荣、革新的专章。这些专章的写法和一般文学史每编前的概论也不完全相同。本书中这种专论式的篇章有战国时期的《封建制度的确立和文学的繁荣》,有《唐代文学的繁荣》、《宋代文学的承先和启后》、《杂剧的兴起和繁荣》。这几章专论,写法也不完全一样。

《宋代文学的承先和启后》这一章,专论的特色最为突

① 黄霖主编,周兴陆著:《20世纪中国古代文学研究史·总论卷》,第244页,上海:东方出版中心,2006年。

② 游国恩、王起、萧涤非、季镇淮、费振刚:《中国文学史·说明》,北京:人民出版社,1963年。

出，给人的启发也较多。①

游国恩本文学史则是每编前有概说，每编结束后有小结。“与科学院的《中国文学史》不同的是，这部《中国文学史》不再把各时期的社会经济、政治等外围背景另立出来单独叙述，而是融入到具体作家作品的评述中。”②

第四，章节设计及“史”的线索体现上的差异。

葛晓音《一个历史阶段的标志——从两部〈中国文学史〉的对照看文研所对文学史研究的贡献》一文对两部文学史在章节设计及“史”的线索的体现上的不同编写特点有很精辟的论述。

> 游国恩等先生主编的文学史取材和章节编排与教学需要相适应，以讲述作家作品及其在文学史上的地位和影响为主，重视作品思想艺术的分析。同时注意突出文学史上的重大现象，关于文学史知识的讲解也较系统详备。该书“史”的线索主要是通过三个方面来体现的：一是在章节设计上，每编前面加“概说”，简述每一历史分期的社会历史背景以及文学发展的基本风貌。每编之后又加“小结”，扼要总结本时期各种文学形式的发展过程及其成就或缺陷。因此各个时代与文学发展密切相关的文学思潮、创作风尚、文体形式、文学流派、文学批评著作等，都可以在此基本体例容许的范围内得到适当的论述，从多方面说明影响文学发展的各种主要原因，大体上描绘出文学演变的源流和趋势。二是以50、60年代流行的现实主义和浪漫主义创作方法的概念贯穿于诗歌戏剧小说等各类作品的分析之中，以此突

---

① 廖仲安、施于力、沈天佑、邓魁英：《初读〈中国文学史〉》，北京：《文学评论》，1962年10月。

② 黄霖主编，周兴陆著：《20世纪中国古代文学研究史·总论卷》，第244页，上海：东方出版中心，2006年。

现出整个中国文学史发展的流程也就是两种创作传统的发展及其相结合的过程。三是注重历代文学题材、文学流派及体裁、语言、技巧等文体形式的发展演变，强调其前后承传的关系。由以上三点可以看出，这部文学史的着眼点较侧重在文学自身的特点和流变，适宜于规范化的大学中文系教学。

文研所编写的文学史基本体例虽然与游国恩等先生主编的文学史大致相同，但因为编者都是专攻某一时段的学者，因此在章节设计及写作风格上自成一家。全书根据历史学家对中国古代社会形态的划分，将古代文学分为封建社会以前文学和封建社会文学两大部分，前一部分从原始社会到东周为止，后一部分则按封建王朝的先后次序分为八期。各期之内，又根据该王朝的社会政治影响文学的状况，将文学的演变分出更细的若干段落。例如诗经分西周前期、后期及东周三个阶段；战国文学分为初期、中期和末期等等。每一分期中再设专节论述当时社会经济、政治、哲学和文化对文学的影响以及诗文辞赋、戏剧、小说等各类文体的概况，而以文学兴衰的外因和内因作为贯穿各分期的主思路。其中论文学发展的外因能广泛涉及史学、经学、道学、佛学研究等各方面相关的重要成果，因此本书"史"的线索主要体现为在社会发展史的框架内考察文学的变化，从而使时代特征和学术背景与文学的关系扣得较紧，能从横切面上较为分明地显示出文学发展的阶段性和曲折性。同时在论述各种文学现象前后的联系及区别时，又能适当打破朝代的界线。例如唐宋部分特别注意突出文学承先启后的关系和演进过程，从时代气象、文化风气、学术思想等方面，将唐宋的诗词散文乃至传奇话本相比较，这就又照顾到文学史纵向的脉络。其次是本书论述文学自身演变时重视风气的变革和转换，按“兴起”、“繁荣”和“发展”的阶段来安排作家作品的序列，以便体现出整个时段文学兴衰的走向。在以上两条“史”的主线以外，本书还在基本常识的阐述中增添了不少专业性较强的内容，并适当介绍了近人学术研究中的不同观点。如魏晋南北朝部分增加“佛经翻译”一章，阐述了东汉到晋宋之交佛经翻译对我国文化的影响，及其对东晋、南北朝诗、志怪小说和文学体裁、语言表现的渗透；宋代部分，增加关于诗话的专论，并与唐代的诗格、诗式相比较等等。关于作家作品考辨中的争议，也都加小注说明。总之，这部文学史较侧重时代和文学的关系，对于爱好古典文学研究的读者更有启发。①

两部《中国文学史》的成就和影响

一、两部《中国文学史》的成就

这两部文学史的成就，自出版以来，一直受到专家学者的肯定，尤其文研所本文学史出版后更是好评如潮。

燕宁的《简评〈中国文学史〉》一文中对文研所本文学史所取得的成就给予了高度评价。

中国科学院文学研究所同志集体编写的《中国文学史》是古典文学研究工作的新硕果。这部百万字的著作远溯上古，近逮鸦片战争，以马克思列宁主义为指导思想，系统地阐述了我国古典文学的发展历史；并且对历代重要作家作品作出了比较公允的评价。它吸收了在此以前出版的各种文学史著作的经验，又在当前古典文学的研究成果上有了

① 葛晓音：《一个历史阶段的标志》，北京：《文学遗产》，2003 年第 5 期。

新的提高。因此它无疑是一部帮助广大文学爱好者学习古典文学的好书。①

陆侃如《文学史工作的三个问题——从文学研究所〈中国文学史〉想起》也对文研所本文学史的成就予以肯定。

总的说来，这部七十七章八十多万字的新著，是解放后特别是大跃进以来已出版的若干部文学史中比较完善的一种，而其中某些章节，可以代表目前学术界研究古典文学的较高的水平，值得向国内外读者推荐。某些意见不同之处，可以本着党的百花齐放、百家争鸣的方针的精神继续探讨，实无损于这部书的总的成就。②

中山大学中文系古典文学教研组教师在1962年10月15日举行了一次讨论会，讨论文学研究所的《中国文学史》，"交换了初步阅读后的体会与意见"，对文研所本文学史给予高度评价，《光明日报》对此予以报导。

讨论会上，老教师与青年教师比较一致地认为，这部文学史总结了这几年编写文学史的经验，吸收了各方面的研究成果，经过相当长时间的写作，广泛征求意见与反复修改，因此达到了较高的水平，它的出版标志着我国文学史的研究工作又向前推进了一步。从而它具备了以下的一些优点：

（1）立论大多比较稳妥、准确，分析也较全面，对作家作品的评价基本上做到了公允、客观和符合实际；对一般作家作品有批判、有肯定，多数的批判又不显得生硬、简单，而且避免了一般化。

① 燕宁：《简评〈中国文学史〉》，上海：《文汇报》，1962年10月16日。

② 陆侃如：《文学史工作的三个问题——从文学研究所〈中国文学史〉想起》，北京：《文学评论》，1962年10月。

(2) 材料比较充实、丰富、可靠，运用得也比较好。对一些不常见的材料有所搜集、整理。

(3) 行文比较简练、叙述也比较清楚，写作上极力避免公式化、一般化的倾向，力求生动与多样化。①

郭预衡《从"魏晋南北朝"一代谈文学史的编写问题——读文学研究所新编〈中国文学史〉》，对文研所本文学史的成就也予以肯定。

科学院文学研究所编写的这部《中国文学史》，是近年来古典文学研究中的新的成就，它对于中国古代的文学做了比较准确的介绍和评价，基本上体现了马克思列宁主义对待文化遗产的精神。其中吸收了过去的文学史著作中某些好的经验，也吸收了1958年以来科学研究上的若干新的成果。成绩是显著的。②

游国恩本文学史出版后，其成就也得到了专家学者的肯定。

郭预衡《谈谈文学史教科书的编写问题——读游国恩等同志主编的〈中国文学史〉中"秦汉文学"一编》从史的线索、批判精神和科学态度、精简的原则三个方面谈到了这部文学史所取得的成就。

从"秦汉文学"一编看来，编者对于一代文学的面貌是注意了它的发展演变和源流影响的。特别是关于文学形式的讲述，史的线索比较明晰。例如关于汉代散文、辞赋、五言诗等等的发展变化，对前代的继承关系和对后代的影响关系，文学史教科书都有适当的阐述。这些地方都体现着

---

①《中山大学中文系教师讨论文学研究所的〈中国文学史〉》，北京：《光明日报》，1962年12月16日4版。

② 郭预衡：《从"魏晋南北朝"一代谈文学史的编写问题——读文学研究所新编〈中国文学史〉》，北京：《光明日报》，1962年12月23日、30日。另参见郭预衡：《古代文学探讨集》，北京：北京师范大学出版社，1981年。

这部书的"史"的体系。

游国恩等同志所编的《中国文学史》教科书是注意贯彻了批判精神的。具体表现是,文学史中对于许多作家、作品的评价,注意运用了马克思主义的历史观点和阶级分析的方法。

这部文学史教科书的"秦汉文学"一编是体现了比较实事求是的态度的。例如,在征引资料方面相当谨严审慎,经过了一定的鉴别取舍。有时在评论作品的时候,还常常引出经过考订的新的论据,不讲空话。作为"教科书",这一点也十分重要。只有这样,才能保证教科书的科学性。

作为"教科书"的这部《文学史》,和此前的一般著作相比,看来还是比较注意了精简原则的。仍以"秦汉文学"一编而论,像"司马迁的生平和著作"一节,就写得相当简洁。①

傅继馥等的《文学史应该深刻地揭示问题的本质——游国恩等编〈中国文学史〉元、明、清、近代部分读后感》,也谈到了游国恩本文学史的优点。

读了游国恩等同志编写的《中国文学史》(以下简称《文学史》)。我们的印象是:编者能较充分地占有材料,力求从材料引出论点,不空发议论,不轻下判断,并且如编者自己所说的,能"特别注意"避免"对古典作品意义"作"简单化的、反历史主义的理解"(见游国恩等主编《中国文学史大纲》第三页),从而表现了一种实事求是的审慎态度。②

---

① 郭预衡:《谈谈文学史教科书的编写问题——读游国恩等同志主编的〈中国文学史〉中"秦汉文学"一编》,北京:《光明日报》,1964年9月6日。

② 傅继馥等:《文学史应该深刻地揭示问题的本质——游国恩等编〈中国文学史〉元、明、清、近代部分读后感》,北京:《光明日报》,1964年12月6日。

费振刚《游国恩先生学术成就评述》，对游国恩本文学史的成就也给予了客观的评价。

> 也许由于所谓的“三年困难”的教训，其时正处于两个“阶级斗争”高潮之间的平静期，整个环境比较宽松，使这部教材的编写能在总结建国以后高等院校中国文学史教学经验的基础上，以翔实的材料，以历史唯物主义为指导，为中国古代文学的发展勾划出一个比较实事求是的轮廓。更由于尽管这部教材虽出于众手，但整体来说，思想前后贯通，文学风格比较统一，章节安排大体匀称，便于教学，因此，自1963年人民文学出版社以四卷本方式出版后，四十年来累计发行200万部以上，至今还在重印，是20世纪初高等院校设立中国文学史课程以来发行量最多、影响最大的一部教材。①

此外，研究者们对这两部文学史所取得的共同成就也给予了高度评价。兹选取几个有代表性的如下。

徐公持《二十世纪中国古典文学研究近代化进程论略》②：

> 这两部文学史产生于批判运动的间歇期，也是本时期内学术环境最宽松之际，所以比较能够体现实事求是精神，能够吸收各方面的研究成果，代表了本时期古典文学研究的水平。

陶尔夫《文学史的世纪及其四个时期》③：

> 中期（1962—1966），以科学院文学研究所《中国文学

---

① 费振刚：《游国恩先生学术成就评述》，南昌：《江西社会科学》，2005年1期。

② 徐公持：《二十世纪中国古典文学研究近代化进程论略》，北京：《中国社会科学》，1998年第2期。

③ 陶尔夫：《文学史的世纪及其四个时期》，北京：《中国社会科学》，1996年第6期。

史》(1962 年)与游国恩等主编的《中国文学史》(1963)为主要成就，标志着文学史的研究编写已走向科学、系统与体例的稳定，有很高的实用价值，后来出版的许多文学史几乎都没有超出这两部文学史的基本模式。

陈伯海《二十世纪中国文学史学之检讨》①：

60 年代初期由中国科学院文学研究所和部分高校人士集体编纂的两部《中国文学史》之获得普遍接受，成为一定时期内有关专业的稳定教材和带有权威性的社会读物，正可以作为本阶段文学史达到新的质量高度的明证。

魏崇新、王同坤:《观念的演进:20 世纪中国文学史观》②：

首先它们建构了比较适合于大学课堂教学的简洁明了、结构匀称的文学史框架，比较详细地介绍了中国文学史的内容，使人易于理解和掌握中国文学史的基本形态。其次，在具体地论析一些文学现象与作家作品时，两部文学史有时也能突破政治思想的框范，表现出较为深刻的学术眼光，给作家作品较为公允的评价。

二、两部《中国文学史》的影响

正因为这两部文学史取得了如此大的成就，才会产生这样深远的影响。两部《中国文学史》出版后，在社会上引起很大反响，尤其是文研所本，更是受到高度推崇。1962 年 8 月 19 日，《光明日报》头版报导了社科院文研所编写的《中国文学史》的出版，同日，《文汇报》也以《〈中国文学史〉五年内编成》为标题头版头条予以报导。当然，批评意见也不少，但都属于正常的学术讨论。

---

① 陈伯海:《二十世纪中国文学史学之检讨》，南京:《江海学刊》，1998 年第 1 期。

② 魏崇新、王同坤:《观念的演进:20 世纪中国文学史观》，第 125 页，北京:西苑出版社，2000 年。

两部《中国文学史》的影响主要表现在以下三个方面。

首先，这两部文学史成为当时及此后高校普遍选用的教材，“既滋养了60年代到80年代的两代学人，也造就了科研系统和高教系统两种不同的学术风格”①。

这两种《中国文学史》相继出版之后，在很长一段时间里，基本上成了全国各地高校所使用的惟一教材，一直到1980年代，中国文学史课主要依据的都是这两个本子。②

60至70年代，由于“文化大革命”的影响，整个文学史研究领域呈现出万马齐喑的荒寂景象，百家争鸣的气氛消失了，专家治史退隐了，就连解放前的文学史旧著也难以见到。在一片荒漠之中，独领风骚的是两部文学史著作：游国恩等任主编的《中国文学史》和中国社科院文学研究所集体编著的《中国文学史》。两部文学史作为高等学校文科教学的教材，自70年代起一直占领着文学史教学的阵地，至今仍在不断再版着使用着。③

自1963年人民文学出版社以四卷本方式出版后，四十年来累计发行200万部以上，至今还在重印，是20世纪初高等院校设立中国文学史课程以来发行量最多、影响最大的一部教材。④（按：指游国恩等编写的《中国文学史》）

七十年代末，政治形势大变，全国各高校恢复正常招生，教材亟待编写。金启华先生说：“各校于是采取协作方

---

① 葛晓音：《一个历史阶段的标志》，北京：《文学遗产》，2003年第5期。

② 戴燕：《文学史的权力》，第93页，北京：北京大学出版社，2002年。

③ 魏崇新、王同坤：《观念的演进：20世纪中国文学史观》，第118页，北京：西苑出版社，2000年。

④ 费振刚：《游国恩先生学术成就述评》，南昌：《江西社会科学》，2005年第1期。

法，以应急需。有的就旧教材加以修订，继续使用，如北大、中山等校，使用原由游国恩等先生所编写的中国文学史。有的则协作编写新教材，以适应新形势。”①

作为一个历史阶段的标志，这两部文学史著作有其不可磨灭的贡献。它们吸收了20世纪初以来各种文学史研究的成果，以集体编著的形式对文学史写作的体例和方法作了规范，体系完整，重点突出，知识详备，结论审慎。既滋养了60年代到80年代的两代学人，也造就了科研系统和高教系统两种不同的学术风格。而文研所《中国文学史》中体现的史学意识，对于近二十年古代文学研究的影响尤为直接。扣住社会和时代的变化来解释每一时期文学风貌的成因，实际上依然是当代绝大部分研究者思考文学史的主要思路。至于从这部著作中透射出来的认真负责的学术态度，更是值得后来编撰文学史的人们学习。②

其次，这两部文学史创立了中国文学史写作的一种范式。

这两部文学史奠定了中国文学史写作中的一种“范式”，即由时代背景——作家生平——思想内容——艺术特色四大板块构成的文学史叙述结构，这种“范式”对中国文学史的影响至今仍未消失。③

作为高等院校文科的使用教材，中国科学院文研所《中国文学史》(1962年，人民出版社)，编写时“力图遵循马克

① 董乃斌、陈伯海、刘扬忠：《中国文学史学史》，第100页，石家庄：河北人民出版社，2003年。

② 葛晓音：《一个历史阶段的标志》，北京：《文学遗产》，2003年第5期。

③ 魏崇新、王同坤：《观念的演进：20世纪中国文学史观》，第9页，北京：西苑出版社，2000年。

思列宁主义观点……在探求文学史规律时，比较注重外部因素的影响。”其所谓外部因素是指社会政治、经济、文化、政策制度等因素，也即用马克思主义社会学的方法来观照文学史发展。这一时期的文学史内容的取舍编排差别有限，多是以社会形态划分时期，以主要朝代作为分段标志，然后再纵向展开作家作品的叙述，同时注意到各种文学形式的发展和相互影响，对文体的源流演变也给予了充分重视，也部分地涉及文学思潮、文学理论、文学批评等内容。这种被普遍效仿的模式在集体著述中一直延续，是倡导范式时代的一大范式。①

我认为现在较为通行的几种文学史，如游国恩等人本（以下简称“游本”）、社科院文学所本（以下简称“社本”）成就是很高的，有些甚至是难以突破的，多年来使用不衰，确立的基本框架一直被公认、被沿用即是明证。②

再次，这两部文学史的出版，也引发了关于如何编写文学史的思考。

陆侃如的《文学史工作的三个问题——从文学研究所〈中国文学史〉想起》，元方的《文学史编写工作中的一些问题》，方玉、水文的《建议深入讨论文学史中的重要问题》，郭预衡的《谈谈文学史教科书的编写问题——读游国恩等同志主编的〈中国文学史〉中“秦汉文学”一编》，都是在这两部文学史问世后，就这两部文学史编写的成就及所存在的问题，探讨文学史的编写。这些探讨对以后的文学史写作都不无借鉴意义。

---

① 冯汝常：《中国文学史内容和体例建构百年回眸》，第54页，福州：《福建师范大学学报》（哲学社会科学版），2003年第1期。

② 赵仁珪：《文学史编写的问题及设想》，北京：《文学遗产》，1990年第2期。

两部《中国文学史》的不足和局限性

尽管这两部文学史有着如此大的影响，但其局限性也是毋庸置疑的。在两部文学史出版不久，一些专家学者就指出了这两部文学史的不足和局限性。

一、两部《中国文学史》的不足

对于文研所本文学史的不足，主要有以下一些看法。

1．“关于社会环境的讲述”所存在的问题

郭预衡的《从“魏晋南北朝”一代谈文学史的编写问题——读文学研究所新编〈中国文学史〉》，从“魏晋南北朝”这一段文学史的编写，来谈涉及整部文学史的共同问题。认为“关于社会环境的讲述”所存在的问题主要有：

> 我觉得其中有些论述还不够充分，有些方面还有待补充，尤其是时代特点，很不突出。其实，这一时代的文学情况是相当复杂的，社会面貌也是很有特点的，应该有些突出的介绍。
>
> 《文学史》也讲到了哲学思想、社会风气和文学的关系。这一方面非常重要。尤其是讲到社会风气，往往更能突出地显示时代环境的特点，更有助于了解一代文学的面貌。可惜本书讲到这一方面还不够完全，也不够具体……①

2．关于作家的介绍和评价存在的不足

首先，本书对于历史上有重大作用的作家，评价还有不

① 郭预衡：《从“魏晋南北朝”一代谈文学史的编写问题——读文学研究所新编〈中国文学史〉》，北京：《光明日报》，1962年12月23日、30日。另参见郭预衡：《古代文学探讨集》，第25页，北京：北京师范大学出版社，1981年。

够全面之处。①

其次，关于作家的介绍和评价，也有片面强调的地方，有的是赞扬过多，有的则是肯定不够。②

分析作家的局限性，应该从特定的历史条件出发，实事求是地去评论。本书编写者在论杜甫的时候，认为“他还没有成为自己阶级的贰臣逆子”，评论范成大的田园诗的时候，说他没有写到“被剥削的农民对统治阶级所进行的斗争”。这似乎都是超越当时的历史条件对作家提出过高的要求。这样的批评，似乎义正词严，实际上是软弱无力的。③

3. 在艺术分析方面的不足

廖仲安等人的文章认为说孟浩然“还没有完全摆脱初唐崇尚律体，讲求对仗的余风”。“这样的概括是不准确的。”“分析王维诗的艺术所举的例子‘松含风里声，花对池中影’，‘细枝风乱响，疏影月光寒’却是王维诗中比较平庸的句子。”概括秦观词总的风貌“冗长而含糊空泛”，使人难以捉摸。“书中论秦观词的语言也说得很笼统浮泛”。④

本书分析小说艺术特色也有不足之处。《聊斋》的浪漫主义特色是非常突出的，无论是花妖狐媚的形象或从神奇变幻的情节都可以看出来，但是编者却没有从浪漫主义创作方法的高度来探讨这些特色。《聊斋》的语言一向受到人们赞美，编者也没有作必要的评述。对《儒林外史》这部讽

①② 郭预衡：《从“魏晋南北朝”一代谈文学史的编写问题——读文学研究所新编〈中国文学史〉》，北京：《光明日报》，1962 年 12 月 23 日、30 日。另参见郭预衡：《古代文学探讨集》，第 32 页，第 33 页，北京：北京师范大学出版社，1981 年。

③④ 廖仲安、施于力、沈天佑、邓魁英：《初读〈中国文学史〉》，北京：《文学评论》，1962 年 10 月。

刺杰作的艺术特色，编者只平列了一些例子，作了一些一般化的讽刺手法的分析，没有注意到吴敬梓对不同的人物所采取的态度和手法并不相同。汤显祖是明后期剧坛上文采派的领袖，他的剧作语言缠绵悱恻，“奇丽动人”，撷取了传统诗词的精华，继承面也相当广阔，书中对此未加论述，也令人感到欠缺。①

如对汤显祖吸取语言上的独特成就与继承缺乏分析；对《聊斋》浪漫主义手法，运用文言的特色一字未提，也是艺术分析中较大的欠缺。②

4. 体例上的问题

郭预衡认为“佛经翻译”单设专章于体例不纯。

关于佛教思想，《文学史》在讲社会思想与文学的关系时讲的也不够，似乎也可以在这几节中多讲几句，而不必单设“佛经翻译”这个专章。这一章在全书结构上是游离的，因为其中有些可以分在社会环境各节来讲，有些则可以分在作品分论的各章中去谈。专章独立，于体例也是不纯的。③

廖仲安等《初读〈中国文学史〉》也谈到“佛经翻译”设专章的不妥。

《佛经翻译》一章，编写的目的也不很明确。全书中其他章都是以谈文学为主体，而这一章所谈的却是一般的佛

---

① 廖仲安、施于力、沈天佑、邓魁英：《初读〈中国文学史〉》，北京：《文学评论》，1962年10月。

② 燕宁：《简评〈中国文学史〉》，上海：《文汇报》，1962年10月16日。

③ 郭预衡：《从“魏晋南北朝”一代谈文学史的编写问题——读文学研究所新编〈中国文学史〉》，北京：《光明日报》，1962年12月23日、30日。另参见郭预衡：《古代文学探讨集》，第30～31页，北京：北京师范大学出版社，1981年。

经，并不是佛经中的文学。我们不能因为佛经对文学有影响就为它设专章。而且书中谈佛经对文学的影响也谈得相当支离破碎。时代断限也很乱。谈译经，远溯东汉；谈影响，一直谈到元人戏曲及清人诗论。这显然是自乱其例。①

燕宁《简评“中国文学史”》谈到以“时代为序，以作家为纲”的结构所存在的问题。

但在具体运用这种办法时，编者大概也遇到了一些处理上的困难。例如把一朝文学横割成若干段，往往难以照顾各阶段之间的联系，而一代文学的全面概貌，也不易显示得十分清楚。所以在某些朝代也采取了一些补充做法。如唐代在编首增添《唐代文学的繁荣》一章，宋代编首有《宋代文学的承先和启后》一章，对一朝的历史背景和不同体裁的作品进行了概括的论述，从而清楚地描述出一代文学发展的总面貌。

然而这种做法看来并没有全面地、自觉地加以利用。如元、明、清三编便没有像唐、宋等编那样在前面来一章综述；所以文学概貌显得不够清楚。

其次，因为各种文学体裁被历史阶段的细致划分所割断，其发展过程也就容易显得模糊。为了解决这种矛盾，编者在元代分列一节《元杂剧的兴盛及其原因》和一章《南戏》，就这两种文学样式的发展来进行论述，给人的印象是全面、清晰的。但是在多数章节中，也还没有采取这种做法。

此外，还有一些具体阶段的划分是值得商榷的。如隋代文学是六朝与唐代的过渡；而它与唐的关系似乎更为密

① 廖仲安、施于力、沈天佑、邓魁英：《初读〈中国文学史〉》，北京：《文学评论》，1962年10月。

切。然而书中没有把它放在唐以前，却附在《北朝其他作家》一节以后；甚至连节上都未见名。而秦代几乎没有文学，却见于编、章。这样处理，似乎委曲了隋代文学。①

廖仲安等《初读〈中国文学史〉》，还谈到了该文学史中结构上划分阶段存在的问题。

我们已经可以看出编者采取的这种结构是远比过去一些分体合编结构的文学史优越的。

但是，这部书在划分阶段上也存在明显的缺点。整个秦汉时代，划分为长短极不均衡的三个阶段……同时，我们还可以看到由于分段不妥当而造成的对作家章节安排极不公平的现象……更值得注意的是对隋代文学的处理……而隋代，竟在编、章、节的目录上都不著一字。我们在书里找了很久，好容易才在《北朝作家》这一章的第三节《北朝其他作家》颜之推、王褒的后面找到了一个隋代诗人薛道衡，并用寥寥几笔带提了一下隋朝的其他几个文人。隋代文学，总的来说，成就固然不高，但是它在南北统一以后，也出现过一些略有刚健气息的边塞诗。就以杨素的边塞诗及其他诗来说，也很难说就是缺乏真实生活体会的"刻板文章"。编者对隋朝文学这样的处理，不仅埋没了一代文学，而且也不符合这个统一帝国的历史面貌。隋代文学不是北朝的尾声，而是唐代的先驱。②

此外，还有"更为严重的问题，是对一些文学样式的起源、衍变、成熟的过程，说得简略、模糊，甚至没有具体交代。'辞赋'和'词'是交代不清，'骈文'和'章回小说'，就根本没有交代。这就

① 燕宁:《简评〈中国文学史〉》，上海:《文汇报》，1962年10月16日。

② 廖仲安、施于力、沈天佑、邓魁英撰写的《初读〈中国文学史〉》，北京:《文学评论》，1962年10月。

使这些文体成为‘无源之水’，‘无本之木’”①。

对于游国恩本文学史的不足也有以下一些看法。

郭预衡《谈谈文学史教科书的编写问题——读游国恩等同志主编的〈中国文学史〉中“秦汉文学”一编》从史的线索、批判精神和科学态度、精简的原则三个方面谈该文学史存在的不足。

> 从“史”的角度来要求，其中仍有不足的地方，例如这种“史”的论述往往只是在讲文学形式的时候比较突出，而在评论作家和分析作品的时候就有所忽略了。
>
> 作为“教科书”来要求，有些分析批判，又往往不够有力，特别是没有能够从我们今天认识的高度表现出批判的精神。
>
> 作为教科书的科学性，和某些考据文章又应该有所不同。教科书的科学性，在引据资料方面，应该更多地表现于引据的准确性，倒不一定在书中进行关于资料的考订。这部文学史教科书“秦汉文学”一编有时似乎是重视了后者而忽视了前者。
>
> 由于文学史编写的传统的影响，用“少而精”的标准来要求，也仍然不够。例如，这一编的“概说”部分，便几乎把什么都要讲到，“概说”写得虽长，而对于一代政治、经济、文化与文学的关系，讲得并不明晰。本来“概说”是应该扼要地讲这一时期的文学史的发展线索和规律的，但是，实际上，它只是比较简单地重复了下面各章的叙述。有的重复似是不可避免的，而有些重复则并非必要。②

---

① 廖仲安、施于力、沈天佑、邓魁英撰写的《初读〈中国文学史〉》，北京：《文学评论》，1962 年 10 月。

② 郭预衡：《谈谈文学史教科书的编写问题——读游国恩等同志主编的〈中国文学史〉中“秦汉文学”一编》，北京：《光明日报》，1964 年 9 月 6 日。

郭预衡的另一篇文章《论唐代几个作家的评价问题——读游国恩等同志主编的〈中国文学史〉中〈隋唐五代文学〉一编》，则指出游国恩等人编著的《中国文学史》中隋唐五代文学部分存在的三个主要问题。

1. 错误地评价了古代作家的出身成分

有的作家并非真穷，《文学史》却说他穷；有的作家并未从事劳动，《文学史》却赞扬他从事劳动。这样一来，好像许多作家都是出身于下层而且是过着劳动人民的生活似的。历史事实并非如此。①

2. 过高地阐释了古代作家的创作思想

《文学史》由于过高地估价了白居易的《策林》中一段并不新奇的见解，竟然混淆了不同时代、不同阶级的理论界限，把封建士大夫基于儒家思想而提出的创作主张，引申为唯物主义的创作理论。这实际上是模糊了古今的界限，也即是取消了封建主义和马克思主义的理论界限，不仅抬高了古人而已。②

3. 无批判地颂扬古代作家的作品

首先是对于某些大作家的成就一味歌颂，而对于他们的一些具有消极影响的作品则缺乏革命的批判精神。

例如李白的作品，有些是有积极意义的，而有些则很有消极影响。甚至在一篇作品之中积极意义和消极影响也往往是并存的。《文学史》对于这样一个比较复杂的作家的作品，本来应该作出谨严的分析，特别应该指出某些作品的积极意义和消极影响的相互关系，而不应该片面地喝彩。

①② 郭预衡：《谈谈文学史教科书的编写问题——读游国恩等同志主编的〈中国文学史〉中"秦汉文学"一编》，北京：《光明日报》，1964年9月6日。

其次,《文学史》对于局限性很大的作品,也给了过高的评价。

例如关于皮日休的一些散文,《文学史》的评价就是过高的。①

傅继馥等的《文学史应该深刻地揭示问题的本质——游国恩等编〈中国文学史〉元、明、清、近代部分读后感》②认为游国恩本文学史有"对古代作家、作品批判得不够坚决,不够准确和深刻的缺点"。

二、两部《中国文学史》的局限

1988年7月《上海文论》第4期,陈思和、王晓明主持的"重写文学史"专栏上,"重写文学史"这一口号被提出,展开了"重写文学史"的讨论。虽然主要是针对现代文学史,但古代文学史也受到了影响,也开始了"重写文学史"的热潮。这两部特定年代编写的文学史著作,因其受政治的影响较大,因而有其历史的局限性,已经不适应新的历史时期的教学需要。国家主管教育的领导决定组织专家重新编写文学史教材。高等教育出版社的赵三在其《新编〈中国文学史〉的编写历程》一文中回顾了有关领导拜访袁行霈先生,聘请其担任《中国文学史》的主编时所说的一番话,其中谈到两部《中国文学史》已经不适应当时的教学需要。

1995年6月9日,刘凤泰和郑惠坚登门拜访了袁行霈教授,表达了聘请他担纲新的《中国文学史》的愿望。刘凤泰首先介绍了高教司的想法,他说,现在作为高校中文专业

① 郭预衡:《谈谈文学史教科书的编写问题——读游国恩等同志主编的〈中国文学史〉中"秦汉文学"一编》,北京:《光明日报》,1964年9月6日。

② 傅继馥等:《文学史应该深刻地揭示问题的本质——游国恩等编〈中国文学史〉元、明、清、近代部分读后感》,北京:《光明日报》,1964年12月6日。

教材的几种文学史，如"游国恩本"和"文研所本"，虽然仍是很好的教材，但已不太适应新的教学需要，不少内容已显得陈旧，有的观点已经过时。近年来文学史研究有不少新的成果，以往的文学史教材反映不出来，而且，现在的大学本科教育，是要培养基础宽厚的高级专门人才，旧的教材如不更新很难适应这种要求。①

章培恒先生在被采访关于"如何重写文学史"时，也对两部文学史做出了评价，认为这两部文学史"更为明显地具有政治功利的色彩，即并非冷静地观察和分析中国文学发生、发展、演变的过程，而是力图用文学现象来证明某种既定的文艺观"②。

这两部文学史的局限性主要体现在三个方面。

1. 过分强调文学与社会政治的关系，用阶级分析的方法分析所有作品，难免削足适履

过分注重现实性和思想性，过分强调作品的人民性，对那些艺术性较强的作家作品重视不够。

无论是文研所本文学史还是游本文学史，它们文学史观的出发点都是社会政治学的，在阐述文学史规律，描述文学现象，评价文学流派与作家作品时，重在强调文学与社会政治的关系，与阶级斗争的关系，强调文学创作的现实主义与文学作品的人民性。如写屈原，强调屈原作品表现出的政治热情，爱国精神。评价杜甫，首先突出的是杜甫诗歌的人民性，对人民的同情，对人民生活的反映，对统治者的讽刺和社会黑暗的揭露，赞扬杜甫的现实主义表现手法。对于白居易及新乐府运动的现实主义诗歌创作及理论给以极

① 赵三:《新编〈中国文学史〉的编写历程》，北京:《中国大学教学》，1999年10月。

② 黄理彪:《如何重写文学史——访章培恒教授》，济南:《文史哲》，1996年第3期。

高的评价，称赞《水浒传》是一部反映封建社会农民的阶级斗争、农民起义和农民战争的小说，等等。至于从《诗经》中的民歌，到汉魏六朝的乐府等民间文学更是给以充分的肯定。

由于过分注重现实性和思想性，对文学作品的形式与艺术手法就重视不够，尤其是对那些艺术形式上有创造而思想内容上缺乏现实性的文学流派和作品注重不够，像六朝的文学，李商隐、李贺的诗歌，五代的词等，就没有给以足够的重视。总之，两部文学史的观念都受到庸俗社会学的影响，带有政治化、概念化的倾向。①

2. 用西方文艺理论中现实主义和浪漫主义的概念分析中国古代作家的创作方法，也有其局限性

1952 年《文艺报》第 14 期发表了冯雪峰的长篇论文《中国文学中从古典现实主义到无产阶级现实主义发展的一个轮廓》，引发了学术界关于古代文学中现实主义和浪漫主义的热烈讨论。1958 年毛泽东提出了革命的现实主义与革命的浪漫主义相结合的创作方法，于是学术界又展开了关于中国古典文学中的现实主义与浪漫主义相结合问题的讨论。受此影响，这两部文学史在分析古代作家作品时，运用了现实主义和浪漫主义的概念，有时难免牵强，而对消极浪漫主义的否定又失之偏颇。

以 50、60 年代流行的现实主义和浪漫主义创作方法的概念贯穿于诗歌戏剧小说等各类作品的分析之中，以此实现出整个中国文学史发展的流程也就是两种创作传统的发展及其相结合的过程。②

---

① 魏崇新、王同坤：《观念的演进：20 世纪中国文学史观》，第 123 页，北京：西苑出版社，2000 年。

② 葛晓音：《一个历史阶段的标志》，北京：《文学遗产》，2003 年第 5 期。

在分析作家的创作方法时，喜欢用现实主义、浪漫主义的概念，浪漫主义又常被分为积极浪漫主义和消极浪漫主义，属于现实主义和积极浪漫主义的一般都予以肯定，而属于消极浪漫主义的则一般予以否定。①

3. 在文学史的叙述结构方面，形成了公式化的叙述模式

在文学史的叙述结构方面，游本文学史与文研所本文学史共同创建了一种模式，即无论是介绍一个时代的文学，还是分析一个作家队伍的创作，其文学史叙述都按照一个基本的框架按次序进行，首先是介绍时代背景，主要内容是对某一时代和社会政治、经济与思想状况作一番笼统的简介，而这种时代背景的介绍常给人以游离于文学之外的感觉，使人看不出它与某一时代的文学创作有什么内在的联系。其次是对作家的介绍，主要描述作家的生平，重要的作家就将其生平分为几个时期加以介绍，这种介绍以说明作家的阶级出身及其对人民的态度为主。再次分析作品的思想内容，一般将一个作家的创作内容分为几个方面，如爱国主义，现实性、人民性、对祖国山水的描绘等。最后分析作品的艺术性或作家创作的艺术风格，一般以现实主义、浪漫主义、抒情手法、遣词炼句等方面着手，如果是小说、戏曲等叙事文学作品，则从人物塑造、情节结构、语言特色等几个方面论述。将这种叙述结构加以简化，即为：时代背景——作者生平——思想内容——艺术特色，形成四大板块，造成了这两部文学史叙述结构的公式化。这种公式化了的文学史叙述结构的优缺点都十分明显，其优点是叙述方便，简单明了，易于掌握。缺点是机械呆板，缺少变化。将丰富多彩

① 魏崇新、王同坤：《观念的演进：20世纪中国文学史观》，第123页，北京：西苑出版社，2000年。

生机勃勃的文学历史简化为这样一种公式，就很难准确地反映出历史的真实。这种叙述结构公式化的产生，一方面说明我们的文学史叙述的趋于成熟，另一方面也证明着文学史叙述框架的僵化，同时也预示着突破这种僵化了的文学史叙述模式已势在必然。①

（复旦大学博士后流动站　宋立英）

① 魏崇新、王同坤：《观念的演进：20 世纪中国文学史观》，第 123 页，北京：西苑出版社，2000 年。

参考文献

抗日战争中的古典文学研究

朱自清:《朱自清古典文学论文集》,上海:上海古籍出版社,1981年。

郭绍虞:《照隅室古典文学论集》,上海:上海古籍出版社,1983年。

罗根泽:《罗根泽古典文学论文集》,上海:上海古籍出版社,1985年。

郭沫若:《郭沫若古典文学论文集》,上海:上海古籍出版社,1985年。

季镇淮编著:《闻朱年谱》,北京:清华大学出版社,1986年。

陆侃如:《陆侃如古典文学论文集》,上海:上海古籍出版社,1987年。

郭沫若:《郭沫若全集》,北京:人民文学出版社,1992年。

季啸风主编:《中国高等学校变迁》,上海:华东师范大学出版社,1992年。

乔默:《中国二十世纪文学研究论著提要》,北京:北京大学出版社,1994年。

郭英德等:《中国古典文学研究史》,北京:中华书局,1995年。

朱育和、陈兆玲编:《日军铁蹄下的清华园》,北京:清华大学出版社,1995 年。

戴知贤、李良志编:《抗战时期的文化教育》,北京:北京出版社,1995 年。

王瑶:《中国文学研究现代化进程》,北京:北京大学出版社,1996 年。

西南联大北京校友会编:《国立西南联合大学校史》,北京:北京大学出版社,1996 年。

赵敏俐等:《二十世纪中国古典文学研究史》,西安:陕西人民教育出版社,1997 年。

董乃斌等:《中国古典文学学术史研究》,乌鲁木齐:新疆人民出版社,1997 年。

强重华编著:《抗战时期主要资料统计集》,北京:北京出版社,1997 年。

赵景深:《读曲随笔》,上海:上海文艺出版社,1999 年。

姚丹:《西南联大历史情境中的文学活动》,桂林:广西师范大学出版社,2000 年。

董乃斌等:《中国文学史学史》,石家庄:河北人民出版社,2001 年。

齐卫平、朱敏彦等:《抗战时期的上海文化》,上海:上海人民出版社,2001 年。

侯德础:《抗日战争时期中国高校内迁史略》,成都:四川教育出版社,2001 年。

孙敦恒:《清华国学研究院史话》,北京:清华大学出版社,2002 年。

陈平原:《中国文学研究现代化进程二编》,北京:北京大学出版社,2002 年。

唐正芒等:《中国西部抗战文化史》,北京:中共党史出版社,2004 年。

王学珍编:《北京高等学校英烈》,北京:北京大学出版社,2005年。

刘德军主编:《抗日战争研究述评》,济南:齐鲁书社,2005年。

马嘶:《1937年中国知识界》,北京:北京图书馆出版社,2005年。

中国社会科学院《文学遗产》编辑部编:《学境》,上海:上海古籍出版社,2006年。

黄霖等:《20世纪中国古代文学研究史·小说卷》,上海:东方出版中心,2006年。

宁俊红:《20世纪中国古代文学研究史·散文卷》,上海:东方出版中心,2006年。

黄念然:《20世纪中国古代文学研究史·文论卷》,上海:东方出版中心,2006年。

陈维昭:《20世纪中国古代文学研究史·戏曲卷》,上海:东方出版中心,2006年。

曹辛华:《20世纪中国古代文学研究史·词学卷》,上海:东方出版中心,2006年。

周兴陆:《20世纪中国古代文学研究史·总论卷》,上海:东方出版中心,2006年。

羊列荣:《20世纪中国古代文学研究史·诗歌卷》,上海:东方出版中心,2006年。

《国文月刊》与古典文学研究

国立西南联合大学师范学院:《国文月刊》第一期至第八十二期,昆明(上海):开明书店,1940年6月—1949年8月。

王子光、王康:《闻一多纪念文集》,北京:三联书店,1980年。

清华大学校史编写组:《清华大学校史稿》,北京:中华书局,1981 年。

北京大学校友联络处:《嘉吹弦诵情弥切——国立西南联合大学五十周年纪念文集》,北京:中国文史出版社,1988 年。

叶圣陶:《叶圣陶集》,第十九卷、第二十卷、第二十四卷,南京:江苏教育出版社,1992 年。

闻黎明、侯菊坤:《闻一多年谱长编》,武汉:湖北人民出版社,1994 年。

姜建、吴为公:《朱自清年谱》,合肥:安徽教育出版社,1996 年。

朱自清:《朱自清全集》第九卷、第十卷、第十一卷,南京:江苏教育出版社,1998 年。

齐家莹:《清华人文学科年谱》,北京:清华大学出版社,1999 年。

王学珍、郭建荣:《北京大学史料》第三卷(1937—1945),北京:北京大学出版社,2000 年。

商金林:《叶圣陶年谱长编》第二卷,北京:人民教育出版社,2004 年。

解放区文艺政策与古典文学研究

胡风:《民族形式讨论集》,重庆:华中图书公司,1941 年。

延安解放日报社:《解放日报》,1941 年 5 月 16 日—1947 年 3 月 27 日。

毛泽东:《毛泽东同志在延安文艺座谈会上的讲话》,延安:《解放日报》,1943 年。

解放社:《整风文献》,延安:1944 年。

李何林:《近二十年中国文艺思潮论》,重庆:生活书店,1946 年。

蓝海(田仲济):《中国抗战文艺史》,上海:现代出版社,1947年。

毛泽东:《毛泽东选集》,北京:人民出版社,1964年。

刘增杰等:《抗日战争时期延安及各抗日民主根据地文学运动资料》上、下,太原:山西人民出版社,1983年。

金紫光等:《延安文艺丛书》文艺理论卷、文艺史料卷,长沙:湖南人民出版社,1984年。

周立波:《周立波鲁艺讲稿》,上海:上海文艺出版社,1984年。

汪木兰、邓家琪:《苏区文艺运动资料》,上海:上海文艺出版社,1985年。

艾克恩:《延安文艺运动纪盛》,北京:文化艺术出版社,1987年。

赵明、王文津:《中国解放区文学史》,开封:河南大学出版社,1988年。

本书编辑委员会:《中国新文学大系1937—1949》文学理论卷一、二,上海:上海文艺出版社,1990年。

胡采:《中国解放区文学书系:文学运动·理论编》(一)、(二),重庆:重庆出版社,1992年。

艾克恩:《延安文艺回忆录》,北京:中国社会科学出版社,1992年。

中共上海市委宣传部文艺处:《毛泽东文艺思想论文集》,上海:上海文艺出版社,1992年。

张国林、曹桂芳:《毛泽东文艺思想指导下的延安文艺》,石家庄:花山文艺出版社,1992年4月第一版。

朱鸿召:《延安文人》,广州:广东人民出版社,2001年。

付道磊:《文人的理想与中国梦——1936年至1942年延安的文化与文学剖析》,博士学位论文,中国国家图书馆博士论文文库藏。

三四十年代古典小说研究的进展

孙楷第:《中国通俗小说书目》,北京:中国大辞典编纂处,1933年。

孙楷第:《日本东京大连图书馆所见中国小说书目提要》,北京:中国大辞典编纂处,1932年。

孙楷第:《俗讲、说话与白话小说》,北京:作家出版社,1956年。

孙楷第:《中国通俗小说书目》,北京:作家出版社,1957年。

孙楷第:《日本东京所见小说书目》,北京:人民文学出版社,1958年。

孙楷第:《沧州集》(上、下),北京:中华书局,1965年。

赵景深:《中国小说丛考》,济南:齐鲁书社,1980年。

孙楷第:《中国通俗小说书目》,北京:人民文学出版社,1982年。

孙楷第:《沧州后集》,北京:中华书局,1985年。

孙楷第:《戏曲小说书录解题》,北京:人民文学出版社,1990年。

国立北平图书馆馆刊编辑部:《国立北平图书馆馆刊》,北京:书目文献出版社,1992年。

阿英:《晚清小说史》,北京:东方出版社,1996年。

胡从经:《中国小说史学史长编》,上海:上海文艺出版社,1998年。

鲁迅:《中国小说史略》,上海:上海古籍出版社,1998年。

胡适:《中国章回小说考证》,合肥:安徽教育出版社,1999年。

孙楷第:《小说旁证》,北京:人民文学出版社,2000 年。

三四十年代古代戏曲研究的进展

梁淑安编:《中国近代文学论文集》(1919—1949)(戏剧卷),北京:中国社会科学出版社,1988 年。

叶易:《中国近代文艺思想论稿》,上海:复旦大学出版社,1985 年。

阿英:《晚清文学丛钞》(小说戏曲研究卷),北京:中华书局,1960 年。

《中国近代戏剧研究论文资料索引》(1919—1949),《中国近代文学论文集戏剧卷》(1919—1949),北京:中国社会科学出版社,1988 年。

黄霖主编、陈维昭著:《20 世纪中国古代文学研究史·戏曲卷》,上海:东方出版中心,2006 年。

张世禄:《中国文艺变迁论》(《万有文库》第一集第 1000 种),上海:商务印书馆,1930 年。

卢前:《近代中国文学讲话》,上海:上海会文堂新记书局,1930 年。

谭正璧:《中国女性的文学生活》,上海:光明书局,1930 年。

谭正璧:《中国文学史大纲》,上海:光明书局,1931 年。

欧阳予倩:《予倩论剧》,广州:广东戏剧研究所,1931 年。

熊佛西:《佛西论剧》,上海:新月书店,1931 年。

王易:《词曲史》,上海:神州国光社,1931 年。

胡云翼:《新著中国文学史》,北京:北新书局,1931 年。

蒋瑞藻:《小说枝谈》,上海:商务印书馆,1931 年。

周明泰:《都门纪略中之戏曲史料》(《几礼居戏曲丛书》第 1 种),上海:光明印刷局,1932 年。

郑振铎:《中国文学史》(插图本),北京:朴社,1932 年。

陆侃如、冯沅君:《中国文学史简编》,上海:开明书店,1932 年。

赵景深:《文艺论集》,上海:广益书局,1933 年。

陈子展:《中国文学史讲话》,上海:北新书局,1933 年。

齐如山:《梅兰芳游美记》,上海:商务印书馆,1933 年。

周明泰:《清升平署存档事例漫抄》(《几礼居戏曲丛书》第四种),上海:光明印刷局,1933 年。

赵景深:《宋元戏文本事》,上海:北新书局,1934 年。

钱南扬:《宋元南戏百一录》,(燕京学报专号之九),哈佛燕京学社,1934 年。

吴梅:《辽金元文学史》(《国学小丛书》),上海:商务印书馆,1934 年。

谭正璧:《文学概论讲话》,上海:光明书局,1934 年。

郑振铎:《佝偻集》(《创作文库》),上海:生活书店,1934 年。

梁乙真:《中国文学史话》,上海:元新书局,1934 年。

卢前:《明清戏曲史》(《国学小丛书》),上海:商务印书馆,1935 年。

谭正璧:《新编中国文学史》,上海:光明书局,1935 年。

张长弓:《中国文学史新编》,上海:开明书店,1935 年。

容肇祖:《中国文学史大纲》,北京:朴社,1935 年。

胡适:《中国新文学大系建设理论集》,上海:良友图书印刷公司,1935 年。

郑振铎:《中国新文学大系文学论争集》,上海:良友图书印刷公司,1935 年。

朱谦之:《中国音乐文学史》,上海:商务印书馆,1935 年。

吴梅:《曲学通论》(《国学小丛书》),上海:商务印书馆,1935 年。

齐如山:《京剧之变迁》(再版增订),北京:国剧学会,1935年。

王玉章:《元词斠律》,上海:商务印书馆,1936年。

王芷章:《清代伶官传》,北京:中华印书局,1936年。

陆侃如、冯沅君:《南戏拾遗》(燕京学报专号之十三),哈佛燕京学社,1936年。

郑振铎:《短剑集》(文学丛刊),上海:文化生活出版社,1936年。

赵景深:《中国文学史新编》,上海:北新书局,1936年。

宋春舫:《宋春舫论剧二集》,上海:上海生活书店,1936年。

周贻白:《中国剧场史》(《戏剧小丛书》),上海:商务印书馆,1936年。

周贻白:《中国戏剧史略》(《戏剧小丛书》),上海:商务印书馆,1936年。

青木正儿著,郭虚中译:《中国文学发凡》(《国学小丛书》),上海:商务印书馆,1936年。

卢冀野:《中国戏剧概论》(《中国文学丛书》),上海:世界书局,1936年。

徐嘉瑞:《近古文学概论》,上海:北新书局,1936年。

青木正儿著,王古鲁译:《中国近世戏曲史》,上海:商务印书馆,1936年。

田汉:《抗战与戏剧》(抗战小丛书),上海:商务印书馆,1937年。

卢前:《读曲小识》,上海:商务印书馆,1937年。

青木正儿著,隋树森译:《中国文学概说》,上海:开明书店,1938年。

徐慕云:《中国戏剧史》,上海:世界书局,1938年。

郑振铎:《中国俗文学史》,上海:商务印书馆,1938年。

赵景深:《小说戏曲新考》,上海:世界书局,1939 年。

赵景深:《民族文学小史》,上海:世界书局,1940 年。

任中敏:《新曲苑》,上海:中华书局,1940 年。

青木正儿著、隋树森译:《元人杂剧序说》,上海:开明书店,1941 年。

潘光旦:《中国伶人血缘之研究》(《中山文化教育馆研究丛书》),上海:商务印书馆,1941 年。

梁乙真:《中国民族文学史》,重庆:三友书店,1943 年。

冯沅君:《古优解》(《文史杂志社丛书》之三),上海:商务印书馆,1944 年。

冯沅君:《孤本元明杂剧抄本题记》(《国立北平图书馆专刊丛书》),重庆:商务印书馆,1944 年。

蔡元培:《中国新文学大系导论集》,上海:上海良友图书公司,1945 年。

杨荫深:《中国俗文学概论》,上海:世界书局,1946 年。

林庚:《中国文学史》,厦门:国立厦门大学,1947 年。

盐谷温著、隋树森译:《元曲概论》,上海:商务印书馆,1947 年。

冯沅君:《古剧说汇》,上海:商务印书馆,1947 年。

刘大杰:《中国文学发展史》,北京:中华书局,1949 年。

董每戡:《中国戏剧简史》,上海:商务印书馆,1949 年。

三四十年代古代文论研究的进展

陈中凡:《中国文学批评史》,上海:中华书局,1927 年。

叶长青:《诗品集释》,上海:华通书局,1933 年。

方孝岳:《中国文学批评》,上海:世界书局,1934 年。

杜天縻:《广注诗品》,上海:世界书局,1935 年。

罗根泽:《中国文学批评史》,上海:商务印书馆,1943 年。

朱东润:《中国文学批评史大纲》,上海:开明书店,1944 年。

傅庚生:《中国文学批评通论》,上海:商务印书馆,1946 年。

郭绍虞:《中国文学批评史》,上海:商务印书馆,1948 年。

刘永济:《文心雕龙校释》,上海:正中书局,1948 年。

中国人民大学古代文论资料编选组:《中国古代文论研究论文集》,上海:上海古籍出版社,1989 年。

张伯伟:《钟嵘诗品研究》,南京:南京大学出版社,1993 年。

朱自清:《朱自清全集》,南京:江苏教育出版社,1993 年。

北京图书馆:《民国时期总书目》,北京:书目文献出版社,1994 年。

曹旭:《诗品研究》,上海:上海古籍出版社,1998 年。

张少康等:《文心雕龙研究史》,北京:北京大学出版社,2001 年。

韩经太:《中国文学批评史研究》,福州:福建人民出版社,2006 年。

三四十年代的文学古籍整理

上海图书馆:《中国丛书综录》,北京:中华书局,1959 年。

阳海清:《中国丛书综录补正》,扬州:江苏广陵古籍刻印社,1984 年。

商务印书馆编辑部:《商务印书馆图书目录(1897—1949)》,北京:商务印书馆,1981 年。

中华书局编辑部:《中华书局图书总目(1912—1949)》,北京:中华书局,1987 年。

北京图书馆:《民国时期总书目》,北京:书目文献出版社,1992 年。

北京图书馆善本组:《(1911—1984)影印善本书序跋录》,北京:中华书局,1995 年。

许力以:《中国出版百科全书》,太原:书海出版社,1997 年。

阳海清:《中国丛书广录》,武汉:湖北人民出版社,1999 年。

钱炳寰:《中华书局大事纪要(1912—1954)》,北京:中华书局,2000 年。

〔法〕戴仁著,李桐实译:《上海商务印书馆(1897—1949)》,北京:商务印书馆,2000 年。

《上海出版志》编纂委员会:《上海出版志》,上海:上海社会科学院出版社,2000 年。

刘洪权:《民国时期古籍出版研究》,北京大学博士生学位论文,国家图书馆博士论文文库藏,2003 年。

李瑞良:《中国出版编年史》(下),福州:福建人民出版社,2004 年。

1949 年前敦煌文学研究的新开拓

〔英〕斯坦因著,向达译:《斯坦因西域考古记》,上海:中华书局,1936 年。

周绍良、白化文编:《敦煌变文论文录》,上海:上海古籍出版社,1982 年。

王重民:《敦煌遗书论文集》,北京:中华书局,1984 年。

甘肃省社会科学院文学研究所编:《敦煌学论集》,兰州:甘肃人民出版社,1985 年。

黄永武主编:《敦煌丛刊初集》,台北:新文丰出版公司,1985 年。

王庆菽:《敦煌文学论文集》,长春:吉林大学出版社,1987 年。

林家平、宁强、罗华庆:《中国敦煌学史》,北京:北京语言学院出版社,1992 年。

郭在贻:《郭在贻敦煌学论集》,南昌:江西人民出版社,1993 年。

黄征、张涌泉:《敦煌变文校注》,北京:中华书局,1997 年。

王国维:《静庵文集》,沈阳:辽宁教育出版社,1997 年。

郑振铎:《中国俗文学史》,北京:商务印书馆,1998 年。

胡适:《白话文学史》,合肥:安徽教育出版社,1999 年。

傅芸子:《正仓院考古记 白川集》,沈阳:辽宁教育出版社,2000 年。

刘诗平、孟宪实:《敦煌百年——一个民族的心灵历程》,广州:广东教育出版社,2000 年。

陆永峰:《敦煌变文研究》,成都:巴蜀书社,2000 年。

项楚:《寒山诗注》,北京:中华书局,2000 年。

张锡厚:《敦煌文学源流》,北京:作家出版社,2000 年。

荣新江:《敦煌学十八讲》,北京:北京大学出版社,2001 年。

向达:《唐代长安与西域文明》,石家庄:河北教育出版社,2001 年。

陈寅恪:《金明馆丛稿二编》,北京:三联书店,2001 年。

项楚:《敦煌诗歌导论》,成都:巴蜀书社,2001 年。

张鸿勋:《敦煌俗文学研究》,兰州:甘肃教育出版社,2002 年。

李小荣:《变文讲唱与华梵宗教艺术》,上海:上海三联书店,2002 年。

罗振玉:《雪堂类稿》,沈阳:辽宁教育出版社,2003 年。

王昆吾:《从敦煌学到域外汉文学》,北京:商务印书馆,2003 年。

项楚、郑阿财:《敦煌学论集》,成都:巴蜀书社,2003 年。

〔日〕神田喜一郎著,高野雪等译:《敦煌学五十年》,北京:北京大学出版社,2004 年。

新中国文艺政策与古典文学学科

《人民日报》(1949—1966 年)。

《光明日报》副刊《文学遗产》(1950—1963 年)。

《文史哲》(1951—1966 年)。

《文艺报》,1953 年合订本、1955 年合订本。

《红楼梦问题讨论集》第 2 集,北京:作家出版社,1955 年。

《文学评论》,1957 合订本、1958 合订本、1959 合订本、1960 年合订本。

文学遗产编辑部:《李煜词讨论集》,北京:作家出版社,1957 年。

人民文学出版社编辑部:《厚今薄古批判集》(共四辑),北京:人民文学出版社,1958 年。

社科院文学所专刊:《古典文学研究中的错误倾向》,北京:人民文学出版社,1958 年。

吴晓铃、胡念贻、曹道衡、邓绍基:《十年来的古典文学研究和整理工作》,北京:《文学评论》,1959 年第 5 期。

吉林师范大学文艺学编写组、吉林大学文艺学编写组编:《文艺方针政策学习资料》,长春:吉林人民出版社,1961 年。

北京师范学院中文系、中国社科院文学所:《中国古典文学研究论文索引》(1949—1966.6),北京:中华书局,1979 年增订第 2 版。

胡念贻:《关于文学遗产的批判继承问题》,长沙:岳麓书社,1980 年。

游国恩等:《中国文学史》,北京:人民文学出版社,1983 年。

卢兴基主编:《建国以来古代文学问题讨论举要》,济南:齐鲁书社,1987 年。

中央文献研究室:《建国以来毛泽东文稿》(第十册),北京:中央文献出版社,1991 年。

毛泽东:《毛泽东选集》,北京:人民出版社,1991 年。

毛泽东:《毛泽东论文艺》,北京:人民文学出版社,1992 年。

中央文献研究室:《建国以来毛泽东文稿》(第七册),北京:中央文献出版社,1992 年。

中央文献研究室:《建国以来毛泽东文稿》(第八册),北京:中央文献出版社,1993 年。

陆键东:《陈寅恪的最后二十年》,北京:三联书店,1995 年。

文学遗产编辑部、黑龙江大学中文系:《百年学科沉思录——二十世纪古代文学研究回顾与前瞻》,北京:人民文学出版社,1998 年。

张岱年、敏泽:《回读百年——20 世纪中国社会人文论争》,郑州:大象出版社,1999 年。

孟繁华:《中国 20 世纪文艺学学术史》,上海:上海文艺出版社,2001 年。

陈友冰:《中国大陆五十年来古典文学研究观念的演进及思考——以唐代文学研究为主》,台北:《逢甲人文社会学报》(逢甲大学人文社会学院),2002 年第 4 期。

胡风:《关于解放以来的文艺实践情况的报告》(“三十万言书”),武汉:湖北人民出版社,2003 年。

爱国主义教育与古典文学学科

《人民日报》(1949—1966 年)。

谭丕模:《中国文学史纲》,北京:人民文学出版社,1952 年。

《文学评论》(1961 年合订本)。

《文史哲》(1951—1966 年)。

浦江清、余冠英、王瑶等:《祖国十二诗人》,北京:中华书局,1955 年第 1 版。

《文学遗产增刊》第三辑,北京:作家出版社,1956 年。

《文学遗产增刊》第五辑,北京:作家出版社,1957 年。

文学遗产编辑部:《李煜词讨论集》,北京:作家出版社,1957 年。

作家出版社编辑部:《楚辞研究论文集》,北京:作家出版社,1957 年。

齐治平:《陆游传论》,上海:古典文学出版社,1958 年。

《文学遗产增刊》第六辑,北京:作家出版社,1958 年。

萧涤非:《解放集》,济南:山东人民出版社,1959 年。

《文学遗产增刊》第七辑,北京:中华书局,1959 年。

朱东润:《陆游研究》,北京:中华书局,1961 年。

北京大学中国文学史教研室:《魏晋南北朝文学史参考资料》,北京:中华书局,1962 年。

中华书局编辑部:《杜甫研究论文集》第三辑,北京:中华书局,1963 年。

黄兰波:《文天祥诗选》,北京:人民文学出版社,1979 年。

冯至:《杜甫传》,北京:人民文学出版社,1980 年。

卢兴基主编:《建国以来古代文学问题讨论举要》,济南:齐鲁书社,1987 年。

人民性、阶级分析与古典文学研究

陈璧如:《文学论文索引》,北京:北平中华图书馆协会,民国 21 年(1932 年)。

刘修业:《文学论文索引·续编》,北京:北平中华图书馆协会,民国22年(1933年)。

谭丕模:《中国文学史纲》,上海:上海北新书局,1933年。

刘修业:《文学论文索引·三编》,北京:北平中华图书馆协会,民国25年(1936年)。

刘大杰:《中国文学发展史》(上卷),北京:中华书局,1941年。

蒋祖怡:《中国人民文学史》,上海:上海北新书局,1950年。

文学遗产编辑部:《李煜词讨论集》,北京:作家出版社,1957年。

北京师范大学中文系55级学生集体编写:《中国民间文学史》,北京:人民文学出版社,1958年。

北大中文系文学专门化1955级集体编著:《中国文学史》,北京:人民文学出版社,1958、1959年。

复旦大学中文系同学集体编著:《中国文学史》,上海:中华书局上海编辑所,1959年。

中国作家协会上海分会文学研究室编:《中国文学史讨论集》,北京:中华书局,1959年。

郭沫若:《李白与杜甫》,北京:人民文学出版社,1971年。

刘大杰:《中国文学发展史》(第一册),上海:上海人民出版社,1973年。

李希凡、蓝翎:《红楼梦评论集》,北京:人民文学出版社,1957、1963、1973年。

刘大杰:《中国文学发展史》(第二册),上海:上海人民出版社,1976年。

北京师范学院中文系资料室、中国社会科学院文学研究所图书资料室编:《中国古典文学研究论文索引》(1949—1966.6),北京:中华书局,1979年。

上海图书馆"全国报刊索引"数据库。

《人民日报》、《光明日报》、《文艺报》,1949—1979 年。

李何林:《近二十年中国文艺思潮论》,西安:陕西人民出版社,1981 年。

中国社会科学院文学研究所图书资料室编:《中国古典文学研究论文索引》(1966.7—1979.12),北京:中华书局,1982 年。

北京师范大学中文系文艺理论教研室编:《文学理论学习参考资料》,沈阳:春风文艺出版社,1981、1982 年。

上海师范学院中文系文艺理论教研室编:《文学理论争鸣辑要》,上海:上海文艺出版社,1983 年。

邵伯周:《中国现代文学思潮研究》,上海:学林出版社,1993 年。

戴燕:《文学史的权力》,北京:北京大学出版社,2002 年。

董乃斌、陈伯海、刘扬忠:《中国文学史学史》,石家庄:河北人民出版社,2003 年。

方竞:《中国当代文学理论潮流三十年》(1949—1978),北京:中国文联出版社,2004 年。

於可训、叶立文:《中国文学编年史·现代卷》,长沙:湖南人民出版社,2006 年。

於可训、李遇春:《中国文学编年史·当代卷》,长沙:湖南人民出版社,2006 年。

"政治标准第一,艺术标准第二"与古典文学研究

《文学遗产》编辑部:《李煜词讨论集》,北京:作家出版社,1957 年。

北京大学中文系:《文学研究与批判专刊》(一至四辑),北京:人民文学出版社,1958 年。

《文学遗产》编辑部:《陶渊明讨论集》,北京:中华书局,1961年。

张一雄:《文艺理论问题讨论资料》,桂林:广西师范大学出版社,1983年。

济南市社会科学研究所:《李清照研究论文集》,北京:中华书局,1984年。

孙书第:《当代文艺思潮小史》沈阳:辽宁大学出版社,1986年。

卢兴基:《建国以来古代文学问题讨论举要》,济南:齐鲁书社,1987年。

钱锺书:《宋诗选注》,北京:人民文学出版社,1989年。

毛泽东:《毛泽东选集》(第三卷),北京:人民出版社,1991年。

魏天祥:《文艺政策论纲》,北京:中央党校出版社,1993年。

李慈健、田锐生、宋伟:《当代中国文艺思想史》,开封:河南大学出版社,1999年。

李明山、左孟河:《当代中国学术思想史》,开封:河南人学出版社,1999年。

李明生、王培元:《文化昆仑》,北京:人民文学出版社,1999年。

郎保东:《文艺的社会意识形态特征》,石家庄:花山文艺出版社,2000年。

谭好哲、马龙潜:《文艺学前沿理论综论》,济南:山东大学出版社,2001年。

庄锡华:《文学理论的世纪风标》,南京:江苏文艺出版社,2001年。

李衍梓:《路与灯:文艺学建没问题研究》,北京:北京大学出版社,2003年。

张晶、杜寒风:《文艺学的走向与阐释》,北京:北京广播学院出版社,2003 年。

周兴陆:《20 世纪中国古代文学研究史·总论卷》,上海:东方出版中心,2006 年。

柏定国:《中国当代文艺思想史论:1956—1976》,北京:中国社会科学出版社,2006 年。

覃召文、刘晟:《中国文学的政治情结》,广州:广东人民出版社,2006 年。

檀作文等:《二十世纪中国学术论辨书系·文学卷·中国古代诗歌研究论辨》,南昌:百花洲文艺出版社,2006 年。

对"胡适派资产阶级思想"的批判与古典文学研究

《胡适思想批判(论文汇编)》第一辑,北京:生活·读书·新知三联书店,1955 年。

《胡适思想批判(论文汇编)》第二辑,北京:生活·读书·新知三联书店,1955 年。

《胡适思想批判(论文汇编)》第三辑,北京:生活·读书·新知三联书店,1955 年。

《胡适思想批判(论文汇编)》第四辑,北京:生活·读书·新知三联书店,1955 年。

《胡适思想批判(论文汇编)》第五辑,北京:生活·读书·新知三联书店,1955 年。

《胡适思想批判(论文汇编)》第六辑,北京:生活·读书·新知三联书店,1955 年。

《胡适思想批判(论文汇编)》第七辑,北京:生活·读书·新知三联书店,1955 年。

《胡适思想批判(论文汇编)》第八辑,北京:生活·读书·新知三联书店，1955 年。

王桧林：《中国现代史》，北京：高等教育出版社，1989 年。

毛泽东：《建国以来毛泽东文稿》第四册，北京：中央文献出版社，1991 年。

刘国新主编：《中华人民共和国实录》第一卷，长春：吉林人民出版社，1994 年。

胡适：《胡适文存》第一集，安徽：黄山书社，1996 年。

胡适：《胡适文存》第二集，安徽：黄山书社，1996 年。

胡适：《胡适文存》第三集，安徽：黄山书社，1996 年。

胡适：《胡适文存》第四集，安徽：黄山书社，1996 年。

胡明：《胡适传论》，北京：人民文学出版社，1996 年。

《二十世纪中国实录》编委会主编：《二十世纪中国实录》第四卷（1944—1955），北京：光明日报出版社，1997 年。

何沁主编、鲁振祥等著：《中华人民共和国史》，北京：高等教育出版社，1999 年。

何蓬：《毛泽东时代的中国（1949—1976）》第一卷，北京：中共党史出版社，2003 年。

唐德刚：《胡适杂忆》，桂林：广西师范大学出版社，2005 年。

1954 年关于《红楼梦》研究问题的批判

俞平伯：《红楼梦研究》，上海：棠棣出版社，1952 年。

作家出版社编辑部：《红楼梦问题讨论集》，北京：作家出版社，1955 年。

李希凡、蓝翎：《红楼梦评论集》，北京：作家出版社，1957 年。

李希凡、蓝翎：《红楼梦评论集》修订版，北京：人民文学出版社，1973 年。

赵冈:《花香铜臭读红楼》,台北:台湾时报文化出版事业有限公司,1978年。

人民文学出版社编辑部:《红楼梦研究参考资料选辑》(第四辑),北京:人民文学出版社,1978年。

顾平旦:《红楼梦研究论文资料索引》(1874—1982),北京:书目文献出版社,1982年。

俞平伯:《俞平伯论红楼梦》,上海:上海古籍出版社,1988年。

毛泽东:《建国以来毛泽东文稿》,北京:中央文献出版社,1990年。

韦柰:《我的外祖父俞平伯》,上海:上海书店,1993年。

叶永烈:《江青传》,北京:作家出版社,1993年。

孙玉蓉:《古槐树下的俞平伯》,成都:四川文艺出版社,1997年。

李希凡:《红楼梦艺术世界》,北京:文化艺术出版社,1997年。

陈晋:《文人毛泽东》,上海:上海人民出版社,1997年。

黎之:《文坛风云录》,郑州:河南人民出版社,1998年。

王蒙、袁鹰:《忆周扬》,呼和浩特:内蒙古人民出版社,1998年。

王湜华:《俞平伯的后半生》,石家庄:花山文艺出版社,2001年。

余英时:《红楼梦的两个世界》,上海:上海社会科学院出版社,2002年。

徐庆全:《知情者眼中的周扬》,北京:经济日报出版社,2003年。

世界文化名人与古典文学研究

中华书局:《杜甫研究论文集》,北京:中华书局,1962—1963年。

黄中模:《屈原问题论争史稿》,北京:十月文艺出版社,1987年。

黄中模:《中日学者屈原问题争论集》,济南:山东教育出版社,1990年。

黄中模:《与日本学者讨论屈原问题》,武汉:华中理工大学出版社,1990年。

宋柏年主编:《中国古典文学在国外》,北京:北京语言学院出版社,1994年。

王学泰:《二十世纪文化变迁中的杜甫研究》,见《中国古典文学学术史研究》,乌鲁木齐:新疆人民出版社,1997年。

杜晓勤:《隋唐五代文学研究》(下),北京:北京出版社,2001年。

李修生、查洪德:《辽金元文学研究》,北京:北京出版社,2001年。

费振刚:《先秦两汉文学研究》,北京:北京出版社,2001年。

陈友冰:《海峡两岸唐代文学研究史:1949—2000》,桂林:广西师范大学出版社,2001年。

徐志啸:《日本楚辞研究论纲》,北京:学苑出版社,2004年。

黄霖主编,羊列荣著:《20世纪中国古代文学研究史·诗歌卷》,上海:东方出版中心,2006年。

黄霖主编,陈维昭著:《20世纪中国古代文学研究史·戏曲卷》,上海:东方出版中心,2006年。

《中国文学史教学大纲》的产生及其影响

《人民教育》(1950—1957 年)

《高等教育通讯》(1954—1957 年)

游国恩等:《中国文学史教学大纲》,北京:高等教育出版社,1957 年。

北京大学文学专门化 1955 级学生:《中国文学史》,北京:人民文学出版社,1958 年。

复旦大学中文系古典文学组:《中国文学史》,北京:中华书局,1958 年。

中国作家协会上海分会文学研究室:《中国文学史讨论集》,北京:中华书局,1959 年。

余冠英等:《中国文学史》,北京:人民文学出版社,1962 年。

游国恩等:《中国文学史》,北京:人民文学出版社,1963 年。

刘绶松:《中国新文学史初稿》,北京:人民文学出版社,1979 年。

王瑶:《中国新文学史稿》,上海:上海文艺出版社,1979 年。

罗根泽:《罗根泽古典文学论集》,上海:上海古籍出版社,1985 年。

吉平平、黄静:《中国文学史著版本概览》,沈阳:辽宁大学出版社,1987 年。

游国恩:《游国恩学术论文集》,北京:中华书局,1989 年。

黄修己:《中国新文学史编纂史》,北京:北京大学出版社,1995 年。

袁行霈等:《中国文学史》,北京:高等教育出版社,1999 年。

戴燕:《文科教学与"中国文学史"》,北京:《文学遗产》,2000 年第 2 期。

戴燕:《文学史的权力》,北京:北京大学出版社,2002 年。

陈国球:《文学史书写形态与文化政治》,北京:北京大学出版社,2004 年。

董乃斌、陈伯海、刘扬忠主编:《中国文学史学史》,石家庄:河北人民出版社,2005 年。

周兴陆:《20 世纪中国古代文学研究史·总论卷》,上海:东方出版中心,2006 年。

50 年代后期关于文学史规律问题的讨论

冯雪峰:《中国文学中从古典现实主义到无产阶级现实主义发展的一个轮廓》,北京:《文艺报》,1952 年第 14、15、17、19、20 期。

雅·艾尔斯布克:《现实主义还是所谓反现实主义》,北京:《学习译丛》,1956 年 7 月号。

北京大学中文系文学专门化 1955 级学生:《中国文学史》,北京:人民文学出版社,1958 年版及 1959 年修订版。

复旦大学中文系古典文学组学生:《中国文学史》上册,北京:中华书局,1958 年。

茅盾:《夜读偶记》,天津:百花文艺出版社,1958 年。

复旦大学中文系文学教研组:《中国文学发展史批判》,北京:中华书局,1958 年。

《文艺报》编辑部:《论革命的现实主义和革命的浪漫主义相结合》,北京:作家出版社,1958 年。

复旦大学中文系古典文学组学生:《中国文学史》下册,北京:中华书局,1959 年。

中国作家协会上海分会文学研究室:《中国文学史讨论集》,北京:中华书局,1959 年。

中国民间文艺研究会上海分会等:《中国民间文学论文选(1949—1979)》,上海:上海文艺出版社,1980 年。

上海师范学院中文系文艺理论教研室:《文学理论争鸣辑要》,上海:上海文艺出版社,1983 年。

刘大杰:《刘大杰古典文学论文选集》,长沙:湖南人民出版社,1984 年。

陆侃如:《古典文学论文集》,上海:上海古籍出版社,1987 年。

卢兴基:《建国以来古代文学问题讨论举要》,济南:齐鲁书社,1987 年。

王瑶:《中国文学研究现代化进程》,北京:北京大学出版社,1996 年。

徐俊西:《上海五十年文学批评丛书·理论卷》,上海:华东师范大学出版社,1999 年。

王钟陵:《二十世纪中国文学史文论精华》,石家庄:河北教育出版社,2000 年。

王钟陵:《二十世纪中国文学史论文精粹》,石家庄:河北教育出版社,2001 年。

戴燕:《文学史的权力》,北京:北京大学出版社,2002 年。

董乃斌等:《中国文学史》,石家庄:河北人民出版社,2003 年。

何其芳:《何其芳文集》,北京:人民文学出版社,2004 年。

黄霖:《20 世纪中国古代文学研究史·总论卷》,上海:东方出版中心,2006 年。

对《琵琶记》、曹操讨论的反思

《琵琶记讨论专刊》,北京:人民文学出版社,1956 年。

《王季思学术论著自选集》,北京:北京师范学院出版社,1991年。

《陆定一文集》,北京:人民出版社,1992年。

《建国以来毛泽东文稿》(第十一册),北京:中央文献出版社,1996年。

陈清泉、宋广渭:《陆定一传》,北京:中共党史出版社,1999年。

《文学遗产》编辑部:《世纪之交的对话——古典文学研究的回顾与展望》,上海:上海古籍出版社,2000年。

吕薇芬、张燕瑾:《20世纪中国文学研究·魏晋南北朝文学研究》,北京:北京出版社,2001年。

《从胜利走向新的胜利——中国共产党重大会议纪实》(第四卷),北京:《光明日报》出版社,2002年。

《毛泽东文艺论集》,北京:中央文献出版社,2002年。

黄霖:《20世纪中国古代文学研究史·戏曲卷》,上海:东方出版中心,2006年。

罗平汉:《当代历史问题札记二集》,桂林:广西师范大学出版社,2006年。

中共中央党史研究室:《中国共产党历史大事记》,北京:中共党史出版社,2006年。

对"中间作品"及相关作家作品的讨论和阐释

河北师范学院中文系资料室、中国社会科学院文学研究所图书资料室:《中国古典文学研究论文索引(1949—1966、6)》,内部刊行。

《文学遗产》编辑部:《文学遗产增刊》第一辑至第四辑、第六辑、第七辑,北京:作家出版社,1955—1961年。

《文学遗产》编辑部:《李煜词讨论集》,北京:中华书局,1957年。

余冠英等:《古典文学研究中的错误倾向》,北京:人民文学出版社,1958年。

《文学遗产》编辑部:《文学遗产增刊》第五辑、第八辑至第十三辑,北京:中华书局,1961—1963年。

《文学遗产》编辑部:《陶渊明讨论集》,北京:中华书局,1961年。

华中师范学院中文系:《马克思恩格斯列宁毛主席关于文化遗产批判继承和封建社会的部分论述》,武汉:华中师范学院中文系印制,1973年。

卢兴基:《建国以来古代文学问题讨论举要》,济南:齐鲁书社,1987年。

黄霖:《20世纪中国古代文学研究史》,上海:东方出版中心,2006年。

辽宁大学中文系古代文学研究生:《中国古代文学资料目录索引(1949—1979)》,丹东:丹东印刷厂、营口县委党校胶版印刷厂印刷,出版年不详。

“大跃进”与古典文学研究

北大中文系文学专门化55级集体:《中国文学史》(上、下册),北京:人民文学出版社,1958年。

北京师范大学中文系55级学生集体编写:《中国民间文学史(初稿)》(上、下册),北京:人民文学出版社,1958年。

北大中文系文学专门化55级集体:《中国文学史(修订本)》共四册,北京:人民文学出版社,1959年。

复旦大学中文系古典文学组学生集体:《中国文学史》(上、

中、下册)，北京：中华书局，1958—1959 年。

中国作家协会上海分会文学研究室：《中国文学史讨论集》，上海：中华书局，1959 年。

吉大中文系中国文学史教材编写小组：《中国文学史稿》(元明部分、唐宋部分、清及近代史部分、先秦至隋部分)，长春：吉林人民出版社，1959—1961 年。

北大中文系 55 级《中国小说史稿》编委会：《中国小说史稿》，北京：人民文学出版社，1960 年。

杭州大学中国语言文学系古典文学教研组：《中国文学史》(唐代部分、宋代部分、元代部分)，杭州：杭州大学出版社，1961 年。

毛泽东：《毛泽东选集》，北京：人民出版社，1964 年。

劳动人事部：《知识分子政策文件汇编》，北京：劳动人事出版社，1983 年。

毛泽东：《建国以来毛泽东文稿》，北京：中央文献出版社，1992 年。

60 年代的两部《中国文学史》：中国科学院本、游国恩等主编本

中国作家协会上海分会文学研究室编：《中国文学史讨论集》，北京：中华书局，1959 年。

社科院文学研究所：《中国文学史》，北京：人民文学出版社，1962 年。

《〈中国文学史〉五年内编成》，上海：《文汇报》，1962 年 8 月 19 日头版头条。

《科学院文学研究所中国文学史编写组编写出〈中国文学史〉的古代部分》，北京：《光明日报》，1962 年 8 月 19 日第一版。

虞行:《谈谈新编〈中国文学史〉的几个特色》,北京:《新建设》,1962 年 9 月。

陆侃如:《文学史工作的三个问题——从文学研究所〈中国文学史〉想起》,北京:《文学评论》,1962 年 10 月。

廖仲安等:《初读〈中国文学史〉》,北京:《文学评论》,1962 年 10 月。

燕宁:《简评〈中国文学史〉》,上海:《文汇报》,1962 年 10 月 16 日 3 版。

元方:《文学史编写工作中的一些问题》,北京:《光明日报》,1962 年 12 月 16 日 4 版。

周绍良:《谈唐代民间文学——读〈中国文学史〉中"变文"节书后》,北京:《新建设》,1963 年 1 月。

高文:《关于文学研究所〈中国文学史〉中散曲方面的一个问题》,北京:《光明日报》,1963 年 2 月 10 日 4 版。

赵诚:《读文学研究所〈中国文学史〉唐代文学部分》,北京:《光明日报》,1963 年 2 月 10 日 4 版。

方玉、水文:《建议深入讨论文学史中的重要问题》,北京:《光明日报》,1963 年 3 月 3 日 4 版。

程弘:《文研所本〈中国文学史〉中有关小说章节的几点商榷》,北京:《光明日报》,1963 年 3 月 17 日 4 版。

游国恩等:《中国文学史》,北京:人民文学出版社,1963 年。

郭预衡:《谈谈文学史教科书的编写问题——读游国恩等同志主编的〈中国文学史〉中"秦汉文学"一编》,北京:《光明日报》,1964 年 9 月 6 日 4 版。

李捷:《如何正确地评价古代作家作品——游国恩等同志主编的〈中国文学史〉读后质疑》,北京:《光明日报》,1964 年 10 月 25 日 4 版。

傅继馥等:《文学史应该深刻地揭示问题的本质——游国恩

等编〈中国文学史〉元、明、清、近代部分读后感》,北京:《光明日报》,1964 年 12 月 6 日 4 版。

郭预衡:《论唐代几个作家的评价问题——读游国恩等同志主编的〈中国文学史〉中〈隋唐五代文学〉一编》,北京:《光明日报》,1965 年 2 月 21 日 4 版。

郭预衡:《从"魏晋南北朝"一代谈文学史的编写问题——读文学研究所新编〈中国文学史〉》,北京:《光明日报》,1962 年 12 月 23 日第 4 版、30 日第 3 版。另参见郭预衡:《古代文学探讨集》,北京:北京师范大学出版社,1981 年。

赵仁珪:《文学史编写的问题及设想》,北京:《文学遗产》,1990 年第 2 期。

黄理彪:《如何重写文学史——访章培恒教授》,济南:《文史哲》,1996 年第 3 期。

陶尔夫:《文学史的世纪及其四个时期》,北京:《中国社会科学》,1996 年第 6 期。

陈伯海:《二十世纪中国文学史学之检讨》,南京:《江海学刊》,1998 年 1 期。

徐公持:《二十世纪中国古典文学研究近代化进程论略》,北京:《中国社会科学》,1998 年第 2 期。

陈平原:《文学史的形成与建构》,南宁:广西教育出版社,1999 年。

赵三:《新编〈中国文学史〉的编写历程》,北京:中国大学教学,1999 年。

魏崇新、王同坤:《观念的演进:20 世纪中国文学史观》,北京:西苑出版社,2000 年。

戴燕:《文学史的权力》,北京:北京大学出版社,2002 年。

徐公持:《我们亲历的一段学术史——半个世纪以来的文学研究所与古代文学研究感言》,北京:《文学遗产》,2003 年第 3 期。

葛晓音:《一个历史阶段的标志》,北京:《文学遗产》,2003年第5期。

董乃斌、陈伯海、刘扬忠:《中国文学史学史》,石家庄:河北人民出版社,2003年。

穆克宏:《袁编〈中国文学史〉魏晋南北朝部分的几个问题》,福州:《福建师范大学学报》(哲学社会科学版),2004年第2期。

费振刚:《游国恩先生学术成就评述》,南昌:《江西社会科学》,2005年1期。

朱晓进:《二十世纪中国文学史观的反思》,北京:《中国社会科学》,2006年第1期。

黄霖主编,周兴陆著:《20世纪中国古代文学研究史·总论卷》,上海:东方出版中心,2006年。

图书在版编目(CIP)数据

20世纪中国古典文学学科通志. 第3卷/刘敬圻主编.
—济南：山东教育出版社，2012
ISBN 978-7-5328-6301-3

Ⅰ.①2… Ⅱ.①刘… Ⅲ.①中国文学—古典文学研究—概况—20世纪 Ⅳ.①I206.2

中国版本图书馆CIP数据核字(2012)第093509号

20世纪中国古典文学学科通志

第三卷

主编　刘敬圻

主　管：山东出版传媒股份有限公司
出版者：山东教育出版社
(济南市纬一路321号　邮编：250001)
电　话：(0531)82092663　**传真**：(0531)82092663
网　址：http://www.sjs.com.cn
发行者：山东新华书店集团有限公司
印　刷：山东临沂新华印刷物流集团有限责任公司
版　次：2012年7月第1版第1次印刷
规　格：880mm×1230mm　32开本
印　张：23.875印张
字　数：570千字
书　号：ISBN 978－7－5328－6301－3
定　价：67.00元

(如印装质量有问题,请与印刷厂联系调换)
印厂电话：0539—2925888